LA BOÎTE À MAGIE

“Actes noirs”

DE CAMILLA LÄCKBERG

Dans la série Fjällbacka

LA PRINCESSE DES GLACES, Actes Sud, 2008 ; Babel noir n° 61.
LE PRÉDICATEUR, Actes Sud, 2009 ; Babel noir n° 85.
LE TAILLEUR DE PIERRE, Actes Sud, 2009 ; Babel noir n° 92.
L'OISEAU DE MAUVAIS AUGURE, Actes Sud, 2010 ; Babel noir n° 111.
L'ENFANT ALLEMAND, Actes Sud, 2011 ; Babel noir n° 121.
LA SIRÈNE, Actes Sud, 2012 ; Babel noir n° 133.
LE GARDIEN DE PHARE, Actes Sud, 2013 ; Babel noir n° 158.
LA FAISEUSE D'ANGES, Actes Sud, 2014 ; Babel noir n° 175.
LE DOMPTEUR DE LIONS, Actes Sud, 2016 ; Babel noir n° 206.
LA SORCIÈRE, Actes Sud, 2017 ; Babel noir n° 223 ; Actes Sud audio, 2020.

CYANURE, Actes Sud, 2011 ; Babel noir n° 71.
LA CAGE DORÉE. LA VENGEANCE D'UNE FEMME EST DOUCE ET IMPITOYABLE, Actes Sud, 2019 ; Actes Sud audio, 2019 ; Babel noir n° 259.
FEMMES SANS MERCI, Actes Sud, 2020 ; Actes Sud audio, 2020.
DES AILES D'ARGENT. LA VENGEANCE D'UNE FEMME EST DOUCE ET IMPITOYABLE, Actes Sud, 2020 ; Actes Sud audio, 2020.
SANS PASSER PAR LA CASE DÉPART, Actes Sud, 2021 ; Actes Sud audio, 2021.

Jeunesse

SUPER-CHARLIE, Actes Sud Junior, 2012.
SUPER-CHARLIE ET LE VOLEUR DE DOUDOU, Actes Sud Junior, 2013.
LES AVENTURES DE SUPER-CHARLIE. MAMIE MYSTÈRE, Actes Sud Junior, 2015.

Cuisine

À TABLE AVEC CAMILLA LÄCKBERG, Actes Sud, 2012.

Titre original :
Box
Éditeur original :
Bokförlaget Forum, Stockholm

ISBN 978-2-330-16547-5

CAMILLA LÄCKBERG &
HENRIK FEXEUS

La Boîte à magie

roman traduit du suédois
par Susanne Juul

ACTES SUD

FÉVRIER

Tuva tambourine nerveusement des doigts sur le comptoir. Elle aurait dû débaucher depuis un bon moment déjà, mais elle est toujours là, sur son lieu de travail, un café dans le quartier de Hornstull. Un client vient de s'installer à la table du coin. Il la fixe, irrité. Elle lui retourne un regard assassin. Elle mémorise son visage et se dit que ce client-là n'aura pas droit à un cœur sur la mousse de son cappuccino. Un doigt dressé, plutôt.

Être en retard la met de mauvais poil. Elle ramène machinalement une mèche blonde derrière son oreille. Elle aurait dû récupérer Linus depuis une demi-heure déjà. Elle est immunisée contre les remarques acerbes du personnel de la crèche, elle y a eu droit si souvent que ça ne lui fait plus ni chaud ni froid. Mais son petit garçon de deux ans doit être triste. Et Tuva n'est pas du genre à vouloir chagriner un enfant. Surtout pas Linus. Elle n'arrête pas de dire qu'elle serait prête à mourir pour lui. Mais ce n'est pas si simple. Dieu seul sait tous les efforts qu'elle fait. Elle ouvre la penderie, retire son tablier et le balance sur la montagne de linge sale. Elle ne peut pas partir avant l'arrivée de son remplaçant. Qu'est-ce qu'il fabrique, bon sang ?

Martin, le père de Linus, avait brillé par son absence le jour de la naissance de son fils, deux semaines avant terme. Tuva ne lui en avait pas voulu, elle était partie à la maternité en ambulance. Elle avait en revanche trouvé bizarre qu'il ne vienne pas la voir pendant les quelques jours qu'elle avait passés là-bas. L'accouchement avait été difficile. Elle ne se souvenait que vaguement des médecins qui les examinaient sans arrêt, elle et son bébé, en lui disant que tout irait bien. Exactement comme Martin dans les brefs SMS qu'il lui envoyait. Il allait venir, disait-il, il avait juste un ou deux trucs à régler. Si son séjour à la maternité se perdait dans le brouillard, le souvenir de son arrivée avec Linus dans l'appartement vide était autrement vif. Pendant qu'elle en bavait pour mettre au monde leur fils, Martin avait rassemblé ses affaires et s'était tiré. C'était ça qu'il avait à "régler". Elle n'avait plus jamais eu la moindre nouvelle de cet enfoiré. Tant mieux, probablement. Elle l'aurait tué s'il s'était remanifesté.

Depuis, c'était elle et Linus contre le reste du monde. Sauf que, parfois, le reste du monde ripostait. Comme maintenant. Daniel, qui prenait le relais l'après-midi, aurait dû être là depuis une heure. Elle avait été obligée de l'appeler, de le réveiller. À treize heures trente. Avait-elle jamais été aussi irresponsable à vingt et un ans ? Oui, sûrement. Mais entre eux, ça n'avait de toute façon jamais fonctionné. Elle regarde encore l'heure.

Bordel. De. Merde.

Elle enfile doudoune et bonnet, prépare deux doubles expressos. Une tasse et un gobelet.

C'est sans doute encore Matti qui reste à la crèche pour l'attendre. Matti, l'employé que son fils a commencé à appeler papa. Chaque fois qu'elle est en retard, il la fixe avec ce regard vous-devriez-passer-plus-de-temps-avec-votre-fils-au-lieu-de-travailler-autant. Merci la culpabilité. Comme si ça ne suffisait pas de devoir essuyer les larmes de Linus parce qu'une fois de plus il se demandait si sa maman allait finir par arriver.

Les expressos sont prêts quand Daniel fait tranquillement son entrée, les cheveux ébouriffés. Le froid glacial de février s'introduit dans la salle avec lui et plusieurs clients grelottent ostensiblement, sans qu'il y prête attention. Il s'en fout, sans doute. Elle se demande comment elle a pu lui trouver le moindre charme.

— Tiens, dit-elle avec toute la froideur qu'elle arrive à insuffler dans un si petit mot. On dirait que t'en as besoin. J'y vais.

Elle n'attend pas sa réponse, attrape le gobelet et sort dans la neige qui n'est pas près de fondre. Elle manque de renverser un vieux couple en fonçant sur le trottoir.

— Excusez-moi, je suis en retard, je dois récupérer mon fils à la crèche, murmure-t-elle sans vraiment les regarder.

— Les enfants vous surprennent parfois. Il leur arrive de prendre de ces initiatives quand on les laisse tout seuls !

La voix est bienveillante, sans réprobation.

Tuva ne répond pas, mais apprécie qu'ils ne lui en veuillent pas de sa maladresse. Les gens sont souvent si susceptibles. Il lui est déjà arrivé de faire tomber quelques gouttes de café sur des clients, par inadvertance, et qu'ils exigent non seulement qu'elle paye le pressing, mais aussi qu'elle allonge la monnaie pour le désagrément. Elle adresse un sourire d'excuse aux deux petits vieux. Elle a failli renverser son café, et ça lui rappelle qu'elle n'a vraiment pas le temps de s'attarder. Elle s'excuse une dernière fois, puis court en direction du métro tout en avalant son expresso. Le breuvage lui brûle d'abord la langue, puis l'œsophage. Il a un goût chimique, comme un médicament. Il faut qu'elle nettoie la machine. Le contraste avec le froid extérieur rend le liquide encore plus brûlant.

Quand elle aura récupéré Linus, elle retournera au café avec lui. Daniel lui offrira tous les petits pains et gâteaux qu'il voudra. C'est la moindre des choses. Au diable les macaronis et les boulettes de viande prévus pour ce soir. Demain, elle devra partir. Mais ce soir, c'est Linus et elle.

Au moment où elle arrive en haut de l'escalier qui mène au métro, ses jambes cèdent, sans prévenir. Elle pousse un cri en agrippant la rampe. Elle a dû trébucher. Du calme. Il faut arriver entière à la crèche.

Elle tente de se redresser, mais c'est comme si elle n'avait plus d'os dans les jambes. Elle ne tient plus sur ses pieds. Elle a le tournis, la nausée. Elle a peur de s'évanouir. Comme à la maternité, quand on lui avait donné tous ces médicaments lors de l'accouchement.

Linus.

J'arrive.

Elle essaye de se relever à l'aide de la rampe, mais ses bras font des kilomètres de long. Et la rampe s'échappe loin au-dessus de sa tête. En plus, elle ne sait plus comment s'y prendre. Des taches noires dansent à la périphérie de son champ de vision. Soudain, le monde bascule et une petite voix intérieure lui dit qu'elle est en train de tomber dans l'escalier. Elle ne sent plus rien.

La première chose que Tuva remarque en se réveillant, c'est la douleur de ses articulations. Elle est dans une position inconfortable. Elle remue les lèvres et s'éclaircit la gorge. Sa bouche est complètement sèche. Un goût fade qu'elle ne reconnaît pas. Il lui faut plusieurs secondes pour prendre conscience qu'elle n'est pas couchée. Elle est à genoux, les fesses contre les talons, légèrement penchée en avant. Des parois la compriment de tous les côtés, même au-dessus de la nuque.

Comme si elle était enfermée dans une petite caisse.

C'est trop douloureux pour être un rêve. Mais ça ne peut pas non plus être la réalité. Ce n'est pas possible. Et pourtant. L'odeur de bois est parfaitement réelle. De la lumière passe par d'étroites fentes, dessinant des rectangles sur ses jambes et ses bras nus. *Nus*… Où sont ses vêtements ? Il ne lui manque pas que sa veste, mais aussi son pull. Et son jean. Quelqu'un l'a déshabillée. Elle n'a plus que ses sous-vêtements. Ce n'est pas possible.

Elle sent à nouveau ce goût chimique dans la bouche. Ça doit être le café. Quelqu'un a dû mettre quelque chose dans son café. Et elle a tout bu, trop stressée pour se poser des questions.

L'adrénaline pulse dans son corps, sa peau picote. Il faut qu'elle sorte. Elle crie et pousse de toutes ses forces contre les parois. Le bois fléchit un peu, mais pas assez pour se briser ou pour que la boîte s'ouvre. Impossible de donner des coups de pied. Vu sa position, elle ne peut que taper de ses mains, mais sans force, elle est beaucoup trop à l'étroit. Tout à coup, les rayons de lumière sont interrompus sur un côté. Il y a quelqu'un près de la caisse.

— Laissez-moi sortir ! hurle-t-elle. Pourquoi vous faites ça ?

Pas de réponse. Mais elle sent une présence. Sa respiration. Elle hurle à nouveau, mais le silence reste tout aussi compact, menaçant. La sensation de picotement se répand sur toute la surface de son corps. Elle frappe à nouveau contre le bois, mais l'espace restreint ne lui permet pas d'y aller assez fort.

— Qu'est-ce que vous me voulez ? crie-t-elle tout en luttant contre les larmes. Laissez-moi sortir, je vous en prie, on peut discuter. Il faut que j'aille chercher Linus !

Elle regarde son poignet. Le verre de sa montre est brisé, les aiguilles sont bloquées sur quinze heures pile. Matti a dû essayer de la joindre au téléphone. Il a peut-être commencé à s'inquiéter sérieusement, peut-être même à la chercher, et très vite, il va la trouver et la faire sortir de cette caisse… mais d'un autre côté, ça lui est sans doute déjà arrivé d'être encore plus en retard que ça.

Et personne ne la cherche.

Parce que personne n'a encore compris qu'elle a été enlevée.

Enlevée. Le sens de ce mot l'envahit, la fait suffoquer. Un bruit métallique près de la caisse la fait sursauter.

— Il y a quelqu'un ? crie-t-elle.

Un objet argenté et pointu pénètre par une des fentes, côté gauche. On dirait le bout d'une épée. La lame en métal avance lentement à l'intérieur de la caisse. Elle essaye de déplacer sa cuisse, mais c'est trop étroit. Elle ne peut pas l'éviter. La pointe de l'épée touche sa cuisse, presse contre la peau. Ça fait mal, mais la vision est plus brutale encore que la douleur.

— Qu'est-ce que vous faites ? hurle-t-elle. Arrêtez !

La lame pousse de plus en plus fort jusqu'au moment où elle perfore la peau. Une goutte de sang apparaît. Le mouvement est hésitant. Comme si la personne à l'extérieur faisait un essai. Tuva crie à nouveau, mais c'est à peine si elle entend ses propres mots. Puis la pression diminue et la lame recule de plusieurs centimètres.

Un bruit de moteur qui démarre. La lame se met à vibrer et avance à nouveau. Cette fois-ci, elle ne s'arrête pas au contact de sa peau. Tuva hurle quand la pointe s'enfonce dans le muscle. Ses cris couvrent le bruit du moteur quand le métal poursuit son chemin dans ses chairs. La douleur est inimaginable. Des explosions de couleurs lui brouillent la vue, ses terminaisons nerveuses s'enflamment. Le monde disparaît, ne reste plus que la douleur. L'épée atteint le fémur, les vibrations se propagent dans son squelette. Tout son être tremble. Tuva vomit, sur elle-même, sur l'épée ensanglantée. La lame poursuit par-dessus le fémur et s'enfonce dans le muscle de l'autre côté. Le bout qui ressort à travers la peau a un aspect presque obscène. Du sang pulse aussitôt par la nouvelle plaie. Coule le long de la cuisse pour former une flaque sous ses jambes. Et l'épée continue. Poursuit son mouvement à travers sa cuisse, se dirigeant vers l'autre cuisse. Elle est toujours incapable du moindre geste.

— Arrêtez, s'il vous plaît, supplie-t-elle à travers ses sanglots. Il faut que j'aille chercher Linus. Je suis en retard. Il est tout seul.

Quand l'épée atteint son autre cuisse, Tuva se prépare à la douleur. Mais impossible d'y parvenir. Elle hurle de toutes ses forces, espère perdre connaissance, sortir d'elle-même, n'importe quoi pour y échapper. Quelques secondes passent. Une éternité. Elle ne voit plus rien. La lame traverse ses deux cuisses et ressort par une fente de l'autre côté de la caisse. Les vibrations cessent enfin.

Mais le bruit du moteur continue.

Quelque chose la pique à l'arrière de l'épaule et la conscience de Tuva s'éteint. Elle ressent, physiquement, l'effondrement de son cerveau. Parce qu'il y a aussi, bien sûr, des fentes à l'arrière de la caisse. Elle tente de se pencher en avant pour éviter l'épée dans l'épaule, mais le mouvement accentue le feu dans ses cuisses. Tuva n'est plus là. Elle est à la maternité où elle lutte pour mettre son fils au monde, elle est au café où elle a eu la chance de décrocher un boulot, elle flirte avec Daniel, elle est avec Martin et il dit qu'il l'aime. Elle entend le broyage des cartilages et des tissus de son dos, et se souvient que Linus a pris l'habitude d'appeler Matti papa.

Puis elle penche la tête et voit la peau se tendre sous la clavicule, avant d'éclater sous la pression du bout de la lame qui sort sous ses yeux. Comme dans un tour de magie. Elle est l'assistante du magicien et bientôt les applaudissements vont déferler sur elle. Comme à la télé. Le sang de sa poitrine colore en rouge ses sous-vêtements tandis que l'épée poursuit son chemin jusqu'à l'une des fentes de la paroi. L'odeur de fer recouvre tout.

Les yeux bleus de Linus devant elle.

Toi aussi tu me quittes, maman ?

Un sifflement sort de sa gorge quand elle essaye de parler.

— S'il vous plaît. Je suis en retard.

Quelqu'un bouge à l'extérieur. Une fente devant son visage s'obscurcit. Une troisième épée. À quelques centimètres de la tête de Tuva. Les deux épées qui la transpercent déjà la serrent comme dans un étau.

— Non, chuchote-t-elle.

L'épée bouge lentement, mais trop près. Elle voit le métal briller, mais ses yeux ne parviennent plus à le distinguer.

Linus. Je suis désolée. Maman t'aime.

Elle sursaute quand la pointe la touche entre l'œil droit et la racine du nez, avant de s'enfoncer et de crever son œil. Quelque chose d'humide coule sur sa joue et Tuva ne voit plus rien du côté droit. Mais ça ne fait pas mal. Au moins, ça ne fait plus mal.

Pourquoi ça sent le brûlé ?

C'est la dernière pensée de Tuva.

Avant que l'épée ne s'enfonce dans son cerveau.

MARS

Vincent abattit sa paume sur la table devant lui de toutes ses forces. Soupir de soulagement dans le public du théâtre. Il fronça les sourcils, ménagea une pause étudiée, puis observa les spectateurs tout en relevant la main. Une poche en papier écrasée apparut. Un rire nerveux traversa la salle quand il jeta la poche froissée par terre.

— Rien sous la poche numéro cinq non plus, dit-il.

La scène était plongée dans le noir, hormis un projecteur solitaire qui les éclairait, lui, la table et la femme à côté de lui. Sa lumière crue accentuait le caractère dramatique de la dernière partie du spectacle. Silence de mort. Aucun accompagnement musical pour le bouquet final. L'ambiance n'en était que plus anxiogène. Au départ, cinq poches blanches numérotées et posées à l'envers étaient dressées sur la table. Il en avait déjà écrasé deux de la paume de la main.

— Plus que *trois*, dit-il en s'adressant à la femme. Magdalena, ne regardez pas ces *trois* poches, je pourrais suivre les mouvements de vos yeux. Contentez-vous de penser à la poche sous laquelle se trouve le gros clou. Vous seule le savez. Le public n'a pas vu sous quelle poche vous l'avez caché, et moi non plus. *Trois*. Souvenez-vous comme le clou était pointu quand vous l'avez effleuré. Concentrez-vous.

La femme transpirait abondamment. La lumière du projecteur chauffait, et elle était aussi nerveuse que tous les autres spectateurs. Probablement plus, même. Vincent l'observa attentivement.

— Vous n'avez pas réagi à "trois" alors que je viens de le prononcer trois fois, dit-il ensuite. Le clou n'est donc sans doute pas là non plus.

Sa main s'abattit vivement sur la poche numéro trois. Plusieurs personnes dans la salle poussèrent un cri.

Plus que deux poches. 50 % de risque de se blesser sérieusement. Il se demandait pourquoi il faisait encore ce numéro. Tous ses prédécesseurs avaient fini par s'empaler la main. Si on répétait le numéro suffisamment de fois, c'était inévitable. Mais il ne fallait pas que le public se rende compte qu'il était véritablement anxieux. L'essentiel de l'illusion tenait au semblant de maîtrise absolue.

— Il ne nous reste plus que les numéros deux et quatre, dit-il à la femme. Pensez au clou, à sa longueur de pas moins de vingt centimètres.

Elle cligna des yeux et hocha la tête, accablée.

— Rappelez-vous comme il brillait, le clou, quand vous l'avez posé en équilibre sous une de ces poches. Sous celle que nous ne souhaitons pas que j'écrase.

— Mais je ne me souviens plus laquelle…, gémit la femme.

Il leva un sourcil. Tension à couper au couteau dans tout le théâtre. Deux poches. Il plaça sa main au-dessus de la première. Puis au-dessus de la seconde. Dans un cas, le spectacle s'achèverait par l'ovation d'un public debout. Dans l'autre, par un membre transpercé et un trajet en ambulance toutes sirènes hurlantes.

— Ouvrez les yeux, dit-il.

La femme ouvrit les yeux, et son regard se dirigea vers les poches. Il l'observa. Puis leva la main. Il était sur le point de l'abattre sur la première quand il vit la panique se répandre dans son regard. Au dernier moment, il changea d'avis et laissa sa main s'écraser sur l'autre, de toutes ses forces. La femme poussa un cri quand la main de Vincent frappa la table. Il resta plusieurs secondes penché en avant, paume sur le plateau. Puis, triomphal, il balaya par terre, d'un revers de main, le sac écrasé, avant de soulever la dernière poche. Le clou pointait droit en l'air, telle une lance, jetant des éclairs mortels dans la lumière crue.

Le public hurlait et se leva au moment où explosa la musique. Il signa le clou de son feutre permanent, le glissa dans le sachet qu'il offrit à la femme avant que celle-ci, visiblement délivrée, se fasse aider pour redescendre dans la salle.

Vincent avança jusqu'au bord de la scène en écartant les bras. Il n'avait nul besoin de faire semblant d'être soulagé.

Les ovations étaient assourdissantes. Le spectacle au théâtre de Gävle touchait à sa fin. Il s'inclina profondément, tout en fixant la salle. La lumière mouvante l'aveuglait, mais il se comportait comme s'il voyait le public. La ruse consistait à fixer un point précis comme s'il regardait une personne de son choix droit dans les yeux. Il riait face à l'obscurité, là où il savait que 415 personnes, debout, acclamaient le maître mentaliste Vincent Walder.

— Merci d'être venus, cria-t-il à la salle déchaînée.

Les gens applaudissaient et sifflaient de plus en plus fort. La salle était comble. Ça avait été une bonne soirée. Très bonne même. Elle n'était pas venue, cette femme qui l'inquiétait. Quand elle ne venait pas, il était soulagé à un point qu'il ne voulait pas s'avouer.

Il résista à la tentation de mettre la main au-dessus de ses yeux pour se protéger des projecteurs et savourer l'enthousiasme du public. Il en avait tellement besoin, avait travaillé si dur pour ça, maintenant c'était le moment de jouir de son succès. En même temps, c'était l'adrénaline pure qui le faisait encore tenir debout. 415 places. 41 plus 5 égale 46, son âge. Au moins pendant quelques semaines encore.

Arrête avec ça.

Il s'en était fallu de peu aujourd'hui, avec ce putain de clou. Le dernier numéro dans un show de deux heures. La sueur dégoulinait dans son dos, et il avait l'impression d'avoir le cerveau en ébullition.

Le secret n'était pas d'être capable d'anticiper le comportement des spectateurs, ni de donner l'illusion qu'il lisait dans leurs pensées. C'était de faire croire à une certaine légèreté, alors que son cerveau était au bord de l'implosion. L'affiche dans le hall le vantait comme le "maître mentaliste", mais il regrettait d'avoir accepté cette appellation. C'était trop...

simpliste. Vulgaire. Mais d'un autre côté, ce n'était pas mal de se cacher derrière un tel titre. Cela pouvait donner l'impression qu'il était un personnage de fiction. Et pas quelqu'un qui aurait préféré s'allonger de tout son long dans sa loge et juste respirer dix minutes. Maintenant que le spectacle était terminé, il lui fallait reprendre le contrôle de ses pensées avant qu'elles ne se mettent à vivre leur propre vie. Il lui faudrait plus de temps ce soir que d'ordinaire.

Contrôle. Huit lettres. Autant que de rangées au balcon.

Arrête.

Vincent leva les yeux vers le balcon, là où, pendant la première partie, il avait fait oublier leur nom à quatre spectateurs. 23 places sur chaque rangée. 184 places.

Quelqu'un sur le balcon siffla.

Inspire profondément, arrête avec les chiffres.

184 places. Le 18.04 serait le dernier jour de la tournée. Et 23 places par rangée, 8 rangées, 2 plus 3 plus 8 égale 13, exactement le nombre de spectacles qu'il lui restait à donner.

Arrêtearrêtearrête.

Vincent s'inclina une dernière fois et quitta la scène. Arrivé derrière le rideau de velours, il se mit à compter silencieusement. Un. Si à dix les gens étaient toujours en train d'applaudir, il remonterait sur scène en quelques enjambées pour une dernière salve. Deux. Une ombre se détacha dans l'obscurité. Une femme d'une trentaine d'années. Trois. Il se sentit glacé. Elle était donc quand même venue. Quatre. Mais cette fois-ci, elle n'avait pas attendu la fin du spectacle. Cinq. Comment elle avait fait pour s'introduire à l'arrière ? Il ne voulait personne dans les coulisses quand il se produisait. Celui qui l'avait laissée entrer allait passer un mauvais quart d'heure. Il leur avait demandé de surveiller la salle. Pour l'empêcher de s'approcher, pas pour l'aider. Six. Bon, maintenant il allait au moins voir quelle allure elle avait. Cheveux bruns relevés en queue de cheval. Col roulé. Veste noire. Sept. Des pupilles qui se dilatèrent d'un dixième de millimètre au moment où elle se mit à parler. Il n'avait aucune idée de son degré de dangerosité. Huit. Il lui fit signe de ne faire aucun bruit et montra la scène du pouce pour lui faire comprendre qu'il n'avait pas encore fini. Peut-être pourrait-il sortir de l'autre côté ? Neuf. Ne pas penser à elle. Inspirer profondément, sourire. Dix. Il remonta sous le feu des projecteurs en courant.

— Merci, merci, vous êtes vraiment trop aimables, cria-t-il. À ce que je vois, vous avez envie de rester ici, je comprends ça, mais la vraie vie vous attend. Il est temps de vous y confronter à nouveau. Et si les événements de ce soir vous empêchent de dormir, dites-vous bien : c'était juste pour rire.

Il fit une pause.

— Peut-être.

L'assistance rit bruyamment. Et un peu nerveusement, aussi. Il ne pouvait pas s'en empêcher lui aussi. Ça marchait chaque fois. Malgré son envie de rester, Vincent s'éclipsa avant que le public ne commence à se lever. Cela faisait toujours mauvais effet si l'artiste était encore sur scène quand les spectateurs se dirigeaient vers la sortie. Et quand ils avaient des vêtements à récupérer au vestiaire, comme c'était le cas ce soir, les gens se levaient toujours un peu plus rapidement dans le naïf espoir d'éviter de faire la queue. La femme se trouvait toujours au même endroit dans les coulisses.

— Elle est ici, chuchota-t-il dans son micro. Va chercher le régisseur. Dépêche.

Avec un peu de chance, les ingénieurs du son étaient toujours en régie même si le spectacle était terminé. La plupart des fans qui cherchaient à le voir étaient inoffensifs, mais il ne voulait prendre aucun risque. Surtout pas avec une femme qui s'était déjà précipitée sur scène plusieurs fois à la fin de ses performances. Ce n'était pas le comportement de quelqu'un de sain d'esprit. Jusqu'à présent, il avait réussi à l'éviter.

Il avait du mal à penser calmement. Il lui fallait toujours un moment pour décompresser, pour que son cerveau ralentisse, retrouve un rythme normal. En attendant, il n'arrivait pas à analyser la situation comme il l'aurait voulu. Mais il n'avait pas le choix, il fallait rester aimable en attendant le régisseur. Tout en gardant ses distances.

Il montra du doigt le court escalier menant au foyer des artistes, pour gagner du temps. Elle le devança. Il constata que l'escalier comptait sept marches. Pas de chance. Vincent prit la dernière marche deux fois pour tomber sur un chiffre pair. La femme n'eut pas l'air de s'en apercevoir.

Ils débouchèrent tous deux dans une pièce meublée comme une salle de séjour. Pourquoi ce régisseur tardait-il tant ? Quatre Perrier patientaient sur la table basse. Vincent enleva sa veste et la jeta sur l'un des canapés. Il tourna une des bouteilles pour aligner les étiquettes. La femme garda sa veste. Il prit une lingette et commença à se démaquiller. La femme fronça presque imperceptiblement le nez. Bien. Tout ce qui pouvait lui donner envie de partir d'ici l'arrangeait. Avec un peu de chance, il sentait la sueur.

— Je ne veux pas être désagréable, dit-il, mais c'est interdit au public ici.

Il ouvrit une des bouteilles d'eau pétillante et remplit un verre. Il contempla, suspicieux, les bulles.

— Vous ne pouvez pas rester ici, ajouta-t-il. L'arrière-scène est interdite aux personnes qui ne sont pas du théâtre…

La femme l'interrompit pour se présenter :

— Mina, dit-elle. Mina Dabiri. Je suis de la police.

Puis, d'un geste rapide, elle remit en place la bouteille qu'il avait légèrement déplacée en prenant la sienne. Ainsi, toutes les étiquettes étaient à nouveau parfaitement alignées. Après quoi, elle lui tendit la main. Vincent se tut et serra sa main. Le maître mentaliste ne savait plus que dire.

Mina contempla l'homme assis en face d'elle de l'autre côté de la table marron foncé. Vincent Walder. Elle l'avait attendu pendant qu'il se changeait. Il avait troqué ses vêtements de scène, un sobre et élégant costume bleu et une chemise noire, contre un tee-shirt blanc et un jean noir moins formels. Malgré le mois de mars et l'hiver qui tenait encore la ville de Gävle dans sa poigne sévère, Vincent n'avait pas mis de veste.

À sa propre surprise, elle se fit la réflexion qu'il était bel homme. Cela ne lui arrivait pas souvent. Et le mot qui lui vint à l'esprit fut plutôt "chic". Il avait un côté strict, une élégance un peu surannée, même en jean et tee-shirt. Tout à l'heure, son costume renforçait cette impression.

Mina aurait préféré discuter avec lui en toute discrétion, mais Vincent avait insisté sur le fait qu'il avait besoin de manger. Elle n'aimait pas changer ses plans, mais elle n'avait pas vraiment le choix. C'était elle qui avait besoin de lui. Voilà pourquoi elle se trouvait contrainte de lui exposer cette affaire policière sensible au beau milieu de l'auberge Harrys, un des rares endroits à Gävle où l'on servait encore après vingt-deux heures.

Vincent avait l'air plus épuisé qu'elle ne se l'était imaginé. Avec un peu de chance, manger le requinquerait. Elle avait besoin qu'il l'écoute attentivement. Elle-même avait du mal à ne pas se laisser distraire par le brouhaha des quelques autres clients. Ils parlaient un dialecte de Scanie et portaient des badges blancs au bout d'un cordon passé autour du cou. Sans doute un groupe de participants à une quelconque conférence dans un hôtel à proximité. Elle leur trouvait un air d'écoliers attardés avec leur trousseau de clefs autour du cou.

L'atmosphère était lourde de relents de bière et de sécrétions phéromonales. Elle aurait voulu porter un masque de protection, mais se raisonna et se concentra à nouveau sur Vincent. Comme elle n'avait trouvé aucune information sur lui dans les registres de la police, il lui avait fallu chercher ailleurs. Grâce à Wikipédia et à Google, elle avait appris qu'il allait fêter ses quarante-sept ans le mois prochain, que Walder n'était pas son nom d'origine et qu'il était "mentaliste".

Selon l'un des sites consultés, un mentaliste était quelqu'un qui, en usant de psychologie, de force de persuasion et de tours divers, donnait l'illusion d'avoir des facultés paranormales. La compréhension du mental des autres lui permettait d'appréhender leurs pensées. Vincent semblait également pratiquer une magie plus traditionnelle, toujours d'après les interviews qu'elle avait dénichées. Bien qu'elle ait cherché à le rencontrer pour ses connaissances du comportement humain, ses capacités de prestidigitateur constituaient un plus incontestable, compte tenu des photos qu'elle avait dans son dossier. Elle n'avait trouvé aucune information sur ses activités antérieures, ni sur son lieu de naissance. Selon Wikipédia, Vincent Walder exerçait sa profession depuis une quinzaine d'années, mais c'était à une émission sur TV4 qu'il devait sa popularité.

L'un des épisodes présentait une expérience psychologique qu'il avait réalisée en caméra cachée. Vincent avait choisi un participant au hasard, puis avait commencé à alimenter son quotidien par d'imperceptibles suggestions ainsi que par des injonctions hypnotiques, sans que le pauvre homme se doute de rien. Au bout d'un moment, l'homme s'était levé une nuit et était allé taguer VINCENT WALDER en lettres majuscules sur des murs dans une zone industrielle. Cent fois. Ça lui avait pris des heures.

Les gardiens des lieux n'avaient pas été prévenus. Quand ils avaient appréhendé l'homme, lui demandant ce qu'il fabriquait, il avait répondu qu'il ne savait pas de quoi ils parlaient. Il n'avait pas la moindre idée de ce qu'il avait fait pendant les heures qui précédaient, et fut sincèrement interloqué en voyant les taches de peinture sur ses mains et ses vêtements.

Mina n'avait pas vu l'émission, mais se souvenait que tout le monde en avait parlé. Ça avait causé une véritable polémique. Pour beaucoup, il y avait un problème d'éthique. Vincent expliqua qu'il avait voulu démontrer ce qu'était le fanatisme et comment les idées, même les plus absurdes, pouvaient s'immiscer dans notre inconscient pour influencer notre comportement. L'idée du graffiti était apparemment une allusion à un film des Monty Python, et quand on l'interrogea sur le message qui avait été tagué, il avait répondu que c'était ce qu'il avait trouvé de plus anodin. De plus, avait-il ajouté, un artiste signe toujours son œuvre. Instagram avait fait un mème de cette citation pendant plusieurs mois, avant que toute l'histoire ne passe aux oubliettes.

L'odeur d'huile de friture et de viande grillée titilla les narines de Mina une seconde avant que le serveur ne pose le hamburger devant Vincent. Des récipients sans couvercle contenaient mayonnaise et ketchup. Mina eut un mouvement de recul à l'idée de ce qui avait pu arriver à ces aliments depuis qu'on les avait extraits de leurs emballages. Un désastre d'hygiène. Par réflexe, elle attrapa un flacon de gel hydroalcoolique tout neuf dans sa poche, en fit sortir quelques gouttes et se frotta méticuleusement les mains.

— J'ai besoin de glucides après un spectacle, s'excusa le mentaliste. Sinon j'ai le cerveau poussif.

Il prit une frite, la plongea dans la mayonnaise et en mangea la moitié. Mina l'observait en silence. S'il trempait la frite une deuxième fois, elle serait contrainte de l'exclure de la partie de l'humanité qu'elle pouvait encore fréquenter. Pas de second plongeon, ouf. Il y avait de l'espoir.

— Je suis vraiment désolé de mon comportement tout à l'heure, dit-il. Je vous prenais pour quelqu'un d'autre. Nous avons des soucis avec une admiratrice très… envahissante. Je vous prenais pour elle. Je ne voulais pas être impoli.

Elle balaya ses excuses d'un revers de main. Le serveur posa une bière devant Vincent et un Coca Light devant elle. Elle sortit une paille jetable de sa poche, arracha le papier de protection et plongea la paille dans le Coca. Vincent leva un sourcil, mais ne fit aucun commentaire.

Quand le serveur fut hors de portée de voix, elle se mit à parler.

— On m'a conseillé de vous contacter, dit-elle tout doucement. D'après ce que j'ai compris, vous êtes un fin connaisseur du mental de l'être humain. De plus, vous avez des compétences en magie. Nous avons besoin d'un expert dans les deux domaines.

Il hocha la tête et but une gorgée de sa bière.

— Je faisais pas mal de magie quand j'étais plus jeune, dit-il, mais vers l'âge de vingt ans, j'ai réalisé que les tours de cartes n'étaient pas la meilleure tactique de drague. Alors j'ai arrêté.

— Ça vous a réussi ? demanda-t-elle.

— À vous de me le dire. En tout cas, j'ai rencontré ma première épouse un mois après. Depuis, je ne m'intéresse aux cartes que comme passe-temps. Pourquoi la police a-t-elle besoin de mes compétences ?

Vincent jeta un regard à sa montre avant qu'elle n'ait le temps de répondre.

— Oh là, désolé, lança-t-il, mais à propos d'épouse… Il est moins le quart, il faut que je l'appelle, on se parle toujours à cette heure-ci. Je n'en ai que pour quelques minutes.

Elle faillit s'impatienter tant elle voulait en venir aux faits. Elle avait déjà dû l'attendre au théâtre. Ses collègues disaient qu'elle était trop directe, qu'il lui fallait être un peu plus sociable si elle voulait que les gens soient à l'aise avec elle. Elle n'en était pas persuadée. Depuis bientôt dix ans qu'elle exerçait au sein de la police, elle n'avait encore jamais participé à une enquête dont l'issue aurait dépendu de ses compétences sociales. Mais bon.

— Pas de problème, dit-elle en changeant discrètement de position sur la chaise inconfortable.

Elle plongea son regard dans son Coca. Fit abstraction de la voix de Vincent parlant avec sa femme. Elle repensa à la caisse qu'ils avaient trouvée une petite semaine auparavant. Le genre de caisse qui aurait dû être couverte de symboles scintillants, au beau milieu d'un spectacle de magie à Las Vegas. Elle imaginait l'assistante en tenue à paillettes – toujours des femmes dans ces rôles rabaissants – qui se pliait et se glissait à l'intérieur de la boîte, puis le magicien, un homme bien sûr, qui enfonçait de longues épées dans les fentes des parois tandis que le public poussait des "Aaaah" et des "Ooooh". Elle avait fait ses recherches sur internet. On l'appelait *The Sword Box*, ce numéro de magie misogyne, ou encore *Sword Cabinet*, *Sword Casket* ou *Sword Basket*. Le numéro avait assez de succès pour cumuler les déclinaisons. À l'origine, il ne s'agissait pas d'une boîte, mais d'une petite corbeille. Avec un enfant dedans. L'horreur. Et pourtant, le numéro était considéré comme un classique de l'illusionnisme. Femmes et enfants. Les victimes sont toujours les mêmes.

Mais elle n'était pas en train de se geler chez Harrys au fin fond de Gävle à attendre Vincent Walder juste parce que ses collègues étaient tombés sur un accessoire de magie maladroitement assemblé. Elle était là à cause du corps qu'ils avaient trouvé *à l'intérieur* de la caisse. Un corps qu'ils n'avaient toujours pas réussi à identifier. Et elle était là parce qu'ils étaient dans une impasse. Ils avaient suivi tous les protocoles habituels, sans aucun résultat. Sa cheffe Julia et elle avaient fini par conclure que, pour avancer, il fallait avoir recours à des méthodes moins conventionnelles.

Mina avala une grosse goulée de sa boisson et fixa son regard sur le groupe de conférenciers au bar. Tout était bon pour chasser de sa tête les images d'horreur. Aucune envie de s'y attarder. Mais elles étaient là, aussi distinctes qu'au début. Son travail la mettait rarement mal à l'aise, mais cette fois-ci, c'était différent. Des deux côtés de la caisse, les pommeaux d'un certain nombre d'épées étaient visibles à l'extérieur. De l'autre côté, on voyait les pointes. Entre les deux, à l'intérieur de la caisse, suspendue aux épées comme une sorte de marionnette sordide, une jeune femme. Mina ferma les yeux. Trop tard. Toujours trop tard.

L'enquête n'avait pas encore permis d'identifier la femme, et il n'y avait pas de suspect. La caisse contenant le corps avait été envoyée à Milda Hjort à l'IML, l'institut médico-légal. Mina ne pensait pas que cela mènerait à grand-chose. Rien d'important en tout cas. La clef se trouvait dans le mode opératoire du délit, elle en était persuadée.

Mina se rendit compte que Vincent l'observait. La conversation avec sa femme était terminée. La policière s'éclaircit la gorge et évacua les images de sa tête.

— Excusez-moi, dit-il. Je suis à vous. Je déduis à votre accent que vous n'êtes pas d'ici. Je suppose que vous travaillez à Stockholm. Pourtant vous êtes là, à Gävle. Tard un jeudi soir. Pour parler de magie et de psyché humaine avec un mentaliste. Quelqu'un vous a conseillé de me contacter, disiez-vous. Je suis très curieux d'en savoir plus.

Vincent se pencha en avant, comme pour souligner son intérêt. Elle décida de le tenir sur le gril. Elle avait besoin qu'il s'engage vraiment.

— Quel coup de théâtre, la signature à la fin du show, dit-elle avec un grand sourire. Un artiste signe donc toujours son œuvre.

Il eut l'air déconcerté, puis éclata de rire.

— Vous faites allusion à la signature du clou ? Oui, je sais, c'était un peu cliché. Mais comment vous dire ? Depuis mon passage à la télévision, les spectateurs attendent ça et je n'ai pas envie de les décevoir. Ils ont payé pour la soirée, avec leur temps et leur argent.

Les épaules de Vincent se détendirent. S'il avait été sur ses gardes, ce n'était visiblement plus d'actualité.

— Vous avez raison, dit-elle. Si je suis ici, c'est pour une affaire de la plus haute importance. Nous avons un cas auquel je ne comprends rien. Nous avons réussi à tenir la presse à l'écart jusqu'à présent, mais ce n'est plus qu'une question de temps, bientôt tout le monde ne parlera que de ça.

Il découpa une bouchée de son hamburger. Elle était très soulagée de le voir manger avec couteau et fourchette. S'il avait pris cette horreur dégoulinante entre ses doigts, elle se serait levée et aurait quitté les lieux sur-le-champ.

— Pardon, dit-il, mais en quoi cette affaire me concerne ?

Au lieu de répondre, Mina sortit une enveloppe beige de son dossier et en retira des photos. Elle les passa en revue pour en trouver une où on ne voyait pas le corps, mais uniquement la caisse et les épées. Elle posa cette photo sur le dessus et attacha l'ensemble avec un trombone. Il n'avait vraiment pas besoin de subir toutes les autres.

— Vous voyez ce que c'est ? demanda-t-elle en montrant la photo.

Vincent se figea, la fourchette à un centimètre de sa bouche ouverte.

— *Sword Casket*, dit-il. Parfois aussi appelé *Sword Box*. Mais qu'est-ce que… comment… je ne comprends pas.

Il fourra le morceau de hamburger dans sa bouche.

— Moi non plus, dit-elle. Ou plutôt, il y a un coupable, quelque part, que je ne comprends pas. Mais je me disais que vous, vous y comprendriez peut-être quelque chose. Je veux dire, avec votre expérience. Je viens vous demander votre aide. Laissez-moi vous expliquer : la caisse n'était pas vide quand nous l'avons trouvée. Nous avons mis du temps à retirer les épées et à sortir le corps.

Vincent s'arrêta de mâcher et devint blême.

— Pour le moment, nous ne savons toujours rien de la victime, continua Mina. Je crois que notre seule chance de trouver le coupable, c'est d'arriver à comprendre ce qui se passe dans sa tête. J'aurais aimé pouvoir vous dire qu'il est assez rare d'avoir affaire à des corps mutilés, mais ce n'est malheureusement pas le cas. Du moins, pas aussi rare qu'on pourrait le penser. Mais un corps dans une boîte à magie ? Ça, c'est nouveau. Qui peut bien avoir ce genre d'idée ? Et *pourquoi* ? C'est pour ça que je voudrais faire appel à vous. J'ai vu votre spectacle. Vous savez comment ça fonctionne dans la tête des gens. Bien mieux que la plupart d'entre nous. Aidez-moi à comprendre qui peut être cette personne.

Vincent se renversa en arrière et fronça les sourcils.

— Mais vous n'avez pas vos propres profileurs ? demanda-t-il. Pourquoi croyez-vous que je pourrais être plus efficace ? Dresser le portrait de criminels ne fait pas franchement partie de mon quotidien.

Il plongea quelques frites dans la mayonnaise avant de les engloutir.

— Encore une fois, vous avez de l'expérience en psychologie *et* en magie. Ce n'est pas le cas de notre profileur. Et en plus…

Elle jeta un coup d'œil alentour, puis reprit, en baissant la voix :

— En plus, le dernier profil qu'il a établi, c'était "homme d'origine grecque, de la haute société, âge moyen". La coupable s'est avérée être une jeune Suédoise travaillant dans un entrepôt de stockage.

Vincent eut juste le temps de mettre la serviette devant sa bouche avant d'éclater de rire.

— Votre demande me paraît quand même étrange, dit-il. J'avais cru comprendre que la police n'aimait pas trop mêler des civils à ses enquêtes. Et je n'ai aucune formation en matière de profilage. J'ai beaucoup appris sur le comportement humain, mais je tire mes conclusions exclusivement d'une psychologie de base, de mes propres observations et des probabilités statistiques en général.

— Vous croyez que les consultants de la police font comment ?

— Mais moi, je fais ça dans le domaine du divertissement. Si je me trompe au cours d'un spectacle, ça ne fait de mal à personne.

— Sauf à vous-même, dit-elle. Vous avez suffisamment confiance en votre propre perspicacité pour prendre le risque de vous enfoncer un énorme clou à travers la main.

Il s'autorisa un petit sourire.

— Ce que je ne devrais vraiment plus faire, dit-il. Mais bon. Cela dit, je ne comprends toujours pas quel serait mon rôle et pourquoi vous faites appel à moi.

— Nous…

Mina hésita.

— Notre groupe a une position quelque peu inhabituelle au sein de la police. Nous ne faisons pas partie de l'organigramme général.

— Comment ça ?

— Il se trouve que notre cheffe d'équipe, Julia, est la fille du big boss de la police et…

— Du népotisme ? s'exclama Vincent en levant un sourcil, l'air moqueur.

Elle se raidit et vit que ça ne lui avait pas échappé.

— Pas du tout ! Julia est très compétente, elle est faite pour diriger, et cela ne m'étonnerait pas qu'elle finisse elle-même cheffe de la police un jour ou l'autre. Mais elle est aussi frustrée que nous autres par la rigidité de l'organisation. Et c'est plutôt *malgré* le fait d'être la fille de notre supérieur qu'elle a réussi à convaincre la direction de créer un groupe… indépendant dont elle est responsable et membre actif.

— La crème de la crème ?

— Ça dépend, répondit Mina d'un ton sec. *Beggars can't be choosers.*

— Autrement dit, un groupe spécial sans compétences spéciales ? dit Vincent, perplexe.

Mina comprenait sa réaction, mais ne savait pas exactement comment lui expliquer. Elle se lança pourtant :

— Chacun a ses talents. Mais nous ne sommes que des humains, et quand une unité policière prête l'un de ses membres, il peut y avoir mille raisons à cela.

— Et vous, pourquoi vous a-t-on prêtée ? demanda Vincent avec un petit sourire au coin des lèvres.

— Je ne sais pas exactement. Je connais mes atouts en tant que policière. Je suis têtue, déterminée et je n'ai pas peur de penser de façon non conformiste.

— Mais ? dit Vincent en avançant la main pour attraper une nouvelle frite.

— Mais l'équipe dans laquelle je travaillais avait un problème avec moi. Je ne sais absolument pas pourquoi. Moi, je n'avais aucun souci avec eux. Travailler en groupe ne me pose pas de problème. Ce sont les groupes qui ressentent une espèce de gêne à mon sujet.

Elle s'éclaircit la voix et continua :

— En tout cas, mes supérieurs nous autorisent à faire appel à un consultant externe dans cette affaire. Vous serez modestement rémunéré, mais vous aurez un véritable poids.

— Par rapport à mes spectacles, vous voulez dire ? demanda-t-il en repoussant les photos vers elle. Vous avez probablement confondu le maître mentaliste avec la réalité. Je suis désolé, mais vous avez fait beaucoup de kilomètres pour rien. Comprenez : mon rôle, c'est de divertir. J'amuse les gens. Le maître mentaliste est un personnage, rien d'autre. Ce que je fais sur scène, ça reste… sur scène. Ce n'est pas la réalité. Vous avez peut-être l'impression que j'ai des aptitudes uniques ou particulières, mais la vérité, c'est que n'importe qui peut apprendre à faire ce que je fais. Vous, vous avez besoin de réaliser des profils psychologiques. De meurtriers, en plus. Question criminels, je n'y connais rien. Encore une fois, il vous faut un professionnel. Quelqu'un qui – comment disiez-vous ? – aura un véritable poids.

Il évita son regard. Cela n'était pas du tout ce qu'elle avait prévu. Elle avait pensé qu'il allait peut-être refuser par manque de temps, ou parce qu'il estimait avoir des choses plus importantes à faire. Elle s'était préparée à devoir flatter son ego. Elle n'avait pas prévu qu'il allait lui mentir.

— Je comprends, dit-elle en se levant.

Changement de stratégie.

— Il s'agit d'un malentendu, alors. C'est que vous êtes tellement convaincant sur scène. Je suis désolée. Il fallait que je tente le coup. Je règle la note et on n'en parle plus. Je crois qu'elle est restée sur le comptoir près des Scaniens.

— Helsingborg, dit-il d'un air las et en recommençant à piqueter son burger. Ils sont de Helsingborg. Ils participent à une conférence sur la sécurité électrique. Vous ne voyez pas le logo sur leurs badges ? Et à votre place, je ne les dérangerais pas, la grande femme qui nous tourne le dos vient juste d'entamer la conversation avec un homme, c'est la première fois ce soir qu'elle parle à quelqu'un sans essayer de se rapetisser pour ne pas effrayer son interlocuteur. Dommage qu'il soit marié. Incroyable que les hommes s'imaginent qu'il leur suffit d'enlever leur bague pour avoir une tête de célibataire. Un homme marié, ça se reconnaît à des kilomètres. Mais bon. Ces deux-là ne vont sûrement pas se faire surprendre, et elle, elle a l'air d'en avoir besoin.

Mina fit un effort pour ne pas rire. Vincent n'avait pas l'air de se rendre compte de ce qu'il venait de dire.

— Et il n'y a rien à régler, ajouta-t-il. J'ai déjà payé.

— Il y a combien de marches pour descendre de la scène au foyer des artistes du théâtre de Gävle ? demanda-t-elle rapidement.

Vincent la regarda, interloqué.

— Huit, dit-il, mais pourquoi vous me demandez ça ?

— Il y en a sept. Sauf si on fait un pas de plus pour terminer sur un chiffre pair.

Vincent resta bouche bée. Là, elle avait son attention. Il n'avait visiblement pas l'habitude qu'on remarque ses bizarreries. Elle se rassit, sans plus cacher son sourire.

— Bon, dit-elle en poussant à nouveau les photos vers lui. Des idées ?

— D'accord, vous avez gagné, dit Vincent. Pour l'instant.

La photo de dessus avait glissé en laissant apparaître une partie de celle de dessous. Elle ne fut pas assez rapide pour empêcher Vincent de la prendre.

— Mon Dieu ! dit-il en grimaçant.

— C'est la réaction adéquate.

Vincent plissa les yeux, comme pour essayer de s'habituer à l'horreur.

— Qu'est-ce que c'est ? demanda-t-il en semblant montrer un objet dans une poche plastique placée près du corps.

— C'est la montre-bracelet de la victime. Le cadran est cassé, les aiguilles arrêtées sur trois heures, et c'est probablement l'heure de sa mort. Trois heures de l'après-midi.

— Non, pas la montre. *Ça.*

Il montra des lignes qui avaient l'air d'avoir été gravées dans la cuisse de la femme, juste sous l'endroit où l'épée avait été introduite. Deux longues lignes rassemblées par trois lignes plus courtes, réparties à intervalles réguliers. Mina avait trouvé que ça ressemblait à une échelle.

— Des marques faites au couteau ou quelque chose d'équivalent. Peut-être pour terroriser la victime. Un avant-goût de ce qui allait suivre.

— C'est réalisé avec beaucoup de précision, dit-il. Tout à fait différent de la violence avec laquelle le corps a été transpercé. Je ne pense pas qu'il s'agisse de torture, cette "échelle" pourrait être une sorte de symbole.

— De quoi ?

— Plusieurs religions ont des échelles. Dans la Bible, l'échelle de Jacob va jusqu'au ciel. Freud pensait que l'échelle avait un rapport avec l'acte sexuel. Ne me demandez pas pourquoi. Mais je crois qu'ici, c'est beaucoup plus simple.

Il tourna la photo de quatre-vingt-dix degrés et montra à nouveau l'échelle, couchée maintenant.

Mina comprit que ce n'était pas une échelle qu'elle fixait.

C'était un trois en chiffres romains.

Ils restèrent un long moment silencieux. Le brouhaha des Scaniens au bar l'assommait.

— Je n'ai pas vraiment envie de poser la question, mais…, dit Vincent au bout d'un moment.

Mina hocha la tête.

— Je sais à quoi vous pensez, dit-elle. Si c'est le chiffre trois…, où sont le un et le deux ?

Vincent avait toujours du mal à s'orienter le matin. Durant les quelques secondes entre le sommeil et le réveil où il ne ressentait que le drap contre la peau, un rayon de soleil aveuglant, l'arrière-goût fade du somnifère. Pas d'espace, que du vide autour de lui, aucune notion du temps ou de l'endroit dans l'univers où il se trouvait. Quelques secondes de néant béni où il ne faisait qu'exister.

Doucement, le réel s'immisça. Le bruit de porcelaine dans la cuisine. Un oiseau qui, bravant l'hiver, gazouillait à la mangeoire que Maria avait fabriquée. Son fils Aston dont la voix montait, s'adoucissait, alternant entre bonheur et fureur à quelques secondes d'intervalle.

Vincent s'assit et repoussa la couverture. Posa les pieds sur le sol. D'abord le pied gauche. Il enfila un pantalon et la chemise de la veille qu'il n'avait portée que le soir, mais qu'il allait quand même jeter dans la corbeille à linge un peu plus tard. Il ignora le bouton du haut, comme s'il n'existait pas, et boutonna les six suivants. Comme il fallait. Incompréhensible que toutes les chemises soient munies de sept boutons. Sans doute conçues par des psychopathes.

Quand il arriva à la cuisine, tout le monde était déjà à table. Sauf Rebecka.

— Va dire à ton adolescente de fille que le petit-déjeuner est servi, dit Maria sans le regarder.

Vincent essaya de se souvenir d'une époque où les phrases entre eux n'étaient pas remplies de non-dits et de sous-entendus larvés. En vain. La vie, le quotidien, les disputes et la méfiance avaient lentement, sournoisement, érodé ce qui avait été. Impossible de dire exactement quand cela avait commencé.

Maria coupa une pomme en petits dés pour Aston qui touillait frénétiquement son yaourt. Le thé vert dans le mug près d'elle avait sûrement refroidi depuis un moment. Benjamin écala lentement et méthodiquement ses deux œufs tout en faisant de son mieux pour avoir l'air de dormir encore. Une assiette pour les coquilles, une autre pour les œufs. Vincent partit frapper à la porte de Rebecka.

— Rebecka ? Tu viens, on mange ! cria-t-il à la porte.

Il connaissait d'avance la réponse.

— J'ai pas faim ! répondit la voix de Rebecka de l'autre côté.

— Il faut que tu manges. Viens, dépêche-toi.

Il retourna à la cuisine sans attendre la réponse. Au moment où il s'assit à table, il entendit la porte s'ouvrir derrière lui. Et se refermer en claquant. Benjamin lorgna Rebecka, agacé, mais ne dit rien.

— Mamaaaan ! hurla Aston subitement. Les morceaux sont trop gros ! Tu m'as fait des morceaux trop gros !

Il poussa son bol vers Maria si brusquement qu'une partie du yaourt atterrit sur la table.

— Pas du tout, mon chéri, ils sont exactement comme d'habitude. Regarde.

Maria prit un bout de pomme. Le yaourt dégoulinait de ses doigts. Elle avait l'air irritée, mais Aston éclata de rire.

— Maman, on mange pas son yaourt avec les doigts ! Ça prend vraiment trop de temps !

— Ils sont un peu gros, en effet, remarqua Vincent qui approcha le bol.

De son couteau, il commença à découper les bouts de pomme couverts de yaourt en plus petits morceaux. Il jeta un coup d'œil à sa femme. Elle était toujours en train de lécher ses doigts, l'air toujours aussi énervé. Il pesait le pour et le contre : parler ou se taire ? Avec Maria, le tout était de choisir le moment où elle était réceptive. Savoir si c'était le capteur ou l'émetteur qui était branché. Des fois il tombait juste, des fois pas.

— Choisis tes combats, lui dit-il enfin, tout doucement. N'oublie pas ton thé.

Pour toute réponse, il eut droit à un regard assassin. Il n'avait de toute évidence pas fait le bon choix.

— Je veux que ce soit maman qui coupe, dit Aston en tapant de la main sur la table. Elle fait ça mieux que toi.

— Tu es assez grand pour couper tes pommes toi-même, dit-il à Aston. Comme ça, ce sera comme toi tu veux. Mais si c'est nous, ce sera comme nous on veut.

— Mais c'est votre travail de faire le petit-déjeuner, objecta Aston.

— C'que tu peux être gamin, souffla Rebecka à son petit frère.

Elle s'assit à table, bras démonstrativement croisés.

— Toi-même ! hurla Aston, rouge de colère. C'est toi la gamine !

— J'ai quinze ans, t'en as huit, je suis presque deux fois plus vieille que toi, alors c'est toi le gamin.

— Nooon !

Aston se dressa sur sa chaise, mais Maria posa une main sur son épaule.

— C'est vrai que Rebecka est plus âgée que toi, dit-elle. Et qu'elle coupe ses pommes elle-même. En fait, elle est autonome en presque tout. Alors que toi, tu te fais servir.

Maria lui fit un clin d'œil et Aston lui renvoya un grand sourire. Vincent était conscient de l'adoration de son fils pour sa mère. Rien ne lui faisait plus plaisir que de sentir que c'était lui et Maria contre les deux grands.

— Quelle idée aussi de manger de la pomme au petit-déjeuner, dit Rebecka. Complètement à côté de la plaque.

Vincent fixa la pomme. 19 morceaux, c'est-à-dire 38 s'il les coupait tous en deux. Impair devient pair. Un sentiment de calme l'envahit. Il aimait la symbolique. Que ce qui faisait désordre ait en réalité une chance de retrouver son équilibre. Il y avait de l'espoir. Il aimait sa famille, mais il avait du mal à gérer le chaos qu'elle générait. Il aimait l'ordre. Un environnement structuré. Les chiffres pairs.

— Tiens, canaille.

Vincent poussa le bol vers Aston qui eut l'air de se demander ce qu'il pourrait encore avoir à redire au sujet des pommes.

Mais le mot “canaille” l’avait déstabilisé. Pas certain de sa signification, il se contenta d’un regard effronté à son père avant de commencer à manger.

Maria supplia Rebecka de prendre une tartine.

— Ou du yaourt. Ou ce que tu veux. Mais mange quelque chose.

— Chez ma mère, je ne suis pas obligée de petit-déjeuner, dit Rebecka, les bras toujours croisés. Maman ne mange rien avant midi. Jeûne périodique. C’est bon pour la santé de se permettre une pause dans la digestion, nos corps ne sont pas faits pour manger tout le temps, on mange beaucoup trop souvent. À l’époque des cavernes, on ne mangeait que de temps à autre, il pouvait se passer plusieurs jours d’affilée sans que les gens se nourrissent.

— Ça, c’est pas de toi, ça vient tout droit de ta mère. Et on n’est plus à l’époque des cavernes. Vincent, explique ça à ta fille.

— Au fond, elle a raison, dit Vincent en se versant du café. Nos corps ne sont pas adaptés à l’alimentation moderne et des études récentes ont démontré que…

Maria se leva avec fracas et quitta la table avec son assiette et sa demi-tartine d’avocat sur pain de seigle. Saupoudrée comme toujours de noix de coco bio. Le prix au kilo de la substance avoisinait celui de l’or, mais ses propriétés anti-inflammatoires étaient, selon Maria, la promesse même de la vie éternelle.

— Bon Dieu, si tu pouvais *aider* un petit peu de temps en temps, s’exclama-t-elle. Évidemment que Rebecka doit manger ! Une adolescente en pleine croissance, avec tout ce qui se transforme dans son corps. Tu sais pas que les filles peuvent perdre leurs règles si elles ne mangent pas…

— Beurk, la coupa Benjamin. Ne parle pas de ça, je suis en train de *manger*.

— Tu as dix-neuf ans, Benjamin, intervint Vincent. Ne me dis pas que les fluides corporels te posent encore problème.

Benjamin fixa son père. Puis il se leva, prit la direction de sa chambre, le reste de son œuf à la main, l’air dépité.

— Papa, t’es grave Asperger, constata Rebecka sèchement.

— Ce n’est pas le bon mot, corrigea Vincent. Je crois qu’on dit trouble du spectre autistique, ou TSA, maintenant.

Maria les ignora et poursuivit son idée.

— Et ne me rappelle pas en permanence ce que fait et dit ta maman, dit-elle. Rebecka, il faut que tu comprennes qu'ici, dans notre famille, nous avons *nos* règles et nos habitudes. Ce que vous faites chez Ulrika ne concerne pas notre vie de famille à nous.

— Bien sûr, tante Maria.

Rebecka se leva à son tour en prenant une tranche de pain dans la corbeille. Elle la montra théâtralement à Maria avant de partir dans sa chambre. En claquant la porte.

— Prêt ! Merci, maman ! Je vais nourrir les chiens.

Aston repoussa sa chaise et courut jusqu'à l'aquarium dans la salle de séjour.

— Les *poissons*-chiens, le corrigea Vincent. Ce sont des poissons-chiens américains.

— J'sais bien, répondit Aston en couvrant la surface de l'eau d'aliment. Wouaf, wouaf, là-dedans !

De retour à la cuisine, il saisit son iPad et fila dans sa chambre.

— Cinq minutes, Aston ! cria Vincent. Après, on s'habille et on y va. Cinq minutes !

Maria s'adossa à l'évier et croisa les bras, copiant involontairement Rebecka.

— Elle m'appelle "tante Maria" juste pour me provoquer.

Vincent regarda sa femme sans comprendre.

— Mais tu *es* sa tante, objecta-t-il. Vous êtes bien sœurs, sa mère et toi. Pourquoi t'énerver parce que Rebecka le dit ? Alors que c'est vrai ?

Il ne comprenait pas comment elle pouvait gaspiller son énergie à contredire des faits objectifs. Il saisit une tranche de pain de seigle et se mit à étaler le beurre méticuleusement. Lisse, jusqu'aux bords.

— Ce n'est pas ça la question, bon sang, poursuivit Maria. Sérieux, tu ne comprends vraiment pas ? Mon Dieu, je suis mariée à un robot ou quoi ? Elle dit ça uniquement pour m'agacer, c'est évident.

Il fronça les sourcils. Il s'efforçait de comprendre. La logique de Maria lui échappait. Un fait était un fait, c'était imparable. Les réactions émotionnelles, c'était tout autre chose.

— Avec qui tu dînais avant-hier, d'ailleurs ? demanda-t-elle sur un autre ton. C'était avec Ulrika ?

Vincent leva les yeux, surpris. Il venait de mordre dans sa tartine et ne pouvait pas répondre avant d'avoir achevé de mastiquer. Dix fois. Il faillit le faire une onzième fois, mais se retint au dernier moment.

— Pourquoi je dînerais avec mon ex-femme ?

— J'ai vu le débit sur mon appli bancaire, ensuite j'ai vérifié la note que j'ai trouvée dans ton portefeuille. T'as invité quelqu'un à dîner quand tu étais à Gävle. Elle est restée à l'hôtel avec toi ? Vous avez couché ensemble ?

La voix de Maria était montée dans les aigus. Vincent jura intérieurement. Il aurait pu prévoir cette scène. C'était une danse qu'ils avaient pratiquée tant de fois maintenant. La jalousie pathologique de Maria pouvait frapper n'importe quand – et c'était de plus en plus fréquent. Ce genre d'événement, parmi tant d'autres, ruinait petit à petit leur relation.

— C'est une enquêtrice de la police qui m'a contacté, expliqua-t-il. Elle voulait avoir mon avis pour une affaire d'homicide sur laquelle elle travaille.

— Ha ! ricana Maria. La *police* ? Une enquêtrice en plus, comme ça tombe bien… S'il te plaît, Vincent, ne me prends pas pour une idiote. Faudrait voir à être un peu plus inventif. Elle voulait ton avis sur un meurtre ? Mais pourquoi la police viendrait te voir, *toi*, pour un crime ?

— Parce que c'est en rapport avec…

Maria le coupa en levant la main.

— Il faudra que tu avoues plus tard. Maintenant, c'est l'heure d'emmener Aston à l'école. Aston ! cria-t-elle. On est pressés ! Lâche ta tablette ! Vous êtes partis dans cinq secondes.

Elle quitta la cuisine en direction de leur chambre à coucher.

Vincent fixa sa tartine. La police. Mina. Elle n'avait pas quitté ses pensées depuis leur rencontre. Quelque chose en lui espérait qu'elle allait reprendre contact. La morsure de ses dents dans la tartine avait formé un bourrelet dans le beurre. Il saisit le couteau, nivela le beurre et prit une nouvelle bouchée, de la taille d'un sixième de la tartine. Six parts, c'était bien. Sauf que maintenant il en restait cinq. Pas terrible.

Pendant la soirée qu'ils avaient passée ensemble, Mina avait fait preuve d'une redoutable capacité à le déchiffrer. Comme d'habitude, il s'était efforcé de jouer le rôle de l'artiste mondain. Masque bien étudié, une parfaite cuirasse lors de ses rencontres avec des journalistes ou autres. Le plus souvent, cela convenait parfaitement à ses interlocuteurs. Il correspondait ainsi à la personne qu'ils pensaient rencontrer, et tout se passait bien. Mais Mina l'avait vu compter les marches de l'escalier. Elle avait saisi son souci d'alignement des bouteilles dans la loge et les avait remises dans le bon ordre. Et elle l'avait poussé à analyser les gens du bar.

Ni Maria ni Ulrika ne l'avaient cerné avec autant de perspicacité, et ce, malgré plusieurs années de vie commune.

Il finit sa tartine tout en comptant les morceaux. Il avala vite fait les numéros trois et un.

Mina devait être une excellente enquêtrice. Elle n'était pas seulement exceptionnellement attentive – sa façon de percevoir des choses qu'il croyait masquer à la perfection était à la fois flatteuse et inquiétante –, c'était aussi que lui-même avait l'impression de la comprendre, elle. Un fait extraordinaire, Maria serait bien la première à le reconnaître. Contrôler et lire dans les pensées des gens quand il était sur scène, c'était une chose. Dans ce rôle, il maîtrisait tous les paramètres. Mais dans la vraie vie, les autres restaient un mystère impénétrable pour lui. Parfois, il avait l'impression qu'il avait été malade et absent de l'école le jour où les outils de compétences sociales avaient été distribués. Voilà pourquoi il jouait le rôle de l'artiste mondain aussi souvent que possible. L'artiste savait comment s'y prendre avec les autres. Lui-même n'en avait souvent pas la moindre idée.

— Aston ! cria-t-il.

Son fils sortit de sa chambre, le regard embrouillé, l'iPad à la main. Il avait de toute évidence oublié qu'il allait à l'école.

— On y va. Mets ton blouson et tes chaussures.

Vincent enfila un tricot gris clair, tandis qu'Aston faisait un gros câlin à sa mère qui était arrivée en courant avec son cartable sac à dos.

Mina n'avait pas été un mystère pour lui. Pas comme les autres. Il avait vu ses rituels. Comment elle dégageait ses cheveux du visage de la main droite. Comment elle évitait de toucher des surfaces quand ce n'était pas strictement nécessaire. Et il avait aperçu un Rubik's Cube dans la poche de sa veste. Et pas n'importe lequel, il s'agissait d'un Speed Cube. Particulièrement souple à manipuler et muni d'un système de lubrification.

Oui, ce serait incontestablement intéressant de la revoir. En même temps, il espérait qu'elle n'allait pas reprendre contact. Il n'avait aucune envie de s'impliquer dans une affaire qui, à coup sûr, lui occasionnerait des cauchemars. Sa vie était déjà assez compliquée comme ça. En plus de tout le reste, il n'avait pas besoin de voir son quotidien peuplé de corps mutilés.

Comme toujours, le jet de la douche était si chaud qu'il lui ébouillantait pratiquement la peau. Son corps vira au cramoisi, mais Mina avait la sensation de se purifier. L'eau brûlante la débarrassait de tous les miasmes qui l'avaient salie. Elle se transformait en une toile lisse, sans impuretés, parfaitement propre. Sensation merveilleuse.

Sous la douche, elle se sentait forte. Quand elle ne travaillait pas, elle pouvait y rester pendant des heures, jusqu'à ce que sa peau ressemble à un raisin sec rouge sang. Mais aujourd'hui, elle n'avait que dix minutes. Elle n'arrivait pas à calmer le tumulte dans sa tête.

Vincent Walder. Mina ne savait pas encore si ses compétences lui seraient utiles, ni s'il était réellement meilleur que le consultant habituel. C'était un coup de poker, ce qui ne lui ressemblait pas du tout. Elle avait conscience que ça risquait d'entraîner des dépenses et de creuser leur budget. Sans parler des explications oiseuses qu'elle aurait à fournir à ses collègues. Mais c'était fait, et seul l'avenir dirait si c'était un choix judicieux ou non. De plus, Vincent était une véritable énigme. Elle avait tout de suite saisi que bien des choses se cachaient derrière la façade qu'il montrait au monde. Par contre, elle se serait bien passée de son attitude condescendante. Comme il avait remarqué sa paille pour boire, elle se demandait ce qu'il avait bien pu repérer de plus. D'un autre côté, il n'avait fait aucun commentaire, il ne fallait pas qu'elle s'imagine savoir ce qu'il pensait. Mais si d'aventure il se mettait à manifester de la pitié ou de la compassion, comme tous les autres, elle refuserait son aide. Dans ce cas, il faudrait que Julia trouve une autre solution.

Mina ferma le robinet, sortit prudemment de la douche et se sécha méticuleusement avec une serviette immaculée. La serviette en question avait été lavée à 90 °C, avec agent blanchissant et adoucisseur, et sentait autant le propre que sa peau. Mais elle savait que cette propreté n'était que provisoire. En restant dans l'appartement, elle arrivait à préserver la sensation pendant quasiment vingt-quatre heures, mais dès qu'elle mettait le nez dehors, le monde extérieur l'enveloppait de son manteau de crasse.

Elle s'habilla des vêtements qu'elle avait préparés avant d'entrer dans la douche. Culotte en coton, soutien-gorge de sport blanc, tee-shirt blanc, jean, chaussettes noires. La culotte était neuve, celle qu'elle avait enlevée se trouvait déjà dans la poubelle. Ça n'avait pas de sens de laver des culottes, aucun détergent au monde ne pouvait lui donner un sentiment de propreté avec une culotte déjà portée. Elle avait trouvé un endroit où en acheter des lots entiers pour seulement dix couronnes, c'était une dépense indispensable tout à fait surmontable.

Elle s'était réveillée tôt et il lui restait une heure entière avant de devoir partir au boulot. Son ventre gargouillait. Elle ouvrit un tiroir de cuisine et contempla la boîte de gants jetables extrafins. Elle savait qu'elle n'en avait pas besoin. Personne ne risquait sa vie en touchant un pot de yaourt. Elle le *savait.* Mais la seule idée d'ouvrir le frigo et de toucher les aliments sans aucune protection lui nouait le ventre.

En soupirant, Mina prit une paire de gants et les enfila, délicatement, pour ne pas risquer de les déchirer. Ses collègues rigolaient bien quand ils parlaient de sa parano. Mais à Noël, quand une gastro était passée par là, elle avait été la seule à ne pas tomber malade. Personne n'avait ri à ce moment-là.

Elle ouvrit ensuite le frigo, fit un rapide état des lieux avant d'opter pour du lait caillé à la vanille. Elle vérifia l'emballage, constata qu'il était intact, puis l'ouvrit précautionneusement. Après avoir posé le pot sur la table, elle prit une petite cuillère propre, la lava, sortit un flacon de gel mains, posa une goutte sur la cuillère et en frotta soigneusement chaque millimètre. Visualisa comment le désinfectant venait à bout de tout. Bactéries. Virus. Ces particules dégoûtantes qui risquaient de s'infiltrer dans son corps.

C'est pas la peine. Elle est propre. Tu venais de la laver.

Effectivement. Mais comment être *sûre* d'avoir supprimé toutes les bactéries si elle ne la désinfectait pas en plus ? C'était quand même un objet qu'elle allait mettre dans sa bouche. Rien qu'à cette idée, sa main se tendait automatiquement vers le flacon de désinfectant.

Laisse ce flacon. Tu exagères. La cuillère. Est. Propre. Laisse. Tomber.

Mais c'était plus fort qu'elle. Elle sentit ses larmes monter tandis qu'elle ouvrait le petit bouchon en plastique et appuyait sur le flacon pour faire sortir une nouvelle goutte. Elle ne voulait pas. Mais il le fallait. Elle frotta la cuillère avec la nouvelle goutte comme si elle voulait la trouer.

Une fois installée à la table de la cuisine, elle fixa longuement le pot en plastique contenant le lait caillé. Elle essaya de ne pas penser à tous ces gens qui avaient manipulé l'emballage, touché le pot et son contenu, de ne pas penser aux milliards de micro-organismes transmissibles qui avaient grouillé sur les mains de ces gens… Il fallait se dire que l'usine était certainement aussi vigilante qu'elle en matière d'hygiène. Même si elle était loin d'en être persuadée. Il fallait pourtant bien qu'elle mange. Ça suffisait.

Elle fit la grimace en mettant la cuillère dans sa bouche après l'avoir plongée dans le lait caillé. Le goût du gel désinfectant disparut après quelques bouchées et elle ne sentit plus que la saveur de l'aliment. Quand elle eut fini, elle se sentit fière d'elle-même. Chaque repas, chaque prise d'aliment était une victoire. Elle jeta l'emballage et les gants avant de préparer du café. C'était plus facile, va savoir pourquoi. Elle désinfecta quand même le mug avant d'y verser le liquide.

Encore une demi-heure avant son départ. Elle avait le temps de faire un peu de ménage. Aucune maniaquerie, juste du bon sens. Elle n'avait pas nettoyé depuis la veille. Du placard sous l'évier elle extirpa un solide seau rempli de produits de ménage et d'accessoires. Tout y était. Produit à vitres, savon, soude caustique, du nettoyant pour sol, cuisine, vaisselle, encore du gel mains, du Canard-WC, des tampons inox, torchons, chiffons en microfibres, brosses à vaisselle, éponges… Les chiffons et les éponges ne servaient qu'une fois, bien évidemment, après quoi elle les jetait. Pour ça aussi, elle avait trouvé un grossiste chez qui elle pouvait acheter ces articles en grande quantité. Elle rangeait tous les cartons avec les produits neufs dans un bureau qu'elle avait transformé en espace de stockage.

Une fois le ménage terminé, elle avait chaud et transpirait. Elle renifla ses aisselles et le regretta instantanément. Plus que dix minutes avant le départ. Julia lui avait demandé de présenter Vincent aux autres dès que possible. Elle avait prévu de lui laisser encore quelques jours de réflexion. Mais il fallait qu'il se décide rapidement. Elle espérait qu'il serait d'accord pour l'aider. Pour les aider. Le mentaliste avait éveillé sa curiosité, malgré son étrangeté.

Elle consulta sa montre. Elle avait quand même le temps de prendre une nouvelle douche rapide et de se changer.

— Je prends ce que je veux ? demanda Steffo Törnqvist en montrant les objets devant lui.

Vincent acquiesça. Les lumières vives du studio d'*Info Matin* le faisaient cligner des yeux. Il aurait dû y être habitué, c'était loin d'être la première fois qu'il participait à l'émission de TV4. Mais il avait l'impression que les projecteurs étaient systématiquement braqués droit sur lui.

Il se pencha en arrière dans le canapé et prit un air détendu. S'efforça d'oublier les images que cette enquêtrice, Mina, lui avait montrées la semaine précédente. Ils n'avaient pas été en contact depuis. Elle avait peut-être déjà renoncé. N'avait-il pas tout fait pour lui faire comprendre qu'il n'était pas la personne qu'elle recherchait ? Cela aurait été une trop grande responsabilité. En même temps, il n'arrêtait pas de se demander quelle était sa méthode pour résoudre le Rubik's Cube.

Concentre-toi, Vincent.

Il fallait qu'il soit présent. Ici et maintenant. L'émission était en direct.

— Oui, ce que vous voulez, répondit-il. Je vous demande juste de ne pas trop réfléchir. Le plus important, c'est de *sentir* que c'est le bon choix.

Steffo contempla les objets sur la table. Il y avait les clefs de voiture de Jenny Strömstedt, une viennoiserie que Vincent avait empruntée au buffet de petit-déjeuner prévu pour les invités, le téléphone portable de Steffo, ainsi qu'un portefeuille en cuir usé décoré d'une image de Che Guevara qui appartenait à Vincent.

— Je prends celui-ci, dit Steffo en attrapant le portefeuille. Je me sens… J'ai l'impression qu'il me met de bonne humeur.

— Le portefeuille donc, dit Vincent. Vous diriez que vous avez choisi de votre plein gré ?

— Absolument, dit Steffo en riant. J'aurais pu prendre n'importe quoi.

— La viennoiserie, par exemple, donne super envie, glissa Jenny en faisant un clin d'œil à la caméra.

— N'importe quoi, oui, bien sûr, dit Vincent avec un petit sourire.

D'un mouvement de tête, il montra la feuille de papier pliée sur la table.

Il l'avait donnée à Steffo avant le début de l'expérience. Steffo prit la feuille et la déplia. En la lisant, il fronça les sourcils et se racla la gorge. Il toucha le micro de la main, déclenchant un crépitement.

— Merci de nous lire le texte à haute voix, suggéra Jenny.

Mais Steffo préféra lui donner la feuille. Jenny lut le message de sa voix déliée de présentatrice :

"Mes actions seront toujours déterminées par deux choses : mes propres préférences et valeurs ainsi que l'influence des autres. Ces deux éléments combinés donnent une probabilité de 90 % pour que je choisisse le portefeuille, même si je ne sais pas pourquoi."

Jenny observa Steffo qui avait l'air totalement perdu. Vincent but une gorgée d'eau. Jenny se tourna vers la caméra, derrière laquelle le caméraman secouait la tête, bluffé.

— Pour ceux qui viennent d'allumer leur télévision, voici donc *Info Matin* avec le mentaliste Vincent Walder qui nous démontre comment notre cerveau fonctionne – ou plutôt comment notre cerveau nous joue des tours.

Vincent se vit lui-même sur un écran à côté de la caméra. Un compte à rebours s'affichait sous l'écran en chiffres rouges. 04:14. Il lui restait quatre bonnes minutes pour expliquer comment il avait fait. 414. La quatrième, la première et la quatrième lettre de l'alphabet donnaient DAD. Papa. En tant que papa, il n'aurait peut-être pas dû amener Aston à l'émission, mais le garçon de huit ans avait l'air de s'épanouir dans la salle de repos, entre viennoiseries et jus d'orange. Avec un peu de chance, il ne serait pas trop en retard à l'école.

— Vous voulez donc dire que nos actions sont régentées à notre insu ? demanda Steffo. Comment ce serait possible que je ne contrôle pas ma propre volonté ?

Le ton de sa voix était à la limite de l'énervement. Vincent ressentit une seconde de confusion totale avant de se ressaisir et de revenir dans le présent.

— Vous ne contrôlez pas forcément votre propre volonté à cent pour cent, expliqua-t-il. Des événements traumatisants de l'enfance peuvent provoquer, par exemple, certains comportements inévitables à l'âge d'adulte. La personne ne sait pas qu'elle agit selon une sorte de schéma, alors qu'en réalité, en connaissance de cause, un grand nombre de nos comportements sont tout à fait prévisibles.

— Est-ce que c'est vraiment aussi simple ? glissa Jenny. Ce n'est pas parce que je tombe de vélo que je vais obligatoirement détester les vélos jusqu'à la fin de mes jours ?

— Faut espérer, ricana Steffo, étant donné la fréquence à laquelle tu te cognes aux meubles rien qu'ici au studio. T'as même failli mettre le feu en pleine émission.

Jenny lui décocha un regard assassin. Steffo faisait bien sûr allusion à l'émission où elle avait voulu frire des Cheetos en direct et où ils s'étaient enflammés. La vidéo avait fait le buzz sur YouTube.

— Si vous vous faites renverser par une Audi bleue, vous pouvez subir pendant longtemps des poussées de stress chaque fois que vous verrez une voiture bleue, dit Vincent. Même des événements moins dramatiques vous influencent, il suffit que des émotions fortes soient mêlées à l'affaire.

Plus qu'une minute. Il fallait se dépêcher.

Focus.

— Comme quand j'ai participé à *Let's Dance*, dit Steffo. C'était super marrant. Et bourré à craquer de sensations fortes. En particulier le numéro final. Je m'en souviens comme si c'était hier.

— Oh non, pas cette histoire encore, dit Jenny en levant les yeux au ciel.

Vincent nota que Steffo se trouvait exactement là où il avait voulu l'amener.

— On aborde le vif du sujet, dit-il. De forts sentiments positifs associés à des détails de votre souvenir de l'événement. Des détails qui encore aujourd'hui suscitent du plaisir et vous rappellent inconsciemment ce moment passé. Steffo, vous souvenez-vous des vêtements que vous portiez pendant ce numéro de danse ?

— Absolument, un tee-shirt blanc avec…

Steffo se tut et ouvrit grands les yeux.

— Vous plaisantez…

— Quoi ? demanda Jenny. Que se passe-t-il ?

L'horloge sous l'écran indiquait 00:10. Plus que dix secondes, ensuite ce seraient les publicités. Le timing de Vincent était parfait.

— Un tee-shirt blanc avec Che Guevara, dit Steffo en levant le portefeuille pour que la caméra puisse zoomer et montrer, en toute dernière image, l'autocollant avec le rebelle cubain.

— Est-ce que c'est vraiment aussi simple ? demanda Jenny, épatée.

Vincent rit.

— Parfois.

Le regard de Vincent plongea droit dans l'objectif de la caméra juste avant que l'émission ne laisse place aux pubs. Il était décidément un pro de la télévision, il fallait bien le reconnaître.

— Merci pour aujourd'hui, dit-il avec un grand sourire et en posant sa main sur le bras de Steffo. Vous pouvez garder le portefeuille.

Il abandonna les présentateurs occupés à rire à gorge déployée. Pourvu qu'Aston ait laissé au moins un demi-gâteau aux autres invités de la journée. En chemin pour la salle de repos, il sortit son portable pour remettre le son qu'il avait coupé avant l'émission. Une notification illumina l'écran. Trois appels en absence. Tous en provenance de Mina.

Elle descendit l'étroit escalier menant au petit couloir. Le long du mur, des miroirs au-dessus de coiffeuses individuelles. Le couloir débouchait sur une pièce plus vaste où trônaient deux canapés et une table basse décorée de coupes remplies de fruits et de sucreries. Il y avait aussi un frigo à porte vitrée plein à ras bord de bouteilles d'eau pétillante.

— Ne disiez-vous pas la dernière fois que les coulisses étaient interdites aux gens étrangers au théâtre ? demanda-t-elle.

— Aux gens que nous ne connaissons pas, oui, dit Vincent. Les forces de l'ordre, c'est une autre histoire.

Mina balaya la pièce du regard.

— C'est plaisant ici, dit-elle. J'imaginais un endroit nettement plus délabré, je m'attendais à des gribouillages aux murs et à une odeur de bière rance.

En vérité, elle avait d'abord voulu refuser quand Vincent lui avait proposé de venir le voir dans sa loge au Rival, quand il se produirait à Stockholm. Elle avait sur elle non seulement des gants jetables, mais aussi une protection pour siège, qu'elle pouvait au besoin sortir de son sac instantanément.

— Ce genre de loges existe aussi, dit-il. Mais j'ai pensé que vous préféreriez celles du Rival. Ce sont les plus belles de la ville. Et comme nous sommes *sous* la scène, personne ne risque de nous entendre.

Il avait raison. Non seulement la loge semblait récemment nettoyée, mais elle venait également d'être rénovée. Mina poussa un soupir de soulagement et s'assit dans l'un des canapés. À en juger par la fermeté des garnitures de ressorts, elle devait faire partie des premiers utilisateurs. Ce canapé n'avait pas été victime de hordes de groupies draguant le batteur du groupe. Inutile de dégainer sa protection.

— Je suis contente que vous puissiez me recevoir, se lança-t-elle. Vous avez décidé de nous aider ? J'aimerais vous présenter à mes collègues dès que possible, peut-être déjà demain. Vous pourriez commencer par nous éclairer par rapport aux lacérations qui évoquent selon vous une possible numérotation.

Vincent la fixa, déconcerté.

— Vous l'aviez bien vu aussi, non ? dit-il.

— Nous avons... nous nous sommes concentrés sur d'autres aspects. Nous essayons avant tout d'identifier la victime, première étape pour nous approcher du coupable. Mais comme je vous l'ai expliqué à Gävle, nous sommes dans une impasse. Si la victime est marquée d'une sorte de symbole... Bref, c'est de l'hébreu pour nous.

Vincent soupira. Quelque chose passa sur son visage. Comme s'il rentrait dans sa coquille.

— Je l'ai déjà dit, je ne pense pas avoir la compétence adéquate, dit-il. De l'hébreu. Hum. Vous avez sans doute raison. Dans ce cas, moi, je ne suis pas votre homme. Un bonbon ?

Il avança la coupe vers elle. Elle constata que tous les bonbons étaient emballés. Même si des mains sales avaient plongé dans la coupe, les bonbons étaient toujours protégés. Elle se demandait si Vincent avait commandé ces friandises exprès. S'il l'avait déjà devinée jusque-là. Avait pris la mesure de sa paranoïa. Si ça se passait comme avec la plupart des gens, les petites remarques moqueuses ne tarderaient plus. C'était plus fort qu'eux. Elle espérait qu'il n'était pas comme la plupart des gens. En même temps, l'idée qu'un inconnu lise en elle comme dans un livre ouvert la mettait profondément mal à l'aise.

Au fond de la coupe se trouvait un Dumle, son bonbon préféré. Mais il était trop enfoui. Il aurait fallu que sa main touche beaucoup trop d'autres bonbons avant de l'atteindre. Elle lorgna le Dumle avec envie. Puis elle déclina la proposition.

— Je crois que vous avez raison en ce qui concerne les lacérations, dit-elle. C'est la raison pour laquelle je voudrais vraiment que vous rencontriez les autres. On aurait dû le voir, mais on l'a raté. Nous avons besoin de vous.

Il la fixa sans un mot. Elle entendait le bruit amorti du public en train de remplir la salle au-dessus d'eux. Vingt minutes avant la levée du rideau. Vincent allait devoir charmer et stupéfier huit cents personnes en tant que maître mentaliste. Il lui faudrait manipuler leurs esprits et diriger leurs agissements en faisant preuve d'astuce et de subtilité. Tout devrait être maîtrisé à la perfection. Difficile d'imaginer que cet homme-là était le même que celui qui était assis en face d'elle. Ce dernier, au fond de son canapé, avait l'air plutôt nerveux.

— Je veux bien essayer de vous aider, si je peux, fit-il enfin. Mais je fonctionne assez mal en groupe. Il vaut mieux que vous le sachiez.

Mais qui fonctionne bien en groupe ? Une équipe, c'est juste un ensemble de personnes qui s'imaginent vous connaître parce qu'elles travaillaient au même endroit que vous. Mina n'avait jamais compris pourquoi les gens s'obstinaient à raconter ce qu'ils avaient fait pendant le week-end ou que leur petit dernier avait fait une nouvelle dent. Elle ne comprenait pas l'intérêt de telles interactions.

— Rendez-vous demain matin à neuf heures à l'hôtel de police, dit-elle en se levant. Je vous retrouverai à l'entrée principale. Je vous laisse à votre public. On dirait qu'il s'impatiente.

Vincent leva le regard vers le plafond, amusé. Il était visiblement redevenu le maître mentaliste.

— Je les ai déjà dans ma poche, dit-il. Au fait, tenez.

Il alla chercher quelque chose sur le frigo. Un sachet de Dumle, intact.

— À demain.

L'hôtel de police se trouvait sur l'île de Kungsholmen, rue Polhemsgatan, et les grandes enseignes trônant à l'entrée annonçaient sans appel qu'on était en terre policière. L'air était vif et le ciel gris, une averse menaçait. De la neige tellement humide qu'elle se transformait en pluie avant même de toucher le sol. Mars était le mois préféré de Vincent. Il étudiait les gens qui entraient et sortaient tout en se frappant le corps avec les bras pour se réchauffer. Chaque fois qu'il voyait une femme qui n'était pas Mina, la déception l'envahissait. Il avait du mal à contrôler les papillons qui s'agitaient dans son ventre. Il n'était pas certain d'être vraiment le bienvenu dans cette équipe d'enquêteurs. Peut-être pas du tout. À l'idée de se voir exclu avant même d'avoir été inclus, les papillons se mirent à faire une véritable sarabande.

Mina apparut enfin de l'autre côté des portes vitrées. Elle portait un col roulé rouge. Il ne put s'empêcher de remarquer combien cette couleur lui allait bien. Saisissant sans être provocant. Il savait bien sûr que son ressenti reposait en partie sur le fait que la couleur rouge déclenchait en lui une décharge d'adrénaline, comme c'était le cas pour les humains depuis des centaines de milliers d'années. Parce que le sang est rouge. Les visages en colère sont rouges. L'adrénaline dans le système améliore la capacité à fuir quand c'est nécessaire.

— Je commençais à me demander où vous étiez passé, dit-elle. Pourquoi vous êtes resté à l'extérieur ? Vous envisagiez de vous sauver ?

— Entre autres.

Il nota au passage que son regard joyeux déclencha en lui une bouffée de cortisol, l'hormone du stress, ainsi que de la dopamine, un neuromédiateur lié au bien-être. La sérotonine s'ajoutait au cocktail pour faire tourner son cerveau à plein régime jusqu'à augmenter son taux de testostérone de 40 %. Cette réaction symbiotique, quand elle est vécue par deux personnes face à face, est ce qu'on appelle "partager la même chimie". Le commun des mortels ignore à quel point cette expression est juste. Les chercheurs ne savent pas pourquoi, mais tout le monde est d'accord sur l'existence du phénomène. Il se demanda si elle ressentait la même chose. À vrai dire, il n'avait jamais eu l'intention de se sauver. Mina était une personne bien trop intéressante.

— Vous avez parlé devant des inconnus des milliers de fois, dit-elle. Ce sera exactement pareil maintenant. On y va.

Vincent inspectait les lieux avec curiosité pendant que Mina le guidait dans les corridors de l'hôtel de police. C'était à peu près comme il se l'était imaginé. Bureaucratique. Un alignement de petites pièces dans lesquelles on apercevait quantité de paperasse et de dossiers, ainsi qu'un *open space* où des demi-cloisons séparaient les emplacements. Des mugs avec le logo de la police traînaient un peu partout.

Quand ils arrivèrent devant une grande porte vitrée avec un rideau d'occultation, elle s'immobilisa. Elle sembla d'hésiter.

— Alors ? Prêt à entrer dans la fosse aux lions ?

Exactement comme un cours magistral. Aucune raison de stresser. S'il était tendu, c'était à cause du pull de Mina, se dit-il. Et l'augmentation du taux de cortisol qui allait avec.

À cet instant, Vincent réalisa que Mina elle-même était anxieuse. Il se dit qu'elle n'était peut-être pas complètement convaincue de la place qu'il pourrait prendre ni comment il pourrait contribuer à l'enquête. Elle ne savait pas comment elle allait le présenter à ses collègues. Une anxiété tout à fait légitime, donc. Mais inutile qu'ils soient tendus tous les deux. Il chercha ses mots pour la rassurer.

— Vous avez raison, dit-il, c'est comme parler devant n'importe quel public. Au fond, c'est une question de dynamique de groupe. Une équipe déjà structurée a plusieurs façons de réagir à l'introduction d'un nouvel élément. Freud a consacré beaucoup de temps à étudier ces notions. C'est lui qui est à l'origine de l'idée d'esprit d'équipe, une sorte de conscience collective qui apparaît au sein d'un ensemble constitué. Selon sa théorie, un groupe agit différemment de chacun de ses membres individuellement.

Mina le fixa.

— Pourquoi vous m'expliquez tout ça ? demanda-t-elle.

— Parce que j'ai moi-même recours à des notions de psychologie de groupe lors de mes spectacles. Une salle remplie de spectateurs ne réagit pas de la même façon qu'une personne seule, et c'est un phénomène dont je me sers pour conduire mon public là où je veux l'emmener. Mais je m'appuie surtout sur la théorie du champ de Kurt Lewin. Elle repose sur trois variables clefs. Énergie, c'est-à-dire ce qui déclenche les actions et les motive. Tension, à savoir l'écart entre l'objectif d'une personne et sa situation actuelle, et enfin les contraintes physiques et psychologiques qui sont à l'origine de la tension intérieure.

Mina le fixa longuement et secoua la tête. Mais son stress semblait avoir disparu. Dévier l'attention vers autre chose était la carte la plus facile à jouer. Et le plus souvent, ça marchait. Dans les deux sens d'ailleurs, constata-t-il. Sa propre nervosité s'était apaisée. Pas complètement, mais suffisamment.

— Quelles fonctions remplissent vos collègues dans l'équipe ?

— Aucune importance, répondit Mina, laconique. L'organisation de la police est complexe, ce serait trop long de vous l'expliquer. L'un des arguments pour la constitution de cette escouade, c'était justement de travailler en toute indépendance vis-à-vis de la hiérarchie. Julia est notre cheffe, c'est tout ce que vous avez besoin de savoir.

Elle ouvrit la porte et ils franchirent le seuil. Trois paires d'yeux se tournèrent vers eux. Ça aurait dû être quatre paires d'yeux, mais l'une des personnes dormait.

— Salut tout le monde. Voici Vincent Walder. Je crois que Julia vous a déjà expliqué qu'il interviendrait à certains points de l'enquête en qualité de consultant.

Silence de plomb. À part le léger ronflement du dormeur. Vincent pensa qu'il était étrange de dormir en pleine réunion de travail et ne put s'empêcher de passer en revue des explications plausibles. Les deux options les plus probables étant que l'homme souffrait de narcolepsie ou bien était devenu papa récemment. Statistiquement, la seconde explication était la plus probable. Une tache de vomi sur son épaule l'étayait fortement.

— Bonjour, dit Vincent d'un ton hésitant.

Du coin de l'œil, il remarqua que Mina piétinait anxieusement. Lui-même se sentait parfaitement calme maintenant. En mode travail. C'était son domaine. Il fallait trouver la clef de chaque personne autour de la table, tout en s'insérant lui-même dans la dynamique du groupe.

— Comme le disait Mina, je m'appelle Vincent. Je suis mentaliste. Comment s'y prendre pour manipuler le mental et le comportement humain, voilà ma profession. C'est faisable, bien entendu, à condition d'être relativement doué pour saisir le fonctionnement d'autrui. Je ne suis cependant ni psychologue ni thérapeute, je me sers surtout de mes connaissances dans le domaine du divertissement.

Un homme trop bronzé et aux cheveux discrètement bouclés maugréa. Il avait belle allure, mais son apparence suggérait une certaine angoisse de vieillir, ajoutée à une exceptionnelle autosatisfaction. La chemise déboutonnée d'un bouton de trop était l'un des éléments qui le trahissaient. Des rougeurs sur la partie visible de son torse, révélant une épilation récente, en étaient un autre. Vincent ne doutait cependant pas que l'homme en question parvenait sans difficulté à se faire confirmer la haute opinion qu'il avait de lui-même auprès d'un grand nombre de femmes. Il affichait l'assurance de quelqu'un qui n'a pas besoin de demander l'autorisation pour obtenir ce qu'il veut. Et son *pectoralis major* aidait sans doute. Il avait des muscles thoraciques impressionnants. Au fond, c'est drôle que les deux sexes soient attirés par une poitrine imposante chez l'autre. Mais pour des raisons complètement différentes. Des gros seins chez la femme indiquent sa capacité à nourrir sa progéniture. Un thorax bien développé chez l'homme est la preuve de sa force et de sa capacité à défendre le clan. À moins qu'il ne s'agisse de petits lolos à bière. Dans ce cas, c'était une tout autre affaire.

— Pardon, dit Mina, interrompant ses pensées. J'ai oublié de vous présenter tous.

Elle les pointa du doigt en commençant par l'homme imposant.

— Ici, c'est Ruben Höök. À côté de lui, Christer Bengtsson, notre *grand old man*.

— Je ne suis pas si vieux que ça, grommela Christer.

Vincent réprima un sourire. Pour Christer, le verre était incontestablement à moitié vide. Impossible de savoir quelles déceptions avaient formé la vision de l'existence de ce policier âgé, mais Vincent y voyait un cas d'école de prophétie autoréalisatrice. Pas de bague. Christer était très probablement célibataire. Un tour de taille considérable et une respiration légèrement forcée témoignaient d'un régime de mauvaise bouffe et de peu d'exercice. Pas d'animaux domestiques à sortir, autrement dit. L'encre noire au bout des doigts suggérait un homme qui lisait toujours ses journaux sur papier et non sur le net. Vincent était prêt à parier que, chez lui, l'antique téléphone en bakélite à cadran rotatif était toujours en place.

— Qui réveille Peder ?

Le ton de Mina n'avait rien de négatif. Peder devait être un collègue estimé, donc probablement sympathique. Dans le cas contraire, personne n'aurait accepté qu'il roupille au travail, même avec une horde d'enfants à la maison.

— Peder ! On se réveille !

Ruben secoua sans ménagement son collègue qui se redressa, vaseux.

— Qui ? Quoi ?

— Tiens, dit Mina en posant une canette de Red Bull devant lui.

Peder lui adressa un regard plein de reconnaissance.

— Et voici Peder Jensen.

Mina ne réprima pas son sourire en le montrant du doigt.

— Je ne suis pas danois, malgré mon nom, dit Peder d'une voix étonnamment éveillée. Mon père est danois, mais moi, j'ai grandi à Bromma.

Peder Jensen rayonnait d'une amabilité et d'une franchise qui confirmaient l'analyse de Vincent, et ce, malgré son état d'épuisement évident.

— Peder et sa femme ont eu des triplées il y a trois mois, dit Mina.

Vincent siffla. Des triplées. Rien de surprenant si le bonhomme dormait au boulot.

— Et enfin, il y a moi, dit la femme assise au bout de la table. Julia Hammarsten. Je suis responsable de notre petite équipe hétéroclite en tant que cheffe d'enquête, mais je participe aussi activement sur le terrain. Comme nous tous. Ici, on n'est obsédés ni par les grades ni par la hiérarchie.

Julia gesticula en direction de ses collègues.

— Nous venons de différentes entités au sein de la police, et c'est à titre d'essai que nous avons été réunis, je ne prétendrais pas le contraire. Comme Mina l'a peut-être déjà mentionné, mon père est le chef de la police de Stockholm, et c'est lui qui a alloué les crédits nécessaires à la formation de cette unité pour permettre davantage de flexibilité entre services. Il va donc de soi que tout dépend de notre capacité à obtenir des résultats. Les opportunités offertes par l'existence de notre groupe peuvent rapidement disparaître. En fait, cette expérience pourrait bien prendre fin très vite si nous ne faisons pas de sérieux progrès dans l'enquête en cours.

La dernière phrase avait été prononcée sur un ton de dépit, les yeux rivés au sol. Son langage corporel faisait penser à un rempart dressé autour de sa personne et de sa vie privée. Une aura de tristesse l'entourait. Quelque chose lui pesait, quelque chose qui ne quittait que rarement ses pensées. C'était certainement lié à sa vie personnelle, sans aucun rapport avec son travail. La plupart des gens ne pensent pas à la partie supérieure de leur visage quand ils tentent de contrôler leurs expressions, c'est pourquoi il est toujours plus facile de repérer des signes émotionnels spontanés sur le front, les sourcils ou même les paupières. Mais Julia contrôlait l'ensemble de son visage à la perfection. L'impression de Vincent ne reposait donc sur rien d'autre que la vague intuition d'une femme qui ne laissait personne l'approcher de trop près.

Il réalisa que tout le monde s'était tu et avait l'air d'attendre qu'il dise quelque chose. Il s'éclaircit la gorge.

— Je suppose que c'est ici que j'entre en jeu, dit-il. J'ai cru comprendre que mes connaissances spécifiques pourraient être utiles. Je n'en étais pas persuadé moi-même au départ, mais Mina et moi avons en effet déjà fait quelques… observations.

Il échangea un regard avec Mina qui hocha la tête.

— Avant de poursuivre, on se dégourdit les jambes deux minutes, dit Julia. Je veux que tout le monde soit parfaitement au top. Peder, il va falloir ingurgiter un autre Red Bull.

Les articulations de Christer craquèrent bruyamment quand il se leva. Ruben se fit un petit match de boxe en solo dans le couloir, une vision assez cocasse, et Peder saisit la canette de Red Bull prescrite. La théorie du champ de Kurt Lewin était stupéfiante de justesse. Le désir de Vincent d'obtenir l'attention de Mina suscita une tension en lui qui le poussait à agir. En vérité, il avait envie qu'elle l'apprécie.

La courte pause terminée, chacun reprit sa place. Ruben tambourinait des doigts sur la table, impatient. Il n'était pas particulièrement impressionné par le dernier coup de Julia. Un consultant externe dont le statut professionnel était plutôt incongru. C'était grotesque. Et maintenant, ce mentaliste allait même leur faire des dessins au tableau avec Mina. Comme s'il faisait partie de l'équipe.

La direction avait raison. Au point où ils en étaient, autant mettre fin à cette expérience avant de tomber encore plus bas. C'était comme ça quand on travaillait avec des femmes. Ce serait quoi, l'étape suivante ? Que Julia et Mina allaient leur imposer un médium ? Une voyante extralucide qui leur tirerait les cartes de tarot pour révéler l'identité de l'assassin ? Absurde.

— Je vous ai vu à la télé, dit Peder, jovial. C'est super impressionnant ce que vous faites.

— Moi aussi, j'ai entendu parler de vous, dit Christer, mais sur un ton nettement plus maussade. C'est pas pour être vexant, mais vous ne seriez pas juste une espèce de sorcier ? Et puis, on a déjà un consultant, non ?

— Je suis mentaliste, corrigea Vincent. En ce qui concerne votre consultant, il n'y avait pas une histoire d'homme grec ?

Julia toussa et Peder se mit à rire.

— Ah oui, bon sang, ce jour-là, Jan pédalait vraiment dans la choucroute, dit-il en hochant la tête.

— Je voudrais souligner que je ne suis pas prestidigitateur, coupa Vincent, même si mon travail consiste à faire des numéros d'illusionniste. J'ai fait de la magie dans ma jeunesse et, bien sûr, j'en ai gardé un certain savoir-faire. Mais aujourd'hui, mes performances dans ce domaine se limitent à quelques tours de cartes. Je m'intéresse plus à ce qui se passe dans la tête des gens.

— Vincent n'est pas seulement expert en comportement humain, dit Mina en regardant ses collègues. Il est également doué pour détecter des mobiles.

Elle croisa les bras sur sa poitrine, l'air d'être prête à partir en guerre pour ce Vincent et ses aptitudes. Ça agaçait Ruben, allez savoir pourquoi. Mina le provoquait au-delà de toute mesure. Il y avait une nonchalance dans sa façon d'être totalement imperméable à ce charme qui faisait tomber toutes les autres femmes. C'était la première fois qu'il vivait ça. Son super-pouvoir était d'attirer les femmes. Toutes les femmes l'aimaient, peu importent leur âge, leur apparence physique, leur passé, leur culture ou leurs convictions politiques. Pas une seule femme n'avait croisé Ruben sans se laisser charmer. À part Mina. Ce n'était pas qu'elle ne le remarquait pas. Elle était juste… indifférente. Ce qui, dans son monde à lui, était encore pire.

Au début, il avait tout fait pour la séduire. Il avait déployé l'ensemble de sa panoplie de séducteur pour la faire tomber. Non parce qu'elle l'attirait, elle était loin d'être son idéal de femme, mais juste pour le challenge. C'était toujours son principal moteur. La chasse. La capture. Le sexe en lui-même s'avérait souvent moins intéressant, il en avait vite sa dose et passait à la proie suivante. S'il avait à choisir, il préférait coucher avec des blondes plantureuses. Mais quand il avait attrapé son butin, il allait toujours jusqu'au bout du processus. Question de principe. Il ne comprenait rien aux pêcheurs qui rejetaient leurs poissons à la mer. Ce n'était pas comme ça que la nature avait conçu la chasse.

Mais jusqu'à présent, Mina avait été totalement imperméable à toutes ses ruses.

Aujourd'hui, il la harcelait encore plus que d'habitude. En ce moment précis, elle était devant le tableau blanc, notant des choses et attachant des photos avec des aimants. Elle portait un jean bleu foncé, son col roulé rouge, au travers duquel on n'apercevait aucune bordure de soutien-gorge, ses cheveux étaient peignés en arrière et attachés en queue de cheval sans qu'une seule mèche dépasse. Et comme toujours, son visage était pur, sans maquillage. La seule partie de Mina qui n'était pas parfaite, c'étaient ses mains rouges et gercées, sans doute à cause des litres de gel désinfectant qu'elle déversait dessus. Ruben se demandait ce qu'elle pouvait bien porter sous sa carapace proprette. Il était un virtuose quand il s'agissait de deviner les sous-vêtements des femmes. Il était capable d'en déterminer le type immédiatement. Un ensemble en soie couleur nacrée de chez La Perla ? Du sexy rouge et dentelle au rabais de chez Victoria's Secret ? Ou du coquin genre string noir avec une fente à l'entrejambe, commandé sur un quelconque sex-shop en ligne ?

Il poussa un soupir. Mina portait très certainement de banales culottes en coton.

— Quand j'ai présenté notre documentation à Vincent, dit-elle, il a relevé certains éléments qui nous avaient échappé.

Mina se tut et se tourna vers Vincent qui avança d'un pas.

— Au vu des photos, expliqua Vincent, je dirais que les lacérations trouvées sur la victime ne sont pas aussi aléatoires que l'on pourrait le croire. Je pense qu'elles sont censées représenter un chiffre romain. Le chiffre trois plus exactement.

— Un chiffre ? dit Christer, surpris.

Ruben se renfrogna bruyamment. Mina se tourna vers lui, les sourcils relevés.

— Ruben ? fit-elle, glaciale. Tu disais ?

C'était quoi encore, cette manière de la prendre de haut. Il fit semblant de ne pas comprendre.

— Quoi ?

Le ton fut un brin plus agressif qu'il n'avait voulu. Julia lui décocha un regard réprobateur. Peder se pencha en avant, intrigué, et Christer grommela quelque chose d'inaudible tout en se grattant le cuir chevelu qu'on apercevait à travers ses cheveux gris clairsemés.

— Quel est ton point de vue professionnel sur ce que Vincent vient d'avancer, à savoir que les lacérations seraient intentionnelles et pourraient même représenter un chiffre ?

Il écarta les bras. C'était vraiment de la foutaise de haut vol. Il soupira.

— Ça m'a l'air tiré par les cheveux, dit-il. Quand on entend des claquements de sabots, on s'attend à voir des chevaux. Pas des zèbres. Et on a déjà vu des assassins et autres malfaiteurs se laisser aller à en rajouter une couche. Rien de nouveau sous le soleil.

Vincent se pencha en avant et joignit les bouts de ses doigts. Ruben se demanda s'il était possible d'avoir l'air plus satisfait de soi-même. Tout son corps le démangeait d'agacement. Mina y croyait vraiment ? Les femmes, bon sang ! Il n'y comprendrait jamais rien.

— Justement, dit Mina. Par ailleurs, tout est extrêmement étudié. Quelqu'un s'est donné la peine de construire la copie conforme d'un accessoire de magicien. Il a délibérément mis en scène un numéro de magie classique – mis à part l'issue généralement heureuse. Cela indique du temps. De la planification. De la patience. Ça vous fait penser à quelqu'un qui “se laisse aller à en rajouter” ?

Ruben haussa les épaules.

— Bon d'accord, peut-être pas…

— Ce n'est pas une affaire qui a été bâclée, dit Julia en se levant pour s'approcher du tableau.

Du La Perla blanc pour Julia, se dit Ruben. Mais ce n'était pas une supposition. La nature de ses sous-vêtements ainsi que de leur contenu n'avait plus de secret pour lui depuis la croisière de Noël de la police cinq ans auparavant. Elle était archi bourrée et l'avait quasiment violé dans sa cabine. C'était avant qu'elle ne rencontre cette espèce de rabat-joie de Torkel. Avec lui, il n'y avait plus que la position du missionnaire, à tous les coups. Lors de cette croisière, elle avait eu ses règles. Quand il s'était réveillé le matin, on aurait dit un abattoir, mais elle avait déjà mis les voiles. Bon, bon. C'étaient des choses qui arrivaient quand on faisait la fête. Que Julia soit sa cheffe aurait pu être problématique, mais ce n'était jamais revenu sur le tapis. Et avec Torkel, il ne risquait rien. Non pas que Ruben ait le moins du monde envie de Julia, mais quand même. C'était toujours gratifiant de se dire que l'on avait transformé l'essai.

Mina se poussa pour laisser la place au tableau à Julia. Elles s'effleurèrent en se croisant, et Ruben vit Mina sursauter comme si elle avait pris le jus.

— Les lacérations sont parfaitement symétriques, dit Julia. Elles sont incontestablement intentionnelles. Par contre, elles ne représentent pas nécessairement un chiffre. Rien dans le contexte ne l'indique.

Julia se tourna vers Peder et Christer. Peder recommençait à piquer du nez.

— Que savons-nous de l'endroit où elle a été trouvée ? demanda Julia.

Silence. Ruben balança un stylo de sorte qu'il atterrisse sur la table juste devant Peder qui sursauta.

— Quoi ? dit Peder en jetant des regards autour de lui, confus.

— L'endroit où le corps a été trouvé, dit Mina en répétant la question de Julia. Que savons-nous ? Que dit la scientifique ?

Peder se secoua comme un chien mouillé pour essayer de se réveiller, puis attrapa les documents sur la table devant lui.

— On l'a trouvée devant l'entrée du parc d'attractions de Gröna Lund. Mais il s'agit très vraisemblablement d'une scène de crime secondaire. Trop peu de sang pour qu'elle ait été tuée à cet endroit-là. La caisse y a été déposée après coup.

— Des témoins ? demanda Vincent.

— Il n'y a pas d'habitations à proximité. Mais nous avons interrogé le personnel du musée ABBA et du restaurant à côté. Personne n'a rien vu ni entendu.

— Et vous ne connaissez pas l'identité de la victime ?

Christer secoua la tête, sombre. Ce qui ne voulait rien dire en soi. Christer faisait tout d'un air sombre.

— Pas encore, répondit-il. Nous continuons nos recherches et passons en revue toutes les disparitions de femmes dans cette tranche d'âge, mais jusqu'ici aucun signalement ne correspond. Cela dit, il se pourrait que sa disparition n'ait pas été signalée. Là, on aurait un problème. S'il n'y a pas eu de signalement, ça va être quasi impossible de retrouver son identité. Femme blonde dans la trentaine. En Suède, c'est pas ça qui manque.

— On continue cependant nos recherches, bien entendu, dit

Julia sans réprimer son ton sarcastique. On ne va pas renoncer à son identification juste parce qu'elle n'est pas affublée d'une verrue sur le menton.

Christer haussa les épaules, résigné mais affirmatif, et Julia se retourna vers le groupe. Elle avança en direction de Mina. Ruben remarqua comment celle-ci s'écarta imperceptiblement hors de sa trajectoire afin d'éviter que Julia la frôle à nouveau. Il se demanda comment ça pouvait bien se passer quand Mina couchait avec quelqu'un. Ou peut-être qu'elle était le genre de personne qui gère cet aspect de la vie en solitaire pour éviter la proximité d'un partenaire ? Avec un petit appareil à piles, stérilisé bien sûr ? Ou bien est-ce qu'elle obligeait le mec à se laver à la soude caustique avant de passer à l'acte ? Peut-être même qu'il devait porter une combinaison complète comme dans les hôpitaux, avec une ouverture permettant de dégainer au bon moment… Ruben gloussa et écopa d'un regard sévère de Julia. Il s'efforça de reprendre son sérieux, mais avait du mal à faire abstraction de la vision de Mina se faisant culbuter par un mec en combinaison de cosmonaute. Pour une raison mystérieuse, l'homme avait le visage de Vincent.

— Christer, tu poursuis le travail d'identification de la victime, Peder, tu reprends le matériel des techniciens à la loupe, même le moindre détail peut avoir son importance, mais bon, ça tu le sais.

Julia expliqua en se tournant vers Vincent :

— Peder est notre virtuose en matière d'analyse. Des listes que nous autres humbles mortels mettrions des semaines à traiter, Peder peut les parcourir en un temps record et sans que rien ne lui échappe.

Peder rougit légèrement, ravi du compliment.

— Ruben…, continua Julia.

Il la coupa.

— Je m'occupe de la caisse, dit-il.

— Tout juste. Déniche tout ce qui concerne le fabricant, les matériaux, la construction, tout ce qui peut nous aider à pister celui qui l'a construite ou achetée. Cherche aussi l'origine des épées. Et arrête de mater.

Ruben leva le regard et rigola quand ses yeux arrivèrent à hauteur de ceux de Julia. La Perla.

— Mina, tu prends contact avec la légiste pour rassembler toutes les informations concernant les lacérations et autres. J'ai déjà contacté un expert pour faire analyser la montre cassée. Et Vincent, si vous pouviez établir un profil, ce serait précieux.

— Essayer est le mot adéquat. Comme je l'ai déjà mentionné, je n'ai pas de formation de profileur, j'ai juste une sorte de base de connaissances qui me permet de tirer des conclusions relativement exactes sur des personnes.

— En tout cas, j'apprécierai tout ce que vous pourrez nous trouver.

Sérieux, elle mettait ce mentaliste au boulot. Elle le laissait accéder à encore plus d'informations policières confidentielles. Trop c'était trop. Ruben ne se contenait plus.

— Ça suffit, dit-il. Ce type appartient au monde du spectacle. Un amateur. Nous sommes des *policiers*. Vous n'avez pas sérieusement l'intention de vous reposer sur lui ?

Les autres se turent et fixèrent Ruben. L'atmosphère s'était brutalement épaissie.

— Nous avons un tout petit répit avant que l'affaire ne fuite dans la presse, il faut en profiter, dit Julia, les dents serrées. Par tous les moyens possibles.

Ruben écarta les bras. Il abdiqua. Voilà où ça menait quand on laissait des femmes accéder au pouvoir.

— Je vais à l'IML, dit-il en se levant. Faut juste que je me commande une boule de cristal d'abord.

Peder, Christer et Ruben quittèrent la salle. Vincent les suivit. Julia s'attarda avec Mina. Debout devant le tableau blanc avec les photos. Mina se sentait sale rien qu'en les regardant et regretta d'avoir laissé son gel mains sur son bureau.

— Alors, ça s'est passé comment, à ton avis ? demanda Julia.

— Je ne sais pas, dit Mina en fixant les photos. Mais c'était pas vraiment un franc succès.

Elle se frotta les avant-bras pour chasser la fine couche superficielle de cellules de peau morte qui, inévitablement, collait à elle à cette heure de la journée.

— Tu crois qu'il peut nous dresser un profil ? demanda Julia. Il n'en avait pas l'air complètement convaincu lui-même.

Mina haussa les épaules.

— Je crois qu'il est capable de faire des choses que nous n'imaginons même pas. Et on n'a personne d'autre, si on ne veut pas poursuivre notre chasse aux Grecs. Je préfère de loin laisser sa chance à Vincent. On cherche une aiguille dans une botte de foin. Lui seul peut la trouver.

— Tu dois être convaincue toi-même pour qu'on continue, dit Julia. T'as bien vu, on est face à un mur de scepticisme. À l'exception de Peder, peut-être. Mais Ruben et Christer n'ont pas embarqué dans ce train. Ruben n'est même pas encore sur le quai.

Julia la laissa seule dans la salle. Mina poussa un profond soupir. La réunion avait tourné au fiasco, il fallait bien l'admettre. Certes, on avait confié à Vincent la mission d'établir un profil, mais au fond, elle ne croyait pas que qui que ce soit prêterait attention à ses conclusions. Mais Mina n'était pas du genre à abandonner si vite. Elle ne pouvait pas lui reprocher son attitude réservée pendant la réunion, lui-même avait attiré son attention sur l'importance de la question de dynamique de groupe. Sur le fait qu'il lui fallait essayer d'y trouver sa place. Dommage que cela n'ait pas marché. Ce crétin de Ruben. Bourré de préjugés. Dès qu'elle avait rencontré Vincent au Rival, elle avait su qu'elle voulait travailler avec lui. Mais il faudrait de toute évidence que ça se passe en dehors de la bureaucratie policière.

Ses yeux restaient rivés aux photos sur le tableau. Le corps ensanglanté suspendu entre les épées qui traversaient la boîte à magie. Une culotte blanche et un débardeur, rien d'autre. Elle ne voulait plus regarder. Mais il le fallait. L'une des épées entrait par l'œil de la femme et sortait à l'arrière du crâne. *Un classique de la prestidigitation.* Seuls des cerveaux malades pouvaient aimer ce genre de magie.

Kvibille 1982

Jane frottait ses chaussures contre une pierre pour en ôter la boue. Elle haïssait être là. *Haïssait* cet endroit. L'idée de venir s'enterrer ici n'était certes pas d'elle. Mais c'était elle qui en payait le prix.

— Jane, viens ! cria son petit frère depuis le jardin. On n'a pas le droit de commencer le gâteau sans toi !

Maman était déjà là, comme d'habitude vêtue d'une de ses sempiternelles robes faites maison. Elle aurait quand même pu aller s'acheter des fringues de temps en temps, au lieu de toujours les confectionner elle-même. Au moins, elle avait mis une des plus jolies, celle en tissu léopard. Comment elle s'était dégoté un tel tissu tenait du mystère, mais dans le domaine des textiles, maman avait un talent quasi surnaturel. La robe lui donnait une allure presque sophistiquée, bien qu'elle soit cousue main. Si seulement elle n'avait pas été pieds nus. En plus, à l'occasion de son anniversaire, maman avait coiffé une couronne de fleurs. Jane poussa un soupir et fit semblant de ne pas entendre son frère.

Elle allait sur ses seize ans et avait vécu à la ferme la moitié de sa vie. Maman et elle avaient été les premières à arriver ici. L'été 1974, maman avait démissionné de son boulot à Stockholm. Elles avaient quitté leur appartement en ville, et tous les copains de Jane, pour que sa maman-hippie puisse créer une communauté avec ses amis, dans une ferme près de Kvibille. Un bled dans la région du Halland, tellement petit que personne n'en aurait jamais entendu parler sans sa fromagerie. Ce que les gens savaient du village se limitait au fromage.

Jane ne vivait pas à Kvibille même. Elle vivait *à l'extérieur*. Dans un lieu où ça ne valait pas la peine de s'habiller correctement parce que, de toute façon, il n'y avait que de la boue.

Elle inspecta ses chaussures. Les semelles blanches étaient irrécupérables. Elle haïssait cet endroit. Encore.

Jane monta à la maison, enleva ses chaussures et enfonça ses pieds dans une paire de bottes en caoutchouc en poussant un soupir. Ce n'est pas parce que maman avait choisi de pourrir ici qu'elle était forcément obligée d'en faire autant. Elle alla à la pelouse où l'attendaient maman et son petit frère.

— Maman, c'est quand qu'on s'en va d'ici ? demanda-t-elle comme toujours, au moment où elle s'assit sur la couverture.

— Salut à toi aussi, répondit maman.

— Erik est bien parti, lui, grommela-t-elle. Pourquoi pas nous ?

En fin de compte, Erik avait été le seul des amis de sa mère à la rejoindre. Il avait tenu six mois. Dès que maman était tombée enceinte, ce n'était apparemment plus aussi cool de ne faire qu'un avec la nature. Alors Erik mit les voiles. Elles avaient appris par la bande qu'il travaillait dans une banque et n'avait pris que quelques mois de congé. Une autre fois, on leur avait raconté qu'il faisait du porte-à-porte pour un magasin d'équipements sportifs. Elles ignoraient où était la vérité. Maman ne savait même plus où il habitait.

— Tu sais bien, dit sa maman. C'est tellement difficile de trouver du boulot ici à la campagne. Au moins, ça ne nous coûte pas grand-chose de vivre à la ferme. Et ma chérie, tu as vécu ici aussi longtemps qu'à Stockholm. Ce n'est sûrement plus du tout comme tu t'en souviens, tu t'es construit une sorte de fantasme autour de notre vie de l'époque. Ce n'était pas si fantastique que ça. Nous sommes mieux ici, nettement mieux. Je t'assure. N'en parlons plus maintenant. On va manger le gâteau, dès que ton frère nous aura fait quelques tours de magie.

Maman avait l'air fatiguée. Pas une bonne idée de continuer à se chamailler. Mieux valait qu'elle garde sa bonne humeur.

— C'est mon cadeau d'anniversaire, expliqua son petit frère au sujet de la séance de magie à venir.

Il portait la cape que Jane lui avait cousue pour son précédent anniversaire. Elle commençait déjà à être un peu trop petite.

— Moi aussi, j'ai un cadeau, dit Jane en tendant un petit paquet à sa mère. Mais tu n'as le droit de l'ouvrir que si tu arrives à lire la carte.

Sous le paquet pendait une feuille de papier sur laquelle elle avait tracé des lignes. Certaines en pointillé, d'autres d'un trait. Des fragments de lettres apparaissaient ici et là, entrecoupés à la rencontre des lignes. Maman tournait le papier dans tous les sens.

— Mais comment veux-tu que je..., murmura-t-elle perdue.

Jane soupira. Ça l'agaçait quand les gens ne se donnaient même pas la peine d'essayer.

— Pense origami, dit-elle pour lui donner un indice.

Maman la regarda, sans comprendre.

— Bon sang ! Un avion en papier, alors.

— Ah, tu veux dire que je dois plier la feuille ? s'écria maman. Super !

Le bout de la langue au coin de la lèvre, elle se mit à plier la feuille le long des lignes. Une branche sous la couverture piquait Jane à la cuisse. Elle essaya de trouver une position plus confortable. En vain. Cette ferme et elle ne faisaient vraiment pas bon ménage.

— C'est bon, dit maman d'un ton incertain. Mais je suis pas sûre d'avoir fait comme il faut...

Elle leur montrait une bizarre composition en papier, sur laquelle apparaissait la moitié d'un K. Jane, le petit frère et maman pouffèrent de rire en même temps.

— D'accord, un félin plierait peut-être le papier comme ça, dit le petit frère en tirant sur la robe léopard de maman.

Jane rit de plus belle.

— Elle a dit comme un avion, ajouta-t-il. Sur les pointillés tu plies vers l'intérieur, sur les lignes entières vers l'extérieur.

Maman déplia la feuille, la lissa et recommença suivant les instructions du petit frère. Le résultat fut un hexagone parfait, avec une inscription sur la partie supérieure.

— "Bon anniversaire", lut maman, puis "Le dernier à Kvibille !"

— On peut toujours espérer, dit Jane quand maman la dévisagea.

— Bon, la frangine, dit le petit frère. À mon tour.

Il sortit un jeu de cartes, l'agita ostensiblement comme si c'était une créature vivante.

— Gardez à l'esprit ce moment mémorable du 8 juillet, à trois heures de l'après-midi, s'exclama-t-il, théâtral. Vous en reparlerez à vos petits-enfants.

— Tu sais même pas comment on fait les enfants, dit Jane en levant les yeux au ciel, mais en rigolant malgré elle.

— Prenez ce jeu de cartes, continua-t-il comme s'il n'avait pas entendu, mélangez, coupez et prenez une carte. Regardez-la, mais ne la montrez pas aux autres.

Son petit frère avait une capacité insupportable à être toujours heureux. Limite maniaque. Mais il avait vécu la totalité de ses sept ans à la ferme et ne connaissait rien d'autre. Tant qu'il pouvait bricoler dans la grange et s'entraîner avec ses numéros de magie, il était content. Il commençait à devenir vraiment bon avec ses illusions. Et si elle arrivait presque toujours à deviner comment il s'y prenait, ce n'était pas sa faute. Depuis toute petite, elle avait un don pour les déductions logiques. Quand le numéro était terminé, il lui suffisait de revenir mentalement en arrière pour en comprendre le déroulement. Mais en général, elle faisait semblant d'être surprise.

Elle prit le jeu, mélangea les cartes, en retourna une, qu'elle regarda, puis la remit dans le jeu. Huit de trèfle. Sans faire exprès, elle constata qu'elle avait atterri entre la onzième et la douzième carte du paquet.

— Je dois me souvenir de ça aussi ? demanda-t-elle, taquine.

Pour toute réponse, elle écopa d'un regard assassin. La magie était une affaire sérieuse pour son frère.

— Maman, à toi, dit-il en lui reprenant le jeu qu'il passa à sa mère. Mélange et prends une carte, n'importe laquelle.

Maman mélangea d'un air concentré, puis choisit une carte.

— Madame, vous étiez libre de prendre la carte que vous vouliez, n'est-ce pas ? demanda-t-il, la voix sérieuse.

— Oui, répondit maman, tout aussi grave.

Elle leva un sourcil, s'efforçant d'avoir l'air intriguée. Jane ne pouvait pas s'empêcher de rire.

— Et maintenant, pour la première fois, dit-il en se tournant à nouveau vers elle, voulez-vous bien, mademoiselle, me dire quelle est la carte que vous avez mémorisée ?

— Mademoiselle toi-même, répondit-elle. Bon d'accord, j'ai tiré le huit de trèfle, mais ça, tu peux pas le savoir.

— Et vous, madame, quelle carte avez-vous en main ?

Il montra par des gestes que maman devait retourner la carte qu'elle avait tirée. C'était le huit de trèfle.

— Merde ! s'écria Jane en éclatant de rire.

— Jane ! dit maman.

Son petit frère l'avait eue. C'était inhabituel, mais pas désagréable. Elle pourrait peut-être percer le secret de ce tour, mais elle n'en avait aucune envie. Pas aujourd'hui. Il s'inclina cérémonieusement. Maman et elle applaudirent frénétiquement. Comme toujours.

Aujourd'hui, tout allait bien.

Mais ça ne durerait pas, elle le savait. Cet été, tout changerait. Il fallait qu'elle dise à maman qu'après les vacances elle ne serait plus là. Sa vie allait changer. Elle allait bientôt lui dire. Bientôt.

Vincent se courba en avant pour rajuster le lacet de sa chaussure droite. Les boucles étaient plus grandes à droite qu'à gauche. D'habitude, il ne négligeait pas ce genre de détails. Mais il avait du mal à se concentrer. Il se redressa et retira sa veste du cintre.

— Tu m'obliges donc à y aller seule ? demanda Maria de la cuisine derrière lui.

Devant elle, un livre de méthodologie de recherche ouvert sur la table. Maria faisait des études de sociologie, mais elle avait sous-estimé la masse de travail que cela représentait. Quand il fallait bûcher les parties théoriques les plus exigeantes, elle se plaignait continuellement. "La vache, moi qui croyais que cette matière était une affaire d'humanité", disait-elle. Mais à cet instant précis, tout autre chose était inscrit sur son agenda. Vincent sentit gonfler la boule dans son ventre.

— Tu sais depuis des mois que papa va fêter ses soixante-dix ans. Pour un "maître mentaliste", t'es carrément nul en planification. Il faut que tu appelles Umberto à l'agence pour qu'il déplace ton spectacle. C'est dans plus d'un mois, c'est quand même pas si compliqué que ça !

Il se tourna et fixa sa femme telle qu'elle était assise, là, à table. Maria serrait son mug si fort que ses doigts blanchissaient. Il avait été si près de pouvoir s'échapper. Il n'avait aucune envie de se déchausser. Peu probable qu'il arrive à renouer ses lacets aussi symétriquement la prochaine fois. Vincent contempla le texte sur la tasse en céramique : *Chatte astrale*. Il n'y avait pas beaucoup d'étoiles autour de Maria en ce moment précis. Plutôt des nuages d'orage. Qui se dirigeaient droit sur lui.

— Tu sais bien que la programmation, ce n'est pas mon domaine, dit-il en espérant que c'était un de ces jours où Maria se contenterait d'explications simples, un jour où l'orage passerait sans éclater.

Voir sa main autour de la tasse réduisit à néant ce frêle espoir.

— Tu veux sincèrement dire que…

Elle ménagea une pause glaciale.

— Tu prétends que si tu avais dit à ton agent, quand il a planifié ta tournée à l'automne, qu'il fallait te garder libre la date du jour où mon père fête son anniversaire, date dont tu as connaissance depuis *six mois*, il n'en aurait pas tenu compte, c'est ça ?

Vincent s'appuya contre le chambranle de la porte et se creusa la tête. C'était drôle, d'une certaine façon. Il était capable de remporter des joutes verbales contre n'importe qui grâce à ses rhétoriques sans faille. La plupart du temps sans même forcer. Mais Maria et ses arguments simplistes le mettaient toujours dos au mur. Aucune de ses astuces habituelles ne fonctionnait avec elle. Avec Ulrika non plus, d'ailleurs, ça n'avait jamais marché. C'était peut-être un trait de famille. De toute façon, elle avait raison. Même s'il ne pouvait rien y faire à l'heure actuelle, il aurait pu éviter le problème bien en amont.

— Tu n'as rien à dire ?

L'orage autour de Maria menaçait, des éclairs commençaient à crépiter. Il prit conscience qu'il avait trop étiré son temps de réflexion.

— J'ai en effet pu louper le moment où il aurait fallu le mentionner, dit-il. Mais bon, c'est comme ça.

Il se rendit compte que le ton de sa voix était bien trop insouciant. Erreur fatale. Il soupira, se pencha en avant et défit les boucles parfaites de ses lacets, puis se déchaussa.

— Mais bon, c'est comme ça ? s'écria sa femme. *C'est comme ça ?* Comment tu peux me faire ça ?

La voix de Maria grimpa dans les aigus. Le moment où elle allait éclater en sanglots approchait dangereusement. Vincent aurait préféré le gros coup de tonnerre. Ses pleurs le désarmaient totalement. Il entra dans la cuisine et s'assit en face d'elle. Les veines du bois de la table faisaient penser à des empreintes digitales. Il suivit les courbes du bout de son index.

Vincent envisagea de prendre la main de Maria, sa main qui reposait sur le plateau, son alliance scintillant sur l'annulaire. Mais à l'instant où il allait poser sa main sur la sienne, elle la retira et la posa sur ses genoux. Il évita de regarder son visage, sachant qu'il verrait des yeux remplis de larmes et une bouche tremblotante.

— Ce n'est pas contre toi, dit-il, le regard rivé sur le bois. Mais même si c'était idiot de ma part de ne pas réserver cette date, et je reconnais que c'était idiot, ça ne change rien maintenant. Évidemment que j'aurais dû prévoir les soixante-dix ans de Leif dans mon planning, mais… j'ai oublié. Maintenant, il va falloir s'arranger en fonction, même si on n'est pas d'accord.

Maria renifla. Elle but une longue gorgée de son thé vert et fit la grimace. Vincent n'avait jamais compris pourquoi elle s'obstinait à en boire des litres quotidiennement alors qu'elle trouvait ça écœurant. Mais le thé vert et ses bienfaits étaient l'un des nombreux chevaux de bataille de Maria. À une certaine époque, elle avait essayé de les obliger à boire cette horreur, lui et les enfants, mais ça avait failli se terminer en guerre totale. Elle avait dû battre en retraite au bout de quelques jours.

Il se leva, ouvrit le placard au-dessus de l'évier et prit une tasse. C'était une tasse en céramique comme celle de Maria, à l'exception du texte qui disait : *Queue cosmique*. Il secoua la tête. L'allitération lui plaisait, c'était amusant ces consonnes qui se répondaient. Par contre, les lettres en zigzag le dérangeaient énormément. Est-ce vraiment si difficile de faire tenir des lettres sur une ligne horizontale ?

Le message était plus discutable, et les deux ados de la maison n'étaient pas emballés par l'humour de Maria. Toutes leurs objections avaient été balayées par une longue tirade que l'on pourrait résumer à "la sexualité n'est pas quelque chose de moche" et "tout le monde devrait apprendre à se sentir un peu plus à l'aise avec des termes à connotation sexuelle". Plutôt paradoxal, vu à quel point elle était elle-même peu à l'aise en situation. Ils ne pouvaient faire l'amour qu'à condition que la lumière soit éteinte, les rideaux fermés et qu'aucun des deux ne dise un mot. Ça n'avait pas toujours été comme ça, il la soupçonnait d'agir de cette façon parce que c'était avec lui qu'elle était obligée de coucher. Il se dit qu'elle n'oserait jamais prononcer à voix haute les mots peints sur son mug à elle, si on le lui demandait.

Cette volonté d'ouverture d'esprit était dans le fond tout à fait respectable, il en convenait. Et il n'attendait pas de sa femme qu'elle vive en suivant ses principes à la lettre. Ce qui l'agaçait, c'était qu'elle avait l'air de croire que c'était le cas. Il y avait eu d'autres temps. Une autre Maria. Il eut un flashback d'une Maria couverte de sueur et déchaînée sous lui, là, sur la table de la cuisine, cette même table où ses doigts, aujourd'hui, suivaient les courbes des veines du bois.

Il se mit à penser à Mina. Se demanda si la policière avait trouvé des empreintes sur cette boîte à magie. Probablement pas. La prochaine fois qu'ils se verraient, il fallait qu'il pense à lui demander comment on prélève les empreintes dans un cas comme celui-là.

— Alors, on fait quoi, selon toi ? demanda Maria. Par rapport à l'anniversaire ?

Vincent se leva, se servit une tasse de café et se rassit. Il en profita pour observer son visage discrètement. Il aurait préféré que sa poussée d'adrénaline retombe avant de poursuivre la conversation, mais elle était encore rouge de colère et des larmes étaient restées coincées dans ses cils.

— Je ne vois pas ce qu'Umberto pourrait faire. Sept cents personnes ont acheté leur billet. Je ne peux ni déplacer ni annuler le spectacle. À toi de décider comment tu vas faire par rapport à la fête, si tu veux y aller ou pas.

Il but de son café. Il était brûlant.

— Si je veux y aller ou pas ? dit Maria avant d'ingurgiter une gorgée de thé vert monumentale. À ton avis ? Est-ce que je veux fêter les soixante-dix ans de mon père ou pas ?

Sa voix se brisa. Il ne sut que répondre. Ça se terminait toujours de la même façon. Sa logique était pourtant imparable.

Il ne pouvait pas y aller. Il fallait que Maria y aille seule avec les enfants. Pourquoi ne pouvait-elle pas considérer cette fête comme un moment qu'elle prenait pour elle ? En plus, Aston adorait son grand-père. Elle pouvait aussi choisir de rester à la maison. En même temps, il savait que Maria n'était pas dupe.

— Tu sais bien comment ça se passe quand je t'accompagne, tenta-t-il pour la devancer.

Il remua ses doigts de pieds sous la table. Le sujet lui donnait toujours des picotements dans les orteils. Pour sa part, il avait tourné la page depuis longtemps, et si les autres tenaient absolument à remettre le sujet sur le tapis, au fond ce n'était pas son problème. Pourtant, ça lui revenait en pleine poire à chaque fête de famille.

— Je ne veux pas qu'ils s'imaginent que nous avons un problème, dit Maria.

Voilà, on y était. La véritable raison de toute cette discussion. Les apparences comptaient beaucoup pour Maria. Surtout vis-à-vis de la famille. Ça avait été un véritable scandale à l'époque, quand il avait quitté sa femme pour Maria, la petite sœur de sa femme. De huit ans sa cadette. Personne ne l'avait bien vécu, ce qui était compréhensible. Mais pas pour l'éternité. Presque dix ans s'étaient écoulés depuis, la famille aurait dû passer à autre chose. Qu'elle soit encore à ce point remontée, une décennie après, n'avait rien de rationnel. Ils se mêlaient de choses qui ne les concernaient en rien. C'était illogique, injustifié. Voilà pourquoi il avait tant de mal à entretenir une relation avec la famille de Maria. C'était pour ça qu'il n'avait pas informé son agent de la date de ce fameux anniversaire. Parfois, le plus simple, c'est d'éviter les situations compliquées.

— Oh, comme Ulrika serait heureuse si elle flairait un problème entre nous, dit Maria. Depuis des années, elle ne pense qu'à ça. À notre séparation, à l'idée que tu me quittes, de préférence pour une autre femme. Ou que tu reviennes vers elle. Un jour, ça lui est même sorti tout cru…

Il avait déjà entendu cette tirade tant de fois. Cette rumination du passé.

— Et alors, dit-il en lui coupant la parole. Elle n'a que le pouvoir que tu lui prêtes.

— Elle n'a aucun pouvoir sur toi, c'est ça ? Vous êtes pourtant bien en contact plusieurs fois par mois.

— Maria, ta sœur et moi avons des enfants ensemble. Mais c'est avec toi que je forme un couple.

— Nous aussi, nous avons un enfant ensemble, objecta-t-elle.

— Oui, même si des fois je me demande si Aston sait qu'il a un père. Je crois qu'Aston se marierait avec toi si c'était possible.

Un sourire microscopique naquit au coin des lèvres de Maria, mais elle le réprima aussitôt pour reprendre son expression revêche. Elle ouvrit la bouche pour continuer.

N'ayant plus le courage de l'écouter, il se mit à fixer le mug devant lui. *Queue cosmique*, 13 lettres. 8 pour cosmique, 5 pour queue. 13, 8, 5. Sous la table, il sortit son téléphone et chercha 1385 sur Wikipédia. Cette année-là, le jeune roi norvégien Olof se proclamait roi de Suède. Tiens. Olof était le deuxième prénom de son fils Benjamin. Lui, Vincent – *Queue cosmique* – 1385 – le roi Olof – Benjamin – et enfin lui à nouveau. La boucle était bouclée. Il se rendit alors compte, trop tard, que Maria était justement en train de parler de Benjamin.

— Et s'il te plaît, dis à tes enfants de ne pas m'appeler "tatie" pendant la fête. Ulrika jubile quand ils font ça.

Ses larmes avaient séché. Il semblait qu'elle était maintenant plus en colère que triste. Il préférait, c'était plus facile à gérer.

— D'accord, je leur dirai, dit Vincent.

Il enfonça son portable dans sa poche et se leva.

— Pour en revenir au risque que tu me quittes, quand est-ce que tu vas me parler de cette policière que tu as rencontrée ?

Il se rassit. Le ton de sa voix révélait qu'elle avait pris soin d'attendre qu'il baisse sa garde pour aborder le sujet.

— Qu'est-ce que tu veux dire ? demanda-t-il.

— Je sais que vous vous êtes vus au Rival.

— Oui, je t'ai dit que j'avais eu un rendez-vous.

— Ne me coupe pas la parole ! cracha-t-elle.

Ce nouveau sujet ne risquait pas d'atténuer son énervement.

— Ce n'est pas comme si tu étais hyper présent non plus quand tu es à la maison. Qu'est-ce que tu as en tête, Vincent ? Tu te demandes où vous allez vous envoyer en l'air la prochaine fois ? Ou tu penses à la dernière fois, comme c'était extra ? Ou bien les canapés au Rival n'avaient pas la bonne hauteur pour que tu la prennes par-derrière ? Je devrais être reconnaissante, j'imagine, que tu ne la ramènes pas à la maison. Pas encore.

Il enfouit son visage dans les paumes de ses mains pour essayer de se calmer. Les premières fois que Maria avait eu ces accès de jalousie, ça l'avait mis hors de lui. Sa jalousie ne se manifestait pas au début, elle s'était développée au fur et à mesure que leur relation se détériorait. Il avait appris à contrôler ses propres réactions, cependant ça l'affectait encore profondément. Il n'y pouvait rien. L'accusation de trahison venait toucher quelque chose de primaire au fond de lui. Bien qu'il ait conscience qu'en réalité il ne s'agissait pas de lui. Il s'agissait d'elle. Comme pour tout le reste.

— Ma chérie, souffla-t-il tout en essayant de maîtriser sa respiration pour ne pas laisser l'adrénaline prendre le dessus. Si c'est vraiment ce que tu crois, alors tu peux te féliciter de faire des études avec tous ces jeunes. Tu n'as que l'embarras du choix. La dernière fois que j'ai vu Mina, c'était à l'hôtel de police. Ils m'ont demandé de l'aide. Une équipe d'enquêteurs. Si tu as l'intention de me faire des scènes de ce genre chaque fois, je vais être obligé d'y renoncer. Que veux-tu que je dise ?

Maria le regarda en reniflant.

— Je veux un numéro de téléphone pour pouvoir contacter ce groupe, dit-elle.

— Tu n'es pas séri... Bon, OK. Bien sûr. Un numéro de téléphone. Pas de problème. Mais il faut vraiment que j'y aille. Je suis désolé d'avoir foiré avec l'anniversaire de ton père. Je vais trouver une manière de me rattraper.

Il se leva et lui tapota maladroitement la joue. Elle le laissa faire. Vincent passa dans l'entrée, enfila ses chaussures et se pencha pour renouer les lacets. Comme prévu, il ne parvint pas à les refaire à la perfection comme tout à l'heure. Tant pis, il fallait faire avec. Il quitta la maison et traversa la pelouse par le chemin qui avait été tracé dans la neige. Soudain, il s'arrêta, s'accroupit, défit ses lacets et recommença. Ce n'était pas le moment de se laisser aller.

Mina avait pris un taxi pour l'institut médico-légal à Solna. Elle ne venait pas directement de l'hôtel de police, mais d'un autre rendez-vous, à caractère plus privé. Parmi ses collègues, personne ne savait qu'elle se rendait chez les Alcooliques Anonymes une fois par semaine, ou plus, en cas d'urgence. Il n'y avait aucune raison qu'ils le sachent, d'autant plus qu'elle n'était pas alcoolique. Pour elle, ça avait été autre chose. Pendant une période. Une longue période qui lui avait coûté beaucoup. Tous les jours, elle payait encore le prix de son erreur. Mais c'était son problème.

Les locaux se trouvaient sur Kungsholmen, à seulement cinq cents mètres de son lieu de travail, et c'est pourquoi elle avait choisi les AA et pas… l'autre adresse, beaucoup plus éloignée. Les deux associations remplissaient la même fonction. Si elle croisait un collègue sur le chemin, elle pouvait toujours dire qu'elle était en route pour rentrer chez elle.

En sortant du taxi, elle serra son manteau autour d'elle pour lutter contre le froid. Ses collègues n'avaient rien à savoir de sa vie personnelle. Elle avait toujours eu un mal fou à comprendre cette manie de partager des fragments de vie privée juste parce qu'on travaillait ensemble. Après quelques premières tentatives, les autres avaient vite compris que c'était peine perdue de lui parler d'autre chose que de boulot.

Elle pénétra dans les locaux de l'IML, enfila une blouse de protection et un masque, puis se posta devant la porte de la salle d'autopsie. Elle frappa précautionneusement et reçut un "Oui" en réponse.

Milda Hjort n'accorda pas le moindre regard à Mina quand celle-ci fit son entrée. Elle savait que Mina allait venir, mais elle était focalisée sur le corps devant elle. Mina traversa la salle et se posta près d'elle. Fascinée, elle se mit à observer la caisse sur la table brillante, près du corps.

Contrairement à la table, la boîte n'avait rien de stérile. Du sang, des mèches de cheveux, de la matière grise et un certain nombre d'autres composants humains collaient au bois blanc ici et là. Un homme dans la cinquantaine, probablement un technicien médico-légal, analysait minutieusement la caisse pendant que Milda s'occupait du corps. L'IML n'était pas l'endroit idéal pour examiner la caisse, mais il avait été particulièrement difficile d'en extraire le corps sans détruire d'indices. Normalement, elle aurait dû partir directement au Centre national de médecine légale à Linköping. Le technicien fit un signe de tête et recula d'un pas comme s'il avait entendu ses pensées.

— J'ai terminé. J'ai demandé qu'elle soit envoyée à Linköping.

— Merci, dit Milda sans lever la tête.

L'homme quitta la salle, laissant les deux femmes seules avec l'assistant de Milda, Loke, un jeune homme particulièrement introverti avec qui Mina n'avait encore jamais échangé le moindre mot malgré ses visites régulières à l'institut depuis des années.

— Quelle horreur, cette histoire, lança Milda. Ça n'a pas été évident de la sortir de là. Le corps était raidi dans sa position. Vous savez qui c'est ?

— Pas encore. Mais on y travaille. Au pire, on fera appel à la presse, mais je préfère repousser le plus longtemps possible le déferlement médiatique.

— Je comprends.

Milda tourna son regard vers la caisse. Mina en fit le tour, l'observant sous tous les angles.

— Tu as déjà eu affaire à quelque chose de ce genre ? demanda-t-elle.

— J'ai vu beaucoup de choses, c'est sûr, répondit Milda. Mais jamais rien de tel, non. Ton collègue Ruben est déjà passé.

— Qu'a dit le technicien au sujet de la caisse ?

— Pas grand-chose. Du contreplaqué. Assemblé en cube à l'aide de clous et de colle. Quelques détails bizarres au niveau de la construction, comme si le plan initial avait été modifié. Je ne comprends pas. Les ouvertures sur les côtés sont prévues en fonction de l'épaisseur et de la largeur des épées. D'ailleurs, les armes du crime sont là.

Milda indiqua d'un hochement de tête une autre table sur laquelle étaient alignés des tubes en plastique transparent contenant chacun une épée. Mina s'approcha et se pencha sur les armes blanches, captivée. Elles étaient toutes identiques. De longues lames métalliques munies d'une garde pour empêcher la main de glisser sur la lame. Les épées étaient couvertes de sang et d'autres substances qui provenaient de la victime. Mina sortit son téléphone et prit plusieurs photos, d'abord de l'ensemble puis en détail, autant que possible à travers le plastique. Elle retourna ensuite à la caisse et la photographia également sous tous les angles.

— Il faut beaucoup de force pour pousser une épée à travers un corps, non ?

Milda hocha la tête.

— Les épées sont très tranchantes. Mais quand même, traverser un corps avec l'angle nécessaire pour faire ressortir la lame par l'interstice de l'autre côté... Oui, il faut incontestablement de la force. De la précision aussi.

— Rien d'autre à signaler ? À part ce qui va de soi, je veux dire. Rien concernant la caisse ou les épées qui pourrait m'être utile ?

— Mon domaine, c'est le corps de la victime, dit Milda. Pour le reste, faudra t'adresser aux techniciens de Linköping quand ils auront terminé. Mais si tu fais attention, tu peux jeter un coup d'œil par toi-même puisque la caisse est encore là.

Mina hocha la tête et balaya la salle du regard. Les surfaces stériles et la propreté ambiante la firent frémir de plaisir. À l'exception de la caisse, rien ne la repoussait, aucune saleté, pas le moindre microbe. L'odeur de désinfectant chatouillait délicieusement ses narines. Elle aurait pu vivre dans cette pièce. L'anxiété qui l'oppressait en permanence s'atténuait, et une chaleur apaisante se propageait dans son corps. Était-ce ce que les autres ressentaient quand ils se déplaçaient avec insouciance dans leur environnement insalubre ?

Elle entreprit d'examiner les épées via les photos qu'elle venait de prendre. C'était plus simple que de manipuler les tubes en plastique. Un détail la fit zoomer.

— D'où viennent ces marques ? demanda-t-elle.

— Pardon ?

— Ces marques, répéta-t-elle. Là, sur les poignées des épées.

Milda s'approcha des tubes et se pencha en avant pour voir de plus près. Mina avait choisi d'ignorer le corps sur la table d'autopsie, mais du coin de l'œil elle vit Loke travailler sans discontinuer.

— Tu as raison, dit Milda. On dirait qu'elles ont été esquintées. Aucune idée de ce que ça pourrait être.

— Pas la moindre théorie ?

— Non, je te dis. Les corps sans vie, c'est mon domaine, pas les objets inanimés. Il faut que tu attendes le rapport de Linköping.

Mina prit encore une ou deux photos de la caisse.

— Tu m'appelles si tu tombes sur quelque chose d'utile ? dit-elle.

— Ça va de soi.

— Tu penses que la caisse va rester ici combien de temps encore ?

— Quelques heures. Il faut qu'ils trouvent un moyen de transport.

Mina hocha la tête.

Milda était compétente. Et même à contrecœur, il fallait bien reconnaître que Ruben, chargé de recueillir toutes les informations concernant la caisse, l'était, lui aussi. Il avait une mémoire quasi photographique qui se montrait souvent inestimable. La raison pour laquelle il avait été affecté à ce groupe spécial n'avait cependant pas de rapport avec ses compétences. Plutôt avec MeToo. Mais lui comme Milda manquaient des références nécessaires pour ce cas précis. Pour eux, la caisse avait été un instrument létal, point. Vincent allait pouvoir leur apporter une perspective différente. Il avait participé à la réunion, mais ils ne lui avaient pas posé la moindre question. Pourtant, elle comptait plus sur l'expertise de Vincent que sur les conclusions qu'allait tirer Ruben. Quoi qu'en dise ce dernier, il fallait que Vincent voie la caisse avant qu'elle ne soit expédiée à Linköping.

En inspirant profondément, elle saisit la poignée de la porte et l'ouvrit doucement. Une partie d'elle refusait de quitter cet environnement si délicieusement stérile pour regagner la crasse du dehors. Mais elle n'avait pas le choix. Elle n'y couperait pas.

Le taximètre s'arrêta à quatre cent trente-sept couronnes.

— Pardon, dit Vincent en se penchant vers le chauffeur. Pourriez-vous avancer encore un peu ?

— Mais je me suis arrêté pile devant l'entrée, répondit le chauffeur, un tantinet grincheux.

— Oui, très bien, merci. Mais pourriez-vous quand même avancer encore un peu, s'il vous plaît ?

Le chauffeur, qui selon l'autocollant sur le pare-brise s'appelait Yusef, secoua imperceptiblement la tête et obtempéra. La voiture avança tout doucement. Au moment où le taximètre passa à quatre cent quarante-quatre couronnes, Vincent lui cria d'arrêter. Yusef haussa les épaules et fit halte.

— Le client est roi. J'obéis. C'est mieux ici ?

— C'est absolument parfait, dit Vincent en payant la course.

En sortant du taxi, il dut faire une grosse enjambée pour éviter la plaque de neige en train de fondre sur laquelle le véhicule s'était arrêté. Il aperçut Mina dans le hall vitré de l'IML. Elle l'accueillit avec un hochement de tête. Elle ne devait pas avoir de lingettes désinfectantes sur elle.

— Merci de venir si rapidement, dit-elle.

— Il n'y a pas de quoi, répondit-il simplement. Où est la caisse ?

Il regarda autour de lui. C'était la première fois qu'il mettait les pieds dans ce genre d'endroit.

— Ce n'est pas Ruben qui devait l'examiner ?

— C'est fait. Et la caisse se trouve actuellement auprès de notre médecin légiste, Milda. Ses techniciens viennent de finir le travail préliminaire. Ensuite, elle va être expédiée à Linköping, avec les épées, pour des analyses plus approfondies, mais nous avons un petit peu de temps avant qu'ils ne la prennent. Et je voulais que tu l'examines, je me disais que tu pourrais sûrement apporter un regard nouveau. Elle te fournira peut-être aussi de la matière pour ce profil que Julia t'a demandé d'élaborer.

— Je n'étais pas persuadé qu'elle me le demandait sérieusement, dit-il.

Ils prirent les escaliers pour monter les étages. Vincent lorgna Mina du coin de l'œil. La rencontrer était ce qu'il avait vécu de plus intéressant depuis longtemps, malgré le contexte.

— Par ici, dit-elle.

Ils entrèrent dans un long couloir. Mina passa devant et il la suivit, les yeux rivés sur sa queue de cheval qui se balançait d'un côté à l'autre, un peu comme si elle voulait l'hypnotiser. Ils passèrent par le vestiaire pour enfiler des blouses de protection, puis elle ouvrit une porte donnant sur une grande salle stérile munie de tables d'autopsie en métal. C'était propre, vide – exactement comme à la télévision. Il aperçut la caisse au fond de la salle.

Vincent s'arrêta net. Ça faisait belle lurette qu'il n'en avait pas vu en vrai. C'était tout à fait autre chose que de la voir sur les photos de Mina. Elle éveilla en lui des souvenirs qu'il croyait disparus depuis des lustres. Quoique. Lui, plus que n'importe qui d'autre, savait tout sur la capacité du cerveau à stocker les informations. Rien ne disparaissait. Tout restait niché dans les méandres de la mémoire, en attendant de refaire surface quand on s'y attendait le moins. Simplement, il n'avait pas pensé que ce seraient justement ces souvenirs-là qui remonteraient un jour.

— Elle avait l'air plus petite sur les photos, dit-il, songeur. C'est souvent le cas, ça accentue l'illusion. La boîte à magie doit paraître plus petite qu'elle n'est réellement pour renforcer l'impression que l'assistante n'a aucune chance d'éviter les épées. Dans ce cas précis, ça n'a eu aucune incidence, évidemment.

La caisse était posée sur une table assez basse, il s'accroupit pour l'inspecter de plus près.

— Je peux la toucher ? Ou je risque de détruire des preuves ?

— Ça dépend si tu veux qu'on trouve tes empreintes dessus ou pas, répondit-elle.

— Bien vu, dit-il en reculant d'un pas. En tout cas, celui qui l'a fabriquée a mené des recherches approfondies. La boîte à épées est considérée comme l'une des premières illusions de scène. Le colonel Stodare s'est produit à l'Egyptian Hall de Londres en 1865 et, un an plus tard, il a publié le descriptif de son fonctionnement. Dans son spectacle à lui, il s'agissait d'une corbeille. Remplacée par une boîte à magie plus tard. Quelle horreur d'être obligé de se recroqueviller dans un truc pareil.

— Tu n'aimes pas les espaces exigus ?

— C'est le moins que l'on puisse dire. Ça me vient de ma mère. Rien que l'idée me donne des cauchemars.

Il mit sa tête dans la boîte pour examiner les fentes prévues pour les épées, en prenant soin de ne pas respirer trop fort à travers le masque. L'emplacement des trous n'était pas du tout classique. En tout cas, si on avait voulu que l'assistante survive.

— Certains magiciens achèvent l'illusion en montrant la boîte vide, dit-il. Puis l'assistante fait irruption quelque part dans le public. Personnellement, je n'ai jamais compris cette version.

Il avait craint d'éventuelles odeurs. Des fluides corporels. Sang, sueur, peut-être urine. Mais aucune odeur. Malgré les larges taches de sang qui avaient définitivement coloré le bois brut.

— Pourquoi ? C'est encore plus saisissant comme ça, non ? dit Mina.

— Réfléchis. L'illusion consiste à montrer que l'assistante se fait transpercer, mais sort indemne. Si ensuite on montre la boîte vide parce que la femme est ailleurs, on perd l'effet initial, puisqu'elle a pu sortir. Les épées étaient donc superflues. Aucune chance de faire ce numéro avec cette boîte-ci, bien entendu, dit-il en pointant du doigt l'arrière de la caisse. Il devrait y avoir une trappe secrète ici, expliqua-t-il. Il n'y a aucun moyen de sortir discrètement de là.

Il se redressa, étira ses jambes.

— Faut-il vraiment pousser la réflexion aussi loin ? demanda Mina. C'est juste de la magie.

— Exact. Mais ce n'est de la magie qu'à condition qu'on ne pousse pas trop la réflexion, justement. Le spectateur est amusé et surpris sans avoir jamais vraiment compris ce qui s'est passé. Les épées ?

— Elles sont ici, dit Mina en désignant une table proche. Elles sont dans ces tubes pour que le sang sèche. Et accessoirement pour éviter que quelqu'un se blesse avec. Elles vont bientôt être envoyées au CNML pour la recherche d'ADN et d'empreintes digitales. Ça pourrait prendre un certain temps.

— CNML ? interrogea Vincent.

— Le Centre national de médecine légale. C'est à Linköping, précisa Mina.

— Je doute que l'analyse des épées mène à grand-chose, pour ce qui concerne le profil, j'entends, dit-il en soulevant un des tubes afin d'inspecter l'épée sur toutes ses faces. C'est une Condor Grosse Messer. D'abord, j'ai cru que c'étaient des fauchons, des épées françaises aux lames assez similaires, mais contrairement aux fauchons, les poignées des Messer sont gravées. Regarde.

Il montra la garde à Mina. Elle se pencha en avant, observa longuement l'épée, puis hocha la tête.

— Je peux me permettre de te demander comment tu sais ça ? Les numéros d'illusion, c'est une chose, c'est pour ainsi dire ton monde, mais ça ?

Il rit.

— C'était une passion dans ma jeunesse.

— Une passion ?

— Oui, je faisais des jeux de rôle grandeur nature. On était toute une bande qui se retrouvait pour des jeux de rôle médiévaux.

— Eh ben, ça devait cartonner avec les nanas.

Il éclata de rire, surpris par la remarque. Un rire qui résonna fâcheusement entre les murs de ce lieu sinistre.

— Plus que ceux qui avaient des épées en mousse, en tout cas. Et puis, quelle femme ne succomberait pas à un preux chevalier ?

— Certes, et je suis sûre que tu étais très preux, dit Mina, remarquant qu'il rougissait. Bref, il s'agit donc d'une…

— Condor Grosse Messer. Environ deux kilos. Lame en acier carbone 1075, fabriquée en Équateur. Poignée et pommeau sont en hickory et noyer.

— Waouh, encore un grand écart, entre jeux médiévaux et encyclopédisme wikipédique. Ça va, j'arrête… Pourquoi penses-tu que les analyses ne nous seront guère utiles ?

Vincent soupesa l'épée, puis le reposa sur la table à côté des autres.

— Cette épée n'a rien de rare. Il y en a plein sur le marché. On peut en trouver des neuves, mais le marché de l'occasion est important également. Si elles ont été achetées en seconde main, ce sera sûrement compliqué de remonter la chaîne. Quelqu'un qui commet un acte aussi bien préparé ne tombera pas à cause d'un achat imprudent.

— Super. Et tu mijotes ce verdict depuis combien de temps déjà ? fit Mina en souriant.

— Trop longtemps, apparemment.

— Et la boîte ? Que penses-tu de la boîte en elle-même ? Faut-il une expertise particulière pour le fabriquer ?

Il se pencha à nouveau en avant et remit la tête à l'intérieur.

— La boîte est une meilleure piste, je dirais. Combien de personnes savent seulement de quoi il s'agit ?

— Tu crois qu'elle a été faite sur mesure ? Ou achetée, peut-être ?

Ses genoux craquèrent quand il se redressa.

— Les deux sont possibles, répondit-il. Si c'est une commande auprès d'un artisan, il faut de toute façon l'ajuster à la taille de la personne à qui elle est destinée. On peut aussi acheter les plans et en construire une soi-même, à condition de savoir où chercher.

— Ça m'intéresserait de jeter un œil à ce genre de plans, dit-elle.

— Celui qui a construit cette caisse-ci ne l'a probablement pas fait à partir de rien, ce qui signifie qu'il ou elle a été en contact avec un professionnel du secteur. Il peut s'agir d'une commande. Je peux vérifier auprès des fabricants que je connais, si tu veux. Ils ne courent pas les rues. En sortant, il faut d'abord que je passe voir mon agent, mais je peux m'en occuper après.

— Parfait, dit Mina en hochant la tête si énergiquement que sa queue de cheval bondit. Nous avons besoin de toute l'aide que tu peux nous fournir.

Ils se rapprochèrent de la porte.

— J'espérais que cette visite te donnerait un peu plus de matière pour construire un profil, dit-elle.

Il s'arrêta et se tourna vers elle.

— Ça prend du temps de fabriquer une telle caisse, dit-il. Quelqu'un a tout planifié, froidement. En même temps, il y a une telle agressivité dans cet acte qu'il s'agit vraisemblablement d'un crime passionnel. Il y a une contradiction dans le processus qui me trouble. Je ne veux pas encore me prononcer, pour ne pas dresser un portrait trop approximatif de l'agresseur. Il faut que je digère tout ça un petit moment. Avez-vous avancé par rapport aux lacérations sur le corps, au fait ? Le chiffre ?

— Non, pas encore. Mais j'ai demandé à la légiste de vérifier dans ses archives s'il y a eu des cas semblables. Même si nous ne sommes pas encore sûrs qu'il s'agisse d'un chiffre. Pour le moment, ce n'est qu'une hypothèse. Ton hypothèse.

— Ça vaut le coup de vérifier. Plus je réfléchis, plus je suis persuadé que c'est un chiffre. Même si Julia n'est pas d'accord avec moi. Peut-être que vous n'avez besoin que de ça pour trouver le meurtrier. Le profil sera peut-être superflu.

La porte s'ouvrit brutalement. Ils firent un bond en arrière pour ne pas la recevoir en pleine figure. De l'autre côté se trouvait Ruben, qui se mit à fulminer instantanément.

— Qu'est-ce qu'il fout ici, celui-là ? dit-il en foudroyant Vincent du regard.

— Je me contente de suivre les ordres de Julia, répondit Mina en haussant les épaules avec tout le détachement dont elle était capable. Et toi, tu viens d'où ?

— J'ai pris un café avec des… dames légistes sympathiques que je connais, dit Ruben en passant devant eux.

Une fois dans le couloir, Vincent observa Mina du coin de l'œil.

— J'ai cru ressentir une certaine tension, se permit-il.

— Laisse-moi t'expliquer. Julia t'a demandé un profil, d'accord. Mais c'est en dehors de l'enquête ordinaire, pour éviter de provoquer des conflits dans l'équipe. Elle m'a demandé de "te prendre en main", oui, c'est ce qu'elle a dit. En temps voulu, nous serons obligés de faire appel aussi à Jan Bergsvik, notre psychologue consultant habituel.

Mina fit une grimace avant de poursuivre.

— Julia m'a autorisée à te contacter, mais elle n'est qu'à moitié convaincue. Quant aux autres… Pour eux, tu ne fais pas partie du groupe. Vincent, j'ai vraiment besoin de ton aide, mais je crains qu'ils ne veuillent pas nous écouter. Surtout Ruben. Nous allons devoir gérer ça nous-mêmes.

— Et si j'essayais de les séduire avec ma subtilité légendaire ? suggéra-t-il.

— Ouais. Ça a été un franc succès la dernière fois, répondit-elle sur un ton sec.

Vincent ne le prit pas mal. Connaître les arcanes du jeu social ne lui venait pas aussi naturellement qu'à la plupart des gens. Il avait été obligé de les apprendre exprès, c'est pourquoi il était maintenant si doué pour manipuler les gens quand il était sur scène. Il lui avait fallu étudier exactement comment s'y prendre. Et pourtant, le plus souvent il n'y arrivait qu'avec un public, sa vie familiale compliquée en était la preuve.

D'une certaine façon, c'était bien que Mina soit au courant. Ça simplifiait un peu les choses.

— Et pour en revenir au profil, dit-elle. Quand penses-tu pouvoir m'en dire plus ?

— Laisse-moi un peu de temps, il y a trop de variables. Comme je te l'ai déjà dit, c'est un étonnant mélange d'organisation et de désordre. Chez la même personne. C'est inhabituel. Pas impossible, mais inhabituel.

Mina fronça les sourcils.

— Pardon, dit-il. J'essayerai d'être plus clair à un autre moment. Il faut que je rassemble mes idées. Merci de m'avoir permis d'examiner la caisse. Ça m'a beaucoup appris. À propos d'analyse, tu es au courant que Ruben meurt d'envie de coucher avec toi, n'est-ce pas ? Son langage corporel quand il s'est penché vers toi, ainsi que ses pupilles…

Mina lui coupa la parole.

— Bon sang, Vincent. Pas besoin d'être mentaliste pour capter ça. Ruben veut coucher avec toutes les nanas qui croisent son chemin.

— Si seulement il s'était intéressé aux jeux de rôle grandeur nature… Sauf qu'il se serait muni d'une épée en mousse. Ruben, c'est le genre de mec qui choisit toujours l'épée en mousse.

Le rire de Mina résonna en cascade dans le couloir. Un bruit agréable, qui le mit de bonne humeur. Vincent n'essaya même pas de compter le nombre d'éclats de rire.

Mission impossible. Ou presque. Il le savait. Christer Bengtsson poussa un soupir derrière son PC. Parcourir les rapports sur les personnes disparues était long et monotone. Les gens seraient surpris s'ils savaient combien de personnes disparaissaient en Suède chaque année. Probablement de leur plein gré, pour la plupart.

Ils estimaient que la victime avait entre vingt et trente ans. Mais s'il était déjà périlleux d'évaluer l'âge des vivants, c'était encore plus compliqué quand il s'agissait des morts. Christer examina la photo qu'il avait reçue de la légiste pour pouvoir comparer avec des photos de disparues. Cheveux blonds, jusqu'aux épaules, yeux bleus. De son vivant, elle avait sans doute été jolie, sans plus. Il fixa à nouveau l'écran et continua à faire défiler les pages. Un bon nombre de ces filles correspondaient au signalement physique, ce n'étaient pas les blondes aux yeux bleus qui manquaient en Suède. Mais aucune ne semblait coller réellement avec la photo sur son bureau.

Lui-même avait toujours préféré les brunes. Mais, il faut bien l'avouer, elles n'avaient pas été légion. Sûrement quelque chose de freudien lié aux cheveux noirs de feu sa mère. Il vivait toujours seul. Parmi celles avec qui il avait essayé de vivre, aucune n'était restée. Ça ne l'avait jamais vraiment surpris. Dès les premiers temps d'une relation, il savait que ça ne durerait pas. Il n'avait jamais ressenti que cette fois ça collait. L'amour n'était pas quelque chose qui pouvait durer. Rien ne durait. Même pas le beau temps. Oui, même ça, fallait pas y compter, à en croire cette chieuse de Greta Thunberg.

Christer se secoua pour évacuer ces pensées. Il tendit le bras pour attraper sa tasse de café et en but une gorgée avant de la recracher avec une grimace. Froid, dégueulasse. Il se reconcentra sur les visages à l'écran. Toutes ces jeunes femmes semblaient jeunes et pleines d'espoir. Mais comme pour tout le monde, ce n'était qu'une question de temps avant que la vie ne leur arrache toutes leurs illusions. Christer avait eu la chance d'avoir une mère qui lui avait appris, dès son plus jeune âge, que la vie n'était qu'une suite de déceptions. Une leçon qu'il valait mieux comprendre le plus tôt possible. Il était persuadé que toutes ces dépressions et autres cas de burn-out étaient dus aux attentes inconsidérées quant à ce que la vie peut offrir. Résultat : d'inévitables frustrations.

Les visages défilaient continuellement. Il prit la tasse sans réfléchir, but une gorgée, et jura en constatant que le café était toujours aussi froid. Christer fixa le fond de sa tasse, comme écrasé. La vie, putain. La vie.

Vincent arrangea les gâteaux sur le plat en deux rangées, quatre gâteaux par rangée. Il était chez son agent, ShowLife Productions, sur Strandvägen. Il essayait de se débarrasser des images de la boîte qui défilaient dans sa tête depuis son passage à l'institut médico-légal. La boîte et ses fentes macabres. Puis Mina, à côté. Avec sa queue de cheval.

Reprends-toi.

Au début de sa collaboration avec ShowLife, chaque rendez-vous était accompagné d'un assortiment de gâteaux luxueux, biscuits à la pistache et rochers de chocolat noir. Mais au fur et à mesure que leur travail en commun se pérennisait, son agent éprouvait apparemment de moins en moins le besoin d'impressionner Vincent. Se retrouver à nouveau devant un plat garni de gâteaux faits maison de chez Tösse n'augurait rien de bon. Vincent n'avait nullement l'intention de refuser les gâteaux de chez Tösse, bien sûr. Mais cela signifiait qu'Umberto avait à lui parler.

Umberto était arrivé en Suède quinze ans avant, mais son accent italien était encore très marqué. Vincent soupçonnait Umberto d'imaginer que ça lui conférait une touche de raffinement. Ce n'était pas le cas. En fait, il aurait préféré des petits gâteaux Ballerina ordinaires. Les "faits maison" étaient très bons, certes, mais les Ballerina industriels avaient tous exactement la même taille, étaient tous parfaitement identiques. Un vrai bonheur de les aligner.

— Elle est revenue ?

Vincent secoua la tête.

— Non, elle ne s'est pas montrée lors des deux derniers spectacles. Mais ce n'est sans doute qu'une question de temps.

— Je l'ai déjà dit, il faut qu'on envisage de prendre des agents de sécurité.

— Non, non, ce serait une dépense inutile. C'est aux théâtres de s'en occuper. Ça va sûrement s'arranger.

— C'est peut-être ce que disait John Lennon au sujet de Mark Chapman, grommela Umberto.

— N'en parlons plus, dit Vincent pour passer à autre chose.

Il prit un gâteau. Chocolat blanc et noix. Un délice, malgré l'asymétrie.

— Vincent, nous avons reçu une petite réclamation, dit Umberto, mal à l'aise, en lissant sa barbe soigneusement taillée. La semaine dernière tu étais à Konsert & Kongress à Linköping, puis à Slagthuset à Malmö.

— Respectivement 1 196 et 900 places, dit Vincent en hochant la tête. Salles combles. Ovations debout. Des plaintes au sujet de mon show ?

Umberto soupira.

— Non, pas au sujet du show. Mais Vincent, tu ne peux pas te coucher par terre de tout ton long dans la loge après le spectacle. Le concierge a failli faire une crise cardiaque. Ça fait deux fois.

Vincent prit un autre gâteau. Pour que les rangées soient de la même longueur.

Umberto plongea sa main dans une poche en papier pour en ajouter d'autres. Vincent l'arrêta d'un regard. Le désordre que ça ferait dans les rangées…

— Umberto, depuis combien de temps on travaille ensemble ? demanda-t-il. Dix ans ? Ces spectacles me coûtent. Ce n'est pas aussi facile que ça en a l'air. Mon cerveau doit récupérer. Le meilleur moyen, c'est de m'allonger par terre. Tu le sais bien.

— Mais pendant *une heure* ? En plus, à Karlstad, il y a l'histoire des câbles que tu as triés par couleurs. Les techniciens étaient très contrariés.

— D'accord, dit Vincent. Présente-leur mes excuses. Je vais essayer de ne plus le faire. À Karlstad, justement, j'ai failli me planter dans le numéro du clou. J'ai failli me choper le clou. Il fallait bien que je trouve un truc pour me calmer.

Umberto ferma les yeux et hocha la tête. Au bout d'un moment, il les rouvrit et regarda par la fenêtre. Vincent suivi son regard. L'eau dans Nybroviken étincelait sous le soleil comme en plein été. Ce serait pourtant Pâques dans une semaine.

— J'aurais vraiment préféré que tu laisses tomber ce numéro-là, dit Umberto sans regarder Vincent. Que deviendrait la tournée si tu te blessais la main ? Que dirait Maria ?

— Elle dirait tant mieux, répondit-il, parce que dans ce cas je viendrais à l'anniversaire.

— L'anniversaire, répéta Umberto distraitement.

Ses yeux étaient rivés sur deux jeunes femmes en courtes robes jaunes de l'autre côté de la rue. Elles regardaient, en discutant, quelque chose au-dessus de l'eau. Probablement des touristes un peu optimistes sur la météo printanière suédoise.

— Vincent, je ne suis pas d'accord avec toi. Je n'ai pas l'intention d'en rester là. Je ferai en sorte que tu sois accompagné d'un agent de sécurité dès ton prochain spectacle.

— Ça me paraît aberrant, dit Vincent. Je ne suis pas Benjamin Ingrosso. Ni John Lennon, pendant qu'on y est. Mais bon, je sais que c'est peine perdue d'argumenter avec toi. Alors OK.

Umberto se tourna de nouveau vers Vincent.

— Tu signes toujours le clou ? demanda-t-il.

— Le clou, des photos que les gens emportent, leurs tee-shirts…, répondit Vincent en passant la main sur son visage. Tu n'as pas idée de ce que les gens me demandent de signer.

— Un artiste signe toujours son œuvre, dit Umberto en riant. Tu as creusé ta propre tombe.

— OK, OK. Et à propos des spectacles, peux-tu demander aux théâtres de ne plus me mettre de bouteilles d'eau gazeuse dans la loge ?

— Ils font ça uniquement par bienveillance, dit Umberto dont le regard était à nouveau scotché sur ce qui se passait à l'extérieur. D'après ton contrat, nous n'avons pas d'exigences au sujet de ce qui est à disposition dans la loge. Qu'il y ait des fruits, des friandises ou de l'eau, c'est entièrement à l'initiative du théâtre. On en a déjà parlé plusieurs fois.

— Oui, mais ils devraient savoir qu'on ne boit pas d'eau gazeuse avant de monter sur scène. C'est une question d'estomac – c'est lui qui me sert à projeter ma voix. Et l'eau gazeuse, ça fait roter. Je préfère l'eau du robinet.

Les femmes de l'autre côté de la rue poursuivirent leur promenade. Umberto regarda à nouveau Vincent, d'un air passablement las.

— Vincent, c'est un geste de leur part. Ne le refuse pas. Tu n'as qu'à boire cette eau-là après le show.

— Oui, mais toutes ces bouteilles me fati…

Umberto leva la main, pinçant le pouce contre l'index et le majeur à l'adresse de Vincent.

— Ne me dis pas que tu veux encore discuter de ces bêtises ! dit-il en secouant la main. *Basta, adesso !* Tu te comportes comme un gamin, parfois. Bois cette flotte. Ou ne la bois pas. On s'en fout, OK ?

Vincent haussa les épaules. Pour lui, c'était un gaspillage inutile. Et plus il y avait de bouteilles, plus il passait de temps à aligner minutieusement les étiquettes.

— Tu te souviens du magicien avec qui tu travaillais avant ? demanda-t-il en changeant de sujet. Le type avec les boîtes de magie. La femme sciée, *Zigzag Lady*, *Water Torture Cell*, très *old school*. Ses accessoires, qu'est-ce qu'ils sont devenus ?

Umberto prit un gâteau en réfléchissant.

— Tu parles de Tom Presto ? Ah oui, une production démente. Huit danseuses, trois camions de matos, et un ego surdimensionné. Pas spécialement rentable. Pourquoi tu poses la question ?

— Je me demandais juste s'il y avait moyen de le retrouver, au cas où quelqu'un voudrait lui acheter une boîte. Un *Sword Casket*, par exemple.

Umberto fourra le reste du gâteau dans sa bouche, épousseta les miettes de sa barbe et secoua la tête.

— Quand le show s'est cassé la gueule, on a tout vendu à un collectionneur français, répondit-il. Je crois que tout est sous scellés dans un entrepôt à Nice. Peut-être à l'exception de ce *Water*-machin, dont tu m'as parlé une fois. Le collectionneur ne voulait pas y toucher, même avec des gants. Je ne sais pas si tu as vu les shows de Tom Presto, mais il aimait bien prendre des risques.

— Je crois qu'il avait surtout un besoin de contrôle absolu.

— Aussi. C'est le collectionneur en question qui me l'a expliqué, moi je n'ai aucune idée du fonctionnement de ces trucs de magiciens. Mais cette espèce d'aquarium dans lequel Tom se laissait enfermer à clef…

— Houdini appelait ça une *Water Torture Cell*, fit remarquer Vincent, mais Umberto l'envoya balader d'un revers de manche.

— … il y aurait une espèce de levier invisible sur un des côtés. Un levier de secours. Si le numéro tourne mal et que le magicien n'arrive pas à sortir, l'assistante peut vider l'eau en quelques secondes. Histoire d'éviter la noyade.

— Plutôt malin, en effet.

— Sauf que Tom Presto n'en voulait pas. Il trouvait sans doute que ce serait trop facile. En tout cas, le collectionneur français ne voulait pas entendre parler de ce truc. *C'est trop extrême**, qu'il disait. Cet aquarium doit ramasser la poussière quelque part, aucune idée de l'endroit où il se trouve. Dis-moi si tu veux que je me renseigne.

Umberto se frappa le front avec la main.

— À propos de ramasser la poussière, dit-il. Quelqu'un a déposé un cadeau de Noël pour toi ! Attends-moi.

Il quitta la pièce avant que Vincent n'ait eu le temps de réagir. Une minute après, il était de retour, un objet volumineux dans les bras.

— Noël est passé depuis plusieurs mois, fit remarquer Vincent. On n'est pas loin de Pâques.

— Je sais. Mais nous avons reçu ça pour toi une petite semaine avant Noël. C'est resté dans un coin ici. À vrai dire, je l'avais complètement oublié.

Umberto lui tendit l'objet. C'était un livre épais entouré d'un ruban rouge noué d'une façon élégante et portant une carte.

À Vincent. Pas tout à fait votre domaine, peut-être, mais sans doute plus intéressant que vous n'imaginez. De la part de quelqu'un qui vous admire.

* Les mots en italique suivis d'un astérisque sont en français dans le texte.

Écriture vieillotte, précieuse. Belle. Définitivement féminine, se dit-il. Il avait une vague impression de la reconnaître, mais pas moyen de mettre un visage dessus. C'était peut-être juste son imagination.

Le livre, qui s'intitulait *Mammals of Mexico* et portait en première de couverture un jaguar montrant les dents, faisait au moins mille pages.

— Merci, dit Vincent. C'est exactement ce que j'avais envie de trimballer avec moi aujourd'hui.

Umberto rit.

— Ce sont tes fous furieux de fans, pas les miens. Et qu'est ce qu'on fait alors, pour tes spectacles à toi ? Tu ne peux pas continuer à décimer le personnel en leur causant des crises cardiaques.

— T'inquiète, répondit Vincent. Le reste de la tournée sera irréprochable. Je te le promets. Suffit de demander aux théâtres de reporter le ménage d'une heure tous les soirs.

Umberto éclata de rire et tendit la main.

— *Deal, amico.*

— *Deal*, dit Vincent en serrant sa main.

Il se leva, cala l'épais volume sous son bras et emporta le sachet de gâteaux en sortant.

Mina était assise, son téléphone de travail coincé entre l'épaule et l'oreille. Elle l'avait nettoyé au gel désinfectant avant de répondre. Elle écoutait silencieusement en prenant des notes à toute vitesse au dos d'une facture, le premier bout de papier qui lui était tombé sous la main. Elle posa quelques questions en toute hâte. Trente secondes plus tard, elle consulta sa montre et se dirigea d'un pas énergique vers la cafétéria.

Elle s'approcha de Ruben qui dévorait des boulettes de viande et une copieuse salade. Il avait supprimé le sucre de son régime à l'instant où une vague bouée avait commencé à se dessiner autour de son ventre. Un sujet qui lui tenait à cœur pendant les repas.

— Tu t'es occupé d'un suicide il y a deux mois et demi, dit-elle dans son dos. Le 1er janvier. Agnes Ceci. Vingt et un ans.

Ruben se figea, la fourchette à mi-chemin entre l'assiette et sa bouche.

— Oui, ça me dit quelque chose. Pourquoi ?

Il fronça les sourcils en la voyant tirer une chaise et s'asseoir en face de lui. Il leva les yeux au plafond et posa sa fourchette. Elle s'efforça de ne pas penser à la crasse de cette chaise de cafétéria. À tous ces microbes qui grouillaient sous ses fesses en ce moment précis. Il lui fallait faire beaucoup de compromis et d'efforts à ce sujet pour son travail, mais ça lui pompait une telle énergie qu'à la fin de la journée, en rentrant chez elle, elle s'écroulait littéralement d'épuisement. Elle tira tout de même discrètement sur ses manches pour éviter que sa peau touche le plateau de la table quand elle se pencha vers Ruben.

— Raconte.

— Ben… il n'y a pas grand-chose à en dire. C'est Lindgren, un des jeunes, et moi qui sommes arrivés en premier sur les lieux et c'était de toute évidence un suicide, pas de doute.

— Pourquoi ?

Ruben poussa un soupir. Il regarda avec regret ses boulettes de viande qui refroidissaient et dont la sauce avait déjà commencé à se figer en surface. Mina ne se sentait pas concernée. Il ne devrait de toute façon pas manger ces plats, l'hygiène à la cafétéria de la police était désastreuse. En réalité, elle lui rendait service en lui faisant sauter un repas.

— Tir dans la bouche. Ses empreintes uniquement. Pas de vêtements d'extérieur alors que c'était l'hiver. Plein de signes indiquant qu'elle n'était pas dans un état mental normal.

— Il y avait une lettre ?

— Non, pas de lettre. Mais Agnes avait une longue histoire de dépression et d'arrêts maladie à répétition. Elle avait été hospitalisée en psychiatrie plusieurs fois, et aucune des personnes que nous avons interrogées ne semblait particulièrement surprise. Même pas son colocataire.

— Pas de soupçons de son côté ?

— Côté colocataire ? Initialement si, peut-être, puisqu'il n'y avait pas de lettre d'adieu comme souvent quand il s'agit de suicides spectaculaires. En plus, c'est lui qui avait appelé la police, ça allume toujours le voyant d'alerte. On l'a un peu bousculé lors de l'interrogatoire, mais toutes les circonstances pointaient par ailleurs vers un suicide. Sûrement un acte impulsif dans la mesure où ça s'est passé sur un banc dans un parc. Mais pourquoi toutes ces questions ?

— Tu as des photos ? De l'autopsie ? De la scène de crime ?

— De la scène de crime ? Mais je viens de te dire que c'était un suicide.

Mina l'ignora. Elle lui expliquerait plus tard. Pour le moment, elle voulait voir les photos.

— Bon, viens avec moi alors, dit Ruben en soupirant.

Elle nota qu'il ne rangeait pas son plateau. Elle était sur le point de lui demander si sa mère travaillait à la cafétéria, mais s'abstint. En général, les hommes n'appréciaient pas ce genre de commentaire, et Ruben était même un peu plus sensible que la moyenne sur ce sujet. Or, elle avait besoin de son aide. Il se dirigea vers l'ascenseur, elle le suivit. Tout ce qu'il lui avait déjà dit collait, les photos allaient davantage lui donner de matière pour étayer sa théorie. Si elle avait raison, ça changerait tout.

— Qu'y a-t-il de si urgent ?

Julia entra dans la salle, un manteau sur le bras.

— J'étais sur le point de partir quand Mina a appelé, mais sans me dire de quoi il s'agissait.

— M'a rien dit non plus, maugréa Christer, une tasse de café dans une main, un énorme petit pain dans l'autre.

— T'en as d'autres des petits pains ? demanda Ruben, plein d'espoir.

Mina les ignora. Elle était occupée à fixer toutes les pièces du dossier sur le tableau blanc à l'aide d'aimants, à côté des autres éléments.

— Où est Peder ? fut sa seule remarque quand elle se retourna. Je veux que tout le monde soit là.

Ruben haussa les épaules. Il prit une pomme du plateau à fruits sur la table et mordit dedans bruyamment. Impossible pour Mina de le regarder quand il mangeait. La pomme traînait là depuis plusieurs jours. Elle avait l'impression de voir les bactéries grouiller sur toute la surface de la pomme, avant de disparaître dans la bouche de Ruben. Elle ne voulait pas non plus savoir à quoi Ruben avait employé sa bouche avant ça. Ou plutôt sur qui. Une potentielle prolifération microbienne aux proportions astronomiques. Elle ravala son dégoût. Il fallait donner le change.

— Il ne répond pas au téléphone, fit Ruben avant de mordre à nouveau dans la pomme d'une façon ostentatoire.

— Tu as vérifié dans son bureau ? demanda-t-elle en réprimant à peine son agacement.

Ruben haussa les épaules.

Mina déposa le dossier vide. Elle quitta la salle de réunion et trouva Peder dans son bureau, profondément endormi. Sa tête était renversée en arrière, contre l'appui-tête, et il ronflait légèrement. Quelqu'un lui avait peint une moustache sous le nez.

— Peder !

Elle le secoua vivement. Il sursauta, se demandant où il était.

— En route, réunion, dit-elle.

Elle repartit vers la salle sans l'attendre. Un instant plus tard, il la suivit avec précipitation. En revenant, elle constata qu'ils examinaient tous avec attention ce qu'elle avait ajouté au tableau. Elle savait que, sans son aide, ils ne verraient pas ce qu'elle voyait. Elle l'avait trouvé grâce à un échange avec Milda, la légiste. Ça, et la piste de Vincent. Le groupe était encore réticent à son sujet. Cela ne devrait plus durer longtemps, si tout allait bien. Il avait déjà prouvé que son aide était inestimable.

Peder fit son entrée, pour s'affaler sur une chaise, épuisé. Il se frotta les yeux, une sorte de massage consciencieux des poches qui les cernaient. Sa moustache fit pouffer les collègues, mais personne ne pipa mot.

Mina se tourna vers eux. Elle les fixa dans les yeux, l'un après l'autre. Il fallait tous les convaincre de ce dont elle était, elle-même, persuadée désormais. Elle inspira profondément. Montra le tableau.

— Je crois que Vincent a raison. Nous avons affaire à des meurtres en série.

Silence dubitatif, comme prévu.

— Comme vous le savez, j'étais presque convaincue que notre victime portait le chiffre trois inscrit sur le corps, continua-t-elle. Ça allait donc de soi qu'il fallait vérifier si d'autres victimes portaient des chiffres qui nous auraient échappé. J'ai posé la question à Milda à l'IML aujourd'hui. J'y étais pour l'autopsie du corps dans la boîte. Elle n'a pas su me dire avec précision sur le moment, mais elle vient de me rappeler au sujet d'Agnes. Agnes Ceci.

Mina montra les photos qu'elle venait de fixer sur le tableau. Une jeune femme rousse, affalée sur un banc, du sang comme une ombre rouge dans la neige autour de ses pieds. Malgré l'hiver, elle ne portait aucun vêtement chaud. Un pistolet se trouvait à sa droite, comme tombé de sa main.

— Ces photos ont été prises au parc Berzelii, juste en face du Chinateatern, expliqua-t-elle.

— Pas exactement une comédie musicale, grommela Christer.

Ses collègues lui jetèrent des regards surpris, mais il se contenta de hausser les épaules.

Mina montra une autre photo, cette fois-ci de la surface grise et stérile d'une table d'autopsie. La femme qui avait été assise face au théâtre y gisait maintenant, nue. Sur sa cuisse droite, trois lignes se dessinaient nettement. Une droite, deux autres appuyées l'une contre l'autre comme un V. Reliées par un trait horizontal dessus et dessous.

— Quatre en chiffres romains. Exactement comme disait Vincent, souligna-t-elle. Ce que vous ne vouliez pas croire. Et qui a failli nous échapper.

Ses collègues se penchèrent en avant, soudain intéressés mais pas encore complètement convaincus. Les sourcils de Ruben témoignaient d'un scepticisme évident. Peder cligna des yeux, essayant de se concentrer. Elle ramena leur attention vers la photo d'Agnes sur la table d'autopsie.

— Ces signes ont bien sûr été constatés pendant l'autopsie et mentionnés dans le rapport, mais en raison du passif psychiatrique d'Agnes, on les a qualifiés d'automutilation.

— Cela reste une explication plausible, dit Ruben, incrédule.

Puis il se pencha à nouveau en arrière sur sa chaise. Posant une jambe sur l'autre, il se balança légèrement d'avant en arrière.

— Bien entendu. Ça se pourrait. On a déjà vu plus bizarre, dit Mina calmement. Ça pourrait être une coïncidence... sauf qu'il y a autre chose.

Elle montra une autre image. Puis une image encore à l'autre bout du tableau, là où se trouvaient les photos de leur première victime. Elle se tut pour laisser parler les photos. Julia se leva et avança jusqu'au tableau. Elle entreprit d'examiner avec soin les deux photos montrées par Mina.

— Les montres brisées.

Mina hocha la tête.

— Exactement. Près des deux victimes se trouvaient des montres brisées à une heure précise. La montre de notre première victime est arrêtée sur le trois, donc 15 heures. Dans le cas d'Agnes, la montre indique 14 heures. Vous pensez toujours à une coïncidence ?

Un silence s'installa. Tout le monde semblait prendre conscience de ce que Mina venait de démontrer.

— Tu penses donc qu'il s'agit du même meurtrier ? demanda Ruben.

Il avait enfin l'air, à reculons certes, de s'ouvrir à la théorie de Vincent.

— Tu crois qu'il ne s'agit *pas* de la même personne ? lui lança Mina.

Ruben s'apprêtait à dire quelque chose, mais changea d'avis et se tut. Julia contempla tous les éléments que Mina avait exposés sur le tableau, l'air grave.

— Nous devons tout reconsidérer depuis le début, dit-elle. Jusqu'au moindre détail. Préparez-vous à une longue séance. Appelez chez vous si besoin, personne ne rentrera tôt aujourd'hui. Bon boulot, Mina.

Tout le monde hocha la tête. Puis Peder s'éclaircit la gorge.

— S'il existe une victime marquée du chiffre trois, dit-il, la voix pâteuse de fatigue, et une autre du chiffre quatre, ça voudrait dire que ce meurtrier opère depuis un moment à notre insu ?

— Je me pose la même question, dit Mina.

Elle tapota son dossier. Quelque chose la perturbait. Un élément qu'elle devrait voir, mais qui lui échappait chaque fois qu'elle était sur le point de mettre le doigt dessus. Elle secoua la tête. Ça viendrait. Tôt ou tard.

Elle sortit un paquet de lingettes de sa poche, en tira quelques-unes et les tendit à Peder.

— Tiens, t'as un truc sous le nez.

Vincent ouvrit péniblement les yeux. Il avait passé une grande partie de la nuit à chercher des renseignements sur la fabrication et la vente de la boîte ainsi que des épées qui avaient été utilisées. La tâche semblait quasi impossible. L'offre était bien plus importante que l'on ne pouvait imaginer, du moins si on n'était pas initié au monde de la magie. Il s'était mis la pression, voulant absolument être à la hauteur des attentes de Mina, capable de lui fournir des éléments nouveaux. Ça l'avait aidé à se tenir éveillé.

Un son venait de mettre fin à sa courte nuit. Un son difficile à identifier, venant de loin, d'une dissonance remarquable. Il s'agissait d'un chant, apparemment, un chant aux tonalités si discordantes qu'il aurait préféré ne pas avoir l'oreille musicale. L'emploi de cette expression, ne pas avoir d'oreille, pour désigner et parfois se moquer des personnes chantant faux l'agaçait au plus haut point. Ne pas avoir d'oreille est un concept précis qui fait référence à l'incapacité d'une personne à apprécier la hauteur des notes, les unes par rapport aux autres, dans une gamme. Certaines rares personnes ont l'oreille absolue, cette aptitude à reconnaître une note sans avoir besoin de référence. La plupart des gens ont une bonne oreille relative, c'est-à-dire la capacité à reconnaître des tonalités différentes les unes par rapport aux autres. À ce moment, il aurait préféré ne pas avoir l'oreille relative et était infiniment heureux de ne pas posséder l'oreille absolue.

— … aaaanniveeersaaaireeeee…

La chanson était enfin terminée. Il se redressa et cligna des yeux. Toute sa famille était rassemblée au bout du lit. Maria et Aston partageaient la même expression pleine d'enthousiasme et d'impatience, Benjamin et Rebecka, eux, avaient plutôt l'air d'être en route pour le peloton d'exécution. Vincent se sentit immédiatement solidaire de ses deux aînés. Il détestait les anniversaires. Enfin, pas de manière générale. Il aimait bien ceux des enfants. C'étaient les siens qu'il détestait.

— Aïe ! hurla Aston en prenant sa jambe entre ses deux mains.

Il adressa un regard plein de fureur à Benjamin qui haussa les épaules avec innocence, désignant Rebecka du doigt. Aston essaya son regard courroucé sur elle, mais renonça vite. Le plus jeune fils de Vincent connaissait la hiérarchie familiale sur le bout des doigts. Rebecka était encore pire que Benjamin. Elle était capable de le corriger fermement s'il ne se comportait pas exactement comme elle le souhaitait.

— Bon anniversaire, mon chéri !

Maria déposa un plateau argenté surmonté d'une énorme tarte à la crème sur le lit. Vincent sentit la nausée l'envahir. De la crème le matin, ce n'était pas son truc. Mais dans la famille de Maria, c'était la tradition. Il n'y avait pas non plus échappé pendant ses années avec Ulrika. Chaque anniversaire, l'inévitable tarte indigeste. Il avait bien saisi que c'était une marque d'affection et non un sabotage délibéré de son système digestif. Il s'efforça donc de se fendre d'un large sourire.

— Aston, les cadeaux !

Maria s'assit délicatement sur le lit, les yeux brillants. Elle adorait les anniversaires. Les siens surtout, mais aussi ceux des autres. Aston atterrit lourdement sur la couverture avec deux paquets dans les bras, faisant tanguer dangereusement la tarte.

— Moi et maman, on a fait le gâteau hier soir ! s'écria-t-il, rayonnant de fierté. On est carrément *pro* en tarte. J'ai mis une tonne de crème !

Sa prononciation du mot *pro*, c'était de la fanfaronnade à l'américaine, il avait dû l'entendre sur YouTube. Vincent fixait la tarte. Pendant un instant, il n'eut qu'une envie : qu'elle glisse jusqu'au sol et y trouve une fin prématurée. Mais il savait bien que les conséquences d'un tel incident pèseraient autrement plus lourd que le plaisir fugace d'assister à la mort brutale de la tarte. Maria y verrait un présage, et le reste de la journée ne serait qu'une succession de catastrophes, une longue suite de prédictions funestes se réalisant les unes après les autres.

— Tiens, papa, dis Aston en tendant un paquet à son père, la mine réjouie.

Il frémissait d'excitation et lançait des coups d'œil radieux à sa mère.

Le premier paquet était assez maladroitement emballé. Des bouts de scotch se décollaient déjà, et le papier cadeau était froissé comme si son contenu avait été balancé dedans à la va-vite. Monster Trucks. C'était un reste de papier de l'anniversaire d'Aston en février. Vincent éclata de rire et fit un câlin à son fils. Qui n'aime pas les Monster Trucks ?

— Merci beaucoup ! dit-il en déballant une cravate.

Maria ébouriffa fièrement les cheveux de son fils. Vincent nota que c'était la troisième fois qu'il avait droit à exactement la même. L'enfant avait sans doute eu de l'argent pour aller lui acheter un cadeau, et le raisonnement d'un enfant est parfois très simple : si son parent avait été heureux d'un certain cadeau l'année d'avant, il serait très certainement à nouveau heureux du même cadeau. Il y avait dans ce raisonnement une preuve d'amour qui le touchait au plus profond de lui-même. En plus, ça lui donnait une idée en or. Pour leurs vingt ans, ils recevraient chacun une cravate.

— Le suivant, ouvre le suivant !

La crème se mit à couler doucement au rythme des sursauts d'Aston.

— Calme-toi, mon chéri, dit Maria en posant fermement sa main sur son fils.

Elle fixa Vincent, pleine d'attente et d'impatience. Le paquet était mince et plat. L'emballage était autrement plus soigné, ce devait être l'œuvre de Maria. L'autocollant pailleté collé sur le dessus, un signe de paix en forme de cœur, en était la preuve. Il l'ouvrit.

— On va faire du bateau, papa ! Tous ensemble !

Vincent contempla la carte. Elle représentait son pire cauchemar. Un ferry pour la Finlande.

Cinquante mille tonnes de ferraille, d'angoisse et de bière éventée. Il leva les yeux vers Benjamin et Rebecka. Sur leurs visages, il vit ce même sentiment de désespoir que lui-même tentait de camoufler. Ils échangèrent un regard de commisération mutuelle. Ils savaient tous les trois que, quand Maria s'était mis en tête que quelque chose allait être "fantastique à faire en famille", c'était non négociable. Dans un futur proche, ils allaient se farcir vingt-quatre heures d'incarcération sur un navire en tôle à la flottabilité douteuse. Il vérifia la date de validité au dos de la carte. Un an. Il avait douze mois pour se défiler.

— Prends un petit bout de tarte, mon amour, dit Maria rayonnante en lui tendant une assiette contenant une part monstrueuse. Aston a raison, on est super *pro* en tarte. Et il y a encore de la crème, si tu veux.

Vincent déglutit et lui fit un sourire. Il savait bien que ça partait d'une bonne intention. Il s'efforça de jouer le jeu de son mieux.

— Merci, chérie. Et si on en mangeait tous à la cuisine ?

Ils rassemblèrent cadeaux, papier et tarte, et s'y rendirent. En chemin, il prit le cadeau d'anniversaire qu'il s'était lui-même offert. Le double album *Xerrox 4* d'Alva Noto, en vinyle. Il dénoua le ruban rouge qu'il avait posé de ses propres mains, entama délicatement le plastique avec l'ongle et extirpa le premier vinyle de son emballage dans un crépitement d'électricité statique. Il examina de près les sillons de la précieuse galette, la matière d'où jaillirait la musique, avant de la positionner avec soin sur la platine dans le salon. Ça promettait.

Il s'empara ensuite de la boîte d'aliment pour poisson, en déposa une petite portion dans le creux de sa main et s'approcha de l'aquarium. Là, il tint sa main immobile juste à la surface de l'eau et attendit. Il avait choisi des poissons-chiens américains pour une raison très précise. Ils n'étaient pas particulièrement beaux. Mais c'était à sa connaissance le seul poisson capable de manger dans la main. Il n'eut pas à attendre longtemps avant que quatre poissons se précipitent et se mettent à grignoter joyeusement les petits flocons dans sa paume.

— Ce sera sûrement une journée un peu bruyante, dit-il doucement aux petites créatures. Désolé, mais vous savez ce que c'est.

Il mit en marche la platine, ajusta le son à un niveau convenable et rejoignit les autres.

Cette musique qui l'accompagnait jusque dans la cuisine l'apaisait. Les épaules de Maria, en revanche, se crispèrent de façon visible. Alva Noto n'était pas sa tasse de thé. Elle déplorait son acharnement à rechercher d'obscurs vinyles alors qu'il était si facile de trouver du Ed Sheeran sur Spotify. En plus, ça ne prenait pas de place. Mais elle avait vu le ruban rouge : c'était son anniversaire, son moment à lui. Elle s'abstint de tout commentaire.

Il s'assit à table et reprit un bout de tarte, tout en faisant un calcul rapide dans sa tête. Il était huit heures pile. Seize heures. Neuf cent soixante minutes. Cinquante-sept mille six cents secondes. Puis son anniversaire serait terminé.

— Tu partages aujourd'hui ?

Mina secoua la tête.

— Pas encore, dit-elle. Mais j'écoute. Tu sais bien que je ne suis pas douée pour m'exprimer. Ça fait un moment que tu n'es pas venu, non ?

— Ouais, tu l'as dit. Il y a des jours où ce n'est même pas la peine. Quand je suis en retard, je me dis que je peux participer à la deuxième partie. Que je verrai bien comment je me sens. Si c'est un bon jour pour moi pour partager la parole ou pas. Du café ?

L'homme au chien, comme Mina l'avait vite baptisé, lui tendit un gobelet en carton. Elle connaissait son vrai nom, mais dans sa tête, elle continuait à utiliser le surnom qui lui était venu à l'esprit en premier. Parmi les habitués, il y avait "la tante au châle violet", "le Scanien" et "la fille au dauphin". Elle connaissait leurs noms à tous, mais préférait s'en tenir à des surnoms descriptifs et impersonnels. Cela l'aidait à s'engager tout en maintenant une distance. Ce n'était pas pour rien que ça s'appelait Alcooliques *Anonymes*. Mina n'était pas alcoolique elle-même et elle y voyait une excuse pour se tenir à l'écart de la camaraderie qui émergeait inévitablement de ce genre d'association.

Mina refusa d'un signe de tête le gobelet tendu par l'homme au chien. Elle était saisie d'un haut-le-cœur rien qu'à l'idée de tout ce qui y grouillait, sans parler du thermos que tout le monde avait manipulé. Il haussa les épaules et remplit le sien de café. Un jus de chaussette à la surface hétérogène, grasse. Même si ça avait été garanti stérile, elle n'en aurait pas bu.

— Pourquoi tu étais en retard ? demanda-t-elle en regrettant aussitôt sa question.

Cela ne l'intéressait pas vraiment. D'autre part, la question pouvait paraître impolie. Elle n'était jamais très sûre d'elle dans ce domaine.

— J'ai emmené ma compagne à une consultation. Elle a pas mal de visites postopératoires. Elle est en fauteuil depuis plusieurs années déjà, elle est atteinte d'une scoliose très invalidante.

Mina hocha la tête mais ne dit rien. Elle regrettait vivement d'avoir posé la question. C'était bien trop personnel. Par bonheur, l'homme au chien ne poursuivit pas. Il donna à son golden retriever un bol d'eau en le grattant derrière l'oreille.

— Comment s'appelle ton chien ?

Zut, elle avait recommencé. Elle ne comprenait pas d'où lui venait ce besoin aujourd'hui de combler les silences. Elle détestait le bavardage. Mais l'homme s'illumina.

— Bosse, dit-il, tout fier. Il a quatre ans.

Mina ne répondit pas. Elle n'avait jamais vraiment adoré les animaux. Bien évidemment. Les pattes de Bosse étaient noires de gadoue de neige fondue.

— Salut, chouette de te voir !

La fille au dauphin s'approcha de la table à café, affublée d'un sourire de spot publicitaire. Elle était toujours exagérément de bonne humeur. C'était limite pervers, vu l'endroit. Mina avait ressenti une multitude d'états lors de ces réunions, mais jamais une joie explosive. La fille au dauphin, de son véritable nom Anna, devait son surnom au tatouage qu'elle portait au mollet. Elle l'avait montré à Mina lors de leur toute première rencontre. Mina s'était abstenue de toute question supplémentaire à ce sujet, de peur que la jeune femme se mette à poil pour illustrer sa réponse. Mina se serait aussi bien portée en vivant dans l'ignorance du dauphin, assurément. Mais elle ne pouvait nier que la fille au dauphin lui avait été d'un grand secours. Mina lui sourit et hocha la tête en guise de salutation.

— Merci de m'avoir conseillé de contacter Vincent Walder, dit-elle. Ma cheffe a tout de suite été partante.

Le sourire de la fille au dauphin s'élargit encore. Mina crut un instant qu'elle allait se faire mal.

— Tu as réussi à le contacter ? Vincent Walder ? Waouh, trop cool ! C'était juste une idée comme ça, je ne le connais pas, bien sûr, mais il est trop génial ! Et excuse-moi encore d'avoir été indiscrète.

Lors d'une séance précédente, Mina avait eu un échange téléphonique avec Julia pendant la pause, juste après la découverte du corps dans la boîte à épées. La fille au dauphin l'avait ensuite abordée pour lui exposer une idée curieuse. Mina avait d'abord été réticente, mais elle ne regrettait pas de s'être laissé convaincre. Et pas seulement pour l'enquête. L'irruption de ce mentaliste obsessionnel dans sa vie avait rendu celle-ci plus intéressante. Plus compliquée, mais définitivement plus passionnante. Elle qui ne laissait jamais personne l'approcher, elle qui ne s'ouvrait jamais à personne, elle avait subitement entrebâillé la porte. À un parfait inconnu, en plus. Mais tant que tout ceci restait dans sa tête, elle était tranquille. Tout était sous contrôle. Il fallait juste qu'elle soit un peu plus discrète au téléphone.

Le chien Bosse avait fini de boire et se dirigeait maintenant vers elle, la langue pendante. Elle serra les poings, réprimant son envie de fuir. Ce fut un succès pendant plusieurs secondes. Mais quand le museau humide du chien vint toucher sa main, elle ne put s'empêcher de faire un bond en arrière.

— Il est hyper gentil, dit l'homme en grattant Bosse derrière l'oreille.

Mina regarda la bave qui dégoulinait de la bouche du chien. Ce dernier prit son regard pour de l'affection et se mit à remuer la queue.

— Mmm, souffla Mina, les yeux toujours fixés sur Bosse et ses pattes noires de crasse.

Un silence s'installa. Le chien fit un pas vers elle, plein d'espoir.

— Je pensais à un loup pour le prochain, dit la fille au dauphin.

Mina avait complètement oublié sa présence.

— Avec un texte sympa, mais je me suis pas encore décidée. Peut-être *Carpe diem*. Ça fait probablement un peu cliché, mais franchement, j'aime bien. "Cueillir le jour" ça veut dire. Pas mal, non ? Profiter du présent. Vivre dans l'instant. Être là, vraiment.

Tout en parlant, la fille au dauphin remonta la manche de son sweat pour exhiber son avant-bras.

— Tu sais ce que je pense des tatouages, dit Mina en détournant les yeux. On ne sait jamais si l'aiguille a été correctement stérilisée, pareil pour l'encre…

— Je sais, et c'est ça qui est énorme, coupa la fille au dauphin. On se sent vivant ! On sait jamais ce qui peut arriver. T'imagines, le machin est infecté. Et t'attrapes une espèce de bactérie vorace. Qui te bouffe le bras petit à petit.

— *Living on the edge*, souffla Mina.

— Mais oui ! C'est ça ! C'est ça que je dois me faire tatouer ! Un loup avec *Living on the edge.* Cool, t'es trop mortelle !

Mina la dévisagea, sidérée. Elle n'avait pas eu l'intention d'inspirer le moindre tatouage, mais la fille au dauphin débordait d'enthousiasme. Elle n'osait plus rien dire, de peur que ses mots finissent en un texte sale et infecté tatoué sur le bras de la fille au dauphin.

— On reprend ! cria une voix d'homme à l'entrée de la salle.

Mina le remercia silencieusement de l'avoir tirée de cette galère, sourit et se hâta à l'intérieur.

Kvibille 1982

— Comment ça va ? cria une voix derrière lui. Tu construis quoi ?

Il sursauta au bruit, il n'avait pas entendu que quelqu'un entrait dans la grange. Il s'appliquait à scier une planche en deux sans qu'elle se fende. Le bout cassa et tomba par terre avant qu'il ait le temps de l'attraper. Une méchante écharde dépassait du morceau restant. Il ramassa rapidement le bout de planche, le déposa sur les autres et couvrit le tout d'un drap. Un drap décoré d'étoiles et de symboles mystérieux. Il les avait presque tous inventés lui-même et avait peint le drap. Il se retourna et vit sa mère.

Elle était dans l'embrasure de la porte de la grange, le soleil du soir transformait sa silhouette en or. Il lui fallut plisser les yeux pour la voir.

— Je ne peux pas t'expliquer ce que je construis, dit-il. Sinon tu vas deviner comment ça marche. Je te montrerai quand tout sera prêt.

Un rayon de lumière tomba sur l'établi quand sa mère se déplaça pour entrer dans la grange. Des particules de poussière dansaient dans l'air, comme au ralenti. Le soleil les faisait scintiller. Comme de la poudre magique. Sa maman prit un des pinceaux sur l'établi et l'agita comme un éventail.

— Je peux au moins t'aider à peindre ? demanda-t-elle en essayant de voir derrière son dos. Je persiste à penser que c'est vraiment incroyable ce que tu arrives à fabriquer tout seul. Tu n'as que sept ans après tout. Quel gamin de sept ans fait ce genre de choses ?

— Ce n'est pas si compliqué, dit-il. Je fais des plans maintenant. Et je m'applique. Et puis, c'est pas comme si je faisais plein d'autres choses. J'y arrive mieux maintenant qu'au début. Si tu veux m'aider, pas question que tu regardes avant que ce soit fini. Et tu peins pas d'étoiles, cette fois-ci.

Il fit un geste lourd de sens vers le drap.

— C'est censé représenter…

— Je sais, Les Vargas, dit-elle. L'artiste espagnol.

Elle se mit à mimer quelques pas de danse. Il n'avait aucune idée de ce à quoi elle faisait allusion.

— Las Vegas, maman, corrigea-t-il.

Puis il se figea et la regarda. Ses yeux étaient lumineux et lui souriaient. Il sentit la tension de son corps se dissiper. C'était une bonne journée. Mais il comprit aussi qu'il s'était fait piéger.

— Maman, tu… c'était pour rire, n'est-ce pas ? Personne ne s'appelle Les Vargas, hein ?

Il n'aimait pas du tout quand elle faisait ça. Il ne comprenait pas les plaisanteries. Comme à l'école. Un cauchemar. Si seulement ces vacances pouvaient durer éternellement et qu'il puisse rester à la ferme tout le temps. Il n'avait besoin de personne d'autre que maman et Jane.

Maman lui fit un clin d'œil.

— Tu as raison, dit-elle. Vargas, c'était une blague. OK, la commande style Las Vegas est enregistrée !

Elle leva le pinceau en l'air en guise d'avertissement.

— À condition que tu m'apprennes un tour de cartes. Sinon ce sera quand même de l'espagnol.

Il rigola. Personne n'aimait autant la magie que maman. Presque plus que lui-même. Mais il la comprenait. Quand il faisait de la magie, les soucis s'évaporaient. L'argent se dédoublait. Le monde entier se transformait pour un moment.

Tout devenait possible.

Il se retourna et regarda à nouveau le tas de planches. Imagina comment les rassembler d'une façon que lui seul comprenait. Quand il aurait fini, ce serait une caisse. Et de cette caisse il allait pouvoir sortir plein de choses, par magie.

Tout plein de choses pour que maman soit toujours heureuse.

Les bottes de Vincent crissèrent dans la neige quand il traversa le parc. Mina l'avait appelé, elle avait besoin de lui parler. Il avait proposé qu'ils se retrouvent dans le parc de Rålambshov pour déjeuner en faisant un tour. Le parc n'était pas très loin de l'hôtel de police. Elle pourrait s'y rendre à pied sans s'absenter trop longtemps. De plus, il y avait peu de risque de croiser qui que ce soit.

C'est ce qu'il s'était dit. Mais à ce moment précis, une jeune femme en doudoune venait de s'arrêter à une dizaine de mètres de lui sur le chemin. Elle le fixait. Elle le reconnaissait sans doute pour l'avoir vu à la télé et ne savait pas quelle attitude adopter, s'il fallait le saluer ou pas. Il l'aida en lui faisant un signe de la main. Pour seule réponse, elle se retourna et disparut. On ne peut pas gagner à tous les coups.

Le temps était de son côté. Le soleil brillait. Des chiens couraient sur les vastes étendues de pelouse, jouant avec leurs maîtres. Presque toute la neige avait fondu dans les rues de la ville, mais dans le parc, des congères couvraient encore le sol par endroits. Cinq chiens, cinq propriétaires. Cinq et cinq font dix. Impair devient pair.

— Joyeux anniversaaaaire, fit une voix derrière lui.

Il se retourna et vit Mina. Sa date de naissance. Maudit Wikipédia. Pourvu qu'elle n'ait pas apporté de cadeau. Et qu'elle ne veuille pas l'embrasser.

— Laisse tomber, grommela-t-il.

Un sourire se dessina sur ses lèvres, mais juste un court instant, avant qu'elle ne retrouve son habituelle retenue.

— Nous avons un nouvel élément. Ou plutôt, un ancien. Une victime précédente.

Elle lui montra deux photos. La première était un selfie d'Instagram. Une jeune fille qui trinquait joyeusement en direction de la caméra. Autour de la table derrière elle, on apercevait des amis et une pile de cadeaux. Maudits anniversaires.

— Elle s'appelait Agnes Ceci, dit Mina. Vingt ans. Vivait en colocation avec un copain en ville, le père est à Arvika, et la mère est morte. L'affaire avait été classée en suicide.

En voyant la photo suivante, Vincent sursauta. Un corps nu sur une paillasse en fer inox. La photo était cadrée de façon à ne pas montrer la tête.

— Toujours elle. Regarde sa cuisse.

Vincent vit immédiatement les lacérations. Il ne voulait pas regarder la photo plus longtemps que nécessaire.

— Comme tu peux le constater, elle aussi est marquée d'un chiffre. Comme le corps de la boîte à magie est marqué d'un trois, je pensais qu'une victime précédente porterait le chiffre deux. Le meurtrier tient ses comptes, tu vois. Mais Agnes porte un quatre, en chiffres romains. Comme s'il en était déjà à son quatrième meurtre.

Vincent s'arrêta brusquement.

— Une victime précédente, tu dis ? Tu veux dire qu'elle est morte avant la femme de la boîte ?

Mina hocha la tête, serra ses bras autour de son corps en s'arrêtant à son tour. Sa veste rouge ne la protégeait visiblement pas assez du froid, malgré le soleil. Vincent réfléchit. Un quatre et un trois. Des chiffres dans l'ordre. Des chiffres à rebours. Un échantillon statistique trop faible pour le moment. Avec plus de chiffres, la fiabilité augmenterait. Mais son intuition lui disait qu'il avait raison.

— Tu as froid ? demanda-t-il avec courtoisie.

— Non, j'adore le froid, répondit-elle sans hésiter.

Il sentit qu'elle était sincère.

— Je peux me tromper, dit-il. Mais je ne crois pas que vous allez trouver les deux corps précédents. Du moins, pas encore.

Mina le fixait sans faire de commentaire.

— Je crois que c'est un compte à rebours, expliqua-t-il. Les meurtres numéros un et deux n'ont pas encore eu lieu. Tu comprends ? Quatre, trois, deux, un – et peut-être même zéro.

— Qu'est-ce qui te fait croire ça ? demanda Mina, frappée de stupeur. Tu crois vraiment qu'il faut s'attendre à encore trois meurtres ?

— Si on n'arrête pas l'assassin, oui, répondit-il et il se remit en marche. Je ne vois aucune autre raison à un ordre numérique inversé, sinon la volonté de faire un compte à rebours. Je ne vois aucun autre scénario possible. Mais il y a une autre question importante que vous devez vous poser.

— Nous, tu veux dire. Quelle question ?

— C'est un compte à rebours vers *quoi* ? Que se passera-t-il quand il atteindra zéro ?

Mina resta silencieuse un moment.

— Mais c'est totalement dément.

Vincent hocha la tête.

— Je n'ai aucune certitude, n'oublie pas ça. Sur la base de deux victimes pour le moment, ce n'est qu'une hypothèse.

— Celle-ci avait également une montre brisée, à 14 heures pile, ajouta Mina.

Pour toute réponse, il émit un grognement et ils poursuivirent leur chemin en silence. Il avait envie de lui proposer d'aller se réchauffer dans un des cafés le long de Norr Mälarstrand, mais Mina semblait heureuse d'être à l'extérieur, malgré le froid. Vincent frotta ses mains gantées l'une contre l'autre en essayant de mettre de l'ordre dans ses pensées.

— J'aime le froid, dit Mina. J'ai l'impression que c'est… propre. Comme si rien de sale ne pouvait y résister.

— Sauf que vous avez un tueur en liberté, dit-il. Et c'est vraiment une sale histoire. Comment la nouvelle victime a été tuée ? Ou la précédente plutôt, celle du banc ?

— Arme à feu en plein visage.

Elle vit Vincent faire la grimace.

— T'inquiète pas, continua-t-elle, je n'ai pas de photos ici. Mais je n'arrive pas à comprendre pourquoi le tueur tient à indiquer l'heure des meurtres. Les montres brisées, je veux dire. Ce n'est pas tout à fait la même heure pour les deux, mais pas loin.

Avant que Vincent n'ait le temps de répondre, un frisbee surgit à un mètre à peine devant eux, un doberman noir dans son sillage. Le chien sauta, attrapa le frisbee entre ses dents et retomba juste devant Mina et Vincent. Le chien les regarda avec fierté. Puis il repartit dans la direction d'où il était venu.

— Je n'aime pas les chiens, dit Mina.

Vincent suivit le chien du regard avant qu'il ne disparaisse avec son trophée. Piégé entre ses dents.

— *Bullet Catch*, dit-il.

— Quoi ?

— Elle a été tuée par balle. Ça aussi, c'est un tour de magie classique, tout comme le *Sword Box*. En fait, c'est plus une ruse qu'une illusion. Ce tour est connu depuis des lustres, probablement depuis la fin du XVIe siècle. La première documentation détaillée date de 1631, par le révérend Thomas Beard. Quelqu'un dans le public signe une balle. On arme un pistolet de cette balle, puis un coup est tiré contre le magicien ou l'un de ses assistants. Qui tressaute pour ensuite montrer qu'il a attrapé la balle avec ses dents. Ou, dans des versions antérieures, avec sa main.

— Ça, un numéro de magie ? C'est monstrueux.

— Tout le monde sait qu'il est impossible d'attraper une balle avec les dents, et en plus, aucune personne saine d'esprit n'accepterait de tirer en direction de l'artiste avec un pistolet qui vient d'être chargé. Ainsi, puisque nous savons que ce n'est pas possible, la question c'est "comment". La réponse : par magie. Un tour politiquement très incorrect aujourd'hui. Et mortellement dangereux, on dénombre douze décès avérés. La plus ancienne victime est également la première à avoir pratiqué ce numéro, un certain M. de Couleu, de Lorraine. Il est mort en 1613. Il s'était brouillé avec le spectateur qui devait tirer la balle, ce dernier l'a tué. Que le magicien soit tué par le même pistolet qui lui servait pour son illusion, c'est vraiment l'ironie du sort.

Mina donna un coup de pied dans une petite congère de neige.

— Est-ce qu'il s'agit toujours de faire semblant de tuer quelqu'un ?

— Assez souvent, en effet.

Il se racla la gorge.

— Les classiques de la magie utilisent en principe plus ou moins le même canevas, tuer ou mutiler une femme, par exemple en la sciant en morceaux, en déplaçant des parties de son corps, en la transperçant avec des épées, tout ça pour finalement la faire réapparaître. Qu'il s'agisse quasi systématiquement de femmes n'est pas un hasard. On dit que c'est parce qu'une femme est plus mince et plus souple qu'un homme et qu'elle rentre donc plus facilement dans des espaces réduits. C'est la version officielle.

— Dans la vraie vie aussi, les femmes sont souvent les victimes, murmura Mina d'un ton froid.

Elle se pencha en avant, ramassa une poignée de neige mouillée avec ses mains gantées et se mit à former une boule.

— Pour ma part, je crois que c'est avant tout une question métaphysique, dit Vincent en s'arrêtant. La femme peut donner la vie. Pour cette raison, une histoire devient plus tragique quand la victime est une femme. Symboliquement, ce n'est pas seulement elle, mais aussi la continuité de l'humanité qu'elle incarne, qui est éliminée. Je crois que notre inconscient le sait, d'une façon ou d'une autre. L'homme est plus... remplaçable. Et pour ce qui est des victimes dans la vraie vie... Certains ne savent que détruire ce qu'ils n'arrivent pas à posséder ou à contrôler.

— Quand j'y pense, faire semblant de tuer quelqu'un ne me paraît pas relever de la magie, dit-elle. Et même en faisant abstraction de l'aspect sexiste... Si je transperce une personne d'une épée pour ensuite démontrer qu'elle n'a aucune blessure, j'ai juste prouvé que mon épée était factice, non ? Ça impressionne qui ?

Elle se redressa devant lui, une boule de neige parfaitement ronde dans la main. Évidemment, même ses boules de neige étaient parfaites.

— Encore une fois, tu oublies l'aspect symbolique, dit Vincent en reculant doucement, les yeux braqués sur la boule de neige. Si je découpe une personne en morceaux à la scie, je la tue, d'accord ? Si ensuite cette personne réapparaît, vivante et entière, cela signifie que je l'ai symboliquement ressuscitée. C'est cette magie-là que les illusions classiques mettent en avant, même si on trouve ça puéril aujourd'hui. Le pouvoir sur la vie et sur la mort. Avec une femme comme assistante, on magnifie ce pouvoir divin que s'octroie le magicien.

Il consulta discrètement sa montre. La pause déjeuner de Mina avait pris fin depuis belle lurette. Il espérait qu'elle n'allait pas s'en rendre compte. Ils continuèrent leur promenade et arrivèrent aux arbustes près de la berge. Les bateaux habituellement amarrés le long des pontons n'avaient pas encore été remis à l'eau, et la surface étincelait, entièrement lisse. Vincent laissa sa main glisser sur le feuillage des buissons. Des petits morceaux de neige fondue s'accrochèrent à ses gants.

— Nous sommes donc à la recherche de quelqu'un qui se prend pour Dieu ? dit Mina. Un individu assoiffé de pouvoir qui a poussé l'obsession de la magie un peu trop loin et a fini par tuer pour de vrai ? C'est ton évaluation professionnelle de la personne que nous traquons ?

— Pas du tout. Les deux victimes que vous avez trouvées ne sont en aucun cas le résultat d'un tour de magie raté. Aucune résurrection au programme. Je crois qu'on traque un fou furieux. Et encore, c'est peu dire.

Mina le dévisagea, le front plissé.

— J'ai déjà abordé ce point. D'un côté, nous avons affaire à une personne suffisamment rationnelle pour construire des boîtes à magie, planifier des enlèvements et laisser derrière elle des messages sibyllins. D'un autre côté, cet individu est suffisamment cinglé pour agir parfois de manière impulsive et violente. Aucun des deux assassinats n'a été accompli avec une précision chirurgicale. Les préparatifs, oui. Mais pas l'acte en lui-même.

— Pourtant, pour le meurtre de la boîte, il a bien fallu qu'il fasse preuve d'habileté et de précision ?

— Oui, effectivement. Mais j'ai plutôt l'impression d'une personne méticuleuse, pas d'un véritable expert. Elle ne me semble pas agir avec une distance froide, de puissants sentiments s'y mêlent. Pardon, mais elle va servir à quoi, la boule de neige ?

— Pour le cas où le chien reviendrait, répondit-elle en la soupesant dans sa main.

Vincent paraissait impassible, mais les mots de Mina éveillaient en lui des images de magie et de mort dont il se serait bien passé. Ses mains étaient moites de transpiration.

Il fallait qu'il se reprenne.

Vincent mit son gant sur sa joue, pressant les gouttelettes froides des buissons contre sa peau. Il espérait qu'elle ne remarquerait pas son geste. Il avait besoin de penser froidement.

— La seule chose qu'il nous reste à faire maintenant, c'est tenter de déjouer les deux ou trois meurtres à venir. Peu importe ce que tes collègues pensent de moi. Je n'aime vraiment pas que le meurtrier nous prévienne, par un compte à rebours, de ce qui va se produire. Si c'est bien ça. Mais nous n'avons aucune autre hypothèse. Tu as réussi à m'impliquer émotionnellement. Comme un seul mois sépare ces deux meurtres, je pense que nous n'avons pas beaucoup de temps devant nous. Et…

Il hésita.

— J'aimerais voir l'endroit où la boîte a été trouvée, ajouta-t-il.

— La police scientifique a terminé. L'endroit n'est plus bouclé. Ce serait très étonnant d'y trouver des éléments qu'ils n'auraient pas relevés.

— Je voudrais quand même y aller. C'est la première fois que j'ai à établir un tel profil, et je crois qu'il nous faut marcher dans les pas du tueur. Tenter de ressentir non seulement le comment et le pourquoi, mais aussi les lieux. Tu y es allée ?

— Non, c'est Peder qui s'y est rendu au moment de la découverte. Mais… mais je pense que je peux lui demander de nous y accompagner. Ça ne posera pas de problème. Il est un peu comme un labrador, il aime tout le monde. Même les mentalistes.

— Merci, dit-il.

La jeune femme en doudoune réapparut subitement. Elle était postée derrière Mina, mais trop loin pour qu'il puisse distinguer son visage. Cette fois-ci, elle lui fit un signe de la main. Il fit semblant de ne pas la voir. Pas sympa de sa part, mais il était tout à Mina.

— J'ai réussi à t'impliquer émotionnellement, tu dis ? C'est parfait, dit-elle avec un sourire avant de lancer la boule de neige vers lui.

La boule toucha son bras avec un bruit mou et s'écrasa sur le sol.

— Je le pense aussi, dit-il. Ou plutôt, je veux dire, l'enquête est…

Il perdit le fil en la regardant dans les yeux. Il ne savait rien de la vie privée de Mina. Il ne l'avait rencontrée que quatre ou cinq fois. Et pourtant, sa présence lui semblait déjà tellement évidente. Si simple. Même quand ils ne se voyaient pas, c'était comme si elle était là, comme l'oxygène qu'il respirait ou le sang qui coulait dans ses veines. D'habitude, quand il faisait la connaissance de nouvelles personnes, ça ne se passait pas du tout comme ça. Au contraire. Il fallait parfois des années avant qu'il ne se laisse approcher, et Mina lui semblait être un peu pareille. Avec elle, c'était différent, il se sentait déjà à l'aise.

Mina était…

Le sang qui coulait dans ses veines.

Qu'il n'y ait pas pensé avant, voilà la différence entre un vrai policier et lui !

— En fait, la victime qui avait été classée en suicide…, dit-il.

— Agnes ? Agnes Ceci.

— Exact. Agnes. Avait-elle des traces de substances toxiques dans le corps ?

Mina le regarda fixement.

— Quelque chose me dérangeait dans le rapport la concernant. Maintenant je sais quoi, dit-elle.

Le temps était splendide aujourd'hui. Grand soleil, la neige avait commencé à fondre. Il adorait quand il faisait beau. En fait, il adorait aussi quand il pleuvait. Et juste après la pluie. Quand tout sentait le propre. Comme quand papa et maman avaient lavé la literie. Il aimait avoir une literie toute propre. Il aimait papa et maman. Il aimait aimer, parce que, quand on aimait, ça donnait cette sensation de joie dans le ventre qui le rendait heureux.

Parfois, il avait mal au ventre. Ça, il n'aimait pas. Ça n'arrivait pas souvent. Mais quand il avait mal, il avait toujours très, très mal. Papa et maman disaient que c'était parce qu'il avait mangé des choses qui ne se mangent pas. Il savait bien qu'ils avaient raison, mais il aimait manger toutes sortes de choses. Avoir un nouveau goût dans la bouche, une nouvelle sensation, la sentir sur la langue, la laisser tourner dans la bouche. Des choses qu'il ne connaissait pas. Il ne pouvait pas s'en empêcher. Il aimait ça presque autant que tirer avec son lance-pierre. Presque.

— Salut, Billy ! cria-t-il, heureux.

Il se pencha et caressa le cocker qu'il croisait presque tous les jours quand il sortait. Le chien sautillait, tout excité, pour lui lécher le visage. Il le laissait faire. Ce petit chien était tellement mignon. Après avoir gratté Billy derrière les oreilles, il remercia son propriétaire, comme chaque fois, puis continua son chemin vers la forêt. C'était important de dire merci. Maman le lui rappelait souvent. Heureusement, parce qu'il l'oubliait si facilement.

À l'orée du bois, il passa la main derrière la grande souche. Les bouteilles en plastique étaient toujours là. Parfois, elles disparaissaient. Quelqu'un les volait. Il n'aimait pas qu'on lui vole ses bouteilles, mais il n'avait pas le droit de les garder dans sa chambre, alors il n'avait pas d'autre choix que de les cacher là.

Il les aligna sur la souche avec la plus grande attention. Une rangée de trois. Exactement la même distance entre chacune. Ensuite, il recula jusqu'à la marque au sol. Cinquante pas. L'endroit était devenu boueux. Il avait bien fait de mettre ses bottes. C'était important de s'entraîner au même endroit et à la même distance. Sinon, comment savoir si on progressait ?

Il sélectionnait méticuleusement les projectiles qu'il utilisait. Il pouvait rester des heures à plat ventre dans l'allée de gravier devant la maison à chercher les cailloux les plus appropriés. Parfois, il les mettait à la bouche aussi. Il adorait les sucer, la sensation de la surface râpeuse contre sa langue. Les cailloux dont il allait se servir devaient être les meilleurs. Ses favoris avaient de petits grains miroitant au soleil. Il les soupesait avec attention avant de choisir.

Il sortait alors le lance-pierre de sa poche arrière. Le bois était patiné par l'usage, c'était ainsi qu'il l'aimait. Le lance-pierre s'était fait à sa main. Quand sa main se refermait autour, c'était comme s'ils ne faisaient qu'un, le lance-pierre et lui. Il plaçait la pierre dans la fronde avec précaution. Fermait un œil, visait… et tirait. Quand une bouteille était frappée en son milieu, elle basculait élégamment en arrière.

— Bravo ! Bien joué !

Il sursauta. Il n'avait pas vu la personne s'approcher. Mais il était content, c'était bien d'avoir un spectateur. C'était plus amusant quand quelqu'un regardait.

— Alors, regarde celle-ci ! dit-il, joyeux, en posant la pierre suivante dans la fronde. Cette fois-ci je vise le bouchon !

Fermant un œil, il visa. Tira. La pierre frappa dans le mille le bouchon vert clair, et la bouteille bascula en arrière.

— Waouh ! Tu es drôlement doué !

Applaudissements. Il adorait les applaudissements. Des picotis lui parcouraient le corps. Il choisit une troisième pierre. Se dépêcha de viser et de tirer. Il voulait profiter de son public.

Bientôt, il serait à nouveau seul à s'entraîner, personne ne restait très longtemps. La troisième bouteille tomba en arrière, avec autant d'élégance que les deux précédentes.

— Dis donc, tu mérites une récompense pour cet exploit ! C'est toi le champion du monde ! Viens ! Ma voiture est là-bas. J'y ai justement une récompense que j'aimerais te donner.

Une vague de joie envahissait tout son corps. Lui qui adorait les récompenses, il n'en avait jamais obtenu de toute sa vie. Il aurait tant voulu. Mais personne n'offre jamais de récompense à des enfants comme lui.

Il suivit donc, tout content. La voiture était grande. Super. Alors la récompense l'était peut-être aussi. Aussi grande que ces peluches géantes qu'il ne gagnait jamais au parc d'attractions.

— Monte et glisse-toi jusqu'au fond, la récompense est là. Tu la reconnaîtras dès que tu la verras.

Son cœur battait à tout rompre quand il monta dans le véhicule. Enfin une récompense. Une énorme et super belle récompense.

Une angoisse sourde oppressait la poitrine de Milda Hjort. Elle tendait régulièrement la main vers le téléphone, mais au lieu d'appeler, elle restait figée, assise derrière son bureau. Plus de vingt-cinq ans de métier. Au cours desquels elle ne pensait pas avoir commis beaucoup d'erreurs. Elle était méticuleuse. Prenait son travail très au sérieux. Considérait que c'était de sa responsabilité, vis-à-vis des victimes et de leurs familles, de trouver les réponses qu'elles attendaient. C'était également de sa responsabilité de fournir à la police et à la justice les éléments dont elles avaient besoin pour sanctionner les coupables.

Mais depuis un moment, tout était chamboulé. Pas au boulot, non, c'était à la maison que rien n'allait plus. Elle croyait avoir réussi à ne pas laisser sa situation personnelle empiéter sur son travail. Pourtant, elle disposait désormais de la preuve, noir sur blanc, que le chaos n'était pas resté cantonné chez elle. Elle avait commis une faute. Une faute grave.

Milda saisit la photo sur son bureau. L'un des rares effets personnels qu'elle avait sur son lieu de travail. Elle croyait en l'ordre et la rigueur. À la maison, elle avait adopté la méthode KonMari et s'était débarrassée de tout ce qui n'était pas nécessaire, ou qui "ne lui procurait pas de la joie". Après son divorce, elle s'était occupée seule de ses enfants pendant plus de quinze ans. Son ex-mari n'avait donc pu limiter en rien son obsession de l'ordre.

C'était une photo de ses enfants prise sur une plage à Falkenberg quelques années auparavant. Vera et Conrad heureux, bronzés, couverts de taches de rousseur comme chaque été, les cheveux un peu trop longs. Quand ils étaient petits, elle avait pour habitude de donner des noms à leurs taches de rousseur. Chaque jour de nouveaux noms. Les enfants adoraient. Bien sûr, ça n'avait pas toujours été facile de les élever pratiquement toute seule, tout en consacrant tant d'énergie et de passion à son travail.

Leur père faisait sans doute de son mieux. Selon ses critères à lui. Mais elle aurait préféré qu'il laisse tomber complètement. D'où Conrad tenait ses problèmes était une évidence. Elle faisait tout ce qui était en son pouvoir pour éviter que Conrad ressemble à son père, sans vrai travail depuis qu'il s'était engagé comme chanteur dans un bar suédois pourri à Las Palmas aux Canaries.

Elle avait tant bien que mal réussi à maintenir la barque à flot. En tout cas, d'après elle. Ils avaient une bonne vie, les enfants et elle, et ne manquaient de rien.

Mais avec le recul, elle n'avait peut-être pas été complètement à la hauteur. Ou peut-être était-ce une question de hasard. De loterie génétique. Cela n'avait pas toujours été facile, ça lui avait coûté, en temps et en énergie. Elle en avait passé des nuits blanches à la recherche de Conrad quand il fuguait. Quand elle se rendait au boulot, lourde de l'anxiété et du manque de sommeil de la nuit, elle n'arrivait pas toujours à se concentrer, à mobiliser ce regard perspicace dont elle s'était toujours targuée.

Pas d'excuses. C'était bien sa faute.

Uniquement sa faute.

Elle saisit à nouveau le téléphone pour composer le numéro, quand un coup frappé à la porte l'interrompit. Elle s'éclaircit la gorge.

— Oui ?

La porte s'ouvrit et Mina apparut. Les dossiers des deux affaires dans les bras. Milda avait vu ces chemises usées trop souvent pour ne pas les reconnaître immédiatement. Elle hocha la tête et raccrocha le combiné, se dérobant encore à l'appel.

Peder songeait à l'échange qu'il venait d'avoir. Mina lui avait demandé un "énorme service", à savoir emmener Vincent Walder voir la scène de crime.

En temps normal, il aurait été réticent. Il ignorait que Vincent était toujours leur conseiller. Mais Mina était OK. Il l'aimait bien. Même si sa requête l'obligeait à abandonner sa famille une fois encore. Ce n'était vraiment pas sympa vis-à-vis de sa femme qui se retrouvait une fois de plus seule avec les triplées. Mais question joies de la paternité, c'était l'overdose, et il était prêt à sauter sur toutes les occasions pour s'échapper.

— Il faut que je retourne au boulot, dit-il en embrassant sa femme sur la joue. Tu m'appelles s'il y a un problème ?

Elle avait l'air tout aussi fatiguée que lui. Ni l'un ni l'autre n'avaient dormi plus de quelques heures d'affilée depuis la naissance des triplées trois mois plus tôt, la veille de Noël. Il évitait de penser à la débauche de cadeaux des Noëls à venir.

Molly gémissait dans les bras d'Anette. Il constata que la tétine du biberon avait glissé hors de sa bouche sans qu'Anette s'en rende compte. Il remit délicatement la tétine dans la bouche du bébé qui recommença à téter avec frénésie.

— Ces deux-là dorment, en tout cas. Pourvu que ça dure, dit-il en contemplant tendrement Meja et Majken, chacune dans sa nacelle de landau à même le sol.

— Pas de mystère si elles sont épuisées, vu comme elles nous ont cassé les oreilles cette nuit, fit Anette, un tantinet irascible.

Peder lui caressa la joue.

— Anette, on est ensemble dans cette galère. On va s'en sortir. Un jour, hop, on reviendra sur cette période de notre vie et on en rira.

— Hop. Zut, ça ne marche pas. Je ne ris pas.

— Tiens le coup encore quelques heures, je rentre te remplacer aussi vite que possible. Et la semaine prochaine, ta mère sera là pour nous aider. Une paire de bras en plus, ça fera des miracles.

— Je n'aurais jamais cru que j'attendrais un jour ma mère avec autant d'impatience. Je crois que je n'ai jamais rien attendu avec autant de fébrilité.

— Nous avons de la chance, mon amour. On est juste trop fatigués pour apprécier notre bonheur. Il faut que j'y aille. Appelle-moi en cas de besoin.

— Pedeeer !

— Ha, ha, je ne savais pas que je m'étais marié avec une comique…

Peder cligna énergiquement des yeux en s'installant dans la voiture. S'endormir au volant était la trouille de sa vie. Il ouvrit la canette de Nocco qu'il avait prise dans le frigo en sortant. Il était sans aucun doute leur plus gros client, en ce moment. Ces boissons énergisantes étaient le seul remède efficace contre sa fatigue, même si ça ne durait pas longtemps. Si seulement ils avaient mis deux fois plus de caféine dans leurs canettes. Cent quatre-vingts milligrammes, c'était tout à fait insuffisant pour des parents de triplées.

La radio diffusait l'alerte disparition d'un garçon que ses collègues de l'hôtel de police recherchaient intensivement. Robert. Bobban de son surnom. Un handicapé mental qui n'était pas rentré à son foyer. Vraisemblablement pas un acte criminel, d'après son expérience. Avec un peu de chance, on retrouverait rapidement le garçon, perdu dans les bois, ou même en ville. Une fois, ils avaient recherché un enfant de cinq ans pendant plusieurs jours, avant d'apprendre qu'il était monté dans un train pour Copenhague pour aller dire bonjour à sa grand-mère. Personne n'avait fait attention à lui. De la gare centrale à Copenhague, la police danoise l'avait même escorté jusque chez sa grand-mère, laquelle avait appelé la police suédoise en voyant son petit-fils sur le seuil de sa porte.

Peder changea de canal et s'arrêta sur Lugna Favoriter. Depuis qu'il était lui-même père, il était infiniment plus sensible aux affaires qui touchaient aux enfants. Aussitôt arrivé sur le parking en face du parc d'attractions de Gröna Lund, il vit Mina et Vincent qui l'attendaient. Vincent Walder éveilla malgré lui sa curiosité. Anette et lui étaient allés voir l'un de ses spectacles trois ans auparavant. Il avait été impressionné, et également frustré de ne pas mieux comprendre comment le mentaliste parvenait à faire ce qu'il faisait.

Le manteau noir de Vincent flottait dans le vent. Le mot qui lui vint spontanément à l'esprit fut "classique". Comme dans un film en noir et blanc. Cela l'avait déjà frappé à l'hôtel de police : il aurait aimé avoir ce look-là. Mais Vincent, lui, n'avait pas trois petites braillardes à la maison.

Peder se gara et s'avança à leur rencontre. Vincent le vit grimacer au moment où le vent lui fouetta le visage.

— Bonjour Vincent, dit-il, enthousiaste, en lui serrant la main.

Vincent retint la main de Peder une seconde. Il était impressionné, l'épuisement n'entamait en rien l'intensité de sa poigne.

— Tu as l'air exténué, dit Mina, et Peder acquiesça.

— Elles font les trois-huit, répondit-il.

Vincent écarquilla les yeux. Bon Dieu. Lui aussi trouvait que trois enfants c'était fatigant, mais chez lui, dix ans séparaient l'aîné du dernier. Il n'arrivait même pas à imaginer ce que trois d'un coup impliquait. À la place de Peder, il n'aurait probablement même pas tenu sur ses jambes.

— Je suis d'autant plus épaté que vous ayez eu le courage de venir, dit-il. Le sommeil est un phénomène infiniment intéressant. Saviez-vous que, jusqu'à il y a peu, nous ne savions même pas exactement pourquoi nous dormons ?

— Euh, non… je ne savais pas.

Peder se mit en marche vers l'entrée principale de Gröna Lund. Mina et Vincent le suivirent.

— Deux équipes de chercheurs viennent de découvrir ce qu'ils appellent le starter du sommeil, continua Vincent. Ils l'ont baptisé Nemuri, d'après le mot japonais pour "sommeil".

— Ah bon, je…

— L'étude faite sur douze mille moucherons et la structure de leur sommeil a démontré l'existence d'un gène qui contrôle ce starter.

— Des moucherons, aha…, fit Peder en montrant l'entrée du parc.

Peder n'avait pas l'air réceptif. Étrange. Il devrait pourtant s'y intéresser, plus que quiconque. Mais il devait avoir des difficultés à traiter des informations nouvelles, vu sa fatigue.

— Vincent, chuchota Mina dans son dos. Laisse tomber le mode Wikipédia.

Il hocha la tête et se tut.

Hors saison, le parc d'attractions était agréablement vide. Aucun cri ne provenait de la tour de chute. Pas de musique sur la grande scène. Pas de grincement mécanique, ni de brouhaha de milliers de personnes.

— La caisse était ici.

Peder montra un endroit près de l'entrée. Il passa à Vincent les photos de la police scientifique. Ce dernier les examina en silence.

— Vous avez trouvé… Enfin, ceux de la scientifique ont trouvé des indices qui peuvent nous éclairer sur le meurtre ?

— Pas encore, répondit Peder en se frottant les yeux pour repousser le marchand de sable. Ils ont fait tout un tas de tests, mais il faut du temps pour analyser les résultats. À ce stade, c'est extrêmement difficile de distinguer les éléments en rapport avec la boîte de ceux déjà présents avant son arrivée.

— Bien sûr, dit Vincent en faisant le tour, l'air pensif. Vous savez, un sommeil perturbé peut générer des problèmes de santé majeurs. Augmentation de la fréquence de certaines pathologies, problèmes de mémoire, affaiblissement du système immunitaire…

— Merci pour l'info, dit Peder en toussant, c'est…

— Le risque d'alzheimer augmente également, ainsi que la tendance à l'obésité et à l'alcoolisme. Sans sommeil, le cerveau surcharge, car le sommeil nous permet d'effacer ce que nous n'avons pas besoin de garder en mémoire.

— En effet, en ce moment, j'ai pas la lumière à tous les étages, dit Peder. Mais je suis loin d'être le seul, on dirait.

Il prononça ces derniers mots tout doucement et à destination de Mina. Vincent les intercepta quand même. Il essayait simplement de partager les informations qu'il jugeait utiles. Il avait souvent du mal à évaluer ce que les autres entendaient par "suffisant". Il se pouvait qu'il ait dit un ou deux trucs de trop.

Il s'accroupit pour examiner le sol là où la boîte avait été déposée. Un bout de rubalise laissé en place virevoltait dans le vent, comme s'il voulait s'envoler. À côté de lui, Mina l'observait, les bras croisés, frissonnante. Elle était pâle de froid, sauf sa bouche, toujours rouge. Il savait qu'elle n'utilisait aucun maquillage. Mais il avait l'impression que ses lèvres étaient particulièrement rouges. Cela dit, que savait-il de ses lèvres ? Il se racla la gorge et essaya de se concentrer.

— Autrefois, on dormait souvent assis et non pas couché, dit-il, toujours accroupi.

Il laissa sa main gantée glisser sur les pavés. Il y avait de la neige ici quand la boîte avait été trouvée. Tout ce qui n'avait pas été emporté par les spécialistes dans leur recherche d'indices avait probablement disparu lors de la fonte. Cette excursion n'était pas aussi profitable qu'il l'avait espéré. Il lui fallait compter sur la capacité de son cerveau à capter des informations à son insu.

— C'est pour cette raison que l'on peut voir des lits très courts dans les musées. Au XVIIe siècle, les médecins croyaient qu'il était néfaste pour la santé de dormir allongé, ils affirmaient que cette position favorisait la remontée des aliments par l'œsophage jusqu'au cerveau. Bon sang, mais quel vent aujourd'hui…

Ses genoux craquèrent bruyamment quand il se redressa.

— Le sommeil haché dont vous souffrez est une variante extrême de ce qu'on appelle le sommeil biphasique. Autrefois, on se couchait vers huit heures du soir, on se relevait vers minuit, on restait éveillé pendant deux heures pour ensuite se recoucher et dormir encore quelques heures.

Il adressa un regard appuyé à Peder qui avait une tête d'ahuri.

— Pour faire court, trop peu de sommeil te rend gras et neuneu, dit Mina.

— Merci bien, je vais partager l'info avec ma femme, rit Peder.

— La boîte a été trouvée quand ? demanda Vincent en scrutant à nouveau le sol.

— Tôt le matin. Les passagers du bateau-navette de Söder passent exactement par ici.

— C'est ce qu'il avait prévu, dit-il. Il fallait qu'elle soit découverte rapidement. Je pars du principe que ce n'est pas ici qu'elle a été tuée ?

— Exact. Il y aurait eu plus de sang, répondit Peder. La caisse a été déposée ici après sa mort, le légiste est formel à ce sujet.

Le choix de l'emplacement était aussi spectaculaire que la caisse en soi. Un endroit ouvert avec beaucoup de passage. Le meurtrier voulait un public. Et que le corps soit trouvé sans tarder. La question, c'était pourquoi. C'était prémédité, rien n'avait été laissé au hasard.

— Le tueur n'est pas du genre à prendre des risques, dit-il à l'intention de Mina. Cependant, il a pris le risque de transporter la caisse jusqu'ici. Il faut comprendre pourquoi.

Le vent printanier soufflait de plus en plus fort et le transperçait. Mina avait l'air de plus en plus gelée. Il lui aurait volontiers proposé son manteau, mais savait qu'elle ne l'aurait accepté qu'à condition qu'il soit d'abord décapé et trempé dans de la soude caustique. Il valait mieux qu'elle rentre au chaud. De toute façon, ils en avaient terminé.

— J'ai vu ce qu'il y avait à voir, annonça Vincent. Merci, Peder.

La fatigue sembla submerger Peder d'un coup. Il vacillait.

— Faites un somme dans la voiture avant de rentrer chez vous, dit Vincent en posant une main sur l'épaule de Peder. Ne prenez pas le risque d'un accident. Le manque de sommeil peut diminuer jusqu'à 80 % nos capacités perceptives ainsi que notre réactivité.

— Faut pourtant bien que je rentre…, dit Peder.

— Dormez une heure. Vous avez des enfants à la maison désormais. Ils ne doivent pas grandir sans leur papa. Les statistiques des accidents dus aux conducteurs qui se sont endormis au volant…

Peder leva une main pour l'arrêter là.

— Vous m'avez convaincu. Une heure de sommeil. Merci.

— De rien, dit Vincent, satisfait.

— Mais ne le dites pas à ma femme.

Peder se plia contre le vent et se dirigea vers sa voiture. Il chancelait.

Mina retourna vers sa voiture, accompagnée de Vincent. Le bip de déverrouillage se fit entendre, et une idée lui traversa la tête. Elle se tourna vers Vincent.

— Tu es pressé ? demanda-t-elle. Ou as-tu le temps pour un café ?

Elle retint sa respiration. C'était peut-être idiot. Mais elle n'avait pas envie qu'ils se quittent si vite. Elle eut l'impression d'entrevoir un éclat de joie dans les yeux de Vincent, mais c'était probablement juste le soleil du matin qui venait de percer et qui se reflétait sur la tôle des voitures. Au soleil, ses cheveux étaient encore plus clairs, presque blancs, et elle se surprit à se demander s'il les éclaircissait ou si c'était naturel. Dans tous les cas, ça lui plaisait.

— Bien sûr. Hasselbacken doit être ouvert.

Il montra de la tête le bel immeuble de l'hôtel-restaurant qui se dressait un peu plus loin, juste au-dessus du parking.

Mina acquiesça, referma la voiture, nouveau bip, de fermeture cette fois-ci, puis remit la clef dans la poche de sa veste.

— Tu n'as pas de sac à main ? demanda Vincent.

— Ça te semble bizarre ? demanda-t-elle tout en réalisant que c'était probablement inhabituel, une femme sans sac à main.

Ils marchèrent en direction de l'hôtel.

— Un sac à main, ça manque terriblement d'hygiène, continua-t-elle en haussant les épaules. On y rassemble un grand nombre d'objets sur lesquels les microbes s'accumulent de manière exponentielle.

— Une poche, c'est pareil, non ? demanda Vincent.

Mina frémit.

— Tais-toi, dit-elle en arrachant ses mains des poches. Ne me donne pas des idées, j'en ai déjà largement assez dans la tête.

Il rit.

Elle aimait pouvoir parler aussi naturellement de ce qui régissait entièrement sa vie. C'était comme s'il la comprenait. Elle ne pouvait bien sûr pas tout déballer, seulement aborder le sujet sur un ton enjoué qui suggérait que ce n'était pas si grave. Comme s'il s'agissait juste d'une sorte d'excentricité qu'elle maîtrisait parfaitement. Et encore. Elle n'avait jamais parlé aussi librement à qui que ce soit.

Vincent avait raison. L'hôtel était ouvert. Ils prirent place dans un coin du hall et commandèrent chacun un café. Mina se rendit compte que Vincent l'observait attentivement au moment où le café arriva. Il nota en silence le rapide passage de serviette sur le bord de la tasse, un geste discret qu'elle pratiquait à la perfection. Ses collègues à l'hôtel de police avaient mis nettement plus longtemps à s'en apercevoir, mais c'était comme si rien n'échappait à Vincent. Elle se prépara machinalement à la remarque taquine qui suivait habituellement.

Vincent prit une serviette et fit de même.

— On ne sait jamais dans quelles mains sont passées ces tasses, dit-il comme une excuse avant de souffler sur le café trop chaud.

Elle chercha quelque indice de moquerie dans ses yeux, sans rien trouver. Il la regardait avec innocence. Elle but quelques gorgées. La chaleur du breuvage faisait du bien après le vent glacial. Vincent lui donnait cette sensation de proximité, d'appartenance. Elle était à l'écart, mais lui aussi. C'était un sentiment étrange, inhabituel. Et réconfortant.

— Ça t'a été utile de venir sur les lieux ?

— Oui et non. Aucune trace, aucun indice ne peut résister à un tel va-et-vient, mais ça m'a donné des idées sur le profil du meurtrier. Deux choses m'ont frappé. Le culot qu'il faut pour venir déposer le corps dans un lieu aussi ouvert et fréquenté. Et le fait que personne n'ait rien vu, ce qui laisse à penser qu'il se fond aisément dans la masse.

— Mmm, fit Mina, pensive.

Ils restèrent silencieux un moment. Vincent fut le premier à reprendre.

— Que sais-tu de l'histoire de Gröna Lund ? demanda-t-il en sirotant son café.

— Le parc ? Absolument rien, répondit-elle avant de faire non de la tête en direction de la serveuse qui s'approchait de leur table.

Elle avait bu assez de café.

— C'est le plus ancien parc d'attractions de Suède encore en activité, reprit Vincent. Inauguré en 1883. En 1924, il a subi une rude concurrence lorsqu'un parc d'attractions itinérant, du nom de Nöjet, s'est installé exactement en face.

— Ah oui, maintenant je m'en souviens ! J'en ai entendu parler. Il n'y avait pas aussi une histoire d'amour ?

— Oui, exact. Le fils de la famille propriétaire de Nöjet et la fille de la famille de Gröna Lund sont tombés amoureux l'un de l'autre. Ils se sont mariés et ont géré ensemble Nöjet d'abord, puis également Gröna Lund. Leur fille Nadja a dirigé Gröna jusqu'en 2001.

— Que c'est romantique, dit Mina, prenant aussitôt conscience à quel point ça sonnait faux.

Elle n'avait pas voulu faire preuve de sarcasme. Le romantisme n'était simplement pas son truc. Ça semait le désordre. Et tôt ou tard, ça donnait toujours lieu à des complications sans fin.

— Ce que je trouve le plus intéressant, ce sont les attractions humaines qui sont apparues dans les années 1920, dit Vincent en regardant par la fenêtre en direction du parc.

— Des attractions humaines ? Comme des foires aux monstres ?

Elle fronça les sourcils. L'idée de montrer des êtres humains, pour de l'argent, juste parce qu'ils n'étaient pas comme les autres, la révoltait. De quels sobriquets l'aurait-on affublée, elle ? *Mina – la femme vierge de toute bactérie ! Venez la voir se laver ! Ne manquez pas l'odeur de son désinfectant !*

— À Gröna Lund, on pouvait voir une tribu africaine, dit Vincent en se tournant à nouveau vers elle. Et même une famille de Lilliputiens allemands venus tout droit de Lilliput, le fameux village imaginaire. Et, bien sûr, du strip-tease.

— Un vrai spectacle familial, répliqua-t-elle sèchement.

Les yeux de Vincent se plissèrent en la regardant.

— Les gens sont intrigués par ce qu'ils ne connaissent pas, dit-il en reposant délicatement sa tasse sur la table. Les gens croient que leurs propres normes valent pour tout le monde, ce qui va à l'encontre de leurs règles les inquiète. La différence peut susciter l'admiration, mais aussi bien la moquerie. Parfois les deux en même temps. Les gens paient pour me voir, moi aussi, tu le sais. Tu ne crois quand même pas qu'on me considère comme quelqu'un de normal ? Que je suis le genre de personne qu'on invite à une paisible soirée glögg entre copains pour Noël ? Nous sommes uniques, Mina, et nous en payons le prix. Mais n'oublie pas une chose. Le seul pouvoir que les autres ont sur ta vie, c'est celui que tu leur accordes. Laisse-les mater, s'ils veulent. Pourquoi leur refuser ce moment de divertissement ? Laisse-les déblatérer. Tout ça n'a rien à voir avec toi.

Elle contempla le parc en contrebas pour ne pas croiser son regard. Elle cligna des yeux plusieurs fois. Tel qu'il le disait, ça semblait facile. Mais ça ne l'était pas. Au contraire. Elle envisagea de lui parler des soirées AA, mais elle ne le connaissait pas encore assez bien. Ils ne se connaîtraient sans doute jamais assez bien pour ça.

— Des génies comme nous sont toujours des incompris, ajouta Vincent, un sourire en coin.

— J'apprécie ta modestie, dit-elle en souriant en retour. D'ailleurs, la génie ici présente a discuté avec Milda Hjort plus tôt ce matin.

— Milda qui ? dit Vincent, l'air confus.

— La légiste. Qui a fait l'autopsie d'Agnes Ceci. Et qui nous a appelés concernant les marques sur le corps. Tu te souviens que tu m'avais demandé s'il y avait des traces de toxines dans le corps ?

— Tu fais une tête qui me dit qu'il va y avoir un "mais", dit Vincent en s'approchant.

— Elle a fait une erreur, dit-elle en se penchant en avant. Elle n'a pas effectué d'examen toxicologique. Elle n'a pas fait de prélèvements. Et pas commandé de tests. Alors que c'est la routine.

— Aïe, souffla Vincent.

Mina hocha la tête. Milda était mortifiée, manifestement. Elle allait faire l'objet d'une enquête. Avec toutes les conséquences que ça pouvait engendrer.

— Le facteur humain, dit-elle. Elle… elle a galéré ces derniers temps.

Vincent tapota des doigts sur le plateau de la table. Même rythme encore et encore. Mina sentit son pied commencer à imiter le mouvement. Elle restait immobile, attendant qu'il encaisse le coup.

— Alors, il va se passer quoi maintenant ? demanda-t-il lentement en s'arrêtant de tambouriner.

— Milda a contacté le procureur, et moi, j'ai informé Julia. Nous allons demander une exhumation au plus tôt, et compte tenu des circonstances, je crois qu'on aura un accord sans délai. Avec un peu de chance, on pourra peut-être solliciter l'autorisation dès aujourd'hui. Un corps se décompose rapidement. S'il se passe trop de temps avant de faire les prélèvements nécessaires, on risque de perdre des indices précieux. Mais d'abord, il faut régler les problèmes pratiques. Trouver une pelleteuse. Le personnel de l'église. Des personnes qui se chargeront de l'excavation proprement dite. Faire en sorte que la police scientifique soit sur place. L'ennui, c'est que ça peut prendre des semaines pour réunir tout ce beau monde.

Vincent se leva et sortit son téléphone.

— Je pense que je peux aider sur deux points, dit-il. Si tu t'occupes de contacter le personnel de l'église où elle est enterrée et que tu t'arranges aussi avec la police scientifique, je vais voir si je peux trouver une pelleteuse et un pelliste.

— Ça ne marche pas comme ça. Une telle prestation doit d'abord être négociée. Ça prend du temps.

— Pour vous peut-être. Mais moi, je ne fais pas partie de la police. Tu n'as pas besoin de savoir que je m'en charge. D'ailleurs, tu n'as pas déjà assez à faire avec tes autorisations ?

Les lieux avaient commencé à s'emplir de gens pendant leur conversation, il alla donc à la réception de l'hôtel afin de parler au téléphone tranquillement.

— Je n'aurais jamais pensé que tes réseaux incluaient des conducteurs de pelleteuses, lança-t-elle dans son dos, amusée.

— Tu ignores beaucoup de choses à mon sujet, fit-il sans se retourner.

Il avait tout à fait raison. Vincent était une vraie noix, avec sa coquille et sa bogue. Un cadeau pas encore déballé, eut-elle le temps de penser avant de se reprendre. Mais il la mettait de bonne humeur. Ça faisait longtemps que rien ni personne n'avait eu cet effet sur elle. Elle roula sa tête entre les épaules et constata qu'elles n'étaient pas contractées. Elle qui était souvent si tendue pendant la journée qu'elle se couchait le soir avec une migraine, elle se sentait relaxée comme ça ne lui était pas arrivé depuis longtemps. Elle poussa un soupir d'aise et but une gorgée de café en attendant le retour de Vincent.

Quand la serveuse revint à la charge et proposa de remplir sa tasse, elle changea d'avis et accepta. Elle essuya soigneusement le bord avec une nouvelle serviette avant de boire. Cette fois, elle n'essaya pas de cacher son geste. Elle entendit la voix de Vincent à la réception, sans pouvoir distinguer les mots. Elle souriait. Tout en se racontant que la chaleur dans son ventre était seulement due au café.

AVRIL

Deux silhouettes hésitaient devant l'entrée de l'hôtel de police. Gunnar prit Märta par le bras avec délicatesse. Il la sentait tremblante sous son manteau de laine brune, bien plus chaud que ne l'exigeait la météo. Le printemps était enfin vraiment là. Aucun d'eux n'avait attaché la moindre importance aux vêtements qu'ils avaient enfilés avant de partir. Ils n'avaient qu'une chose en tête : une inquiétude diffuse mais bien présente, l'impression que quelque chose ne tournait pas rond.

— Faut qu'on y aille, souffla Gunnar.

Märta hésitait toujours, mais il la tira en douceur à l'intérieur. Il savait ce qu'elle avait en tête. Après soixante ans de mariage, ses pensées les plus profondes n'avaient plus de secret pour lui. Il savait qu'en ce moment précis elle luttait contre l'envie de faire l'autruche. Tant qu'ils ne savaient pas, ils pouvaient continuer à faire comme si de rien n'était. Mais Gunnar n'était pas dupe. Ils avaient vérifié leurs téléphones, appelé partout, fouillé leurs souvenirs, contacté ses amis qu'au fond ils ne connaissaient pas vraiment, même des gens qu'elle avait juste mentionnés en passant. Des membres de l'organisation. Personne n'était au courant de quoi que ce soit. C'était comme si le sol s'était ouvert pour l'engloutir sans laisser de traces. Pâques approchait, un moment qu'ils fêtaient toujours ensemble.

Gunnar était pasteur depuis plus de quarante ans, mais il ne parlait plus que très rarement avec Dieu. Non pas qu'il ne croie plus, sa foi était au contraire plus forte encore que quand il était jeune et ordonné de fraîche date. C'était plutôt qu'il avait commencé à prendre le Seigneur pour acquis, certain qu'Il était là, à ses côtés, veillant sur chacun de ses gestes, sans contrepartie. C'était peut-être son orgueil qu'ils payaient maintenant. Allez savoir. Tout ce qu'il tenait pour sûr, c'était qu'il n'avait pas cessé de prier depuis que le bateau était revenu sans elle. C'était à ce moment-là qu'il avait compris. Ils l'avaient perdue.

— Excusez-moi, dit-il en avançant prudemment vers la cabine vitrée de l'accueil.

Une jeune femme aux yeux bienveillants était assise de l'autre côté. En temps normal, son sourire lui serait allé droit au cœur. La joie des autres lui avait toujours procuré du bonheur, et il avait lui-même toujours fait son possible pour répandre allégresse et espoir sur son chemin. Dans son sacerdoce comme dans sa vie privée. Mais aujourd'hui, il n'éprouvait aucune joie. Aucun espoir. Il savait que Märta espérait encore, et il souhaitait si fort qu'elle ait raison, et lui tort. Mais quand il avait crié son désespoir et supplié Dieu de leur venir en aide, il n'y avait eu qu'un silence douloureux. Pour la première fois, Dieu n'avait pas répondu à ses prières. Il ne ressentait plus Sa présence, malgré son acharnement à prier. Il ne restait plus que le vide.

— Nous souhaitons signaler une disparition, dit-il en rapprochant Märta de lui afin que la réceptionniste la voie, elle aussi.

— De qui s'agit-il ? demanda la femme de l'accueil.

Son sourire fut remplacé par une attention bienveillante.

Elle doit avoir l'habitude, se dit Gunnar. Entendre et voir la détresse tous les jours, c'était son travail. Mais jamais elle ne pourrait comprendre l'abîme de leur désespoir à eux. Peut-être même ne les prendrait-elle pas au sérieux.

Märta enfonça sa main dans son sac, en sortit une photo qu'elle glissa sous la vitre, sans un mot. Ils l'avaient choisie ensemble. C'était Gunnar qui l'avait prise. Dans le parc près de leur maison à Upplands Väsby. Elle était assise, l'enfant dans ses bras, sur l'un de ces chevaux à bascule en bois montés sur un épais ressort. Elle était heureuse, ce jour-là.

Ses yeux brillaient, en raison du soleil bien sûr, mais aussi d'une beauté intérieure, de ce que Gunnar avait toujours appelé la lumière de Dieu. Elle n'était pas croyante. En tout cas, pas de la même façon que lui et Märta. Peut-être une sorte de croyance enfantine qui, petit à petit, s'était réduite aux célébrations de Noël et de Pâques qui les réunissaient. Mais elle avait toujours aimé quand il le disait, même quand elle était petite. Qu'elle portait la lumière de Dieu en elle. Il espérait que la femme derrière la vitre allait la voir. Qu'elle comprendrait qu'une personne avec une telle lumière dans les yeux, et avec un tel petit garçon dans les bras, ne pouvait pas disparaître de son plein gré.

— C'est notre petite-fille et notre arrière-petit-fils. Elle devait partir en mer pendant quelques semaines, mais elle n'est jamais revenue. Nous venons d'apprendre qu'elle n'est jamais partie. Ça veut dire qu'elle a disparu il y a un mois. Linus, son fils, était chez nous pendant tout ce temps. Mais il a besoin de sa maman.

— Rien ne laisse croire qu'elle ait pu partir de son plein gré ? demanda la femme.

Elle avait maintenant un pli profond entre les sourcils et une expression dans les yeux qui pouvait être de la compassion. Dieu merci. Elle les prenait au sérieux.

— Nous avons besoin de parler à quelqu'un, dit Märta d'une voix frêle. Quelqu'un de la police.

Elle chancela, et Gunnar l'empêcha instinctivement de tomber. Son état s'était aggravé ces derniers jours. L'anxiété et la sclérose en plaques sont de bien mauvais compagnons de route. Ils attendirent en silence pendant que la femme examinait la photo. Puis elle hocha la tête.

— Vous allez en parler avec l'un de nos policiers. J'appelle quelqu'un pour vous. Comment… Comment s'appelle votre petite-fille ?

— Tuva, dit Gunnar. Elle s'appelle Tuva.

Ils avaient choisi un vigile qui ne faisait pas trop armoire à glace. Et tant mieux. Pour que son show fonctionne, le public devait se sentir à l'aise. Même plus que ça, il fallait que les spectateurs soient disposés, malléables. Confiants et de bonne humeur. Une montagne de muscles se tenant les bras croisés à côté de la scène aurait été du plus mauvais effet. Mais selon Umberto, ils n'avaient pas le choix.

Il salua le vigile, dont le prénom était Ola.

— Elle vient toujours au moment où je quitte la scène, dit Vincent. Je ne sais pas exactement comment elle s'y prend. Mais elle doit monter sur la scène pour se glisser dans les coulisses au moment où le rideau tombe.

— Qu'est-ce qu'elle veut ? demanda Ola.

Vincent haussa les épaules. Il monta sur la scène pour inspecter les accessoires du spectacle du soir.

— Je ne l'ai jamais rencontrée, dit-il. Les techniciens ont toujours réussi à l'intercepter avant qu'elle atteigne les coulisses. Elle n'a jamais eu de comportement menaçant vis-à-vis d'eux, mais ça ne veut rien dire. Elle est extrêmement déterminée. La semaine dernière, malgré le rideau de fer derrière la scène, elle a réussi à passer. J'ai surtout peur qu'elle casse quelque chose. Ou qu'elle se blesse.

Vincent ajusta une pile de Rubik's Cube et un jeu de cartes avec des photos de célébrités.

— C'est chelou cette histoire, fit le vigile.

— C'est pour ça que vous êtes là.

— Mais je pige pas, dit Ola en croisant les bras. OK, je monte la garde jusqu'à la fin de la tournée pour empêcher quelqu'un de passer sans autorisation. Pendant et après le show. C'est mon boulot. Mais si elle tient tellement à vous rencontrer, pourquoi elle va pas juste vous attendre à la sortie ? Vous sortez bien à un moment ou à un autre.

Vincent aurait préféré qu'Ola ne croise pas les bras. Rien ne signale "sécurité" autant que des bras croisés. En plus, de nombreuses études ont montré qu'une personne devient moins apte à intégrer une information, ou simplement à entendre ce qu'on lui dit, quand elle croise les bras. Ce geste délétère induit réticence et crispation. Ola devait le comprendre.

— Vous pouvez me tenir ça une seconde ? demanda Vincent en tendant le jeu de cartes au vigile.

Il n'en fallut pas plus pour qu'Ola décroise les bras.

— Je me suis posé la même question, reprit Vincent. Pourquoi ne va-t-elle pas simplement à l'entrée des artistes ? Je ne vois qu'une possibilité, c'est que son comportement n'a rien de calculé. Malgré son aspect répétitif. Cette femme regarde le spectacle du début jusqu'à la fin, ce soir peut-être pour la dixième fois, et à la fin, ce qui la pousse à se lever et à monter sur la scène est tellement fort que ça prend le dessus, totalement. Elle n'y résiste pas. Rien n'est planifié. Mais d'un coup, elle est persuadée que *cette fois-ci* elle va y arriver.

Il se tourna vers Ola, l'air grave.

— La définition de la folie, c'est de refaire exactement la même chose encore et encore en espérant que cette fois le résultat sera différent. Je soupçonne qu'elle souffre de problèmes d'ordre psychologique. En plus, j'ai reçu ceci.

Il sortit une enveloppe froissée de la poche de sa veste.

— Une lettre ? fit Ola, surpris. Ça existe encore, des gens qui envoient des lettres ?

— En général, ce sont des personnes âgées, répondit-il. Mais pas cette fois.

Il déplia le haut de la lettre pour qu'Ola puisse lire le premier paragraphe. Elle avait certes été écrite par une passionnée, mais la main qui tenait le stylo n'avait pas tremblé le moins du monde. Au contraire, l'écriture était presque mécanique.

Je t'ai vu sur Info Matin, *avec Jenny et Steffo. Et comme d'habitude, les signaux que tu m'envoyais étaient très clairs. Je regrette de ne pas avoir compris plus tôt. Tu as raison, toi et moi, nous sommes faits l'un pour l'autre.*

— Ben merde ! s'exclama le vigile en secouant la tête.

— Seule une personne dérangée projette à ce point-là ses désirs sur quelqu'un qu'elle a vu à la télévision, dit Vincent. C'est un phénomène psychologique connu. Il arrive fréquemment qu'on s'imagine un lien véritable avec quelqu'un qu'on a seulement vu à la télévision, parfois même avec des personnages de fiction dans des séries. Et les services de streaming qui permettent de visionner des séries entières d'une traite ne font qu'aggraver le problème. Notre cerveau n'est tout simplement pas armé pour faire la différence entre des relations réelles ou fictives. En plus, si l'on est un tant soit peu dépressif, cette sorte de relation pathologique à sens unique devient vitale. Elle peut même, comme dans le cas de la personne qui a écrit cette lettre, être vécue comme partagée.

— Du coup, vous croyez que cette lettre vient de la femme qui tente de vous rencontrer après les spectacles ?

— Je ne sais pas. Peut-être. Et s'il n'y avait que ça, je ne m'inquiéterais pas trop. Mais c'est la deuxième lettre que je reçois de cette même personne. On peut envoyer une lettre par erreur, en raison d'une confusion occasionnelle. Mais deux, ça commence à être étrange. Vous n'avez pas encore tout lu. C'est la suite qui me donne des insomnies.

Il déplia la partie inférieure de la feuille. Ola ouvrit grands les yeux.

Mais ensuite, tu n'as plus participé à Info Matin. *Trop de temps a passé, tu le fais exprès. Au moment même où je comprends qu'il s'agit de toi et moi, tu me tournes le dos. Et ça, je ne l'accepterai jamais.*

— Que peut-elle vouloir dire par cette dernière phrase ? dit Vincent. Quel en est le degré de menace ? Je sais que j'ai peut-être l'air d'un artiste pénible qui se monte la tête pour rien, mais personne ne peut évaluer sa réelle dangerosité. Ce qui est sûr, c'est que je ne souhaite pas rencontrer cette femme. Et je ne veux pas qu'on approche de mes accessoires de scène quand je n'y suis pas.

Ola lui rendit le jeu de cartes.

— Ne vous inquiétez pas, je ne pense pas que vous avez la grosse tête, dit-il. Les gens sont vraiment bizarres. J'ai bossé sur des spectacles de Sannex. Des fous furieux, les fans. Votre petite harceleuse m'a pas l'air si dangereuse en comparaison.

Julia passa la tête à la porte du bureau de Ruben.

— Lâche tout et viens immédiatement en salle de réunion, dit-elle.

Elle avait disparu avant même qu'il ait eu le temps de réagir.

Il jeta un œil sur le message qu'il était en train de composer avec un soin tout particulier.

Sofie, c'était extra de te rencontrer hier. Malheureusement, on vient de m'assigner une mission secrète à l'étranger pour les six prochains mois. Mais je reprendrai contact dès mon retour, avait-il écrit. Il était important d'être inaccessible au début. Plus c'était laborieux, plus elles étaient accros. Ça marchait à tous les coups. Suffisait de finir sur un truc vraiment craquant. Du genre qu'il n'était pas sûr de survivre à cette mission.

— Ruben ! le somma Julia depuis le couloir.

Il soupira et enfonça la touche *delete* jusqu'à la disparition complète de son baratin. Ne pas répondre du tout était également une stratégie efficace.

Mina, Christer et Julia l'attendaient dans la salle de réunion. Peder devait dormir dans un coin quelque part. Les joues de Julia étaient rouges comme si elle avait couru. Ce qui était sûrement le cas. Mais Ruben ne put s'empêcher de fantasmer sur d'autres raisons éventuelles. Il avait déjà vu ses joues ainsi. Elle était alors nettement moins vêtue, lui allongé sous elle, les mains sur ses hanches. Avec un large sourire à l'intention de Julia, il s'assit sur une chaise. Elle l'ignora superbement.

Il se demandait de quoi il s'agissait et pourquoi c'était si pressé. Ils avaient déjà fait un bref tour d'horizon une heure plus tôt, et Mina les avait informés de l'exhumation prochaine du corps d'Agnes Ceci.

— Nous connaissons désormais l'identité de la femme de la boîte à épées, dit Julia, du bout de la table. Elle s'appelait Tuva Bengtsson, avait vingt-cinq ans et vivait à Hägersten. Ses plus proches parents sont ses grands-parents maternels et son fils Linus. Son père et sa mère ne sont plus dans les parages depuis longtemps, ajouta-t-elle en réponse au regard interrogateur de Christer. Les grands-parents sortent d'ici à l'instant. Ils ont indiqué que le père de Linus, l'ex de Tuva, vivait à Londres depuis trois ans. On va bien sûr vérifier. Nous n'avons pas de coordonnées d'amis, mais elle travaillait dans un café du nom de Fab Fika, à Hornstull. Son plus proche collègue s'appelle Daniel. On ne connaît pas son nom de famille.

— Je fais un saut au café tout de suite, dit Mina avant même que Ruben ait eu le temps d'ouvrir la bouche.

Julia affichait un air dubitatif. Elle s'appuya sur le rebord de la table. Ruben reluqua avec admiration le bel arrondi de ses fesses alors qu'elle se penchait en avant. Il ne put repérer le bord de sa culotte sous le jean. Elle portait sûrement un string. En son honneur, si ça se trouve.

— Tu es sûre ? fit Julia. Tu te débrouilles formidablement bien dans plein de domaines, mais les contacts humains, c'est vraiment pas ton truc. Tu auras à parler avec des gens qui ignorent la mort de Tuva, et il ne faudra pas les mettre au courant.

— Dis pas ça, Julia, objecta Ruben en se penchant en arrière, les mains derrière la nuque. Mina est tellement chaleureuse et avenante. Mais je veux bien y aller à sa place. Les gens s'ouvrent à moi sans problème. Tu le sais bien.

Il fixa sa cheffe d'un regard appuyé.

— Ruben, tu m'as convaincue, répondit Julia. Mina, tu y vas.

Mina acquiesça et se leva. L'instant d'après, elle avait quitté la pièce.

— Vous deux, vous nous trouvez tout sur Tuva Bengtsson, numéro de sécu, état civil et tout et tout, comme d'hab, dit Julia à Christer et à Ruben, qui se levèrent aussi.

Ruben se mit en mouvement, mais Julia l'arrêta d'une main sur son bras. Elle attendit que Christer se soit éloigné.

— Ruben, dit-elle à voix basse. Je sais que tu te prends pour le plus beau cadeau de Dieu aux femmes du monde entier. Mais encore un mot de ce genre de ta part, et la notion de “télétravail” prendra une tout autre signification pour toi. Si tu as encore du travail, évidemment. Tu as reçu beaucoup d’avertissements. Ta nomination dans ce groupe est peut-être ta dernière chance. La police suédoise n’a plus de formations à l’égalité des sexes à te proposer.

Julia lâcha son bras, passa devant lui et s’éloigna dans le couloir. Il fixa son dos. Plus aucune envie d’admirer ses fesses. Il n’y avait décidément rien de moins sexy qu’une femme qui lui imposait son autorité.

Il suffisait de traverser le pont de Västerbron pour aller à Hornstull depuis l'hôtel de police. Le trajet se faisait aisément à pied. Mina prit néanmoins sa voiture. En arrivant à Hornstull, elle aperçut tout de suite le café Fab Fika sur sa droite. Le soleil se reflétait sur les fenêtres, il était impossible de voir les gens qui se trouvaient à l'intérieur. Elle continua tout droit, s'éloignant du café, se dirigeant vers Gullmarsplan où elle allait récupérer Vincent. Elle l'avait appelé dès la fin de la réunion. Elle le voulait à ses côtés pour rencontrer Daniel. Les autres pourraient bien dire ce qu'ils voulaient. Vincent était à même de détecter des détails dans le comportement de Daniel qui pouvaient lui échapper. Pour un entretien, c'était un avantage d'être deux, et elle ne voyait pas exactement Ruben dans ce rôle d'observateur. De plus, la compagnie de Vincent était autrement plus agréable que celle de Ruben.

Elle s'arrêta près de la place de Gullmarsplan et le vit immédiatement. Il était en polo et veste noirs. Chaussures de ville marron. Elle sourit pour elle-même. Un vrai look de mentaliste. Ou, à la limite, une dégaine de flic en civil digne d'une série télé. Il fallait qu'elle lui dise de changer de chaîne de temps en temps. Il la vit et un sourire illumina son visage.

— Alors, le type qu'on va voir, dit-il en montant dans la voiture, c'est un suspect ?

— Bonjour, répondit-elle de manière appuyée. Et toi, tu vas bien ? Ta voiture marche bien ?

Il fronça les sourcils, décontenancé.

— Pardon, dit-il. Bien sûr, je voudrais savoir comment tu vas. C'est juste que tu avais l'air si enthousiaste au téléphone. Ça a déteint sur moi. Bon, je recommence. Bonjour, Mina.

— Bonjour, Vincent.

Elle redémarra en direction de Södermalm. Il s'agitait sur son siège qui crissait sous ses fesses.

— C'est… du plastique que tu as mis ? demanda-t-il.

— Oui, c'est pour pouvoir assassiner quelqu'un sans laisser de traces. À moins que tu aies une autre hypothèse ?

Vincent éclata de rire. Mina se concentra sur la circulation.

— *Sorry*, dit-il. Alors, tu attends quoi de cette rencontre avec le collègue de Tuva ?

— Pas grand-chose concernant Tuva, je le crains. C'est surprenant, mais les gens qu'on interroge ne savent pas toujours très bien comment vivent leurs proches. Plutôt, comment ils vivaient. Ce qu'ils nous racontent colle rarement avec ce que nous constatons en examinant le quotidien des victimes.

— Que recherchez-vous chez les victimes ? demanda Vincent en s'agrippant à son siège quand Mina changea de voie un peu brusquement.

— Par exemple, s'il n'y a pas grand-chose dans leur frigo, ça veut généralement dire qu'elles mangeaient souvent à l'extérieur. Cela signifie à la fois un rythme de vie assez prévisible et l'occasion de croiser des inconnus – y compris des assassins. En examinant le contenu d'un frigo, on comprend vite si c'était plutôt le déjeuner ou le dîner qui était pris à l'extérieur. Il suffit de réfléchir un peu. Des instruments de musique ou des tableaux en cours indiquent des hobbies. Tuva et Agnes ont pu être dans une association ou participer à un cours ensemble, des lieux où elles ont pu rencontrer leur meurtrier. Les sex-toys sont également de bons indices.

— Les sex-toys ? répéta Vincent, surpris.

Elle haussa les épaules. Elle avait arrêté depuis longtemps de s'étonner de ce qu'on trouvait chez les gens. Il fallait s'armer de courage avant de regarder sous les lits ou dans des espaces discrets. Le pire, c'était de tomber sur un rouleau de papier-toilette esseulé. Ça annonçait à coup sûr d'autres découvertes bien pires et mieux cachées.

— Nous savons que Tuva était célibataire. À notre connaissance, Agnes n'était pas en couple. Si on tombe sur des sex-toys avec un thème commun, on peut imaginer qu'elles fréquentaient des clubs libertins, par exemple. Des endroits où elles ont pu se rencontrer ou rencontrer le meurtrier.

Vincent hocha la tête, pensif.

— Oui, les talents de Sherlock Holmes étaient peut-être exagérés, dit-il, mais déjà en 1956, Brunswick formulait un modèle du lien entre les objets dont nous nous entourons à la maison et la façon dont ces objets forment la vision que les autres ont de nous. Depuis, Baumeister et même Swann ont écrit sur la manière dont on communique par symboles en aménageant nos lieux de vie. Et en 1997, Sam Gosling a commencé à cartographier le lien direct entre différents types de personnalités et les catégories d'objets présents dans leurs chambres à coucher. Hyper intéressant.

Mina lui jeta un regard rapide.

— Je commence à comprendre pourquoi ça ne marchait pas trop avec les filles quand tu étais jeune, dit-elle en prenant la rocade.

Elle se retrouva derrière une Volvo auto-école qui roulait à 30 kilomètres-heure. Il ne manquait plus que ça.

— Il y a aussi un autre élément qui fait penser à des modes de vie se ressemblant, reprit Vincent. Les meurtres ont été commis presque à la même heure de la journée, 14 heures et 15 heures. On pourrait imaginer qu'ils ont aussi eu lieu dans le même genre d'endroit. Peut-être que Tuva et Agnes déjeunaient au même restaurant, tout simplement.

Elle hocha la tête. Vincent aurait fait un bon policier, malgré sa tenue.

— C'est ce que je me suis dit aussi, dit-elle. Peder va vérifier les listes des plats à emporter qui se trouvent à tous les coups chez elles. Avec un peu de chance, on trouvera les mêmes chez l'une et l'autre.

Du coin de l'œil, elle vit Vincent ouvrir sa sacoche et en sortir les dossiers qu'elle lui avait passés à l'insu de ses collègues. Il se mit à feuilleter l'un des rapports de Mina.

— Il y a quelque chose qui ne colle pas, marmonna-t-il. Des éléments trop contradictoires pour un même profil.

— Et à la maison, demanda-t-elle, ils le prennent comment ? Que tu assistes la police en secret, je veux dire ?

Il referma les dossiers et l'observa un moment. Elle tourna vers Hornsgatan. La Volvo s'éloigna dans l'autre direction. Enfin. Ils seraient à Fab Fika d'ici quelques minutes.

— Tout d'abord, je n'assiste pas la police, répondit-il. Tes collègues ont été très clairs à ce sujet. Je t'aide *toi*. Et je le fais volontiers. Mais la famille… Disons que Benjamin trouve ça "trop bien", Rebecka pense que je suis lourd quoi que je fasse, Aston est indifférent à tout ce qui n'est pas des Lego. Et Maria… c'est Maria.

— Je devine qu'elle ne va pas m'inviter à prendre un café un de ces jours ?

Mina chercha une place de stationnement. Si elle avait pris une voiture de police, elle aurait pu se garer n'importe où. Mais une voiture banalisée était préférable dans ce cas précis. Elle ne voulait pas effrayer Daniel plus que nécessaire. Elle se glissa sur un emplacement et coupa le moteur. Fab Fika était à peine cent mètres plus loin.

— C'est une façon de voir les choses, constata Vincent. Bon, allons voir ce Daniel. Quelle est notre stratégie ?

— Je parle. Tu observes. Mais sois prêt à tout.

Daniel jeta un coup d'œil par l'une des fenêtres du café. Quand le soleil de printemps tapait droit sur les vitres, comme en ce moment, on voyait vraiment à quel point elles étaient sales. Tuva avait pour habitude de rebuter tous les laveurs de vitres qui passaient par là, elle préférait s'en occuper elle-même. Et Daniel n'avait rien contre, tant qu'il y échappait, lui. Mais ça faisait un bail que Tuva n'avait plus lavé les vitres. Elle n'avait rien fait du tout depuis longtemps puisqu'elle n'était plus là. Il soupira. Il avait vu certains clients regarder la saleté avec désapprobation. Il n'y couperait pas, il le savait. Plus le printemps avançait, plus cette crasse devenait visible. Il essora un vieux torchon et commença à essuyer le comptoir vitré qui le séparait des clients. En apercevant le reflet de ses cheveux décolorés, il sourit de satisfaction. Il aimait ses cheveux comme ça.

La porte s'ouvrit, un homme et une femme firent leur entrée. Il vit immédiatement que ce n'étaient pas des habitués. Il avait l'impression de reconnaître l'homme, mais n'arrivait pas à le resituer. Quelqu'un de la télé ? Du net ?

La femme se dirigea droit sur lui, tandis que l'homme se tenait en retrait.

— Vous êtes Daniel ? demanda-t-elle.

Il hocha la tête. Elle était jolie, mais avait l'air un peu coincée. Le tee-shirt noir échancré qu'il portait ne lui faisait pas le moindre effet, apparemment. Par contre, ses yeux étaient rivés sur le torchon qu'il avait encore à la main. Elle semblait avoir des difficultés à déglutir.

— Mina Dabiri, de la police, dit-elle en tendant la main. Vous êtes un collègue de travail de Tuva ?

Bordel, la police. Franchement pas le moment. Il lâcha le torchon pour lui serrer la main, mais au dernier moment, elle retira la sienne. Elle avait peur de se brûler ou quoi ? Bizarre, cette gonzesse. Après un coup d'œil rapide en direction des autres clients, il lui fit signe de le suivre à l'autre bout du zinc. L'homme leur emboîta le pas. Et merde.

— Elle a des soucis ? demanda-t-il, la voix basse et aussi neutre que possible.

Il ne fallait pas merder maintenant. Ni un mot déplacé. Ni un mot de trop. Le ton aussi était important.

La femme échangea un regard rapide avec l'homme. Ils savaient quelque chose.

— Bonjour, au fait, fit-il en tendant sa main à l'homme. Daniel.

— Vincent, dit l'autre en lui serrant la main.

Ce type avait un comportement étrange, comme si le simple fait de se présenter s'accompagnait d'une intense réflexion. Mais Daniel avait d'autres choses à penser. Que savaient-ils exactement ? Il fallait qu'il sache, sinon, il n'avait aucune chance.

— Tuva a été portée disparue, dit la fliquette sexy. Nous rencontrons les gens qui lui étaient – euh, qui lui sont proches. Ses grands-parents ont dit qu'elle travaillait ici et nous ont donné votre nom. Je ne peux pas en dire plus. Et vous, que savez-vous ?

— Disparue ? dit-il, soulagé, tout en espérant qu'ils ne s'en rendaient pas compte. Tout ce que je sais, c'est que Gunnar et Märta ont appelé il y a quelques jours. Vous voulez un café ?

La femme secoua la tête, mais l'homme accepta un expresso avec un plaisir visible.

— Vous connaissez Gunnar et Märta ? demanda-t-elle, apparemment surprise.

— Ils sont venus plusieurs fois avec Linus, expliqua-t-il. Tuva n'avait pas récupéré Linus à la crèche comme prévu, et personne n'arrivait à la joindre. La crèche a fini par appeler Märta, c'est-à-dire la grand-mère de Tuva, qui a dû aller le chercher. À ce qu'il paraît, Tuva avait prévu de participer à une action avec

Greenpeace. Märta a cru que Gunnar et elle s'étaient trompés de date et que c'était à eux d'aller chercher Linus. Tuva ne m'avait rien dit, mais de toute façon, elle ne me disait pas tout. Depuis, ils sont venus prendre un goûter ici avec Linus chaque semaine. Et moi, j'ai dû prendre toutes les gardes ici au café tout seul. Suis sur les genoux. Et ma copine n'est franchement pas contente, je travaille tous les soirs depuis que Tuva a disparu. On avait prévu de partir en vacances à Pâques, moi et Evelyn. Se volatiliser comme ça, franchement, c'est pas son genre.

Il n'aimait pas du tout la façon qu'avait ce mec, Vincent, de le fixer sans rien dire. C'était comme un projecteur en pleine tronche, rien ne lui échappait.

— Vous n'avez aucune idée de ce qui a pu arriver à Tuva ? demanda la policière, apparemment indifférente au fait qu'il sacrifie toutes ses soirées avec Evelyn pour remplacer Tuva.

— Elle n'aurait jamais abandonné Linus de son plein gré, ça c'est sûr, dit-il. J'imagine que vous avez checké les hôpitaux ?

La policière hésita une demi-seconde. Exactement l'ouverture dont il avait besoin. Il dégaina son sourire le plus charmant et innocent. Il fallait gagner sa confiance, il fallait qu'il sache. Il avait failli merder la dernière fois qu'on l'avait interrogé. Pas question de recommencer. Mais l'ouverture se referma aussitôt.

— Rien pour l'instant, dit-elle en lui tendant sa carte de visite. Si quelque chose vous revient, appelez-moi à n'importe quelle heure. Pas la peine de passer par le standard. C'est mon portable personnel. Gardez la monnaie.

Portable personnel ? Est-ce qu'elle le draguait ? Il retenta son sourire. Pour voir. Elle le fixa avec une expression neutre.

— D'ailleurs, il y a des caméras de surveillance ici ? Vous avez des enregistrements datant d'avant la disparition de Tuva ?

Daniel secoua la tête. Des caméras de surveillance ? Dans ce minable petit troquet ? La policière sembla déçue. Enfin, ils saluèrent, l'homme ouvrit la porte et les voilà repartis. Il les regarda s'éloigner à travers les vitres sales. Attendit qu'ils soient hors de vue. Puis il attrapa sa veste et fila par la porte de derrière. À ce moment précis, le café était le cadet de ses soucis.

— Alors ? fit Mina dès qu'ils furent installés dans la voiture.

Elle ne démarra pas, mais se tourna pour faire face à Vincent.

— Je sens que quelque chose te chiffonne. Tu me dis ?

Vincent ne répondit pas tout de suite, mais se mit à fouiller son sac.

— Il ne ment pas, dit-il, mais ça ne veut pas dire qu'il nous a tout dit. As-tu remarqué qu'en parlant de Tuva il a évité d'employer le mot "je" ? Il n'a fait référence à lui-même qu'en évoquant sa surcharge de travail. S'exclure d'une conversation est une technique de distanciation, cela arrive souvent quand le sujet devient trop sensible ou quand on ment.

Il ressortit les deux dossiers et continua :

— La question, c'est pourquoi un échange au sujet de Tuva le met mal à l'aise ? Je crois que Daniel a peur qu'on découvre quelque chose, mais quoi ?

Il lui tendit les dossiers.

— Tu te souviens que Tuva et Agnes étaient toutes les deux célibataires, poursuivit-il. Pas de partenaires fixes. Tuva vivait seule avec son fils Linus, son ex-copain n'avait pas remis les pieds à leur domicile depuis trois ans et ses parents résident à l'étranger depuis de nombreuses années. Agnes vivait en colocation avec une personne qui a été entendue il y a quelques mois.

Mina acquiesça. Elle avait lu les rapports au moins cent fois.

— Je n'ai rien dit pendant qu'on était avec Daniel, de peur de faire erreur, dit-il. Mais je suis quasi sûr de moi. Mina, tu peux me décrire le colocataire d'Agnes ?

Elle n'eut pas besoin de chercher longtemps dans sa mémoire pour se rappeler la description du rapport.

— Brun, commença-t-elle. Tignasse en bataille, la petite vingtaine, corps mince, sportif, et il faut noter qu'il s'agit d'un *homme* et non d'une femme comme initialement supposé quand nous avons appris qu'elle vivait en colocation. Mais pas de liens amoureux, à notre connaissance. C'est lui qui a trouvé Agnes. Et son nom est…

Elle ouvrit grands les yeux quand elle fit le lien.

Vincent hocha la tête en guise de confirmation.

— Des cheveux, ça se raccourcit, ça se décolore, dit-il.

— Le colocataire d'Agnes s'appelait Daniel Bargabriel, dit-elle. Et on vient de lui parler.

Elle bondit hors de la voiture et se mit à courir en direction du café.

Vincent frappa à la porte de son fils aîné.

— Benjamin ?

Pas de réponse. Il avait probablement ses écouteurs sur les oreilles. Vincent ouvrit la porte, conscient qu'il n'avait pas été autorisé à entrer. Benjamin était effectivement assis devant son ordinateur, les oreilles calfeutrées, en robe de chambre. En voyant son père, il mit son jeu sur pause et retira ses écouteurs. Un logo accompagné du texte *Path of Exile* apparut sur l'écran. Benjamin questionna son père du regard. Il réservait les paroles aux choses indispensables.

— Sérieusement, Benjamin, dit Vincent en voyant la robe de chambre.

Son rôle de père prenait le dessus. Benjamin avait certes dix-neuf ans, avait été assez futé pour sauter une classe dans le primaire et était pratiquement en droit de décider de sa propre vie. Enfin, presque. Mais tant qu'il vivait à la maison, il y avait quand même quelques règles à respecter.

— Il est dix-huit heures. Et tu n'es pas encore habillé. Tu t'es levé à quelle heure ?

— Aucune idée, répondit Benjamin. Il y a deux heures peut--être.

— Tu as dormi jusqu'à seize heures ?! C'est-à-dire dix-sept heures d'affilée. Et l'école ?

Benjamin le regarda comme peut le faire un fils qui estime avoir surpassé son père depuis longtemps. Vincent n'avait jamais eu l'occasion de regarder de cette manière. Dans sa vie, il n'y avait eu personne pour tenir le rôle de père. Pourtant, il en saisit parfaitement la signification.

— Je vais à l'*université*, papa. Et ce serait vraiment une perte de temps et d'argent d'aller jusqu'à Kista quand on peut trouver tous les cours sur le net. Le cours d'aujourd'hui, je l'ai lu et mémorisé depuis longtemps.

Vincent était sur le point de demander à Benjamin s'il songeait parfois à aérer sa chambre, l'odeur lui évoquait un monticule de cadavres de rongeurs. Mais il avait besoin de l'aide de Benjamin, pas d'être viré de la chambre.

Vincent cherchait une connexion entre les deux victimes. Un lien qui leur échappait. Benjamin pouvait l'aider à comprendre le mode de vie des jeunes. Certes, Tuva et Agnes étaient plus âgées que Benjamin, mais leur monde ressemblait sans doute plus à celui de Benjamin qu'au sien.

La numérotation sur les corps ainsi que les montres brisées lui laissaient penser que d'autres découvertes les attendaient. Un code à déchiffrer dans le contexte des meurtres. Il était assez doué pour ça lui-même, mais Benjamin était un expert. Benjamin savait déchiffrer un code binaire en un temps record. Il était capable de créer les programmes informatiques dont ils auraient peut-être besoin pour venir à bout de l'enquête. Il lui avait déjà transmis les informations que Mina lui avait données, et il comptait sur lui.

— Tu voulais ? dit Benjamin en faisant un geste de la tête en direction du jeu en pause.

Vincent ferma la porte derrière lui. Le reste de la famille n'avait pas besoin de savoir.

— Je voulais savoir où tu en es, dit-il en enlevant un gros bouquin sur Java ainsi qu'un lourd livret de règles de *Warhammer 40 000* d'une chaise pour pouvoir s'asseoir.

— Franchement, tu m'as pas donné grand-chose, dit Benjamin qui avait saisi immédiatement. T'es sûr de ne pas avoir un peu plus d'infos ?

— Hélas, répondit Vincent en secouant la tête. Nous avons leurs noms. Tuva Bengtsson et Agnes Ceci. Nous savons à quoi elles ressemblaient, où elles travaillaient et où elles habitaient. Nous connaissons l'heure de leur décès, grâce aux montres cassées. On pense que c'est important. Mais c'est tout.

Partout dans la pièce, des vêtements jonchaient le sol. Pas évident de savoir s'ils étaient propres ou sales. Vincent n'avait pas d'autre choix que de marcher dessus.

— Et nous savons également que leurs corps sont marqués par des chiffres romains, ajouta-t-il. Le trois pour l'une et le quatre pour l'autre.

— À moins que ce soient seulement des lacérations.

Benjamin rassembla les livres que Vincent avait déplacés et les rangea sur une étagère. Il tenait visiblement plus à ses livres qu'à ses vêtements.

— Exact. L'équipe d'enquêteurs n'est pas convaincue qu'il s'agisse de chiffres. Mais supposons que rien ne soit dû au hasard.

Benjamin gratta sa tignasse. Vincent attendait encore le jour où il verrait son fils y passer un peigne.

— Ce serait pas mal de savoir si elles connaissaient leur meurtrier ou pas, fit remarquer Benjamin.

Vincent sourit.

— C'est sûr que ça aiderait beaucoup. Mais pour le moment, nous n'en avons pas la moindre idée. Ou plutôt si. En fait, il y a un garçon qui les connaissait toutes les deux.

— Eh ben voilà.

— C'est ce que je me suis dit aussi. J'ai assisté à un entretien avec lui, au café où il bosse. J'aurais aimé qu'il me donne l'impression d'être un psychopathe, mais ça n'a pas été le cas. Il est un peu étrange, et je crois qu'il cache quelque chose. Tant que nous avons si peu d'éléments, tout est évidemment possible. Et si peu de certitudes, ça laisse beaucoup de questions en suspens et autant d'hypothèses à envisager.

— Papa, je suppose que tu connais le principe du rasoir d'Ockham ?

— Quand on se trouve devant plusieurs explications possibles à un phénomène, la plus simple est la plus probable.

— Alors ?

— Daniel n'est pas l'explication la plus simple. Même s'il en a l'air. Il est peut-être une partie de l'explication, mais pas toute l'explication. Laisse tomber Ockham pour l'instant et fais comme si je n'avais rien dit au sujet de ce jeune homme.

— D'accord. Essayons une recherche systématique.

Benjamin ouvrit un logiciel qui ressemblait à Excel, mais dont la partie du milieu montrait les photos des deux femmes assassinées. Tuva et Agnes. Benjamin cliqua sur les visages qui s'agrandirent jusqu'à remplir l'écran.

— Elles ne se ressemblent pas du tout physiquement, constata-t-il. On peut donc oublier cette piste-là tout de suite. Il faut qu'on trouve un lien entre elles. À part, bien sûr, cette coïncidence incroyable de connaître toutes les deux le même mec. Vous avez vérifié leurs mouvements pendant les mois qui ont précédé les meurtres ?

— Le GPS de leurs téléphones portables, tu veux dire ? Je suppose que ce sont des procédures de routine pour la police. Mina n'a pas fait appel à moi pour ce genre de choses.

Son fils lui lança un regard étrange.

— D'ac. Parce que même si elles n'étaient pas aux mêmes endroits, elles ont pu être dans des lieux semblables. Ce serait une piste. Et si ce n'est pas le cas, tu peux essayer de croiser avec cette application santé tellement à la mode en ce moment. Elles faisaient peut-être du sport. Auquel cas, elles avaient des déplacements prévisibles.

— Application santé ? s'étonna Vincent.

Il n'y avait pas pensé. C'était une différence générationnelle. À l'âge de Benjamin, le portable était l'incontournable compagnon de toute activité et consignait toutes les actions de son propriétaire, même quand il était dans sa poche. La police elle-même n'y avait peut-être pas pensé. Il envoya un rapide message à Mina. Sa réponse bipa dans sa main avant même qu'il ait lâché son portable.

— Qu'est-ce qu'elle dit ?

Il n'avait pas dit à Benjamin à qui il envoyait un SMS. Mais ce n'était pas parce qu'il avait les pieds enfouis dans le linge sale de son fils que celui-ci était un idiot. Il lut le message et éclata de rire.

— Elle répond qu'ils vérifient évidemment ce genre de choses. “Les joggeurs n'ont jamais été aussi faciles à pister.” Elle rajoute que ça aurait simplifié la tâche s'ils avaient disposé du portable de Tuva. Je crois que l'émoji à demi souriant à la fin est légèrement ironique.

Benjamin eut l'air surpris.

— Tuva n'avait pas son téléphone sur elle ?

— Non, quand elle a été retrouvée, elle n'avait que ses sous-vêtements sur elle.

Son fils secoua la tête. Peut-être que l'idée de se trouver privé de son portable lui semblait encore pire que d'être déshabillé et transpercé. Tout d'un coup, la voix d'Aston se fit entendre à travers la porte.

— *Je veux trois cuillères de cacao !* hurla-t-il, furieux. *Pas deux !*

Vincent sourit. Quelque chose lui disait qu'il y avait au moins un membre de la famille qui obtiendrait ce qu'il voulait ce soir.

Il se concentra à nouveau sur les deux visages qui remplissaient l'écran de Benjamin. Deux jeunes femmes qui étaient mortes. Qui avaient subi des agressions monstrueuses. Et lui se demandait si elles faisaient du jogging. Il y avait là quelque chose d'absurde. Il observa l'étagère où étaient exposées les figurines *Warhammer* que Benjamin avait peintes avec un soin infini quelques années auparavant. Il ne supportait plus les regards figés des deux paires d'yeux sur l'écran.

La porte s'ouvrit brusquement et Aston entra comme une fusée, la bouche barbouillée de chocolat au lait.

— Vous faites quoi ? cria-t-il joyeusement. Moi et maman, on vient de goûter, tant pis pour vous.

— Frappe avant d'entrer ! vociféra Benjamin.

Aston se précipita vers l'écran où les visages d'Agnes et de Tuva n'évoquaient en rien la mort.

— C'est qui ? demanda Aston. C'est des copines à toi, papa ?

Maria apparut dans l'embrasure de la porte.

— C'est qui les copines de papa ? demanda-t-elle en fixant à son tour l'écran. Mais bon sang, Vincent, elles n'ont même pas trente ans !

— Maria ! cria Benjamin, rouge de colère, en resserrant sa robe de chambre. On est occupés !

Vincent se bascula en arrière sur sa chaise et ferma les yeux. Ils n'arriveraient plus à rien aujourd'hui.

— Bon, en tout cas, on mange, les informa Maria d'un ton acerbe. Enfin, quand vous aurez fini avec vos histoires de sites de rencontre.

— Vous avez goûté juste avant le repas ? demanda Vincent, dubitatif.

Maria le foudroya du regard sans un mot. Benjamin et lui savaient qu'Aston menait sa mère par le bout du nez. Mais d'un autre côté, Vincent n'avait jamais eu une relation aussi fusionnelle avec Benjamin ou Rebecka que celle qu'avait sa femme avec Aston.

— Elle a toujours été comme ça ? demanda Benjamin quand Maria fut repartie. Même au début ?

— Je pense qu'elle ne s'en rend pas compte, dit Vincent. Elle préférerait sûrement paraître cool et affectueuse, au fond. Tu vois bien comment elle est avec Aston. La plupart du temps, elle fait de son mieux, mais elle ne peut pas faire plus.

— Elle passe trop de temps à tirer les cartes de tarot avec son pendule, renâcla Benjamin. Maman est morte de rire chaque fois que j'en parle.

— Ne sois pas méchant. Maria ne pense pas à mal.

Benjamin acquiesça, se tourna à nouveau vers l'ordinateur et posa les doigts sur le clavier. Vincent se leva pour partir.

— Encore une chose, papa. La date des meurtres. Les horaires. T'as essayé de les traduire, en lettres par exemple ?

Oui, il y avait pensé. Il avait même pensé trouver une piste en remarquant que le premier meurtre, celui d'Agnes, avait eu lieu le 13 janvier à 14 heures. Les treizième, première et quatorzième lettres de l'alphabet formaient le mot M-A-N. Étrange puisque Agnes était une femme. Le meurtrier avait-il voulu signifier quelque chose par rapport à son identité sexuelle ? Non, c'était tiré par les cheveux. De plus, ça ne donnait rien pour le meurtre de Tuva qui avait eu lieu le 20 février à 15 heures. Les chiffres 20-2-15 donnaient T-B-O en lettres. *To Be Ordered. Turbo. To Be hOnest*. Cela n'avait pas de sens.

— Oui, mais ça n'a rien donné, répondit-il.

— OK, je continue. Je vais essayer de traduire en binaire, on verra ce que ça donne. Peut-être qu'en les convertissant vers des systèmes numériques différents, on obtiendra quelque chose. Qui sait, il existe peut-être une suite numérique dont 13-1-14-20-2-15 fait partie et qui pourrait avoir une signification. Ça pourrait aussi être des coordonnées géographiques. Comme une carte.

— Ça paraît logique, dit Vincent.

Il n'avait pas le cœur à freiner l'enthousiasme de son fils en lui avouant qu'il avait déjà testé ces possibilités-là. Ainsi qu'un bon million d'autres.

— Je serai payé pour ce boulot, au moins ?

— Il faut que tu arrêtes de passer tes nuits à regarder *Benjamin Gates*, dit Vincent, un sourire en coin. Par contre, continue tes recherches. Mais d'abord, allons dîner. Sinon, Maria ne va pas être contente.

— C'est sûr. Mais bon. Rasoir d'Ockham.

— J'ai pigé. Mais tu n'as pas vu Daniel au café. Il était à peine capable d'essuyer le comptoir. Je ne dis pas qu'il faut l'éliminer des suspects. Pour le moment, il paraît impliqué d'une façon ou d'une autre, mais il ne parlera pas. Il y a autre chose. Nous devons trouver quoi.

Vincent lutta contre l'impulsion d'ébouriffer les cheveux de son fils. Quand il sortit de la chambre, Benjamin avait déjà remis ses écouteurs et relancé *Path of Exile*. Même pas la peine de lui redemander de venir dîner.

Kvibille 1982

Jane s'arrêta sur le seuil de la cuisine. Son petit frère était assis à la table à manger, en pyjama. Un parfum de fraises emplissait la pièce, et la quantité de confiture qui avait atterri sur la toile cirée révélait qu'il s'était débrouillé seul pour préparer son petit-déjeuner. Entre deux bouchées, il s'occupait à mélanger un vieux jeu de cartes. La moitié des cartes gisaient au sol. Jane sourit sans le vouloir. Probablement un nouveau tour de cartes qu'il ne maîtrisait pas encore à la perfection.

Maman était à côté de lui, toujours en robe de chambre et la tête plongée dans ses bras sur la table. Le sourire de Jane s'effaça brusquement. Aujourd'hui n'était visiblement pas un bon jour.

Un courant d'air froid autour de ses jambes nues la fit frissonner, et elle tira sur son tee-shirt pour essayer de couvrir ses cuisses. La fenêtre était sûrement restée ouverte toute la nuit. Est-ce que maman avait dormi sur la table ? Ça n'aurait pas été la première fois.

— Viens, dit-elle doucement à son petit frère.

Maman était toujours silencieuse, mais Jane savait d'expérience que ce n'était qu'une question de temps avant que son sempiternel monologue ne démarre. Mieux valait épargner à son petit frère sa tirade sur le fait qu'elle n'avait plus envie de vivre, qu'elle n'était plus bonne à rien, même pas capable de maintenir une relation ni de se trouver le moindre boulot de merde. Cette partie-là du monde des adultes, inutile qu'il s'y frotte déjà. Sa maman était encore sa meilleure amie. Parfois, ça rendait Jane jalouse, mais c'était la différence entre avoir bientôt seize ans et être encore un enfant. Elle avait une responsabilité, même si elle n'avait jamais rien demandé de tel. En tout cas, pendant quelques semaines encore.

— J'ai essayé de faire les toasts coupés en triangle et grillés comme maman, mais ils sont tombés en miettes, dit-il, malheureux.

— C'est pas grave. Viens. Maman a besoin de se reposer un peu. Tu sais que ça lui arrive d'être fatiguée.

— Je ne voulais pas la réveiller, dit-il en récupérant les dernières cuillérées de lait caillé dans son bol.

Il posa le bol à côté du reste de la vaisselle près de l'évier et rejoignit Jane.

Maman ne bougeait toujours pas.

— Tu t'entraînes à un nouveau tour de cartes ? demanda-t-elle en le menant hors de la cuisine.

— Oui, mais j'y arrive pas encore, dit-il.

— Et si tu appelais ton trio de copines, pour voir si elles veulent jouer avec toi ?

Son frère soupira.

— Elles s'appellent Malla, Sickan et Lotta, dit-il. On dirait que tu les prends pour une espèce de bande de détectives nazes. Elles sont pas là aujourd'hui.

— Moi aussi, je suis toute seule aujourd'hui. Mais bon, j'ai l'habitude. Toi au moins tu as des copains ici. Moi, je rêve de mes trois T en ville.

Elle constata qu'il ne mordait pas à l'hameçon.

— Théâtre, Tivoli, Tumulte, continua-t-elle. Mes trois copains en ville. Qui n'existent pas ici.

— Aaaah bon, murmura son petit frère. On dirait que tu essayes de parler comme une adulte. Tu avais le même âge que moi maintenant quand vous êtes venues habiter ici, toi et maman. Tu avais déjà été combien de fois au théâtre ? Et si tu veux du tumulte, t'as qu'à aller regarder les poids lourds devant la fromagerie. Les trois T, très drôle. T'as lu ça dans un livre, je parie.

— Peut-être, dit-elle. Mais ça me manque quand même.

Elle fit une pause et prit un objet en plastique dans sa poche.

— Et si on est que nous deux aujourd'hui, frérot, j'ai un défi pour toi.

Les yeux de son petit frère s'illuminèrent. Il adorait qu'elle lui lance des défis.

Elle lui tendit le petit carré en plastique. Dedans, il y avait quinze autres carrés plus petits, numérotés de 1 à 15. L'emplacement du seizième était vide. Ainsi, on pouvait déplacer les autres entre eux et modifier les alignements de chiffres.

— Trop fastoche, dit-il déçu en voyant le puzzle à chiffres. Je te résous ça en moins de deux.

— Je ne t'ai pas encore expliqué le défi, dit-elle. Tu dois mettre tous les chiffres dans le bon ordre, sauf les deux derniers, le 14 et le 15. Ils doivent être inversés.

Son petit frère lui arracha le casse-tête des mains et l'inspecta.

— Facile, dit-il et il courut jusqu'à sa chambre en haut des escaliers.

Elle le regarda s'éloigner, un pincement de mauvaise conscience au cœur. C'était un peu cruel. Mais elle avait besoin de discuter tranquillement avec maman. Elle irait le chercher dans une heure. Les marches de l'escalier avaient craqué quand il était monté, mais maintenant ce n'était pas grave si maman se réveillait. Au contraire, ça l'arrangeait.

Jane retourna à la cuisine. Maman s'était redressée, mais son visage était toujours caché dans ses mains. Ses cheveux pendaient, plats et sales, et sa robe de chambre s'était ouverte. Jane ressentit tout à la fois de la pitié et du mépris. Ce n'était pas la faute de maman si ses émotions tournaient en rond sans cesse. Jane avait entendu parler de facteurs de risques génétiques. Ça voulait dire qu'on n'y pouvait rien et apparemment, chez maman, il y avait de ça.

Elle avait emprunté à Barbro, l'infirmière scolaire, un livre sur la psychiatrie en disant que c'était pour un devoir. Dans ce livre, elle avait lu qu'il existait des traitements médicaux. Le lithium, par exemple. Mais maman ne prenait pas de médicaments. Elle n'avait même pas conscience d'être malade. Cela faisait de Jane une otage, même si maman ne le faisait pas exprès. Il fallait que Jane soit toujours en alerte. Prête à protéger son frère. Ou à s'occuper de maman. Comme si elle n'avait pas de vie à elle.

Mais elle avait prévu de commencer à en avoir une.

Jane s'installa à la table de la cuisine en faisant attention d'éviter les taches de confiture.

— Tu veux prendre le petit-déjeuner, maman ?

Il fallait vraiment qu'elles parlent. Mais elle savait déjà que ce ne serait pas non plus possible aujourd'hui.

Le hall de l'hôtel de police était bourré de lycéens. Mina devina qu'il s'agissait d'une sortie scolaire : les jeunes de dix-sept ans ne s'entassaient pas au poste de police juste parce qu'il faisait froid dehors. Ils avaient plutôt l'habitude de se retrouver au 7-Eleven à quelques pas de là, et pour sa part, elle aurait préféré, même si le gérant du magasin n'était probablement pas du même avis. Mais aujourd'hui, ils étaient donc ici, pile au moment où ça la contrariait le plus. Un enseignant distribuait des badges visiteurs en essayant en pure perte de leur expliquer comment les attacher à hauteur de poitrine.

— Eh, les keufs, c'est l'occase de me serrer ! cria un garçon, sans doute le comique de la classe.

Ses camarades, hilares, s'empressèrent de l'acclamer.

Elle se demanda comment Vincent allait réagir quand il serait obligé de se frayer un chemin à travers ces effluves d'hormones adolescentes. Et si les jeunes le reconnaissaient, pas sûr qu'il apprécie. Mais elle ne pouvait pas le faire entrer par une autre porte, et encore moins l'aider elle-même à traverser cette masse compacte. Elle en avait la nausée rien qu'en les regardant de loin. Avec des gants peut-être. Et un scaphandre. Mais en l'occurrence, c'était hors de question.

De là où elle se tenait, en sécurité de l'autre côté des barrières, elle avait l'impression de sentir cette odeur de sueur d'ado, ces épouvantables miasmes qui l'étreignaient comme un linceul. Vincent devrait se débrouiller sans elle. Une célébrité dans leurs locaux ne ferait pas de mal à l'image de la police. Même un maître en télépathie de quarante-sept ans.

Vincent apparut de l'autre côté du troupeau d'élèves. La vision lui fit écarquiller les yeux, puis baisser la tête et tenter de se frayer un chemin.

— Eh, c'est Vincent Walder ! cria quelqu'un.

Mina fut impressionnée. Elle n'aurait pas cru qu'ils reconnaîtraient une personnalité qui n'était pas sur TikTok.

— Cool, Vincent Walder est un super flic mentaliste ! cria le comique. C'est foutu pour moi, alors !

Vincent s'arrêta, cherchant du regard le petit rigolo de service.

— Exact, répondit-il du tac au tac en souriant. Et j'ai vu ta mère ce matin, t'es mal barré !

Le garçon resta bouche bée un instant, puis explosa de rire et tendit son poing en signe de respect. Mina sourit intérieurement. Dans l'intimité, les relations sociales de Vincent relevaient du défi. Pour ne pas dire du handicap. En revanche, il semblait parfaitement à l'aise dans son rôle de maître mentaliste.

Il s'exfiltra de la horde, s'approcha des barrières et lui fit signe de la main. Elle lui ouvrit.

Les élèves l'avaient apparemment déjà oublié. L'enseignant leva la voix, essayant en vain d'attirer leur attention.

— Les recrues de la police sont de plus en plus jeunes, à ce que je vois, plaisanta Vincent.

— Tu ne crois pas si bien dire. Le zigoto avec qui tu discutais va apparemment postuler à l'académie de la police dès qu'il aura passé le bac.

Vincent hocha la tête en souriant et ils se dirigèrent vers l'ascenseur.

— Et pourquoi tu me fais venir ici ? demanda-t-il. Il me semblait que ma présence n'était pas souhaitée.

— Je peux encore déjeuner avec qui je veux, répondit-elle. En plus, le reste du groupe n'est pas là. On a lancé un avis de recherche concernant Daniel Bargabriel suite à notre visite au café Fab Fika. Depuis son départ du café, il n'a pas remis les pieds chez lui, alors Ruben a été chargé d'y aller avec un serrurier. Comme il fallait s'y attendre, Ruben insiste pour le surnommer Daniel Gargamel.

Trois autres personnes attendaient déjà devant l'ascenseur. Mina changea de cap et se dirigea vers l'escalier. S'entasser dans un tel piège à microbes avec tous ces gens n'était pas au programme du jour.

— Bargabriel signifie "le fils de Gabriel", lui expliqua Vincent qui avait failli s'arrêter, mais s'était repris et l'avait suivie. Alors que Ruben veut simplement dire "fils". Tu peux lui dire ça en le saluant de ma part. On va où, au fait ?

— Il faut juste que j'aille récupérer mon portefeuille dans mon bureau, ensuite on va déjeuner, répondit-elle.

Elle monta l'escalier d'un pas énergique tout en parlant.

— Ruben est persuadé que Daniel est notre homme et que toute cette histoire est une sorte de drame triangulaire. Ou, comme il le dit avec maestria, "marre des théories de meurtres en série, de chiffres romains et autres fantaisies, c'est juste que Daniel couchait avec les deux, faut pas chercher plus loin". Il a souligné que quand on a du métier et de longues années d'expérience, comme c'est son cas, on sait instinctivement reconnaître les pistes sérieuses.

— Et les longues années en question, c'est combien ? demanda Vincent, légèrement essoufflé.

À sa décharge, les escaliers de la police ne faisaient pas partie de son quotidien.

— À l'école de la police, il était dans la classe au-dessus de la mienne.

Le rire de Vincent résonna dans toute la cage d'escalier.

— Autrement dit, j'ai tout faux. Que disent les autres ? Dis donc, t'as absolument besoin de grimper deux marches à la fois ?

— Pardon. Tu veux une canne ?

— N'oublie pas que c'est mon cerveau que tu admires. Pas mon physique d'athlète. Il nous reste combien d'étages ?

— Deux. Je t'accorde une pause, par égard pour ton âge avancé.

Vincent s'arrêta et s'appuya contre le mur. Mina redescendit les quelques marches qui les séparaient et s'arrêta à côté de lui.

— Les autres ne sont pas convaincus non plus. On voit beaucoup de choses bizarres qui, en fin de compte, ne sont rien d'autre que ça : des choses bizarres sans conséquences.

— Je ne suis pas d'accord. Je suis de plus en plus persuadé

qu'il s'agit d'un compte à rebours. Daniel est une pièce de ce puzzle. Mais il n'est pas l'assassin. C'est très loin d'être terminé.

Vincent s'assit sur la marche, et Mina prit place à côté de lui.

— Dommage qu'il n'y ait pas de caméra de surveillance dans le café où Tuva a été vue en dernier. Et aucun témoin qui l'aurait aperçue ailleurs ne s'est présenté pour le moment. J'aurais aimé voir les gens qui ont fréquenté le café le jour de sa disparition. Et même les jours précédents. C'est vraiment pas de chance.

— Le café n'a pas de caméra, mais…

Vincent fronça les sourcils de concentration.

— Tu te souviens comment sont les environs du café ? Des détails ?

Son regard était fixé sur quelque chose d'invisible. Ses yeux allaient et venaient comme s'il inspectait un lieu. Il poursuivit :

— Il y a un 7-Eleven, l'entrée se trouve à l'angle de l'immeuble. Un banc en rond autour d'un arbre. Un rack à vélos saturé. Deux restaurants. Pas mal de monde dans l'un, l'autre presque vide. Un snack. Cinq personnes faisant la queue. Et de l'autre côté de la rue… ouais. Il y a une banque en face. Suis presque sûr que c'est Nordea. Haut niveau de sécurité, autrement dit. Avec un peu de chance…

— T'es un vrai génie, s'exclama Mina. Julia demandera à Christer d'aller récupérer les enregistrements des caméras de Nordea, il a l'œil pour ça.

— Christer ? fit Vincent, un peu surpris.

Mina sourit.

— J'ai essayé de te l'expliquer. Je sais bien que notre groupe n'a pas l'aura qu'on attribue aux forces spéciales, dit-elle. Mais chez nous, chacun à ses compétences spécifiques. Christer possède une capacité déconcertante à voir des choses là où les autres ne voient rien.

— Je vois ce que tu veux dire, murmura Vincent.

— Ce que j'espère, c'est qu'il remarquera si quelque chose déroge à la règle. Une personne qui se trouve là trop fréquemment. Quelqu'un qui apparaît à des moments réguliers, puis tout d'un coup ne vient plus. Ce genre de choses. Christer a un don pour ça. Là où les autres voient une tache d'encre, Christer voit un papillon.

Vincent hocha la tête.

— Encore deux étages, tu dis ? demanda-t-il soudain et il rit d'un air taquin. Je t'ai eue !

Il bondit de sa marche et se mit à gravir l'escalier à toute vitesse. Dès le palier suivant, il disparut de la vue de Mina. Elle l'entendit continuer son ascension en grimpant deux marches à la fois. Sa forme physique était irréprochable. Il avait fait exprès de la faire s'asseoir. Elle s'était effectivement fait avoir.

— Vincent ?

Pas de réponse. Il était monté beaucoup trop haut. Mina enfonça les mains dans ses poches et sentit un petit objet carré. Son portefeuille. Elle avait complètement oublié qu'elle l'avait déjà pris. Elle leva le regard dans la cage d'escalier et sourit pour elle-même. Elle n'avait plus qu'à attendre de le voir réapparaître.

La petite maison mitoyenne à Upplands Väsby rappelait à Christer la maison de sa mère. La propreté, les bibelots partout, les rideaux bien repassés, les surfaces immaculées. Une horloge au tic-tac sonore dans le séjour. Deux fauteuils élimés et un canapé qui avait l'air de n'avoir jamais servi. Un beau canapé. Trop beau pour être utilisé. Celui de sa mère était vert, constellé de fleurs mauves. Les jours de soleil, sa mère le recouvrait d'un drap pour que le tissu ne décolore pas.

— Il veut un café ?

Märta, la grand-mère de la victime, l'implorait du regard. Il n'avait aucune envie de café. Trop excitant. Il n'aimait pas le côté stimulant de la caféine. Rester dans son habituel brouillard de fatigue était infiniment plus confortable. Mais son travail l'obligeait parfois à en prendre. Servir du café fraîchement préparé dans des tasses de tous les jours était un rituel rassurant. Les gens parlaient plus facilement. Il pouvait toujours se contenter d'y tremper les lèvres. Avec un peu de chance, le café serait accompagné d'une douceur.

— Avec plaisir, répondit-il en regardant autour de lui dans la cuisine.

Gunnar était déjà assis. Le regard rivé au plateau de la table. Il avait l'air absent, un phénomène que Christer avait souvent constaté chez les proches d'une victime. Cette première phase où la personne n'a pas encore intégré le drame, mais reste suspendue quelque part entre réalité et incrédulité. Le réel gagnerait inéluctablement, mais il fallait du temps.

La cuisine était agréable. C'était le mot qui la décrivait le mieux. Des rideaux imprimés de motifs d'airelles. Une toile cirée assortie. Des bégonias violets sur le bord des fenêtres. Des rameaux de saule comme décoration de Pâques sur la table. Un beau dessin à l'encre d'une sorte d'oiseau noir, encadré. Un faucon, présuma Christer.

— Magnifique.

Il montra le dessin. Un silence gênant avait commencé à s'installer, mais il ne voulait pas poser ses questions avant que Märta ait fini de préparer le café et se soit assise.

— Faucon pèlerin, dit Gunnar à voix basse, levant le regard vers le dessin. L'oiseau emblématique du comté de Halland. La brasserie Falkon, vous savez. C'est un des oiseaux les plus rapides au monde, il peut atteindre trois cent vingt kilomètres à l'heure en plongée. C'est un chasseur hors pair. Il voit un pigeon à huit kilomètres de distance.

— Vous en connaissez un rayon, question oiseaux, constata Christer sans enthousiasme.

Il avait du mal à manifester un réel intérêt pour les volatiles. Au fond, il éprouvait une certaine réserve vis-à-vis des animaux qui pouvaient disparaître ou mourir et vous laisser seul. Quand il était petit, son oncle maternel lui avait offert un chaton. Il avait adoré ce chaton. Mais un jour, en rentrant de l'école, plus de chaton. Sa mère prétendait qu'il avait dû laisser la porte ouverte et que le chaton s'était certainement enfui. Il avait pleuré pendant des semaines. Quelques années plus tard, un copain de sa mère lui avait donné un lapin. Bizarrement, il s'était passé exactement la même chose avec le lapin. Pourtant, après l'histoire du chaton, il faisait très attention à toujours bien fermer la porte. Il avait compris à ce moment-là qu'il valait mieux ne pas s'attacher. Ni aux animaux, ni aux humains.

— Je suis ornithologue semi-professionnel durant mon temps libre, l'informa Gunnar, un soupçon d'énergie dans la voix. Depuis de nombreuses années. J'ai vu quatre cent trente-deux espèces d'oiseaux suédois. Je talonne Bertil Svensson en Scanie qui en a vu quatre cent cinquante-neuf.

— Il y en a combien en tout ? demanda Christer, bluffé.

— Cinq cent sept recensées, répondit Gunnar.

Il se tut.

Christer se demanda pendant combien de temps encore il allait devoir papoter oiseaux. À son grand soulagement, Märta revint avec le café et un plat rempli de biscuits à l'avoine. Elle s'assit sur une chaise à côté de son mari.

— Il faut que je vous pose un certain nombre de questions au sujet de Tuva, dit Christer aussi délicatement que possible. Sur sa vie. Mais d'abord, je me demande pourquoi c'est vous qui avez signalé sa disparition et pas ses parents ?

Märta lança un regard tourmenté à Gunnar avant de répondre.

— Les parents de Tuva, c'est-à-dire notre fille Malin et son mari Carl, sont partis vivre dans une petite maison en France quand Tuva avait seize ans. Pour leurs vieux jours, comme ils disaient, souffla-t-elle. De l'irresponsabilité, voilà tout. Ils ne sont plus jamais revenus en Suède. Tuva s'est retrouvée toute seule. Et le papa de Linus a mis les voiles à l'instant même où le petit est arrivé. Dieu sait qu'elle n'a pas eu de chance côté famille. Mais elle a eu Linus. Un merveilleux petit garçon. Et elle nous avait, nous. On a toujours été là pour elle et Linus. On a toujours fait de notre mieux.

Märta tripota les bourgeons de saule du bouquet sur la table, tandis que Christer hochait la tête en prenant des notes.

— Pouvez-vous m'en dire plus sur le papa de Linus ? Et je voudrais aussi les coordonnées des parents de Tuva. Mais avant tout, pourquoi avez-vous mis si longtemps avant de signaler sa disparition ? C'était par rapport à un voyage ?

Une étincelle apparut dans les yeux de Gunnar.

— Tuva est une écologiste militante, dit-il.

— Du genre qui fait des grèves de la faim assise au bord de la route ?

Il avait du mal à cacher à quel point cela ne l'impressionnait pas.

— Greenpeace, dit Märta, la voix claire.

Christer haussa les sourcils.

— Ah bon ! La vieille école. Je ne savais même pas que ça existait encore. Ils luttent contre la chasse aux baleines, ce genre de choses ?

— Ce genre de choses, oui. Tuva est très militante. Elle tient ça de nous.

Märta tapota le bras de Gunnar.

— Nous étions nous-mêmes actifs dans le mouvement dans les années 1970. Avant de devenir trop vieux pour ça.

Christer essaya de s'imaginer le vieux couple en train d'assiéger une plateforme pétrolière norvégienne, dans la mer du Nord, en pleine tempête. Cinquante ans avant que des brindilles de saule et des faucons pèlerins ne prennent le relais. Surpris, il constata que ce n'était pas si difficile. Gunnar et Märta formaient un couple fragile aujourd'hui, mais ils avaient encore de toute évidence le feu sacré. Mais bon, pour lui, ce type de militantisme changeait que dalle. Tout le monde finissait par claquer un jour ou l'autre de toute façon. Les glaces fondaient. La couche d'ozone se réduisait. Un nouveau virus mortel s'échapperait tôt ou tard d'un putain de marché alimentaire en Chine ou ailleurs et se propagerait dans le monde entier. Ce serait la fin du monde. C'était comme ça, rien à faire.

— Tuva partait pour une mission, expliqua Gunnar. Dans ces cas-là, elle est absente pendant deux ou trois semaines. Les contacts avec elle peuvent se faire rares, parce que les actions sont tenues secrètes ou ont lieu en pleine mer. Donc, au début, on ne s'est pas inquiétés.

— Et Linus ? demanda Christer.

— Linus a l'habitude. Il a sa propre chambre, ici, chez nous. Tuva est une jeune maman très présente, mais elle considère son engagement pour l'environnement comme une action pour améliorer l'avenir de Linus. Alors, quand ils ont appelé de la crèche pour dire que Tuva n'était pas venue le chercher, on a pensé qu'on s'était trompés de jour et que c'était à nous d'aller le chercher. Nous ne nous sommes doutés de rien avant le retour du bateau. On nous a alors dit qu'elle n'était jamais montée à bord.

La voix de Märta lui fit défaut. Elle serra le bras de Gunnar.

— Savez-vous si Tuva avait des ennemis ? demanda Christer d'une voix douce. Je voudrais également savoir si elle vous a parlé d'un certain Daniel Bargabriel ?

Märta et Gunnar échangèrent encore un regard. Puis Gunnar se redressa. Le faucon pèlerin se trouvait juste au-dessus de sa tête, on aurait dit que le rapace s'était posé au sommet de son crâne.

— Tuva n'a jamais eu de chance avec les hommes, dit-il, la voix tremblante. Nous avons entendu parler de Daniel, mais elle ne voulait pas discuter de ça avec nous. Elle a juste dit, plusieurs fois, qu'il allait lui faire du mal.

Märta se pencha vers Christer et saisit sa main.

— Vous croyez qu'il lui a fait du mal ?

Christer mordit dans un biscuit à l'avoine pour éviter de répondre.

Daniel ajusta le store baissé. Le remonta. Puis le redescendit. Il n'arrivait pas à se décider. Valait-il mieux se protéger des regards extérieurs ou repérer immédiatement si la police se pointait ? Dans tous les cas, il fallait être vigilant. Il entrouvrit les lames et balaya du regard le parking devant l'immeuble. L'appartement appartenait à Josef, mais il pouvait s'y planquer jusqu'à nouvel ordre. Josef n'en avait pas besoin en ce moment. Il n'était pas question pour Daniel de rentrer chez lui, la police pouvait très bien avoir mis son domicile à Hornstull sous surveillance. Ici, personne ne le trouverait.

La pièce était pour le moins spartiate, il n'y avait pas de lit, juste un matelas à même le sol. De toute façon, ce n'était pas le confort de ses nuits qui le préoccupait. Il ne savait même pas quand il oserait dormir. Si tant est qu'il en ait l'occasion.

Depuis qu'il avait quitté le trois-pièces qu'il partageait avec Agnes, il avait logé à droite et à gauche, chez des copains. Chez Evelyn, le plus souvent. Ceux qui l'avaient cuisiné, rapport à Agnes, ne lui avaient même pas demandé son adresse. Pourtant, ils le gardaient à l'œil, il en était convaincu. Il s'était laissé dire que la police suédoise n'était pas comme celle de chez lui, en Syrie. Pourtant, ces flics, ces flics *suédois,* avaient bel et bien failli le coffrer pour meurtre. D'abord, ils ne l'avaient pas cru quand il avait fait celui qui ignorait tout des circonstances de la mort d'Agnes, c'était certain. Même s'il s'était comporté comme le plus charmant et plus innocent garçon du monde, ils étaient persuadés qu'il était mêlé à cette histoire. L'un d'eux croyait même que c'était lui qui avait tiré le coup mortel. Ils avaient été obligés de le relâcher, faute de preuves. Par ailleurs, la dépression d'Agnes était de notoriété publique.

Il s'était promis d'éviter la police jusqu'à la fin de ses jours. Autant que possible, peu importe où qu'il soit dans le monde. On ne pouvait pas faire confiance aux flics. Et pourtant, il avait manqué de prudence. Bordel, il avait même été complètement inconscient.

À peine plus d'un mois séparait la mort d'Agnes et la disparition de Tuva. Il aurait dû avertir la police et non les grands-parents de Tuva. Il aurait eu l'air moins suspect comme ça. Maintenant, c'était trop tard. Et si les deux nouveaux flics qui étaient venus le voir au café ne semblaient pas être au courant, ils ne tarderaient pas à faire le lien. La jolie fliquette avait semblé ne se douter de rien, mais il aurait juré que l'autre type l'avait grillé tout de suite. Ce drôle de type qu'il avait déjà vu quelque part, sans savoir où.

Fallait-il appeler Evelyn ? Tout lui dire ? Elle devait se demander où il était passé. Elle lui manquait tellement qu'il en avait mal au ventre. Il ne souhaitait rien de plus au monde que de se trouver dans sa cuisine, à siroter du vin, tandis qu'elle, elle fumerait en parlant de tout et de rien. Ou bien, ils feraient des choses encore plus amusantes. Il la voyait comme si elle était là, imaginait sa façon taquine de lui envoyer de la fumée dans la bouche quand elle l'embrassait.

Mais l'impliquer elle aussi n'était pas une super-idée. Il fallait qu'il se débrouille tout seul. L'idée d'appeler Samir l'avait effleuré. Samir avait morflé bien plus que lui, il avait été en taule pour de vrai. Pour quelque chose qu'il affirmait ne pas avoir fait. Daniel ne savait pas où était la vérité, mais Samir pourrait peut-être lui fournir quelques tuyaux.

D'un autre côté, si la police vérifiait l'historique de son portable, des échanges avec Samir ne plaideraient pas pour lui. Il lui fallait trouver lui-même une solution.

Daniel sentait la carte de visite dans sa poche. Si la police le cherchait, et c'était plus que probable, être injoignable ferait forcément mauvais effet. Il pourrait sans doute expliquer sa disparition momentanée en disant qu'il avait eu peur. Quelqu'un qui n'aurait rien à se reprocher n'hésiterait pas tant à contacter la police… Tuva était sa collègue de travail, bien sûr qu'il s'inquiétait pour elle. Bien sûr qu'il avait envie d'aider. Le meilleur moyen d'éviter la prison était probablement de se présenter au commissariat.

En Syrie, la seule façon d'éviter la police était de prendre les jambes à son cou en espérant que les flics n'avaient pas de motos. Mais en Suède, le plus raisonnable, c'était encore de se rendre. Comme le ferait tout innocent.

Il releva le store.

Le referma.

Tripota la carte de visite dans sa poche.

Peut-être.

Les élèves envahissaient la cour d'école. Mina savait exactement où se placer pour ne pas être vue. Le style vestimentaire variait tellement peu d'un gamin à l'autre qu'on aurait presque pu penser à des uniformes. Rares étaient ceux qui se démarquaient. Ceux-là étaient d'autant plus repérables. C'était le premier jour après les vacances de Pâques, le niveau sonore était beaucoup plus élevé que d'habitude.

Elle se fondait dans la masse. Mina n'eut pourtant aucun mal à la repérer dans la foule des enfants. Si tant est qu'on puisse encore parler d'enfant à cet âge-là. Mi-enfant, mi-jeune adulte. Cheveux bruns en queue de cheval. Jean. Veste militaire verte légère, baskets blanches. Son sac à dos était un Fjällräven Kånken bleu foncé. Elle était belle. Remarquablement belle.

Mina eut un mouvement de recul quand la petite se retourna. Elle se savait invisible là où elle se tenait, sur le quai du métro de Blåsut, d'où elle avait vue sur l'entrée du lycée Drottning Blanka. En même temps, elle avait envie de s'imaginer qu'elle la voyait. Au fond, elle aurait *voulu* être vue. La petite sembla chercher quelque chose du regard, puis finit par se détourner.

Mina ne disposait que de quelques minutes pour l'observer avant qu'elle ne disparaisse par la grande porte, vers une salle de classe quelque part dans le labyrinthe du bâtiment. Pour un quelconque cours de suédois, d'espagnol, de maths, d'économie ou autre.

Une rame de métro approchait derrière Mina. Elle se tourna au moment même où la motrice s'avançait sur le quai. Les gens sortaient les yeux rivés au sol, évitant de croiser le regard des autres. Sa voiture était garée à proximité. Pour elle, prendre le métro était une idée absurde. Les nuées de bactéries entourant tous ces gens amassés dans les rames étaient tellement épaisses qu'elle avait l'impression de les voir à l'œil nu.

Le métro repartit, la laissant seule sur le quai. Elle lutta contre l'envie de se retourner vers le lycée une dernière fois. Elle n'avait pas besoin de voir la porte fermée pour se rappeler ce mur insurmontable qui se dressait entre elles. Elle fut envahie de la tête aux pieds par un sentiment de manque.

En sortant, elle passa devant un kiosque affichant les manchettes des journaux du soir. La tragédie de la disparition du jeune Robert dopait toujours les ventes. Chaque nouvelle découverte déclenchait une avalanche de gros titres. Et renforçait ce voyeurisme malsain. Mais cela ne l'étonnait pas. En passant devant les grands présentoirs jaunes, elle n'eut même pas le courage de croiser le regard innocent et joyeux du gamin. Le monde était décidément monstrueux.

Son portable sonna dans sa poche. Elle fut d'abord tentée de ne pas répondre, mais après un dernier regard vers le lycée, elle se décida. Un échange court mais fructueux. Demain, le corps d'Agnes Ceci serait exhumé.

Vincent feuilletait distraitement le dépliant de bord qu'il avait trouvé dans la poche devant lui. D'après le document, l'avion pour Sundsvall était un ATR 72-500, avec une capacité de soixante-douze passagers. Vincent n'avait compté que trente passagers à l'embarquement, chacun devait donc bénéficier de deux places. Pourtant, une personne s'était installée à côté de lui. En plus, le type avait réglé le volume de ses écouteurs si fort qu'un son saccadé s'en échappait.

— *All that she wants*, chantait l'homme en mesure avec la musique.

Vincent n'aimait pas les petits avions. C'était comme voyager dans un cercueil XXL. Il se concentra sur sa respiration. Une bonne astuce pour tenir la claustrophobie à distance consistait à occuper la partie rationnelle du cerveau, de préférence avec une tâche difficile. Ainsi, le système limbique contrôlant les émotions était privé des informations générant la panique. Il se remit à lire le dépliant.

72 places plus 30 passagers faisaient 102. 1 égale A, 2 égale B, le 0 ferait office de O. 102 correspondait donc à AOB. Ace of Base. Qui avait enregistré en 1992 le tube *All That She Wants*. Il leva les yeux et regarda par le hublot, déçu. Parfois, c'était vraiment trop facile. Mais la claustrophobie était sous contrôle.

Il s'envolait vers Sundsvall afin de rencontrer Sains Bergander, le créateur d'illusions et d'accessoires de magie le plus célèbre de Suède. Il s'était muni d'une série de photos que Mina avait préparées pour lui. Elle n'avait probablement pas l'autorisation de lui confier ces photos puisqu'il n'était pas considéré comme faisant partie du groupe d'investigation, mais si quelqu'un pouvait les aider à en savoir plus sur la boîte à épées, c'était bien Sains. Vincent le connaissait depuis une dizaine d'années. Dans son domaine, Sains savait tout ce qu'il y avait à savoir.

Une heure plus tard, il débarqua dans le hall des arrivées de Midlanda. Quatre personnes attendaient des passagers. L'un d'eux était un homme dans la cinquantaine, habillé sans prétention. Personne ne faisait attention à lui, on pouvait à la limite le prendre pour un simple employé. Vincent reconnut immédiatement le style de Sains Bergander, s'avança vers lui et tendit la main.

— Bonjour, cher ami, ravi de te revoir, dit-il.

Sains serra la main de Vincent à deux mains. Le principal tour de magie de ce concepteur d'illusions était de se rendre invisible. Peu de personnes en dehors de sa famille proche le connaissaient. Encore moins de gens savaient ce qu'il faisait dans la vie. Sundsvall était une petite ville, et Sains Bergander se satisfaisait de passer sous les radars.

Ils prirent place dans sa Subaru Outback et quittèrent le parking.

— De quoi voulais-tu me parler ? demanda Sains. Tu étais drôlement cachottier au téléphone.

— En réalité, je n'ai pas le droit de te montrer ce que je vais te montrer, répondit Vincent. Je ne devrais probablement même pas en parler. Mais je sais que tu adores les secrets. Et puis, ça faisait si longtemps qu'on ne s'était pas vus.

— Tu as raison. Et ta visite me fait plaisir, je ne vois pas grand monde en ce moment.

Sains tourna et se gara devant une maison qui faisait également office d'atelier.

— Bienvenue au cœur même de la magie, dit-il en ouvrant la porte.

Vincent fit son entrée dans une pièce qui faisait penser à un mélange d'atelier du père Noël et de salle de travaux pratiques dans une école. Le long des murs s'alignaient des machines dont il ne pouvait que deviner la finalité. Les seules qu'il reconnaissait étaient deux scies circulaires et une imprimante 3D de taille industrielle. De gros tuyaux étaient raccordés aux engins, sans doute des aspirateurs à sciures et copeaux de bois. Ça n'empêchait pas la pièce d'être envahie de planches, de charnières, de pots de peinture et autres agglomérats d'aimants qu'on distinguait un peu partout entre des constructions achevées et d'autres en cours, à la finalité souvent obscure. Vincent s'arrêta devant un panneau de bois suspendu sous le plafond par une corde, à l'horizontale et à hauteur de tête. Les deux gros boulons vissés de chaque côté avaient un aspect presque obscène.

— Qu'est-ce que c'est ? s'étonna-t-il.

— Oh, un truc que je bricole pour moi-même, répondit Sains avec une fierté évidente. Je ne le destine pas à la vente, pour être clair.

Il se positionna devant le panneau, leva ses bras tendus pour toucher les boulons.

— Une crucifixion, dit-il. Les boulons ont l'air de passer au travers des mains. C'est incroyablement réaliste, deux décilitres de sang coulent de chaque trou. J'ai même confectionné une bure de moine pour le rôle du bourreau. Tu veux voir ? C'est génial.

Vincent déclina l'offre. Il se demanda ce que Mina en aurait pensé. Quant à lui, il avait son compte de visions macabres pour le moment. Pour changer de sujet, il ouvrit la chemise en plastique avec les photos, débarrassa un plan de travail d'une pile de pinces métalliques, et étala les clichés.

— Que penses-tu de ceci ? demanda-t-il.

Sains se pencha sur les photos.

— Incontestablement un *Sword Casket*, dit-il. Ou *Sword Box*, ça dépend à qui tu poses la question. Mais ça, tu le sais déjà.

Vincent acquiesça.

— Tu as déjà vu celui-ci ? demanda-t-il.

— Non, pas celui-là précisément. Qui l'a construit ?

— J'espérais que tu pourrais me le dire. Est-ce que tu as reçu une commande pour certains éléments d'une boîte de ce genre ? Ou est-ce que tu as entendu parler d'un fabricant qui en aurait vendu une récemment ? Ou peut-être simplement des plans ?

Sains renâcla et montra les photos du doigt.

— Tu crois vraiment que j'ai quelque chose à voir avec ce boulot d'amateur ? N'importe quoi, Vincent. Tu sais que je bosse à un autre niveau. Et je ne connais personne qui pourrait avoir participé à la fabrication d'un truc aussi mal foutu.

— De ton point de vue, ça a donc été fait par quelqu'un qui n'est pas du métier ?

— Pas tout à fait évident non plus. Rien que les plans sont plus compliqués qu'on ne l'imagine.

— Qu'est-ce que tu veux dire ?

Sains se dirigea vers une étagère remplie de livres et se mit à chercher. Au bout d'un petit moment, il revint avec trois livres à reliure spirale.

— Ici, c'est *Illusion Systems* de Paul Osborne, publié en 1981, dit-il en posant les livres devant Vincent. Probablement la première source d'inspiration pour les dessinateurs d'illusions modernes. Regarde. Est-ce que tu saurais en construire une à partir de ces plans ?

Vincent ouvrit un des livres et le feuilleta.

— Je pourrais toujours essayer, répondit-il.

— Tu n'y arriverais pas. Les plans sont achetés par des magiciens, mais pour réaliser les constructions il vaut mieux être ébéniste. Non seulement il faut posséder les machines adéquates, mais il faut savoir quels matériaux utiliser pour ne pas alourdir la structure, quelles vis sont adaptées à quel type de bois, et plein d'autres astuces parfois toutes bêtes. En plus, beaucoup de dessins originaux comportent des erreurs volontaires.

Vincent n'était pas sûr de comprendre.

— Pourquoi vendre des dessins inexacts ? demanda-t-il.

— Pour pouvoir inventer une illusion, faire valoir un droit de propriété, tout en s'assurant que personne ne pourra l'imiter. Les conflits entre magiciens sont monnaie courante. Traditionnellement, on s'approprie une illusion en la publiant. En même temps, tu ne souhaites évidemment pas qu'un concurrent te copie et exploite ton numéro. Tous les magiciens veulent être uniques. Donc, on publie, mais en introduisant des failles.

— Et à ton avis, il se passe quoi si on essaye de suivre les plans ?

— Ça ne marche pas, tout simplement. La trappe ne s'ouvre pas. Les parois ne correspondent pas les unes aux autres. Ce genre de choses. Là où je veux en venir, c'est que si tu veux réaliser l'illusion, il faut tout d'abord comprendre comment rectifier le plan pour que l'ensemble fonctionne. Et dans ce cas, le bonus, c'est que tu y ajoutes ta propre touche personnelle. Un autre magicien corrigera d'une autre façon.

La trappe ne s'ouvre pas. Un souvenir effleura la conscience de Vincent, mais son cerveau le refoula immédiatement. Du bout des doigts, il se mit à tambouriner sur les photos, frustré.

— Autrement dit, cette boîte n'a pas été fabriquée par un pro, reprit-il. Qu'est-ce que tu peux me dire d'autre ? Regarde-la encore une fois, s'il te plaît.

Sains plissa les yeux.

— Hum. C'est une vieille photo ? Le modèle l'est en tout cas. Vieux, je veux dire. La conception a été pas mal modifiée au cours des ans, celle-ci rappelle la façon de faire des années 1960. Mais…

Sains saisit l'une des photos et l'observa attentivement. Il la laissa soudain tomber et mit une main devant la bouche.

— Vincent, qui a construit cette boîte ? demanda-t-il d'une voix sourde.

— C'est justement ce que je cherche à savoir.

— Dis-moi, elle n'a pas servi au moins ?

Sains s'appuya contre le plan de travail. Son visage avait pris une couleur verdâtre.

— Qu'est-ce qu'il y a ? demanda Vincent, inquiet.

Sains sembla se reprendre et saisit l'un des livres.

— En ce qui concerne les *Sword Box* en particulier, les plans corrects ne sont pas si difficiles à trouver, dit-il en feuilletant l'ouvrage jusqu'à trouver la bonne page. En plus, les boîtes en elles-mêmes sont assez simples à construire. Regarde ici.

Il désigna un dessin dans le livre.

— L'assistante du magicien se positionne d'une façon très précise dans la boîte, par rapport aux interstices prévus pour les épées. Les fentes sont larges pour donner l'impression d'aller d'un côté à l'autre de la paroi, mais en réalité, l'introduction des épées laisse tout juste un espace pour la femme à l'intérieur

– à condition qu'elle ne bouge pas d'un iota. Certains ont poussé cette illusion à des niveaux extrêmes. Lors d'un spectacle en Allemagne, il y a quelques années, le magicien aurait cassé la mâchoire de son assistante, plus sept côtes. Tu peux le voir sur YouTube. Cela dit, il y a toujours un espace prévu pour l'assistante dans la boîte. Mais Vincent…

Sains reprit une des photos qu'avait apportées Vincent et lui montra l'évidence.

— Ce n'est pas le cas de cette boîte-ci. Si on faisait le numéro, la personne à l'intérieur se ferait transpercer. À coup sûr. Et pourtant… on dirait que la boîte a été construite à partir de vrais plans, des plans assez anciens. On a simplement supprimé toute possibilité d'illusion.

Sains fixa Vincent.

— C'est quoi ce truc, Vincent ?

— C'est exactement ce que j'avais besoin de savoir, mon ami.

Regarder des vidéos de surveillance était à peu près aussi passionnant que de regarder sécher de la peinture. Christer cligna des yeux. Dehors, la nuit commençait à tomber, et les bureaux se vidaient. Jamais totalement, il y avait toujours une permanence, mais le soir et la nuit, les effectifs étaient réduits au minimum. Les gens avaient hâte de rentrer retrouver leur famille à la maison. Ce n'était pas le cas de Christer, mais il avait malgré tout envie de rentrer. Il s'était fait à la solitude. Il l'avait acceptée.

Il disposait des vidéos des trois jours qui précédaient la disparition de Tuva. Une chance, en réalité, parce qu'habituellement les enregistrements n'étaient gardés que pendant vingt-quatre heures avant d'être recyclés. Du moins, c'est ce que la banque lui avait répondu quand il l'avait contactée. Pourtant, quand il avait expliqué le but de sa démarche, son interlocuteur avait feint de découvrir qu'un technicien de la surveillance avait visiblement manqué à son devoir et que tout le matériel se trouvait, intact, sur un serveur. Ravi de pouvoir récupérer les vidéos, Christer avait pardonné cette négligence sans hésitation.

C'était en tout cas son état d'esprit avant de se lancer dans un visionnage d'un ennui mortel. La caméra était dirigée droit sur l'entrée principale de la banque, mais Christer avait également vue sur le café de l'autre côté de la rue. L'entrée du café n'était, hélas, pas dans le champ de la caméra, mais on voyait le trottoir, la rue et même une partie de l'intérieur du café, à travers les fenêtres panoramiques. La plupart des gens sur les vidéos n'étaient pas seuls. Le plus souvent il s'agissait de couples qui se promenaient ou allaient prendre un verre. Deux types se disputaient. Un bonhomme sortait son gros chien. Une femme âgée venait avec un enfant, probablement une grand-mère et son petit-fils.

Deux femmes aussi, chacune avec son chihuahua. Il n'avait jamais compris l'engouement pour ces ridicules petites bestioles. Des espèces de rats en laisse.

Christer cligna à nouveau des yeux et but quelques gorgées de café. Il fit la grimace. Froid. Bien sûr que le café était froid. La vie lui offrait rarement du café chaud.

Il continua. Un homme seul, qu'il avait vu consommer à l'intérieur, passait sur le trottoir. Il venait visiblement de quitter le troquet. Christer se rapprocha de l'écran. Il eut l'impression de le reconnaître. L'image était trop pixélisée pour voir correctement, et il était impossible de distinguer clairement les traits du visage. Son léger boitement intrigua Christer. Mais pas moyen d'extraire la moindre information complémentaire des méandres de son cerveau. Cette façon de marcher lui était familière, pas de doute, mais plus il fouillait dans sa mémoire, plus ce souvenir lui échappait.

Il s'inquiétait toujours quand il lui arrivait d'oublier des choses ou de chercher un mot qu'il avait pourtant sur le bout de la langue. Sa mère avait été démente, et le chemin vers l'obscurité totale avait été infiniment long, presque une décennie, avant qu'elle ne meure. Ce n'était pas un destin que Christer se souhaitait. Sa plus grande terreur était de se retrouver avec un jeune soignant mâchant du chewing-gum qui lui torchait le cul et lui changeait sa couche. Pour être sûr de ne pas en arriver là, il avait subtilisé une cartouche. Elle était planquée dans la boîte à bijoux de sa mère, et il saurait la trouver le moment venu. Ce serait une mort rapide. Et digne.

Il revint en arrière et réexamina l'homme qui marchait en boitant légèrement. Non. Décidément, sa mémoire refusait de lui venir en aide. Christer poussa un soupir, ferma le fichier, se leva et enfila sa veste. Assez pour aujourd'hui.

Mina avait un rendez-vous avant d'aller à son travail. En général, elle commençait sa journée de bonne heure, mais après avoir vu la petite au lycée, il lui fallait quelques jours pour récupérer et reprendre pleinement son quotidien. Elle avait besoin d'une parenthèse. Elle avait envisagé d'appeler Vincent, mais la petite était un secret qu'elle aurait eu du mal à partager. Mieux valait cet autre secret pour lutter contre le sentiment de manque.

Tous les autres avaient déjà pris place quand elle arriva. Elle se glissa à l'intérieur de la salle et s'assit sur l'une des chaises libres. Il y avait toujours plus de chaises que nécessaire. Personne ne devait jamais éprouver le sentiment d'être de trop, de ne pas être le bienvenu. Elle adressa un signe de tête au Scanien et à la tante au châle mauve.

La fille au dauphin avait les manches retroussées et son avant-bras était entouré d'un film étirable. Sous le plastique, la peau était d'un rouge écarlate, et on devinait un tatouage formant les mots *Living on the edge*. Mina imagina sans le vouloir les bactéries potentiellement mortelles se frayant un chemin sous la peau jusqu'à l'os, dévorant les chairs. Elle se frotta les mains sur son pantalon et se pinça vivement la cuisse en toute discrétion afin de se détourner de ces pensées. La fille au dauphin leva une main et la salua en souriant. Mina tenta de lui sourire en retour, mais sentit qu'elle ne devait pas avoir l'air très à l'aise.

L'homme au chien se trouvait en face d'elle, avec Bosse. Elle décida de ne plus le surnommer "l'homme au chien", mais "l'homme à Bosse". À côté de lui, une femme en fauteuil roulant. Mina supposa qu'il s'agissait de la compagne dont il avait parlé.

Les oreilles de Bosse se redressèrent à la vue de Mina, et avant que son maître n'ait eu le temps de réagir, le chien avait bondi vers elle et planté ses pattes avant sur ses genoux, tout en essayant de lui lécher le visage. Mina se releva, prise de panique, et se mit à épousseter frénétiquement son pantalon. Il ne pleuvait pas ce jour-là, mais le pantalon était malgré tout irrécupérable. Ses mains aussi étaient recouvertes de saletés.

L'homme à Bosse accourut et ramassa la laisse.

— Désolé, je croyais l'avoir attaché à ma chaise.

— Ne t'excuse pas, dit Mina, raide. C'est moi qui suis… j'ai peur des chiens.

— Je comprends tout à fait, il est imposant en plus. Mais je t'assure, il est très gentil. Et visiblement, il t'adore. Faut voir le bon côté des choses.

— Je vais essayer, répondit-elle en s'efforçant de sourire. De voir le bon côté des choses.

Elle se rassit pendant que Bosse retournait à sa place. Son rythme cardiaque s'apaisa petit à petit. Tout le monde la regardait. Elle baissa les yeux. Elle aurait voulu disparaître dans le sol. Aucune envie d'être vue, de prendre de la place. Pas ici. Elle voulait seulement écouter, observer, apprendre. Jusqu'à présent, elle n'avait jamais voulu prendre la parole, bien qu'elle vienne aux réunions depuis trois ans.

La femme en fauteuil roulant lui sourit avec empathie. Mina fit semblant de ne pas la voir. Bosse s'était couché sous la chaise de son maître, sa grosse tête reposant sur ses pattes, ses yeux marron et humides fixés sur Mina. Le regard abattu d'un chien rejeté.

Pendant la pause, Mina se tint à l'écart. La plupart des autres se retrouvaient par petits groupes, à boire du café, manger des gâteaux, bavarder. Dans son coin, Mina consulta son portable. Pas de messages. Elle ouvrit *Candy Crush*, niveau vingt. Ce score était le résultat d'un nombre incalculable d'heures, mais c'était pour elle une détente salutaire. Son cerveau tout entier se relaxait à la vue des bonbons multicolores qui bougeaient, disparaissaient, revenaient. Il y avait un début, mais pas de fin.

— Je suis désolée pour Bosse.

Mina sursauta en entendant la voix juste à sa gauche.

— Nous l'avons eu adulte, c'était un chien abandonné. Nous l'avons accueilli, et nous n'avons, hélas, pas réussi à le dresser aussi bien que nous aurions voulu.

La femme en fauteuil roulant lui adressa un grand sourire. Mina soupira intérieurement en remettant son portable dans la poche. Malgré tous ses efforts, elle n'arrivait visiblement pas à esquiver le bavardage social. Les gens étaient tout simplement incapables d'interpréter les signaux d'autrui. Il lui arrivait de rêver d'un monde où les gens sauraient se laver les mains correctement, porteraient des gants et des masques, et où des pancartes "Respecter la distanciation" seraient affichées partout.

— Pas de problème, dit-elle en restant sur la réserve.

Elle espérait que la femme au fauteuil allait s'éloigner et la laisser tranquille. Mais non. Elle ne bougea pas, se contentant de regarder Mina avec douceur. L'homme au chien s'approcha, une tasse de café dans chaque main. Il en tendit une à la femme et sourit à Mina.

— Désolé, je n'ai pas pris de café pour toi. D'habitude, tu n'en prends pas…

— Pas de problème, tout va bien.

Bosse restait sagement près de lui, mais semblait prêt à bondir sur Mina pour lui lécher le visage à tout instant. Elle se pencha en arrière autant que possible.

— Ne t'inquiète pas, je le tiens, dit l'homme en s'asseyant en face de Mina.

Elle luttait pour ne pas se lever et quitter les lieux illico. Elle ne voulait rien connaître d'eux. Ni leurs prénoms, noms de famille ou adresses. Elle ne voulait pas savoir dans quel domaine ils travaillaient, ou avaient travaillé. Veux. Pas. Savoir. Ces étrangers étaient sur le point de pénétrer sa sphère personnelle. Elle ne voulait pas parler avec des étrangers. Seulement quand elle était au travail. Mais quand elle ne travaillait pas, elle ne voyait pas la moindre raison de discuter avec des gens qu'elle ne connaissait pas. Ni avec des gens qu'elle connaissait, d'ailleurs. Cette liste-là était très courte. Et se réduisait au fur et à mesure qu'on la laissait tomber car elle ne donnait jamais de nouvelles.

— Kenneth m'a dit que tu étais policière, dit la femme.

— Exact, dit Mina, laconique.

Et merde. Les noms. Elle connaissait son prénom parce qu'il avait été prononcé plusieurs fois devant le groupe, mais c'était trop personnel, trop intime. Elle ne voulait pas non plus parler boulot avec n'importe qui. Que Kenneth – et merde, encore ! Elle-même se surprenait maintenant à l'appeler par son prénom... Qu'on l'ait entendue parler de l'enquête au téléphone avec Julia, ce n'était vraiment pas de bol. Il ne fallait pas que ça se reproduise. Ça ne se reproduirait pas. Il lui fallait des portes blindées entre les différentes parties de sa vie. Elle ne voyait pas d'autre solution. C'était le seul moyen de régler définitivement le problème.

Mina fit le tour de la pièce du regard. Il n'était pas bientôt temps de reprendre ? Elle n'était pas obligée de rester à la seconde partie de la réunion. Elle était là de son plein gré. Pouvait quitter les lieux à chaque instant. Mais le silence devenant trop embarrassant, elle finit par montrer du doigt le fauteuil roulant.

— Comment en es-tu arrivée là ? demanda-t-elle.

— Scoliose, répondit la femme d'un ton détaché.

— Ah oui, c'est vrai, il..., Kenneth me l'a dit.

Nouveau silence. Mina se tortillait sur sa chaise. Elle avait l'impression que Bosse s'approchait. C'était comme s'il rampait centimètre par centimètre dans sa direction. Elle poussa sa chaise en arrière. Dans l'espoir d'éviter les souillures du chien. Le silence était pesant comme une couverture détrempée, Mina envisagea encore une fois de simplement s'en aller. Ou du moins de changer de place. Peut-être sous prétexte de s'intéresser au tatouage de la fille au dauphin ? Mais elle n'avait pas non plus envie de s'approcher de ce bras-là, pas du tout.

Son portable vibra et elle le sortit de sa poche, soulagée. Elle lut, réfléchit, rédigea un SMS en réponse et l'envoya. Quand elle releva la tête, elle constata que Kenneth et sa femme l'observaient avec curiosité. Elle se leva, saisit sa veste sur le dos de la chaise.

— Pardon, faut que j'y aille. À la prochaine.

Elle fit un signe de tête en direction de la femme en fauteuil roulant. Bosse la suivit d'un regard lourd de déception quand elle s'éloigna. Passant devant les toilettes, elle renonça à aller se laver les mains. Elle récolterait probablement plus de bactéries qu'elle n'en laisserait. Elle avait des lingettes dans la voiture. Et du gel mains. Ça ferait l'affaire.

Christer soupira. Les heures de visionnage inutile s'accumulaient. Il était pratiquement au bout du matériel transmis par la banque, trois jours et trois nuits couvrant la période jusqu'au moment où Tuva avait quitté le café et disparu. En marche vers sa mort. Mais la caméra n'avait enregistré aucun van noir l'ayant kidnappée d'une façon dramatique, ni aucun homme masqué faisant brusquement irruption. Rien de la sorte. Rien d'inhabituel.

Résultat des courses : aucun élément suspect. Certes, le passant qui boitait l'intriguait encore, mais il n'arrivait pas à comprendre pourquoi. Et si on ne trouve pas, c'est qu'on ne trouve pas, c'est tout. Il n'était pas magicien non plus. Si c'était un magicien qu'ils voulaient, il fallait garder Vincent.

Christer ferma le fichier et poussa un nouveau soupir. La tâche qui lui incombait maintenant ne l'emballait pas tellement plus, à vrai dire. Quand Agnes avait été retrouvée, et que ça avait encore l'air d'un suicide, c'était lui qui avait dû appeler Jesper Ceci. Le père. La mère, Charlotte Ceci, était décédée quand Agnes était encore petite. Dès qu'Agnes avait été assez grande pour se débrouiller toute seule, Jesper avait emménagé à Arvika, où il avait fondé une nouvelle famille.

Dans le groupe, Christer était celui qui avait le plus d'expérience quand il s'agissait de parler avec des proches, et c'était donc toujours lui qui s'y collait. Ses collègues n'avaient pas l'air de saisir que cela ne l'enchantait pas plus qu'eux. Il était même probable qu'il soit moins doué dans ce domaine que la plupart d'entre eux. Il était capable de calmer les gens quand il le fallait, mais pour ce qui était d'exprimer de la compassion, on ne pouvait pas dire qu'il excellait.

Il se souvenait très bien de la conversation qu'il avait eue avec le père d'Agnes. Christer n'avait pas toujours travaillé dans le domaine des homicides. Au cours de sa carrière, il avait eu à affronter toutes sortes d'échanges avec des proches. Parfois, la personne s'effondrait dès l'apparition du policier. C'était même arrivé pour un simple coup de fil annonçant la mort d'un chat disparu. La réaction des propriétaires d'animaux domestiques le surprendrait toujours. Ces gens-là devraient pourtant savoir. Pour sa part, la vie lui avait appris que les animaux finissaient toujours par disparaître. Parfois, la réaction à l'autre bout du fil virait à la colère et on lui reprochait de mal faire son boulot. Comme cette femme dans la cinquantaine dont le sac Michael Kors avait été retrouvé en parfait état, à part le téléphone portable qui s'était volatilisé. Il avait fini par couper le flot de paroles rageuses de la femme pour lui demander depuis quel téléphone elle était en train de l'injurier. Qu'est-ce qui ne tournait pas rond chez ces gens-là ?

Quand il devait transmettre des messages plus graves, la personne entrait parfois en état de choc. Une situation complexe, puisqu'il fallait alors appeler les secours, et en attendant, Christer se trouvait totalement démuni. La réaction des gens étant imprévisible, il était impossible d'anticiper le déroulement de la confrontation.

Jesper Ceci avait cependant défié toutes ses prédictions. Sa voix avait semblé presque… indifférente. Cela pouvait bien sûr être dû à une forme d'état de choc, justement, car il n'était pas rare que les gens réagissent à un message grave par une distanciation émotionnelle. Mais Christer n'avait pas eu le sentiment que c'était ça dans le cas de Jesper. Celui-ci vivait avec sa nouvelle femme et son fils de cinq ans à Arvika. Il avait eu très peu de contact avec sa fille depuis son départ de Stockholm. Quand Christer l'avait appelé au sujet d'Agnes, Jesper avait parlé d'elle comme d'un lointain membre de sa famille. Comme quelqu'un qu'il aurait croisé lors d'une fête familiale des années auparavant. Christer s'était senti très mal à l'aise.

Et il fallait maintenant reprendre contact avec ce Jesper. Lui rappeler qu'il avait eu une fille et que sa fille ne s'était peut-être pas suicidée, après tout. Christer allait devoir lui poser tout un tas de question auxquelles il savait d'avance que Jesper n'aurait aucune envie de répondre. Saloperie. Mais autant s'y coller, pour en finir au plus vite. Demain serait un autre jour. Probablement aussi morne que celui-ci.

Il se leva du bureau, ouvrit la porte du couloir.

La plupart des gens préféraient s'isoler pour passer des coups de fil pénibles. Pour Christer, c'était l'inverse. La vue du couloir et le bruit ambiant constituaient pour lui un lien indispensable avec la normalité. La normalité en question n'avait rien de glamour, mais quand même. C'était toujours mieux que son petit bureau. Plus spacieux, en tout cas.

En raison de la nouvelle législation sur la protection des données, toute information concernant Agnes avait été supprimée au moment où les suspicions d'un acte criminel avaient été levées. Désormais, la police n'avait le droit de conserver des données à caractère personnel que dans le but de prévenir la criminalité, et le suicide d'Agnes ne relevait pas de cette catégorie. Jusqu'à récemment. Si quelqu'un avait posé la question à Christer – ce qui n'était pas le cas –, il aurait maudit ce RGPD de merde. Quel mal pouvait-il y avoir à garder quelques informations sur les citoyens ? Il ne comprenait vraiment pas cette subite manie de confidentialité absolue. Si quelqu'un voulait connaître son numéro de sécu, cela ne lui posait aucun problème. Par chance, il trouva sur Google le numéro de téléphone professionnel de Jesper.

En plus du numéro de téléphone, il dénicha un article tout récent sur la *Gazette d'Arvika* en ligne. Jesper était membre actif du parti politique Sveriges Framtid, "L'Avenir de la Suède", fortement inspiré par le parti norvégien Fremskrittspartiet, mais encore plus à droite. Ils avaient gagné en popularité au moment où ils s'étaient mis à militer pour que les gens ne payant pas d'impôts soient exclus de tout droit aux aides sociales. Ils qualifiaient clairement cela de "problématique d'immigration".

Christer examina la photo de Jesper qui accompagnait l'article. Sur l'écran, le père d'Agnes affichait un sourire froid, ses cheveux clairsemés étaient peignés en arrière et il portait une veste bleue relevée par un tour de cou rouge. On aurait dit qu'il s'apprêtait à partir faire de la voile. Jesper siégeait au conseil municipal d'Arvika, et l'article listait les changements de politique locale qu'il imaginait pour les quelques années à venir. Christer voyait bien Jesper distribuer des brassards si on le laissait faire.

Il n'eut pas le courage de poursuivre sa lecture. Il préféra appeler la mairie d'Arvika et obtint tout de suite quelqu'un au bout du fil. Quelques changements d'interlocuteurs, et Jesper répondit dès la première sonnerie.

— Fous-moi la paix, siffla-t-il dans l'oreille de Christer. Je t'ai déjà dit de ne pas m'appeler ici, ça fait mauvais effet.

— Euh, bonjour, je suis Christer Bengtsson, je suis de la police de Stockholm.

— Oh, pardon ! dit Jesper sur un tout autre ton. Je vous présente toutes mes excuses. Je croyais que c'était ma femme.

— Non, je suis donc Christer Bengtsson. Nous nous sommes déjà parlé quand…

— Oui, je m'en souviens, coupa Jesper. C'est le genre de conversation qu'on n'oublie pas.

Christer aurait dû se souvenir que Jesper ne parlait pas le dialecte du Värmland, d'autant qu'il venait de lire dans l'article qu'il était né à Halmstad. Il fut pourtant surpris par l'intonation de sa voix, par cette manière de parler particulière au Halland. "Le genre de conversation qu'on n'oublie pas". Ouais. Christer aurait pourtant juré qu'un type comme Jesper en était tout à fait capable.

— Je suis désolé de vous déranger, dit-il. Mais de nouvelles informations concernant le suicide d'Agnes nous sont parvenues. Il se trouve que nous ne sommes plus convaincus qu'il s'agisse d'un suicide. L'enquête vient d'être réouverte.

Silence au bout du fil.

— Qu'est-ce que vous essayez de me dire là ? dit enfin Jesper, la voix nettement moins hardie qu'avant.

— Nous pensons que votre fille a peut-être été assassinée. Je vais avoir besoin de renseignements sur ses amis, ses éventuels ennemis, si elle devait de l'argent à quelqu'un, si elle était mêlée à des activités criminelles…

— Vous osez insinuer que ma fille était une délinquante ! vociféra Jesper dans l'oreille de Christer. Encore un seul mot déplacé et je vous poursuis, vous et toute la police de Stockholm, pour diffamation ! C'est scandaleux ! Vous vous souvenez qu'on l'a trouvée dans un parc ? En face d'une espèce de *théâtre* ? Comme si elle était figurante dans une pièce ! Je n'ai jamais cru un instant à la thèse du suicide !

La voix de Jesper avait soudain quelque chose d'emprunté. D'agacement, Christer se tapa le front avec le combiné. Il avait appelé Jesper à la mairie. Si quelqu'un entendait leur conversation, il fallait que Jesper préserve sa réputation. Un membre actif du parti Sveriges Framtid ne pouvait se permettre la moindre tache sur son pédigrée personnel. Christer ne croyait pas un instant à un quelconque semblant de sincérité dans les tirades de Jesper. Il ne braillait ces sornettes que pour le cas où ses collègues auraient prêté l'oreille à la conversation.

— Je ne voulais pas vous heurter, répondit Christer en mobilisant toute sa patience. Je comprends bien que vous ne saviez pas tout de la vie d'Agnes à Stockholm, compte tenu de la distance géographique qui vous séparait. Et je sais combien vous devez être occupé par votre carrière à Arvika. D'ailleurs, toutes mes félicitations pour votre nouvelle famille. De toute façon, Agnes était une femme adulte qui menait sa vie en toute indépendance.

— Faites attention à ce que vous insinuez, dit Jesper d'un ton glacial.

Le doux dialecte du Halland était en contraste total avec le ton. Quelque chose titillait le subconscient de Christer. Quelque chose qui voulait attirer son attention, lui faire voir un schéma. Mais ça lui échappait. Il répondit d'un ton neutre.

— Je n'insinue rien du tout. Le but de mon appel était essentiellement de vous informer de la reprise de l'enquête.

Jesper se tut à nouveau. Christer eut l'impression qu'il se déplaçait, peut-être allait-il dans une autre pièce.

— Si j'étais vous, reprit Jesper à voix basse, je commencerais par mettre la main sur cette espèce de… terroriste.

Tout le café qu'avait bu Christer au cours de la journée afflua brusquement vers sa vessie.

— De qui parlons-nous ? demanda-t-il avec empressement.

— De ce type avec qui elle partageait son appartement. Un Iranien, ou Syrien, ou qu'est-ce que j'en sais. Qui vivotait. Il aurait été à la rue si Agnes ne s'était pas apitoyée sur lui. Il ne pensait sûrement qu'à la faire dégager pour garder l'appartement pour lui tout seul.

— Pourquoi pensez-vous que c'est un terroriste ?

Christer cherchait fébrilement un stylo pour prendre des notes.

— Peut-être pas lui précisément. Mais quelqu'un dans son genre. Ils font n'importe quoi pour arriver à leurs fins. Putain de marchands de tapis. Assassiner ma fille !

— J'avais plutôt l'impression qu'ils étaient amis, dit Christer.

Il renonça à chercher un stylo. Pas sûr que cette conversation vaille d'être consignée par écrit.

— Agnes amie avec un type comme ça ? protesta Jesper. Jamais de la vie. C'est justement cette approche naïve qui a poussé notre pays dans le chaos. Sans loi. Sans sécurité. Je croyais qu'au moins la police avait une petite idée de ce qui se passait. Mais on dirait que vous ne mettez jamais les pieds dans la Suède profonde. Vous devriez avoir honte. Rappelez-moi quand vous l'aurez arrêté.

Jesper raccrocha. Christer soupira et fixa à nouveau la photo de la *Gazette d'Arvika*. En temps normal, il n'aurait jamais approuvé qu'un père laisse tomber sa fille dès ses dix-huit ans. Mais dans ce cas précis, c'était peut-être le plus grand service que Jesper ait pu lui rendre. Elle avait au moins pu vivre un certain nombre d'années sans avoir à le subir quotidiennement.

Puis elle était morte.

Daniel Bargabriel avait déjà été interrogé et relâché. Apparemment non coupable. Mais d'après Mina, il s'était enfui du café et était désormais introuvable. C'était mauvais signe. Très mauvais. Et selon les grands-parents de Tuva, elle avait peur que Daniel lui fasse du mal. Quel merdier.

Il se rassit sur sa chaise et se frotta les yeux. La journée avait été longue. Et pas des plus positives. Il ne voulait pas minimiser ce qui était arrivé à Agnes et à Tuva, mais tout le monde meurt un jour ou l'autre. On ne savait jamais à qui c'était le tour et quand ça allait arriver. C'était ainsi. Parfois Christer imaginait une silhouette noire, faux sur l'épaule, faisant son apparition à la porte de chez lui. Non pas qu'il aspire particulièrement à mourir. Il était assez sûr de ne pas en avoir envie. Mais un peu de suspense serait divertissant. La mort. La vie. Bon sang.

Il relança la vidéo de surveillance en alignant les soupirs. Il n'avait pas l'intention de tout visionner une fois encore. Mais avec l'image en mouvement sur l'écran, il donnait l'impression de travailler. Il noua ses mains sur son ventre, se pencha en arrière contre le dossier et ferma les yeux. Christer aurait préféré que ce ne soit pas Daniel, il ne voulait pas donner de l'eau au moulin de Jesper. Mais pour le moment, c'était mal barré. Il soupira. Même un raciste pouvait parfois avoir raison.

À Srebrenica, il avait été charpentier. Il travaillait de ses mains. Il avait succédé à son père et à son grand-père, et c'était comme s'il avait hérité de toute leur expérience accumulée. C'était ce que sa grand-mère paternelle disait toujours. Il pouvait regarder un morceau de bois, deviner ce qui l'habitait, ce que le bois voulait, ce à quoi il fallait le *destiner*. Il avait fabriqué tant de belles choses de ses mains. Il n'avait jamais abandonné un objet qui n'était pas encore devenu exactement ce qu'il était voué à devenir.

Maintenant, il ne créait plus rien. La guerre lui avait enlevé le désir de travailler. La mort avait anéanti sa capacité à voir la beauté. Là où il y avait eu de la joie, il n'y avait plus que l'obscurité, le fardeau incommensurable de la guerre. Toutes les souffrances qu'elle charriait se trouvaient confinées en lui. La douleur s'était cristallisée dans ses articulations, et la seule idée de créer quelque chose faisait mal à ses poings crispés.

Mais la guerre lui avait donné une autre aptitude. Creuser. Enterrer les morts. Il avait perdu le compte depuis longtemps. Maintenant, il creusait des tombes. Pour des gens qu'on enterrait individuellement. Accompagnés d'un rituel religieux.

Mais à l'époque…

À l'époque, on jetait juste les corps les uns sur les autres. Surtout des hommes. Ou des garçons. Des fosses profondes dans lesquelles on les balançait comme des animaux. Le bruit de la chair heurtant la chair. Des cadavres dépouillés de tout objet de valeur, quand il y en avait. La plupart ne possédaient rien à voler. Ils étaient pauvres. Insignifiants.

Il se demandait parfois si Mladić, dans sa cellule, entendait le bruit sourd des corps. Probablement pas. Le son des huit mille Bosniaques musulmans jetés dans des fosses aurait dû résonner jusqu'à la fin des temps entre les parois de sa cage. Mais il était sans doute confortablement installé là-dedans, devant la télé avec un repas chaud. Quel genre de personne faut-il être pour assassiner huit mille êtres humains ?

— Salut les gars, je suis Ove. C'est moi qui pilote cet engin. À vous de me dire où creuser.

Nikola serra la main tendue. L'homme avait la cinquantaine. Trapu, chauve, des tatouages jusque sur le crâne. *La mini d'Ove*, pouvait-on lire sur la petite pelleteuse. Nikola l'observa avec méfiance. À Srebrenica, les tatouages auraient révélé un passé criminel. Au moins dix ans de prison, vu le nombre. Il n'était pas sûr de ce qu'ils signifiaient ici, mais il se dit qu'il serait plus prudent de ne pas tourner le dos à cet homme-là.

— Vous pouvez commencer et enlever une première couche en y allant mollo, dit Nikola. Emil et moi, on prendra le relais à l'approche du cercueil. Ils sont à deux-trois mètres, en général. Un mètre cinquante, ça doit suffire, soyons prudents.

L'homme au crâne tatoué acquiesça et monta dans sa pelleteuse. Nikola l'observait attentivement.

Un homme et une femme s'approchèrent, suivis de deux autres personnes en combinaison de protection.

— Mina Dabiri, police, dit la femme en lui tendant la main. Et voici Vincent Walder.

— C'est moi qui ai déniché Ove, dit l'homme à côté de la policière. Il est très bon. C'est mon voisin. En tout cas, il habite à côté de chez moi. Il vous a donc contacté ?

— C'est un criminel ? demanda Nikola.

Autant jouer cartes sur table, pas la peine de se raconter des salades. L'homme le regarda, surpris.

— Criminel ? Non, certainement pas. Mais… Pourquoi… ?

Nikola fit un bref mouvement de la tête.

— Laissez tomber, dit-il. J'espère qu'il sait ce qu'il fait.

— Et voici nos techniciens, dit Mina en désignant les deux personnes en combinaison. Une fois le cercueil dégagé, ils prendront le relais.

Nikola acquiesça. Il n'était pas là pour bavasser, mais pour faire son boulot. Les Suédois étaient parfois beaucoup trop bavards. C'était comme s'ils ne supportaient pas le silence, ils essayaient toujours de le combler. Lui, il aimait le silence.

Nikola et Emil reculèrent de quelques pas pour ne pas gêner la pelle. Ils n'avaient pas besoin de se parler pour se comprendre. Ils étaient frères. Pas frères de sang, mais depuis qu'ils avaient creusé des fosses à Srebrenica, ils ne s'étaient plus quittés. Ils avaient tout perdu. Leurs familles se trouvaient quelque part dans des charniers anonymes. Jamais retrouvées. Jamais identifiées.

Ils étaient arrivés en Suède ensemble et partageaient un petit deux-pièces à Rinkeby. Nikola préparait les repas. Emil faisait la vaisselle. Ils existaient. Dire qu'ils vivaient aurait été un peu exagéré.

Le tatoué manœuvrait avec précision sa mini-pelle, enlevant la terre couche par couche. Nikola observa l'homme à côté de la policière, l'attention avec laquelle il suivait la progression de la pelle. D'une certaine manière, cet homme lui rappelait son vrai frère. Nermin était le plus intelligent des deux. Nikola, c'étaient les mains, et Nermin le cerveau.

Avant la guerre, son frère avait été prof de mathématiques à l'université. Il manquait souvent à Nikola. Il ne comprenait toujours pas pourquoi lui avait été épargné alors que Nermin n'était plus qu'un tas d'os enfouis dans la terre depuis plusieurs décennies déjà.

— Ceux de la section scientifique… qu'est-ce que tu leur as dit à mon sujet ? demanda l'homme à la femme.

Il semblait avoir oublié l'existence de Nikola.

— Rien, répondit-elle. Ils ne connaissent pas la composition exacte du groupe de Julia. Aujourd'hui, tu fais partie de l'équipe. Joue ton rôle, ça ira.

Nikola haussa les épaules. Même les Suédois avaient leurs petits secrets, mais trop de secrets, ce n'est pas bon. Si les gens ne se font plus confiance, tout finit par s'écrouler. La pelleteuse recula et s'arrêta. La porte de la cabine s'ouvrit.

— Ça va comme ça ? Ou je creuse encore un peu ?

Nikola saisit la bêche et s'approcha de la fosse. Emil le suivit. Ils inspectèrent le trou et évaluèrent sa profondeur. Nikola regarda Emil qui hocha la tête.

— On prend le relais, dit-il.

Ils sautèrent dans la tombe pour finir le boulot à la bêche. Le souvenir lancinant d'une autre terre et d'autres morts pesait sur sa poitrine. Il y avait longtemps.

Et pourtant, c'était maintenant.

Pour toujours, maintenant.

D'abord, il n'entendit pas la sonnerie du téléphone. Pas avant que Maria ne lui donne un petit coup de pied.

— Tu réponds ?

Il était plongé dans un livre sur les modèles comportementaux et les crises existentielles en fonction de l'âge. L'auteur expliquait quels comportements, valeurs et opinions étaient les plus habituels en fonction de la phase de vie qu'une personne traversait. Nous sommes loin d'être aussi différents les uns des autres qu'on l'imagine. Au départ, il avait acheté ce bouquin pour essayer de mieux comprendre sa famille. Il ne voulait pas commettre l'erreur de croire qu'à neuf, quinze et dix-neuf ans on pensait comme à quarante. Mais les exemples cités par l'auteur ne semblaient pas s'étendre à sa propre famille.

Il le lisait maintenant pour essayer de comprendre le meurtrier. À travers les actes dont ils avaient connaissance, il cherchait à en apprendre plus sur l'âge, le sexe, le milieu social du coupable. C'était toujours mieux que rien. Mais il se trouvait bloqué par le déroulement des faits qui semblait contradictoire.

— Vincent, reprit Maria, agacée. Ton téléphone ! Tu n'oses peut-être pas répondre parce que je suis là et que je pourrais entendre ?

Il ferma le livre et regarda son portable sur la table basse. Le nom de Mina s'affichait sur l'écran. Il le saisit pour répondre, tandis que Maria augmentait ostensiblement le volume de la télévision.

— Amuse-toi bien avec ta maîtresse, dit-elle. Mais ne réveille pas Aston, il a eu une dure journée à l'école.

Il alla dans le bureau. C'était ça ou rivaliser avec *Let's Dance* sur TV4 Play.

— Bonjour, Mina, dit-il en tirant la porte derrière lui.

— Christer a parlé avec les grands-parents de Tuva, je viens juste de lire son rapport, dit-elle.

— Bien, bien, et ta voiture marche bien ?

Une chance qu'ils ne communiquent pas en visio, il affichait certainement une expression de blagueur du dimanche très satisfait de lui-même.

— Très drôle. Moi qui m'efforce de m'adapter à ton niveau.

— Je me tais, promis.

Il s'installa à son bureau et se mit à tournoyer doucement dans son fauteuil. Il avait l'impression que Mina s'était munie d'écouteurs. Évidemment. Il ne la voyait pas presser contre son visage un téléphone qui avait traîné sur une table ou au fond d'une poche. En tout cas, pas sans l'avoir d'abord soigneusement désinfecté. Se posait la question de la durée de vie de ses écouteurs, puisqu'elle les nettoyait forcément très souvent. Il se dit que s'il avait l'occasion de lui offrir un cadeau de Noël, ce serait une paire d'AirPods de rechange.

— Christer a également appelé le père d'Agnes, Jesper, continua Mina. Devine qui ils ont tous mentionné ?

— Daniel Bargabriel.

Il avait lancé ça au hasard, mais n'avait pas d'autre idée.

— Pas mal, monsieur le mentaliste. Il s'agit de vagues indices, bien sûr. Märta et Gunnar ont dit que Tuva avait l'air d'avoir peur de lui. Jesper a insinué que Daniel voulait récupérer l'appartement d'Agnes. Certes, il a surtout vomi ses convictions racistes, mais…

— Mais Daniel s'est planqué, pour une raison ou une autre.

Mina se tut. Il entendait des voix en arrière-plan. Qui augmentaient, puis diminuaient. Elle était sans doute à l'hôtel de police et personne ne devait savoir qu'elle communiquait avec lui. Il attendit qu'elle se remette à parler. Il aimait l'écouter parler.

— Alors, ton profil ? dit-elle quand les voix eurent disparu. Ruben a raison ? Tu penses que ça peut être lui ?

Il repensa à ce qu'il avait observé lors de leur passage au café Fab Fika. À travers la cloison du séjour, il entendait Tony Irving s'extasier sur un slow fox parfait. En ne le voyant pas revenir, Maria avait certainement encore augmenté le volume. Au pire, Maria l'assassinerait à son retour. Au mieux, il deviendrait totalement sourd. Chaque chose en son temps.

— Quand nous avons rencontré Daniel, il a manifesté des signes de nervosité et il donnait aussi l'impression de cacher quelque chose, dit-il enfin. Mais pas plus que ça. Il serait peut-être devenu agressif si on lui avait mis un peu plus la pression. Mais je n'ai pas détecté de colère réprimée à ce moment-là. Dans ce cas, il se serait exprimé de façon plus acerbe ou cynique, il aurait soupiré, son *orbicularis oculi* se serait activé…

— Son *orbi*quoi ? le coupa Mina.

— Il ne savait pas où regarder. Le stress auquel nous l'avons soumis aurait dû provoquer des mouvements incontrôlés des mains ou du visage. Cela n'a pas été le cas. En même temps, tirer des conclusions à partir d'une seule rencontre est un peu risqué. Ce n'est pas parce que Daniel n'a pas manifesté de signes de violence envers nous qu'il ne le ferait pas dans d'autres situations. Mais je te l'ai déjà dit, le meurtrier semble avoir une double personnalité. Il peut être explosif et violent, mais il peut aussi planifier posément. Il nous reste à découvrir si Daniel possède cette ambivalence.

— Et merde, dit Mina. Alors notre priorité, c'est de retrouver Daniel au plus vite. Soit il est l'auteur des meurtres, soit il est innocent, et dans ce cas, il aura besoin de protection contre les militants de Sveriges Framtid. Le père d'Agnes est haut placé dans le parti, et très remonté. C'est un homme public très soucieux de son image, mais ce serait un jeu d'enfant que de demander à quelqu'un d'autre de publier le nom et la photo de Daniel sur la page Facebook du parti, en encourageant les suiveurs à faire "ce qu'il faut". Ça s'est déjà vu tant de fois.

Vincent pestait, faisant le tourniquet dans son fauteuil.

— Sveriges Framtid, ce ramassis de nains de jardin, dit-il.

— Des nains de jardin ? Ça ne donne pas envie de découvrir ton jardin. Mais merci. À bientôt.

Elle raccrocha.

Il resta immobile un instant, le portable à la main, se préparant mentalement à affronter Maria. Par chance, *Let's Dance* avait l'air de toucher à sa fin, il entendait le présentateur conclure la soirée. Il fixa l'écran de son portable, il aurait tant aimé qu'il se rallume sur ce simple regard, affichant le nom de Mina. Peine perdue. Il inspira profondément, ouvrit la porte et retourna dans la salle de séjour.

— J'ai tout entendu, vociféra Maria. Une orgie de sexe au téléphone dans la pièce juste à côté de moi, c'est dégueulasse ! Quelle honte !

Il regarda sa femme. Une multitude de répliques au vitriol, toutes mieux formulées les unes que les autres, virevoltait dans sa tête. Toutes dévastatrices pour leur relation. Finalement, il ne dit rien du tout.

Daniel était resté cloîtré aussi longtemps que possible, mais il allait devoir sortir. Il lui fallait acheter à manger. Et il n'y avait plus de papier-toilette. Surtout, il avait besoin de prendre l'air. Il s'examina dans le miroir de la salle de bains. La nature l'avait doté d'une barbe ridiculement clairsemée, raison pour laquelle il se débrouillait pour être toujours rasé de près. Aucune ombre sexy à la Zac Efron ne s'exhiberait jamais sur ses joues. Et à ce moment précis, c'était tout simplement la bérézina. Ses cheveux, d'ordinaire méticuleusement arrangés pour avoir l'air décoiffés, n'avaient pas vu de shampoing depuis une bonne semaine et lui collaient à la tête comme un affreux bonnet. La décoloration battait en retraite, le brun des racines reprenait le dessus. Bref, un désastre.

Heureusement qu'Evelyn n'était pas là, elle l'aurait comparé à un SDF cancéreux en phase terminale. Elle était douée pour trouver les expressions les plus blessantes en toute occasion. Elle lui manquait plus que jamais. Mais elle l'aurait sûrement largué direct si elle l'avait vu dans cet état. Il puait, à tous les coups. Cerise sur le gâteau.

Le problème, c'était s'ils étaient au parfum. Si la police savait où il se planquait. Il avait pris des risques de malade. Et il avait été contraint de mentir au sujet de Tuva. Peut-être pas exactement mentir, mais en tout cas garder certaines informations pour lui. Cela pourrait vite se retourner contre lui. Par deux fois déjà, il avait entendu siffler les balles. Il n'avait plus droit à l'erreur.

Daniel se regarda à nouveau dans la glace. Il portait le même tee-shirt et le même caleçon depuis plusieurs jours. Il fallait commencer par s'habiller, et ensuite se tirer de là avant de devenir complètement dingo. Mais il n'arrivait pas à se défaire de l'idée que les flics lui tomberaient dessus au moment même où il mettrait le nez dehors et qu'ils lui feraient passer un sale quart d'heure. Quelqu'un pouvait aussi le repérer, appeler le 114 14 et le dénoncer. Des avis de recherche arborant sa bobine étaient sûrement affichés sur chaque lampadaire d'ici à la supérette. Et pas sans raison.

— Arrête tes conneries, se dit-il à haute voix. Ils ont autre chose à faire que de s'occuper de toi.

Mais rien à faire. Il ne savait même plus si c'était sa faute ou pas, il avait juste une trouille bleue de sortir. Et plus il tardait, plus il avait peur. Il se regarda dans le miroir pour la troisième fois. Passa la main sur sa maigre barbe. Vit son tee-shirt taché. Il pourrait appeler Samir. Samir serait sûrement d'accord pour venir lui apporter des vêtements et de quoi manger. Mais Samir occasionnerait plein d'autres problèmes. Il la trouverait géniale, cette nouvelle planque, pour y vendre ses petits sachets blancs. Et Josef, le proprio, ne serait pas content du tout. Non, Samir, c'était pas la solution. Daniel n'avait pas eu de contact avec Evelyn depuis qu'il se cachait. Mais il ne voulait pas la perdre, pour rien au monde.

Penser à Evelyn l'aida à se décider.

Il fallait inverser les rôles, ne plus être la proie, mais celui qui attaquait. Il fallait tuer le monstre pour se libérer. Reprendre le contrôle et se rendre à la police avant que ce soit elle qui lui mette la main dessus. Et il se devait d'être tellement convaincant qu'ils le laisseraient tranquille un bon moment. Pour toujours, si possible. Il saisit la carte de visite collée au miroir, alla chercher le téléphone et composa le numéro.

Une femme répondit à l'autre bout du fil, mais il ne comprenait rien à ce qu'elle disait. Il était trop fébrile, ça bourdonnait très fort dans sa tête.

— Bonjour, dit-il. Vous êtes passés à mon boulot pour me voir. Au sujet de Tuva. Tuva Bengtsson.

Kvibille 1982

Il déroula le dessin sur le sol qu'il avait soigneusement nettoyé au préalable. Il avait mis plusieurs jours à tracer, mesurer, corriger et recommencer, mais voilà qu'il avait enfin terminé. Il se coucha par terre à côté du plan pour l'étudier, point par point, pour être sûr de n'avoir fait aucune erreur. Ça faisait belle lurette qu'il n'y avait plus d'animaux dans la grange, mais quand il était ainsi allongé sur le sol en bois, ça sentait encore l'odeur de vache et de bouse. Jane détestait cette odeur et refusait de mettre les pieds dans la grange. Mais lui, ça lui procurait un sentiment de sécurité.

C'était son endroit à lui, et à personne d'autre. Il avait probablement passé plus de temps ici, avec toutes les choses qu'il construisait, que dans la maison.

On frappa à la porte, qui s'ouvrit. Dans l'ouverture, Jane, la main toujours sur la poignée.

— Je peux entrer ? demanda-t-elle.

— Mais tu n'aimes pas venir ici…, répondit-il en se relevant.

— Je sais, mais j'ai appris que les odeurs ne sont rien d'autre que des molécules. Je m'entraîne à les supporter. J'ai lu que c'était possible. Et je voulais savoir si tu t'en sortais avec le puzzle à chiffres. J'avais un peu oublié.

Il sortit le petit cadre aux chiffres de sa poche de pantalon, se leva et s'approcha de sa sœur. Il avait passé des jours à essayer de relever son défi.

— Je ne comprends pas, dit-il en lui rendant le puzzle. C'est comme si… ça ne marchait pas.

— Bingo, dit-elle. C'est insoluble.

Il fronça les sourcils. Comment l'ordre des chiffres pouvait être possible dans un sens, et pas dans l'autre ? Ça défiait toute logique.

— Regarde, dit-elle. Tous les chiffres devaient être à leur place, sauf le 14 et le 15 qui devaient échanger leur place. Si on commence par les autres chiffres, quel est le nombre de mouvements minimum pour finir au même endroit qu'au début, s'il faut faire au moins un mouvement ?

— Deux. Dans un sens, n'importe lequel, puis retour.

— Bien. Un nombre égal de mouvements. Ça veut dire que peu importe le nombre de mouvements, il faut toujours finir par un nombre pair pour qu'un numéro puisse retrouver sa place. Ne me regarde pas comme ça, c'est juste de la logique. Mais combien de mouvements faut-il pour que 14 arrive à la place de 15 ?

— Un seul, dit-il. Ah oui, malgré le fait que ce soit impair.

— Tu as tout compris. Drôlement bien pour ton âge. Pour que 14 et 15 changent de place, il faudra toujours un nombre de mouvements impair. Mais il faut un nombre pair pour que les autres gardent leur place. Et tu ne peux pas faire du pair et de l'impair en même temps. Voilà pourquoi le défi est insoluble.

Il secoua la tête. Il ne comprenait pas tout ce qu'elle disait. Mais d'une certaine façon, ça sonnait juste.

— Je préfère pair, dit-il. Il n'y a pas une association pour des gens comme toi ?

— Pour les gens super intelligents, tu veux dire ?

— Non, pour les sœurs super agaçantes.

Puis il ajouta, lentement :

— Tu sais, les molécules sur lesquelles tu t'entraînes le nez, t'es au courant que ce sont des molécules de merde de vache ?

Jane vira au vert.

— Beurk ! hurla-t-elle. C'que tu peux être dégueu !

Elle s'éjecta de la grange pendant que lui se tordait de rire. Il rit encore plus en la voyant se moucher dans la manche de son sweat dans l'espoir de se débarrasser de cette matière invisible qui s'était logée dans son nez.

Après, il retourna à son dessin, épousseta quelques brins de paille qui avaient atterri dessus. Ce n'était pas sa première tentative. Des constructions, petites et grandes, étaient entreposées le long des murs, il les avait toutes fabriquées tout seul. Pour ses numéros de magie. Un certain nombre marchaient, d'autres pas. Allan, le propriétaire de l'entrepôt à bois à côté, avait connaissance de sa passion. Il était impressionné par ce que le petit garçon était capable de faire de ses mains. Allan avait toujours un bout d'aggloméré, des planches ou quelques chiffons en rab à lui donner. Et s'il était malgré tout en manque de matériaux, il se servait de vieux cartons d'emballage.

Son dernier dessin était cependant d'un autre niveau. Les constructions lui permettant de réaliser ses numéros d'illusions, rangées le long du mur, étaient de sa propre fabrication. En regardant des tours de magie à la télévision, il essayait d'en comprendre les astuces. Sans jamais être sûr d'avoir tout bien compris. Mais ce dessin, là, par terre, c'était un *authentique*.

Il avait commandé avec l'aide de maman des livres de magie à la bibliothèque de Kvibille. Ils avaient mis plus d'un mois à arriver. C'étaient finalement surtout des biographies avec des photos de magiciens en costumes scintillants dans divers spectacles à Las Vegas. Il avait espéré trouver des instructions de montage. Mais visiblement, personne n'avait très envie de révéler ses secrets. Jusqu'au moment où il était tombé sur un livre au titre lamentablement trivial, *Tes hobbys*, volume 12 : *Construis ton propre spectacle de magie !* Il avait été sur le point de le renvoyer. Mais il se trouvait qu'une grande partie du livre était consacrée aux plans de construction des illusions les plus connues ! Il n'en revenait pas qu'un tel livre puisse exister. Un livre qui dévoilait tous les secrets.

Ce n'était pas un ouvrage très soigné, les illustrations n'avaient pas été conçues spécialement pour cette publication, c'étaient juste des photos de dessins récupérés ailleurs. Probablement des plans américains car, en marge de chaque image, les mesures avaient été converties de pouces en centimètres. Mais aucune importance ! Le livre dévoilait le secret de son illusion favorite : *The Substitution Trunk*.

Dans la plupart des autres illusions qu'il avait vues, le magicien enfermait son assistante dans une boîte qui subissait ensuite des traitements variables. Le magicien la découpait, y mettait le feu ou la transperçait d'épées. À la suite de quoi, l'assistante en ressortait habillée différemment. Il avait toujours trouvé ça étrange. Une illusion qui consiste à faire du mal à quelqu'un. Qui change de vêtement pendant ce temps-là. Ça devait être un truc d'adulte.

Ce qui différenciait *The Substitution Trunk* de tous les autres numéros d'illusion, c'était que le magicien et son assistante se trouvaient au même niveau. Les deux étaient magiciens. Les deux étaient assistants. Le magicien *se transformait* en assistant.

Il pouvait échanger sa place avec une autre personne. *Devenir* une autre personne. C'était une version qui lui plaisait énormément.

Il jeta un coup d'œil à la photo dans le livre ouvert par terre à côté de son esquisse. Deux artistes souriaient au premier plan sous les applaudissements du public. Il lui fallait une assistante. Autant oublier Jane tout de suite. Mais avec les nouvelles mesures qu'il avait calculées, maman rentrerait dans sa boîte. Elle serait surprise, et fière de lui. Elle participerait enfin elle-même à un numéro. Il vérifia les calculs une dernière fois, pour être absolument sûr.

Ce serait son plus brillant tour de magie.

— Vous avez veillé tard à l'anniversaire ?

Vincent tenta un ton léger. Il espérait qu'elle était passée à autre chose. Mais la probabilité était faible. Si jamais c'était le cas, il irait illico acheter le premier billet de loterie de sa vie.

Au Trisslott, il avait une chance sur 250 000 de gagner un million, mais ses chances de gratter au moins un petit gain étaient d'une sur cinq. Au Loto, la chance d'obtenir les six bons numéros et de gagner le gros lot n'était que d'une sur 490 860. Et une sur cinquante pour un petit gain. Il prendrait un Triss. Quoique, avec Bingoloto, il aurait une chance sur environ 166 000 de pouvoir jouer soit la Superchance, soit un numéro joker, et pour obtenir n'importe quel gain, la probabilité était d'une pour 7,7. Alors, il devrait peut-être…

— Vincent ! Tu m'écoutes au moins quand je te parle ? éructa Maria, le visage rouge d'agacement.

Il cligna des yeux et revint à la réalité. Maria était toujours à cran quand elle avait participé à un événement familial. Elle débordait du venin que ses frères et sœurs et ses parents s'appliquaient à lui instiller systématiquement.

Pas de bol, le Trisslott, c'était pas pour aujourd'hui. Bien au contraire. Le programme, c'était gestion des conflits, niveau olympique. Il se leva, remplit la *Queue cosmique* de café et s'assit face à elle. Le soleil étalait ses rayons dorés sur la table, comme s'il s'entraînait en vue de l'été à venir.

— Tout le monde a trouvé très bizarre que tu ne sois pas là, dit Maria. J'ai expliqué que tu avais un spectacle le soir, mais maman et papa l'ont très mal pris tous les deux.

— C'est vraiment pas de chance.

Il comprit aussitôt, au vu du langage corporel de Maria, que ce n'était pas du tout la bonne réponse.

Devant un public de huit cents personnes, il était capable de capter l'ambiance dans toutes ses nuances et d'en jouer comme s'il dirigeait un orchestre. Mais pour une raison inexplicable, il n'arrivait pas à communiquer avec ce champ de mines ambulant qu'était sa femme. Surtout pas quand les mines en question avaient été soigneusement posées par ses parents. Et Ulrika.

— *Pas de chance ?*

La voix de Maria grimpa dans les aigus. Elle serrait dans la main son mug favori portant l'inscription *Chatte astrale.* Il était toujours frappé par le gouffre qui séparait sa femme de cette épithète. De nombreux mots la décrivaient bien mieux. La majorité des autres mots, en réalité.

— Ce n'est pas ce que je voulais dire…

Son pied tapa nerveusement sous la table, mais il s'efforça de se contrôler. S'il manifestait ne serait-ce qu'une once d'exaspération, elle sortirait encore plus de ses gonds. Parfois, il se demandait ce qu'elle avait aimé en lui. Pourquoi elle était tombée amoureuse de lui. Il n'était pas du tout son genre. Ou bien, elle n'était pas du tout son genre à lui. Tout dépendait de qui avait choisi qui. Et de qui avait pris l'initiative de ce que le reste de la famille considérait encore aujourd'hui comme une trahison d'une telle magnitude qu'elle serait une source éternelle de conflits entre eux.

Il affirmait que c'était elle qui avait fait le premier pas. Elle affirmait que c'était lui. La vérité se trouvait sans doute quelque part au milieu. Maria avait toujours ressenti une rivalité envers Ulrika, ce qui n'était pas facile, parce qu'Ulrika avait la fâcheuse habitude de tout faire à la perfection. Maria était la petite sœur qui n'était jamais vraiment à la hauteur. En même temps, c'était peut-être justement en raison du perfectionnisme d'Ulrika qu'il avait été attiré par Maria. C'était épuisant d'essayer constamment d'être à la hauteur des exigences d'Ulrika. Maria n'avait pas d'exigences. Pas comme Ulrika. Maria semblait moins compliquée, plus simple, plus présente. C'était en tout cas l'impression qu'elle lui avait donnée à l'époque. Avec le temps, les apparences que Maria s'efforçait d'afficher s'étaient révélées très éloignées de la personne qu'elle était réellement. Il l'avait compris beaucoup trop tard. Leur trahison était déjà notoire, et ils se trouvaient seuls dans un champ de ruines, cernés par les ravages qu'ils avaient eux-mêmes engendrés. Et pour achever le tableau, il devrait sans doute reconnaître qu'il n'avait pas non plus été à la hauteur de ses attentes à elle.

C'était cependant Maria qui avait pris l'initiative de transgresser les interdits. Sur ce point, il était formel. Même si Maria n'était pas du même avis.

L'intimité entre eux s'était construite petit à petit, au fil du temps. Des regards. Des mouvements. Leurs corps qui se frôlaient imperceptiblement. Les familles étaient réunies dans la maison de vacances des parents de Maria et d'Ulrika. Les autres étaient partis se baigner. Vincent était resté, sous prétexte qu'il devait travailler. Il ignorait ce que Maria avait trouvé comme excuse. Mais c'était là, dans la vieille cuisine campagnarde, qu'ils avaient franchi le pas pour la première fois. Maria s'était approchée de lui. L'avait entouré de ses bras, embrassé, puis elle avait, sans détour, fait glisser sa main et saisi son sexe. Il l'avait soulevée et portée jusqu'à la chambre d'amis où Ulrika et lui logeaient quand ils venaient. Là, il était venu en elle.

À ce moment précis, ils savaient tous les deux qu'ils venaient de prendre une voie sans retour et qu'il leur faudrait boire la coupe jusqu'à la lie. Et ils avaient tenu bon, tête haute, tandis que tout le reste de la famille hurlait d'indignation. Dès la semaine suivante, il avait demandé le divorce à Ulrika.

Toute la première année, ils avaient fait l'amour comme des fous, surtout à l'initiative de Maria. C'était comme si elle voulait conquérir son corps, envahir et occuper la forteresse qui avait été sous la coupe de sa sœur. Il avait été consentant. Il aimait faire l'amour avec Maria. Avec Ulrika, ça avait plutôt relevé de la performance. Maria lui donnait la sensation de vivre quelque chose de plus… authentique.

Quoi qu'il en soit, la fête avait été de courte durée. Ces dernières années, ils couchaient ensemble tout au plus une fois par mois. En ce moment précis, il se souvenait à peine quand

Maria l'avait touché pour la dernière fois. Et quand elle le laissait enfin s'approcher d'elle, c'était avec cette pudibonderie nouvellement instaurée, et toutes lampes éteintes. Aujourd'hui, l'époque où elle voulait qu'ils se regardent dans les yeux quand il était en elle n'était plus qu'un lointain souvenir.

— Mais bon sang ! Hé oh, tu es là ? Tu pourrais au moins faire semblant de t'intéresser un minimum à ce que je dis ! cria-t-elle.

Il ne comprenait pas lui-même pourquoi il avait tant de mal à se concentrer sur ce qu'elle disait. C'était peut-être parce que, la plupart du temps, il savait ce qu'elle allait dire. Parfois, il disait tout bas ses mots pendant qu'elle les prononçait.

— Je viens de dire qu'il faut vraiment que tu appelles papa et maman pour leur présenter tes excuses, dit-elle. Soixante-dix ans, c'est pas n'importe quel anniversaire. Quand est-ce que tu envisages de commencer à t'intéresser à ta famille ? Je comprends que ça doit être génial de vivre ta vie selon tes besoins du moment, alors que nous autres, confrontés à la réalité comme nous le sommes, nous n'avons pas ce luxe-là !

— Je ne vis pas selon mes besoins du moment, dit-il, fatigué. J'ai un travail qui m'oblige à être souvent en déplacement les soirs et les week-ends. Mais c'est mon métier.

— Et alors, ta nouvelle activité top-secret, avec cette espèce de fliquette minable ? C'est ton métier, ça aussi ?

Il savait que, quoi qu'il dise, ça reviendrait au même. Ce n'était pas un dialogue, juste un sermon. Il en avait assez de ce rôle d'auditeur qui avait tout au plus le droit de signifier qu'il l'écoutait attentivement. Basta !

— Qu'est-ce que tu crois ? demanda-t-il. Parce que j'ai des projecteurs braqués sur moi quand je travaille, tu crois que mes nuits sont une débauche de femmes, de drogues et d'alcool ? En fait, tu as complètement raison. C'est exactement ça. Tu n'imagines même pas le nombre de télés que j'ai balancées par la fenêtre de mes chambres d'hôtel, ni le nombre de lignes que j'ai sniffées sur des ventres de mannequins à poil. C'est surtout dans des bleds comme Vara ou Kalmar qu'on se lâche comme des bêtes. Bingo Rimér a partagé sa liste de contacts, maintenant j'ai des hordes de jeunettes surexcitées qui se jettent à mes pieds, j'arrive même plus à suivre.

Maria le fixa, les yeux écarquillés.

— T'es complètement ridicule, dit-elle.

— Quand tu m'as choisi, tu savais ce que mon boulot impliquait, dit-il. C'est éprouvant, je voyage beaucoup et, oui, je suis aussi devenu un personnage public. Mais dire que je ne m'intéresse pas à ma famille ! Quand je ne suis pas en tournée, je passe plus de temps avec ma famille que la plupart des gens. Qui de nous deux dépose et récupère Aston quatre jours sur cinq ? Qui ramenait Rebecka et Benjamin de l'école tous les jours, deux heures avant la plupart des autres gamins ? Et je suis *ici*, Maria. C'était quand la dernière fois que tu as bricolé avec Aston sur sa voiture télécommandée ? Peint des figurines *Warhammer* avec Benjamin ? Eu une vraie discussion avec Rebecka ? Consulter Facebook en buvant du thé dans ton mug perso, c'est pas exactement "s'occuper de sa famille". Tu n'es pas présente juste parce que tu te trouves sous le même toit que les autres. Et d'ailleurs, qui a *payé* ces mugs faits main avec des textes si "drôles" ?

Il reprit son souffle. Il n'avait pas eu l'intention d'aller si loin, mais… tout ce qu'il avait dit était juste.

Maria se leva, les mains crispées sur sa *Chatte astrale*.

— Je veux qu'on prenne rendez-vous pour une thérapie, dit-elle. En plus, tu n'as aucune idée de tout ce que je fais avec Aston. Pourquoi tu penses qu'il ne veut pas faire ses devoirs avec toi ?

Pour une fois, elle le surprenait.

— Une thérapie ? fit-il, hésitant. Quel genre ?

Il marchait sur des œufs. Quoi de plus insensé que de dépenser du temps et de l'argent chez un thérapeute dont les connaissances en psychologie humaine étaient probablement nettement inférieures aux siennes. Ce serait comme envoyer un neurochirurgien chez un gynécologue pour prendre conseil avant une nouvelle opération. À côté de la plaque. Mais il lui restait assez de jugeote pour savoir que ce n'étaient pas les bons arguments à avancer en ce moment précis.

— À toi de voir, siffla Maria en quittant la pièce. Je suis en retard au yoga.

Vincent attendit qu'elle soit partie. Puis il sortit son portable qui vibrait dans sa poche depuis trois minutes. Deux appels manqués de Mina. Et un SMS.

Tu peux venir à l'hôtel de police asap ? Daniel va arriver. J'aimerais que tu sois présent lors de l'interrogatoire.

Ils le firent entrer dans une petite pièce de l'hôtel de police. Une salle d'interrogatoire, se dit-il, parce que ça ressemblait à ce qu'il avait vu dans les films. Une table avec deux chaises, une de chaque côté. Quelques chaises de plus contre un mur. À part ça, vide. Seule différence avec l'image qu'il avait en tête, la table en bois marron clair qui faisait penser aux bureaux des années 1990. Il n'y avait pas non plus d'anneau pour fixer des menottes. Daniel n'avait jamais mis les pieds dans une salle d'interrogatoire en Syrie, mais il doutait qu'on y trouve des meubles Ikea.

La porte s'ouvrit et la jolie fliquette fit son entrée. Elle était accompagnée du même type que la dernière fois.

— Désolée pour l'attente, dit-elle. Nous n'étions pas là tous les deux quand vous êtes arrivé.

L'homme le salua d'un hochement de tête et s'assit sur une chaise près du mur. C'était quoi déjà son nom ? "Waldo" ou un truc de ce genre. La sensation de le reconnaître était encore plus forte cette fois-ci. Mais toujours impossible de le situer exactement.

— Vous m'avez peut-être vu à la télévision, dit l'homme en réponse à la question que Daniel ne s'était posée qu'intérieurement. Et je m'appelle Vincent.

Apparemment, on lisait en lui comme dans un livre ouvert. Finalement, venir leur parler n'était pas une si bonne idée que ça.

— Vincent Walder, ici présent, nous prête assistance dans l'enquête, dit Mina. Il n'est pas policier, mais possède d'autres… compétences.

Daniel se demanda si elle se rendait compte qu'elle souriait en évoquant son acolyte.

— Aujourd'hui, il va juste être présent et vous écouter, continua-t-elle. Je ne sais pas si vous vous en souvenez, mais je m'appelle Mina Dabiri.

Elle tendit la main. Une main sèche et un peu rêche au toucher. Mina Dabiri sentait le désinfectant.

— Si, c'était marqué sur la carte de visite, répondit-il.

— Vous vouliez nous voir ?

Mina s'assit en face de lui et ouvrit un ordinateur portable.

— Vous pouvez enlever votre veste, si vous le voulez.

Il avait ressassé ce qu'il devait dire et surtout sur quel ton. S'il était trop bien préparé, il pourrait leur donner l'impression de ne pas être tout à fait spontané ni honnête. D'un autre côté, s'il était trop nerveux, il aurait l'air coupable. Il fallait réussir la prouesse d'être exactement à mi-chemin entre les deux. Faire des pauses dans son discours, mais pas trop. De temps en temps, s'arrêter au milieu d'une phrase comme s'il ne savait pas comment continuer. Sans pour autant sembler étourdi. C'est pourquoi il avait soigneusement répété son laïus. Mais ce Vincent Walder le dévisageait comme s'il lisait en lui. Il n'osait pas prononcer ce qu'il avait prévu. Il lui fallait trouver autre chose.

— Je suis désolé de m'être enfui du café, dit-il. J'ai paniqué. Et ma veste est légère, je préfère la garder.

— Pourquoi avez-vous paniqué ? demanda Mina. S'est-il passé quelque chose que nous devrions savoir ?

— Qui ne paniquerait pas en voyant la police se pointer sans prévenir ? dit-il en tentant un petit rire, qui mourut à l'instant où il posa les yeux sur Walder.

— La dernière fois que je vous avais vus, vous m'accusiez de meurtre, continua-t-il. Vous saviez que j'avais logé chez Agnes Ceci. C'est pour ça que j'ai réagi… de cette façon… quand vous êtes venus.

— Et maintenant ? demanda Mina. Cette fois-ci, on vous accuse de quoi ?

Elle était futée. Elle voulait le faire parler. Daniel haussa les épaules en espérant avoir l'air naturel. Il enfonça les mains dans les poches de sa veste. Cette veste, c'était une bonne protection, avec un peu de chance ils auraient plus de mal à le cuisiner tant qu'il la porterait. C'était comme s'il se voyait lui-même avec les yeux de ce Vincent Walder. Tout ce qu'il faisait pouvait être mal interprété. Autant que ce qu'il omettait de dire. L'agitation le gagna et il cligna des yeux plusieurs fois, rapidement. Bon sang. Cligner des yeux, c'était sûrement mauvais signe aussi.

— Je suppose que Tuva est toujours portée disparue, dit-il. Sinon, vous n'auriez plus eu besoin de me voir. Mais la vérité, c'est que je ne sais rien. Je la connaissais à peine. C'était Agnes et Tuva qui se connaissaient.

Mina se raidit et Vincent, contre le mur, réagit également.

— Elles se connaissaient ? dit Mina. Ça, c'est nouveau pour nous. Nous n'avons rien appris de la sorte ni en parlant avec l'entourage d'Agnes, ni avec les grands-parents de Tuva. Nous savions que vous étiez un lien entre elles deux, mais elles étaient donc directement en contact l'une avec l'autre ? C'est exact ?

Il se tortilla sur sa chaise. Il était parti du principe qu'ils le savaient. Si seulement ce satané Walder pouvait arrêter de le fixer comme ça.

— En fait, elles ne se connaissaient peut-être pas vraiment, dit-il, je me suis peut-être mal exprimé. En tout cas, chacune connaissait l'existence de l'autre. Agnes bossait au café avant Tuva. C'est comme ça que j'ai eu le boulot, Agnes m'avait donné le numéro de téléphone de Tuva. C'est tout, après je me suis débrouillé tout seul.

— Et les deux femmes vous connaissaient, vous, dit Mina en prenant des notes à toute vitesse.

Elle détourna les yeux de l'ordinateur et les plongea dans les siens.

— D'abord celle chez qui vous logez meurt, dit-elle. Un coup de feu en plein visage. Environ un mois plus tard… votre collègue de travail disparaît. Vous comprenez que, de notre point de vue, il y a un problème ? Si vous avez quelque chose à nous dire, c'est le moment. Avant que votre situation ne s'aggrave.

Daniel avait la bouche sèche. C'était maintenant ou jamais. S'il se plantait, c'était cuit. Ils le démoliraient.

— Je comprends ce que vous voulez dire, dit-il. Je comprends très bien.

Il se forçait à faire celui qui s'inquiétait, sans toutefois montrer sa peur.

— Mais qu'est-ce que vous voulez que je vous dise ? continua-t-il. Stockholm n'est pas si grand que ça. Comme je vous l'ai déjà expliqué, je travaillais avec Tuva juste parce que je logeais chez Agnes.

— En quoi est-ce que ça vous innocente ?

Elle ne le lâchait toujours pas du regard.

— Mais vous ne comprenez rien du tout ! s'exclama-t-il, de plus en plus angoissé. Je ne suis pas le lien entre Agnes et Tuva, le lien c'est Agnes. Si quelqu'un d'autre que moi avait logé chez Agnes, c'est lui qui aurait eu le job au café où travaillait Tuva. C'est un pur hasard si c'est moi qui me trouve ici devant vous. Je n'ai rien à voir avec tout ça. Vous comprenez ?

— Alors, pourquoi les grands-parents de Tuva disent qu'elle ne voulait pas entendre parler de vous, parce qu'elle avait peur que vous lui fassiez du mal ? Et pourquoi le père d'Agnes vous considère comme suspect ?

Il n'avait rien prévu de tout ça. Il déglutit. Si seulement il n'avait pas été obligé de l'avouer – Evelyn serait furax quand elle l'apprendrait. Mais il n'avait plus le choix.

— Le père d'Agnes est un raciste, au cas où vous ne l'auriez pas remarqué. Il se méfie de tout ce qui n'est pas originaire du fin fond des forêts suédoises. En ce qui concerne Tuva… Tuva ne voulait pas parler de moi parce que nous avions un truc ensemble.

— Un truc ?

— Nous étions ensemble, dit-il en se tortillant. Pendant un moment. Mais j'étais aussi avec Evelyn. Tuva savait que je ne quitterais jamais Evelyn. C'est ça qu'elle voulait dire, je lui faisais du mal sentimentalement. Jamais physiquement. Jamais de la vie je n'aurais…

— Daniel, intervint Vincent, qui n'avait rien dit jusqu'ici. Décrivez-moi un *double lift*.

— Un *double*… quoi ? C'est une sorte de… Ah, non, non, non, je n'ai jamais été avec Tuva et Evelyn en même temps, ça n'aurait jamais fonctionné.

Vincent l'observait avec un regard impénétrable. Daniel avait terriblement envie de sortir une plaisanterie, mais comprit qu'il valait mieux s'abstenir.

— On va jouer à un petit jeu, dit Vincent. Essayez de répondre sans réfléchir. À quoi pensez-vous tout de suite quand je vous dis le mot… magie ?

— Euh, Harry Potter ?

— Motifs ? continua Vincent.

— Tee-shirt.

— Violence ?

— Ouf.

— Show ?

Il rougit et fixa le plateau de la table.

— Evelyn, dit-il.

Il lut la surprise dans le regard de Vincent.

— Pardon, vous n'avez pas dit "chaud" ?

Vincent émit un léger sourire. Puis il hocha la tête à l'intention de Mina. Daniel n'avait rien compris à ce questionnaire, mais c'était apparemment terminé. Les traits de Mina se détendirent un peu, elle se pencha en arrière sur sa chaise.

— Autrement dit, vous n'êtes rien d'autre qu'une victime des circonstances ? dit-elle. Soit. On s'en contentera pour le moment. Ce n'est effectivement pas exclu que vous vous soyez juste trouvé au mauvais endroit au mauvais moment. Vous avez quelque chose à ajouter à l'interrogatoire précédent concernant Agnes ? Une idée de qui a pu mettre fin à ses jours ?

— Mettre fin ? demanda Daniel, confus.

— Qui a pu l'assassiner, précisa Mina.

Il secoua la tête.

— Et avez-vous une idée de qui pourrait en vouloir à Tuva ? Quelqu'un a eu un comportement menaçant envers elle au café ? Un client régulier qui venait discuter avec elle ?

Il expira tout en s'efforçant de ne pas inspirer trop vite. Il allait peut-être s'en sortir après tout. Mais l'adrénaline sillonnait encore son corps.

— Ça arrive tout le temps, des allumés qui débarquent, ou des gens qui sont juste bizarres, dit-il. Et parmi eux, il y a bien sûr des habitués. Mais la plupart de ceux-là se servent du café comme bureau ou comme salon.

— Comment ça ? demanda Mina.

— Les journalistes déboulent toujours avec leurs ordinateurs portables et leurs casques vissés sur la tête. Un des habitués passait son temps à examiner des dessins dans un classeur. Il y a des meufs qui tricotent. Le soir arrivent ceux qui jouent à des jeux de société. Mais je n'ai pas le souvenir de quelqu'un qui était relou précisément envers Tuva, ni parmi les normaux, ni parmi les plus… bizarroïdes.

— Prenez votre temps, dit Mina en hochant la tête, pensive. Voyez si quelque chose vous revient. Si, par exemple, un client régulier… disons un peu spécial… s'est arrêté de fréquenter le café à un moment donné. Pensez aussi à Agnes encore une fois.

Elle tourna l'ordinateur vers lui.

— Merci de noter où on peut vous trouver, demanda-t-elle en désignant un formulaire sur l'écran. En plus de votre job, une adresse et un numéro de téléphone. Au cas où on aurait encore des questions. On vérifiera les renseignements avant votre départ.

Il mit quelques secondes à comprendre ce que cela signifiait.

— On… on a terminé ? demanda-t-il tout en remplissant le formulaire.

Il se sentait beaucoup plus léger tout à coup, presque euphorique. Ils n'avaient rien qui leur permettait de le retenir. Même s'ils en avaient envie. La police suédoise n'était peut-être pas si méchante que ça, en fin de compte.

— Presque, dit Mina.

Elle se tourna vers Vincent.

— Vincent, qu'en dis-tu ? Tu as quelque chose à ajouter ?

Vincent se gratta le cou.

— Daniel, pouvez-vous me rendre un service ? demanda-t-il. Dites-moi cinq objets qui se trouvent chez vous, mais un des cinq doit être inventé.

— Quoi ? dit Daniel en se rendant compte à quel point il avait envie de pisser. Mais je… D'accord, euh, des stores, une bouilloire, un miroir de salle de bains, un ventilateur et un bureau. Pourquoi ?

— Simple curiosité, répondit Vincent.

Mina toussa bruyamment.

— OK, on a terminé, dit-elle en se levant. Vous pouvez disposer. Merci d'être venu. Je vous recontacterai quand il y aura du nouveau.

Ils se serrèrent à nouveau la main et Daniel hocha la tête en direction de Vincent.

— En cas de besoin, vous me trouverez chez ma copine Evelyn, dit-il. J'ai noté son numéro à elle aussi. J'ai quelques petites choses à lui dire.

— Drôlement intéressant, dit Vincent.

Il se sentait étrangement exalté après l'audition de Daniel. Ce n'était pas si différent que ça de son travail sur scène, où il avait juste affaire à un public plus nombreux. Mais cette expérience était grisante de gravité.

— On prend l'ascenseur ? Ça fait beaucoup d'étages à descendre.

Il montra la porte en acier et ressentit instantanément la réticence palpable de Mina. Lui-même détestait être enfermé dans un ascenseur. C'était comme une tombe en mouvement. Mais au moins, il essayait de surmonter sa claustrophobie pour que son monde ne devienne pas trop étroit. Il n'était pas convaincu que Mina fasse de même. Et si quelqu'un méritait un monde plus vaste, c'était bien elle.

— Et en quel honneur j'ai eu le droit d'assister à l'interrogatoire, au fait ? demanda-t-il pour détourner son attention avant que son appréhension de la cabine à microbes, comme il l'avait entendue nommer l'ascenseur, ne prenne des proportions insurmontables.

— J'ai raconté à Julia ce que tu m'avais dit au sujet de Daniel au téléphone, lui expliqua-t-elle en se tournant vers lui. Elle a d'abord été surprise d'apprendre que nous étions encore en contact, puisqu'elle n'a eu aucune nouvelle concernant le profil qu'elle t'avait demandé d'établir. Mais ton analyse l'intéresse, et elle a donné son feu vert quand j'ai demandé si tu pouvais assister à l'entretien.

Les chiffres sur l'écran derrière Mina indiquèrent l'arrivée de l'ascenseur. Il ne fallait pas la bousculer, surtout ne pas y aller trop fort. Juste de toutes petites impulsions dans la bonne direction, histoire qu'elle puisse reconquérir son espace vital centimètre par centimètre. Jusqu'ici tout allait bien. En tout cas, elle ne fit pas mine de se précipiter vers l'escalier.

— Merci, lui dit-il au moment où la porte de l'ascenseur s'ouvrait. Et si elle est toujours preneuse, elle aura le profil demandé. Mais je croyais que ce Jan vous avait déjà fourni tout ce dont vous aviez besoin ?

Il hocha la tête vers la porte ouverte. Mina hésitait. Puis elle haussa les épaules, avec une nonchalance feinte.

— Bon d'accord, dit-elle. Mais c'est vraiment pour te faire plaisir et t'éviter de te tromper d'étage. Oui, Jan va sûrement nous livrer une tonne d'infos. Mais je ne m'attends pas à ce que ça soit très utile.

Il entra en premier, empêcha la porte de se refermer. Mina s'y engouffra à contrecœur, traînant des pieds. Elle inspecta les lieux, le visage empreint de dégoût, en se tenant exactement au milieu afin de ne pas risquer de frôler les parois.

— Pour en revenir à l'interrogatoire, dit Mina, c'était quoi cette espèce de quiz à la fin ?

— Je voulais juste tester sa mimique au moment où il mentait. Il n'a pas de ventilateur.

Vincent appuya sur le bouton “RDC” et la porte se referma. L'ascenseur se mit en mouvement et il se concentra sur leur conversation pour empêcher la sensation d'enfermement de le submerger.

— Tu n'aurais pas mieux fait de vérifier ça au début ? suggéra Mina. Pour ensuite pouvoir détecter s'il mentait au cours de l'entretien ?

— Avec le recul, je pourrai de toute façon en tirer des conclusions. J'ai minutieusement observé son comportement pendant toute la durée de l'entretien. Si j'avais posé ces questions au début, il se serait méfié et aurait fait plus attention à sa gestuelle. Il se serait forcément comporté avec moins de naturel.

Mina avait l'air de ne plus l'écouter. Elle serrait si fort ses deux mains que ses phalanges en étaient toutes blanches. Elle fixait une tache de gras sur le miroir. Un consommateur compulsif de produits capillaires y avait visiblement appuyé sa tête.

— Je…, commença-t-il.

Soudain, l'ascenseur s'arrêta dans une secousse. Mais la porte ne s'ouvrit pas. Ils étaient entre deux étages. Vincent appuya sur le bouton d'ouverture de la porte, sans résultat. Il appuya encore et encore. En vain.

— On est coincés, dit Mina.

Il continua à appuyer frénétiquement sur tous les boutons. Peut-être juste un faux contact. Oui, ça devait être l'explication. Il essayait de contrôler sa respiration, sans y parvenir. Pris totalement au dépourvu par cet arrêt, il lui fallait absolument éviter l'hyperventilation, il devait contrôler son apport d'oxygène au cerveau. Il balaya l'espace du regard à la recherche d'un élément de distraction, mais rien. Il était bel et bien enfermé.

— Tu sais, je crois que ça ne sert à rien d'appuyer sur tous les boutons, dit-elle.

Il entendait sa voix, mais n'avait pratiquement plus conscience de sa présence. *La porte était bloquée.* Ils étaient prisonniers dans une caisse en acier sans aucun moyen d'en sortir.

Les murs commencèrent à se rapprocher lentement.

L'air devenait irrespirable, il avait la gorge sèche. Il recula vers la porte. Son champ de vision se rétrécissait au point de le plonger dans d'obscurité d'un étroit tunnel. Les parois se rapprochaient continuellement. C'était comme si l'ascenseur se vidait de son oxygène.

De l'air.

Il n'y avait plus d'air.

Tout son champ de vision était saturé d'étoiles et autres motifs qui dansaient. Mina n'était plus qu'un petit point noir au bout du tunnel. Sa voix venait de très loin et il n'arrivait plus à l'entendre. De toute manière, les parois ne tarderaient pas à le réduire en bouillie.

Le petit point grandit brusquement. Des mains se posèrent sur ses épaules.

— Vincent, écoute-moi.

Le contact de ses mains l'aida à se reprendre.

— Tu fais une crise d'angoisse.

Les mots se frayèrent tout doucement un chemin à travers son cerveau en éruption.

— Ce que tu ressens en ce moment précis est horrible, mais ce n'est pas la réalité, dit la voix. C'est simplement l'effet d'hormones, de l'adrénaline et du cortisol qui prennent possession de ton corps et affectent tes sensations.

Il essaya d'inspirer profondément. En vain. Il posa ses mains sur celles qui se trouvaient sur ses épaules et réessaya. Mieux.

— Tu ne vas pas mourir, dit Mina. Aucun danger. Ce ne sont que des réactions chimiques qui squattent ton cerveau. Quoi que tu penses en ce moment précis, je t'assure que ce n'est pas la réalité.

N'arrivant toujours pas à répondre, il se concentra sur la sensation de ses mains sous les siennes. Cette peau chaude. Il comprit qu'elle n'avait pas prévu qu'il la touche. Ne pas retirer ses mains devait lui demander un effort monumental. Mais elle ne les retirait pas.

— On va bientôt sortir d'ici, j'ai appuyé sur le bouton de secours, dit-elle. Cet ascenseur se bloque régulièrement, c'est une des raisons qui me font préférer l'escalier. Mais en général, ça ne dure pas très longtemps. Allez, continue à respirer avec moi. Inspire longuement, calmement. Respirons ensemble, Vincent… Inspire, expire.

Elle était juste derrière lui, il s'appuya doucement contre elle et suivit ses instructions. La chaleur du corps de Mina se répandit en lui comme une vague réconfortante. Les parois étaient toujours là, et toujours beaucoup trop près, mais ne se rapprochaient plus. Mina les avait arrêtées. Elle le réconfortait. Ça faisait longtemps qu'il n'avait pas éprouvé cette sensation avec quelqu'un. Très, très longtemps.

Soudain, quelques secousses déplacèrent l'ascenseur, puis la porte s'ouvrit. Il remplit ses poumons d'air, d'air *frais*, si revigorant. Mina se trouvait à côté de lui maintenant. Il se tourna vers elle.

— Pardon. C'était… quelle honte.

Mina haussa les épaules.

— On prendra l'escalier à l'avenir ? Tu peux me soumettre à ta thérapie comportementale cognitive ailleurs que dans cet ascenseur calamiteux. OK ?

Vincent inspira profondément une fois encore. Puis il sourit faiblement.

— Plus rien à te cacher. OK, *deal.*

Vincent observa sa fille. Elle n'avait pas touché à son petit-déjeuner, comme d'habitude. Il ne comprenait pas comment elle survivait. Le matin, il avait toujours une faim de loup, un trait de famille dont Benjamin et Aston avaient tous deux hérité. Ulrika, la mère de Rebecka, était nettement plus exigeante. Il s'était souvent demandé si c'était ça qui avait entraîné les troubles alimentaires de Rebecka. À la décharge d'Ulrika, il fallait reconnaître qu'elle accordait une réelle importance à l'alimentation, on ne devait pas manger n'importe quoi et n'importe quand. *Fitness et forme* avait toujours été son mantra. Mantra que Rebecka avait dû entendre un peu trop souvent au cours de son enfance.

Le portable à côté de sa fille clignotait continuellement, sans doute des notifications de WhatsApp et de Snapchat. La bande de copains dont faisait partie Rebecka avait visiblement besoin d'être en contact permanent, même pendant le petit-déjeuner. Vincent soupira. Il ne le comprendrait jamais. Éviter volontairement de penser par soi-même. Se contenter de fonder ses points de vue sur ce que les autres avaient exprimé dans les dix secondes précédentes. Mais bon, il avait sans doute été comme ça à son âge. Ou, à la réflexion, non. Il savait avec certitude que, justement, il n'avait pas été comme ça. Mais c'était une autre époque. Et d'autres circonstances.

— Aston, tu as des vêtements propres dans la salle de bains, cria Maria à son fils. Dis-moi si tu as besoin d'aide pour tes chaussettes.

— Maman, j'ai neuf ans, répondit Aston en sortant de la salle de bains. Je suis capable de m'habiller.

Aujourd'hui, il avait mis un pantalon de survêtement gris et son tee-shirt avec un chat qui conduisait une Vespa. C'était Maria qui lui avait acheté ce tee-shirt qui était aussitôt devenu son préféré.

— Pourtant, tu n'as toujours rien aux pieds, constata Maria.

Embarrassé, Aston lui passa les chaussettes et tendit un pied. Vincent ne se souvenait pas qu'Aston lui ait demandé une seule fois de l'aider à s'habiller. Une fois l'affaire des chaussettes réglée, elle lui tendit deux tranches de pain et le beurre pour qu'Aston se prépare lui-même son casse-croûte de midi. D'un commun accord, ils avaient laissé tomber les morceaux de pomme depuis quelques semaines.

— À propos de vêtements, tu n'as pas un peu trop chaud avec ce pull ? demanda Maria en tirant sur la manche de Rebecka. On est fin avril et tu mets toujours des manches longues.

Rebecka retira son bras brutalement.

— Laisse-moi tranquille ! lança-t-elle en bondissant. Je mets ce que je veux !

Elle saisit son téléphone et se rua vers sa chambre.

— Moi aussi, j'ai des manches longues, dit Benjamin en levant les yeux de son bol de yaourt. J'ai pas le droit non plus ?

Maria rougit.

Vincent savait exactement ce qu'elle avait en tête. Benjamin n'avait jamais eu tellement confiance en lui en société. Qu'il ait envie de cacher son corps quand tous les autres s'exhibaient en maillot de bain n'avait rien d'étrange. Il incarnait le cliché de l'ado pâle, habillé en noir, assis à l'ombre d'un arbre – ou plutôt dans sa chambre, rideaux fermés – en train de lire pendant que les autres jouent au frisbee sur la plage. Alors que Rebecka, c'était la petite star, celle qui donnait le ton.

— Elle a peut-être ses raisons pour ne pas vouloir montrer ses bras, murmura Benjamin en portant son bol au lave-vaisselle où il lui ménagea une place entre les verres à vin de la veille. Vous devriez peut-être lui poser la question un jour ou l'autre.

Vincent remplit sa tasse à café et alla se poster devant la porte fermée de Rebecka.

— Pas forcément *maintenant*, objecta Benjamin. C'est pas très fin, franchement.

Vincent frappa à la porte et entra. Sa fille était assise sur son lit, scotchée à son téléphone.

— Rebecka, tu pourrais me donner un coup de main ? demanda-t-il.

— Si c'est pour me faire manger, c'est non, répondit-elle vivement sans lever les yeux du téléphone.

Il secoua la tête et s'assit à côté d'elle. Rebecka posa vite le téléphone sur ses cuisses, écran vers le bas, et le regarda en haussant les sourcils.

— Tu sais qu'en ce moment j'assiste la police dans une enquête. Hier, nous avons interrogé un des principaux suspects. Je voudrais ton aide pour interpréter l'entretien.

— Moi ? Mais c'est toi, le mec s'il-regarde-en-haut-à-gauche-c'est-qu'il-ment, non ?

— Premièrement, ça c'est vraiment un mythe. Aucun mouvement des yeux ne signifie automatiquement un mensonge. Mais oui, j'étais présent et je l'ai observé. Ce que je voudrais que tu fasses, c'est *écouter*.

Il lui montra son propre téléphone portable.

— Ton réseau social à toi est infiniment plus étendu que le mien, continua-t-il tout en cherchant le fichier son. Et tu es à l'âge où on est hyper réceptif et doué pour détecter la moindre anomalie dans la communication. Simplement parce qu'un simple faux pas social à ton âge peut t'éjecter du groupe pour le reste de l'année.

Rebecka le fixa, ébahie.

— Mais tu débarques de quelle planète, sans déconner ?

Il regarda sa fille. À une lointaine époque, il savait tout d'elle. Maintenant, il ne savait même plus quelle était sa glace préférée. Ni même si elle aimait encore la glace. Mais il connaissait très bien cette inquiétude que son visage exprimait.

— Je sais que ce n'est pas facile, dit-il. Si tu me ressembles un tant soit peu, tu marches sur des œufs quand tu es à l'école, les autres ont des réactions tellement imprévisibles. Tu n'as pas besoin de me répondre, je sais qu'en apparence ta vie sociale fonctionne à merveille. Mais je me souviens comment c'était pour moi par rapport aux copains. J'espère seulement que les tiens sont un peu mieux. En même temps, ça ne m'étonnerait pas qu'ils ne le soient pas.

Rebecka resta silencieuse un long moment. Au pire, il venait de commettre une erreur monumentale et allait se faire éjecter de sa chambre dans les prochaines secondes.

— Bon alors, cet interrogatoire, dit-elle en désignant de la tête son portable. T'as vraiment le droit de me faire écouter ce truc ?

Il se dit qu'il venait de bénéficier d'un non-lieu.

— Probablement pas. Je suis même surpris d'avoir eu la permission d'y être. Mais écoute ça. Ça ne dure que dix minutes. Après, tu me diras ce que tu en penses.

Vincent appuya sur *play*. Quand Rebecka eut écouté jusqu'au bout, il coupa et supprima le fichier.

— On pourrait sans doute lancer des poursuites contre moi pour ça. Mais il faut que je sache. Qu'est-ce que tu en penses ?

Rebecka fixait le sol, l'air concentré.

— On aurait dit qu'il avait peur, dit-elle. Qu'il était stressé. Mais je connais les voix de mes copains quand ils mentent pour éviter de s'attirer des ennuis. Je n'ai pas entendu ça chez lui. Il cache peut-être quelque chose, mais ce qu'il raconte sonne juste.

— C'est aussi ce que je crois, dit Vincent, acquiesçant de la tête.

Puis il donna un coup de coude dans les côtes de Rebecka et continua en rigolant :

— Pourtant, il n'arrêtait pas de regarder en haut vers la gauche.

Il eut envie de lui faire un câlin, mais s'abstint. Ni l'un ni l'autre n'auraient été à l'aise. Et il y avait d'autres façons de manifester de l'amour à son enfant.

— Mais papa, dit Rebecka, cette policière qui dirigeait l'interrogatoire. C'est avec elle que tu travailles ? Elle est comment ?

— Tu veux dire Mina ?

— J'en sais rien. Mais tu percutes que t'as une touche, pas vrai ? Sa voix était carrément mielleuse dès qu'elle parlait de toi.

Vincent sentit ses joues s'embraser. Il comprit qu'il était en train de rougir comme un gosse.

— Il n'y a rien entre elle et moi, dit-il vivement.

— J'imagine. Même si on te draguait en te l'écrivant sur une affiche suspendue devant tes yeux, tu pigerais pas. Pourtant, c'est teeeellement évident ! Mais t'inquiète, je ne dirai rien à tante Maria.

— Il n'y a rien à dire.

— C'est ça. Bon, faut que j'y aille.

Rebecka le laissa seul sur le bord du lit. Il y resta le temps de retrouver son calme.

La nuit n'était pas encore tombée. En hiver, c'était plus facile de regarder à l'intérieur, elle avait alors vue sur toute la cuisine et le séjour. L'obscurité lui permettait aussi de mieux se dissimuler. Maintenant, il lui fallait être plus vigilante.

Elle ne savait pas si la petite la reconnaîtrait. Après toutes ces années. Mina était une tout autre personne aujourd'hui. C'était une autre époque. Une autre vie.

La petite qu'elle attendait avec tant d'impatience apparut enfin derrière l'une des vitres. Ses cheveux foncés cachaient son visage quand elle se pencha sur le plan de travail de la cuisine. L'appartement se trouvait au quatrième étage, mais grâce à l'éclairage intérieur, Mina la distinguait nettement. Elle avait le même sweat à capuche gris que Mina l'avait si souvent vue porter. Ça devait être l'un de ses vêtements préférés. Mina la voyait mâcher distraitement le cordon de la capuche, mais la petite était trop loin pour qu'elle perçoive l'expression de son visage.

Un chien se mit à aboyer juste à côté de Mina, qui sursauta. C'était un vilain petit chihuahua, tenu en laisse par une femme habillée d'un manteau de luxe et de mocassins Gucci.

— Vous bloquez le trottoir ! siffla méchamment la femme en passant tout près d'elle.

Mina l'ignora. Dans le quartier d'Östermalm, il fallait s'y attendre. Le vilain kiki prit le relais, il s'était planté au milieu du trottoir et refusait obstinément de suivre sa maîtresse qui tirait sur la laisse.

— Viens, Chloé, chérie !

Le chien la suivit enfin, non sans fusiller encore du regard Mina qui n'avait toujours pas bougé d'un iota sur le trottoir de Linnégatan.

Elle leva les yeux vers l'appartement une dernière fois. La petite n'était plus là et Mina ressentit, comme toujours, cette déchirure au cœur. Manque. Culpabilité. Chagrin. Elle ne savait pas exactement quoi. Probablement un mélange de tout ça et d'autres choses encore. Elle n'avait jamais cherché à comprendre. Et ne le ferait sûrement jamais. Mieux valait ne pas ouvrir la boîte de Pandore.

Elle se demandait comment l'appartement était aménagé, surtout la chambre de la petite. Elle n'y était jamais allée, bien sûr. Mais un autre appartement lui revenait en mémoire. Un autre lieu de vie. Beaucoup plus petit. C'était un deux-pièces au troisième étage dans Vasastan. Au rez-de-chaussée, il y avait un restaurant grec. Le meilleur de la ville. Mais elle n'avait jamais eu le courage de retourner dans ce resto-là. Les souvenirs étaient trop douloureux. Physiquement douloureux.

Soudain, la petite réapparut, dans le séjour cette fois. Elle gesticulait. Parlait avec quelqu'un. Allait d'un côté à l'autre. Ça ressemblait à une dispute, mais va savoir. Si Vincent avait été là, il aurait sûrement su interpréter ce langage corporel avec plus de certitude. Mina se rendit compte qu'elle s'était mise sur la pointe des pieds. Comme si ça faisait une différence face à quatre étages. Pourtant, elle ne pouvait s'empêcher de tendre vers le haut.

Au bout d'un moment, le sweat gris cessa d'apparaître. Mina se remit doucement sur la plante des pieds et repartit, lentement, vers sa voiture.

Plus que quelques jours, et ce serait la fête du printemps. Pourtant, c'était comme si l'été montrait déjà le bout de son nez. Vincent n'avait rien contre cette subite chaleur estivale, au contraire, c'était un bon prétexte pour sortir. Il s'était demandé d'où passer son coup de fil sans éveiller la curiosité de toute la famille. Le plus simple aurait été d'appeler de la maison, mais il n'avait pas le courage de se justifier auprès de Maria chaque fois qu'il avait Mina au téléphone.

Il avait d'abord pensé à sa voiture, mais il avait besoin d'être en mouvement pour réfléchir. Et il en aurait besoin. Forcément. Son cerveau aurait besoin d'un maximum d'oxygène. Il s'était finalement décidé pour une promenade dans le quartier de Södermalm. Même si les passants l'entendaient, ils ne percevraient que des bribes de ce qu'il disait.

Il mit son casque en place et activa la fonction *noise cancelling* pour atténuer le bruit de la circulation de Götgatan près de Skanstull. Ensuite, il appela le standard de l'hôtel de police et demanda à parler à Mina. Elle répondit au bout de deux sonneries. Comme il l'avait prévu. Elle était comme ça. Consciencieuse.

— J'ai pas mal réfléchi au profil psychologique du meurtrier. Surtout depuis l'entretien avec Daniel. Tu as un peu de temps ?

Il s'arrêta au passage piéton à côté d'un homme d'une soixantaine d'années, avec bouc et queue de cheval. En voyant Vincent, l'homme se montra surpris un court instant, puis se ressaisit. Vincent avait déjà vécu mille fois cette situation. Un passant le reconnaissait pour l'avoir vu à la télé ou au théâtre, mais faisait comme si de rien n'était.

— Je suis tout à toi, dit Mina.

Vincent se sentit rougir.

— Attends, je t'enregistre si c'est OK pour toi, dit-elle, et il l'entendit manipuler son ordinateur. Tel que je te connais, tu vas maintenant me livrer une tonne de renseignements que je n'aurai jamais le temps de noter.

— OK. Accroche-toi, alors, dit-il. Comme tu sais, j'étais déconcerté par un meurtrier à la fois aussi froidement calculateur et émotionnellement agressif. J'en ai conclu que la personne que vous recherchez est un pervers narcissique. Ce type d'individu se considère comme supérieur, les autres sont quantité négligeable, ils deviennent de simples objets à utiliser selon sa convenance.

Le feu passa au vert. L'homme à la queue de cheval devança Vincent, se retourna, pouce en l'air, ostensiblement. Vincent sourit en croisant son regard, façon de dire merci. Ce n'était pas grand-chose. Un pouce en l'air, quoi de plus simple ? Et pourtant, le plus souvent, les gens n'osaient pas. Lui aussi avait des efforts à faire.

— Ce genre de trouble mental pourrait expliquer la planification élaborée des meurtres, continua-t-il. La construction des illusions, les enlèvements, le marquage des corps, les montres brisées et le fait de déposer chaque victime à un endroit bien précis. Cela ne pose aucun problème à ces personnalités toxiques. Elles ne voient pas leurs proies comme de véritables êtres humains, dans leur délire elles seules ont ce privilège.

En arrivant de l'autre côté de la rue, Vincent mit ses lunettes de soleil et dut s'écarter pour laisser passer une femme d'âge mûr sur un skateboard électrique.

Ah, les gens ! Mais qu'est-ce qu'on s'ennuierait sans eux. Il prit Götgatan en direction de la place de Medborgarplatsen.

— Tu es sûr de toi ? demanda Mina.

— Une absence totale d'empathie est très probable aussi, répondit-il. Son cerveau dysfonctionne à cause d'un trouble physiologique lié soit à une atrophie de ses amygdales cérébelleuses, soit à un certain degré de déconnexion entre le cortex et l'hippocampe. Dans ce cas, rien de plus facile que de basculer dans l'hyper-violence, sans oublier que l'assassin peut avoir construit de manière délirante sa propre justification des meurtres. Shōkō Asahara, tu sais, le gourou qui avait commis un massacre au gaz sarin dans le métro de Tokyo, était persuadé qu'il ne tuait pas, mais secourait ses victimes. Il endossait leurs péchés et les guidait vers la lumière. Avec une vision si déformée de la réalité, tuer n'est plus un problème, ça devient facile.

Mina resta silencieuse un long moment.

— C'est du lourd ce que tu me racontes là, dit-elle enfin. Mais ça me semble crédible.

Il était arrivé à la station de métro de Medborgarplatsen et hésitait entre bifurquer vers Danvikstull ou continuer jusqu'à Slussen. Il avait envie de faire un saut dans les boutiques de vinyles à Mosebacke. S'il revenait avec son lot de galettes, il n'avait pas fini d'entendre les soupirs de Maria, mais tant pis, il n'en pouvait plus de ces radios commerciales qui braillaient à longueur de journée à la maison. Il lui fallait sa bouffée d'oxygène. Par ailleurs, pour faire plaisir à Maria, il avait récemment pris un abonnement à une chaîne de télévision qui ne diffusait que des programmes du genre *Real Housewives of New Jersey*. Sa femme n'en avait jamais assez de ces horreurs. Va pour Slussen.

— Tu as raison, dit-il, ce n'est pas courant. Tu es perspicace, comme toujours.

Il le pensait vraiment, sinon il ne l'aurait pas dit. Son compliment eut l'effet escompté, il entendit Mina rire à l'autre bout du fil. C'était si simple. L'homme juste à côté de lui, qui traînait ses deux gamins sur le trottoir, en revanche, n'avait pas l'air amusé du tout. Vincent n'avait pas remarqué que tous les trois l'écoutaient depuis plusieurs minutes. L'un des enfants pleurnichait.

— Papa, je veux pas prendre le métro. Le monsieur, il a dit qu'il y avait des gassassins très méchants !

Le père fusilla Vincent du regard, et ce dernier décida de s'éloigner au plus vite.

— Mais ce type de personnalité n'explique en rien la composante émotionnelle qui me semble également prégnante dans notre cas, reprit-il plus doucement, tout en vérifiant qu'il n'y avait plus d'enfants à proximité. Dans une série policière, le tueur souffrirait d'un trouble dissociatif de l'identité. Dans la vraie vie, c'est peu probable. Quoi qu'il en soit, voilà à peu près où j'en suis pour le moment.

— OK, c'est… impressionnant, dit Mina. Mais à ton avis, ça colle avec Daniel ?

Il s'arrêta net pour éviter de percuter un couple sortant d'une librairie. Embarrassé, il s'excusa d'un petit signe et le couple lui sourit.

— Non, non, pas du tout, justement, répondit-il. Tu l'as rencontré toi-même. Daniel n'a manifesté aucun de ces troubles ni au café ni à l'hôtel de police. Un tel degré de dysfonctionnement ne passe pas inaperçu, on l'aurait vu par sa façon de se placer au centre de sa narration. Daniel utilisait "nous" plus souvent que "je". Certes, il est assez égocentrique, mais bon sang, il a vingt ans. Qui ne l'est pas à cet âge ?

Il était presque arrivé à la première boutique de disques. Une partie de son cerveau se mit à passer en revue d'éventuelles lacunes dans sa collection. Il n'en voyait pas. Il pouvait donc se livrer à des achats compulsifs. Encore mieux.

— Mais tu évoquais l'absence d'empathie, comme chez les psychopathes, dit Mina. Ils doivent être doués pour feindre l'empathie, non ?

— On peut simuler la compassion à condition de savoir qu'on devrait le faire, répondit-il en acquiesçant sans penser qu'elle ne le voyait pas. Daniel faisait très attention à ce qu'il disait et à sa gestuelle. Mais la dilatation de ses pupilles quand il parlait de sa petite amie n'était pas feinte. En plus, même si son comportement jusqu'à présent donne à réfléchir, ces capacités de planification ne vont guère plus loin que son prochain repas.

— Tu n'es donc pas d'accord avec Ruben. Tu ne crois pas que Daniel est le coupable ?

— Le profilage de criminels n'est pas ma spécialité, tu le sais bien. Et tes collègues le savent eux aussi. Je peux me planter complètement. Mais pour moi, Daniel n'a rien d'un assassin.

Il posa la main sur la poignée de la porte du magasin et s'immobilisa sur la marche.

— Quelque chose lui pèse, dit-il. Il s'efforce de contrôler son comportement et il n'aime pas avoir affaire à la police. J'aimerais bien savoir pourquoi.

— Moi aussi, imagine-toi. Merci de donner ton avis. Je transmets à Julia au plus vite.

Il observait les vinyles dans la vitrine.

— Mina, quel genre de musique tu aimes ?

— Euh… musique ? Pourquoi tu me demandes ça ?

— Oh, pour rien. Je pensais à haute voix. À bientôt.

Il raccrocha et entra dans la boutique. Heureusement que Rebecka n'était pas là pour entendre ces derniers mots. Elle aurait été morte de rire.

Il rêvait d'un vieil ami. Cela lui arrivait régulièrement. Il rêvait de Lasse, sans savoir pourquoi. Lasse appartenait à une époque lointaine de sa vie. Comme tant d'autres, dont il ne rêvait pourtant pas. Il ne rêvait même pas de sa mère. Peut-être parce qu'elle était encore si présente. Toutes ses affaires se trouvaient toujours autour de lui à la maison, ainsi que ses portraits sur les murs. Il sentait son regard posé sur lui. Il n'y avait pas de place pour elle dans ses rêves.

Lasse était sur le point de lui dire quelque chose dans le rêve, quand une autre voix le fit tressaillir sur sa chaise et regarder autour de lui, étourdi.

— Quoi ?

Ruben se dressait devant lui, bras croisés, affichant un large sourire.

— Alors, on se tape un petit somme ?

— Non, non… Je me… reposais juste un peu les yeux. Ils me brûlent après toutes ces heures à fixer ces putains de vidéos de surveillance.

— T'as qu'à te rendormir, va. Peder dort déjà la moitié du temps…

Ruben souriait toujours. Puis il prit un air plus sérieux.

— Dis, t'as raconté à Julia qui était passé au café ?

Ruben montra du doigt la vidéo en cours. Les yeux de Christer passèrent de l'écran à Ruben, il avait du mal à émerger.

— Quoi ? Qui ?

Ruben se pencha en avant, prit la souris et cliqua pour revenir un peu en arrière. Il appuya sur *play* et montra du doigt.

— Là.

Quand il montra l'homme qui boitait, Christer sentit son cœur rater un battement. Il le savait, il aurait dû capter un truc par rapport à cet homme.

— T'en fais pas, dit Ruben en lui tapotant l'épaule. Moi, je n'oublie jamais un visage. On le voit souvent ?

— Il vient au café tous les jours. Pendant quelques heures.

Les pensées tourbillonnaient dans son cerveau, comme un rat stressé dans un labyrinthe qui courait encore et encore à la recherche d'une réponse cachée quelque part. Soudain, le rat se figea. Son cerveau avait enfin trouvé. Il savait qui c'était. Blanc comme un linge, il se tourna vers Ruben.

— Et merde !

MAI

Vedran lutte contre le froid en se frottant les mains. Ses gants sont restés dans la voiture. Dommage. Il sait pourtant que, même au mois de mai, les matins sont frisquets. Les premiers rayons de soleil viennent de surgir au-dessus de la toiture crénelée de la jardinerie du marché de gros d'Årsta, dans le sud de Stockholm. Sa montre digitale indique 04:45. Exactement l'heure du lever de soleil selon la météo. Une bonne façon de commencer sa journée.

La jardinerie n'ouvre qu'à cinq heures. Mais dès son plus jeune âge, sa tante Jodranka lui avait appris l'importance d'être ponctuel. D'autant plus quand on travaille dans le domaine des fleurs, comme Vedran. Il piétine pour se réchauffer. Le petit matin est glacial, mais la météo prévoit une chaleur estivale plus tard dans la journée. Il a heureusement mis des chaussettes de grosse laine. Son magasin de fleurs à Hanninge ne souffre pas vraiment de la concurrence, mais ce n'est pas pour ça qu'il faut négliger la clientèle. C'est important de satisfaire les clients. Pour qu'ils reviennent. Voilà pourquoi il est sur place à l'ouverture du grossiste. Pour n'avoir que l'embarras du choix.

Il travaille dans les fleurs depuis bientôt quarante ans, la plupart des employés de la jardinerie n'étaient même pas nés quand il a commencé. En Serbie, il livrait même des fleurs à la Crvena zvezda, l'Étoile rouge de Belgrade, quand ils avaient besoin de bouquets pour l'équipe gagnante. C'était avant les émeutes du stade Maksimir, bien sûr. Quelle honte, cette histoire ! Mais à cette époque, il avait déjà quitté le pays. Il avait rencontré Monica et le grand amour. Partir vivre chez elle en Suède s'était imposé comme une évidence.

Il attend seul sur la place. En quarante ans, il n'a pas fait la grasse matinée une seule fois. C'est bon pour les fainéants. Il prend le risque de marcher en longeant la façade pour rester en mouvement. De toute façon, les autres lève-tôt le connaissent et savent que le premier dans la file d'attente, c'est lui.

En arrivant sur le parking situé au bout du bâtiment, il constate qu'il n'est pas vide. Une espèce de placard noir a été entreposé au milieu. Ça fait quelques jours déjà que l'endroit est bouclé en prévision de travaux de canalisation. Ce placard a été déposé à ce moment-là. Et depuis, cela l'intrigue chaque matin. Mais aujourd'hui, l'emplacement est à nouveau accessible aux utilisateurs. Les gars de l'assainissement ont apparemment terminé.

Vedran traverse le terre-plein pour inspecter l'objet de plus près. L'humidité sur les côtés scintille dans le soleil du matin. Il fronce les sourcils. Bizarre que quelqu'un abandonne un meuble comme ça. Sûrement un *millenial* qui l'a largué ici. Lui-même ne prendrait jamais un intérimaire de moins de trente ans. Des glandeurs avec un portable greffé à la main. Non merci.

Il fait le tour du caisson. Il est presque aussi haut et large que lui. Un genre de petit vestiaire. Maladroitement construit en contreplaqué grossier, peint à la va-vite. Des ferrures métalliques aux angles. Il laisse glisser sa main sur le bois en faisant attention aux échardes. On dirait presque que celui qui l'a fabriqué était en colère en travaillant. Le bois est plus haché que scié. Plusieurs clous dépassent ou sont pliés. Du travail bâclé. Plus moyen de trouver des ouvriers qui mettent un point d'honneur à travailler correctement. Par bien des aspects, la Suède est un chouette pays, mais on y tolère trop de laisser-aller. Chez lui, en Serbie, un tel boulot serait parti direct à la déchetterie.

De nouveau devant la porte, il s'aperçoit qu'elle est divisée en trois. Ce qu'il avait d'abord pris pour un simple placard sont en réalité trois grosses caisses superposées, maintenues par les ferrures, chacune avec sa propre ouverture. On dirait que la partie du milieu peut se dissocier des autres si on la fait glisser sur le côté sur des rails. Il y donne un coup, mais rien ne bouge.

Finalement, il ne s'agit peut-être pas d'une livraison. Ce truc a peut-être été abandonné. Quelqu'un l'a balancé là, au milieu du parking. Un imbécile qui avait honte de son propre travail. Mais on ne peut pas le laisser là. Ça va gêner. Il jette un coup d'œil à sa montre. 04:50. Il a le temps de le déplacer jusqu'au bord du parking. Un peu d'exercice physique ne lui fera pas de mal.

D'un autre côté, ce serait con de se faire un tour de reins. Si le placard est rempli à ras bord, mieux vaut ne pas y toucher. Son sens civique a quand même des limites. Vedran glisse le bout de ses doigts sous le rebord de la porte du milieu et tire, ça couine, mais rien ne bouge. Il sait exactement ce qui fait un tel bruit. Le crétin qui a peint ce placard a fait sécher la peinture en laissant les portes *fermées*. Encore un *millenial*, à tous les coups.

Quelques personnes se rassemblent maintenant devant l'entrée de la jardinerie. La halle ouvre bientôt. Mais Vedran n'est pas du genre à laisser tomber. Il tire sur la porte jusqu'à ce que la peinture cède. Quand elle s'ouvre enfin, une épouvantable odeur de fer et de putréfaction le submerge. Il recule par réflexe, la main sur la bouche.

Le contenu n'est pas immédiatement identifiable. Peut-être un animal qu'on aurait découpé pour l'entreposer là, mais les morceaux ont été jetés n'importe comment. Le plus gros pourrait provenir d'un cochon. En tout cas, un animal sans fourrure. Des bouts plus petits ressemblent à des morceaux de pattes. Mais il ne fait que deviner. Il travaille dans les fleurs, lui. Il n'a aucune notion d'anatomie animale. Une chose est sûre pourtant. Ce n'était pas de la peinture qui collait la porte, mais du sang. Les morceaux de viande ainsi que les parois intérieures sont couverts de sang. Il y en a partout, c'est comme de la glu qu'on aurait étalée au pinceau. Mais qui ferait une chose pareille ? En plus, à sa connaissance, on ne vend pas de viande dans ce marché de gros, seulement du poisson et des légumes. En plus des fleurs.

Il faut qu'il y aille, ça ouvre d'une minute à l'autre. Il inspecte une dernière fois le contenu. Toujours la main sur le nez. À côté du corps, un objet gît dans le sang. Il ne l'avait pas remarqué au début, mais quelqu'un a laissé une montre-bracelet brisée au milieu de toute cette horreur. Incompréhensible. Il observe le morceau de viande d'un peu plus près. Il y a un truc bizarre. Un cochon n'a pas la peau aussi lisse que ça. Il est pris de nausée, mais il veut en avoir le cœur net. Si seulement il avait ses gants. Il tire pourtant sur la porte supérieure jusqu'au moment où elle s'ouvre, avec ce même bruit dégoûtant, comme de la colle qui se déchire.

Il faut qu'il sache.

Il y a autant de sang dans la partie supérieure, peut-être même plus, mais Vedran n'y fait pas attention. Il ne voit que les yeux dirigés droit sur lui.

Une paire d'yeux marron et terriblement humains.

— Tante Jodranka, aide-moi, chuchote-t-il en trébuchant en arrière.

La nausée obscurcit ses pensées.

Les cheveux emmêlés de sang ressemblent à de la corde. Le sang recouvre aussi le visage du garçon et son torse nu. Le corps sectionné à hauteur des mamelons et au niveau des épaules remplit l'espace du compartiment. Vedran réalise que ce sont les bras et le reste du tronc qu'il a vu dans celui du milieu. Et en bas, il y a encore un compartiment.

La terreur le saisit de la tête aux pieds.

Vedran recule de plus en plus vite, incapable de détacher son regard des yeux qui le fixent, comme accusateurs. Des yeux qui lui demandent pourquoi. Puis le maléfice se rompt. Vedran se retourne et court vers la jardinerie, plus vite qu'il n'a jamais couru de sa vie. Juste avant d'arriver, il se met à hurler.

La sonnette retentit quatre fois. Rapidement, presque agressivement. Une seule personne sonnait de cette façon-là. Vincent ouvrit la porte. Ulrika, son ex-femme. La sœur de Maria. Comme si la vie n'était pas déjà assez compliquée. Mais il fallait qu'ils parlent.

— Entre, dit-il en lui montrant le chemin.

— Tu voulais qu'on parle de quoi ? demanda Ulrika en enlevant ses lunettes de soleil.

Droit au but, comme toujours. Pas de temps à perdre. Pour Ulrika, seuls les résultats comptaient. Comme pour souligner ce point, elle portait ses vêtements de sport habituels. Dans son cabinet d'avocats, elle portait toujours des tailleurs coûteux, sur mesure. Mais aujourd'hui, elle était en short et haut de survêtement roses, complétés d'une ceinture où l'on pouvait accrocher des petites bouteilles d'eau. Il n'eut même pas besoin de regarder ses chaussures pour deviner que c'étaient des Philipp Plein. Tout avait l'air neuf, et cher. Elle n'avait pas changé.

— Du café ? proposa-t-il.

Ulrika tira sur le ruban élastique pour libérer ses cheveux plus blonds que blonds sur ses épaules.

— Tu sais que je ne bois pas de café.

— Je voulais juste voir s'il n'y avait pas au moins un truc qui avait changé, répondit-il.

Ulrika l'ignora et se dirigea vers la cuisine. Il vit que sa ceinture pouvait porter jusqu'à six bouteilles. Il en manquait une. Il était convaincu qu'elle l'avait enlevée exprès pour le troubler. Un chiffre impair, pour le déstabiliser. Il aurait du mal à faire abstraction de l'emplacement vide de la sixième bouteille. C'était un peu paranoïaque, il en avait conscience. En même temps, il n'avait jamais rencontré personne d'aussi doué en matière de manipulation qu'Ulrika. Et aucun scrupule ne la freinait. Elle connaissait toutes ses faiblesses sur le bout des doigts.

— Elle est où ma frangine ? demanda-t-elle tout en allant se remplir un verre d'eau au robinet.

Vincent la suivit et attendit qu'elle ait fini de boire.

— Maria est sortie, dit-il enfin. Il m'a semblé qu'il valait mieux qu'on parle en tête à tête.

Elle posa le verre sur le bord de l'évier et le fixa d'un air inquisiteur.

Sur le moment, il aurait été facile d'oublier combien leur relation s'était envenimée à une certaine époque. Une décennie après, le temps avait dédramatisé pas mal de choses.

Il aurait aisément pu penser que tout était sa faute à elle, et ses exigences excessives par rapport aux performances des enfants, à leur niveau de vie, à l'état de propreté de la maison au cas où ils recevraient de la visite… Ses railleries incessantes parce que rien n'était jamais à la hauteur. Mais la vérité, c'était sans doute qu'ils n'avaient jamais été faits l'un pour l'autre, tout simplement. Il n'était pas l'homme dont elle avait besoin. Et inversement.

Tout s'était interrompu brusquement quand il avait choisi Maria. Il était alors devenu le grand méchant. En réalité, leur relation était pourrie depuis plusieurs années déjà. Et ils le savaient tous les deux.

— C'est au sujet de ta fille, dit-il. *Notre* fille. Je me demande si elle n'a pas un problème d'automutilation. Mais elle refuse de parler avec moi. Je voudrais prendre un rendez-vous pour elle en PEA.

Ulrika fronça les sourcils, contrariée.

— Une consultation en psychiatrie de l'enfant et de l'adolescent, précisa-t-il.

— Hors de question, souffla-t-elle en croisant les bras sur sa poitrine. Tu veux la marquer au fer rouge ?

Il aurait pu prévoir qu'elle réagirait ainsi. Tout tournait autour de ce que pourraient penser les autres. Ce qui se passait dans le for intérieur d'une personne n'avait jamais intéressé son ex-femme. Ce qui importait, c'était ce qui se voyait. Elle avait un don indéniable pour tout ce qui concernait les apparences. Il se demandait depuis longtemps si elle n'avait pas quelques légères tendances psychopathiques. En tout cas, il y avait sans le moindre doute un problème de défaut d'empathie chez elle. En tant qu'avocate, c'était certainement un avantage, et cela l'avait sûrement aussi aidée à faire carrière. Mais en tant que mère, c'était autre chose.

— Il n'est pas question de la marquer de quelque façon que ce soit, dit-il. Mais au contraire de l'aider à aller mieux. Toi et moi, nous ne pouvons pas faire plus. Il faut faire appel à des professionnels.

— PEA, répéta Ulrika comme si elle ruminait le sigle. Tu ne comprends pas de quoi ça aurait l'air ? Pour elle ? Pour *moi* ? Tout le monde saurait !

— Ce serait effectivement dramatique si tout le monde apprenait que ta fille n'est pas parfaite, dit-il en s'appuyant contre le plan de travail. On te pousserait certainement à quitter le pays.

L'agitation d'Ulrika l'empêchait de s'asseoir et de se calmer. Elle balaya ses remarques d'un revers de main étudié. Ongles fraîchement vernis. Manucure française. Jamais rien de choquant, comme du rouge. Ou encore pire, du noir, la couleur d'ongles préférée de Rebecka.

— N'en parlons plus, dit-elle. Tu ne m'as quand même pas fait venir jusqu'ici juste pour parler de Rebecka ?

Elle leva ses bras et se servit de ses deux mains pour remonter ses cheveux en queue de cheval.

— Sérieusement, continua-t-elle devant sa mine déconfite du gars qui ne comprend rien. J'aurais pu venir à n'importe quel moment, mais tu voulais que je vienne maintenant. En l'absence des enfants. Et de Maria. Au fait, ma sœur mange toujours des scones avec de la confiture au petit-déjeuner ? Qu'elle remplace par une tartine d'avocat de temps en temps pour se donner bonne conscience ?

Quand elle avait les bras en l'air, ses seins se tendaient sous le survêtement rose. Vincent comprit qu'elle le faisait exprès et se maudit de la regarder.

— Ah, la frangine, ajouta-t-elle, voyant qu'il ne suivait plus. Ta *femme*.

Un coin de sa bouche se tordit en un léger rictus, lui donnant un air d'autosatisfaction insupportable.

— Il faut admettre que Maria n'attache pas beaucoup d'importance à son apparence physique, dit-elle en faisant un pas vers lui. Je comprends pas où t'avais la tête.

— On est tombés amoureux, dit-il en essayant de reculer. Et toi et moi, on ne l'était plus depuis longtemps.

— C'est possible. Mais il y avait beaucoup d'autres choses dans la balance, Vincent.

Elle était beaucoup trop près.

— Bon sang, Ulrika, c'était il y a dix ans. Pendant combien de temps encore allons-nous ressasser ces vieilles lunes ?

Ulrika ignora sa question, qui de toute façon avait quelque chose de rhétorique.

— Tu viens faire un tour ? demanda-t-elle.

Son haleine était légèrement sucrée, comme une boisson énergisante.

— On peut terminer chez moi. S'il te reste encore de l'énergie, bien sûr.

Il se trouvait en terrain miné. Quoi qu'il dise, il aurait tout faux. Alors il ne dit rien. Soudainement, Ulrika empoigna son sexe à travers son pantalon.

— Ou est-ce que tu es juste trop vieux ? continua-t-elle. Tu préfères rester ici à manger des tartines de confiture avec ta femme ?

Elle le caressa et il se sentit durcir sous sa main, malgré lui. Il devait reculer. *Maintenant*. Mais ses pieds ne bougeaient pas. Elle prit sa main et la posa à l'intérieur de sa cuisse, sous le bord du mini-short. Au moment où ses doigts frôlèrent sa peau chaude, ce fut comme une décharge électrique, il réalisa la tournure que prenaient les choses. Il retira sa main et recula, vacillant, en bousculant la table.

— C'est bien ce que je pensais, dit-elle en s'éclipsant hors de la cuisine. Trop vieux.

Mina était assise à l'angle de son lit. Le drap était neuf, elle venait de le sortir de son blister. Il lui avait fallu moins de cinq minutes pour l'étaler correctement sur le matelas. Aucun pli. Elle tourna la petite boîte qu'elle tenait sur ses genoux. L'emballage indiquait *Satisfyer Pro 2* et était illustré d'une jeune femme agitant un drapeau, l'air déterminé. *The Next Sexual Revolution*. Une histoire d'*Air Pulse Technology*.

Une petite voix dans sa tête piaillait que ce moment était le symbole de l'échec de ses compétences sociales. Que c'était malsain de remplacer l'humain par un appareil fonctionnant sur piles. Une autre voix argumentait que ce n'étaient que des préjugés. Des temps nouveaux étaient arrivés. Désormais, la femme décidait de sa sexualité, c'était un fait, et il n'y avait aucune honte à avoir. Pas besoin d'un homme. La jeune femme sur l'emballage en était la preuve. Vive la révolution !

Elle défit l'emballage. L'objet dans la boîte était en plastique doré et ressemblait avant tout à une poignée de porte ergonomique. Avec un port USB pour la recharge. Ce bout de caoutchouc n'entrerait cependant pas en contact avec ses muqueuses avant d'avoir été soigneusement nettoyé. Elle se pencha pour attraper le gel hydroalcoolique sur la table de chevet, tout en essayant de froisser le moins possible le drap. Après avoir désinfecté la partie souple du *Satisfyer Pro 2*, elle la toucha de son pouce. Un peu trop sec, peut-être. Elle avait prévu le coup. Elle attrapa le lubrifiant qu'elle avait commandé en même temps et en mit sur le caoutchouc. Pas plus d'une goutte. Si ça devenait trop huileux, elle serait incapable de continuer.

Le problème n'était pas que les hommes ne s'intéressaient pas à elle. C'était qu'elle n'en voulait pas sur elle. Rien que l'idée du contact physique avec un corps d'homme puant la sueur – sans parler de l'organe en lui-même… Elle frissonna et refoula cette idée avant qu'elle ne l'envahisse.

Est-ce que c'était vraiment OK de ne pas vouloir ? En tout cas, pas comme ça lui était déjà arrivé. Elle regarda la femme sur la boîte. Mais celle-ci était très occupée à agiter son drapeau. Et Mina comprit qu'elle avait raison. Une jolie poignée de porte dorée, et stérile, ça remportait la coupe haut la main.

Mais regarder quelqu'un dans les yeux lui manquait. Les gens ne la comprenaient pas. Ils croyaient qu'elle refusait la proximité, juste parce qu'elle ne voulait pas qu'ils la touchent avec leurs mains grouillantes de bactéries. Mais pour elle, le contact visuel était réellement plus intime que n'importe quel attouchement physique. Et par chance, elle pouvait regarder tout le monde au fond des yeux quand les siens étaient fermés.

Elle coupa le son du téléphone et posa l'appareil sur la table de chevet. Puis elle retira son pantalon et sa culotte, s'allongea sur le lit et chercha le bouton *on* de la poignée dorée.

Air Pulse Technology. Oui, pourquoi pas. Elle s'accorda une demi-heure pour y arriver, sinon elle serait en retard au boulot.

Ce n'était que le premier rancart, soyons indulgents.

— Je ne savais pas si tu étais encore là.

— J'ai encore le droit de travailler sur certaines enquêtes, dit Milda. Dieu merci. Je me sens déjà tellement mal à cause de mon erreur, si en plus j'étais obligée de rester à la maison à ruminer…

Elle fit un signe de la tête.

Mina acquiesça. Ce n'était pas à elle de juger ni d'excuser la faute commise par la légiste. L'enquête en interne s'en chargeait. L'erreur est humaine. Personne n'est parfait. C'était d'ailleurs principalement pour ça que Mina préférait vivre seule. Ça, et le fait que la majeure partie de l'humanité n'avait aucune considération en matière d'hygiène personnelle.

Elle vit que Julia avait essayé de la contacter plusieurs fois et pensa la rappeler immédiatement, mais elle décida finalement de discuter d'abord avec Milda. Elle remit son portable dans la poche.

— J'ai suivi les avis de recherche qui ont été lancés, dit Milda.

Elle ferma les yeux de Robert qui étaient restés ouverts et enleva ses gants en latex. Elle s'écarta ensuite de la table glacée où reposaient les différentes parties du corps.

— Comme le reste de la Suède, dit Mina en s'approchant.

C'était étrange de voir son visage ici, maintenant, après l'avoir vu partout à la une des journaux et sur tous les étalages pendant plus d'un mois.

— Des milliers de gens disparaissent en Suède chaque année. Robert était un parmi tant d'autres dans les statistiques. Mais quelque chose chez lui attirait davantage l'attention du public. Sans parler des médias.

— Sa vulnérabilité, dit Mina en se penchant au-dessus du visage de Robert.

Maintenant qu'il avait les yeux fermés, on aurait dit qu'il dormait. Son visage ne révélait rien de la violence extrême qu'avait subie son corps.

— On est toujours particulièrement touché par une personne sans défense, continua-t-elle. Robert avait vingt-deux ans, mais l'âge mental d'un enfant.

— Le désespoir de ses parents est déchirant, dit Milda en disposant machinalement les instruments dont elle avait besoin.

La légiste avait enfilé une nouvelle paire de gants jetables. Mina montra la boîte d'un signe de tête, et Milda la lui tendit. La sensation de douceur du latex poudré contre sa peau la fit frissonner d'aise. Si elle le pouvait, elle porterait des gants en permanence, mais les stupides conventions sociales avaient fini par l'en dissuader. Si elle était née au Japon, elle aurait pu se balader paisiblement avec gants et masque sur le visage en permanence, mais en Suède, on la prendrait pour une dingue. Pour sa part, elle considérait que c'était juste une question de bon sens. Mais à l'hôtel de police, personne n'accepterait jamais ça. Elle entendait déjà les remarques sarcastiques de Ruben et de Christer.

— Les parents ont-ils été avertis de l'état du corps ? demanda Milda en reprenant la boîte de gants des mains de Mina pour la remettre à sa place sur le plan de travail.

Tout ici était minutieusement rangé. Milda s'appliquait une discipline quasi militaire dans son royaume aseptisé.

— Oui.

Mina n'en dit pas plus. C'était la partie la plus difficile de son métier. À chaque victime, son lot de proches dans le chagrin. Et c'était sa responsabilité de les prévenir.

— C'est… ? demanda Mina en montrant un objet près du corps.

— C'était dans la poche arrière de son pantalon. On a trouvé ses vêtements dans la caisse inférieure.

L'objet en question était un lance-pierre. En bois robuste, avec une lanière en caoutchouc. Les journaux avaient mentionné que Robert avait toujours son lance-pierre sur lui, qu'il aimait le montrer à tout le monde et faire la démonstration de ses performances. D'après les médias, il était capable de renverser une carte postale à dix mètres de distance.

Mina détacha ses yeux de l'objet. L'émotion prenait le dessus et se diffusait sous sa peau. Elle ne pouvait pas se le permettre. Habituellement, elle arrivait à tenir ses affects à distance, de même que les gens avec leur intimité et leur destin. Mais dans le cas de Robert Berger, sa carapace se fissurait. Même maintenant, malgré son corps mutilé, son visage était paisible, avenant. Il y avait comme l'esquisse d'un sourire.

Sur toutes les photos publiées dans les journaux, il affichait un large sourire et des yeux qui irradiaient la joie de vivre. Selon un article d'*Aftonbladet*, ses parents l'appelaient Bobban. Elle aurait préféré ne pas connaître ce petit nom affectueux. C'était trop intime.

Elle s'efforça de se concentrer sur ce que disait Milda. L'enquête. Toujours se concentrer sur l'enquête et rien d'autre. La routine. Les règles. La procédure. Tout ça était propre. Clinique.

— Comme tu peux le constater, il a été séparé en trois parties, essentiellement, dit Milda. Plus, bien sûr, si l'on compte les bras et les mains. Les découpes sont nettes, la lame utilisée était parfaitement affûtée.

— Il était encore en vie à ce moment-là ?

— Oui, répondit Milda en montrant les endroits où le corps avait été tranché. Il a beaucoup saigné. Son cœur battait toujours quand on l'a découpé. Et puis, nous avons trouvé ceci. C'est la raison pour laquelle je t'ai appelée.

Elle souleva les cheveux sur le front de Robert. Le nombre deux en chiffres romains apparaissait nettement, gravé dans la peau lisse qui s'était boursouflée autour des entailles profondes.

— On a trouvé la montre dans l'une des caisses, dit Milda en montrant l'autre objet entreposé à côté du corps. Comme tu vois, elle est arrêtée sur 14 heures. Les piles ont été enlevées, et pourtant, le cadran a été fracassé.

Mina était stupéfaite.

La montre. Le chiffre deux sur le front. Vincent avait raison depuis le début. C'était un compte à rebours. Ruben allait en faire une crise cardiaque.

— Scène de crime primaire ou secondaire, à ton avis ? demanda-t-elle.

— La technicienne qui s'est rendue sur place pourra répondre mieux que moi. Mais si tu veux mon avis, j'opte pour une scène secondaire, d'après ce que j'ai vu.

— Pourquoi ? demanda Mina.

— On dirait que la caisse n'a pas été entreposée avec la quantité de sang correspondant à ce que Robert a dû perdre. Le dessous est trop propre. Elle a plus probablement été déposée a posteriori à l'endroit où elle a été trouvée.

Mina prit son élan.

— Côté toxicologie ? demanda-t-elle en espérant que Milda n'allait pas mal le prendre.

— On verra avec l'autopsie. Faudra voir avec la bile, compte tenu du peu de sang qui restait dans le corps. Mais crois-moi, je ne commettrai pas la même erreur deux fois. Et je leur ai demandé de réaliser les tests en priorité absolue. Tant ceux de Robert que ceux d'Agnes.

— C'est possible de faire ça ? demanda Mina d'un ton neutre.

— Non, mais j'avais quelques arguments à faire valoir. Et j'essaye de rattraper ma gaffe, je peux au moins faire ça.

— On peut s'attendre à quoi, question délai ?

Mina n'arrivait pas à quitter des yeux le visage paisible de Robert.

— Quelques jours, ou moins avec un peu de chance. Mais je ne peux rien promettre. Et il me reste l'autopsie à faire. Le corps est arrivé à l'instant. Tu veux rester ? Tu peux assister en tant qu'observatrice, si tu veux.

Milda enfila une nouvelle paire de gants et balaya du regard les instruments alignés à côté du corps. Il y avait même une balance. Mina savait que c'était pour peser les organes. Tout, du cœur jusqu'au cerveau, en passant par le contenu de l'estomac, allait faire un tour sur la balance. Elle avait déjà assisté à des autopsies.

— Non merci, répondit-elle. Je vais faire l'impasse sur ce plaisir-là aujourd'hui. Mais je veux bien jeter un coup d'œil à la caisse.

— Bien sûr. Tu la trouveras dehors, en attendant son transfert au Centre national de médecine légale.

Il fallait qu'elle contacte Julia immédiatement. Et Vincent.

Milda hocha la tête sans la regarder tout en choisissant ses premiers instruments. Mina la laissa travailler et se dirigea vers la sortie. En se retournant dans la porte, elle vit Milda effleurer la joue de Robert. C'était un geste tendre, mais aussi empreint d'une lourde tristesse.

Le départ de Mina la soulagea. Elle préférait être seule pour pratiquer cette autopsie. En fond sonore, elle choisit de la pop acidulée, à un volume assez bas pour ne pas interférer avec ses notes au dictaphone. Milda avait tout à fait conscience de correspondre parfaitement au cliché très répandu du légiste qui écoute un certain genre de musique pendant ses autopsies. Le plus souvent de l'opéra. Mais il n'y a pas de fumée sans feu. Ce fond sonore la calmait et stimulait sa concentration. C'était aussi une sorte de manifestation de respect envers la personne sur la table devant elle. Elle préférait de la musique joyeuse, de la pop, et du rythme, pour compenser la présence pesante de la mort. Et ceux qui devaient par la suite retranscrire ses notes enregistrées s'étaient depuis longtemps accoutumés à son accompagnement chantonné.

Elle connaissait sur le bout des doigts les paroles de la chanson *Eloise* d'Arvingarna. Les chansons de l'Eurovision tenaient une place privilégiée dans son cœur. Elle n'avait pas loupé un seul concours de l'Eurovision depuis son plus jeune âge.

"Dans ma solitude, je rassemble mes pensées avant de sortir", chantait-elle avec empathie tout en faisant délicatement glisser ses doigts sur le contour des chairs découpées.

Du travail propre. Net. Il avait fallu un outil bien aiguisé pour obtenir un tel résultat. Pas de place pour une lame émoussée, ici. D'autant que cette manière de découper pouvait en soi s'avérer riche en informations. Elle fit plusieurs prélèvements et les porta jusqu'à une paillasse en inox. Elle les plongea dans une solution d'eau, de liquide vaisselle et d'Alconox. Si l'ADN du meurtrier était présent, cette solution était le meilleur moyen de le préserver. 55 °C au thermomètre, la préparation était parfaite. Il lui fallait maintenant éliminer les tissus mous pour continuer.

"Je me croyais malin en mettant fin à notre relation."

Elle revint auprès de Robert et fit de son mieux pour repousser toutes les pensées qui la submergeaient dès qu'elle se trouvait près du jeune homme allongé sur la table. Conrad pourrait bien se trouver à sa place, un jour ou l'autre. Si rien ne se passait. Si elle ne réussissait pas à changer la donne. Elle caressa doucement la joue de Robert. Il fallait qu'elle se concentre sur lui. Elle lui devait bien ça. C'était de sa responsabilité.

"Tu me manques, et me voilà devant ta porte."

Milda se sentait toujours très embarrassée en repensant à sa faute concernant le test de toxicologie d'Agnes. Elle n'avait pas droit à l'erreur. C'était trahir non seulement la victime, mais aussi ses proches. Agir à la perfection, ne rien laisser passer, faire tous les examens adéquats, respecter toutes les étapes requises, voilà le devoir qui lui incombait. Elle n'en était peut-être pas capable en tant que mère, mais professionnellement, il était hors de question qu'elle commette la moindre erreur. Elle refoula la vision de Conrad sur la table et continua.

"Quand je sonnerai, ouvriras-tu ?"

Les notes joyeuses résonnaient contre les surfaces nues. Chanter n'était pas son point fort, mais ici, personne ne lui en voulait. L'acoustique particulière lui procurait un léger avantage.

"Alors, viens me voir."

Milda s'autorisa une courte pause. Il y avait des protocoles à respecter, mais un corps en pièces détachées compliquait légèrement l'affaire. La plupart des cadavres qu'elle recevait étaient relativement en bon état. Celui-ci sortait de l'ordinaire.

"Eloise, sommes-nous plus qu'amis ?"

Elle reprit le refrain en chœur avec le chanteur, tout en se penchant en avant pour attraper le sternotome. Habituellement, elle avait un assistant, mais aujourd'hui elle avait préféré travailler seule. Quoi qu'il en soit, tout était méticuleusement consigné par des enregistrements vidéo, en plus de ses commentaires dictés durant toute l'autopsie.

"Montre ce que tu ressens, puis laisse les sentiments te diriger."

Sa voix à tue-tête se mêla à celle de Casper Janebrink et au craquement du sternotome sectionnant le cartilage en bordure de la pièce osseuse. Elle souleva délicatement le pectoral et libéra les plans plus internes. Certains de ses collègues préféraient passer par le gril costal, au risque de se blesser sur une esquille de côte fracturée. Milda trouvait qu'il y avait déjà assez d'os brisés dans le corps de Robert.

"Eloise !"

Le peu de sang qui restait dans le corps avait coagulé et confirmait ses prédictions, à savoir que Robert avait été mutilé alors qu'il était encore en vie. Le monde était décidément peuplé d'ordures.

La faible quantité de sang avait donné au corps une coloration grisâtre. C'était aussi la raison de l'absence de taches de putréfaction suffisamment évidentes pour pouvoir déterminer l'heure précise du décès. Pas la peine d'effectuer un prélèvement dans l'humeur vitrée de l'œil : le taux de potassium augmentait certes quelques heures après la mort et pouvait donner une indication, mais Robert était mort depuis trop longtemps.

"Même les vents peuvent changer. Pour moi, tu restes la seule."

Elle plongea ses doigts dans le médiastin ouvert du jeune homme. Elle prit visuellement acte de l'état des organes et les photographia. Mieux valait trop de documentation que pas assez. Tout avait l'air normal, à part la taille du cœur, plus volumineux chez les personnes atteintes de trisomie 21.

"Notre amour vaut plus que tout, Eloise."

Elle tapait doucement du pied au rythme de la chanson. Paradoxalement, ça l'aidait à contrôler le mouvement de ses mains maintenant qu'il lui fallait extraire les organes. Tout devait être prélevé, mesuré, pesé. À la fin de l'autopsie, elle remettrait tout en place en terminant par une suture minutieuse des différents plans de la paroi avant que le corps ne soit confié aux pompes funèbres.

"Ce n'est pas facile quand on ne reconnaît pas ses fautes."

Elle pesa cœur, reins, foie et poumons. Tout était normal. Excepté le cœur.

"Je suis comme la bille d'un flipper."

Le traitement de l'estomac était un peu plus laborieux. Mais avec un peu de chance, le dernier repas de Robert pourrait donner quelques indices sur l'endroit où il avait passé les dernières heures de sa vie.

"Tu me manques, et me voilà devant ta porte."

La chaîne hi-fi était apparemment réglée sur *repeat*, puisque la chanson recommença au lieu de laisser place à la suivante, mais elle laissa faire. Elle adorait *Eloise*. Elle s'était entichée de Casper Janebrink quand la chanson était sortie. Encore aujourd'hui, elle sentait un doux frisson la traverser quand le chanteur passait à la télé. Cet homme semblait ne pas vieillir. Peut-être cachait-il un portrait de Dorian Gray dans sa cave ? Si seulement elle savait comment on pouvait s'en procurer un, elle l'achèterait volontiers. Peut-être sur Wish ou ebay ?

Elle versa délicatement le contenu de l'estomac dans un bol en métal. L'odeur était vraiment écœurante, mais elle avait appris depuis longtemps à en faire abstraction. Elle ne faisait pas non plus partie de ces légistes qui se mettaient de la pommade mentholée sous le nez pour parer aux miasmes émanant d'un cadavre. Trop de risques de passer à côté de quelque chose. Un empoisonnement à l'arsenic pouvait, par exemple, être détecté par une faible odeur d'amande au moment où l'on ouvrait l'estomac.

"Quand je sonnerai, ouvriras-tu ? Ou veux-tu que je m'en aille ?"

Elle touilla le contenu avec précaution. Tout serait envoyé pour analyse au laboratoire de biochimie du Centre national de médecine légale de Linköping. Elle savait qu'ils n'appréciaient pas de recevoir le contenu d'un estomac déjà prélevé, mais c'était comme ça. Elle avait besoin de faire son propre inventaire avant de laisser les biochimistes prendre le relais. Milda fronça les sourcils.

"Alors, je t'en supplie. Viens me voir."

Elle chuchota les paroles tout en récupérant une boule sombre et compacte.

"Sommes-nous plus qu'amis ? Alors, montre-moi ce que tu ressens…"

Elle se tut.

L'estomac de Robert était rempli de poils.

Il avait eu raison et s'en voulait à mort. S'il s'était trompé, Robert aurait encore été en vie. En se focalisant sur le compte à rebours, c'était un peu comme s'il avait provoqué le meurtre de Robert. D'un point de vue rationnel, il savait bien que ça n'avait rien à voir avec la réalité. Il n'était pas responsable des actes des autres. Mais il n'y pouvait rien, son cerveau voulait penser de cette façon, il pensait donc de cette façon. C'était un biais cognitif, inscrit dans ses gènes depuis la nuit des temps, contre lequel il ne pouvait pas lutter. Et qui, parfois, était utile aux humains pour survivre. Mais aujourd'hui, il provoquait un vrai malaise chez Vincent.

Il montait l'escalier à côté de Mina.

— La caisse en question, comment elle était cette fois-ci ? demanda-t-il au moment où elle s'arrêtait sur le palier pour ouvrir la porte.

— Vaut mieux que tu t'en fasses une idée par toi-même.

La découverte de Robert Berger lui avait porté un sérieux coup au moral. Il avait toujours été fasciné par cette anomalie que l'on appelait trisomie 21. Un simple chromosome supplémentaire suffisait pour constituer un groupe humain à la personnalité et au développement atypiques. Il n'avait pas beaucoup d'expérience personnelle avec des trisomiques, mais ceux qu'il avait rencontrés partageaient tous certains traits de caractère. Du fait de leurs capacités cognitives réduites, leurs amygdales encéphaliques dominaient et accentuaient leur émotivité. De fait, ils étaient aussi plus honnêtes que la plupart des gens. Toutes les émotions étaient amplifiées et profondes.

Cela avait quelque chose de pur et de noble. Il se doutait qu'il enjolivait terriblement, mais peut-être pas tant que ça.

La personnalité de Vincent était plutôt aux antipodes. Il avait du mal à exprimer ses émotions. Il était cependant sûr d'une chose : une personne aussi ouverte et accueillante que Robert, on la protégeait, on faisait d'elle une source d'inspiration. On ne la détruisait à aucun prix. Celui qui avait commis cet acte était profondément détraqué.

— Voilà, dit Mina en s'arrêtant devant une espèce de placard aussi grand que lui.

Instantanément, il sut de quoi il s'agissait.

— Oh non ! s'exclama-t-il en détournant le regard.

Les portes étaient fermées. Heureusement. Mais il n'eut aucun mal à en imaginer le contenu. Trois portes. Deux lames. Un placard. Trois deux un. Le corps de Robert rimait pour ainsi dire avec le sinistre compte à rebours.

— Les lames sont là-bas, dit Mina.

— Donne-moi une minute, dit-il doucement. En tout cas, c'est un *Zigzag Lady*, pas de doute. C'est le nom de ce numéro d'illusion.

Il reprit son souffle et saisit son portable.

— Il faut que je le montre à Sains Bergander. Je suppose que je n'ai pas le droit de prendre des photos ?

Mina haussa les épaules.

— Prends-en autant que tu veux. Tu participes désormais officiellement à l'enquête. Avec les compliments de Julia.

— Ah bon ? Et Ruben ? Qu'est-ce qu'il en dit ?

— Je crois bien ne l'avoir jamais vu à ce point dans ses petits souliers.

Vincent lança l'application photo pour prendre des clichés. Il était plus facile de regarder toute cette horreur à travers un écran. Cela lui permettait de se concentrer sur les détails plus que sur l'ensemble. Faire en sorte que rien ne puisse échapper à la vigilance de Sains. Mais il y avait un hic. Il allait falloir photographier l'intérieur aussi.

Vincent rouvrit le dossier en plastique rose, en étala le contenu sur son bureau, pour la dixième fois, peut-être. Il avait passé la nuit à cogiter sur la manière de convaincre cette équipe de policiers. Ce qu'il avait devant lui était le fruit de ses réflexions.

Sa première rencontre avec eux ne s'était pas particulièrement bien déroulée. Peut-être parce qu'il n'avait pas compris qu'il lui fallait les *convaincre*. Maintenant, sachant que la concentration n'était pas toujours au top chez tout le monde, il avait choisi des photos bien flashy qui suscitaient immédiatement la curiosité. Côté rhétorique, il avait prévu d'avoir recours à la vieille astuce de Marc Antoine consistant, dans un premier temps, à les caresser dans le sens du poil pour les rallier à sa cause, puis à faire levier pour les faire changer d'avis. Il avait également conscience que le scénario était différent cette fois-ci : c'était lui qui avait eu raison. Et ils le savaient.

Il remit les photos dans le dossier. Il lui avait fallu en ajouter quelques-unes de sa famille pour arriver au chiffre dix. Il fallait juste faire attention à ne pas se tromper en les sortant. Ça ferait mauvais effet s'il montrait celle des vacances à Las Vegas où il avait eu la gastro pendant tout le séjour, ce qu'Anton avait absolument tenu à immortaliser.

Las Vegas. L est la douzième lettre de l'alphabet, V la vingt-deuxième. 1222. 12:22, ou l'heure miroir triplée, comme on la nommait en numérologie biblique. Mais à cet instant précis, l'horaire en question rappelait surtout à Vincent qu'il avait oublié de déjeuner.

Il consulta sa montre. Pas le temps. Il fallait y aller tout de suite.

Dix images dans le dossier : 1 plus 0 égale 1. Une image. Une seule image comptait. Mais celle-là, c'était dans leurs crânes qu'il devait la faire apparaître.

Julia l'attendait à la réception de l'hôtel de police.

— Bonjour, Vincent, dit-elle avec un sourire tout en lui faisant franchir la barrière.

Il la suivit jusqu'à une salle de réunion identique à celle de la dernière fois, au troisième étage. Peut-être la même. Les autres étaient déjà présents. Peder. Christer. Ruben. Et Mina. Il prit conscience qu'ils l'avaient attendu. Ruben évita son regard.

— Désolé pour le petit retard, s'excusa Vincent. J'ai travaillé sur ma présentation jusqu'à la dernière minute.

Julia s'assit à côté d'un homme qu'il n'avait jamais vu auparavant. Lunettes à monture métallique, tempes dégarnies, gilet tricoté vert mousse boutonné jusqu'au cou, mine austère. S'il existait un archétype du psychologue, cet homme en cochait toutes les cases. Ce devait être l'expert en profilage dont Mina lui avait parlé. Un certain Jan.

— On va faire la réunion en deux parties, annonça Julia d'un ton grave. On finira par l'exposé de Vincent. Mais d'abord, Christer et Jan. Il se trouve qu'il y a du nouveau. Christer ?

Julia l'encouragea du regard. Christer déglutit avant de prendre la parole.

— Donc, j'ai visionné les vidéos de surveillance. Celles de la banque en face du café, vous savez.

Il hésitait. Julia lui fit un nouveau signe d'encouragement. Christer poussa l'un de ces profonds soupirs dont il avait le secret et poursuivit.

— J'ai donc tout visionné. Une foule de piétons et de passants. Des hommes, des femmes, des garçons, des filles, des vieux, des jeunes, des chiens, des bébés, même un type avec un furet. D'abord je n'ai rien vu qui semblait sortir de l'ordinaire, alors j'ai réexaminé les images avec toute mon attention et ma vigilance, intensément, et…

— Les faits, Christer, s'impatienta la cheffe.

Christer soupira encore profondément, l'air tourmenté.

— J'avais vaguement l'impression de reconnaître un des passants. Les visages étaient assez flous, mais cet homme boitait, et il y avait quelque chose… comme si je l'avais déjà vu quelque part.

— Et voilà ! Zorro est arrivé, sans s'presser, et a tout fait péter ! lança Ruben, aux anges, en joignant ses mains derrière la nuque.

— On sait, Ruben, on connaît la chanson. Mais je t'en prie, Christer, continue.

Julia fusilla Ruben du regard.

— Je n'arrivais pas à identifier l'homme en question, mais comme Ruben vient de le faire savoir, lui l'a reconnu.

Ruben se pencha en avant, boursouflé de suffisance. Sa bienveillance vis-à-vis de Christer avait visiblement atteint ses limites.

— C'était Jonas Rask.

— Quoi ? Jonas Rask ? Il est sorti ?

Peder s'était redressé sur sa chaise.

— Qui est ce Jonas Rask ? demanda Vincent en se tournant vers Mina.

— Un violeur et un assassin, répondit Ruben. Il a passé vingt ans, à un mois près, au centre de détention de Skogome. Il a été libéré en septembre de l'année dernière, considéré comme réhabilité.

Ruben prit soin de dessiner des guillemets avec ses doigts en prononçant le dernier mot.

Vincent hocha la tête.

— Ah oui, c'est vrai qu'ils pratiquent la méthode de réhabilitation ROS à Skogome, ajouta-t-il.

À voir la tête que faisait Peder, Vincent se demanda s'il avait parlé chinois.

— ROS ? répéta Vincent en les regardant l'un après l'autre. Non ? Personne ? Le sigle correspond à Relation et Sociabilité, un programme facultatif pour les criminels sexuels. Le condamné participe à une thérapie de groupe et à des rencontres individuelles avec un psychologue. Cinq centres en

Suède le proposent, entre autres Skogome, et il semble que les détenus volontaires présentent effectivement un risque de récidive inférieur. La différence est certes modeste, 8 % au lieu de 10. D'un autre côté, l'échantillonnage n'est pas suffisant pour servir de base statistique…

Le tricot vert lui coupa la parole.

— Bonjour. Excusez-moi. Je m'appelle Jan Bergsvik, dit l'homme en lui tendant la main. Ça, c'est mon domaine. Je suis psychologue et j'ai une solide expérience en qualité d'expert auprès de la police que j'ai assistée dans de nombreuses enquêtes, en particulier dans le domaine du profilage de criminels. La direction m'a convoqué en urgence. L'enquête est au point mort dans ce domaine, si j'ai bien compris.

Vincent regarda Mina, surpris, puis serra la main de l'homme. Ce fut comme toucher un poisson mort. Poignée de main classique des individus qui s'estiment supérieurs aux autres et ne se donnent même pas la peine de saluer correctement.

— J'ai en effet travaillé sur l'affaire Jonas Rask, continua Jan. Cela me surprend que vous n'en ayez pas entendu parler. La couverture médiatique a été énorme dans les années 1990. Jonas était chauffeur de poids lourds pour une grande entreprise de transport. Il sillonnait toute la Suède et même la Norvège.

Un souvenir commença à se frayer un chemin dans la tête de Vincent.

— C'est le type qui kidnappait et violait des jeunes filles qu'il prenait en stop ? Il n'avait pas aussi tué deux d'entre elles ?

— Tess Bergström et Nina Richter, murmura Christer.

— Il les a violées, les a étranglées, puis les a violées encore une fois, dit Jan. Il a balancé les corps dans des poubelles le long de sa route. En morceaux. Il les a découpées dans son camion. Personne n'a prêté attention au sang. Il roulait pour des abattoirs, c'était commode.

— Mais alors, ça coule de source ! s'exclama Ruben, tout excité. Jonas *fucking* Rask a traîné ses savates dans le café où travaillait Tuva, et c'est aussi là qu'il a déniché Agnes. Évidemment que c'est lui !

— Ne tirons pas de conclusions trop hâtives, le recadra Julia.

Vincent leva prudemment un doigt.

— Le modus operandi de Jonas Rask ne colle pas vraiment avec notre affaire… et je dis “pas vraiment” dans le sens de “pas du tout”.

Jan dans son gilet tricoté éclata d'un rire bref, puis secoua la tête, comme si Vincent était un enfant qui venait de dire quelque chose d'absolument stupide.

— Pardon, je n'ai pas bien compris, vous êtes qui ?

— Vincent Walder vient juste de nous rejoindre en tant que consultant, lui signala Julia. À l'essai.

De toute évidence, elle ne souhaitait pas s'appesantir sur les raisons de la présence de Vincent.

— Alors, il vaut mieux que je reprenne depuis le début sur la manière dont les humains fonctionnent, et plus particulièrement les criminels, reprit Jan en regardant Vincent par-dessus la monture de ses lunettes. La façon d'agir d'un criminel évolue au cours du temps. Mais la pulsion de départ reste toujours la même. Jonas Rask n'est pas un meurtrier de bas étage. Vous avez trois meurtres d'une grande férocité sur les bras. Des femmes qui ont l'âge des victimes de Rask. Des corps sauvagement mutilés, exactement comme à l'époque. Et en plus, vous avez un lien direct avec Jonas Rask en personne. C'est clair comme de l'eau de roche, il trempe dans cette affaire.

— C'est vous l'expert, bien entendu, dit Vincent. Je voudrais juste rappeler que Robert n'est pas une femme et qu'aucune des victimes n'a été abusée sexuellement alors que c'était justement ça, la signature de Rask. Par ailleurs, seul Robert a été découpé en morceaux. Que dites-vous de cela ?

Jan se tut un moment. L'une de ses mains caressait de bas en haut les boutons de son tricot. Automatisme révélateur d'une recherche de sécurité. Il était stressé. La question de Vincent avait visiblement déclenché une production de cortisol qui inondait son cerveau.

— Rask n'a sûrement plus de pulsion sexuelle depuis longtemps, dit-il. Que sait-on sur son évolution durant toutes ces années en prison ? Cette absence de libido explique aussi pourquoi maintenant il s'en prend même aux jeunes hommes.

— Vous affirmez qu'autrefois la pulsion primaire de Rask était de nature sexuelle ? demanda Vincent.

— Absolument, répondit Jan, sûr de lui. La violence qu'il exerçait avait surtout une fonction sexualisée. La mise à mort était secondaire, c'était par nécessité, pour que ses victimes ne le dénoncent pas, même s'il y prenait sans doute du plaisir.

— Et maintenant que sa sexualité a vieilli, selon vous, il a développé une autre stratégie qui le pousse à commettre des crimes complexes et d'une violence inouïe ? Je serais très curieux d'entendre vos conclusions en tant que profileur sur une telle personnalité. D'autant plus qu'initialement vous avez déclaré que l'essence de sa motivation n'avait pas changé. Encore une fois, ce n'est pas mon domaine, mais à mon sens, ça ne colle pas.

Vincent fixa Jan avec l'expression la plus innocente du monde. Le regard du psychologue errait entre les personnes présentes. Mina se cacha derrière son bloc-notes.

— Je constate que mes compétences en qualité d'expert ne sont plus aussi bien accueillies, dit enfin Jan, la bouche pincée. Je vous souhaite bonne chance, mais sans mon aide dans une enquête d'une telle complexité, vous n'êtes pas sortis de l'auberge. La direction aura de mes nouvelles.

Jan caressa les boutons de son gilet une fois encore et se leva.

— Un petit cours de bonnes manières à vos nouveaux consultants ne serait pas du luxe, ajouta-t-il avant de quitter la salle.

Silence absolu. Vincent, du coin de l'œil, vit Mina lutter contre un fou rire.

— Ce que tu peux être vilain ! le gronda discrètement Mina dès que le psychologue fut hors de portée de voix. N'oublie quand même pas que c'est par notre bon vouloir que tu es toujours là.

— Moi, je suis d'accord avec Vincent, déclara Ruben en croisant les bras.

Vincent le regarda, bouche bée. Ruben de son côté ? Ça, c'était nouveau.

— Vincent n'a jamais dit que ce n'était pas Rask, dit Ruben. Il se demande juste ce qu'il se passe dans la tête de Rask aujourd'hui. Et ça, j'aimerais bien le savoir aussi. Ainsi, on mettrait plus facilement la main sur lui.

— Vous avez raison, dit Vincent. Un simple calcul de probabilité nous dit que Rask peut très bien être mêlé à l'affaire.

Plus que toute autre personne. Seulement, je trouve que ce n'est pas très cohérent.

— Il faut localiser Jonas Rask au plus vite et l'entendre, dit Julia en hochant la tête. En fait, j'ai déjà enclenché la recherche. Laissons Rask de côté pour le moment, je crois que Vincent avait autre chose à nous dire.

Elle regarda avec curiosité le dossier rose qu'il avait posé devant lui.

Vincent se tourna vers Julia. Il valait mieux s'adresser à la personne la plus influente de l'assemblée. Il nota que le regard de Ruben avait suivi le sien, pour ensuite glisser, par réflexe, vers les fesses de Julia, où il était resté bloqué un moment. Cela n'aurait pas dû le surprendre, Mina lui avait expliqué dès le début que Ruben avait pour ambition de coucher avec la moitié de l'humanité. Mais quand même. Était-ce vraiment le lieu et le moment ? Bref. Concentrons-nous.

— Je peux ? demanda-t-il en désignant le tableau blanc sur le mur.

— À vous de jouer, répondit Julia avec un geste de la main.

Il ouvrit son dossier, en sortit quelques photos et les accrocha à l'aide d'aimants qu'il trouva dans un coin du tableau. Ce n'était pas par hasard qu'il mimait avec soin la gestuelle qu'il avait vu Mina adopter lorsqu'elle utilisait le tableau. En affichant les images de la même façon qu'elle, il espérait créer une association dans la tête de son public. Sa façon d'agir ajoutait du poids à sa présentation, une sorte d'ancrage professionnel. Il avait besoin de toute la crédibilité possible pour qu'ils adhèrent à l'interprétation des faits qu'il s'apprêtait à esquisser. C'était sa dernière chance. Le regard ensommeillé de Peder était resté scotché sur le dossier rose.

— Couleur barbe à papa, murmura-t-il.

Il lécha le sucre qui collait à son doigt et se pencha pour attraper une autre viennoiserie. Christer poussa le plat vers lui.

— T'as l'air complètement hors circuit, lui chuchota-t-il. Garde-moi quand même une moitié de petit pain.

— C'est le classeur de mon fils, précisa Vincent en tapotant son dossier. Je n'ai pas eu le temps…

Il s'éclaircit la gorge et se lança.

— Je voudrais vous montrer deux choses. D'abord, ces clichés. Vous voyez ce qu'ils représentent ?

Sur les photos, on voyait des hommes souriants en costumes à paillettes scintillants. Certains d'entre eux posaient devant un décor somptueux, style temple égyptien ou autre lieu "exotique" du même acabit, tandis que d'autres étaient immergés dans un show de fumée et de lumière laser. Tous posaient près de grandes caisses de tailles variables et avaient au moins une femme en tenue légère à leur côté.

— Vos collègues magiciens, dit Ruben. Et alors ?

Il avait enfin décroché son regard des fesses de Julia.

— Exact. Mais regardez mieux, dit Vincent.

Ruben plissa les yeux en direction des photos, tandis que Peder se penchait par-dessus la table.

— Ça alors ! s'exclama Ruben au bout de quelques secondes.

— Mais c'est…, dit Peder.

— Tout juste, répondit Vincent. Vous êtes en train de regarder différentes représentations de *Bullet Catch*, *Sword Casket* et *Zigzag Lady*. Trois des illusions les plus connues de l'histoire de la magie. Mais c'est aussi…

— … ainsi que sont morts Agnes, Tuva et Robert, poursuivit Julia.

Elle s'approcha des photos et les étudia, intriguée.

— La boîte à épées de Tuva était définitivement l'imitation d'un numéro de magie, dit Vincent. Mais ça, vous le savez depuis le début. Le meurtre d'Agnes pouvait l'être. Ou pas. Mais dans le cas de Robert, il n'y a plus aucun doute. Votre meurtrier est quelqu'un qui s'y connaît suffisamment bien dans l'art de la magie scénique pour être capable de construire ses propres illusions. Ce qui devrait diminuer le nombre de suspects possibles d'environ 99,9 %.

— Autrement dit, on recherche un assassin magicien ? dit Julia. Quelqu'un sait si Daniel ou Rask sait faire des tours de cartes ?

— C'était la première chose que je voulais vous montrer, dit Vincent. Je ne crois pas que ça vous ait vraiment surpris. Mais voici la suite.

Il prit un feutre noir et écrivit les noms d'Agnes, de Tuva et de Robert sur le tableau. Sous le nom d'Agnes, il inscrivit le chiffre 14, sous Tuva 15, et sous Robert 14 à nouveau.

— Les horaires des montres cassées, dit Ruben. Probablement l'heure des décès. Tout ce qu'il nous faut pour arrêter le meurtrier. C'est ce que je dis depuis le début.

— Ah ouais, t'as dit ça ? demanda Peder. Il me semblait que tu misais tout sur un hypothétique triangle amoureux entre Daniel, Agnes et Tuva.

Ruben fit semblant de ne pas l'entendre. Il étudia à nouveau les photos des magiciens en costumes pailletés.

— Franchement, ils font tellement pédés ! s'exclama-t-il.

Peder et Christer étaient stupéfaits. Julia éclata de rire.

— Bon sang, Ruben, qui dit encore “pédé” de nos jours ? demanda-t-elle. T'as cent ans ou quoi ? T'as pas honte ?

Vincent trépignait. Il était en train de les perdre, à l'instant où il approchait de l'essentiel. C'était la raison pour laquelle il refusait toujours de faire des exposés devant des classes de lycéens. La capacité de concentration de cette assemblée de policiers était encore pire que celle d'une classe de troisième.

— Mais Ruben, tu voulais nous dire quoi ? Par rapport aux montres, pas les… paillettes, dit Peder en dissimulant un nouveau bâillement derrière sa main.

— Moi, j'aime bien, dit Christer.

La dernière viennoiserie ayant déjà disparu, Peder humidifia le bout de son index et se mit à ramasser les grains de sucre sur la table. Il n'avait pas l'air d'avoir dormi depuis la dernière fois que Vincent l'avait vu.

— Regardez les horaires, dit Ruben, satisfait. C'est pratiquement les mêmes chaque fois. Deux identiques auraient pu être le fruit du hasard, mais pas trois. Soit le meurtrier a sa routine et fait la même chose à la même heure tous les jours, soit c'est la victime. Et encore plus probable : ils ont tous les deux les mêmes habitudes. Alors, il ne nous reste plus qu'à savoir ce que faisaient nos victimes vers deux-trois heures de l'après-midi. Et là, on trouvera le meurtrier.

Ruben remit les deux mains derrière sa tête, triomphant comme s'il venait de résoudre l'affaire à lui tout seul.

— La démonstration de Ruben est certes convaincante, je vous félicite pour votre rapidité, commença Vincent.

Ruben s'étira, encore plus satisfait de lui-même, si c'était possible.

— Et c'est sans doute complètement faux.

Le sourire de Ruben s'effaça brutalement. Ce n'était vraiment pas sympa. Mais Vincent n'avait pas résisté. Malgré tout, Ruben était le principal responsable de son éviction du groupe lors de sa première venue. Il n'avait rien fait d'autre que de donner à Ruben une bêche et lui montrer où il fallait creuser. Puis Ruben avait naïvement creusé sa propre tombe et y avait sauté à pieds joints.

— OK, monsieur le mentaliste de mes deux, dit Ruben, le regard mauvais. Vous nous proposez quoi à la place ? Ça a intérêt à être sacrément plus costaud que mon idée.

Vincent l'ignora. Il prit un feutre rouge et inscrivit deux dates sous les noms respectivement d'Agnes et de Tuva, "13 janvier" sous Agnes, et "20 février" sous Tuva. Sous Robert, il traça deux points d'interrogation. Un pour le jour, un pour le mois. Puis il effaça les chiffres noirs des horaires et les réécrivit en rouge.

— Le meurtrier veut qu'on connaisse les horaires des meurtres, dit-il. Voilà pourquoi il a laissé les montres. Mais il ne veut pas seulement que nous connaissions l'heure, il veut aussi qu'on sache de quel *jour* il s'agit. Les corps ont été déposés à des endroits où ils allaient à coup sûr être retrouvés rapidement. L'assassin a pris de gros risques en les transportant, il aurait facilement pu être pris en flagrant délit. C'était important qu'ils soient trouvés vite, avant que la décomposition ne soit trop avancée, pour que vous puissiez déterminer le jour exact des décès.

— Attendez, dit Christer. L'assassin veut qu'on sache également le jour où il frappe ? Mais *pourquoi* ? Il veut qu'on lui mette la main dessus ?

— C'est toute la question, dit Vincent. Rien ne nous dit à quel moment il va recommencer. Le nombre de semaines entre chaque meurtre est variable. Et comme vous le savez, les horaires ne sont pas non plus tout à fait identiques. Je crois qu'il y a autre chose en jeu.

— J'ai essayé de trouver des faits historiques remarquables à ces dates et à ces heures, dit Mina, mais rien. Il peut bien sûr y avoir un rapport avec des événements dans la vie du meurtrier, ces dates renverraient à quelque chose d'important pour lui. Mais dans ce cas, pourquoi se donner la peine d'élaborer un tel scénario, alors qu'à nous, ça ne nous parlerait pas ?

— Je suis d'accord avec Mina, dit Vincent, et je crois que la solution est ailleurs.

Il fit une pause pour vérifier qu'il avait l'attention de tous. Mina avait eu raison la dernière fois. C'était comme faire un exposé devant un public. Et là, il était dans son élément.

— Je crois que les dates et les heures font partie d'un message qu'il veut nous transmettre, dit-il.

— Font partie ? Tu veux dire qu'il faut les associer ? proposa lentement Peder. Comme les pièces d'un puzzle ?

Vincent hocha la tête.

— Un message qui serait destiné à qui ? demanda Julia.

— À nous. À vous. Mais nous ne le comprenons pas encore, parce que le message n'est pas complet. Les meurtres sont un compte à rebours, on est d'accord ? Des chiffres romains ont été gravés sur les corps. Les meurtres numéro quatre, trois et deux ont eu lieu. Il y aura encore un meurtre, au moins, avant que nous disposions de la totalité du message.

— *Au moins* un ? dit Christer, consterné.

— Meurtre numéro un. Nous ne savons pas ce qui se passera à zéro. Mais…

Vincent fit encore une pause. Il les regarda dans les yeux, l'un après l'autre. Le bouquet final n'était plus très loin.

— Vous n'êtes pas obligés d'attendre jusqu'au prochain meurtre, dit-il. Vous n'avez même pas besoin de comprendre la signification du message, le meurtrier a commis une erreur.

Il les sentait tous retenir leur souffle. Même Ruben était attentif. Peder s'était figé, la main à mi-chemin de sa bouche, ayant complètement oublié les grains de sucre qui se détachèrent de son doigt pour retomber sur la table.

— La dernière victime, Robert, a été déposée sur un parking qui était interdit d'accès en raison de travaux. Le corps y est resté trop longtemps pour que la date du décès puisse être déterminée avec certitude. Vous ne connaissez même pas le mois de son décès. Il a été trouvé le 5 mai, il est donc peut-être mort la veille. Mais il peut aussi bien avoir été tué plusieurs jours avant, voire en avril. Si le meurtrier veut nous donner les pièces d'un puzzle, comme disait Peder, il s'est planté cette fois-ci. La date exacte nous manque. Mais je crois qu'il tient à rectifier son erreur, vu le travail que représente toute sa mise en scène.

Julia écarquilla les yeux, elle avait compris. Pas bête, la Julia. Presque aussi maligne que Mina.

— On organise une conférence de presse, dit-elle. Afin de le faire sortir de sa cachette. Dès que nous aurons parlé avec les parents. Il va falloir agir de façon radicale. Je n'ai pas voulu vous ennuyer avec les pressions de la hiérarchie, mais pour être honnête, il ne nous reste plus beaucoup de temps. La patience en haut lieu est quasiment épuisée. Si on n'arrive pas très vite à une avancée déterminante, notre groupe sera dissous. Je pense qu'une conférence de presse peut servir à secouer l'arbre, en espérant que des fruits en tomberont. Quand le grand public est invité à jouer les détectives, il y a toujours des chances d'obtenir de nouveaux renseignements, et c'est exactement ce dont nous avons besoin en ce moment précis.

— On récoltera également beaucoup de fausses pistes, tu le sais bien, grommela Christer. On va patauger dans la gadoue.

— Convoquez les médias, dit Vincent sans tenir compte de l'objection de Christer.

Qui n'avait pourtant pas tort. S'adresser au grand public était une arme à double tranchant, mais compte tenu du couteau de cuisine émoussé dont ils disposaient, le choix était vite fait.

— Dites que vous cherchez des informations sur le moment où une grande caisse noire a été déposée près du marché de gros d'Årsta. Dites que vous en ignorez les circonstances. Ce serait peut-être même une bonne idée de dévoiler que vous recherchez un tueur en série, comme dans les séries télé. Si mon profil psychologique est correct, je pense que ça flattera l'assassin. Un narcissique veut entendre qu'il est le meilleur, cela confirme sa vision du monde. Ainsi, on augmente les chances qu'il se manifeste pour vous livrer la pièce manquante. Je suis même persuadé qu'il ne pourra pas s'en empêcher.

Peder avait l'air de ne pas comprendre.

— Mais vous disiez que le message n'était de toute façon pas complet, dit-il en dissimulant son inévitable bâillement derrière la main. Puisqu'il y a quatre éléments. Comment le trouver avant qu'il ne tue une quatrième fois ?

— On crée une hot-line en espérant que le meurtrier va appeler et se dévoiler, dit Julia. Vincent peut écouter sa voix, peut-être détectera-t-il quelque chose. On peut aussi la croiser avec des enregistrements de Rask, pour voir si c'est lui. On analysera les bruits de fond pour essayer de se faire une idée d'où il appelle. Avec un peu de chance, on pourra même tracer l'appel. S'il nous contacte d'un portable, on peut le tracer via le GPS. Allez, au travail.

Mina fit un petit signe de la tête à Vincent et sourit. Il s'en était bien sorti. Julia s'approcha de lui et serra sa main dans les deux siennes.

— Tout ça est inestimable, dit-elle. Lors de la conférence de presse, je veux qu'on garde pour nous l'info concernant Jonas Rask. Et je veux aussi garder secrète votre participation encore un moment. Si quelqu'un me pose la question, je n'ai vu Vincent Walder qu'à la télé, OK ?

Il acquiesça. C'était sans doute ce que son public aujourd'hui pouvait lui offrir de mieux en guise d'ovation.

— Une dernière chose, avant que vous ne soyez totalement absorbés, dit Julia en se tournant à nouveau vers le groupe.

Peder se figea à moitié debout comme s'il se demandait s'il fallait se redresser complètement ou se rasseoir.

— Tu peux te rasseoir, dit Julia en soupirant. Si parmi vous quelqu'un n'a pas encore lu l'intégralité du rapport sur Robert, je vous invite à le faire au plus vite. On va tout reprendre à zéro. Les parents de Robert ainsi que le personnel de son foyer ont été interrogés plusieurs fois. Mais pas par nous. Et pas depuis qu'il a été… retrouvé. Il y a d'autres questions à leur poser maintenant. Christer et moi irons voir les parents après-demain. Et on ira au foyer aussitôt la conférence de presse terminée. Au boulot, tout le monde !

Christer hocha la tête sans rien dire. Les autres se levèrent. Julia se tourna à nouveau vers Vincent et lui donna une petite carte plastique.

— Voici un badge, tu fais désormais partie de l'équipe.

Julia inspira profondément avant d'appuyer sur la sonnette. La cage d'escalier était belle. Plafond haut. Sol en damier noir et blanc. Murs stuqués. Elle sentait derrière elle la présence sombre de Christer. Pendant le trajet jusqu'à l'immeuble dans Vasastan, il lui avait demandé pourquoi elle avait tenu à ce qu'il vienne, lui. Comme un gosse. Julia avait été tentée de dire : "Parce que c'est comme ça." Mais elle s'était abstenue. Elle était la cheffe, et cela impliquait de garder certaines distances. Elle vérifia son téléphone une dernière fois avant que la porte ne s'ouvre. L'avis de recherche de Jonas Rask avait été diffusé, il y avait du monde sur le terrain pour vérifier ses adresses précédemment connues, et elle s'attendait à recevoir des nouvelles informations d'un moment à l'autre. Si on le trouvait vite, on pourrait peut-être même annuler la conférence de presse.

Ils entendirent des pas qui s'approchaient. Une femme élégante ouvrit la porte.

— Entrez, dit-elle d'une voix posée en s'effaçant pour les laisser passer.

Ils étaient attendus.

Ils passèrent dans l'entrée. Julia ne put s'empêcher d'admirer l'appartement. Exactement le genre d'endroit où elle aurait aimé vivre. Mais Torkel et elle avaient opté pour une maison mitoyenne avec jardin, plus adaptée à leur projet de fonder une famille. À cet instant, dans ce bâtiment du début du XXe siècle, elle s'interrogeait sur ce choix. D'autant plus qu'ils vivaient dans leur maison à Enebyberg depuis bientôt cinq ans et qu'il n'y avait toujours pas de gamins pour jouer dans le jardin.

— Voulez-vous un café ?

La voix de la mère de Robert était tout en retenue, elle n'exprimait aucune émotion, mais ses paupières rougies témoignaient de son chagrin. Dans la cuisine, debout, un homme aux cheveux poivre et sel, élégant lui aussi, en jean et chemise blanche, plus âgé que sa femme. Malgré leurs yeux endeuillés, ils formaient un beau couple.

— Volontiers, répondit Julia tandis que Christer hochait la tête.

— Thomas.

L'homme tendit sa main, que Julia et Christer serrèrent à tour de rôle.

— Pardon. Moi, c'est Jessica, dit la femme qui, d'une main preste, avait déjà commencé à préparer le café dans une grosse Barista chuintante et poussive. On a tendance à oublier les choses les plus simples. L'ordinaire, la politesse. Le train-train du quotidien, toutes ces banalités qui paraissaient importantes avant…

Thomas prit place, pesamment, à la grande table en bois près de la fenêtre et les invita d'un signe de la main à faire de même.

Son visage exprimait l'égarement. Il était comme perdu. Ne sachant plus différencier le haut du bas. L'extérieur de l'intérieur. Julia avait souvent vu cette expression hagarde quand elle avait dû apporter de terribles nouvelles.

— Merci, dit Christer en prenant le café que Jessica lui tendait.

Une feuille de chêne se dessinait sur la mousse en surface de la tasse et Christer, déconcerté, lança un regard à Julia. Rien à voir avec le café dont ils avaient l'habitude lors de ce genre de visites, qui réchauffait depuis le matin.

— Nous tenons une épicerie fine au rez-de-chaussée, dit Jessica en préparant une tasse pour Julia. Vous l'avez sans doute vue en arrivant.

Julia acquiesça. Elle s'était en effet arrêtée devant. S'était autorisé un instant de lèche-vitrine. De lourds jambons crus pendus au plafond. Pata negra. Prosciutto. Bresaola. Une énorme meule de parmesan trônait majestueusement au centre d'un assortiment de chèvres, de bries et de bleus. Elle ne connaissait même pas les noms de la plupart de ces fromages, mais elle avait salivé rien qu'en les regardant.

— C'est une entreprise familiale, dit Thomas en secouant la tête quand Jessica lui adressa un regard interrogateur après avoir donné sa tasse à Julia.

Elle avait un cœur sur sa mousse.

— La famille de Thomas est spécialisée dans le fromage depuis trois générations, expliqua Jessica en prenant place à côté d'eux à table.

Ni elle ni Thomas ne prirent de café. Leurs joues creuses donnaient à penser qu'ils n'avaient ni mangé ni bu grand-chose ces derniers jours.

— J'ai l'habitude de plaisanter en disant que je me suis mariée non pas avec un comte, mais avec un comté, dit Jessica.

Aucun d'eux ne sourit. La plaisanterie flotta dans l'air, se dissipa et s'évanouit. Il n'y avait plus de place pour la légèreté dans cette maison.

— Servez-vous. Ce sont des cantucci, dit Thomas en poussant une petite assiette vers eux.

Julia adorait ces petits gâteaux italiens secs et durs aux amandes. Mais c'était difficile d'engager une conversation grave tout en croquant ces délices, alors elle s'abstint. Christer, en revanche, en prit trois à la fois. Sa première bouchée craqua bruyamment, Julia lui lança un regard réprobateur auquel il répondit par une mine interrogative.

— Est-ce que c'est vrai ? demanda Thomas d'une voix tremblante.

Il fixa le plateau de la table en posant la question. Le bois témoignait de temps plus joyeux. Traces de verres à pied. Taches jaunes de plats indiens au curcuma ou au curry. Des dîners en famille. Ou avec des amis. Des rires.

— Pardon ? demanda Julia alors qu'elle savait très bien où il voulait en venir.

Elle se raidit, son mental devait être d'acier. Elle s'obligea à occulter l'image du garçon au large sourire affichée dans tous les magasins, stations-services et kiosques ces dernières semaines.

— Qu'il n'était pas… entier… quand ils l'ont trouvé ?

Julia essaya de penser aux fleurs en train d'éclore dans leur petit jardin. Au berceau en bois encore vide que Torkel avait fabriqué lui-même. À la perception des injections dans les plis de son ventre. À la dépression suite au coup de massue du traitement hormonal.

Christer croquait toujours ses gâteaux secs. Par la fenêtre ouverte, on entendait un corbeau croasser dans l'un des grands arbres de la cour intérieure. Elle se força à répondre.

— Oui, c'est vrai, dit-elle doucement.

Le corps de Jessica s'affaissa.

— Et maintenant, tout le monde va en être informé ?

— Si vous nous le permettez. Mais nous respecterons bien sûr vos…

— Faites ce que vous avez à faire pour arrêter le malade qui a fait ça, coupa Jessica d'une voix tranchante comme un rasoir.

Julia se tut, ébranlée par le brusque changement de ton.

— Parlez-nous de Robert, demanda-t-elle au bout d'un moment.

Le visage de Jessica s'éclaircit. Elle jeta un rapide coup d'œil à son mari. Ils échangèrent un petit sourire. Dans leurs regards affleuraient des souvenirs de temps heureux.

— Nous nous sommes mariés jeunes, mais il a fallu attendre quelques années avant l'arrivée de Robert. J'avais vingt-cinq ans. Il était notre petit miracle.

Elle tendit sa main à son mari qui l'agrippa. Julia vit qu'il serrait si fort qu'il devait lui faire mal. Dehors, le corbeau croassa à nouveau. Il prit le relais.

— Bobban était l'âme la plus gentille, douce et aimante qui ait jamais vécu sur cette terre.

La voix de Thomas se brisa. Il se ressaisit et enchaîna.

— Il nous apportait tant de joie chaque jour. Mais… il grandissait, nous ne pouvions plus nous occuper de lui comme avant, le surveiller jour et nuit, alors que c'était indispensable. Il fuguait, parfois au milieu de la nuit. Vous savez certainement que ce n'est pas la première fois qu'il a fallu lancer des avis de recherche pour Bobban, je veux dire Robert. Au début, nous n'étions donc pas si inquiets que ça. Pas plus que d'habitude, en tout cas. Et puis… au fur et à mesure que les jours passaient…

Christer s'avança vers la petite assiette et attrapa une nouvelle poignée de cantucci. Julia lui donna un coup de pied sous la table. Les parents de Robert n'eurent pas l'air de le remarquer.

— Vous étiez satisfaits du foyer où il habitait ?

C'était Christer qui avait posé la question, et Julia le regarda avec surprise. Elle l'avait cru plus attentif aux gâteaux qu'à la conversation.

— Très satisfaits, répondit Jessica. Il y était depuis cinq… non, attendez, sept ans. Comme le temps passe ! Le personnel est merveilleux. On voit Robert tous les jours, et il rentre à la maison tous les week-ends. Il est en sécurité. Aimé…

Elle renifla, et Thomas serra à nouveau vivement sa main. La fine chaîne d'argent autour de son poignet cliquetait chaque fois qu'elle bougeait, et Julia y aperçut une petite plaque gravée du nom de Robert. Jessica saisit son regard. Elle lâcha la main de Thomas et leva son bras avec le bracelet.

— C'est Robert qui me l'a offerte pour la fête des mères l'année dernière. Il avait économisé sur son argent de poche et avait demandé à Thomas de venir avec lui pour l'acheter.

— Elle est très jolie, dit Julia.

Une pensée la traversa : y aurait-il un jour quelqu'un pour lui souhaiter une belle fête des mères ? Elle l'écarta aussitôt. Qu'étaient ses petits soucis à elle, en comparaison ?

— Connaissez-vous quelqu'un qui aurait pu avoir un problème avec Robert ?

— Non, personne, dit Thomas en secouant vivement la tête. Tout le monde l'adorait. Et il aimait tout le monde. Je n'ai jamais rencontré une seule personne qui restait insensible à son charme.

— Tu te souviens de cette dame dont il avait cassé une vitre avec son lance-pierre ? dit Jessica en souriant. Celle qui habitait de l'autre côté de la cour ? Ça s'est terminé par des petits pains et de la limonade chez elle.

— Oui, je me souviens.

Thomas acquiesça en souriant. Il leva les yeux, rencontra le regard de Julia.

— Nous aurions mille histoires de ce genre. Il était notre lumière. Notre bonheur. Oui, il était né avec un handicap, ou plutôt avec ce que le reste du monde, dans son ignorance, s'obstine à appeler un handicap. Mais croyez-moi. Le monde serait un bien meilleur endroit si tous les êtres humains étaient comme Robert. Il était parfait.

Du coin de l'œil, Julia vit une photo encadrée de Robert sur un buffet contre le mur. La même que sur les avis de recherche. Elle se demanda comment elle réagirait si elle donnait naissance à un enfant trisomique. Elle avait quarante-deux ans. Ça n'avait donc rien d'impossible. Et pour chaque année qui passait, le risque augmentait… Elle se demanda comment Torkel réagirait…

— Nous allons également parler avec le personnel du foyer. Y a-t-il autre chose que vous souhaitez ajouter ? dit Christer en remarquant que Julia ne disait plus rien.

— Il était naïf, dit Thomas. Il aurait suivi n'importe qui, n'importe où.

Thomas hésita avant de poursuivre.

— Avez-vous un suspect ?

Julia hocha la tête.

— Un agresseur récidiviste. On le recherche activement.

— Promettez-nous… de le trouver, dit-il à voix basse. Sinon… comment pourrions-nous continuer à vivre ?

Julia se leva. Se demanda ce qu'elle allait bien pouvoir répondre. Elle aurait dû savoir. Elle avait déjà entendu cette prière tant de fois avant. La prière d'une fin. La prière d'une délivrance. D'une sanction qui rétablirait la justice. Mais elle ne pouvait pas faire cette promesse tant qu'elle n'était pas sûre de pouvoir la tenir. Au moment où elle posait sa tasse sur l'évier et s'apprêtait à répondre, Christer la devança.

— Nous ne pouvons, hélas, pas vous le promettre, dit-il. Mais nous pouvons vous promettre que nous ferons tout, absolument tout pour y arriver. Robert était un garçon merveilleux. Réjouissez-vous de tous ces bons moments. Préservez vos souvenirs. Ne laissez personne vous les enlever.

Julia était ébahie. Christer, lui qui avait pour habitude de clamer que la vie était un combat et la mort une délivrance. Fallait qu'elle vérifie discrètement son haleine dès qu'ils seraient dehors.

Quand ils quittèrent la maison, Thomas et Jessica étaient toujours assis à la table. La dernière chose qu'elle vit avant que la porte ne se referme derrière eux, c'est qu'ils se tenaient toujours par la main.

Kvibille 1982

Jane trouva sa mère au bout de la pelouse, là où commençait la forêt. Elle était accroupie à l'ombre des arbres, en train d'enlever des mauvaises herbes. Jane eut envie de lui demander quel était l'intérêt d'arracher des pissenlits en bordure de forêt, mais elle savait que ce genre de conversation ne mènerait à rien.

— Comment ça va ? demanda-t-elle en s'accroupissant près d'elle.

Sa maman avait désherbé suivant un tracé parfaitement rectiligne.

— Je vois pas trop ce que ça fait comme différence.

Maman se redressa, faisant craquer son dos.

— Non, mais ça m'occupe. Au fait, t'as vu ton frère ?

— Il est parti à vélo avec le trio de filles de sa classe, tu sais, répondit Jane en arrachant une feuille de pissenlit. Ils sont sûrement planqués quelque part à se rouler des pelles.

— Jane ! dit maman, effarée. Ils ont sept ans ! Et les trois filles en question s'appellent Malla, Sickan et Lotta. Réjouis-toi plutôt que ton frère ait des copines.

— Je suis plus surprise que réjouie.

Jane scruta la feuille, puis la mordit prudemment.

— Tu sais qu'on peut les manger ? dit-elle. Les pissenlits. Si tu tiens à pas les balancer, je veux dire.

— Pourquoi je mangerais des pissenlits ? demanda maman en essuyant la sueur de son front d'un revers de manche.

Le geste laissa une trace de terre au-dessus de ses sourcils. Jane haussa les épaules.

— C'est bourré de fer, de potassium et de magnésium.

— Et comment tu sais ça ? Toi qui n'es pas exactement membre du fan-club de la forêt.

— Et comment ça se fait que *toi*, tu ne le saches pas ? Sais-tu au moins que le mot français est *piss-en-lit**, ce qui veut dire "faire pipi au lit", à cause des propriétés fortement diurétiques de cette plante ?

— Des propriétés fortement diurétiques, répéta maman sur un ton prétentieux. Des fois, je me demande de qui tu es la fille. Tu es trop intelligente pour Kvibille.

Yes ! L'ouverture qu'elle attendait. Maman enfonça sa binette jusqu'à la garde au pied du pissenlit suivant et commença à la manœuvrer. Jane inspira profondément. En avant. C'était maintenant ou jamais.

— À propos de Kvibille, dit-elle. Tu te souviens que je m'en vais dans huit jours ?

— Oui, je sais.

Maman arracha le pissenlit avec la racine.

— Tu vas voir Ylva en Dalécarlie. On en a déjà parlé. La maman d'Ylva a l'air bien, je ne me fais aucun souci. Tu seras absente deux semaines.

— Il n'y a pas que ça, dit Jane.

Dis-le, dis-le, dis-le.

— Quand je rentrerai, je ferai mes valises, dit-elle en retenant son souffle.

Maman se figea au milieu d'un mouvement et leva le regard de la pelouse.

Il fallait qu'elle continue, qu'elle déballe tout maintenant, tant qu'elle en avait encore le courage.

— Je déménage, dit-elle. Je ne peux pas rester ici, à la ferme. Je veux faire autre chose. Vivre en ville. Trouver de nouveaux amis. Étudier. Je… je ne supporte plus de vivre ici. Ça me rend dingue d'être ici.

Maman la fixa sans rien dire. Jane cligna des yeux pour ne pas se mettre à pleurer. Elle ne devait pas pleurer. Ne *devait pas*. Parce que, dans ce cas, elle ne partirait pas. Maman gagnerait. Jane leva les yeux vers le ciel bleu et cligna à nouveau. Le ciel était si vide. Pas un nuage, pas un avion. Elle n'avait pas besoin de vide, mais de tout le contraire. Et ça, elle ne le trouverait jamais ici, à la ferme.

— Ne t'inquiète pas, dit-elle. J'ai seize ans. Je me débrouille. J'ai déjà trouvé une piaule.

— Ce n'est pas pour toi que je m'inquiète, dit doucement maman. C'est pour moi. Tu as toujours été la plus forte de nous deux. La plus futée. Tu sais plein de choses, par exemple sur les pissenlits, et comment se débrouiller, et… Moi je suis à peine capable de préparer un repas. Sans toi ici… ton frère, il est comme il est… je n'y arriverai jamais…

Maman fixa à nouveau l'herbe.

— Si tu t'en vas, je me tue, dit-elle.

L'air quitta les poumons de Jane. Comme si quelqu'un lui avait donné un coup dans la poitrine. Elle avait cru que maman serait furieuse, qu'elle lui interdirait de partir, qu'elle pleurerait, déprimerait, n'importe quoi. Mais pas ça ! Soudain, une rage bouillonnante monta en elle.

— C'est dégueulasse ! hurla-t-elle. C'est ma mère qui me dit ça ? C'est du chantage. Je ne suis pas responsable de ta vie. Il faut que j'arrive à me faire une vie à moi. Et tu ne seras pas seule. Mon frère n'est pas aussi fou que tu crois. Et si vraiment tu ne t'en sors pas, il sera peut-être temps que tu trouves quelqu'un qui veuille bien rester ici avec toi. Parce que moi, je ne veux plus.

Jane se leva en regardant sa mère qui avait toujours les yeux rivés au sol, et sur sa ligne de terre parfaitement nettoyée. Elle avait l'air si petite. Si misérable. Jane avait bien fait de lui dire. Il fallait qu'elle parte d'ici. Sinon, elle sombrerait aussi. Comme elle.

Peder attendait devant la salle de bains, inquiet. De l'autre côté de la porte, on aurait dit que sa femme était en train de rendre l'âme.

— Ça va, chérie ? cria-t-il, l'oreille collée à la porte en bois blanc.

Pour toute réponse, il entendit un râle de suppliciée. Quelques minutes plus tard, Anette ouvrit enfin la porte. Elle était blanche comme un linge.

— Recule, murmura-t-elle en agitant les bras pour le tenir à distance. J'ai la gastro, ne m'approche surtout pas, ni toi ni les triplées.

Ses longs cheveux lui collaient à la peau. Il claqua vite fait la porte de la salle de bains pour contenir l'épouvantable odeur qui en émanait.

— Pas de problème, mon amour, dit-il, on te mettra sous cellophane. De toute façon, ça fera du bien aux petites d'avoir à fournir un peu plus d'efforts à la tétée.

Anette leva les yeux au ciel et retourna à la salle de bains chercher un flacon de solution hydroalcoolique. Il retint sa respiration. Si seulement elle n'avait pas réouvert cette porte. Elle nettoya la poignée des deux côtés.

— Je ne rigole pas, dit-elle. Désormais, cette salle de bains est *interdite au public*. Privatisée. Pour moi seule. À part, bien sûr, si tu ressens un désir irrésistible de me soutenir dans mon calvaire ?

Peder recula et prit un air outré.

— Pour me voir maculé de fluides corporels ? Quelle horreur ! On n'a jamais vu ça chez nous. Nos triplées sont pour ainsi dire stériles.

Il l'attira à lui, lui caressa ses cheveux emmêlés et gras. Anette était trop fatiguée pour protester.

— Je suggère que tu te cloîtres ici, dit-il en la menant à leur chambre à coucher. Je vais chercher ton iPad. Tu ressortiras dès que tu te sentiras mieux ou dès que tu te seras farci l'intégralité de Netflix, selon ce qui arrive en premier. Les filles et moi, on bivouaquera dans le séjour. Et si elles s'ennuient, on fera des cabanes. Si elles te réclament, je n'aurai qu'à dire que tu nous as abandonnés.

Anette sourit faiblement.

— Pense à la partie de jambes en l'air que je t'offrirai en guise de reconnaissance dès que ça ira mieux, dit-elle en jetant un regard attendri vers le lit. Dans un an ou deux.

— Faut que je vérifie sur mon planning si je suis libre ce jour-là, dit Peder en attrapant quelques coussins supplémentaires. Maintenant, je dois juste appeler le bureau pour leur dire de ne pas compter sur moi dans les jours qui viennent.

Il prit son téléphone. Anette s'assit avec précaution sur le bord du lit. Elle semblait vraiment à l'article de la mort. Il devrait peut-être demander à Mina si elle pouvait le dépanner avec quelques litres de gel hydroalcoolique. Il n'avait aucune envie de se retrouver dans le même état que sa femme.

— Je vais quand même essayer d'allaiter autant que possible, dit-elle. Cela dit, comment vous allez faire côté bouffe ?

Peder se mordit la langue. Il ne devrait pas. Elle ne le lui pardonnerait jamais. Mais après tout, elle lui avait tendu la perche.

— Oh, on va s'empiffrer de hamburgers dégoulinants, dit-il en articulant chaque mot avec délectation. Tu sais, ceux qui baignent dans du gras luisant. Ou je ferai de la soupe noire. Sans lésiner ni sur le sang ni sur le sel. Ni sur la tripaille.

Le regard d'Anette s'était figé. Elle se leva d'un bond et courut vers la salle de bains.

— C'était Peder, annonça Julia dans la salle de réunion. Il ne pourra pas nous assister au central d'appels. Anette est malade, il se met en arrêt pour s'occuper des petites.

Ruben n'était pas surpris. Pas le moins du monde. Ça leur pendait au nez que Peder abdique. "Anette malade". C'est ça ! Mais on ne pouvait pas en vouloir à Peder d'avoir besoin d'une pause. Il était à coup sûr déjà bien installé chez Riche à Sture-plan, tranquille devant un brunch. À cette heure-ci, la brasserie grouillait de femmes désœuvrées qui sirotaient du cava en attendant l'heure de pointe du début d'après-midi. Ce genre de gonzesses entrait en ébullition à l'approche d'un policier. Ruben le savait d'expérience. Le top, c'était de porter son uniforme, mais bon, ça pouvait susciter d'autres problèmes. Faire le policier en civil était de loin la meilleure solution, la cerise sur le gâteau étant la paire de menottes qu'on apercevait sous la veste. Ça les rendait dingues. La bague au doigt ou pas, aucune importance. Cela dit, il n'enviait pas Peder, au contraire. Anette ne devait pas être super dispo au lit actuellement. Peut-être même pour un long moment encore.

— Il va se démerder tout seul avec les triplées ? souffla Christer en secouant la tête. Le pauvre. Il sera l'ombre de lui-même quand il reviendra. Quoique, il l'était déjà. L'ombre de son ombre, quoi.

Christer se pencha en avant, faisant craquer la chaise. Il soupira.

— Quelqu'un devrait peut-être se dévouer pour aller lui donner un coup de main, marmonna-t-il.

Si ça lui chantait, Christer n'avait qu'à y aller lui-même. S'il y avait bien une chose dont Ruben ne voulait pas entendre parler, c'était bien des merdeux.

— Dans tous les cas, notre effectif compte désormais une personne de moins, poursuivit Julia.

Elle portait une veste et une sorte de pantalon classique, large à partir des fesses et jusqu'en bas. Il supposa que c'était censé faire plus cheffe. Il préférait de loin quand elle était en robe. Ou en pantalon moulant. On ne peut pas tout avoir.

— Ruben, tu fais ta garde avec Vincent, dit Julia.

— Moi ? Avec le magicien ? siffla-t-il. Mais bien sûr, on est faits l'un pour l'autre !

— À mon avis, il te laissera tomber si tu l'appelles comme ça, dit Mina. Magicien, je veux dire.

— Vraiment ? dit Ruben sur un ton exagérément optimiste. Bon à savoir.

Mina ne lui accorda même pas un regard. Incroyable, ce qu'elle était dure à draguer, celle-là.

— Résumons, dit Julia en ramassant sa paperasse. Nous n'avons toujours pas mis la main sur Jonas Rask, la conférence de presse aura donc lieu dans deux heures. Je ne parlerai ni de la participation de Vincent, ni de notre recherche de Jonas Rask. Vu que nous n'avons aucune preuve contre lui, seulement des présomptions. Je vous serais reconnaissante de ne pas aborder ces deux sujets *off the record* – ni *on* bien entendu. La conférence sera diffusée en direct sur les réseaux sociaux et les médias que nous avons eu le temps de prévenir. Aussitôt après, nous serons collés aux téléphones le temps qu'il faudra. Ruben et Vincent prennent le premier tour de garde.

Ruben ouvrit la bouche, mais Julia le fit taire en levant un doigt.

— Comme tu l'as si bien dit, vous êtes faits l'un pour l'autre, dit-elle. C'est ma décision. Vincent fait désormais officiellement partie de notre équipe.

Ils se tenaient contre un mur en pierres sur les hauteurs de Fjällgatan. De là, ils avaient vue sur toute la vieille ville de Stockholm, Skeppsholmen et une partie de l'île de Djurgården. Un panorama saisissant. À cette distance, on arrivait presque à faire abstraction de la saleté, des gaz d'échappement et de tous ces gens hyper contagieux. De loin, la ville brillait. La vue sur Gröna Lund, où Tuva avait été trouvée, était également splendide. Mais Mina s'efforça d'éloigner cette idée et de se réjouir du spectacle.

C'était Vincent qui avait proposé cette promenade pour discuter des détails de l'enquête, à l'écart du reste du groupe. Ils marchaient depuis une heure déjà et avaient fait le tour, encore et encore, de tout ce qu'ils savaient ou, du moins, de ce qu'ils croyaient savoir.

— Tu as des projets pour l'été ? demanda soudain Vincent, les yeux rivés sur le panorama.

Mina le dévisagea.

— Des projets pour l'été ? Tu te souviens que nous sommes en pleine enquête ?

— Oui, oui, c'est juste que je me disais… on est presque en juin et…

Il se racla la gorge, puis se tut comme s'il ne savait plus quoi dire.

— Dis-moi, Vincent, c'était une tentative de papotage, ça ?

Mina réprima un sourire.

— Peut-être. Je me disais qu'on avait fait le tour de ce qu'il y avait à dire sur l'enquête.

— Je te félicite, c'est bien de t'entraîner.

Elle tourna le dos à la vue et s'appuya contre le mur en pierres, après avoir placé entre elle et le mur une poche plastique de Coop prévue à cet effet. Le soleil lui chauffait le visage. Les lunettes de soleil qu'elle avait achetées récemment tombaient à pic.

Elle eut soudain l'impression de reconnaître quelqu'un, mais au moment où Mina focalisa son attention, la personne fit demi-tour et disparut. Elle avait dû se tromper.

— À propos de l'enquête, dit-elle, je ne suis pas sûre que ce soit une bonne idée que tu assistes à la conférence de presse. Si des journalistes te reconnaissent et commencent à poser des questions sur ta présence, ça peut brouiller le message que nous voulons diffuser. Julia a clairement dit qu'elle n'allait pas mentionner ta participation à l'enquête.

— Je suis pourtant curieux de voir comment se déroule une conférence de presse dans la réalité.

Elle ferma les yeux derrière les verres sombres.

— On partage certains détails et on en garde d'autres pour nous. Notamment des détails dont seul le meurtrier a connaissance. C'est une façon de faire le tri entre vrais ou faux témoignages. Tu ne me croirais pas si je te disais combien d'appels on reçoit de gens qui avouent tout un tas de crimes qu'ils n'ont jamais commis. Plus de soixante personnes ont, par exemple, prétendu être l'assassin d'Olof Palme.

Elle enleva ses lunettes et s'abandonna à la chaleur du soleil. Elle aimait quand il faisait froid parce que ça donnait une sensation de propreté. Mais la chaleur lui procurait l'impression d'être… vivante. Tant qu'elle ne transpirait pas. En ce moment précis, c'était idéal. Une brise fraîche lui caressait le visage.

Ils se remirent en marche.

— Dans ce cas, dit Vincent, je propose que vous jouiez les naïfs en ce qui concerne les "pièces de puzzle", comme dit Peder. Les dates et les heures des meurtres sont forcément une espèce de code, j'en suis convaincu. Mais ce n'est pas la peine de dévoiler que vous l'avez compris.

— Tu as raison.

Mina se tut un instant. Puis regarda Vincent du coin de l'œil.

— Et Rask ? Qu'en penses-tu ?

— Ce que je pense est évident, non ? dit Vincent en balançant un coup de pied à un caillou qui roula sur le chemin devant eux. Ce n'est pas crédible. Ça ne colle pas, tout simplement. Rask est poussé par ses pulsions sexuelles, je n'ai pas vu l'ombre d'un indice sexuel dans les cas de notre affaire.

— Cela ne veut pas automatiquement dire qu'il n'y en a pas. Une pulsion sexuelle ne concerne pas uniquement des agissements sexuels explicites. Dans mon métier, j'ai rencontré un paquet d'hommes fascinés par la violence, le pouvoir, l'abus, la douleur, la peur, la terreur.

— En tant qu'espèce, nous devrions avoir honte de ce que nous faisons subir au monde.

— Les femmes aussi peuvent causer de la souffrance. J'en ai vu, et des pas tristes. Mais chez les hommes, il s'agit souvent de violence d'un tout autre acabit. Là où je veux en venir, c'est que nous ne pouvons pas exclure l'existence d'un élément sexuel dans ces meurtres.

Vincent hocha la tête.

— Effectivement, il ne faut rien exclure. Nous ne pouvons pas nous le permettre. Mais Jonas Rask ne me semble pas non plus assez… raffiné, peut-être. Pour moi, il y a donc plein de raisons pour ne pas perdre trop de temps et d'énergie avec Rask.

Mina ne répondit pas. Leurs échanges sur le sujet sexuel avaient évoqué des images en elle qu'elle s'appliquait justement à écarter. Le sexe comme abus. Le sexe comme pouvoir. Son expérience personnelle dans le domaine était bien trop présente en elle. Plus jamais. Plus jamais de la vie. En comparaison, son *Satisfyer Pro 2* était le plus gentil petit copain qu'elle ait jamais eu.

Ils marchèrent un temps en silence. Un silence étonnamment agréable. Puis Vincent leva la main et lui montra une direction en plissant les yeux contre le soleil.

— Regarde, c'est là que Maria et moi nous sommes mariés.

Elle se tourna et essaya de repérer ce qu'il lui montrait.

— Vous vous êtes mariés dans le parc d'attractions ?

— Non. Tu vois la petite île à côté ? C'est Kastellholmen. Sa famille a refusé de venir.

Il éclata de rire.

— Mais vu à quel point notre mariage ressemble à des montagnes russes, on aurait effectivement pu se marier à Gröna Lund.

Elle vit une longue bâtisse rouge sur la petite île en contrebas. Ça devait être l'endroit dont il parlait. Classe. Mais Gröna Lund aurait sans doute été plus amusant.

— Vincent, tu sais…, fit-elle en s'approchant un peu de lui. Pour ce qui est des conversations simples, tu t'en sors pas mal du tout.

— Ça dépend avec qui.

Elle sourit et tourna à nouveau son regard vers la ville. Quelque part à leurs pieds, un tueur préparait son prochain coup. Vincent et elle n'avaient pas le choix. Il leur fallait être plus rapides.

Il s'appuya contre le mur et croisa d'abord les jambes, puis les bras. Il avait promis à Mina de se tenir discrètement en arrière.

— Sales hyènes, siffla Ruben qui se tenait à côté de lui au fond de la salle.

— Ils font leur boulot, rétorqua Vincent en toute objectivité.

Ruben semblait avoir accepté son intégration dans le groupe, en tout cas pour le moment.

— C'est vite dit. Pour nous, ils représentent surtout un obstacle supplémentaire. Et à mon avis, cette ligne téléphonique, on va s'y épuiser en pure perte.

— Je vois ce que tu veux dire, mais en même temps, nous avons besoin de la presse, le quatrième pouvoir de l'État, comme contrepoids face au gouvernement et au Parlement. Sinon, ça ouvre la porte à la création d'un État policier qui…

— D'accord, mais la Suède, c'est pas une république bananière non plus, dit Ruben en jetant un regard agacé à Vincent.

— Non, évidemment, répondit Vincent, les yeux rivés sur l'estrade. L'expression "république bananière" vient du Honduras, à l'origine. Un pays qui dépendait exclusivement de ses exportations de bananes. Cela a eu pour conséquence une influence politique excessive de l'entreprise américaine United Fruit Company. L'expression est ensuite devenue synonyme de pays d'Amérique latine dont l'économie repose sur quelques produits d'exportation, dirigés par un gouvernement corrompu ou par une junte militaire, et où des entreprises et des États étrangers ont une trop grande influence. Alors…

Vincent se retourna, mais Ruben avait disparu. Il haussa les épaules. Certaines personnes n'accordaient décidément aucun intérêt à la culture générale.

Un murmure parcourut la grande salle de l'hôtel de police. L'heure de la conférence de presse avait sonné, un grand nombre de journalistes étaient présents. On voyait les logos des grands journaux du soir, des principaux médias quotidiens, de l'agence de presse TT, des chaînes locales, ainsi que de nouveaux médias dont il ne reconnaissait pas les noms. Des micros, des caméras, des magnétophones, des téléphones portables, et même quelques bons vieux blocs-notes et stylos.

Julia fit son entrée et prit place sur l'estrade. Derrière elle, de grandes affiches arborant le logo de la police. C'était la première fois qu'il la voyait en uniforme. Ça lui allait bien. Il émanait d'elle une présence posée, en accord avec l'uniforme strict de la police, dont la couleur bleue mettait en valeur ses cheveux blonds. Il percevait comme toujours une certaine tristesse dans son langage corporel. Comme un liseré de deuil autour de sa personne.

Elle se racla la gorge et le murmure de la salle s'estompa. Il aperçut soudain Mina qui se tenait discrètement contre le mur droit, vers l'avant. Il s'étonna d'avoir tardé à la remarquer. D'habitude, il la voyait avant tous les autres. Elle avait un certain talent pour se faire discrète.

— Je vous souhaite la bienvenue à notre conférence de presse, commença Julia. Je vous demande de respecter les règles habituelles : ne pas me couper dans mon exposé et ne pas parler avant qu'on vous donne la parole.

Personne ne réagit et Julia reprit, après avoir jeté un rapide coup d'œil à la liasse de papiers posée sur le pupitre devant elle.

— Nous avons toutes les raisons de penser que nous recherchons un seul coupable pour les meurtres de Tuva Bengtsson, d'Agnes Ceci et de Robert Berger.

Un nouveau murmure se répandit dans la salle, Julia eut un rictus légèrement contrarié. Elle attendit le retour du silence avant de reprendre.

— Nous avons besoin du public pour nous aider à identifier l'auteur des faits. À l'heure actuelle, nous détenons un certain nombre d'indices que nous ne pouvons pas encore révéler, nous sommes donc ouverts à toute information en lien avec les meurtres. Nous avons besoin, entre autres, de comprendre ce qui relie les victimes. Nous avons, hélas, des raisons de craindre que le meurtrier ne frappe à nouveau.

Le murmure se transforma en cacophonie. Dans un déclenchement de flashs, des reporters se mirent à crier des questions en agitant les bras. Du coin de l'œil, Vincent vit Mina foudroyer les journalistes du regard. Sa mine crispée lui allait bien.

— Silence, cria Julia.

De mauvaise grâce, les journalistes se calmèrent. Elle reprit.

— Ce que nous savons sur les meurtres, et que nous pouvons révéler à l'heure qu'il est, c'est leur mise en scène. Des numéros de magie qui ont mal tourné. On peut également constater que les victimes n'ont pas été tuées là où on les a trouvées, mais ont été transportées depuis la scène de crime originelle. Nous pensons qu'un véhicule plus spacieux qu'une voiture ordinaire a été utilisé, probablement une sorte de fourgon, mais pour le moment, il ne s'agit que de suppositions. Nous présumons que les victimes ont été droguées pendant le déroulement des meurtres, compte tenu de la violence exercée. Nous avons besoin d'aide pour déterminer le moment précis du troisième meurtre, celui de Robert Berger. Robert a été retrouvé le 5 mai sur un parking près du marché de gros d'Årsta à Stockholm. Mais nous ne connaissons ni la date ni l'heure de son décès. Le corps se trouvait en effet sur le parking depuis plusieurs jours quand il a été découvert. Si des témoins ont des informations utiles à nous transmettre à ce sujet, merci de nous contacter. Nous avons une ligne dédiée pour tout appel, dont le numéro est visible sur les écrans de cette salle.

Elle respira profondément. Prit son temps pour observer la salle remplie de reporters et de photographes, avant de faire un signe à l'intention d'un homme dans la quarantaine, un micro au logo d'*Expressen* à la main.

— Pour quelles raisons pensez-vous que d'autres meurtres risquent d'être perpétrés ? Autrement dit, avons-nous affaire à un tueur en série ? Quelqu'un qui serait déjà connu pour des crimes antérieurs ?

Julia ne répondit pas du tac au tac. Elle prit le temps de réfléchir à sa formulation.

Elle avait l'air parfaitement calme, mais Vincent percevait sans difficulté tous les signes de stress. Son centre de gravité était axé sur son pied droit, posé un peu devant l'autre comme si elle était prête à quitter les lieux à tout instant. Elle ne clignait pratiquement plus des yeux, par contre ses paupières étaient parcourues de tics imperceptibles. Ses mains jointes semblaient reposer calmement sur le pupitre, mais elle frottait le bout des pouces l'un contre l'autre pour freiner le flux de cortisol dans son corps.

— Ça fait partie des sujets que je ne peux pas aborder, dit-elle. Mais nous avons des soupçons dans ce sens. Je ne peux pas en dire plus.

Les mains se dressèrent comme une nuée.

Julia fit un signe de tête en direction d'une jeune femme de l'agence de presse TT.

— Quels tours de magie ont été utilisés ? En ce qui concerne la victime de Gröna Lund, on parle d'un coffre ?

— Je ne peux pas vous répondre.

La reporter de TT continua.

— Pensez-vous que le meurtrier ait un lien personnel avec le monde de la magie ? Est-ce quelqu'un appartenant à ce milieu ?

— Avez-vous vérifié si Joe Labero a un alibi ? cria quelqu'un, récoltant des rires épars.

— Ou Brynolf & Ljung, proposa un autre plaisantin.

La ride entre les sourcils de Julia s'accentua. Mina avait l'air furieuse. Sa beauté frappa Vincent une fois de plus. En fait, il avait du mal à détacher son regard d'elle.

— À l'heure actuelle, nous ne pouvons rien vous dire concernant d'éventuels suspects, dit Julia. Mais nous travaillons sur le profil de l'agresseur. Je peux vous révéler que je ne crois pas à un lien ni avec Joe Labero ni avec MM. Brynolf & Ljung.

L'humour bête des journalistes n'avait pas eu l'heur de lui plaire.

— L'homme recherché est peut-être une espèce d'Houdini suédois… Le boucher Houdini ! cria un jeune journaliste de

GP, stimulé par l'ambiance générale. Quelques rires épars se firent entendre.

Vincent remarqua pourtant que la plupart des journalistes prenaient des notes avec empressement. "Le boucher Houdini" allait sans doute faire florès, le quatrième pouvoir excellant dans l'utilisation de noms accrocheurs pour ce genre de situations.

Julia souriait toujours. De plus en plus raide.

Vincent la comprenait. Il lui fallait à tout prix rester en bons termes avec les journalistes. Julia pouvait trouver les plaisanteries aussi déplaisantes qu'elle voulait, elle avait besoin de se ménager la bienveillance des journalistes, seul moyen de garder un minimum de contrôle sur la suite. Dans le cas contraire, ils publieraient ce qui leur chanterait.

— Je ne répondrai plus à d'autres questions pour le moment. Nous avons besoin de l'aide de la population, et je répète que vous avez le numéro d'appel sur les écrans ici présents. Vous le trouverez également sur le site de la police, ainsi que sur Instagram et Facebook.

Cette fois, ce fut un véritable tintamarre. Des mains s'agitaient, des questions fusaient à travers la salle. Mais Julia avait tourné le dos aux journalistes et se dirigeait vers Mina. Elles disparurent sur la droite. Vincent étira le cou pour suivre Mina des yeux aussi longtemps que possible. Quand elles eurent définitivement quitté la salle, il se glissa dehors le plus discrètement possible. Sinon, ce n'était qu'une question de temps avant qu'on ne le reconnaisse. Et Julia n'avait vraiment pas besoin d'une nouvelle vague de questions hors sujet. Il fallait aussi qu'il se dépêche de retrouver Ruben au central d'appels.

— Alors, comment ça marche ? s'enquit Vincent en essayant de déchiffrer ce qu'il voyait sur l'écran devant lui.

La salle dans laquelle il se trouvait avec Ruben était bardée d'installations techniques dont il ne pouvait que deviner la finalité. L'écran devant eux n'évoquait cependant pas une technologie de pointe, on aurait plutôt dit du Microsoft Excel.

— C'est avec ça qu'on va intercepter les appels ? demanda-t-il en essayant de cacher son enthousiasme un peu puéril.

Il aurait préféré un mur tapissé d'écrans crépitants, de chiffres mystérieux et d'images de drones de reconnaissance, mais on ne peut pas tout avoir.

— Calme-toi, ici, c'est juste un standard téléphonique, dit Ruben. Tous les appels entrants sont enregistrés, mais nous deux, on écoute aussi, en temps réel. Si trop de monde appelle en même temps, on risque d'avoir du mal à suivre, mais en général, ce n'est pas non plus le rush. Si on entend la moindre chose suspecte, par exemple une voix rappelant celle de Rask, on marque l'appel en question. Comme ça. C'est tout pour le moment.

Ruben cocha une ligne dans le document et elle passa au rouge. Un standard téléphonique. Ce n'était pas avec ça qu'il allait se prendre pour Jason Bourne. Vincent avait du mal à cacher sa déception.

— Et le traçage, alors ? demanda-t-il.

— De ce côté-là, on l'a dans le cul juridiquement, dit Ruben en se dirigeant vers la machine à café installée sur une table près de la porte.

Ruben se servit une tasse, n'en proposa pas à Vincent qui, rien qu'à l'odeur, comprit qu'il ne ratait rien. Ce café-là avait clairement eu une enfance difficile.

— Pour tracer un appel, il faut un mandat, continua Ruben en essuyant les gouttes de café qu'il avait fait tomber sur la table. Mais pour obtenir le mandat, il faut indiquer *qui* on veut tracer. Et justement, on ne le sait pas. Puisque c'est ce que nous cherchons à savoir, toi et moi. Évidemment, si on a le sentiment d'avoir un suspect au bout du fil, on peut appeler le juge illico et demander une autorisation à titre provisoire pour lancer un traçage immédiat. Mais je doute qu'on y arrive avant la fin de l'appel. Techniquement, on peut tracer l'info tant que la personne est connectée au bout du fil, mais ce n'est pas légal.

— Mais alors, quel est le but de notre présence ici ? demanda Vincent.

Ruben se laissa tomber sur une chaise à côté de lui.

— Bon sang, c'qu'il est chaud, dit-il en soufflant dans son mug. Après, on peut toujours récupérer les listes de trafic mobile de l'ensemble des opérateurs. Mais là aussi, il faut d'abord demander l'autorisation d'un juge. Il faut compter plusieurs semaines pour obtenir les listes, mais c'est là qu'on peut trouver des infos sur l'identité de celui qui a appelé. À condition, bien entendu, d'obtenir les listes avant qu'elles ne soient supprimées, ce qui intervient au bout de deux mois. Tu piges pourquoi je dis qu'on l'a dans le cul ?

— Tu as parlé de listes de trafic mobile, dit Vincent. Donc, quand vous avez l'information, vous pouvez trouver l'emplacement de l'appel en question en vérifiant à quelle antenne mobile le téléphone était relié ?

— On appelle ça des stations de base. Mais c'est exactement ça, monsieur le mentaliste. On peut situer l'appel avec pas mal de précision. Mais les listes en question, ce sont de vrais cauchemars, alors c'est le service d'analyse de données qui s'y colle, et on file aussi une copie à Peder qui adore avoir quelque chose à se mettre sous la dent.

Des listes de trafic mobile. S'il pouvait y avoir accès, il pourrait les passer à Benjamin. Il en raffolerait. Mais ce service d'analyse était sans doute encore plus dur à amadouer que Ruben. Il arriverait peut-être à convaincre Peder. Ou, plutôt, à les copier pendant que Peder faisait un petit somme. Mais, mais, mais. Il faudrait s'occuper de cette histoire de listes un peu plus tard.

— Nous sommes donc ici pour noter les appels qui vaudraient la peine d'être tracés, constata-t-il. Quand les listes seront à notre disposition.

— Bravo, t'as tout compris. Et oui, il va falloir écouter. Toi, tu n'as qu'à lire dans leurs pensées, non ? Je crois que Julia compte là-dessus.

Ruben éclata d'un rire pincé. Vincent avait bien saisi l'aspect purement rhétorique de la question. Mais il avait quand même l'intention de répondre. Il fallait que Ruben comprenne qu'ils étaient du même bord.

— Peut-être pas lire dans leurs pensées, dit Vincent. Mais on peut capter pas mal de choses rien qu'en écoutant. C'est par exemple plus facile d'identifier un psychopathe par ses paroles. Les psychopathes sont assez doués pour exprimer, par le visage ou par le langage corporel, des sentiments simulés, mais ils se trahissent verbalement. En prononçant des mots neutres sur le même ton que des mots chargés d'émotion. Ou alors, ils racontent des événements banals comme le contenu de leur petit-déjeuner et dans la même phrase ils dévoilent un délit grave. Ils parlent rarement d'autres personnes que d'eux-mêmes et ont souvent recours au passé pour se distancier. Mais à part la psychopathie, nous pouvons aussi être attentifs aux signes de…

Ruben l'arrêta en levant une main.

— On va sûrement y arriver, dit-il en consultant sa montre. La conférence de presse doit désormais s'afficher sur les sites de tous les quotidiens. Et une version abrégée vient d'être publiée sur les réseaux sociaux, avec le numéro d'appel. On n'a plus qu'à attendre.

— Combien de temps va-t-on attendre ?

— Aussi longtemps qu'il faudra.

Les dix premiers appels constituaient un beau mélange d'évidentes tentatives d'attirer l'attention et d'envie sincère d'aider, sans apporter le moindre élément nouveau. Rien a priori qui incitait à s'y pencher plus sérieusement. Après s'être farci plusieurs longs monologues plus ou moins nébuleux, Vincent, un peu découragé, alla se chercher une tasse à la machine à café.

Trois cafés plus tard, Vincent n'était pas loin de penser que l'écoute téléphonique était vraiment l'activité la moins passionnante à laquelle il ait jamais participé. Ruben ne disait plus grand-chose, ils attendaient les appels en silence. Au bout d'un moment, Ruben s'étira en gémissant.

— Je vais faire un tour, dit-il. De toute façon, ça ne donnera rien.

— Faire un tour ? Où ça ?

Ruben haussa les épaules.

— Jouer au padel peut-être. À cette heure-ci, y'a surtout les jeunes de vingt-cinq berges qui jouent, les salles de sport pullulent de gonzesses en legging, tu vois ce que je veux dire ? En tout cas, moi je me tire.

Ruben se leva et attrapa sa veste sur le dossier de la chaise.

— Tu te démerdes ? dit-il. Je reviens d'ici une petite heure. Tiens-moi au parfum s'il se passe quelque chose, d'ac ?

Vincent était trop interloqué pour répondre. Une fois seul dans la salle, il eut du mal à retomber sur ses pattes. Ruben ne pouvait pas avoir le droit de le laisser seul sur un poste aussi sensible, c'était incroyable. Il devrait contacter Mina pour lui demander de venir. Elle serait d'ailleurs d'une compagnie infiniment plus agréable.

Au moment où il saisissait son portable pour lui envoyer un SMS, le symbole d'appels entrants passa du rouge au vert sur l'écran de l'ordinateur. Le message enregistré informant qu'on était sur la hot-line de la police prit fin et l'appel fut connecté.

— Je suis sidéré par votre incompétence, lança une voix d'homme. C'est vraiment n'importe quoi.

Encore un abruti qui avait besoin de se défouler. La moitié des appels concernaient l'incapacité de la police à faire son travail. Vincent cherchait le numéro de Mina dans la liste de ses contacts favoris.

— Robert est mort le 3 mai, dit la voix. C'est évident, non ? Le 3 mai.

Son pouce se figea au-dessus de son portable. Que venait-il de dire ? Les appels précédents avaient été pratiquement dépourvus d'éléments concrets et personne n'avait mentionné de date précise. Vincent se pencha par-dessus le bureau et augmenta le son de l'enceinte à côté de l'écran.

— Je suis atterré par votre niveau d'incompétence dans cette affaire, continua l'homme, encore plus agacé.

Malgré son énervement, il prononçait chaque syllabe consciencieusement. Comme s'il était important d'être irréprochable. Son choix de vocabulaire révélait mépris et sentiment de supériorité vis-à-vis de son interlocuteur. Probablement un pervers narcissique. Plusieurs personnes avaient déjà appelé en prétendant être le coupable, mais Vincent n'avait eu de suspicions pour aucun, c'était du bidon. Ce coup-ci, rien à voir. Le cerveau de Vincent s'était instinctivement mis en alerte rouge. Il n'avait pas de doute. Celui qui parlait était réellement le meurtrier. La personne était si proche qu'il l'entendait respirer. Mais quant à savoir si c'était Jonas Rask, il n'en avait pas la moindre idée.

— Avec le mongolien, ça a été un peu laborieux, poursuivit l'homme en changeant soudainement de ton. Vous *avez* l'heure de sa mort. Mais comprenez-vous réellement le sens des montres brisées ?

Vincent avait mille questions à poser à l'homme à l'autre bout du fil. Concernant le compte à rebours. À qui cela s'adressait. Pourquoi des illusions. Mais il ne pouvait rien faire d'autre qu'écouter.

— Faites un petit effort, dit l'homme, et il raccrocha.

Vincent fixa l'écran.

Avec précaution, il glissa le pointeur de la souris sur la page Excel et surligna la conversation en rouge. Puis il se rendit compte qu'il n'avait même pas le numéro de téléphone de Ruben.

— Autrement dit, la date a autant d'importance que je l'imaginais, dit Vincent, songeur.

Mina et lui étaient assis dans la salle de réunion. Le tableau blanc devant eux était recouvert des éléments de l'enquête.

— Oui, dit-elle en frottant ses mains avec du gel hydroalcoolique. Quelqu'un tenait à tout prix à ce que nous connaissions toutes les dates et tous les horaires avec exactitude.

Ses mains étaient rugueuses, les produits les desséchaient tellement que la peau se gerçait. Mais c'était un prix qu'elle était prête à payer. Elle tendit le flacon à Vincent, l'air interrogateur. Il était sur le point de décliner, puis changea d'avis et avança ses mains pour qu'elle puisse verser quelques gouttes dans ses paumes.

— Ce que je ne comprends pas, c'est le rôle que joue Robert, continua-t-il en frottant ses mains l'une contre l'autre.

Une odeur âcre de gel flottait dans la pièce, un parfum délicieux et rassurant pour Mina.

— Moi non plus. Le rapport entre Tuva et Agnes est évident, mais même après des entretiens approfondis avec la famille de Robert, on ne trouve aucun lien. Absolument rien. Julia a eu le personnel de son foyer au téléphone, ça n'a rien donné non plus. Christer et elle vont y aller pour des entretiens en face à face, mais tu as raison. Robert ne colle pas avec le scénario.

— Hmm…

Vincent fit pivoter sa chaise de manière à faire face au tableau.

— C'est ça qui n'est pas logique, continua-t-il. Trop d'éléments se contredisent. Même moi, je sais qu'un tueur en série s'en tient généralement à une même catégorie de victimes. On n'a pas besoin d'être policier pour le savoir, il suffit d'aller sur Google. Tuva et Agnes ont de nombreux points en commun. Deux jeunes femmes. Mais Robert. Robert ne fait pas partie du tableau. Comme dans l'émission pour enfants *Cinq fourmis, c'est plus que quatre éléphants* quand Brasse joue à "Qui doit disparaître ?" Dans notre cas, c'est définitivement Robert qui doit disparaître. En plus, son réseau personnel était extrêmement restreint. Sa vie sociale se limitait à la famille et aux gens du foyer. Il ne sortait pour ainsi dire pas de ces cercles étroits. Contrairement, par exemple, à Tuva qui croisait tous les jours un grand nombre d'individus sur son lieu de travail.

— À propos, on a reçu un appel concernant Jonas Rask et où il pourrait se trouver. Une de ces ex a entendu dire qu'il vivrait dans une caravane à proximité de Stockholm, mais nous ne l'avons pas encore localisé. Il y a plusieurs campements possibles. Il peut aussi avoir choisi de s'isoler dans un coin. En tout cas, on s'approche. On mettra bientôt la main sur lui. Alors tu pourras lui poser tes questions.

— Selon toute probabilité, il serait donc mêlé à l'affaire, dit Vincent en déplaçant son regard du tableau à Mina. Pourtant, j'ai vraiment des doutes. Pour moi, Jan Bergsvik, votre profileur, s'emmêle les pédales. Ça ne colle tout simplement pas.

C'était comme si son regard d'un bleu de glace la transperçait. Elle baissa les yeux.

— Les humains commettent des actes parfois incompréhensibles, dit-elle. Mais le travail de police est souvent simple. La plupart du temps, la solution la plus évidente se trouve être la bonne. Quand un homme qui a déjà tué deux jeunes filles et en a violé bien d'autres a été vu en train de rôder à proximité du café où travaillait Tuva, peut-on se permettre de penser que ça relève du hasard ?

— Mais aucune de nos victimes n'a été violée, objecta Vincent.

— Qui sait ? Rask a passé vingt ans en prison. Il n'a peut-être plus du tout de libido. Tuer et découper des corps peut lui servir de substitut sexuel.

Vincent la regarda, surpris.

— Tu vois, moi aussi, j'en connais un rayon en matière de psychologie.

— Mmm, murmura-t-il, mais elle sentait bien qu'il n'était pas d'accord. Tu parles comme Jan.

Elle lui balança un coup de pied sous la table.

— C'était peut-être Jonas Rask, le coup de fil concernant la date, dit-elle, tout en se rendant bien compte qu'elle s'enlisait dans un bourbier d'improbabilités.

— Pourquoi pas. Vous avez avancé par rapport à ce coup de fil ?

Un moucheron virevoltait au-dessus du plateau de fruits. Mina déglutit plusieurs fois pour tenter de ravaler son dégoût avant de répondre. Elle saisit le flacon de gel, en versa une bonne dose dans sa main, espérant ainsi se débarrasser du moucheron, mais c'était peu probable. Vincent, après lui avoir jeté un rapide coup d'œil, se leva, prit le plateau de fruits et quitta la salle. Il revint, les mains vides, et se rassit comme si de rien n'était. Mina sentit les larmes lui monter aux yeux. Elle avala sa salive fébrilement et s'éclaircit la gorge.

— Tu pars quand ?

Vincent consulta sa montre.

— L'avion pour Malmö décolle dans deux heures. Donc, dans pas longtemps.

Elle ne voulait pas qu'il s'en aille. Ils n'avaient pas eu le temps de se voir vraiment depuis la conférence de presse. Mais comment lui dire ? Elle risquait de s'exposer plus qu'elle ne le souhaitait. Elle garda une expression neutre.

— Alors, il vaut mieux qu'on se dépêche.

Kvibille 1982

— Je peux bientôt entrer ? Je meurs d'impatience, dit maman d'un ton enjoué.

Sa voix était claire comme si elle était dans la grange, alors qu'elle était de l'autre côté de la porte.

— Attends encore un peu. Bientôt.

Il ajusta sa chemise, fronça les sourcils. Il espérait avoir tout bien prévu et que ça allait bien se passer. Maman était si triste depuis le départ de Jane. Elle ne lui parlait presque plus depuis, sauf quand elle lui préparait ses toasts coupés en triangles en lui expliquant combien c'était important de les faire exactement pareil tous les matins. Le reste du temps, elle était surtout absorbée par ses lignes de désherbage. Elle avait même collé un plan sur le frigo. Certes, juste une esquisse faite à main levée à l'encre noire, sur une feuille de papier de l'agenda du téléphone, mais quand même. C'était un plan de désherbage.

Malla, Sickan et Lotta l'avaient vu et avaient trouvé ça assez étrange. Leurs parents ne faisaient pas ce genre de choses. Mais lui était conscient de l'importance de l'exactitude des choses. Et il espérait vraiment avoir réussi cette fois-ci. Si maman avait besoin de quelque chose, c'était bien de retrouver sa bonne humeur. Si cette fois ça ne marchait pas, il ne saurait plus quoi faire.

Il se racla la gorge puis ouvrit la porte, solennellement. Les yeux de maman brillaient d'une curiosité impatiente quand elle franchit le seuil et pénétra dans l'atelier magique. Elle fit quelques pas, puis s'arrêta net en voyant ce qu'il avait construit.

— Mais, mais… c'est incroyablement… ooooooh !

C'était la plus grande caisse qu'il ait construite jusqu'à présent. Elle arrivait presque jusqu'à la taille de maman. Et elle était équipée de roues pour pouvoir être tournée et visualisée de tous les côtés.

Il débloqua le frein sur l'une des roues et fit pivoter la caisse d'un geste théâtral. La peinture bleu foncé était encore humide sous ses doigts.

Maman porta ses mains jointes devant sa bouche, béate d'admiration. Il laissa aller son souffle lentement. Il n'y avait pas lieu de s'inquiéter. En plus, il avait une surprise dans sa manche. Le dernier côté de la caisse n'était pas peint. Sur le bois brut, il avait collé une affiche disant *Réservé pour Les Vargas*.

— J'ai dû être une sainte dans une vie antérieure, dit maman en s'essuyant les yeux des paumes de ses mains. Sinon, je ne vois pas comment j'aurais mérité un fils comme toi.

— Alors, comment elle marche cette boîte ? demanda-t-elle après avoir terminé la peinture. Tu vas me le dire ou pas ?

Cette fois-ci aussi, elle avait peint des étoiles.

— Faut bien que je te le dise, pour que tu puisses être mon assistante, dit-il en ouvrant la caisse. Tu n'as pas changé d'avis ?

— Non, non, je suis impatiente. Je n'en reviens pas que *moi*, je fasse de la magie !

Les vapeurs de la peinture les étourdissaient. Ils n'auraient peut-être pas dû fermer la porte. Mais ceci était leur secret. Personne d'autre ne devait voir. Non pas qu'ils aient souvent de la visite, mais quand même.

— D'abord, tu montes dans la boîte, dit-il. En principe, tu devrais avoir des menottes et être enfermée dans un sac, mais je n'ai pas de sac. Et pas de menottes non plus.

— Dieu merci, dit maman en riant.

— Ensuite, je ferme la caisse de l'extérieur, avec un cadenas, et me mets debout dessus. Toi, tu sors discrètement par la trappe secrète à l'arrière et tu te caches.

—Une trappe ? J'en ai pas vu…

Sa maman parut soudain troublée.

— C'est ça l'astuce, dit-il en souriant. Elle est masquée par la décoration.

Il lui montra la trappe à l'arrière de la boîte. Elle était effectivement dissimulée par le motif en carreaux qu'il avait peint.

— J'ai suspendu un tissu sur ce cerceau de hula-hoop, continua-t-il. Moi je suis donc debout sur la caisse, dans le hula-hoop que je tiens autour de moi de façon que le tissu me recouvre entièrement. Toi, tu te glisses par une fente à l'arrière du tissu, tu te postes à côté de moi et tu récupères le cerceau. Moi, je m'en vais par la fente dans le tissu et me glisse dans la caisse par la trappe. Ensuite, tu laisses tomber le hula-hoop. C'est maintenant toi qui es debout sur la caisse et moi qui suis dedans. On dirait que nous avons changé de place par magie. Ou bien que nous avons été transformés, toi en moi, et moi en toi. Je suis devenu maman. Tu es devenue un garçon de sept ans.

Maman passa sa main sur la porte secrète.

— C'est vraiment astucieux, dit-elle.

— J'avais des dessins authentiques. Mais il faut qu'on s'entraîne beaucoup, l'astuce c'est de le faire rapidement. Jane ne captera rien du tout.

Les yeux de maman s'assombrirent. Elle se mordilla la lèvre. Il n'aurait pas dû parler de Jane. Qu'il était bête. Maman était encore triste parce que Jane était partie chez sa pote en Dalécarlie. Même si deux jours étaient déjà passés depuis son départ. Deux jours, c'était une éternité. Il aimerait tellement que maman commence à penser à autre chose. Comme, par exemple, s'entraîner pour ce tour de magie avec lui.

— La caisse n'est pas hyper spacieuse, dit-elle comme si elle avait lu dans ses pensées. Tu es sûr que je rentre dedans ?

— Ça fait partie de l'illusion. Elle est plus grande qu'elle en a l'air.

Il lui montra le plan tout en épelant dans sa tête. J-a-n-e, ça faisait quatre lettres. Elle serait absente quatorze jours. Quatre plus quatorze égalait dix-huit. Il fallait qu'ils répètent le numéro dix-huit fois. Alors Jane serait de retour et maman retrouverait sa bonne humeur.

— Tu passeras au max une demi-minute dedans, dit-il. Puis tu sors et tu changes de place avec moi.

— Une demi-minute, tu dis.

— Max, oui.

Vincent est assis dans le canapé de sa loge. La voix de l'homme résonne en boucle dans sa tête. C'est comme ça depuis que Vincent l'a entendue dans la salle d'écoute à l'hôtel de police.

Le spectacle de ce soir a eu lieu dans la salle de concert de Malmö Live.

C'est toujours un peu délicat de faire ses spectacles dans des salles de concert, il faut souvent condamner les rangées du fond, sinon ces spectateurs-là se trouvent trop loin de la scène. Il veut que l'ensemble du public puisse le voir correctement – et inversement. Malgré les places supprimées, il y avait six cents spectateurs ce soir. Tout à fait satisfaisant compte tenu de la saison. À partir de la fin mai, les services en terrasse sont ses plus gros concurrents.

Non pas six cents, se corrige-t-il. Cinq cent quatre-vingt-six. Un chiffre qui fait carburer son cerveau, il le laisse faire, tout en arrangeant les bouteilles d'eau minérales non ouvertes sur la table basse. Toutes les étiquettes dans la même direction. Il est subitement tenté d'envoyer un texto à Umberto précisant *#eauplate*, mais laisse aussitôt tomber.

Cinq cent quatre-vingt-six.

5 + 8 + 6 égale 19, 1 + 9 égale 10, 1 + 0 égale 1.

"5 8 6" est aussi un morceau du deuxième album de New Order. Cette chanson étrange où ils ont intégré des parties de *Blue Monday*, le seul morceau réellement audible de New Order. Et *monday* est lundi, donc le premier jour de la semaine. Encore le chiffre 1.

En numérologie, 1 représente la créativité. S'il veut se laisser aller à son propre panégyrique, il peut toujours se dire que c'est une assez bonne description de son spectacle. Le chiffre 1 est également considéré comme masculin. Il suppose que ça tient à sa forme phallique, comme quoi la numérologie a probablement été inventée par des hommes. Le 9, d'aspect nettement plus mou, serait plus proche de la réalité.

Qui, accolé au 1, donne 19, la somme de 5 + 8 + 6.

Cinq cent quatre-vingt-six.

Mais 1 représente aussi la solitude, l'individu isolé. Qui, en ce moment précis, se trouve dans un canapé noir usé à Malmö. Mina lui manque.

Mina ?

Et pas Maria ?

Ses enfants lui manquent aussi, bien sûr. Sa famille. Mais oui, cette étrange policière lui manque. Beaucoup même. Il ne lui a même pas demandé si elle avait réussi à résoudre le Rubik's Cube. Son casse-tête à lui, c'est désormais l'énigme de l'appel téléphonique.

Vous savez à quel moment il est mort. Vous ne comprenez vraiment pas le sens des montres brisées ?

C'est évident que les montres indiquent le moment de la mort. Mais il a l'impression que le tueur veut leur en dire davantage.

Trois montres. Trois victimes. Deux femmes. Un homme.

3321

Il éclate de rire car, sauf erreur, c'est le code banque de Nordea. Sûrement aucune connexion possible avec ce que le meurtrier a dans la tête.

Il a au moins pu faire une analyse de l'appel en se basant sur la voix et le vocabulaire employé. Il a promis à Julia de présenter ses conclusions là-dessus à l'ensemble du groupe dès son retour à Stockholm. Avec un peu d'espoir, ils l'écouteront une fois encore.

Il se lève, va au lavabo et laisse l'eau couler. Il la veut glacée pour s'en asperger le visage. Assez cogité pour ce soir. Il a même eu du mal à rester entièrement concentré pendant tout le spectacle. Une femme dans le public l'a spontanément appelé "Dumbledore", ce qui a déclenché des rires dans la salle. Tandis que lui, ça lui a rappelé son petit quiz avec Daniel dans lequel l'association spontanée au mot "magie" avait été "Harry Potter". Comparé à Rask, Daniel n'a rien d'un assassin. Il y a cependant un détail de l'entretien qui a échappé à Vincent sur le moment, mais qui lui trotte dans la tête.

Il s'essuie le visage avec une serviette et se regarde dans la glace en essayant de voir plus profondément derrière les yeux, dans les arcanes de son cerveau. C'est là-dedans, quelque part. C'est important. Il faut qu'il trouve de quoi il s'agit. Et il faut qu'ils reparlent avec Daniel.

*

Devant la porte d'Evelyn, Daniel scrute le bâtiment. Il est tard, la rue est sombre, mais la fenêtre de sa cuisine au deuxième étage est éclairée. La façade jaune de l'immeuble d'époque 1900, avec la fenêtre solitaire illuminée, le fait penser à une carte postale. Il s'est planté. Il le sait. Mais ça n'a rien d'extraordinaire d'éviter la police. C'est tout simple. Si on n'est pas aussi irréprochable qu'eux, on risque de se retrouver en taule. Suffit de regarder Samir. Qu'on soit coupable ou pas, ça revient au même.

De sa position devant la porte, l'angle est trop serré pour qu'il puisse voir à l'intérieur, mais il est persuadé qu'elle est assise juste derrière la fenêtre à l'attendre. Il ne lui a pas donné de nouvelles depuis trop longtemps. Il a cru qu'il allait réussir à se faire oublier de la police. Mais ce type, Vincent, il capte tout et même plus que tout. Daniel est aujourd'hui plus suspect qu'il ne l'a jamais été. Juste parce qu'il ne voulait pas d'emmerdes. Il a besoin de l'aide d'Evelyn avant que tout ne parte complètement en vrille. En fait, il n'est coupable de rien d'autre que de sa peur. Personne ne peut le lui reprocher. Encore une fois, suffit de voir Samir.

Mais il ne veut pas seulement l'aide d'Evelyn. Il la veut, *elle*. Elle lui manque tellement. D'habitude, ils passent les soirées dans sa cuisine, discutant de tout et de rien, le plus souvent en prenant un verre de vin ou une bière. Evelyn fume par la fenêtre ouverte. Elle ne fume pratiquement pas dans la journée, mais le soir, après deux verres de vin, elle aime bien se pencher par la fenêtre de la cuisine avec une clope. Souvent vêtue de son tee-shirt rayé fétiche au décolleté tellement large qu'il finit immanquablement par glisser, dénudant son épaule.

Elle dit souvent que ça lui donne le sentiment d'être à Paris ou à Rome et pas dans l'étouffant conformisme de Stockholm. Surtout au printemps. Au printemps, elle a envie d'être n'importe où sauf à Stockholm.

Il n'a jamais vraiment compris pourquoi il trouve la ville si belle au printemps. D'un autre côté, il n'a jamais mis les pieds ni à Paris ni à Rome. Quand ils parlent de ça, elle finit par avoir le regard vague et l'entraîne dans la chambre. Parfois, c'est dans la cuisine que ça commence. Elle a un goût de tabac et de vin, de printemps et de langueur. Tout est prévisible, mais ça lui plaît. Il trouve que c'est romantique.

C'est une soirée de printemps très douce. Ça pourrait être à Paris. Et pourquoi pas ? Il a coupé tous les ponts derrière lui en disparaissant dans la nature, alors ils pourraient aussi bien s'en aller. S'il vidait son compte en banque, il devrait avoir assez pour lui offrir au moins un week-end. Il aurait dû lui proposer ça depuis longtemps. Elle serait aux anges.

Mais il y a des choses qu'il doit d'abord lui expliquer. Pourquoi il a disparu. Pourquoi il n'a pas répondu à ses messages. Le fait que Tuva ait disparu. Il espère qu'elle va lui pardonner de l'avoir laissée sans nouvelles et qu'elle va comprendre sa peur quand la police est venue. Il espère qu'elle l'aime toujours.

Il espère beaucoup de choses.

Elle va avoir cette ride inquiète au milieu du front. Peut-être même pincer les lèvres. Mais il l'embrassera au coin de la bouche, oh, comme il a hâte de tenir à nouveau son visage entre ses mains. Il inspire profondément, s'approche et commence à taper le code de la porte quand il entend une voix derrière lui.

— Daniel ?

Un inconnu se tient juste derrière lui. La trentaine, cheveux bruns, costume bleu.

— Daniel, c'est bien vous ? dit l'homme. Vous logiez bien chez Agnes, c'est ça ?

Il ne répond pas. Agnes est bien la dernière personne à qui il a envie de penser en ce moment précis.

— Mon nom est Sebastian, continue l'homme en lui tendant la main en souriant. Je suis une connaissance d'Agnes. Ou plutôt, étais. Avant, oui, vous savez. Je crois que nous nous sommes rencontrés à une fête, il y a un moment.

— Possible, répond-il, hésitant.

Il est persuadé de ne jamais avoir vu cet homme.

— Vous vivez ici maintenant ? demande l'homme en regardant l'immeuble.

— Non, c'est ma copine qui habite ici.

Le Sebastian en question rit. Bruyamment.

— Vous ne perdez pas votre temps ! Agnes est morte depuis quatre, cinq mois ? C'est quelle fenêtre, votre nouvelle copine ?

— Elle n'est pas nouvelle. Et Agnes et moi n'étions pas ensemble. Je logeais seulement chez elle.

— C'est ça, oui, dit Sebastian en lui faisant un clin d'œil.

Daniel commence à tiquer. Il n'aime pas du tout la situation. Il n'a pas à se justifier devant ce type. Et puis, il en a marre de se sentir accusé d'un tas de choses. Il aimerait bien que ce mec s'en aille. Evelyn l'attend là-haut, dans sa cuisine. Elle lui a sûrement déjà servi un verre de vin. Elle s'est allumé une clope. Rêve de Paris. Elle porte peut-être le teeshirt rayé dans lequel elle est tellement canon. Pour lui faire plaisir. Qu'a-t-il à traîner encore ici devant sa porte ?

— Excusez-moi, je suis en retard, dit-il en recommençant à taper le code.

Sebastian pose son bras sur ses épaules et l'éloigne du digicode.

— C'était sans doute aussi bien, ce qui est arrivé à Agnes, dit Sebastian calmement.

Tout le corps de Daniel se raidit.

*

Vincent se penche en arrière dans le canapé de la loge et ferme les yeux. Il se remémore l'interrogatoire, ce qu'a dit Daniel. Il ne connaissait rigoureusement rien à l'art de la magie, pour sûr. Il croyait qu'un *double lift* était une sorte de partouze, alors que ça décrit simplement le fait de tirer deux cartes d'un jeu en ayant l'air de n'en tirer qu'une seule. Vincent avait eu du mal à ne pas éclater de rire.

Et quand Daniel leur parlait d'Agnes et de Tuva, il était visiblement inquiet à l'idée de ne pas être cru. Et pour cause. Connaître les deux par pur hasard semblait si extraordinaire qu'il était difficile de ne pas penser qu'il y avait anguille sous roche. Mais statistiquement, il est improbable que de telles coïncidences ne se produisent jamais au cours d'une enquête. C'est comme quand les gens rencontrent une vieille connaissance dans la rue, alors qu'ils viennent de penser à elle pour la première fois depuis des années. Il est facile de penser que cela ne peut pas relever d'un simple hasard.

Vincent réfléchit. Si on met en corrélation le nombre de personnes qu'un individu rencontre au cours de sa vie avec le nombre de pensées qui lui traversent l'esprit chaque jour, c'est statistiquement improbable que les deux variables *ne se croisent pas* de temps en temps. Cette coïncidence rare n'arrive pas à tout le monde. Mais ce n'est pas "impensable", c'est même assez probable.

Rien chez Daniel, dans le langage non verbal de son corps et de son visage, ne donnait à penser qu'il ne disait pas la vérité au sujet de Tuva et d'Agnes.

Vincent rouvre les yeux. Il n'arrivera pas à se remémorer ce qu'il cherche en s'y prenant ainsi. Il faut qu'il s'enfonce dans les arcanes de sa mémoire, ce lieu où gisent les souvenirs inconscients. Ne lui reste qu'un moyen : l'autohypnose.

Il se lève et va fermer la porte à clef, histoire de ne pas effrayer d'éventuels agents de ménage. Et pour s'épargner les remontrances d'Umberto. Ensuite, il s'allonge par terre et fixe le plafond. Il a l'habitude de se servir de l'autohypnose pour s'endormir, car Maria lit toujours avec sa lampe de chevet inutilement forte. Mais à cet instant, il n'a pas l'intention de dormir. Il lui faut plonger dans son inconscient. Vincent regarde autour de lui, s'imprègne de ce qui l'entoure dans la pièce.

— Chaise, rouge, pieds en métal, murmure-t-il. Rideau, motif floral, affreux. Banc, bleu, lambris. Ventilation sifflante, bruit de voitures au-dehors, ronronnement du mini-frigo. Le tapis est mou, le sol dur, la température agréable.

Il ferme les yeux.

*

L'homme nommé Sebastian rit à nouveau. Un rire qui se veut avenant, mais son bras autour des épaules de Daniel parle un autre langage.

— On ne peut pas dire qu'Agnes militait pour préserver la famille blanche, dit Sebastian. En fait, tu nous as pour ainsi dire rendu service en nous débarrassant de ce débris. C'est ta grosse bite de Syrien qui l'avait séduite ?

Par-dessus le pantalon, Sebastian lui saisit l'entrejambe. Daniel essaye de se dégager de cette étreinte, mais Sebastian le tient comme un étau. Sa gorge est sèche, un vrai désert, il ne pourrait même pas répondre s'il le voulait. Un cauchemar. Ça ne peut pas être réel.

— Cette même bite qui te sert maintenant à souiller une nouvelle petite Suédoise ? continue Sebastian. Je peux pas le croire, Daniel. En fait, je sais même pas comment prononcer ton sale nom dans ta putain de langue d'origine.

Sebastian lui assène un coup violent pour l'éloigner de la porte. Pour l'éloigner d'Evelyn, de la lumière, de la sécurité. Il est sur le point de perdre son équilibre, mais se rétablit vite. S'il tombe, c'est la fin. La fenêtre familière d'Evelyn irradie juste quelques mètres au-dessus de lui. Il essaye de la persuader d'ouvrir par la force de sa pensée. *Regarde dehors. Je suis là.*

Soudain, quatre hommes en blousons noirs sortent de l'ombre de l'autre côté de la rue. Les lettres SF scintillent comme des éclairs blancs sur leurs manches droites. Rien à voir avec Svensk Filmindustri, la société suédoise de production et de distribution de films, et ses comédies familiales. Le SF de ces hommes est imprimé dans une autre police de caractères et signifie Sveriges Framtid, "l'Avenir de la Suède".

Il avait déjà peur, maintenant c'est la terreur qui le submerge, il comprend. Il les connaît. Sveriges Framtid se présente comme un parti politique, mais ce n'est en réalité qu'un ramassis de brutes arborant un logo. Josef lui a raconté ce que son cousin a subi. Un sale coup porté à l'arrière de la tête lui avait valu le port d'une poche de stomie à perpète. Il avait quinze ans. Et une seule de ces bêtes immondes avait suffi. Là, il y en a cinq dans la rue déserte. Mais il peut encore appeler à l'aide. Evelyn l'entendra peut-être par la fenêtre.

— Evelyn ! crie-t-il. Appelle la police !

Un coup de Sebastian lui fracasse le nez. Il pousse un hurlement. Son visage n'est plus que pure douleur. Sa vision se brouille de toutes sortes de contours et de couleurs, ses yeux se remplissent de larmes. Il ne voit plus rien, n'entend plus rien. Seulement un sifflement strident dans les oreilles. Et cette horrible douleur. Comme si quelqu'un l'avait pulvérisé à coups de marteau. Il n'arrive pas à respirer. Le sang de son nez cassé emplit sa bouche et coule dans sa gorge.

Il vacille, comme en suspens. *Ne pas tomber. En aucun cas.* Daniel cligne des yeux et voit à travers ses larmes les hommes se rapprocher. Deux sont munis de barres en fer.

— Paraît que les flics t'ont laissé filer, dit Sebastian en sortant un mouchoir pour s'essuyer son visage maculé du sang de Daniel. Mais ça nous va. On a l'habitude de faire le ménage après eux.

*

Vincent chemine dans les méandres de sa mémoire. Il est de retour dans la salle d'interrogatoire. Son cerveau trie en permanence les informations prioritaires, et maintenant tout se nivelle. Il est submergé de couleurs, de mots, de gestes. Un menaçant tsunami de sensations qui pourrait le noyer. Il faut trouver ce qui ne colle pas.

Les mots de Daniel.

Il faut se concentrer sur les mots de Daniel. Des formulations qui n'avaient pas attiré son attention sur le moment.

"C'était Agnes et Tuva qui se connaissaient."

Non, ce n'est pas ça.

"Le père d'Agnes est un raciste."

Ça non plus. Il est toujours dans ses souvenirs conscients. Il faut qu'il repère les failles, les points aveugles de sa mémoire.

"Ça arrive tout le temps, des allumés qui débarquent, ou des gens qui sont juste un peu bizarres… parmi eux, il y a bien sûr des habitués."

C'est ça. Daniel avait dit quelque chose.

"… la plupart de ceux-là se servent du café comme bureau… Les journalistes déboulent toujours avec leurs ordinateurs portables…"

Ça y est, c'est tout près.

"Un des habitués passait son temps à examiner des dessins dans un classeur."

Ça y est. On ne range pas des dessins dans un classeur, ils sont trop grands. Mais Vincent avait vu des dessins dans un classeur très récemment. Chez Sains Bergander.

Il ouvre les yeux. Sortir de l'hypnose est une violence contre laquelle lutte son cerveau. Mais il est pressé, pas de temps à perdre.

Daniel avait vu un habitué du café qui étudiait des dessins.

Vincent est prêt à parier qu'il s'agissait de plans d'illusions de magie. Évident, maintenant qu'il y pense. Ruben avait raison sur un point : le meurtrier venait régulièrement au café pour espionner Tuva et connaître ses habitudes avant de passer à l'action.

Daniel connaît le visage du meurtrier. Peut-être même son nom. Vincent attrape sa veste avec son portable, qu'il manipule fébrilement avant de trouver le raccourci vers ses favoris. Il appelle Mina. Il maudit son planning surchargé qui l'a tellement éloigné de l'épicentre des événements. Il faut qu'ils recontactent Daniel au plus vite.

*

Un des hommes balance sa barre en fer sur Daniel qui, machinalement, lève les bras pour se protéger la tête. Erreur. Le coup s'écrase sur ses avant-bras, brisant les os des deux côtés. Il se recroqueville en hurlant.

Evelyn. Elle doit avoir appelé la police. Elle voit bien ce qui lui arrive ? Regarde-t-elle tout de sa fenêtre, n'osant pas l'ouvrir ?

— Ça suffit, gémit-il. Ça suffit. J'ai compris.

Le coup suivant l'atteint au thorax, lui fracture une côte, peut-être plus. Il n'arrive plus à crier. A du mal à respirer. Des fragments d'os ont probablement perforé son poumon.

Il tente de reculer pour s'éloigner de l'homme, mais a du mal à bouger. Ils ont presque l'air de s'amuser. Puis les coups tombent de façon plus rapprochée, c'est comme si ses terminaisons nerveuses étaient surchargées de signaux de douleur. Son cerveau n'arrive plus à les traiter. Il a juste l'impression de brûler.

Il faut qu'ils s'arrêtent.

Puisque Evelyn et lui partent pour Paris.

Une pause dans les coups. Ils ont peut-être eu leur dose. Ils ont fait passer leur message.

— Un, deux, trois !

Et les deux hommes lui explosent les genoux. Il tombe en avant, il ne peut crier, seul un sifflement sort de sa bouche. Il tombe sur ses bras cassés, son front se fracasse dans l'asphalte. Des millions de volts embrasent son cerveau, son champ de vision se remplit d'éclairs blancs.

Evelyn pose sa main sur sa nuque, la main qui tient la cigarette, et elle l'embrasse en lui soufflant de la fumée dans la bouche.

Il se consume, les hommes s'acharnent en silence. Il perçoit le bruit sourd de leurs bottes qui cognent sur son corps. C'est trop, la douleur, comme suspendue, attend son tour.

La fenêtre d'Evelyn éclairée juste au-dessus de lui. Si près. Il essaye de crier, mais seul un chuintement sort de sa bouche. Si seulement elle regardait dehors. Avait envie de fumer. Mais il sait qu'elle l'attend pour ça.

Son tee-shirt qui glisse sur l'épaule nue, une épaule comme une promesse de plus encore.

Je suis ici. Il faut que tu me voies. Appelle la police.

Paris, Evelyn, Paris.

Un coup de botte particulièrement dur dans le ventre le fait se recroqueviller en position fœtale. Les coups enfoncent les brisures d'os plus profondément dans ses poumons. De la bile remonte dans sa gorge et s'écoule de sa bouche.

— Tu vomis sur mes pompes, ordure ! s'écrie l'homme en lui donnant un autre coup sur une de ses rotules fracturées.

Son genou brisé se disloque, il est sur le point de perdre connaissance. Une vibration obscure l'envahit. Manque d'oxygène, pense-t-il, comme détaché.

Pourquoi la police n'arrive-t-elle pas ?

Soudain, les coups s'interrompent. Ils passent à autre chose. Il sait ce que cela signifie, ce qui va arriver. Ce qui ne doit pas arriver.

— À toi l'honneur, Sebastian, dit l'un des hommes. Achève-le.

Il ferme les yeux.

Focalise son attention sur Evelyn.

Elle tient nonchalamment une bouteille de bière entre le pouce et le majeur d'une de ses mains.

Malgré la douleur atroce, l'image d'Evelyn qui penche la tête en lui souriant est là.

Son corps nu, lorsqu'ils se réveillent ensemble.

Son odeur quand elle l'embrasse.

Fumée et vin.

Comme Paris.

Ces salauds de racistes ne pourront jamais lui enlever Evelyn.

L'image d'Evelyn est toujours là quand Sebastian lui écrase la tête de ses deux pieds joints.

JUIN

— Bienvenue !

Un homme d'une trentaine d'années, genre hipster jusqu'à la moelle, leur ouvrit la porte vitrée. Christer regarda autour de lui. Sympa, ce lieu. Lumineux, propre, douillet. À des années-lumière de ces foyers d'accueil psychiatrique que son métier l'amenait à visiter régulièrement. Des endroits délabrés où l'angoisse et les cris qui avaient résonné entre les murs se ressentaient toujours. Dans la voiture, Julia lui avait effectivement précisé qu'il s'agissait d'un lieu de vie protégé et non d'une structure d'accueil de patients psychiatriques.

Il le savait très bien. Mais ça l'amusait de la taquiner et de voir se plisser son nez saupoudré de petites taches de rousseur. Elle était une bonne cheffe. Elle l'ignorait peut-être, mais il l'appréciait – et le cachait bien. Si seulement elle pouvait être un peu plus relax de temps en temps.

L'homme les fit entrer dans un petit bureau bien rangé. Les étagères étaient remplies d'ouvrages spécialisés, alignés en rangs impeccables. Un drapeau arc-en-ciel et une photo de lui, ses bras entourant un autre hipster, décoraient le bord de la fenêtre derrière le bureau, à côté d'une magnifique plante verte. Évidemment. Le radar queer de Christer étant hypersensible, il avait tout compris à l'instant où Hampus Norlén leur avait ouvert la porte.

Personnellement, il ne se faisait pas à l'idée de deux pénis dans le même lit, c'était quand même contraire à toute logique biologique. Qu'est-ce qui était le plus sensé ? Deux vis, ou une vis et un boulon ? Ça coulait de source. Mais à chacun ses goûts et son nirvana. Tant qu'ils n'agitaient pas leurs godemichés devant des familles avec enfants qui regardaient la Gay Pride à la télé, mais gardaient ça pour leur vie privée. Comme l'avait fait Lasse.

Lasse.

Bon Dieu, c'était il y avait bien longtemps. Presque quarante ans déjà. Lasse avait été son meilleur ami pendant l'adolescence. Pendant leur vingtaine, ils avaient habité ensemble un moment. Ils partageaient tout, à cette époque. Christer avait été totalement pris au dépourvu le jour où il avait compris que Lasse était de l'autre bord. Il se souvenait qu'ils s'étaient souvent fait des accolades. C'était naturel, Lasse était un type hyper sympa. Et ça ne signifiait rien de particulier. Une fois qu'il avait compris, c'était devenu plus compliqué. Et à la fin, ils avaient perdu tout contact.

— Nos condoléances, dit Julia en s'asseyant sur l'une des chaises que Hampus avait installées devant le bureau pour eux.

Christer prit place sur l'autre. Hampus hocha la tête et s'assit à son tour.

— Nous avons gardé espoir jusqu'à la fin, dit-il d'une voix étouffée par l'émotion. À croire que l'espoir est la dernière chose qui vous abandonne, même quand on craint le pire. Mais si ce que j'ai entendu est exact, alors le pire que nous imaginions était encore loin de...

La voix de Hampus se brisa et il se détourna pour s'essuyer les yeux.

— Nous ne pouvons, hélas, faire aucun commentaire sur l'enquête pour le moment, dit Julia calmement.

Un silence s'installa. Une grosse mouche s'obstinait dans un coin, se cognant désespérément contre la vitre sans rien comprendre à la nature de cet obstacle qui la séparait de la liberté.

— Robert vivait ici depuis combien de temps ?

Christer avait rompu le silence. Il se pencha en avant. La chaise était atrocement inconfortable, il avait déjà mal aux fesses et au dos.

— Nous avons été son foyer d'accueil spécialisé depuis ses quinze ans.

— Nous avons rencontré ses parents, dit Julia. Ils vous apprécient beaucoup.

Hampus sourit.

— La collaboration avec eux fonctionne à merveille. Et Bobban est un garçon extra. Était. Calme, jamais violent. D'autres résidents ont des problèmes de gestion de leur colère, et ça les empêche de vivre en famille. Ce n'était pas le cas de Bobban. Mais il fuguait souvent. Impossible de le laisser sans surveillance. Travailler du matin au soir tout en gardant un œil sur lui était devenu difficile pour ses parents. C'est là qu'ils ont fait appel à nous. Nous partagions la responsabilité de Bobban avec ses parents. Une garde alternée, pour ainsi dire.

Hampus sourit à travers sa barbe. Christer se gratta le menton. Pour sa part, il préférait être rasé de près. Depuis toujours. Sa mère lui avait appris, tout petit, qu'on ne pouvait pas faire confiance à un barbu. En plus, ça devait sacrément tenir chaud en été comme maintenant, et démanger. Sans parler de toute la nourriture qui devait s'accrocher dans cette broussaille touffue. Christer, de plus en plus agacé, passa de la barbe de Hampus à la vilaine mouche dans le coin de la fenêtre. Comment était-ce possible qu'un banal diptère fasse autant de vacarme ?

— Pouvez-vous nous parler un peu de Robert ? De Bobban ? demanda Julia, apparemment totalement indifférente à la bestiole.

— Ah, ce Bobban… Un sacré phénomène.

Hampus s'illumina, son regard rayonnait.

— Toujours de bonne humeur, dit-il. On regardait souvent d'anciens épisodes de *Jackass* ensemble. Il trouvait ça hyper drôle. Et il adorait manger. On était obligés de faire un peu attention, sinon il aurait enflé comme un ballon de baudruche. Mais je n'ai jamais vu quelqu'un prendre autant de plaisir à se remplir la panse.

— À ce propos, dit Christer, ses parents nous ont dit qu'il avait tendance à mettre à la bouche même des choses qui ne se mangent pas.

Son regard glissa involontairement vers la photo de Hampus et son copain. Pourvu que Hampus n'interprète pas son geste de travers… Il ne voulait surtout pas passer pour un vieux con.

— Oui, c'était son truc. On avait toujours peur qu'il fasse une fausse route. Il mettait tout et n'importe quoi dans sa bouche. Des plantes, de la terre, des billes d'argile, du gravier.

Ces explications sur tout ce qu'il était possible de se fourrer dans la bouche n'aidaient pas beaucoup Christer. Il eut une vision involontaire : Hampus taillant une pipe à son pote. C'était vraiment du lourd, il chassa vite fait cette image.

— Et les fugues ? demanda Julia.

Elle ne semblait pas affectée le moins du monde par l'atmosphère étouffante de la pièce. Christer sentait la sueur lui couler dans le dos. Sa chemise collait. La mouche redoubla de niveau sonore dans ses tentatives de fuir à travers la vitre.

— C'était ça, le problème majeur avec Bobban, dit Hampus. Il adorait vagabonder seul. Nous avions instauré un système où l'un ou l'autre d'entre nous avait toujours un œil sur lui, mais il était drôlement malin, il arrivait toujours à filer en douce. Avec son lance-pierre. Là où était Bobban, on trouvait aussi son lance-pierre. Vous n'imaginez pas comme il était devenu habile avec ce machin. Il amusait les autres résidents avec des petites représentations. Il était capable de faire gicler une capsule posée sur une bouteille sans la renverser. Un truc de ouf.

Hampus secoua la tête. Puis il se retourna et, d'un rapide mouvement circulaire, sa main écrasa la mouche.

— Pardon, j'en pouvais plus, dit-il.

Christer hocha la tête avec reconnaissance.

— Cette fois-ci, comment vous avait-il échappé ? demanda-t-il. Et combien de temps vous avez mis à vous rendre compte qu'il avait disparu ?

— On s'en est rendu compte tout de suite. C'était le matin, vers dix heures, et c'était moi qui le surveillais, mais une autre résidente a glissé dans les escaliers et je me suis précipité pour l'aider. Ce n'était pas grand-chose, j'étais de retour cinq minutes après. Mais plus de Bobban. D'abord, je ne me suis pas trop inquiété. Comme je vous disais, ça arrivait souvent, et en général on le retrouvait tout de suite. Mais… pas cette fois-ci. En début de soirée, on ne l'avait toujours pas repéré et j'ai appelé ses parents. D'un commun accord, nous avons contacté la police. Vous avez heureusement pris la situation au sérieux immédiatement.

— S'est-il passé quelque chose d'inhabituel ce matin-là ? Avez-vous vu quelqu'un dans les environs qui n'avait rien à faire là ? Quoi que ce soit qui vous aurait frappé ?

Hampus réfléchit longuement et secoua lentement la tête en écartant les bras.

— Non… Non, tout était normal. Je n'ai aucun souvenir de quoi que ce soit d'inhabituel. Certes, des gens et des voitures passaient dehors, mais c'est toujours le cas. Rien de particulier.

— Bobban aurait pu suivre un inconnu ? demanda Julia.

Christer constata avec soulagement que de fines gouttes de sueur perlaient sur sa lèvre supérieure. Elle était donc humaine malgré tout, et pas un cyborg avec clim intégrée.

— C'est tout à fait possible. Bobban aimait tout le monde. Il ne voyait le mal nulle part. Et je n'ai jamais rencontré quelqu'un qui ne succombait pas tout de suite à son charme. On ne pouvait pas ne pas aimer Bobban.

Sa voix s'était voilée. Hampus baissa la tête et agrippa de ses mains le rebord du bureau. Julia se leva.

— Je pense que c'est tout pour le moment. On reviendra si on a d'autres questions.

— Quand vous voulez, dit Hampus en se levant pour leur serrer la main.

Christer hésita. Il imagina ce que cette main avait pour habitude de toucher dans l'intimité. Puis il la prit. Fallait pas exagérer, ce n'était pas comme s'il risquait d'être contaminé. La poigne de Hampus était étonnamment virile compte tenu de la souplesse et de la douceur de sa peau. Christer retint sa main longuement, preuve indéniable de son ouverture d'esprit.

La pièce n'était qu'à moitié remplie. Il faisait trop beau pour s'enfermer au beau milieu de la journée dans une salle pour confesser ses péchés. Ou ses vices, selon le terme qu'on préférait. Elle avait été sur le point de renoncer. Mais c'était souvent précisément à ce moment-là, au moment où elle commençait à se convaincre qu'elle n'avait pas besoin d'y aller, qu'elle pouvait s'en passer, qu'elle en avait en réalité le plus besoin. Elle s'y était donc rendue quand même.

Mina regarda autour d'elle. La fille au dauphin était à sa place habituelle. Le film plastique avait disparu, et l'esquisse d'un loup apparaissait maintenant sous les mots *Living on the edge*. Elle n'avait pas pour autant négligé l'inscription *Carpe diem* qui s'étalait sur la totalité de son avant-bras. Super original ! Mina songea à la rebaptiser la "reine des clichés".

Kenneth et sa femme en fauteuil roulant étaient là aussi. Ainsi que leur chien. Basse ? Bosse ? Oui, Bosse. Le chien l'observait avec passion depuis sa place au pied du fauteuil roulant, mais dès que le regard de Mina se posa sur lui, il se leva, plein d'enthousiasme. Mina détourna immédiatement les yeux. Elle ne voulait pas subir à nouveau les effusions canines, elle espérait que la laisse était bien arrimée à l'autre bout, cette fois-ci, et que le gros toutou ne viendrait pas lui sauter dessus. Tout ce qui pouvait grouiller dans cette répugnante fourrure…

On n'était que début juin et déjà la chaleur était écrasante. Cette température, inhabituelle pour la saison, semblait tenace. Des gouttes de sueur coulaient jusqu'à la ceinture de son pantalon.

Mina résista à l'envie de fuir à l'air libre, de rentrer à la maison et de se précipiter sous la douche. Cette transpiration inconfortable la dégoûtait, c'était comme si la crasse se frayait un chemin au travers de sa peau. L'été, elle se douchait deux fois plus qu'en hiver. Quand il faisait chaud, elle aurait aimé se doucher toutes les heures, mais ça lui aurait pris pratiquement tout son temps.

Kenneth lui fit un signe de la main, un peu distraitement, et sa femme hocha la tête en guise de salutation. Mina se rendit compte qu'elle ignorait son nom. Elle aurait sûrement dû demander. Par politesse. Mais elle voulait justement éviter de sympathiser avec les personnes qui venaient ici. C'était déjà allé beaucoup trop loin avec cette histoire de chien.

La femme en fauteuil roulant avait l'air fatiguée. Pâle. Et elle avait chaud, elle transpirait tellement que des gouttes de sueur coulaient de la racine de ses cheveux jusque dans ses yeux. Elle clignait des paupières et levait régulièrement la main pour essuyer cette humeur salée.

Les confessions étaient soporifiques. Ils se levaient les uns après les autres pour partager la parole. Ils se mettaient à nu, sans ambages. Leurs progrès, échecs, tragédies, victoires. Certains en étaient au début de leur voyage, d'autres avaient pris la route depuis longtemps. Plusieurs avaient le regard illuminé des nouveaux convertis. Ils n'avaient encore trébuché sur aucun obstacle. Ils ne réalisaient pas encore que le chemin à suivre n'était pas aussi droit qu'il en avait l'air.

Elle les enviait. Elle-même se percevait plutôt comme un vétéran désenchanté. C'était plus réaliste. Un combat construit sur l'expérience de ceux qui avaient déjà vécu l'échec. Et s'étaient relevés. Et avaient à nouveau failli pour se relever encore. C'était le regard de ceux qui voyaient devant eux un chemin sinueux et tortueux, mais qui avaient accepté que ce soit le seul possible.

Elle piqua du nez à son insu et rouvrit les yeux. Elle ne se souvenait pas de les avoir fermés. La chaleur l'avait terrassée. Elle regarda autour d'elle. Quelqu'un l'avait-il vu somnoler ?

Elle se raidit. La femme de Kenneth avait un problème. Sa peau était luisante, et sa respiration saccadée. Kenneth avait lui aussi compris que ça n'allait pas, il lui parlait tout bas, mais elle ne faisait que secouer vivement la tête.

Mina hésita un instant. Puis elle fit les quelques pas qui la séparaient d'eux et s'agenouilla devant la femme. Bosse se leva, fou de bonheur, et se mit à tirer sur sa laisse pour s'approcher d'elle. D'instinct, Mina recula.

— Tu ne te sens pas bien ? demanda-t-elle en jetant un regard en biais à Kenneth.

— Elle ne veut pas que j'appelle une ambulance, dit-il, paniqué.

Sa femme suffoquait, incapable de répondre. Elle se contentait de secouer obstinément la tête. Mina attrapa son téléphone.

— Peu importe. Il nous faut une ambulance. J'appelle tout de suite.

Kenneth avait l'air soulagé, alors que sa femme en était toujours au même point. Mina l'ignora. Bosse haletait dans la chaleur, la langue pendante, mais ne comprenait rien au malaise de sa maîtresse. Toute sa frénétique attention était dévolue à Mina. Le coup de fil fut rapide. Elle se présenta comme policière, indiqua l'adresse et décrivit la situation. Mentionna que la femme en détresse était en fauteuil roulant.

Les autres du groupe avaient compris qu'il y avait un problème. La fille au dauphin se tordait les mains et fixait Mina avec inquiétude.

Mina mit fin à la communication.

— Ils sont en route.

— Merci, dit Kenneth. Ça ne lui arrive jamais, elle a toujours…

Sa voix se perdit, il ne marmonnait plus que pour lui-même. Désemparé. Mina était sur le point de poser une main réconfortante sur son épaule, mais renonça. Il semblait transpirer autant qu'elle. La panique se lisait sur le visage de sa femme, sa respiration faiblissait. Même Bosse avait l'air de saisir que quelque chose n'allait pas. Il posa son museau sur les genoux de sa maîtresse en gémissant. Elle lui tapota machinalement la tête, tout en luttant pour respirer.

Mina lui parlait doucement pour la calmer, guettant l'arrivée de l'ambulance. Il ne fallut pas attendre bien longtemps avant qu'elle ne l'entende approcher. Elle sortit à leur rencontre.

Ensuite, tout alla très vite. Les ambulanciers se précipitèrent à l'intérieur, chargés d'un brancard et de matériel médical. Toutes les personnes présentes dans le local étaient debout, immobiles, impuissantes. Ils allongèrent la femme de Kenneth sur le brancard. Kenneth ne lui lâcha pas la main. Mina les suivit dehors et les vit installer le brancard dans l'ambulance. Rapides, efficaces. Kenneth monta lui aussi, sans jamais lâcher la main de sa femme. Juste avant que l'ambulancier ne ferme les portières, il cria à Mina :

— Bosse ! Merci de t'occuper de lui !

Mina fixa l'ambulance qui s'éloignait toutes sirènes hurlantes. À l'intérieur, elle entendit l'aboiement enthousiaste de Bosse.

Un hurlement de bête sauvage venant du bureau fit sursauter Rebecka. Elle lâcha le verre d'eau qu'elle avait à la main. Vincent tenta de l'attraper, mais le verre explosa sur le carrelage. L'eau forma une grande flaque constellée de bris de verre. Il venait de rentrer de Malmö. A priori, ici, rien n'avait changé.

— Vincent ! hurla Maria en sortant du bureau comme une furie, écarlate. Tu m'avais promis de te débarrasser de cette horreur !

Aston qui jouait aux Lego à même le sol du séjour se mit à pleurer en voyant sa mère en colère.

— Maman n'est pas en colère, dit Maria en essayant de se ressaisir. En tout cas, pas contre toi, mon chéri ! J'ai juste envie d'étriper papa qui veut ma mort !

Vincent était sur le point de partir. Il avait, pour la première fois, convoqué toute l'équipe à une réunion et tenait à ne pas être en retard. Avec un peu de chance, ils auraient réussi à contacter Daniel. La veille au soir, Mina n'avait pas décroché son téléphone. Probablement déjà couchée. Il lui avait envoyé un message pour dire qu'il leur fallait absolument reparler avec Daniel dès qu'ils l'auraient localisé, et qu'il souhaitait être présent lors de l'entretien. Vincent avait même envoyé un message à Sains Bergander lui demandant de photographier et d'envoyer des dessins d'illusions. Vincent voulait les montrer à Daniel. Si ce dernier en reconnaissait certains, ils pourraient déterminer avec plus de certitude ce que l'homme du café apportait quand il venait. Daniel devrait également confirmer si l'individu en question était ou pas Jonas Rask, il leur fallait donc aussi une photo de ce dernier. L'idée avait quelque chose d'excitant. "Vincent Walder, détective privé", la classe !

Mais pour l'instant, il savait exactement ce qui était arrivé à Maria dans son bureau. Sa société de production avait imprimé un mannequin en carton, taille réelle, qui avait servi de pub pour sa dernière série télévisée. Une représentation de lui-même. Quand il l'avait ramené à la maison, Maria l'avait instantanément baptisé "l'épouvantail". Personnellement, il en était plutôt content. Il lui avait certes promis de le balancer, mais ne s'était pas encore résolu à le faire. Qui pouvait se vanter d'avoir une copie de soi-même grandeur nature ? Sincèrement, il trouvait ça plutôt cool. En plus, comment pourrait-il s'en débarrasser ? C'était lui. Pas évident du tout, psychologiquement, de se porter soi-même à la déchetterie. Récemment, il avait lu une thèse incroyablement intéressante sur la structuration du moi en psychothérapie, avec en fil rouge la métamorphose de Narcisse chez Ovide. L'autocentration et la fascination de son propre moi étaient profondément ancrées dans la psyché humaine. Freud avait eu son propre terme pour cette fascination – *Verliebtheit*.

— Fais gaffe, tu marches sur des éclats de verre, dit-il à Maria quand elle se rua sur lui.

— Franchement, c'est quoi ton problème ? dit-elle. Tu as le melon au point de conserver une copie de toi-même dans ton bureau ! Tu fais quoi avec ce truc, en fait ? Vous vous masturbez ensemble quand vous êtes seuls à la maison ?

— Maria ! s'écria Rebecka, choquée. Viens, Aston, on va jouer dans ta chambre.

— Ça me fait peur quand maman est comme ça, dit-il d'un ton malheureux.

Maria prit son air de martyre. Vincent savait d'avance que même ça, elle le lui reprocherait. Rebecka contourna prudemment les débris de verre et l'eau par terre et se dirigea vers le salon où elle prit démonstrativement son petit frère par la main. Elle ramassa un maximum de Lego et partit avec lui en fermant la porte derrière eux. Sans dispenser le moindre regard ni à son père ni à sa tante/maman bonus.

— Je suis désolé, dit Vincent. Mais je ne comprends pas comment ça peut encore t'effrayer à ce point-là. Tu sais qu'il est là.

Maria prit un air pincé.

— Et je ne saisis pas ta fascination pour cette horreur.

— *Verliebtheit*, dit Vincent.

Maria le fixa.

— Balance-le ! ordonna-t-elle sans sourciller.

— Promis, dit-il en sortant balai et serpillière.

Il était de toute façon déjà en retard.

Mina fixait le chien, tétanisée. Bosse n'avait pas l'air d'avoir été douché depuis des lustres. Et il n'avait à coup sûr jamais croisé le moindre produit désinfectant. Par contre, il semblait content. Très content. Sa queue frappait l'asphalte, comme si c'était un tambour, projetant en l'air des myriades de saletés qui venaient s'accrocher à sa fourrure.

Vincent avait convoqué tout le monde à une réunion après le déjeuner. Il voulait qu'ils s'entretiennent à nouveau avec Daniel, qui détenait selon lui des informations importantes. Mina avait loupé l'appel de Vincent, mais trouvé son SMS ce matin. Elle n'avait pas réussi à le recontacter, et maintenant il était temps de se rendre au boulot.

Elle fixa à nouveau le chien.

Ce n'était tout simplement pas possible.

Il fallait qu'elle trouve une solution. Mais comment ? Elle avait déjà supplié, insisté, et même menacé les autres à l'association pour s'en débarrasser. Mais personne ne voulait se dévouer. Et elle ne pouvait pas non plus l'abandonner. Bosse était certes crade, un véritable nid à microbes, mais c'était aussi un être vivant.

Heureusement que le trajet entre les Alcooliques Anonymes et l'hôtel de police pouvait se faire à pied. Elle imaginait l'horreur de la situation si elle avait eu besoin de prendre son véhicule. Aurait-elle empaqueté la voiture ? Attaché le chien sur le toit ? Ou emballé le chien ? S'il avait sauté à l'intérieur dans cet état, elle aurait dû changer de voiture.

Obligée d'appeler Vincent pour dire qu'elle serait un peu en retard, elle prit le téléphone, mais avant d'avoir eu le temps d'appeler, il bipa. C'était un message de la légiste, Milda. Mina ouvrit le message, curieuse, pendant que Bosse poursuivait son solo de batterie. Le bilan toxicologique était arrivé. En un temps record. Elle se dit que Milda avait dû faire jouer tous ses contacts, histoire de rattraper son erreur lors de l'autopsie d'Agnes. Mina remit le téléphone dans sa poche. Il *fallait* y aller.

Elle fixa Bosse. Elle avait un flacon de gel mains tout neuf dans son sac. S'il ne se tenait pas à carreau, il était bon pour la douche hydroalcoolique.

Vincent, sur le parvis de l'hôtel de police, vit un énorme golden retriever foncer sur lui. Ce qu'il y avait juste derrière le fit s'arrêter net. Au bout de la laisse tendue se trouvait Mina, essayant désespérément de freiner le monstre.

— Mais fais quelque chose ! cria-t-elle.

Il s'accroupit et, quand le chien fut tout près de lui, il tendit la main pour le laisser la renifler. Si le chien lui léchait la figure, Mina exigerait sans doute qu'une muraille en plexiglas soit érigée entre eux. Le chien glapissait de bonheur en reniflant frénétiquement. Après une exploration minutieuse de sa main, le chien se contenta de lui lécher les doigts. Tous y passèrent, l'un après l'autre.

— Tu parles avec les chiens aussi ? demanda Mina, essoufflée par son sprint.

Il se releva, elle lui tendit un flacon de gel qu'il accepta.

— Quand ils ont un fort accent, j'ai du mal. Mais celui-ci est très facile à comprendre.

Il se nettoya soigneusement les mains, surtout pour la rassurer. Le chien les regardait, toujours aussi enthousiaste.

— Donc, tu as un chien ? Tu ne m'en avais jamais parlé ?

— Il s'appelle Bosse, et je le garde en ce moment. N'en parlons plus. C'est quoi cette histoire avec Daniel ?

Mina lui décocha le regard je-te-tue-si-tu-fais-encore-allusion-à-l'existence-de-ce-chien. Il lui prit la laisse de la main sans prêter attention à Bosse, qui le gratifia d'un jappement joyeux. Elle eut immédiatement l'air de mieux respirer.

— Daniel a dit un truc pendant l'interrogatoire. Un habitué du café s'installait régulièrement pour étudier des dessins. Je ne l'ai pas saisi sur le moment, mais Daniel a peut-être vu le meurtrier. Et si c'est le cas, il l'a vu plusieurs fois. Le prochain meurtre pourrait avoir lieu demain. Ou au cours de l'été, à l'automne, ou dans un quart d'heure, si ça se trouve. Je n'en sais rien parce que je n'ai pas encore craqué le code. Si un nouveau meurtre se produit, ce sera ma faute et j'aurais du mal à l'encaisser. Mais avec l'aide de Daniel, on trouvera peut-être le tueur. Avant qu'il ne recommence.

Bosse se lança dans une ovation canine.

— Non, Bosse, pas la corbeille à papier ! Non, Bosse, les petits pains, c'est pas pour toi ! Pas touche ! Assis ! Non, je veux dire, on va par là ! Arh, putain de clébard ! Par ici, j'ai dit !

Mina s'efforçait péniblement de mener Bosse vers la salle de réunion. Vincent avait renoncé et lui avait rendu la laisse aussitôt à l'intérieur de l'hôtel de police. Mina le soupçonnait de préférer le rôle de spectateur. Il devait bien se marrer.

La porte de la salle de réunion s'entrouvrit et Christer passa la tête, l'air intrigué. Ses yeux s'écarquillèrent quand il aperçut Bosse.

À l'instant où le chien vit le policier, sa queue se mit à battre à tout va. Christer s'accroupit, exactement comme l'avait fait Vincent. C'était quoi ce délire entre les hommes et les chiens ? Pour sa part, elle préférait les chats. Non pas qu'un animal puisse jamais mettre les pattes chez elle, mais s'il fallait absolument choisir, les chats avaient au moins une certaine retenue, contrairement aux chiens. Comme pour corroborer cette idée, le monstre au pelage doré se jeta telle une tornade sur Christer, comme s'il venait de rencontrer son meilleur pote de tous les temps.

— Oh là, calmos, mon bonhomme ! dit Christer affectueusement. C'est un bon chien ça ! Ah oui, ça fait du bien d'être gratté derrière l'oreille. Voiiiilà…

Le chien, tout excité, léchait le visage de Christer qui n'avait pas l'air de s'en offusquer. Mina assistait à la scène, horrifiée, tandis que Vincent rigolait. Au bout d'un moment, Christer se releva péniblement, ses genoux craquant bruyamment.

— Tu ne détestes pas les animaux ? demanda-t-elle, étonnée.

— D'où tu sors ça ? Bien sûr que non, répondit Christer avec un grand sourire. Alors, comme ça, on a un nouveau collègue ? Un nouveau Vincent ? Ils ont la même couleur de cheveux en tout cas !

Mina le dévisagea, puis regarda autour d'elle, la laisse toujours à la main. Il y avait une table dans le couloir. Avec un peu de chance, elle serait assez lourde pour retenir Bosse. Elle en souleva un des pieds et y coinça la laisse.

— Pas de questions, dit-elle. Je dois juste le garder quelques jours.

Vincent lui ouvrit la porte de la salle de réunion et Mina entra.

— Christer ! Tu viens ? demanda-t-elle.

— Oui, oui, pas de panique, répondit Christer, qui faisait encore des câlins au chien.

Il ébouriffa sa fourrure dorée une dernière fois avant de les suivre.

— Je vois vraiment pas d'où tu sors que je n'aimerais pas les chiens, bougonna-t-il. Ça se voit au premier coup d'œil que c'est le plus gentil chien du monde !

Le chien prit un air penaud quand Mina ferma la porte vitrée en le laissant du mauvais côté. Il balançait sa tête d'un côté à l'autre, il ne comprenait pas, ses gémissements de détresse s'entendaient à travers le verre. Elle l'ignora.

Peder et Ruben les attendaient dans la salle. Julia n'était apparemment pas encore prête. Peder et Ruben avaient de toute évidence entendu le vacarme dans le couloir et elle leur adressa un regard courroucé, en particulier à Peder qui se bidonnait comme une baleine en faisant des signes au chien.

— C'est un chien, dit-elle en soupirant. Il s'appelle Bosse. J'en serai bientôt débarrassée, j'espère. Bon. On peut commencer ?

— On attend Julia, dit Ruben.

Elle s'assit, tourna volontairement le dos à Bosse, sortit un paquet de linguettes antiseptiques et s'essuya minutieusement les mains. Elle se hérissa à l'idée de Bosse écrasant son museau contre la vitre, y laissant sa bave dégoulinante.

Ils attendirent pendant quelques minutes en silence. Christer et Peder faisaient tous les deux des signes de main à Bosse à travers la porte vitrée.

— En fait, Anette va mieux ? Puisque t'es là ? dit Ruben en faisant un clin d'œil à Peder.

— Euh… oui ? fit Peder, sans comprendre.

— Je crois que Ruben te soupçonne d'avoir une aventure, la maladie d'Anette serait juste un prétexte, précisa Christer.

— J'ai jamais dit ça ! s'exclama Ruben.

— Non, mais on te connaît, on lit tous en toi comme dans un livre ouvert, soupira Christer.

Peder plongea la main dans son sac à côté de lui et en sortit une boisson énergisante. La canette émit un pshitt dynamisant quand il l'ouvrit.

— Ça, c'est ce que je vis de plus excitant en ce moment.

Il leva la canette et trinqua à l'adresse de Ruben.

Julia fit enfin son entrée.

— Il y a un chien dans le couloir, commença-t-elle, mais elle se tut en croisant le regard noir de Mina. OK, on y va ? Christer et moi sommes allés au foyer de Robert ce matin, mais ça n'a rien donné. Puisque c'est Vincent qui a demandé cette réunion, je lui laisse la parole.

Vincent s'éclaircit la gorge.

— Suite à la conférence de presse, nous avons reçu un appel, comme vous le savez, de quelqu'un qui a fixé la date du meurtre de Robert au 3 mai. Je crois qu'il faut prendre cet appel très au sérieux. Je vous ai déjà expliqué que nous avions affaire à un individu doté d'une double personnalité, une sorte de Dr Jekyll et Mr Hyde, pour forcer le trait. Dans ce cas précis, c'était Hyde qui appelait. Il était vraiment indigné, ce timbre tremblant de la voix est difficile à simuler, à moins d'être un artiste de génie. De plus, ça colle parfaitement avec l'arrogance que nous lui connaissons déjà. Je suis persuadé que c'est le tueur en personne qui a appelé.

Bosse se mit à cogner la tête contre la vitre en gémissant de plus en plus fort. Mina l'ignora et fit signe à Vincent de continuer.

— C'était Rask ? demanda Peder.

— Les enregistrements que nous avons de Jonas Rask sont trop anciens pour pouvoir le déterminer avec certitude, dit Julia. Et la voix change avec le temps.

— Le vocabulaire ne donne pas cette impression, dit Vincent. J'ai écouté d'anciens entretiens avec Rask, et il ne parle pas comme ça. En même temps, il avait préparé avec soin ce qu'il voulait dire. Il avait peut-être même un texte écrit. Et n'importe qui peut lire un texte écrit, même Rask. Mais les intonations ne collent pas avec Rask.

Bosse frappait si fort de sa tête que le verre en vibrait, et son gémissement évolua en un son qui n'était pas sans rappeler celui d'un loup qui hurle à la pleine lune.

— Bordel de merde ! cria Mina en se tournant vers la porte.

— Allez, il veut juste être de la partie, dit Christer, débonnaire, en se levant.

— Ne le laisse pas entrer !

Christer fit celui que n'entendait rien. Il ouvrit la porte. Bosse arracha la laisse du pied de table et fonça dans la salle comme un boulet de canon. Il fit le tour pour saluer tout le monde, reniflant et léchant. Enfin, il prit place entre Peder et Christer. Mina s'essuya frénétiquement les mains avec une nouvelle linguette humide. Elle était la seule à ne pas avoir touché le chien.

— Quel cirque ! grommela-t-elle.

— Le coup de fil, donc, continua Julia. Celui qui a appelé, est-ce qu'il a fourni des pistes ?

Vincent réfléchit.

— Non, répondit-il. Ou plutôt si, une. Ça me paraît évident que s'il ne souhaite pas être pris, il veut au moins être compris. Depuis le début, comme vous le savez, je pensais que ces dates étaient cruciales. Cela ne fait plus aucun doute désormais. C'est très important pour lui que nous détenions les trois parties de son message. J'ignore par contre *pourquoi* c'est si important.

Mina essayait de comprendre où Vincent voulait en venir. Elle avait déjà connaissance de pratiquement tous les éléments, mais c'était différent d'écouter l'intégralité du récit, ici, avec tout le monde. Quand Vincent et elle en parlaient en tête à tête, c'était de la théorie, mais maintenant, dans la salle de réunion, l'histoire prenait vie. Les visages des autres lui montraient qu'ils ne doutaient plus le moins du monde de ce que disait Vincent Walder.

— On peut supprimer le numéro, dit Julia. Nous avons obtenu ce que nous cherchions. Les autres appels n'avaient aucun intérêt. Ruben ? Peder ? Des choses à ajouter ? Avons-nous pu tracer l'appel ? L'analyser ? Les listes ont donné quoi ? Est-ce que les techniciens ont trouvé des bruits de fond qui peuvent nous être utiles ?

— On met le paquet, mais encore rien de concret. On attend les infos des techniciens, ainsi qu'une analyse vocale pour comparer avec la voix de Rask. La recherche d'éventuels bruits de fond est en cours.

Le ton de Ruben était, comme toujours, sur la défensive.

— À mon tour, dit Mina d'un ton mesuré et distant à l'intention de Ruben. Milda m'a appelée au moment où je partais pour venir ici. Elle a reçu les rapports de toxicologie. Pas seulement celui d'Agnes, mais aussi ceux de Tuva et de Robert.

Elle fit une pause appuyée. Elle aimait l'effet de tension créé par ses mots et avait envie de prolonger un peu cet instant.

— Kétamine, dit-elle enfin.

— Kétamine ? répéta Ruben, surpris.

— La kétamine est un anesthésique qu'on utilise en chirurgie, expliqua Mina. On la trouve sous forme de poudre, de comprimés et d'ampoules. Facile à administrer, même en cas de résistance.

Christer grattait distraitement Bosse sur le ventre. Le chien s'était couché sur le dos, pattes en l'air, les oreilles en éventail, arborant un sourire béat.

— La kétamine est aussi une drogue dite "dissociative", comme le protoxyde d'azote ou le PCP, ajouta Vincent. Les toxicomanes la surnomment Ket, KitKat ou Spécial K. Comme les céréales de petit-déjeuner. Mais comme dit Mina, il s'agit d'un anesthésiant tellement fort qu'il peut provoquer des hallucinations, des délires, une augmentation de la fréquence cardiaque et le dédoublement de la vue. La kétamine est utilisée médicalement, tant chez les humains que chez les animaux.

Vincent se tut. Tout le monde le regardait.

— Ça devrait m'inquiéter que tu sois si bien informé ? lui chuchota Mina.

— Si on se la fait courte, la kétamine a donc servi à endormir les victimes, conclut Ruben.

— Les toxicomanes appellent ça "tomber dans le trou du K", dit Vincent.

— Nous avons donc trois victimes avec de la kétamine dans le corps, reprit Mina en se raclant la gorge. Probablement un moyen de les rendre plus dociles. Ou pour amplifier la sensation cauchemardesque dans laquelle elles se trouvent. Ou un mélange des deux.

— C'est une drogue fréquemment utilisée ? demanda Julia.

— J'ai appelé un collègue des stups pendant ma... promenade... jusqu'ici, dit Mina, ignorant le regard goguenard de Vincent.

Promenade était une façon de parler. Elle glissait, c'était Bosse qui la tirait. Il ne leur manquait plus qu'un traîneau. Vincent s'imaginait sûrement l'échange téléphonique en question, l'éventail de jurons adressés à Bosse, et la confusion du collègue en question.

— On la *deale* dans la rue, reprit-elle. La kétamine, j'entends. Bien que ce ne soit pas la drogue la plus commune. Certains psychiatres la prescrivent comme antidépresseur, mais ça non plus, ce n'est pas très fréquent. Les vétos l'utilisent lors des interventions chirurgicales sur un grand nombre d'animaux. Chats, chiens, chevaux, rongeurs, singes, mustélidés, ainsi que sur les rapaces et les perroquets.

— C'est les stups qui t'ont donné toutes ces infos animalières ? dit Ruben. Ils n'ont vraiment rien d'autre à foutre ?

Mina soupira.

— Non, j'ai trouvé tout ça sur le net.

— Pendant ta promenade ? demanda Vincent, la mine innocente.

— Oui, pendant ma promenade. Bon sang, arrêtez de babiller comme des bébés !

— ... les bébés ! Je m'en occupe ! C'est mon tour ! cria Peder, émergeant de son demi-sommeil.

Il renversa sa canette encore à moitié pleine, le liquide se répandant à ses pieds.

— Moi, je crois que Peder produit de la kétamine naturellement, dit Ruben. Vous vous rendez compte, il s'est endormi *en buvant* sa potion magique.

— Je renonce, dit Mina en s'asseyant au bout de la table.

Bosse se leva et fit mine de s'approcher d'elle, mais Christer attrapa la laisse et le retint. Une chance pour Bosse qu'ils se trouvent au troisième étage. Mina était prête à donner à ce chien son premier et dernier cours de base jump.

— Et pour finir…, se lança Vincent. Pendant l'interrogatoire, Daniel a parlé d'un habitué du café où il travaillait qui venait régulièrement étudier des dessins dans un classeur. Je ne l'ai pas relevé sur le moment. Mais maintenant, je suis persuadé que Daniel a pu voir le meurtrier. Peut-être même plusieurs fois. Daniel pourrait être notre sésame pour identifier le tueur. Si c'est Rask, Daniel devrait pouvoir le reconnaître sans problème. J'ai donc proposé à Julia de contacter Daniel et de le faire venir, immédiatement. Ce n'est pas impossible qu'on arrive bientôt au bout du tunnel.

— On le recherche depuis ce matin, dit Julia. Je vais voir s'il est possible d'accélérer les choses.

On frappa à la porte et un homme passa la tête. Mina ne se souvenait pas de son nom, mais savait qu'il était du service des urgences.

— Pardon, vous recherchez… Waouh, quel beau chien !

— Oui, c'était pour quoi ? demanda Mina, glaciale.

— Euh oui, vous avez bien lancé des recherches pour un certain Daniel Bargabriel ?

— Oui, nous étions justement en train de parler de lui, dit Julia, surprise. Nous avons besoin de lui poser quelques questions, le plus vite possible.

— Ça va être difficile, répondit l'homme. Enfin, il est déjà ici. Mais au froid.

— Au froid ? dit Vincent sans comprendre.

— Il est mort…, dit Mina à voix basse en baissant les yeux.

Même Bosse comprit qu'il y avait un problème. Il se mit à gémir.

— Je me disais que l'info pouvait vous être utile, dit l'homme en refermant la porte derrière lui.

Vincent s'était proposé pour aller acheter un café digne de ce nom à la place de ce que Ruben surnommait leur keuf-caoua. En vérité, il avait besoin d'un prétexte pour quitter l'hôtel de police un instant. Il sortit par le hall, tourna au coin de la rue et s'appuya contre le mur, la respiration difficile. Daniel ne pouvait pas être mort. Il l'avait rencontré, avait discuté avec lui. L'avait interrogé.

La dure réalité le frappait de plein fouet. Les horreurs qu'avaient subies Tuva et Agnes étaient indéniables, mais depuis le début, elles n'étaient que des noms dans des rapports, des photos sur des écrans. Robert était quelqu'un dont il avait entendu parler par les médias. Il n'avait jamais eu aucun des trois devant lui, en chair et en os. Il y avait une distance affective entre eux. Avec Daniel, c'était complètement différent. C'était quelqu'un avec qui il avait pris un café et parlé face à face. Bon sang de bon sang. Il s'efforça de contrôler sa respiration afin que les niveaux d'adrénaline et de cortisol dans son corps s'atténuent peu à peu. Puis il se dirigea, d'un pas lourd, vers le bistro que lui avait indiqué Julia. Les policiers y bénéficiaient d'une remise de fidélité.

Il acheta des cafés pour tout le monde et, avec une pensée pour Peder, tous les petits pains restants.

À son retour, l'ambiance dans la salle était toujours aussi pesante. Bosse s'était écroulé, le museau entre les pattes avant. Il regarda Vincent d'un air malheureux, sans même lever la tête. Est-ce qu'un chien mangeait des petits pains ? Christer le savait sans doute, lui.

— J'ai raté quoi ? demanda-t-il.

Il posa les sacs en papier sur la table et en sortit le contenu.

Tous se jetèrent sur les cafés avec gratitude. Les petits pains dégageaient un arôme délicieux. On entendait de gros soupirs du côté de Bosse.

— Oui, tu vas en avoir, dit Christer tout en lui préparant un morceau et en continuant à lui parler comme s'il s'adressait à un bébé. Mais c'est pas bon pour toi. Donc, juste un petit petit bout. Sinon, bobo au ventre, tu comprends, mon bonhomme ?

— Vous n'envisagez pas de lien entre la mort de Daniel et les autres meurtres ? demanda Vincent.

— Il y a un témoin, dit Julia. On vient tout juste de recevoir une copie du rapport. Des personnes arborant le logo de Sveriges Framtid ont été vues quitter les lieux en courant.

— Des agressions sur des innocents, c'est plus fréquent qu'on ne pense, dit Ruben. Il n'y a pas de justice dans ce monde. Si ce ne sont pas les racistes qui vous égorgent, ce sont les féministes.

— Il y aura évidemment une enquête, continua sèchement Julia en regardant Ruben, excédée. Ne soyons pas trop optimistes. On ne saura probablement jamais qui Daniel avait vu au café. Tout ce que nous pouvons faire en attendant de trouver Jonas Rask, c'est, si possible, imaginer le scénario du prochain meurtre. Quelle illusion de magie sera utilisée ? Cela ne nous aidera pas à éviter quoi que ce soit, vu notre situation. Mais autant tenter de comprendre ce qui nous attend, faute de trouver le meurtrier d'ici là.

— Que veux-tu dire ? demanda Peder en essorant ce qui lui restait de boisson énergisante au fond de la canette.

Il avait déjà ingurgité tout son mug de café. Il posa la canette sur la table et en prit instantanément une nouvelle dans son sac.

— Tu es sûr qu'un café et deux…, commença Mina, mais elle se tut en voyant les yeux cernés de Peder.

— Je veux dire, répondit Julia, dans quels autres types de boîtes à magie peut-on enfermer une personne pour faire semblant de la tuer ? D'autres que celles que nous connaissons déjà ?

Tous les yeux se dirigèrent sur Vincent. Il fit glisser sa main sur son menton en réfléchissant. Il sentit avec surprise le frottement d'une barbe naissante sous ses doigts. Il ne s'était pas rasé depuis plusieurs jours. Ce qui ne lui ressemblait pas. Trop de stress. Il fallait qu'il pense à se raser en rentrant. Ou plutôt non. S'il se rasait le soir, il n'aurait pas besoin de le faire le lendemain matin, comme à son habitude. Quand serait la fois suivante ? Tout son train-train routinier en serait chamboulé.

Daniel était mort.

Il avait mal au ventre rien qu'en y pensant. Il fallait qu'il se rase le lendemain matin, voilà.

Mais Julia avait posé une bonne question. Ils attendaient sa réponse. Même Bosse le regardait avec quelque chose qui s'apparentait à de l'attente. Ou peut-être qu'il espérait juste une friandise.

— Je crains qu'il y en ait d'autres, dit-il. Des illusions où les gens disparaissent ou se font découper en rondelles ne sont pas rares, bien au contraire. En ce moment précis, j'ai comme l'impression que c'est le cas de presque toutes. Le grand classique étant bien sûr *Sawing a Lady in Half*. Femme coupée en deux. Horace Goldin et P. T. Selbit se disputaient l'honneur d'en être l'inventeur au début des années 1920. Mais cette illusion date probablement des premières années 1800. Déjà à cette époque, l'assistante était coupée en deux dans une caisse. Goldin supprima la caisse et découpa la femme avec une énorme scie circulaire. Le flot d'hémoglobine était d'assez mauvais goût. Il existe aussi des versions avec deux assistantes qui sont découpées et échangent le bas de leur corps. Il y a la *Janet Box* où la femme n'est pas coupée en deux, mais en neuf morceaux qui sont séparés les uns des autres. Un peu comme le cheval coupé en tranches de Damien Hirst, si ça vous dit quelque chose. Donc oui, on peut hélas s'attendre à une version inédite de la dame sciée en deux.

— Autre chose ? dit Julia.

Elle était pâlotte depuis l'allusion au cheval coupé en tranches.

— Euh, *Origami Box* peut-être ? L'assistante s'installe dans une boîte que l'on plie ensuite et qui devient si petite qu'elle ne peut plus contenir un être humain.

— Une illusion dont on ne meurt pas forcément, alors ? suggéra Christer toujours en train de gratter Bosse, derrière l'oreille cette fois.

Le chien avait commencé à lécher le sol là où la boisson s'était répandue.

— À la fin, la boîte fait la taille d'une tête, dit Vincent. Bien évidemment, on la transperce d'épées.

— Un homme qui embroche une femme, on dirait que c'est presque systématique dans les illusions de magie, dit Julia. Les magiciens ont tous des petites bites ou quoi ?

Peder toussa dans la canette qu'il venait de vider, et Ruben devint écarlate. Il ouvrit la bouche, prêt à partir en guerre pour sauver l'honneur de la moitié mâle de l'humanité, mais il la referma en voyant le regard de Julia.

— Ou bien, peut-être, il s'agit pour le magicien de montrer son pouvoir sur la vie et la mort, dit Vincent. Honnêtement, ça se discute. Ah, et j'ai failli oublier *Crusher*. La boîte avec l'assistante écrasée dans un étau jusqu'à son aplatissement quasi complet.

— Sympa, dit Christer. On y voit de plus en plus clair. On va avoir pas mal de modèles de boîtes à rechercher.

— Ce n'est pas si simple, dit Vincent. Il n'y a pas de boîte dans tous les numéros. Comme dans *Impaled*, où l'assistante, allongée, semble flotter sur la pointe d'une épée. Jusqu'au moment où elle tombe et se fait transpercer.

— J'hallucine ! Je plaisantais tout à l'heure, mais franchement, plus phallique comme symbole, tu meurs !

— Alors, ça va sûrement te contrarier d'apprendre que justement, cette illusion-là, le magicien aime se la faire à lui-même, souligna Vincent, un sourire en coin. Je ne sais pas comment tu vas interpréter ça.

La boisson énergisante ayant l'air de faire son effet, Bosse se leva brusquement, se secoua avec énergie pour ensuite faire deux tours de la table au galop, à la consternation évidente de Mina et à la grande joie de Peder. Quand il passa devant Christer pour entamer son troisième tour, ce dernier plongea sa main dans sa fourrure et le retint.

— Assis, Bosse, dit-il fermement.

Le chien obéit instantanément, s'assit à côté de Christer et leva vers lui des yeux débordants d'amour.

Vincent ne put s'empêcher de se demander s'ils avaient vraiment écouté tout ce qu'il venait de leur expliquer. Il avait toujours du mal, lui-même, à intégrer la mort de Daniel. Mais il supposait que le métier devait endurcir.

— *Impaled*, dit Peder. *Crusher. Zigzag Lady. Origami Box. Sword Box.* Tous ces noms d'illusions sonnent franchement mieux en anglais. "Boîte à épées", c'est pas pareil.

— Tu as fini, Vincent, en ce qui concerne les illusions ? demanda Julia.

— Pas encore, dit-il en s'éclaircissant la gorge. Parce qu'il y a aussi les illusions où la mort plane juste comme une simple menace en cas d'échec du magicien. Comme dans *Table of Death*.

Il jeta un coup d'œil à Peder qui avait un air amusé, presque enfantin, rien qu'à entendre le nom de l'illusion.

— Le magicien est attaché à une table et doit se libérer avant que tout un plateau hérissé d'épées ne tombe et le transperce. Ou bien, il doit se libérer d'une camisole de force suspendue par une corde, de préférence en feu, au-dessus de quelque chose de dangereux. Et bien entendu, la favorite d'Houdini : *The Water Torture Cell.* Où le roi de l'évasion, menotté et suspendu tête en bas, doit sortir d'une cuve qui est cadenassée de l'extérieur, avant de se noyer.

— Ça me plaît davantage, ça, dit Peder en posant délicatement la canette vide sur la précédente. L'homme qui réussit l'impossible.

Peder avait soudain une élocution nettement plus fluide. La triple dose de caféine avait vraiment l'air de faire des miracles.

— Justement, dit Vincent. L'une des raisons de l'énorme succès d'Houdini venait du fait qu'il exerçait à une période de récession économique où la plupart des gens s'inquiétaient pour leur avenir. Et voilà qu'apparaît un petit Juif qui non seulement défie un environnement coercitif et claustrophobique, qu'il subit littéralement, mais en plus, il en ressort toujours victorieux. Je crois que le message positif transmis par les exploits d'Houdini a préservé la santé mentale d'un grand nombre de gens pendant la dépression de la fin des années 1920.

— Vincent, toutes ces précisions vont au-delà de nos demandes et de nos besoins, dit Julia. Et du temps que nous pouvons accorder à la magie. Merci. Veux-tu bien résumer le tout dans un mail, de préférence pas trop long ? Et vérifier auprès de tes contacts si la construction de ces illusions nécessite des choses bien précises, certains matériaux, de l'outillage spécialisé, ou autre. Essaye de trouver un maximum de points communs entre ces illusions. Tu transmettras les infos à Peder qui appellera les vendeurs de matériaux, les fournisseurs d'accessoires de théâtre et autres, pour voir si des individus auraient acheté des fournitures susceptibles de servir à construire ces illusions. Mina, tu vérifies avec Sveriges Framtid s'ils reconnaissent leur responsabilité dans le meurtre de Daniel. Ensuite, j'espère que la presse va arrêter d'utiliser ce sobriquet ridicule de "boucher Houdini" au sujet de l'assassin. Mais il ne faut pas s'attendre à ce que la raison et la mesure remplacent tout d'un coup la sempiternelle chasse au clic.

Le silence se rétablit dans la salle. Vincent se disait que tout le monde devait penser à la même chose. Les suggestions de Julia paraissaient irréalistes. Une idée avait commencé à tourner dans sa tête, mais dès qu'il croyait l'avoir attrapée, elle s'évanouissait, elle jouait à cache-cache. C'était quelque chose dans ce qu'elle avait dit, en rapport avec le fait de construire…

— Je sais à quoi vous pensez, dit Julia. On travaille complètement à l'aveugle. On a peu de chances d'avoir des résultats concluants. Mais sans Daniel, et en attendant de trouver Jonas Rask, honnêtement, je ne vois pas ce que nous pourrions faire d'autre. Et Peder, tu as un don pour trouver une aiguille dans une botte de foin.

Construire.

Sains Bergander, lui aussi, avait dit quelque chose à ce sujet. Les plans des constructions étaient une étape incontournable. Vincent comprit soudain ce que cela impliquait. Il avait cherché à recontacter Sains depuis qu'il avait photographié la caisse dans laquelle on avait trouvé Robert. Mais Sains n'avait pas répondu. Et il lui avait déjà dit qu'il ne savait pas qui avait pu construire la boîte à épées de Tuva. Mais Vincent ne lui avait pas posé la bonne question. Il prit son téléphone et l'appela sur-le-champ. Il tomba sur son répondeur. Le téléphone de Sains était éteint. Pas de chance. Il lui fallait rentrer en contact avec Sains au plus vite.

Mina sentait la panique s'intensifier au fur et à mesure qu'ils approchaient de l'appartement. Se trouver dans un taxi, avec un chien en plus, suffisait à rendre sa respiration rapide et saccadée. Vincent, assis à côté d'elle, l'aidait à contrôler son souffle. Bosse avait été installé le plus loin possible au fond du combi-taxi.

— Fais comme moi, dit Vincent. Inspire, bloque, puis compte jusqu'à quatre. Ensuite, expire doucement en comptant de nouveau jusqu'à quatre. On recommence.

Ils respiraient en chœur. Très vite, elle sentit le taux d'oxygène de son sang remonter, ses pensées s'éclaircir. L'adrénaline qui inondait son cerveau régressait.

Ils prirent le rond-point de Gullmarsplan. Ils étaient presque arrivés. Elle ressentait quasi physiquement ce havre stérile qu'était son appartement. Son refuge, cet espace où elle pouvait, au moins pendant de courts laps de temps, se sentir en sécurité, à l'abri, elle allait le perdre. Son chez-elle allait fatalement être souillé par toutes les bactéries, les virus, les micro-organismes et autres miasmes qu'introduirait Bosse avec son corps couvert de fourrure.

— À qui il appartient, ce chien, au fait ? demanda Vincent. Je pars du principe que ce n'est pas le tien.

Elle secoua vivement la tête.

— Il est à… un ami… qui a été hospitalisé. J'ai été obligée de m'en charger. Tout est allé très vite.

Elle fit une pause. C'était dur de demander de l'aide. C'était un signe de faiblesse de ne pas pouvoir se débrouiller seule.

De ne pas être autonome, telle une forteresse imprenable dans tous les moments de la vie. Demander de l'assistance, c'était accepter, sur son domaine à soi, cet autre dont on avait besoin. C'est la raison pour laquelle elle n'avait rien demandé à ses collègues. Faire appel à eux aurait suggéré une familiarité qui n'existait pas. Elle n'était jamais allée dîner chez aucun d'eux. Elle ne leur demandait pas de nouvelles de leur famille. Parfois, ils en donnaient quand même, et c'était comme s'ils ne remarquaient pas qu'elle ne répondait pas, ne commentait pas, et surtout ne disait strictement rien à son propre sujet, jamais. Elle savait où cela pouvait mener. Elle ne pouvait pas prendre le risque d'ouvrir la moindre brèche. Mais maintenant, elle n'avait plus le choix.

— Tu crois que… tu pourrais peut-être prendre Bosse ? demanda-t-elle. Je pourrais faire un gâteau pour tes enfants en guise de remerciements. Ou plutôt, non, je ne peux pas. Je peux en commander un… ?

C'était au tour de Vincent de secouer la tête.

— Je l'aurais volontiers fait, dit-il. Bosse aurait adoré la forêt à côté de chez nous. Mais Maria est allergique à la fourrure. Vu comme ce chien perd ses poils, ce serait une catastrophe.

C'était la dernière chose que Mina souhaitait entendre. Elle n'avait pas besoin de se retourner pour visualiser le nuage de poils, chargé de toutes ces créatures effrayantes, qui tournoyait au moindre mouvement du chien. Elle ferma les yeux et frissonna.

— Tu n'as personne d'autre à qui demander ?

Elle détourna la tête.

— Je n'avais pas exactement anticipé cette situation, dit-elle à voix basse. Je n'ai pas décidé du jour au lendemain que je vivrais toute seule. Le boulot… Le boulot est ma seule famille.

Mina se tut. Il y avait quelque chose chez Vincent qui lui faisait toujours dire bien plus qu'elle n'aurait voulu. Quelque chose qui la déstabilisait.

À une époque lointaine elle avait eu des amis. Elle avait même eu une famille. Mais les obstacles s'étaient empilés, comme des perles sur un collier, et l'avaient poussée dans une seule direction, exactement comme le chemin jaune de Dorothée au pays d'Oz. L'un après l'autre, elle les avait contournés. Consciemment ou inconsciemment, elle n'en savait rien. Mais maintenant, elle se consacrait à son boulot, elle n'avait besoin de rien d'autre.

Elle haussa les épaules et fixa le sol du taxi.

— C'est comme si la vie se déroulait d'elle-même, c'est tout. Je crois n'avoir jamais eu le sentiment d'arriver à contrôler quoi que ce soit…

Vincent était silencieux à côté d'elle. Elle lui était reconnaissante de ne faire aucun commentaire.

Le taxi approchait de son immeuble, et son rythme cardiaque s'accéléra à nouveau. À l'arrière du combi, Bosse aboyait. Le chauffeur lui lança un regard noir dans le rétroviseur. Mina posa sa main sur sa poitrine. Elle se sentait oppressée. Prisonnière. Elle n'avait pas de nom de famille, et encore moins un numéro de téléphone lui permettant d'entrer en contact avec les maîtres de Bosse. Chez les Alcooliques Anonymes, on n'utilisait que les prénoms, parfois même rien. Kenneth et sa femme. C'était tout ce qu'elle savait. Elle espérait secrètement qu'ils avaient déjà cherché à la contacter pour le reprendre. Que la femme de Kenneth s'était remise rapidement, qu'ils rentraient à la maison et souhaitaient récupérer leur chien. Mais pas le moindre signe. Ce serait plus facile pour eux de la localiser, elle, se disait-elle. Ils savaient qu'elle était policière et qu'elle s'appelait Mina. Un prénom rare, elle était la seule du corps de police de Stockholm à porter ce prénom. Peut-être seraient-ils en train de l'attendre devant la porte de son immeuble ? Mais non, quand le taxi tourna pour entrer dans sa rue, il n'y avait personne devant chez elle.

Peut-être que la fille au dauphin saurait comment les retrouver, mais tout ce qu'elle savait sur elle, c'était son prénom, Anna.

La panique s'accentua. Bosse aboyait et sautait dans tous les sens à l'arrière du véhicule.

Elle s'extirpa du taxi.

— Je garde le taxi pour rentrer chez moi, dit Vincent.

— Je vous dois combien ? demanda-t-elle au chauffeur tout en inspirant l'air frais aussi profondément que ses poumons lui permettaient.

— Ne t'inquiète pas, ça passe sur le compte de ShowLife Productions. Umberto n'en sait rien, mais bon.

Le chauffeur sortit pour ouvrir le hayon et lâcher Bosse. Le chien sautait comme un fou furieux autour de Mina qui tentait désespérément d'éviter qu'il la touche. Sa laisse virevoltait dans tous les sens, et le chauffeur, excédé, finit par se saisir de la boucle pour la tendre à Mina. Après quelques secondes d'hésitation, elle la prit.

Elle n'aurait pas dû accepter de prendre le chien.

Quelle idiote elle faisait.

Mais il n'y avait plus qu'à serrer les dents. Faire face. Elle composa le code d'entrée, ouvrit la porte, entra dans l'obscure cage d'escalier menant à l'appartement, tandis que le taxi et Vincent s'éloignaient. Elle sortit les clefs de sa poche, lentement, tâtonna pour insérer la clef dans la serrure. Le "clic" se fit entendre. La porte s'entrouvrit. Elle pouvait encore changer d'avis. Garder sa bulle intacte. Mais elle avait placé sa fierté avant l'incontournable nécessité de ce lieu immaculé, elle allait franchir le point de non-retour. Mina appuya sur la poignée. Bosse avait déjà inséré son museau dans l'entrebâillement, et avant qu'elle ait le temps de réagir, il avait poussé la porte et déboulait à l'intérieur.

C'était comme un cataclysme dans ce havre de maîtrise et de pureté. En quelques secondes, il avait fait le tour du salon, de la chambre, de la cuisine et de la salle de bains, avait reniflé partout, s'était frotté contre toutes les surfaces et avait projeté des nuages de poils qui tourbillonnaient pour ensuite tomber, tout doucement, et se déposer sur le sol. Mina fixa un amas de poils déjà accroché sur l'un des côtés du canapé. Pas plus tard que la veille, elle avait fait tout le tour du canapé, la main entourée de scotch, pour enlever un maximum de poussière. Maintenant, la poussière était le cadet de ses soucis.

Elle referma la porte. Sentit les larmes lui monter aux yeux, et l'hyperventilation la reprendre. Elle paniquait. On aurait dit que Bosse comprenait qu'il y avait un souci. Il revint au galop, releva les oreilles et s'assit devant elle qui était restée figée comme une statue sur le seuil. Mina ne supportait pas l'idée de toute cette vermine qui sortait de lui, rampait sur son canapé, grouillait sur son sol, sur son couvre-lit, le tapis du salon, le plan de travail de la cuisine, le sol de la salle de bains, la douche, le frigo, sa cafetière, ses vêtements, ses…

Elle rouvrit la porte et se précipita dehors. Bosse la suivit. Elle reclaqua la porte. Elle s'accroupit le dos contre le mur en tenant la laisse. Elle saisit son téléphone de ses mains tremblantes. Sa fierté, elle n'en avait plus rien à faire.

Vincent se tenait debout, au milieu de la cuisine, son portable à la main. Il ne s'était pas du tout attendu au coup du fil qu'il venait de recevoir. Il alla au séjour, essayant de mettre de l'ordre dans ses pensées.

— Pourquoi tu fais cette tête ? demanda Maria, assise dans le canapé. Mina en a assez du sexe au téléphone ?

Elle mâchonnait des oursons Haribo. Selon Maria, se bourrer de bonbons n'était pas un problème, tant qu'ils étaient véganes. Sans être végane elle-même, elle était persuadée que c'était bon pour la santé. Il s'abstint de lui rappeler que l'abus de sucre n'était pas bon pour elle, végane ou pas.

— Non, je viens d'avoir Ulrika au bout du fil, répondit-il. Ta sœur.

— Je sais qu'Ulrika est ma sœur.

Maria enfourna deux oursons dans sa bouche d'un coup, un rouge et un vert. Elle trouvait le goût encore meilleur quand on mélangeait les couleurs.

— Elle veut qu'on se voie, dit-il. Pour parler de Rebecka. Je crois… J'ai l'impression qu'elle m'a entendu. Elle serait d'accord pour prendre rendez-vous pour Rebecka chez un psychologue.

Maria froissa le sachet dans un crépitement agressif, mais ne dit rien.

— Elle ne semblait pas aussi énervée ni autoritaire que d'habitude, continua-t-il. Au contraire. Je crois qu'elle a réellement réfléchi.

— Je n'aime pas que vous vous voyiez, dit Maria. Tu sais très bien que ma sœur n'a pas renoncé à toi. Elle n'a même pas repris son nom de jeune fille.

Il fit un large geste des bras, excédé. C'était tellement prévisible.

— Elle a gardé mon nom parce que c'est mieux pour Rebecka et Benjamin, dit-il. Tu sais bien. Et il faut que je la voie de temps en temps. C'est la mère de deux de mes trois enfants, tout de même. Il faut qu'on accorde nos violons sur certaines choses. Je ne veux pas que Rebecka et Benjamin subissent nos discordes et en souffrent. Et dans ce cas précis, il faut nos deux signatures pour que Rebecka puisse consulter.

Maria rouvrit le paquet et prit trois bonbons en même temps. Il n'eut même pas le temps de repérer les couleurs.

— Je n'aime pas ça pour autant, dit-elle. Et je te le dis en qualité de mère d'un de tes trois enfants. Vous allez vous voir quand ?

— Dans un mois. Son emploi du temps d'avocate, tu vois ce que je veux dire. Et on se verra en ville. En terrain neutre. Elle a un dîner avec des copains, on a rendez-vous avant pour discuter.

— Eh ben. Amusez-vous bien alors. Je dormirai quand tu rentreras.

— Ça m'étonnerait. On se voit à dix-neuf heures.

Maria haussa les épaules et se mit à chercher la télécommande entre les coussins du canapé. Leur conversation était de toute évidence terminée.

Vincent soupira. Une fois de plus, un échange avec sa femme avait pris fin en le laissant avec le sentiment qu'il s'était encore planté, mais sans savoir quand et comment.

— Tu es heureuse ? demanda-t-il soudain.

Il ne s'était pas douté que ces mots allaient sortir de sa bouche avant de les entendre lui-même. Il était trop tard pour les ravaler.

— Qu'est-ce que tu as dit ? demanda-t-elle, distraitement.

Elle tourna légèrement la tête dans sa direction, mais sans lâcher des yeux la télé où passait la bande-annonce de *Mariés au premier regard*. Il savait qu'elle regardait l'émission en *replay*. Elle aurait pu mettre sur pause si elle avait voulu. Mais elle n'en fit rien.

— Non, rien, dit-il.

À vrai dire, il n'avait aucune idée de comment poursuivre cette conversation.

Peder était en route pour rentrer à la maison quand Mina l'avait appelé. Il avait aussitôt fait demi-tour. Que Mina demande de l'aide n'était pas banal. Et qu'elle fasse appel à lui pour une question privée, ça, ça n'était jamais arrivé, il n'en avait en tout cas pas le moindre souvenir. C'était comme si la comète de Halley revenait au bout de trente-cinq ans seulement. Il aimait bien Mina. Et il avait perçu de la détresse dans sa voix. Alors qu'il était pressé de rentrer, il avait fait demi-tour. Il n'avait jamais mis les pieds chez elle, mais grâce au GPS, c'était facile à trouver.

— Salut.

Mina leva la main et lui fit un petit signe quand il sortit de sa voiture. Elle se leva du trottoir, ramassa le sac plastique sur lequel elle s'était assise et s'approcha de lui d'un pas déterminé, la main serrée autour de la laisse de Bosse. Le chien fit la fête à Peder, gueule ouverte, langue pendante, et le visage de Peder se fendit en un large sourire.

Il y avait quelque chose chez les golden retrievers qui le faisait fondre. Il émanait d'eux une véritable joie de vivre. S'il devait renaître en animal et pouvait choisir lequel, il voudrait sans hésitation vivre sa nouvelle vie dans la peau d'un golden retriever.

— Merci, dit Mina en lui passant la laisse.

Peder se contenta d'un petit mouvement de la tête. Il se garderait bien de faire tout un fromage de son appel à l'aide.

— Tu m'appelles quand tu as des nouvelles des proprios, dit-il en ouvrant la porte arrière pour que Bosse puisse sauter dans la voiture.

Il vit le regard de Mina fixer le chien sur le siège, et ses mains qui tremblaient légèrement. Il savait ce qu'elle avait en tête. Mais lui n'en avait rien à faire des poils de chien. Il avait depuis longtemps fait une croix sur la propreté de la Volvo. Ni lui ni sa femme n'étaient férus de ménage, et depuis la naissance des triplées, ils avaient totalement capitulé. Du coin de l'œil, il vit Bosse lécher le siège, exactement là où Molly avait vomi la veille. Il jugea plus raisonnable de ne pas en informer Mina.

— Oui, je te le dirai dès qu'ils donnent signe de vie, dit Mina.

— Au fait, dit Peder en se figeant à demi engagé dans la voiture. J'ai failli oublier. Je suis passé au café Fab Fika à Hornstull. Je me disais que si Daniel avait remarqué cet homme avec ses dessins, peut-être que les autres serveurs l'avaient vu aussi. Mais personne n'a rien constaté.

— D'accord.

— Ça ne m'étonne pas, ils sont trop occupés à bavarder entre eux, ils ont mis cinq minutes avant de faire attention à moi. Les clients ne sont visiblement pas la priorité dans cette boîte.

Il secoua la tête.

— C'est ça, la jeunesse de nos jours, dit-il.

— Tes triplées à toi ne seront jamais comme ça, bien sûr, dit Mina avec un petit sourire.

— Non, chez nous règne une discipline de fer. En rentrant, je lâche le chien sur celle qui ne m'a pas servi un cappuccino dans les trois minutes. Et dans la mousse, j'aurai le portrait de leur papou adoré.

Il s'installa dans la voiture, et Mina leva la main pour le saluer.

En repartant, il vit Mina se diriger vers la porte d'entrée. Elle se tenait nettement plus droite qu'à son arrivée.

Une heure et demie plus tard, il était enfin à la maison. Il s'était farci l'heure de pointe en raison de son détour. Les bouchons avaient doublé son temps de trajet. Bosse avait dormi comme un loir sur le siège arrière, mais dès que Peder ralentit dans l'allée et arrêta la voiture, il se leva et inspecta les environs à travers la vitre.

Il sortit comme une bombe à l'instant même où Peder ouvrit la portière, et celui-ci eut tout juste le temps de se saisir de la laisse avant que le chien ne détale. Et c'est ici, dans son allée, que Peder commença à réaliser que ce n'était peut-être pas une idée lumineuse de ramener un chien à la maison. Ce sentiment fut vite confirmé. Dès l'instant où il passa le seuil de la porte, il fut submergé par la voix stridente et continue d'Anette venant de la salle de bains.

— Je n'en peux plus, je démissionne, elles n'ont pas fermé l'œil une minute, si, une minute justement, mais pas la même minute, et je n'ai pas dormi cette nuit non plus, je sais que je devais te réveiller, mais bon sang, une guerre mondiale te réveillerait pas, et de toute façon j'étais déjà réveillée et n'arrivais pas à me rendormir, maintenant ça fait vingt heures que je suis debout, et Molly a vomi sur Meja, et je venais juste de les changer toutes les deux quand Majken a fait un caca tellement énorme que ça débordait de tous les côtés de la couche, alors je suis en train de la changer une fois de plus, et bon sang, j'suis pas d'accord, j'avais signé pour *un* enfant, j'étais censée être pénarde dans mon canapé avec *un* bébé sur les bras et ressembler à toutes ces stars, ces jeunes mamans qui posent sur les couvertures des magazines people, et je devais être magnifique et si maternelle, tout en sirotant un *latte* et en dégustant un putain de petit pain aux graines de chia, personne ne m'avait prévenue que ce serait un enfer de caca et de vomi, s'il se passe encore un truc chiant aujourd'hui, je saute du pont de Västerbron, je t'assure Peder, encore *un truc* et je saute…

Bosse glapit en tirant sur sa laisse, mais Peder recula et réussit à ressortir et à refermer tout doucement la porte d'entrée. Il sortit son téléphone et composa un SMS à Anette lui expliquant qu'il avait été rappelé pour une urgence et devait retourner à l'hôtel de police. Puis il chercha une adresse. Il envisagea de téléphoner, mais finit par remettre le portable dans sa poche.

Mieux valait y aller sans prévenir.

Vincent se figea un instant avant de frapper à la porte de Benjamin. De l'autre côté, il percevait vaguement une musique déjantée, avec des voix étranges. Il se concentra sur ce qu'il entendait pour essayer de trouver quelques références musicales à évoquer au cours de leur conversation, histoire de consolider leur complicité. Il n'avait jamais eu l'ambition d'être un "papa génial". Il avait d'ailleurs un peu de mal avec cette prétention. De toujours avoir besoin de rappeler aux autres à quel point on était "cool" ou "formidable". En particulier dans sa relation avec ses enfants, ça le gonflait. Mais c'était toujours plus facile d'aborder des sujets sérieux quand on avait échangé quelques mots dans un domaine d'intérêt commun.

En plus, les goûts musicaux de ses enfants représentaient un vrai défi. Ils ne s'en doutaient sûrement pas, mais grâce à eux, Vincent vivait des expériences musicales qu'il n'aurait jamais découvertes par lui-même. Et la meilleure façon d'avoir un cerveau au top était de lui donner régulièrement des sensations surprenantes. Il lui semblait incroyable que cela ne soit pas une évidence pour tout le monde. La plupart des gens accomplissaient toute leur vie les mêmes choses, de la même manière, et s'en satisfaisaient. Une chose que Vincent ne comprendrait jamais.

Il colla son oreille à la porte. Il n'avait pas d'opinion tranchée sur les goûts musicaux de son fils. Ce qu'il entendait là n'était pas désagréable à l'écoute, mais il n'arrivait pas à définir son genre. Peut-être une musique de cirque. Dont la troupe serait constituée de tueurs armés de haches. Un cirque pour jeux de massacre. Involontairement, sa tête se remplissait d'images gore, des odeurs qui régnaient dans le manège, des textes publicitaires sur les affiches. Côté musique, il était déjà servi. Il frappa six fois à la porte, en trois salves de deux. La sensation du bois sous l'articulation de son index le ramena à la réalité. En l'absence de réponse, Vincent ouvrit la porte et se glissa à l'intérieur. Il jeta un coup d'œil sur l'ordinateur fixe de Benjamin. Spotify diffusait un groupe de musique nommé The Tiger Lillies. Trois hommes pâles aux maquillages démoniaques et portant des chapeaux melon faisaient des grimaces étranges. Il ne s'était finalement pas trompé tant que ça.

Benjamin était allongé sur son lit, son ordinateur portable sur le ventre. Écouteurs dans les oreilles, il était absorbé par une conférence sur YouTube. Il n'entendait probablement même pas la musique. C'est seulement quand Vincent s'assit sur le bord du lit qu'il réagit. Benjamin mit sur pause et le regarda, sans même enlever ses oreillettes.

— Qu'est-ce que tu regardes ? demanda Vincent.

— Un truc super intéressant. Imagine que tu t'enrôles dans un régiment. Ce régiment est vaincu par l'ennemi. Plutôt que d'être faits prisonniers, les soldats optent pour le suicide collectif. Seulement, pour des raisons religieuses, tu ne peux pas disposer de ta propre vie.

Vincent fronça les sourcils.

— Benjamin, je dois m'inquiéter pour toi ? On dirait un délire de fanatique.

— Non, je n'ai rien d'un terroriste, soupira Benjamin. C'est un problème de maths. Ça s'est apparemment réellement produit. C'étaient des soldats juifs capturés par les Romains. Imagine que tu es un de ces soldats et que vous êtes assis en cercle. Chaque soldat, l'un après l'autre, doit tuer celui qui est à sa gauche. Au bout d'un certain temps, tous sont morts, sauf un, bien entendu. Ensuite, disons que tu veux être celui qui survit. Si tu sais qui est le premier à tuer, et si tu connais le nombre de soldats, alors, pour survivre, tu dois t'asseoir à quelle place par rapport à celui qui commence ?

— T'as rien de plus compliqué à me proposer ? dit Vincent. Mais bon, le problème mathématique est quand même intéressant. Il faut avoir en tête une série de nombres qui sont des puissances de deux, donc quatre, huit, seize, trente-deux, etc. Si le nombre de soldats dans le cercle correspond à l'un des chiffres de cette série, c'est toujours celui qui est assis à la première place qui survit. En fait, pour survivre, peu importe le nombre de personnes au total. Il faut simplement connaître ce nombre. Et y soustraire le chiffre de la série des puissances de deux juste inférieure à ce nombre. Par exemple, mettons qu'il y ait dix-neuf personnes dans le cercle. Dans ce cas, on soustrait seize à dix-neuf. Il reste donc trois. On le multiplie par deux, soit six, et on ajoute un, donc deux fois trois égale six plus un égale sept. C'est le soldat assis à la septième place qui survit.

Benjamin haussa les épaules. Vu l'élégance de sa réponse, Vincent s'attendait à un peu plus d'enthousiasme, mais Benjamin étant un adolescent, il fallait sans doute s'estimer heureux qu'il n'ait pas décroché d'ennui.

— À propos de tous ces soldats qui s'entretuent, dit Benjamin, vous en êtes où avec le boucher Houdini ? Vous avez avancé ?

— Ne l'appelle pas comme ça, c'est déplacé, dit Vincent en s'asseyant sur le lit de façon à s'appuyer contre le mur. Ces meurtres n'ont vraiment rien à voir avec l'art de la magie. Et l'enquête encore moins. J'avais enfin du concret, mais ça a mal tourné.

— Qu'est-ce qui s'est passé ?

— Celui dont j'avais besoin est mort.

Vincent vit son fils blêmir. Benjamin replia son ordinateur portable et s'assit à côté de Vincent.

— J'ai essayé de recontacter Sains au sujet des boîtes à magie, dit Vincent. Mais en ce moment, il ne répond ni au téléphone ni à son courriel. Je sais qu'il a tendance à s'enfermer dans sa bulle quand il est sur un gros projet. Je ne peux rien faire d'autre qu'attendre. Si je lui mets la pression, il n'aura peut-être plus du tout envie de m'aider. Et la piste des boîtes à magie est tout ce qu'il me reste pour avancer. Quoique je persiste à croire que les dates et les horaires des meurtres forment un code à déchiffrer. Si ce n'était pas important, pourquoi aurait-il laissé les montres brisées ? Et téléphoné en risquant d'être tracé, juste pour qu'on ait la date exacte pour Robert ? Nous sommes en train de passer à côté de quelque chose d'énorme.

Benjamin se leva pour aller mettre Spotify sur pause.

— Le prochain meurtre aura lieu quand ? Vous avez combien de temps pour craquer l'affaire ?

— Je n'en sais pas plus que toi, et arrête de t'exciter. Si le tueur a le temps de frapper à nouveau juste parce que je suis un âne bâté, il n'y a pas de quoi s'en amuser.

Benjamin ouvrit de quelques clics le document sur lequel ils avaient commencé à travailler plusieurs mois avant. À part les renseignements de base, le document était d'un vide désolant. Benjamin se mit à penser à haute voix.

— Premièrement, nous ne savons pas combien de chiffres contient chaque section du code. Je veux dire, nous avons les dates et les horaires. Nous avons aussi le numéro inscrit sur les corps. Est-ce que ces numéros font partie du code ? Le meurtre d'Agnes a eu lieu le 13 janvier à 14 heures. Nous avons donc 13-1-14. Ou peut-être 14-13-1. Mais Agnes était aussi marquée par le chiffre 4. Faut-il l'ajouter ? Est-ce 4-14-13-1 ? Ou faut-il mettre le 4 à la fin ? Tu vois comme c'est flou ?

Vincent fixa l'écran sur le bureau de Benjamin. En se redressant, il sentit un objet dur sous ses fesses. À l'instant où il retira la couette, il lui vint à l'idée que son fils faisait peut-être exprès de cacher l'objet en question. Trop tard. C'était un livre portant le titre *Applied Cryptography*. Il ne put s'empêcher de rire. Certes, c'était une forme de pornographie, mais d'un genre assez inhabituel.

— Le meurtrier veut qu'on trouve la solution, dit-il. Sinon, il ne se donnerait pas toute cette peine. Dates et horaires constituent un ensemble cohérent d'informations. Ce sont des données de calendrier. La numérotation, c'est autre chose. Je reste persuadé qu'il s'agit d'un compte à rebours et rien d'autre. En ce qui concerne l'ordre, si tu devais donner une heure et une date, tu le dirais comment ? Dis-moi quand tu es né ?

— Je suis né le 11 novembre à vingt-trois heures zéro trois… Ah oui, je vois.

— Exact. Tu dis le jour, le mois, puis l'heure. Voilà l'ordre.

— Pas mal, monsieur le maître mentaliste.

Benjamin fit la grimace, un sourcil relevé, en prononçant ces derniers mots.

— Peut-être, dit Vincent. Mais je commence à soupçonner mes enfants d'être aussi malins que moi.

— Beaucoup plus que toi, dit Benjamin en feignant une légère toux.

Benjamin cliqua sur le document, et l'écran vira au noir. Des photos d'Agnes, de Tuva et de Robert apparurent, accompagnées de la musique de *Star Wars. La Marche impériale* de Dark Vador. Il se tourna sur sa chaise et adopta un air extrêmement satisfait de lui-même. Vincent ne savait pas s'il fallait féliciter son fils pour sa présentation PowerPoint ou se faire du souci. Sous les photos, les dates des meurtres étaient entourées de points lumineux, flashy, le tout intitulé "La chasse au boucher Houdini".

— Ces effets spéciaux te semblent vraiment appropriés ? demanda-t-il.

— Des paillettes rouges, c'est super cool, non ? Mais tais-toi maintenant, papa. Et accroche-toi. Ce que nous avons, c'est le meurtre d'Agnes, 13-1-14. Tuva, 20-2-15. Robert 3-5-14. J'ai essayé de traiter les dates et les heures mathématiquement. De les additionner pour trouver des suites de nombres cohérents. Rien. L'éventualité d'un code à craquer était la première hypothèse à laquelle nous avions pensé, je pouvais donc l'éliminer. Ensuite, j'ai essayé de trouver une correspondance entre ces chiffres et les fréquences ou longueurs d'onde de différents rayonnements électromagnétiques, mais sans résultat. Je crois que c'est parce que le message n'est pas encore complet. Il vous manque le quatrième volet, justement le meurtre que vous essayez d'éviter.

— Hum, dit Vincent, pensif.

Il montra l'ordinateur du doigt.

— Essaye d'entrer les séquences de chiffres correspondant aux dates et heures dans Google.

Benjamin s'exécuta et pianota sur le clavier.

— C'est marrant. Chaque séquence renvoie à un code postal. Des villes à l'étranger.

Vincent se pencha en avant, intrigué.

— Des codes postaux ? Quelles villes ?

— Blainville, Washington et Mexico dans l'État de New York. Mais ça doit être un coup du hasard.

— Fais une recherche Google en regroupant ces trois noms, dit Vincent.

Il avait comme un pressentiment. Son instinct lui disait qu'ils étaient sur une piste. Benjamin tapa "Mexico Blainville Washington" et cliqua sur le bouton recherche.

— Voyons, dit-il, d'abord nous avons des propositions d'itinéraires pour se déplacer entre les trois villes, mais ils sont générés automatiquement par des algorithmes, alors je pense qu'on peut les oublier. Ensuite, on a trois livres. *Gulf of Mexico Origin*, un *Mollusca*-quelque-chose, puis *Mammals of Mexico*. Marrant. Les mots-clefs pour ce dernier renvoient à une page bien spécifique du livre.

— Clique dessus, dit Vincent.

Ce livre lui était étrangement familier. Beaucoup trop familier. Benjamin cliqua sur les liens de chacun des trois livres et les compara.

— Tu as raison, dit Vincent au bout de quelques secondes. Regarde. On dirait que pour les autres livres, les mots-clefs sont éparpillés dans l'ensemble du texte. Mais pour le dernier, tous les mots-clefs se trouvent sur une seule page. La page 873.

Benjamin cliqua sur le lien vers *Mammals of Mexico*, et Google trouva un PDF avec la page en question et les trois mots-clefs surlignés en jaune. Mais Vincent semblait ailleurs. Comme scotché. Les mammifères du Mexique lui étaient incroyablement familiers. Puis son regard se fixa sur la page.

— 873, dit Vincent en montrant le chiffre du doigt. C'est peut-être une date. Le huit zéro sept. Le 8 juillet. Et comme les autres meurtres ont eu lieu à 14 et à 15 heures, on peut raisonnablement penser que le 3 à la fin se réfère à trois heures de l'après-midi. Quinze heures. Ça ne peut pas être dû au hasard. Je crois comme toi que le meurtrier a voulu nous faciliter la tâche. Mais notre façon de nous y prendre au départ était trop compliquée, voilà notre erreur. Une simple recherche sur Google nous suffisait pour trouver la dernière date.

Vincent s'appuya contre le mur, soulagé. Il devait appeler Mina immédiatement. Mais quelque chose le perturbait encore. Il n'en avait pas fini.

Le 8 juillet.

Non, il y avait autre chose.

D'habitude, c'était un jeu d'enfant de fouiller dans les arcanes de sa mémoire et d'y trouver ce qu'il cherchait. À condition, bien sûr, que le souvenir ait bien été enregistré à la base. Le 8 juillet lui évoquait un souvenir très ancien. Beaucoup trop lointain. Quand il était petit. Des animaux du Mexique…

Sur l'écran, un jaguar menaçant montrait les dents. Il était sûr d'avoir déjà vu ce livre.

Cet hiver.

Dans le bureau d'Umberto.

Pour…

Parce que quelqu'un le lui avait envoyé.

Il bondit hors de la chambre de son fils, se rua à son bureau.

— Et c'est quand que je vais être payé pour ce job ? cria Benjamin dans son dos. Je te signale que sans moi t'aurais rien trouvé !

Vincent conservait au fond d'un placard les livres qu'on lui avait offerts et qu'il n'avait pas spécialement l'intention de lire, mais qu'il ne se décidait pas à jeter. On ne jette pas les livres, tout simplement. Il ne mit pas longtemps à le retrouver. Un pavé, avec un jaguar sur la couverture. *Mammals of Mexico*, de Gerardo Ceballos. Le même livre que celui qu'il venait de voir sur l'ordinateur de Benjamin.

Le lourd volume glissa de ses mains moites. Vincent le ramassa et le feuilleta fébrilement jusqu'à la page 873. Il n'arrivait plus à respirer. Sur toute la page, des lignes avaient été tirées avec un stylo rouge. On aurait dit que quelqu'un avait essayé de faire saigner le livre. Il vérifia rapidement d'autres pages, mais aucune ne portait ces marques. Entre les lignes, il y avait des taches rouges plus épaisses, mais ce n'était pas ça qui lui avait coupé le souffle. C'étaient les lettres à côté. Des lettres rouges. Plusieurs fois rehaussées d'une écriture déterminée. Il lut le message plusieurs fois.

SALUT VINCENT,

MA DÉCEPTION SERA GRANDE SI TU T'IMAGINES QUE LE 8 JUILLET EST LA DATE D'UN PROCHAIN MEURTRE. TU NE TE SOUVIENS VRAIMENT PAS ? IL TE FAUDRA ÊTRE PLUS ATTENTIF SI TU VEUX ME TROUVER.

L'air n'arrivait toujours pas à atteindre ses poumons. C'était trop, son cerveau disjonctait. Il lui fallait remettre de l'ordre dans ses pensées. Les classer, pour ne pas perdre la raison. Quelqu'un lui avait envoyé un livre contenant un message. Un message pour *lui*. Il l'avait reçu un mois avant le premier meurtre. Deux mois avant sa rencontre avec Mina dans un théâtre à Gävle. Bien avant qu'il soit impliqué dans l'enquête.

D'une manière ou d'une autre, il était impliqué.

Depuis le début, il était au centre de l'affaire.

Sans qu'il comprenne comment.

Et ça le terrifiait.

Christer promenait son regard pensif sur sa bibliothèque. Devant l'étagère "Nouveautés", il se demandait par quel livre commencer. Le dernier d'Anders de la Motte ? Ou celui de Leif G. W. Persson ? Le vendeur d'Akademibokhandeln lui avait également fourgué un premier polar de cet acteur, comment il s'appelait… Alexander Karim. Les quelques pages feuilletées l'avaient laissé sceptique. Des histoires de voyages dans le temps et autres fadaises. Il préférait les polars qui respectaient le genre. Ah ! Peter Robinson. Lui, il savait mener ses intrigues. Et Håkan Nesser. Il n'y avait pas eu de nouveau roman avec son héros Van Veeteren depuis longtemps, mais on pouvait toujours relire Håkan Nesser. Christer, ne s'en privait pas.

Il préférait de loin les héros masculins. Les bonnes femmes dans les polars, c'était juste horripilant. D'ailleurs, les autrices de polars étaient tout aussi horripilantes en tant que personnes. Donnant leur avis sur tout et n'importe quoi, même si elles ne touchaient pas une bille. Fallait admettre que Leif G. W. Persson, lui, assurait dans la plupart des domaines, c'était du solide. Rien à redire. Et son vin était bon.

Pourtant, la plupart des héros masculins dans les séries policières ne buvaient pas de vin. Ils buvaient du whisky. Raison pour laquelle Christer avait essayé de s'habituer au whisky. Pendant plusieurs mois, il s'était forcé à en siroter tous les soirs. Mais il mettait de plus en plus de glaçons pour finir son verre. À la fin, il en était arrivé au verre de glaçons avec une larme de whisky. Avant de jeter définitivement l'éponge.

Au fond, ce n'était probablement pas l'addiction au whisky, et l'alcoolisme sous-jacent, qui le séduisait chez les inspecteurs de police dans la masse de polars qu'il dévorait. C'était le spleen. La solitude. Les difficultés à nouer des relations humaines dignes de ce nom. Il se sentait l'un des leurs. Le héros récurrent d'une série policière. Exigeant, toujours à réfléchir, à enquêter, sans cesse à contre-courant. Certes, dans les bouquins, ils travaillaient un brin plus que ce qu'il était enclin à accepter. À l'exception peut-être d'Evert Bäckström. Mais Kurt Wallander, Van Veeteren, Martin Beck, Alan Banks ou Mikael Blomkvist. Nom de Dieu, ce qu'ils pouvaient s'échiner. Ça, plus le whisky, c'étaient deux domaines où Christer sentait bien qu'il ne jouait pas dans la même division.

Mais son idole véritable restait Harry Bosch. Ils avaient beaucoup de choses en commun, Christer et lui, c'est ce qu'il en avait conclu après tant d'années vécues aux côtés du héros de Michael Connelly. Déjà, dans le premier livre mettant en scène Harry Bosch, Christer avait senti que là, il avait trouvé son alter ego dans le monde du polar. Il en avait presque eu les larmes aux yeux. Ça avait été comme retrouver un frère que l'on avait cru perdu. Bon, il y avait aussi des différences. La mère de Harry Bosch était une prostituée. La mère de Christer était simplement une godiche un peu mijaurée qui n'avait connu que quelques relations, le plus souvent platoniques d'ailleurs. La mère de Harry avait été brutalement assassinée. Celle de Christer était morte dans son sommeil, probablement d'une banale crise cardiaque. Harry Bosch avait été soldat au Vietnam. Christer avait fait son service militaire en qualité de balayeur à la garde royale d'Arboga.

Mais quand même.

Il y avait assez de points communs pour que Christer se sente digne d'une telle comparaison. Sa maison. Cette maison d'enfance qu'il avait héritée de sa mère. Construite à flanc de coteau, dominant le détroit de Skurusundet. Le véritable prénom de Harry était Jheronimus, comme le célèbre peintre hollandais. Le second prénom de Christer était Engelbert, en hommage à l'un des chanteurs préférés de sa mère, Engelbert Humperdinck. Harry Bosch était gaucher, Christer aussi, et en plus, ils faisaient la même taille. Tous deux adoraient le jazz. Pour être tout à fait honnête, il avait commencé à écouter du jazz et à s'y faire en raison de la prédilection de Bosch. Ce qui s'était révélé nettement moins problématique que pour le whisky. À ce moment précis, *Time After Time* de Chet Baker tournait doucement en fond. Harry et lui. Si semblables. Si incroyablement proches, se répétait Christer, aux anges, en contemplant la mer.

La sonnette retentit. Qui ça pouvait bien être ? Christer se leva de sa bergère à oreilles.

Devant sa porte l'attendaient Peder et, au bout de sa laisse, Bosse.

— C'est toi ? demanda Christer, surpris. Je pensais que c'était Mina qui m'amènerait le chien.

— Pourquoi tu croyais que Mina allait t'amener le chien ? demanda Peder, interloqué. Comment tu pouvais savoir… ?

Christer ne répondit pas. La question était stupide. Qui aurait pu imaginer un instant que Mina parviendrait à s'occuper de ce chien ? Mon Dieu. Le dernier idiot n'était visiblement pas encore né. Christer s'écarta pour les laisser entrer. Un gros sac d'aliment patientait déjà contre le mur dans l'entrée.

— J'ai acheté le top de la croquette, deux gamelles et un grand coussin pour qu'il dorme dessus.

Il se pencha, détacha la laisse du collier de Bosse, qui se rua instantanément dans le séjour pour l'inspecter de fond en comble.

— Mais comment tu pouvais savoir que toi tu… ? demanda Peder, toujours bouche bée.

Christer haussa les épaules.

— En toute logique, j'étais le seul choix possible. Mais comme d'habitude, on ne pense jamais à moi en premier lieu.

Dans le salon, le tourne-disque était passé à la plage suivante : *Who Can I Turn To* de George Cables.

Kvibille 1982

Il fixait ses trois copines sur leurs vélos devant lui. Le chemin gravillonné menait au petit lac où ils avaient l'habitude de se baigner. En arrivant, Malla, Sickan et Lotta se jetteraient à l'eau en hurlant et en se moquant de lui sans pitié parce qu'il ne se baignait jamais. Mais ce n'était pas grave. Il savait que ce n'était pas méchant, même quand elles l'aspergeaient d'eau en le rejoignant à l'orée du bois. Par contre, l'eau sombre du lac, c'était pas de la rigolade. Les profondeurs pouvaient cacher tout et n'importe quoi. Et puisqu'on n'y voyait rien, comment pouvait-on prévoir le moment où ça allait vous attraper et vous entraîner au fond ?

Le gravier crissait sous les pneus des vélos. C'était un peu comme ça qu'il se sentait ces derniers temps. Comme si quelque chose dans les profondeurs menaçait de l'engloutir. Une masse sombre dans sa tête. Il avait besoin de Malla, Sickan et Lotta. Ses amies qui ne faisaient que des choses habituelles. Et qui le traitaient comme s'il était normal.

— Hé, mini-Yoda ! cria Lotta en se retournant. Magne-toi !

Il portait un tee-shirt de Jane décoré d'un petit bonhomme vert archi-vieux. Il n'avait pas vu *Star Wars* dont tout le monde parlait à l'école, mais il connaissait tous les personnages par cœur et savait que ça aurait été infiniment plus cool d'avoir Luke Skywalker ou Chewbacca imprimé sur le tee-shirt. Même à la limite le méchant, Dark Vador. Mais Jane avait dit que Yoda c'était le top parce que c'était le plus intelligent de tous.

— Hé, j'suis plus grand que toi, hurla-t-il en retour, mais les filles avaient déjà disparu dans un virage.

Il pédalait de toutes ses forces pour les rattraper. La cape qu'il avait prise quand les filles étaient passées le chercher était attachée en boule sur le porte-bagage. Yoda, c'était pour les geeks. Aujourd'hui, il serait Chewbacca.

Après la baignade, les filles se séchèrent, allongées chacune sur sa serviette. Il s'était mis en slip comme pour se baigner, mais avait changé d'avis au dernier moment, comme d'habitude. Le soleil chauffait et il commençait à avoir faim. Si seulement il avait emporté des toasts en triangles de maman.

— Tu crois que ta mère a remarqué que tu t'étais sauvé ? demanda Lotta. On a essayé de pas faire de bruit, mais elle s'en est peut-être quand même rendu compte ?

Oh non ! Son corps se glaça. S'il n'avait pas pensé aux toasts, elle n'aurait pas posé la question.

— Elle était bien à la maison ? dit Malla. Je ne l'ai pas vue.

— Elle se repose, dit-il. Comme d'hab. Alors, heureusement qu'on n'a pas fait trop de bruit.

C'était presque la vérité. Ses copines hochèrent la tête. Elles savaient que sa maman avait ses jours. Des jours où elle avait besoin de rester au lit. Des jours où c'était mieux qu'elle ne soit pas avec eux. Des jours où c'était elle, l'ombre noire sous la surface.

— Tu veux manger chez nous aujourd'hui ? proposa Sickan. Ma mère fait toujours beaucoup trop à manger.

Il vit les rayons du soleil scintiller dans les gouttes d'eau sur son ventre. Il constata avec soulagement qu'il y avait bien trop de gouttes pour qu'il puisse les compter.

— Non, je crois pas…

— Ta maman ne s'en rendra pas compte, dit Malla. Tu le sais bien. Allez, on va tous manger chez Sickan !

Lotta poussa un hurlement de joie et Sickan éclata de rire.

— Maman va me tuer ! rigola-t-elle. Dès qu'on est secs, on va chez moi !

Il savait que son absence ne resterait pas impunie. Qu'elle aurait des conséquences. Maman l'attendait. Il lui avait dit qu'il allait juste chercher un truc. Au lieu de ça, il avait suivi ses copines. Mais juste là, maintenant, dans la clairière ensoleillée près du petit lac, ça lui était égal, pour la première fois de sa vie. Et un court instant, les profondeurs du lac ne lui semblèrent plus aussi sombres.

Il se versa encore quelques centilitres de Balvenie PortWood. Son troisième verre d'affilée. Boire ce whisky de vingt et un ans d'âge ce soir était un véritable gâchis. En ce moment précis, il aurait aussi bien pu boire de l'alcool à 90°. Ou n'importe quoi d'autre, pourvu que ça lui calme les nerfs. Une petite voix intérieure lui disait que l'effet apaisant procuré par l'alcool était dérisoire par rapport à la paranoïa qu'il pouvait également provoquer, mais il n'avait pas le courage d'être raisonnable. Et il était trop vieux pour fumer de l'herbe.

Mammals of Mexico était toujours là, sur son bureau. Vincent l'avait refermé. Il n'avait aucune envie de relire le message. Quand Maria était partie se coucher, il avait prétendu avoir encore un peu de travail. Rebecka et Benjamin n'étaient pas encore rentrés. Les deux aînés prenaient de toute évidence leurs aises quant aux horaires. Il avait éteint la lampe de plafond pour ne garder que le faible éclairage du bureau.

Il se balança d'un bord à l'autre de son siège. La vérité, c'est qu'il ne savait pas quoi faire. Contacter Mina, sans doute. La police. Mais pour leur dire quoi ? Qu'il avait reçu un message du meurtrier, un message qu'on ne pouvait trouver qu'à condition d'avoir un cerveau aussi tordu que le sien ? Il tourna le verre de whisky dans ses mains et regarda le liquide ambré aller et venir lentement le long des parois. Contrairement au Lagavulin, il préférait le Balvenie sans glace. Mais il avait toujours le réflexe d'agiter le verre pour entendre le tintement des glaçons.

Comment réagirait Ruben quand il serait au courant de ces faits nouveaux ? Ce message signifiait clairement que le meurtrier, ou du moins quelqu'un qui avait connaissance à l'avance des dates prévues des meurtres, savait que Vincent serait impliqué dans l'enquête, avant qu'il en ait eu lui-même la moindre idée. Ruben en conclurait sans doute que son cerveau de mentaliste avait définitivement disjoncté. Ce Ruben. Voilà un homme qui affichait ses démons sans complexe. Il se demandait à quel point le Casanova de la police était conscient de son propre comportement. L'expérience de Vincent avec des mâles alpha de ce calibre lui disait que, derrière leur carapace, se cachait une grande fragilité. Ce n'était évidemment pas du ressort de Vincent de lui faire des réflexions à ce sujet, ça ne lui vaudrait sans doute rien de mieux qu'un œil au beurre noir, s'il tentait le coup. Mais il était peut-être temps que quelqu'un non seulement discute avec Ruben, mais l'écoute véritablement.

Il but une gorgée de whisky et sentit une chaleur apaisante dans sa gorge. Il ferma les yeux. Essaya de se concentrer exclusivement sur ses sensations gustatives et olfactives pendant quelques secondes. En vain. Il ne voyait, en son for intérieur, que le message écrit en rouge dans ce maudit livre au jaguar. Il rouvrit les yeux.

Ce message suscitait bien sûr une question cruciale. Qui pouvait être au courant, ou présumer, qu'il allait collaborer avec la police ? Il ne voyait que deux personnes. D'abord Julia, qui avait donné son accord pour que Mina prenne contact avec lui. Ensuite, Mina elle-même.

Mina avait su suffisamment éveiller sa curiosité pour qu'il accepte. Si n'importe qui d'autre était venu le voir ce soir-là à Gävle, cela se serait sans doute soldé par une rencontre polie et un refus catégorique de sa part. Mais Mina avait insisté.

Il finit son verre et se resservit.

Ça ne pouvait pas être Mina.

Il ne fallait pas que ce soit Mina.

L'idée était absurde. Il la connaissait. La connaissait-il vraiment ? Il s'imaginait du moins savoir comment elle fonctionnait. Bon Dieu, il sentait sa présence même quand elle n'était pas là. Il l'avait dans la peau.

Mina ne lui avait pas envoyé ce livre.

Mais…

Mais si malgré tout c'était elle qui le lui avait envoyé ?

Il se tétanisa. Repoussa cette hypothèse intolérable. Parce que si c'était ça, alors tout s'écroulait.

Certes, il fallait creuser l'idée, mais plus tard. S'il partait du principe que ce n'était pas Mina, alors qui ? Il avait beaucoup de mal à croire que ça puisse venir de Julia. Il n'y avait donc… pas d'autre possibilité.

Il se leva et se mit à marcher de long en large dans la petite pièce. Il avait besoin de bouger pour mieux réfléchir. Et il était trop nerveux pour s'allonger par terre.

Il replongea dans les souvenirs de leur première rencontre.

Le soir, au théâtre de Gävle.

Mina assise face à lui.

Au bar, la conférence de Helsingborg.

Sa paille.

Son hamburger.

Mes supérieurs nous autorisent à faire appel à un consultant externe dans cette affaire. On m'a conseillé de vous contacter.

On l'avait tuyautée. Ce n'était probablement pas Julia qui lui avait donné ce conseil, mais alors qui ? Voilà la question qu'il fallait lui poser. À l'instant où il l'informerait du message inscrit dans le livre, son implication personnelle dans l'enquête prendrait une dimension très inquiétante. Mais il ne souhaitait pas non plus ralentir les investigations. Au contraire. Il fallait à tout prix éviter un nouveau meurtre.

Il reboucha la bouteille et la rapporta à la cuisine. La première chose à éclaircir, c'était l'identité de la personne qui avait suggéré à Mina de l'impliquer dans l'enquête.

Ensuite, il lui parlerait du livre.

Le livre que Mina ne pouvait pas lui avoir envoyé.

JUILLET

Milda savait d'expérience qu'il était plus prudent de prévoir un certain temps pour une visite chez son grand-père. Grand-père Mykolas et sa mère à elle venaient de Grèce. Son père, lui, était lituanien. Milda était le nom d'une déesse païenne lituanienne de l'amour. Autrement dit, Milda était un sacré mélange. Une Lituano-Grecque qui avait grandi en Suède. Une combinaison particulièrement rare.

De plus, elle trouvait que l'origine de son prénom avait sa part d'ironie. Elle n'avait pas franchement été assaillie d'amour dans sa vie, en tout cas pas de l'amour des hommes. Son mariage avait plutôt été une simple convenance, et après son divorce, ses rendez-vous galants s'étaient comptés sur les doigts de la main. Elle s'était fait un profil sur Tinder, un soir où elle avait bu quelques verres de trop dans son canapé, quelques années auparavant. Mais elle n'y était même pas retournée pour voir si ça donnait quelque chose. Ce qu'elle avait entendu dire sur cette application de rencontre n'était pas très encourageant. De plus, elle craignait de tomber sur le père de ses enfants.

— Grand-père, cria-t-elle dans la maison.

Pas de réponse.

La porte d'entrée n'était pas verrouillée, comme d'habitude, mais elle savait que c'était peine perdue de lui remonter les bretelles à ce sujet. Sa confiance en la bonté innée de l'humanité était certes louable. Mais pas sans risques. Pas plus tard que la semaine dernière, elle avait réceptionné sur sa table d'autopsie un vieil homme tué lors d'un cambriolage. Deux jeunes hommes l'avaient torturé et assassiné, pour cinq cent soixante-dix misérables couronnes.

Elle fit le tour de la cuisine et du séjour avant de se diriger vers la porte arrière qui donnait sur le jardin. Elle savait déjà où il était. Dans sa serre adorée.

Au lieu de l'appeler depuis la petite terrasse en bois, elle s'arrêta et le contempla quelques minutes, jusqu'au moment où il la vit. Elle avait passé d'innombrables heures ici quand elle était petite. Dans le jardin de la modeste maison rouge d'Enskede, à l'orée du bois. Elle avait offert cette serre à son grand-père pour ses soixante ans. C'était son paradis.

Milda le vit aller et venir à l'intérieur de la serre. Un petit coup d'arrosage par-ci, quelques feuilles mortes à enlever délicatement par-là. Il touchait le sol de ses doigts experts, bavardait avec les plantes qui prospéraient grâce à ses soins. Elle savait ce qu'il cultivait. Tomates, piments, poivrons et courgettes. Il avait même réussi à faire pousser des pastèques.

Enfin, il l'aperçut. Il s'illumina et lui fit signe d'approcher. Elle sentit son visage se fendre d'un grand sourire et grimpa pleine d'allégresse la légère côte menant à la serre.

— Bonjour, grand-père !

Elle lui fit un gros câlin, respirant le parfum de tomates mûries au soleil, de la terre et de l'amour. Elle savait bien que l'amour n'avait pas d'odeur. Mais si ça avait été le cas, il aurait eu celle de grand-père Mykolas.

— Regarde ! dit-il, la voix pleine de fierté. Comme les fleurs de courgette sont jolies. Je vais en cueillir quelques-unes et les frire, je sais que tu adores ça, les autres nous feront des délicieuses courgettes.

Il montra d'un geste son petit royaume, et elle l'écouta avec avidité quand il fit le tour en commentant le stade de croissance de chacune des plantes. Elle adorait. Elle savait que son frère aîné attendait impatiemment la disparition de grand-père Mykolas et l'héritage de la maison. Qui serait vendue aussitôt. Il comptait les jours. Elle avait la boule à la gorge rien qu'à l'idée que grand-père ne serait pas toujours là, aux petits soins pour ses légumes. Ils étaient très différents, son frère et elle.

— Comment va Adi ? demanda grand-père comme s'il lisait dans ses pensées.

Adi signifie "loup" en lituanien. Un prénom parfait pour son frère.

— Ça a l'air d'aller, mentit-elle.

Côté Adi, ça n'allait jamais. Il avait toujours un projet en cours censé faire de lui un homme riche. Pas toujours du bon côté de la loi. On aurait pu penser qu'un an de prison pour fraude à l'assurance lui aurait servi de leçon. Mais non. Adi était incorrigible. Et en tant que fils aîné, prunelle des yeux de papa et maman, il était fermement convaincu de sa propre excellence.

— Et Vera et Conrad ?

Elle vit au regard de grand-père que mentir au sujet des enfants n'était pas une option envisageable. Elle s'abstint donc de répondre.

— Tu sais que Conrad peut venir habiter chez moi quand il veut, dit-il avec gravité. Ça pourrait lui faire du bien de changer d'environnement, surtout pendant les vacances d'été. En plus, il n'y a pas une goutte d'alcool dans cette maison. Il peut rester aussi longtemps que ça lui chante, et un coup de main pour les plantes cet été ne serait pas de refus.

— Merci, mais il est dans un centre de désintoxication. Il y reste tout l'été. Après peut-être.

Elle se mordit la lèvre en voyant le regard contrarié de son grand-père. Elle avait choisi cette solution plutôt que de compter sur sa famille. Ça ne se faisait pas dans le monde de Mykolas.

— Il aurait aimé être ici, bien sûr, dit-elle en posant sa main sur celle de son grand-père. Mais il faut qu'il en ait la force.

Grand-père retrouva son sourire en proposant :

— Viens, on va se faire un café.

Il la devança en sortant de la serre et descendit avec quelques difficultés le petit escalier en bois qui menait vers la maison. Ça l'attristait de le voir marcher si péniblement, lui qui avait été un vrai gaillard, toujours en mouvement, toujours actif. Mais il avait toute sa tête, les idées toujours affûtées, et avec sa longue expérience de chercheur en biologie, il était exactement la personne avec qui elle avait besoin de discuter aujourd'hui.

— Allez. J'aime bien quand tu passes sans raison particulière. Mais là, je vois que tu as quelque chose sur le cœur. Que veux-tu me dire, ma chérie ?

C'est avec un sentiment de culpabilité qu'elle prit la tasse de café qu'il venait de préparer, pour ensuite attraper le sac qu'elle avait apporté. Elle devrait venir plus souvent. Elle se le disait chaque fois qu'elle était là. Mais c'était comme si la vie lui mettait toujours des bâtons dans les roues.

— J'ai eu un jeune garçon sur ma table d'autopsie, dit-elle. Assassiné avec une extrême violence. Et j'ai trouvé ceci dans son estomac.

Elle tendit la poche zippée à Mykolas qui la prit, la mine grave. Il s'assit face à elle à la table devant la fenêtre qui donnait sur la rue. Il observa le contenu attentivement.

— Je peux ?

Elle hocha la tête.

Il ouvrit le sachet, le huma et le vida. Une touffe de cheveux. C'était un échantillon de ce qu'elle avait trouvé dans l'estomac de Robert. Conformément au protocole, elle avait déjà envoyé le prélèvement, dûment étiqueté, au Centre national de médecine légale. Mais elle savait que les retards accumulés ralentissaient toutes les procédures et qu'elle devrait certainement attendre encore un bon mois avant de recevoir le moindre résultat. Il y avait quelque chose à la fois dans cette enquête et par rapport à ce garçon en particulier qui la poussait à shunter des étapes au lieu d'attendre, comme d'habitude, que l'administration médico-légale suédoise envoie ses résultats. Sur ses vieux jours, grand-père se passionnait surtout pour sa serre, mais de toute sa carrière, elle n'avait jamais croisé de biologiste plus pointu. Ni de zoologiste, d'ailleurs.

— Je crois savoir ce que c'est. Mais il faut que je vérifie au microscope pour être sûr. Tu m'attends ici ? Prends ton café tranquillement. Je reviens.

Grand-père Mykolas se leva. Le mouvement le fit grimacer. Milda sirotait son café tout en regardant par la fenêtre. Elle adorait le quartier d'Enskede. Elle avait grandi à Bagarmossen, et il n'y avait rien de mal à ça, mais Enskede avait le charme paisible d'un autre temps. Ça lui donnait toujours le sentiment de rentrer à la maison. Ça n'avait peut-être rien à voir avec le lieu en lui-même, finalement. Peut-être que c'était simplement parce que son grand-père vivait là. Et pourtant. Les vieux rosiers. Les lilas qui répandaient leur parfum dans tout le quartier au printemps. Les enfants qui jouaient dans la rue, comme autrefois.

Un homme de petite taille passa au-dehors et elle eut l'impression de reconnaître un copain d'enfance, sans en être sûre. Quand elle leva enfin la main pour le saluer, il était déjà passé.

— Voili-voilà !

Grand-père était de retour. Il se rassit en face d'elle, l'air satisfait. Même grimace, pourtant. Milda se dit qu'il était temps qu'elle oblige cette tête de mule à aller voir un docteur.

— C'est bien ce que je pensais. Les poils appartiennent à un animal de la famille des mustélidés.

Il fit une pause de conférencier. Pas question qu'elle le presse. C'était un moment de gloire pour grand-père et il s'en délectait. Elle n'allait pas lui gâcher son plaisir. Elle but encore une gorgée tout en l'observant. Et attendit la suite en silence.

— Cette bestiole est originaire d'Amérique de Nord, c'est un animal chordé qui appartient au sous-embranchement des vertébrés. Il fait partie de la classe des mammifères. Longueur de 30 à 45 centimètres, sans compter la queue qui peut faire de 13 à 23 centimètres. Le mâle pèse entre 1 et 1,5 kilo, la femelle seulement environ 0,75 kilo. En élevage, ils peuvent être un peu plus gris qu'à l'état sauvage.

Milda hocha la tête. Elle avait compris de quel animal il s'agissait. Mais elle ne dit rien, laissant son grand-père aller au bout de son exposé. Il était dans son élément et ses yeux brillaient d'enthousiasme.

— Autrefois, on classait cet animal dans le genre *Mustela*, comme les furets, mais des études génétiques ont démontré de telles différences qu'il possède maintenant son propre genre, nommé *Neovison*. Il s'agit donc, ma chère Milda, de poils de vison !

Il tint la touffe de poils devant ses yeux, triomphant. Elle hocha la tête. Elle l'avait deviné depuis un petit moment déjà.

— Est-il possible de déterminer la provenance de cette touffe de poils précisément ? Y a-t-il des espèces spécifiques selon les régions de Suède ?

— Hélas, non. On parle habituellement de deux espèces différentes. Le vison sauvage et le vison d'élevage. Tu es sûrement au courant de la polémique autour de la condition animale dans les fermes d'élevage de visons. Quant à la fourrure, il n'y a pas de différence entre l'animal sauvage et celui d'élevage.

— J'avoue que je ne croyais même pas que ça existait encore, des élevages de visons.

Milda se leva et alla chercher la cafetière pour remplir leurs tasses.

— Si, si, ça existe toujours. Je n'ai aucune idée du nombre de fermes ni où elles se trouvent, mais ces renseignements-là, tu les trouveras sûrement sur l'internet.

Milda sourit. Grand-père Mykolas n'était pas un as de l'informatique. Il ne faisait strictement aucun effort, "sur l'internet" ou "sur internet", c'était pour lui du pareil au même.

— Les espèces sauvages se trouvent où ? Dans quels milieux vivent-elles ? demanda-t-elle en se rasseyant.

Dehors, des enfants avaient commencé à jouer au bandy. Leurs cris joyeux s'entendaient distinctement par la fenêtre entrouverte.

— Le vison préfère les zones humides. Un environnement de lacs, de ruisseaux, de cours d'eau. Il vit de poissons, d'écrevisses, de grenouilles et autres petits animaux.

Milda hocha la tête tout en réfléchissant intensément. Des poils de vison. Dans l'estomac de Robert. Qu'est-ce que ça signifiait ? Est-ce que ça signifiait quelque chose ? Bon. Ce n'était pas de son domaine de compétences. Il ne lui restait plus qu'à transmettre ce qu'elle venait d'apprendre, à d'autres de prendre le relais. Elle sourit à son grand-père.

— Merci. Ça m'aide beaucoup. À toi de raconter, maintenant. Quelles expériences extraordinaires as-tu entreprises cette année dans ta serre ?

Grand-père Mykolas s'illumina. Il remit délicatement la touffe dans le sachet, referma le zip et posa les coudes sur la table en joignant les bouts des doigts.

— Ah, oui ! Tu vois, cette année, j'ai l'intention d'expérimenter les hybrides. Je voudrais voir si on peut combiner deux variétés de carottes, la London Torg et l'Early Nantes, je crois que ça pourrait donner un résultat intéressant. J'ai aussi envie d'essayer de croiser deux de mes variétés de roses. Je crois pouvoir obtenir une très jolie rose en croisant la Rugelda et la Dream Sequence – c'est celle qu'on appelle aussi l'Astrid Lindgren. Comme tu le sais sûrement, la Rugelda est un hybride de *rugosa* tandis que la Dream Sequence est une *floribunda*. Alors je crois que…

Milda le regardait se répandre en un long discours joyeux sur ses hybrides. Encore une fois, elle se dit qu'il fallait qu'elle vienne le voir plus souvent. Et qu'il fallait qu'elle le traîne voir le toubib à Dalen, de force si nécessaire.

Vincent joua les équilibristes entre les chaises, une assiette de gâteau princesse dans chaque main, jusqu'à la table où Sains Bergander l'attendait. En posant les assiettes, l'une des parts bascula. Il hésita à la redresser, mais renonça. Il se dirigea vers la machine à café au milieu de la salle.

— Tu le veux comment ? demanda-t-il par-dessus l'épaule.

— Noir comme l'âme, répondit Sains.

— Avec un hobby comme le tien, la couleur que tu donnes à l'âme n'a rien de surprenant, dit Vincent en revenant à table avec deux tasses de café. Cela dit, merci de prendre le temps de me voir à nouveau. Et pardon d'avoir tant insisté.

Il n'avait pas encore appelé Mina. Il n'osait pas. Alors, quand il avait appris que Sains était en ville, il avait sauté sur l'occasion. Ça lui permettait de penser à autre chose qu'à ce foutu livre. De plus, il avait vraiment besoin de le voir.

— Pas de problème, dit Sains. Je suis désolé que tu aies eu tant de mal à me contacter, mais j'avais une grosse commande à boucler. Au moins, ça t'évite de faire encore tout le trajet jusqu'à Sundsvall. Je suis venu aider mon frère qui doit passer à la télé et qui prépare un numéro. On n'arrive pas à obtenir des flammes suffisamment impressionnantes.

Vincent secoua la tête. Ah, ces magiciens !

Sains et lui étaient attablés à Vete-Katten, le grand salon de thé en plein centre de Stockholm. Comme d'habitude, la salle regorgeait de touristes, ils pouvaient donc discuter en toute tranquillité. Tout magicien sait que la meilleure cachette, c'est à la vue de tous.

Il regarda les couches superposées de la part de gâteau renversée. Une base de génoise. Puis crème à la vanille. Confiture de framboise. Crème fouettée. Pâte d'amandes. Cinq couches. Merde. Mais le gâteau était saupoudré de sucre glace.

Il respira. Ouf. En comptant le sucre, ça faisait six couches.

Il venait d'assister à une conférence de la mathématicienne Eugenia Cheng qui se servait de la confection de pâtisserie pour expliquer sa théorie des catégories. Elle aurait certainement pu transformer la tranche de gâteau princesse en théorème mathématique. Habituellement, ça l'aurait amusé. À cet instant, il pensait à Robert découpé en trois morceaux dans le *Zigzag Lady*. Une superposition de tissus adipeux et de sang. Pouvait-on établir un parallèle avec le gâteau princesse ? La peau comme pâte d'amandes ? Il repoussa le gâteau. Finalement, ça ne lui disait plus rien.

— J'aurais pu venir chez toi, dit Sains. Quoique, c'est très agréable ici.

— Non, ce n'est pas vraiment un sujet dont on discute à la maison, dit Vincent. C'est mieux ici. Et je sais que tu es pressé, alors je vais droit au but. Tu te souviens de l'illusion que je t'ai montrée la dernière fois, la boîte à épées ?

— Oui, cette boîte si bizarrement construite.

Sains prit sa fourchette, transperça et enfourna un gros bout de gâteau. Des couches de graisse et de sang. Vincent ferma les yeux. De toute évidence, Sains ne suivait pas les actualités. Ça concernait sa profession, mais vivre dans sa bulle, loin de tout, était le prix à payer pour créer des illusions d'un tel niveau d'excellence.

— Ce que tu ne sais pas, continua Vincent, c'est que cette boîte a servi à tuer. Et ce n'est pas fini. On a trouvé deux autres victimes dans des mises en scène macabres d'illusions de magie.

Sains avala de travers et se mit à tousser violemment. Vincent courut lui chercher un verre d'eau. Il but, le remercia, posa le verre et s'essuya méticuleusement la bouche, comme s'il voulait gagner du temps.

— Je n'en crois pas mes oreilles, dit-il enfin. Des *meurtres* ? Pour de vrai ? Et c'est qui "on" ?

Vincent regarda rapidement autour de lui pour être sûr que personne ne les observait après la quinte de toux de Sains, puis sortit les photos de son dossier.

— J'assiste la police dans une enquête, dit-il. Les détails sont secrets, bien sûr, mais les médias sont désormais informés. On a vraiment affaire à un fou furieux. Il suffit de regarder ces photos.

Il poussa les tasses et le verre et étala les photos. Il n'aurait pas dû les agrandir en format A4. Un peu trop visibles si quelqu'un passait à proximité. Mais il fallait pouvoir observer les moindres détails. Sains posa les assiettes avec les restes de gâteau sur la table d'à côté. Lui aussi avait perdu l'appétit.

— Voici la boîte à épées, dit Vincent en la montrant du doigt. Et voici les épées, je ne sais plus si je te les avais déjà montrées. Et voici quatre photos des lames et la boîte d'un…

— *Zigzag Lady*, dit Sains. Pas difficile d'imaginer ce qui a pu se passer là-dedans. Monstrueux.

— En temps normal, je fais de la claustro rien qu'en constatant l'exiguïté d'une caisse comme ça, dit Vincent. J'ai peine à concevoir ce qu'a pu ressentir ce pauvre gosse là-dedans.

Sains le regarda, étonné.

— Je doute que le manque de place ait été sa préoccupation première quand on l'y a enfermé. Mais tu as parlé de trois illusions, la dernière, c'est quoi ?

— *Bullet Catch.*

— Nom de Dieu ! Merci de ne pas avoir apporté de photo de celle-là.

Sains étudia les photos en les tournant dans tous les sens. Ça aurait pu être de banales images d'accessoires de scène, mais la conception des caisses et la position des lames témoignaient d'une incommensurable cruauté. Seul un monstre pouvait fabriquer des choses pareilles.

— Que veux-tu que je te dise ? demanda Sains. De plus que quand tu étais venu chez moi ?

— Je ne sais pas. Mais à ce moment-là, j'étais surtout préoccupé par une éventuelle commande de caisses ou de plans que quelqu'un aurait pu avoir passée, auprès de toi ou d'un de tes confrères. Je n'avais pas encore pigé que la clef du problème se trouvait peut-être dans l'élaboration même des illusions. À l'époque, nous n'avions que la boîte à épées. Tout ce que tu avais pu me dire, c'était à quel point elle était maladroitement construite. Maintenant, nous en avons deux. Tu m'avais expliqué que, comme il faut à la fois une grande compétence artisanale et des connaissances solides en matière de magie, il n'y avait que très peu de personnes capables de réellement construire des illusions de ce type.

— Oui, nous sommes effectivement peu nombreux à maîtriser les deux domaines, répondit Sains en hochant pensivement la tête.

— Je me trompe peut-être, dit Vincent, mais j'imagine que tout créateur possède son propre style, que chacun laisse sa propre empreinte sur ce qu'il crée. Ou, dans ce cas précis, sur ce qu'il construit. Même si on suit un dessin, on le fait "à sa manière", non ?

— On dit que celui qui construit une telle œuvre y laisse son empreinte, son estampille.

— OK. Nous avons déjà constaté que ces caisses ne sont pas l'œuvre d'un pro. Elles ne sont donc probablement pas "signées". Et pourtant. Les deux illusions que tu vois sur les photos ont été, plus que probablement, construites par la même personne. Ont-elles des points communs ? Peut-être un détail que toi seul saurais repérer, mais qui pourrait nous aider à cerner la personne que nous recherchons. Comme tu viens de me le dire, vous êtes peu nombreux à maîtriser ces constructions. Ces boîtes t'évoquent quelque chose de particulier ?

Un groupe de cinq personnes passa près de leur table. Des touristes hollandais, à les entendre. Tous affublés du même tee-shirt imprimé, probablement fait maison. On y lisait qu'ils faisaient le tour de l'Europe. Vincent cacha les photos de ses mains, mais trop tard. Une jeune femme les avait aperçues et s'arrêta.

— *Oh my god*, dit-elle dans un anglais parfait. Vous êtes des créateurs de numéros de magie ? Impressionnant !

— Merci, répondit Sains en souriant. Peu de gens l'auraient deviné.

Mais qu'est-ce qu'il avait dans la tête ? Vincent voulait juste voir la femme disparaître au plus vite. Surtout pas engager de conversation. Sains n'avait qu'à l'inviter à déguster le gâteau princesse, pendant qu'il y était. En moins de deux, ils auraient tous ces Bataves aux tenues assorties autour de la table.

— La magie, c'est un truc de nerd, dit la femme. Bon, faut que j'y aille.

Elle courut pour rattraper les autres en criant à Sains par-dessus son épaule :

— Nous les nerds, on reste solidaires !

Vincent croisa les bras et attendit que les Hollandais disparaissent.

— C'est bon, on peut continuer ?

— Pardon. Mais c'est tellement rare de recevoir des éloges d'une passionnée de magie de moins de cinquante-cinq ans. Au fait, tu ne veux plus de ton gâteau, je peux finir ?

Vincent acquiesça, tandis que Sains récupérait non seulement sa propre assiette, mais aussi la sienne.

— En tout cas, dit-il entre deux bouchées, tu as raison de penser que si ces caisses avaient été construites par quelqu'un que je connais, je le saurais. Mais ce n'est pas le cas.

Sains mâchait pensivement.

— Vincent, tu oublies une chose, continua-t-il en déglutissant. C'est vrai, il est inhabituel qu'une seule personne ait la double compétence de la magie et du travail manuel, et c'est d'ailleurs suffisamment rare pour que l'on se connaisse tous entre nous...

Vincent comprit où Sains voulait en venir. Il se frappa le front. Comment avait-il pu manquer à ce point de perspicacité !

— ... par contre, c'est tout à fait commun que deux personnes se complètent, dit-il en terminant la phrase de Sains. Un magicien sait faire des illusions. Un artisan sait les construire.

Vincent enfouit son visage dans ses mains. Il avait besoin de s'isoler un instant du reste du monde.

— Ils sont deux, reprit-il, la bouche cachée par ses paumes. Je suis vraiment trop con. Nous n'avons pas affaire à un meurtrier solitaire. Ce sont deux personnes qui collaborent. Ça explique aussi pourquoi, depuis le début, je voyais l'expression de deux personnalités différentes dans ces meurtres. Une qui planifie rationnellement, l'autre au tempérament violent, émotif. J'ai tellement essayé d'établir un profil unique du tueur, sans succès. Et pour cause : il y en a toujours eu deux.

Il laissa tomber ses mains sur ses genoux et regarda Sains qui était toujours en train d'examiner les photos.

— Vincent, dit Sains lentement. Seul un loup solitaire peut agir de manière aussi délirante, commettre des actes aussi fous, totalement irrationnels, incompréhensibles au commun des mortels, mais qui semblent tout à fait justifiés à son cerveau malade. Mais deux ? Deux personnes doivent constamment s'accorder. Répartir entre elles les tâches à accomplir…

Sains rassembla les photos et les poussa précautionneusement dans le dossier du bout de son doigt, comme s'il avait peur d'être contaminé.

— Vous ne chassez donc pas un fou furieux solitaire, dit-il. Mais deux monstres.

— Une *folie à deux**, dit Vincent lentement. Une psychose à deux têtes. Ça ne me dit rien qui vaille.

Il regarda par la fenêtre. Dehors, tout était normal, les gens dégustaient des glaces, profitaient du soleil estival en toute innocence, sans le moindre égard pour les meurtres épouvantables ou les codes incompréhensibles qui l'obsédaient, lui.

— Je ne suis pas très malin. Le prochain mort, ce sera par ma faute. L'incompétence d'une personne et la folie de deux. Une *folie à trois**.

Elle inhala le spray nasal aussi profondément qu'elle le put. Elle se préparait mentalement pour la suite. Elle était volontaire, mais redoutait le moment où elle devait elle-même enfoncer l'aiguille à travers sa propre peau. On lui avait conseillé de focaliser son esprit et d'imaginer l'enfant à venir. Chaque fois, elle s'y efforçait. Elle ferma les yeux. Elle le voyait, ce nourrisson plein de vitalité. Garçon ou fille, c'était sans importance. Ses doux cheveux de bébé. Ses cuisses potelées. Ses gargouillis de rire qui remontaient du fond de sa gorge. Elle s'agrippa à son rêve de toutes ses forces.

Mais la peur de l'injection était toujours là.

À la maison, Torkel pouvait l'aider, mais dans la journée, il pouvait difficilement quitter son boulot pour venir lui faire sa piqûre. *Leur* piqûre, comme leur disait systématiquement l'infirmière. Julia se demandait par quelle vue de l'esprit ça pouvait être *leur* piqûre, vu que c'était *sa* peau à elle qui se faisait trouer. Mais ce n'était qu'une absurdité parmi tant d'autres sur ce chemin de croix qu'ils avaient choisi et qu'ils subissaient depuis plusieurs années maintenant.

Elle se ressaisit, chercha le bon endroit sur son ventre, pinça la peau entre ses deux doigts. Il était préférable que l'aiguille reste stable, mais sa main tremblait de manière incontrôlable.

Quand on frappa à la porte, elle fit un tel bond qu'elle faillit se piquer. Elle posa délicatement la seringue emplie de sa dose d'hormones ainsi que le spray sur la table, derrière la photo de leur mariage, remit vite fait sa chemise dans son pantalon. Elle alla ouvrir la porte.

— Bonjour, je dérange ?

Milda Hjort. Julia réfléchit aux options possibles. Elle devait faire sa piqûre sans trop tarder. Mais Milda n'avait pas pour habitude de s'incruster. Elle n'avait aucune raison valable de ne pas la recevoir. De plus, si elle venait, c'était sans doute important.

— Non, pas du tout, répondit Julia en reculant pour la laisser entrer.

Elle jeta un rapide coup d'œil sur son bureau bien rangé. Par chance, la seringue était bien dissimulée derrière le cadre.

— Assieds-toi.

Elle indiqua à Milda l'unique chaise dévolue aux visiteurs, comme s'il y avait eu le choix.

Julia prit conscience à quel point sa propre voix était redevenue professionnelle. Neutre. Oublié, son désir d'enfant. Les rêves brisés, les souvenirs de fœtus morts sortant de ses entrailles et finissant dans une bassine métallique… "Non viable", disaient-ils…

Julia se rendit compte que Milda la regardait avec surprise. Elle avait perdu sa contenance un court instant. Quand elle prit place dans son fauteuil derrière le bureau, c'était passé, son regard était de nouveau acéré, et son visage concentré.

— Qu'est-ce qui t'amène ? demanda-t-elle en regardant Milda avec intérêt.

Le travail de Milda et son rôle de légiste la fascinaient. Pour Julia, le but était toujours et en premier lieu de lutter contre la criminalité et les assassins en particulier afin de sauvegarder des vies. Dans les cas d'homicides, son job consistait à arrêter le meurtrier avant qu'il ne fasse d'autres victimes. Par contre, celui de Milda, c'était de s'occuper des cadavres. Elle passait plus de temps avec les morts qu'avec les vivants. Julia doutait d'être capable, elle, d'accomplir un travail comme celui de Milda. Elle avait un grand respect pour Milda. Son rôle était essentiel. Les morts pouvaient parler. Elle l'avait vu tant de fois dans les enquêtes auxquelles elle avait participé au cours des années. Le légiste est une pièce importante de ce puzzle qu'est toute investigation.

— C'est au sujet du meurtre de Robert Berger. Et par extension ceux de Tuva Bengtsson et d'Agnes Ceci. Mais avec

Robert, nous avons une clef, un élément primordial. Je crois. Enfin, j'espère.

Milda se tortilla, mal à l'aise, sur sa chaise.

— Je t'écoute, dit Julia, intriguée, en se penchant sur son bureau.

Elle bouscula par inadvertance la photo de mariage, la rattrapa et la remit rapidement à sa place.

Milda s'éclaircit la gorge.

— Nous savons que Robert avait un besoin incontrôlable de mettre dans sa bouche des choses qui n'étaient pas censées être consommées. Ce n'est pas aussi inhabituel que l'on pourrait le croire. En ouvrant son estomac, j'ai trouvé une grande quantité de poils.

— Répugnant, dit Julia en faisant la grimace.

Elle imaginait le goût, la sensation de poils dans sa bouche et sentit un haut-le-cœur.

— Oui, mais c'est peut-être une chance pour nous. Ce n'est pas mon job d'en tirer des conclusions, je ne fais que décrire et transmettre ce que je trouve. Mais il se peut que le meurtrier ait un lien de près ou de loin avec un... élevage de visons.

Julia écarquilla les yeux.

— Un élevage de visons ? Ça existe encore ?

— Moi aussi, je croyais qu'il n'y en avait plus. Mais si, il en reste encore un certain nombre en Suède, et ce, malgré l'action des organisations de protection animale pour les interdire.

Julia ne commenta pas.

— Deux éléments vont dans ce sens, dit Milda en se redressant vivement sur sa chaise avant de poursuivre. Primo, nous avons trouvé, comme tu le sais, des traces de kétamine dans le corps de toutes les victimes. Secundo, dans l'estomac de Robert, il y avait en plus une grande quantité de poils de vison. Ça pourrait provenir de l'animal sauvage, bien sûr, mais c'est improbable. La kétamine peut servir, entre autres, à anesthésier les visons. Je suis prête à parier que Robert a été tué dans un élevage de visons. Et dans ce cas, les autres aussi, probablement.

Julia se pencha en arrière pour digérer ce qu'elle venait d'apprendre. Ces nouvelles informations tournoyaient dans sa tête.

Elle cherchait des connexions, échafaudait des hypothèses. Mais pour le moment, tout n'était encore qu'un chaos inextricable. Un élevage de visons n'avait pas vraiment de sens dans le tableau général.

— Je convoque le groupe immédiatement, dit-elle en se levant.

Il n'y avait pas de temps à perdre. Milda se leva à son tour. Puis elle eut un instant d'hésitation.

— Tu te débrouilles toute seule avec tes injections ? demanda-t-elle avec délicatesse.

— Pardon ? dit Julia en se crispant.

— J'ai entendu… enfin, il paraît que vous êtes en plein… traitement. Tu t'en sors toute seule ou tu veux un coup de main ? Je peux te les faire.

Julia était ébranlée. Le fait que les gens sachent et en parlent lui déplaisait. Mais à l'hôtel de police, difficile de garder le moindre secret, elle aurait dû le savoir. Elle se pencha lentement en avant et saisit la seringue derrière le cadre. Elle la donna à Milda et retira le bas de la chemise de son pantalon. Un sentiment de soulagement la submergea.

Milda lui fit la piqûre. Même pas mal.

Vincent était assis devant la télé, la télécommande à la main. Il savait qu'à quarante-sept ans il était déjà un véritable dinosaure. Regarder la télé en direct, c'était un truc de vieux. Mais ça lui plaisait que les programmes passent à heures fixes. Si on ne regardait pas au bon moment, c'était loupé, tout simplement.

Bien sûr, on pouvait voir presque toutes les émissions en différé. Il était donc quasi impossible de rater quoi que ce soit. Mais c'était justement ça le problème. Il connaissait le concept d'accessibilité en psychologie et savait qu'il en était victime : ce qu'on ne peut obtenir facilement devient, de ce fait, plus intéressant, plus attractif. Mais les progrès de la technologie lui avaient clairement démontré que ce principe fonctionnait aussi dans l'autre sens. Quand tout était accessible, rien n'était plus vraiment ni intéressant ni attractif. Et Vincent n'avait pas de temps à perdre avec des choses sans intérêt.

Soudain, il prit conscience que la maison était inhabituellement silencieuse. On entendait vaguement à travers la porte la voix de Benjamin, sans doute en ligne avec quelqu'un. En fait, que Benjamin ait des amis, invisibles certes, était surprenant en soi. Aston était couché, pour une fois sans faire d'histoires, Rebecka était sortie. Et Maria… Il n'avait aucune idée de ce qu'elle faisait. Elle était peut-être au lit, en train de lire un de ces livres truffés de conseils pertinents pour une vie épanouie. Maria adorait ce genre de bouquins. Elle les dévorait. Certaines personnes lisent des livres de cuisine sans jamais réaliser la moindre recette. D'autres se passionnent pour des livres d'initiation à différentes activités physiques sans jamais se lever de leur fauteuil. Maria était comme ça avec les manuels de développement personnel. Au lieu d'expérimenter dans la vraie vie tous ces conseils dont elle se gavait, elle préférait en lire un nouveau. Pour lui reprocher ensuite son inutilité, puisque rien dans sa vie ne changeait jamais.

Certes, il était peut-être un peu excessif. Mais il avait du mal avec la pile de livres sur la table de chevet de sa femme, des bouquins dont les titres promettaient toujours de livrer "le secret de…" ou "le chemin vers…" quelque chose. Il bougonna. Les auteurs de ces livres étaient bien présomptueux, qu'en savaient-ils vraiment ?

Il entendit un bruissement venant du jardin. Il leva les yeux et eut juste le temps d'apercevoir une silhouette passer devant la fenêtre, avant de disparaître. Vraiment ? C'était un soir d'été clair, mais la forêt tout près jetait déjà son ombre sur la pelouse. Les spots photovoltaïques qu'il avait disposés le long du chemin en gravier menant à la porte d'entrée ne portaient pas assez pour illuminer tout le terrain devant la maison. Il éteignit la télévision et se posta près de la fenêtre pour regarder dehors.

Rien.

Il vit bouger un arbuste en bordure du jardin, quelqu'un ou quelque chose se frayait un chemin pour rejoindre la forêt ? Peut-être un chevreuil. Quand ils s'étaient installés à la campagne, il avait constaté à quel point la nature ne craignait pas l'humain. Combien de temps cette bestiole l'avait-elle observé à travers la vitre ? L'animal s'était sans doute demandé ce qu'il faisait là, lui, au milieu de son monde.

Il remarqua deux taches graisseuses sur la vitre, à hauteur de ses yeux, et les frotta avec sa manche pour les enlever. Elles étaient à l'extérieur. Elles avaient la forme de deux demi-lunes. Il posa ses mains en visière sur les taches, comme pour regarder dehors. Ça correspondait exactement. Quelqu'un, de l'autre côté, l'avait observé à travers la vitre. Et ce n'était certainement pas un chevreuil.

On frappa à la porte d'entrée. Il étouffa un cri de surprise. Encore un coup. Il alla vers la porte, l'entrouvrit, inquiet à l'idée de ce qu'il allait trouver de l'autre côté.

Mina.

— Ah, salut ! dit-il sans arriver à masquer sa surprise. C'est toi qui m'espionnes ?

— Qui t'espionne ? répéta-t-elle. Euh, non, c'est juste que je ne voulais pas sonner au cas où Aston dormirait.

— Non, je veux dire, il y avait quelqu'un…

De sa main, il commença à montrer la forêt, mais s'interrompit en voyant l'expression du visage de Mina.

— Il est arrivé quelque chose ?

Il sortit sur le perron et referma la porte derrière lui.

— Non, je me disais seulement…, commença Mina.

Sa voix s'affaiblit comme si elle n'était plus très sûre de la manière de poursuivre.

— Je me disais juste qu'on pourrait peut-être faire un truc ensemble.

Il ne sut que dire. Il observait cette femme devant lui. Mina était quelqu'un de spécial. Certainement pas du genre à faire son intéressante. Heureusement. Ça avait dû lui coûter de venir jusqu'ici. De prendre le risque d'un rejet. Surtout après ce qu'elle lui avait confié dans le taxi. Comment avait-il pu s'imaginer, ne serait-ce qu'un instant, que c'était elle, telle qu'elle était et avec tous les combats qu'elle menait, qui lui avait envoyé le livre ? Il aurait pu se battre lui-même. Comment avait-il pu être si stupide ! Un bruit le fit se retourner, il regarda à l'intérieur par l'entrebâillement de la porte. Si Maria voyait Mina, ce serait l'enfer.

— Je me disais que je pouvais faire connaissance avec ta famille, dit Mina. Puisque nous travaillons ensemble.

— C'est pas une bonne idée, dit-il. Pas ce soir.

Mina recula d'un pas, s'éloigna de lui. Il ne voyait plus son visage distinctement, mais ses épaules affaissées lui disaient tout ce qu'il avait besoin de savoir. Il l'avait profondément blessée. Elle venait de subir le rejet qu'elle avait redouté.

— Je veux dire, c'est une très bonne idée de faire un truc ensemble, se dépêcha-t-il d'ajouter. Une super bonne idée. C'est juste par rapport à ma famille. Maria n'est pas très en forme aujourd'hui, et même en forme, elle est terriblement jalouse. Elle est mal dans sa peau, et si elle te voyait comme ça…

— Ça veut dire quoi “comme ça” ? demanda Mina. Il y a quelque chose qui cloche ?

Vincent était désemparé. Non, au contraire, tout allait bien, très bien même. Ses cheveux sombres, en queue de cheval serrée, et son col roulé blanc soulignant tant ses traits que sa personnalité, la somme était bien plus que la totalité de ses éléments, une évidence qui lui coupait le souffle. Il espérait ne pas se dévoiler et s'efforça de ne pas fixer ses lèvres carmin quand elle parlait. En plus, il était apparemment en plus grand manque de compagnie qu'il ne pensait, vu qu'il s'était même imaginé que quelqu'un l'espionnait. Ça ne pouvait être qu'un chevreuil, évidemment.

— Et Maria a des raisons d'être jalouse ? relança Mina.

Il crut percevoir un léger mouvement au coin de ses lèvres, comme l'ébauche d'un sourire. Mais sans en être sûr. Ça pouvait aussi bien n'être qu'une ombre.

— Jalouse de toi ? suggéra-t-il en rougissant. C'est-à-dire, elle, euh…

— Pas de moi, évidemment, coupa-t-elle. Puisqu'on n'a jamais été ensemble. Je veux dire, a-t-elle des raisons d'éprouver de la jalousie, d'une manière générale ? T'as l'habitude d'avoir des liaisons ?

La voilà, la Mina qui avait suscité sa curiosité dès leur première rencontre, ce soir-là, à Gävle. Une femme presque maladroitement franche, directe, loin des convenances exigées dans les relations sociales, et qui se révélaient souvent pénibles et artificielles. Surtout pour qui n'était pas programmé naturellement pour ça, comme c'était son cas à lui. Avec Mina, il avait l'impression, peut-être pour la première fois, de pouvoir être lui-même. Sans avoir à jouer le rôle que les autres attendaient de lui. Il regardait ses mains. Elles ne semblaient pas desséchées. Elle les avait sans doute enduites de crème hydratante. Un léger parfum de vanille l'effleura.

— Pas de liaisons, non, dit-il. Si, j'ai eu une aventure alors que j'étais marié. C'était avec Maria. Ensuite, j'ai divorcé pour me marier avec elle.

Mina inclina lentement la tête, comme si elle comprenait.

— Allons faire un tour, dit-il en fermant la porte derrière lui.

Maria est sûrement la meilleure maman du monde, si tu la voyais avec Aston. Mais la communication entre nous deux est un peu plus… compliquée. Je vais lui envoyer un SMS pour dire que tu m'as demandé de venir. C'est presque la vérité, non ?

— Promets-moi juste qu'on ne parlera pas boulot, je ne pense à rien d'autre depuis des mois, dit-elle en glissant son bras sous le sien. Tout le monde est en vacances en ce moment. Ce soir, faisons une pause.

Son bras était raide, son geste gauche. De toute évidence, ce n'était pas dans ses habitudes. Mais il appréciait son effort.

— Ça marche. On se contentera de bavardages innocents sur mes nombreuses aventures extraconjugales et la jalousie de ma femme.

Ils prirent le chemin gravillonné qui traversait la pelouse devant la maison et arrivèrent sur la route sinueuse. Le soir était clair, et l'air saturé de douceur estivale.

Il s'arrêta devant la boîte aux lettres. Il manquait quelque chose. Avant l'une de ses tournées précédentes, Umberto avait fait fabriquer des petites plaques métalliques autocollantes avec l'inscription "Télépathie interdite" pour la campagne publicitaire. Vincent en avait collé une sur leur boîte aux lettres quand ils avaient emménagé ici. La petite plaque avait disparu. Elle traînait probablement dans l'herbe quelque part. Il avait du mal à croire que quelqu'un l'ait subtilisée, il était sûrement le seul à trouver ça drôle. Mais la boîte avait du coup perdu de son charme.

— C'est tranquille ici à Tyresö, dit Mina. C'est comme à la campagne. J'ai été obligée d'utiliser mon GPS pour ne pas me perdre. J'ai l'impression d'avoir laissé la civilisation derrière moi.

Vincent rit.

— Tu as raison, c'est effectivement la cambrousse ici. Mais je m'y plais. Nous nous plaisons ici, je veux dire. Quand je suis en tournée, je vois tellement de monde. Après, ça fait réellement du bien de rentrer ici, un lieu où il faut faire deux cents mètres pour arriver chez le premier voisin. Que tu as déjà rencontré, d'ailleurs. Ove, le pelliste. Aston ne manque pas d'espace pour se défouler, et le bus pour l'école est à deux pas d'ici. Et toi, tu es satisfaite de ton appart à Årsta ?

Il se rendit compte qu'il ne savait finalement pas grand-chose de la vie de Mina, alors qu'ils travaillaient ensemble depuis cinq mois. Et il voulait tout savoir. C'était quoi encore, ce concept psychologique d'accessibilité ? Ce qui est inaccessible devient d'autant plus séduisant et attractif. Stop. Il n'était pas comme ça. Certes, il était fasciné par Mina et la trouvait très séduisante. Il était heureux de l'avoir rencontrée. Leur relation qui se limitait à des rapports professionnels était peut-être en train d'évoluer en amitié. Et rien de plus.

Maria serait jalouse de toute façon. Inévitablement. Mais c'était pareil s'il échangeait quelques mots avec Liv, la caissière à la supérette. Liv, cinquante-cinq ans et mariée avec Corinne, qui était responsable du rayon laiterie. Mais rien à faire.

Il aurait aimé que Maria ait une plus grande confiance en elle-même. Qu'au moins un de ces bouquins qu'elle dévorait en quantité industrielle serve à quelque chose. Puisqu'il avait lui-même si magistralement échoué.

— Ça me va, dit Mina à Vincent qui avait déjà oublié la question qu'il avait posée.

— J'avoue que j'ai quand même une interrogation liée au boulot…, dit-il, hésitant. Mais je te promets que ce sera la seule. Tu te souviens, quand on s'est vus à Gävle, tu as dit que quelqu'un t'avait conseillé de me contacter ? C'était qui ?

Mina s'arrêta net et se tourna vers lui.

— Pourquoi tu me demandes ça ?

— Je t'expliquerai, mais pas maintenant. Mais ça peut être d'une grande importance.

Elle le fixa longuement. Elle semblait réfléchir à la réponse qu'elle allait lui donner.

— J'ai… accompagné une amie aux Alcooliques Anonymes, dit-elle. En tant qu'aidante, bien sûr.

Il ne s'attendait pas du tout à cette réponse. Mais toute information pouvait se révéler précieuse. Il hocha la tête en guise de réponse.

— C'est là que je l'ai rencontrée. Elle s'appelle Anna. C'est elle qui m'a parlé de toi. Tout ce que je sais d'elle, à part qu'elle te connaît, c'est qu'elle a un dauphin tatoué sur le mollet. Et un loup sur le bras, entre autres. Si tu veux lui parler, il faut que tu ailles traîner tes guêtres devant les locaux de l'association des AA à Kungsholmen. Je te donnerai l'adresse.

Elle guettait sa réaction.

— Anna, dit-il en souriant. Dauphin. Kungsholmen. Merci. Terminé pour le boulot. Promis, juré.

Elle leva l'index et, de l'autre main, saisit son téléphone enfoui au fond de sa poche. Il ne l'avait même pas entendu.

— C'est Julia, dit-elle en lui montrant l'écran. Vaut mieux que je réponde. Sinon on n'en aura jamais fini avec ces histoires de boulot. Salut, Julia !

Mina se tut et écouta attentivement.

— Des élevages de visons, sérieux ? dit Mina au bout d'un moment. OK, merci pour l'info.

Mina raccrocha et remisa le téléphone dans sa poche. Il l'avait vue le mettre en mode silencieux.

— On dirait qu'on va quand même travailler ? dit-il. Ça avait l'air important.

— Je suis aussi frustrée et inquiète que toi quant à l'éventualité d'un prochain meurtre, dit-elle. Mais on n'arrêtera aucun assassin ce soir. Milda, la légiste, a trouvé un lien entre les crimes et un élevage de visons. Et en route pour venir ici, j'ai vu ton mail. Alors, tu suggères que nous n'avons pas affaire à un seul meurtrier, mais à deux qui collaborent ?

— Oui, mais cela ne change pas grand-chose au profil psychologique, dit Vincent. Cet élément le rend juste un peu plus compréhensible. S'il s'agit réellement de deux individus, cette planification rationnelle et ce mode opératoire violent montrent qu'ils sont tous les deux diaboliques et dénués de toute pitié. Peut-être que l'élaboration de ce plan s'est étendue sur une longue, voire une très longue, période.

Mina acquiesça.

— Mais cela ne nous rapproche en rien d'eux, dit-elle. En tout cas, pas ce soir.

Elle consulta sa montre, ce qu'il apprécia. C'était devenu tellement commun de se servir uniquement de son téléphone pour regarder l'heure. Une montre-bracelet était autrement plus élégante. Il était toujours agacé de voir les gens se laisser happer par les réseaux sociaux chaque fois qu'ils voulaient vérifier l'heure.

— Pour la visite des élevages, ce soir, c'est déjà trop tard. Il n'y aurait plus personne à cette heure-ci. On attaquera ça demain. Ruben s'y collera. Ce soir, toi et moi, on va essayer de penser à autre chose, pour une fois.

— Julia a couché avec Ruben, non ? demanda-t-il.

— Tais-toi, personne n'est au courant. À part la majorité des collègues de l'hôtel de police qui étaient présents à cette croisière de Noël. C'était il y a cinq ans. Au moins. Pourquoi ?

— Ruben m'intéresse. Cette façon de fanfaronner comme s'il était l'évolution naturelle de George Clooney. Il y a autre chose derrière cette façade.

Mina fit la moue.

— Si tu le dis. On va où, en fait ?

— Je ne sais pas, mais c'est agréable de se balader, dit-il en évitant de justesse une flaque d'eau. Tu voudrais aller où ?

— Je ne sais pas, répondit-elle. Je ne savais pas si tu avais envie qu'on se voie. Mais on pourrait peut-être s'éloigner de la forêt. Maintenant que je l'ai vue.

Il soupçonna Mina de mobiliser toutes ses forces pour ne pas penser aux myriades de bestioles qui grouillaient sur le sol et dans le feuillage. Mieux valait ne pas attirer son attention sur l'énorme fourmilière qu'ils venaient juste de dépasser.

— Bon alors, euh, puisque nous n'allons pas travailler, on pourrait… aller au cinoche ? dit-il en se saisissant de la première idée qui lui passa par la tête.

Elle éclata de rire et le regarda, un sourire en coin. Un véritable sourire cette fois.

— Au cinoche ? Comme si on avait un rancart ?

Il rougit à nouveau. Et merde. Il n'avait pas vu ça sous cet angle.

— Non, bien sûr. Excuse-moi. Et toi, tu aimes faire quoi ?

— J'aime faire de l'exercice, répondit-elle. Et jouer au billard. Je suis bonne au billard. Mais je veux bien aller au cinéma avec toi. Je n'ai pas vu de films depuis longtemps.

Elle lui donna un coup de coude dans les côtes.

— Si de toute façon Maria va faire une scène, autant lui donner une bonne raison.

Ils prirent la voiture de Mina jusqu'à Filmstaden, au centre commercial de Söderhallarna. Il ne dit pas grand-chose, ce n'était pas évident de discuter assis à côté d'elle, sans voir son visage. Du coup, ils firent le trajet en silence. Quand il régla le parking avec l'application de son téléphone, il s'obligea à ne pas modifier la durée pour obtenir un nombre pair au lieu d'impair. Il n'avait pas envie de faire ces trucs bizarres en sa présence.

À Filmstaden, ils achetèrent des billets pour un film dont ni l'un ni l'autre n'avaient jamais entendu parler. Ils entrèrent dans le hall. Derrière les caisses, de grandes vitrines en verre proposaient des popcorns dans des gobelets cartonnés. Il se dirigea vers la plus proche, mais s'arrêta, hésitant. Devait-il ou non acheter des sodas et des snacks ? C'était peut-être à ce moment-là que ça prendrait la tournure d'un rancart ? Il ne savait plus sur quel pied danser.

Il se retourna pour demander à Mina, mais elle n'était plus à ses côtés. Elle s'était figée, on aurait dit qu'elle avait pris racine, le regard fixé sur les gobelets de popcorns. Blanche comme un linge. Puis ses yeux errèrent vers les distributeurs de sodas et les pailles en libre accès. Ses pupilles dilatées et sa mâchoire serrée trahissaient la panique qui la submergeait.

Ce qu'il pouvait être idiot.

N'importe qui parmi le personnel, et tous ces gens qui fréquentaient le cinéma, avait pu toucher les popcorns dans les gobelets ouverts. Des centaines de personnes pouvaient avoir tripoté le tas de pailles sans s'être lavé les mains juste avant. Sans parler de tous les spectateurs déjà assis dans les fauteuils ou s'apprêtant à s'asseoir, ou encore du soda renversé qui allait coller à leurs semelles de chaussures. Comment avait-il pu imaginer un seul instant qu'une sortie ciné lui ferait plaisir ?

— Mina, dit-il en touchant délicatement son coude. On s'en va d'ici.

Elle sursauta à son contact, mais son regard était rivé aux vitrines.

— Mais on a pris les billets, dit-elle.

Elle se mit à frotter ses mains l'une contre l'autre comme si elle les lavait. Elles étaient à nouveau sèches et rugueuses.

— On ne peut pas partir, dit-elle, puisqu'on a payé.

— Bien sûr que si, on peut. On a payé justement pour pouvoir faire ce qu'on veut. Ce n'est pas parce qu'on s'est servi qu'on est obligé de finir son assiette. On a toujours le choix. Ce sont les parents qui se trompent.

En la guidant doucement par le coude, il la dirigea vers la sortie. En s'éloignant, elle se mit à respirer plus aisément. Ils entrèrent dans le centre commercial de Söderhallarna avec son labyrinthe de restaurants en prolongement du cinéma.

— Assieds-toi ici, dit-il en lui indiquant le café le plus proche. Commande-toi quelque chose à boire. Tu en as besoin. Je reviens tout de suite.

Sans attendre sa réponse, il courut hors du centre commercial et fonça dans le Coop juste à côté, tout en se maudissant de sa maladresse.

Trois minutes plus tard, il était de retour. Mina s'était attablée au fond du troquet. Elle lui avait commandé une bière. Un Coca Light était posé devant elle. Elle n'y avait visiblement pas touché.

— Tiens, dit-il en lui donnant un sachet de pailles scellé. J'imagine que tu n'en as pas sur toi aujourd'hui.

— Désolée, dit-elle, sur le point de fondre en larmes. Je ne veux pas que tu croies que je suis complètement cinglée. Je voulais vraiment essayer, mais c'est juste…

Si elle se mettait à pleurer, il ne saurait pas quoi faire. Il y avait cinq pailles dans le paquet. Il avait compté sept paquets sur le présentoir. Trente-cinq pailles au total. Mina avait trente-trois ans. Entre trente-cinq et trente-trois, il y avait un écart de deux. Une paille pour chacun d'eux. Il ne voulait vraiment pas qu'elle se mette à pleurer.

— Voilà comment je vois les choses, dit-il. Tu seras dans les dernières à te choper la grippe. C'est déjà pas si mal.

Mina sourit avec gratitude, ouvrit le paquet et sortit une paille qu'elle mit dans son Coca. Elle le regarda et lui donna une paille à lui aussi.

Il n'était pas spécialement tard quand Vincent rentra à la maison, mais toute sa famille dormait déjà. Aston s'écroulait d'épuisement vers vingt heures, Maria se couchait en général vers vingt et une heure trente au plus tard, et les ados une bonne heure plus tard encore. Pour sa part, le moment de la journée où il était le plus efficace, c'était entre vingt-deux heures et deux heures du matin. C'est pourquoi rentrer à minuit comme maintenant ne lui posait pas de problème. Il avait encore deux bonnes heures devant lui.

Mais pas ce soir. Sa tête débordait de toutes les impressions de cette soirée et de tout ce dont ils avaient parlé. Il se brossa les dents et entra dans la chambre à coucher sur la pointe des pieds pour ne pas réveiller Maria. Si elle se réveillait, elle lui demanderait des explications d'un ton lourd de reproches et il n'avait aucune envie de se justifier.

Il se déshabilla lumière éteinte. Chaussettes et caleçon pliés par terre. Linge sale. Les autres vêtements, encore propres, sur la commode. Quand ses yeux se furent habitués à l'obscurité, il vit une ombre sur la table de chevet de Maria. Sa pile de livres. Tout comme sa femme, il en savait peu sur le fonctionnement des choses de la vie. Et exactement comme sa femme, ce n'était sûrement pas dans des bouquins qu'il trouverait des réponses. La différence entre eux deux, c'était que lui, il le savait.

Mais il avait commencé à apprendre.

Mina avait commencé à lui apprendre.

Mora 1982

Jane était assise sur une chaise dans le hall de la maison d'Ylva. Sur la commode à côté d'elle se trouvait le téléphone de la famille. Jane avait la main posée sur le combiné gris, mais elle ne se décidait pas à le soulever de son socle. Téléphoner à la maison ou ne pas téléphoner. C'était le dilemme. Elle avait eu peur que sa mère l'appelle tous les jours pendant qu'elle était chez son amie, voire plusieurs fois par jour, pour lui demander comment elle allait et quand elle comptait rentrer. Jane s'était donc excusée à l'avance en expliquant aux parents d'Ylva que sa mère pouvait parfois être un brin maniaque.

Mais elle s'était étonnamment bien comportée. Elle n'avait appelé que le premier jour. Et juste pour savoir si Jane était bien arrivée et si tout allait bien. Depuis, plus aucune nouvelle. Elle devait se donner un mal de chien pour ne pas appeler. Mais c'était une bonne chose. Maman avait peut-être enfin réalisé qu'elle s'en sortait très bien sans elle. Exactement comme quand Jane reconstruisait en pensée les tours de magie de son frère pour en trouver la logique, maman avait peut-être compris que ce n'était pas Jane qui lui permettrait de faire face. Finalement, quitter la maison ne serait peut-être pas un problème.

Et pourtant, elle était là, le combiné à la main, une main de plus en plus moite au contact du plastique gris. Elle pressentait que quelque chose ne tournait pas rond. Vraiment pas rond. Elle ne pouvait pas se l'expliquer, ça n'avait rien de sensé. C'était sûrement complètement idiot. Probablement sa mauvaise conscience qui la hantait. Au lieu d'être soucieuse, elle devrait se réjouir que maman ait évité de se comporter comme à son habitude.

Et pourtant. Ce sentiment que quelque chose clochait à la maison. Elle enroulait le cordon du téléphone autour de ses doigts. Si elle appelait en étant anxieuse, maman lui demanderait de rentrer toute de suite. Et si elle n'appelait pas, elle garderait cette boule irrationnelle au ventre. Elle saisit le combiné de l'autre main, essuya la sueur de la paume sur son pantalon et composa le numéro de la maison. Au bout de quelques secondes de crépitement, la connexion s'établit. Quand la sonnerie retentit enfin, le son était si ténu qu'on aurait dit que ça venait de l'autre bout du monde. Au bout de cinq signaux, quelqu'un répondit.

— Chez Boman, allo ?

— Salut, petit frère ! C'est Jane !

Silence. Elle savait que son petit frère n'aimait pas parler au téléphone. Ce serait à elle de mener la conversation.

— Ça va à la maison ? demanda-t-elle.

— Ça va. Suis au petit-déj.

Elle sourit pour elle-même. Tout allait donc bien. La boule au ventre pouvait aller se faire voir ailleurs.

— Laisse-moi deviner, dit-elle. Les triangles de toasts grillés comme fait maman ?

— Oui, sans les bords. Avec des tranches d'œuf. Tu sais…

— … la routine, c'est important.

Ils rirent ensemble.

— Je peux parler avec maman ? demanda-t-elle. Elle a fini de préparer tes tartines ?

— Non, elle ne peut pas te parler maintenant.

— C'est un de ces… jours ? demanda-t-elle en baissant la voix. Et toi, tu t'en sors ?

— Non, c'est qu'elle n'est pas dans la maison juste maintenant. Moi, je suis OK.

Sa mère était suffisamment en forme pour préparer le petit-déjeuner. Bien. Son inquiétude n'avait été rien d'autre que de la mauvaise conscience. Et tant qu'elle ne parlait qu'avec son frère, sa mère ne pourrait pas lui demander de rentrer à la maison.

— Tu n'étais pas en train de faire des cachotteries avec un nouveau tour de magie quand je suis partie ? dit-elle. Maman m'avait dit qu'elle devait y participer. Vous me montrerez tout ça quand je rentrerai ?

Silence à l'autre bout du fil. Elle pressa le combiné contre son oreille pour essayer d'entendre s'il était toujours là. Elle percevait tout juste sa respiration. Il n'aimait pas parler de ses secrets. Ça en enlevait toute la magie, avait-il pour habitude de dire. Bon sang, s'il avait pu être moins hypersensible.

— Ne t'inquiète pas, maman n'a rien révélé.

— Je voudrais raccrocher. J'ai faim. Les toasts vont refroidir.

— OK, petit frère. À dans une semaine. Bisous à maman.

Il avait déjà raccroché. Elle déroula le cordon autour de ses doigts et reposa le combiné. Pendant qu'ils parlaient, elle s'était sentie rassurée. Mais maintenant, l'inquiétude lui retombait dessus. Il avait été bizarre, surtout vers la fin. Elle ferait mieux de rentrer. Vérifier que tout était normal.

— Arrête, Jane, se sermonna-t-elle à haute voix.

Sa mère était la plus grande manipulatrice qu'elle ait jamais rencontrée. Elle était très forte pour accaparer les gens jusqu'au moment où ils n'en pouvaient plus. Jane était apparemment encore plus profondément sous sa coupe qu'elle n'avait cru. Par son simple silence, sa mère l'avait presque poussée à revenir à la maison. Mais cette fois-ci, elle résisterait. Cette fois-ci, Jane voulait avoir le dessus.

Elle prit son sac de plage de la veille avant de sortir à l'arrière de la maison. Ylva lisait, allongée sur une couverture dans le jardin.

— Ylva, on va à la piscine ? proposa-t-elle.

— Tu en as mis du temps ! dit Ylva en se levant.

Elle avait déjà mis son maillot de bain.

— Celle qui arrive en dernier plonge du sept mètres ! cria Jane en se ruant sur les vélos.

Non, elle n'allait certainement pas rentrer à la maison avant de l'avoir décidé elle-même.

Ruben tendit la main vers la droite pour la centième fois, à la recherche du levier de vitesse, et constata qu'il n'y en avait pas. Et comme les cent fois précédentes, il regretta de ne pas avoir pris sa Chevrolet Camaro. Les boîtes automatiques, c'est vraiment un truc de blaireau. Comme s'il n'était pas foutu d'enclencher lui-même une vitesse. Mais cette histoire d'élevages de visons, ça faisait penser à un enfer de boue, de déchets et de poils de bestioles. Pas vraiment un endroit où il avait envie d'emmener son Ellinor, comme il la nommait. Quand on lui demandait pourquoi il avait donné ce prénom à sa voiture, il répondait que c'était une référence à un vieux film avec Nicolas Cage. La véritable raison ne regardait que lui.

Ellinor sortait de révision et rutilait de propreté sous une bâche de protection dans le garage qu'il partageait avec ses voisins. Ces derniers le charriaient pour cette histoire de bâche, mais il fallait voir l'état de leurs voitures. Immonde. Il était hors de question que la moindre particule de gras en suspension dans l'atmosphère du garage vienne souiller la carrosserie blanche, immaculée, d'Ellinor.

Il avait donc pris une voiture de service. L'inscription POLICE était un plus quand il arrivait à l'improviste. Il était doué pour tirer avantage de l'appréhension qu'il suscitait avec un tel véhicule. Malgré tout, la journée n'avait été qu'une grosse perte de temps. Comme il l'avait présumé. Il avait visité trois fermes et en avait prévu une dernière avant d'en finir pour aujourd'hui.

Pour l'instant, il voulait juste faire un tour d'inspection, histoire de voir si un élevage de visons était vraiment un endroit où on pouvait garder une personne prisonnière, et même l'assassiner, à l'insu de tous. La surface des endroits déjà visités n'avait pas un centimètre carré de trop. Il y avait des visons absolument partout. Des milliers d'animaux amassés dans des lieux tellement automatisés qu'il suffisait d'une seule personne pour s'occuper de milliers de bêtes. À partir du moment où il y avait à peine la place pour les visons eux-mêmes, il ne voyait pas comment on aurait pu y monter un atelier de menuiserie discret et meurtrier.

La dernière ferme de la journée se trouvait sur l'île de Lidön dans l'archipel de Norrtälje, il était donc obligé de prendre un ferry. Dès qu'il eut embarqué, il coupa le moteur et sortit sur le pont. Sa veste et ses cheveux volaient au vent. Il laissa faire. L'air frais lui faisait du bien. L'odeur qui régnait dans les élevages était immonde. Il savait que beaucoup de personnes étaient indignées par le traitement infligé à ces animaux. L'industrie du vison était un domaine d'activité honni par les gens sensibilisés à la question. D'une certaine façon, il les comprenait, ce qu'il avait vu au cours de la journée n'était pas franchement folichon.

D'un autre côté, ceux qui se préoccupaient des malheurs de cette terre avaient de quoi faire avec les humains avant de s'intéresser aux animaux. Si on voulait agir, il suffisait de choisir sa manière de combattre. On pouvait se rendre réellement utile en étant policier. Ou devenir militant de gauche et passer son temps en manifs.

Quinze minutes après, le ferry était presque arrivé et Ruben reprit place derrière le volant. À ce moment même, son téléphone sonna.

— Ruben Höök, dit-il en se servant du kit mains libres de la voiture de fonction.

— Bonjour Ruben, c'est Vincent. Comment ça va ? Il paraît que tu es sur une piste, une histoire de visons ?

Vincent ? La dernière personne qu'il s'attendait à avoir au bout du fil. Mina devait avoir vendu la mèche. Elle avait l'air de penser que cette espèce de magicien de mes deux s'en sortait mieux que la police. Elle avait sûrement juste envie de se le taper. Emmitouflée de cellophane. L'image le fit éclater de rire.

— Honnêtement, je ne fais que perdre mon temps, dit-il en démarrant. Suis en route, c'est la dernière visite prévue pour aujourd'hui. J'espère qu'on va arrêter avec ces conneries, t'imagines, avec tout ce qu'on lui aura trouvé dans le bide. Si par malheur il a bouffé au McDo, on est pas sortis de l'auberge…

Une secousse ébranla la voiture quand le ferry accosta.

— Mais pourquoi tu m'appelles ? demanda-t-il pendant que la barrière se levait pour laisser les voitures débarquer.

— Je voulais avoir une discussion perso avec toi.

Il n'y avait que deux autres voitures sur le ferry. Il les dépassa tout en consultant la carte sur l'appli de son téléphone. La ferme n'était pas très loin du terminal du ferry. Il avait hâte que cette journée prenne fin.

— On ne se connaît pas bien, continua Vincent, mais je t'observe. Et je t'écoute quand tu parles. Tu as une attitude singulière vis-à-vis des femmes. Elle t'a quitté il y a combien de temps ?

Ruben siffla tout en braquant brusquement pour se garer sur le bas-côté. Les deux voitures qu'il venait de doubler le redépassèrent en klaxonnant hargneusement. Avant même d'être à l'arrêt, il se mit à fouiller ses poches à la recherche de ses AirPods. La question de Vincent, c'était du lourd, fallait éviter les témoins. Certes, il était seul dans la voiture, mais quand même.

— C'est quoi cette question à la con ? rugit-il dès qu'il se fut équipé de ses écouteurs. D'abord, je vois vraiment pas de quoi tu parles, et en plus, de quoi je me mêle ? Tu te prends pour qui ?

— Je n'avais pas l'intention d'être indiscret, dit Vincent. Mais je reconnais un cœur blessé quand j'en vois un. Je te le dis tout à fait objectivement.

Ruben ne savait pas quoi répondre. Question relations sociales, ce putain de mentaliste était un âne, mais là, il avait fait mouche. Ruben n'avait aucune envie de ressasser cette vieille histoire. Ni maintenant, ni à aucun autre moment. On ne peut pas faire confiance aux femmes, un point c'est tout.

— Désolé si je suis un peu direct, reprit Vincent sur un ton d'où toute empathie était heureusement absente. Mais je ne crois pas que tu aies envie qu'on te parle autrement. Je préfère me tromper et être pris pour un imbécile plutôt que de continuer à te voir si mal dans ta peau. Si toutefois j'ai raison en disant que tu es mal dans ta peau.

— Mais tu veux m'épouser, ma parole, bougonna Ruben en redémarrant. Eh, t'en as rien à carrer de comment je vais !

Il voyait déjà l'élevage au loin. Il chercha des yeux une bifurcation qui mènerait jusqu'au corps de bâtiment principal. Il y serait dans une minute.

— Si, si. Je voudrais…

— Ah, tu veux être mon thérapeute ? le coupa Ruben.

— Pas du tout, dit Vincent. Je veux même pas savoir si j'ai raison ou pas. Mais Ruben, quand t'es en forme, tu fais vraiment du très bon boulot. J'ai appris ça de tes collègues. Mais ce dont j'essaye de te parler, ça te pèse. Et du coup, tu deviens moins performant.

Ruben gara la voiture et en sortit. Dans les autres fermes, on entendait les bruits d'une exploitation en pleine activité dès le parking. Dans ces élevages intensifs, il y avait des systèmes de fourrage, d'aération et des tapis de transport automatiques. Sans parler des animaux. Tout ça faisait du boucan. Ici régnait le silence. On aurait dit une ferme abandonnée. De plus en plus fréquent, d'après ce qu'on lui avait dit. L'état délabré des bâtiments confirmait cette impression. L'arrière de la ferme donnait sur la mer. L'atmosphère aurait été paisible, abstraction faite de l'odeur. Ici, c'était pire encore que dans les autres lieux qu'il avait visités. S'il n'y avait plus d'animaux, c'était récent. De tous les élevages vus aujourd'hui, c'était le premier qui permettait d'imaginer qu'ici, loin de tout, des meurtres auraient pu être perpétrés.

— Mais avant tout, ton comportement nuit à l'efficacité de tes collègues, continua Vincent en interrompant ses réflexions. Je vais te dire sincèrement ce que je pense, sans aucun jugement. Tes remarques et tes regards ont un effet délétère sur le groupe. Tu trouves sûrement que tes remarques mettent de l'ambiance, et je ne te donne pas forcément tort. Mais je constate que ça les déstabilise. Ils risquent de commettre des erreurs. Et encore une fois, ce n'est pas pour te juger. Ce n'est rien d'autre qu'une observation purement factuelle.

Une observation purement factuelle ? Qui parlait encore comme ça de nos jours ?

— Tu fais allusion à Mina ? insinua Ruben.

Un homme barbu à l'âge de la retraite sortit d'un bâtiment qui pouvait être un logement à côté de la ferme. Était-ce possible que le bonhomme habite là ? Pratiquement en prolongement de l'élevage ? Il fallait espérer qu'il avait perdu l'odorat depuis belle lurette.

— Encore une fois, ce ne sont pas mes affaires, dit Vincent. Mais c'est vraiment dommage que vous ne parveniez pas à mettre l'ensemble de vos compétences au service de l'enquête, surtout si on considère où vous en êtes aujourd'hui.

Au moins, il ne s'était pas inclus en disant où *nous* en sommes aujourd'hui. C'était déjà ça. L'homme se dirigeait vers un ensemble de meubles de jardin en bois sur la pelouse devant la maison. Même à cette distance, Ruben distinguait l'état de délabrement de leur peinture blanche. Une femme s'y trouvait déjà, assise sur une des chaises. Quand l'homme aperçut Ruben, il changea de direction et vint vers lui.

— Je peux vous renseigner ? demanda-t-il en arrivant près de la voiture de police.

Ruben montra ses écouteurs pour signifier à l'homme qu'il était en pleine conversation.

— En plus, Ruben, personnellement, je préférerais évidemment que tu ailles bien, termina Vincent.

— Vincent, attends une minute, dit-il en se tournant vers le fermier. Vous êtes le propriétaire de cette exploitation ?

— Ma femme et moi, oui, répondit-il en montrant la femme d'un mouvement de sa tête. C'est notre ferme. Ou plutôt, c'était. Il n'en reste, hélas, plus grand-chose. Des militants ont fait irruption pour "libérer" les visons. Nous n'avons pas réussi à les recapturer. Nous avons dû licencier Göran et Martin, nos employés, et fermer la boutique. Il y a encore un nombre anormalement élevé de visons dans les forêts sur l'île et sur les îles environnantes. Le vison est un bon nageur, comme vous le savez, dit l'homme en riant. Nous avons prévenu la police à l'époque, en vain. C'est pour ça que vous êtes là ? Il serait temps que la police s'en préoccupe. Ça ne me déplairait pas que ces pseudo-activistes soient condamnés à nous dédommager.

Ruben hocha la tête.

— Il y a eu des visites indésirables ici, à votre connaissance ? demanda Ruben. À part les militants ?

— Ici ?

L'homme ouvrit grands les yeux avant de ricaner.

— C'est une toute petite île. Le ferry que vous avez pris, c'est le seul moyen de venir, à moins d'avoir sa propre barque, évidemment. On l'aurait su si quelqu'un était venu. Donc, non, il n'y a pas eu de rave party, si c'est ça que monsieur le policier sous-entend.

L'homme persifla.

— Sans les visons, militants ou pas, plus personne ne s'intéresse à nous, continua-t-il. On ne vient pas ici sans but précis. On envisage de vendre et de partir à Herrljunga. La famille, v'savez.

Ruben marmonna tout en prenant des notes. Encore une impasse. Sur cette île, l'événement le plus bandant semblait être la peinture qui s'écaillait doucement de la façade de la maison. Mais ils devraient vraiment se préoccuper de cette odeur pestilentielle.

— Si jamais vous vous rappelez quelqu'un qui serait venu, vous m'appelez ? dit-il en donnant sa carte à l'homme.

Celui-ci prit la carte, fit un signe de la main à Ruben et partit rejoindre sa femme.

Ruben remonta dans la voiture et réactiva les écouteurs. Il salua le couple de la main et quitta le petit parking pour rejoindre la route.

— Ça y est, Vincent, je suis de retour. Qu'est-ce que tu essayes de me dire exactement ?

À sa grande surprise, sa voix ne montrait aucun signe d'agacement. D'habitude, il détestait toute sensiblerie et avait horreur que les gens fourrent leur nez dans ses affaires. Mais ce mentaliste, il n'était pas complètement idiot, il fallait le reconnaître. Au fond de lui, sans qu'il puisse l'admettre, Ruben n'était pas contre l'idée de parler un peu plus longtemps avec lui.

— J'étais sur le point de me dire que tu avais raccroché, dit Vincent. Voici ce que je te propose : je t'envoie un numéro de téléphone par SMS. C'est le numéro d'une personne vraiment très compétente pour échanger sur ces sujets. Une des meilleures, en fait. Prends contact avec elle. Ou ne le fais pas. Je ne saurai pas ce que tu auras décidé de faire. Ça ne me regarde pas. Mais il faut que tu comprennes que tes collègues ont de la considération pour toi. Ils t'apprécient. Quand tu ne te comportes pas comme un idiot.

Ruben conduisait en silence en direction du ferry. La voix douce de Vincent était toujours là. Ruben avait envie de parler. Avait. Envie. De parler.

— Ça fait onze ans maintenant, dit-il enfin. Elle s'appelait Ellinor. C'est la dernière fois que j'ai eu confiance en quelqu'un. Mais enfin, ça ne te regarde pas.

Il ne pensait pas ce qu'il avait dit en dernier. Mais le Ruben habituel s'insurgeait intérieurement contre ce genre de conversation. Tout son être se hérissait. Et en même temps, il savait bien qu'il ne pouvait pas continuer indéfiniment comme ça. Quelque chose au fond de lui le fragilisait de plus en plus. Il avait déjà passé plus d'une décennie de sa vie à esquiver.

Il coupa la connexion et embarqua sur le ferry. La tête pleine de tout ce qu'avaient suscité les réflexions de Vincent. Son passé le rattrapait. Tous ces souvenirs qu'il avait occultés l'envahissaient soudainement. Ellinor. Ell-i-nor. Elle avait été son ancre, son roc, sa sécurité. Elle était parfaite. Mais il était jeune et ne comprenait rien. Par inattention, il avait perdu ce qu'il avait de plus cher. C'était ça, la vérité. Il avait passé plus de dix ans à baiser à gauche et à droite pour oublier. Après Ellinor, il y avait eu une ribambelle d'Isabelle, de Jannika et de Melissa. C'est suite à une Sanna que son mépris des femmes avait pris toute son ampleur. Non sans raison. Si son expérience lui avait appris une chose, c'était qu'au fond, ce que les femmes trouvaient de plus sexy chez lui, c'était son fric. À vrai dire, leurs espérances étaient gênantes, vu son salaire de flic. Mais tant que c'était leur principale motivation, il ne fallait pas non plus qu'elles pleurnichent quand il les larguait. Et n'avait-il pas constaté, au cours du temps, que les femmes étaient justement attirées par son côté rustre ? Ça les excitait. Aucune n'avait jamais demandé pourquoi il était comme ça. Tant qu'il était drôle, culotté, prêt à casquer et meilleur au lit que leur mari. Aucune n'avait jamais eu la curiosité de savoir ce qu'il cachait derrière cette façade clinquante.

Ellinor.

Et puis, voilà ce Vincent. Quel con. Ruben régla le rétroviseur et aperçut son propre visage l'espace d'une seconde. À sa grande surprise, il souriait. Juste un peu, mais c'était bel et bien un sourire. Soulagement étrange. Le téléphone vibra. Il comprit immédiatement. Il décida de ne pas effacer le SMS de Vincent tout de suite.

Mina enleva ses gants en coton blanc, les jeta dans la corbeille à papier et sortit une nouvelle paire de la boîte. Elle avait passé une journée entière à travailler devant l'ordinateur, sans les changer. Elle évitait de penser aux colonies de bactéries en train de se mélanger aux autres déchets. Elle n'avait pas vidé la corbeille depuis le café de dix heures. Elle aurait aimé y mettre le feu. La purification par le feu. Mais ça déclencherait l'alarme incendie. Elle glissa ses mains dans la nouvelle paire de gants et posa son visage dans ses paumes, avant de réaliser que le contact avec son front salissait les gants. Elle les jeta et prit une autre paire.

Elle se leva et alla chercher un spray nettoyant. Les murs n'avaient pas été faits depuis une semaine, il était largement temps qu'elle s'y mette. Faire le ménage l'aidait à réfléchir. Elle associait toutes ces odeurs de produits de nettoyage à sa grand-mère Ellen. Une grand-mère solide et sécurisante.

Le petit deux-pièces donnant sur la place Mariatorget avait toujours été d'une propreté irréprochable, et l'odeur de savon noir se mélangeait aux effluves de quatre-quarts sortant du four. C'était là que Mina se rendait chaque jour après l'école, au lieu de rentrer dans une maison vide. Là, dans les bras de grand-mère, elle avait grandi en toute sécurité. Parfois, elle se disait que c'était à l'âge de quinze ans, quand sa grand-mère était morte brutalement après une attaque, qu'avait commencé sa lente descente vers la solitude. En réalité, elle n'avait plus jamais eu de relation aussi étroite avec quiconque. Même pas avec son compagnon lorsqu'elle vivait en couple. Sauf maintenant. Avec Vincent.

Mina soupira et remit le spray dans le tiroir.

Dehors, l'été battait son plein. Le soleil cognait à travers les vitres. La chaleur était presque intenable, mais elle n'avait aucune envie d'ouvrir. L'air apporterait certes un peu de fraîcheur, mais aussi du pollen, des gaz d'échappement, des particules d'asphalte, de la fumée de cigarette et toutes les autres saletés présentes dans l'atmosphère. Elle aurait aimé se recouvrir d'une combinaison Hazmat, mais son entourage n'apprécierait sûrement pas. Souffrir de la chaleur était encore un moindre mal. Les vêtements pouvaient être lavés, chaussettes et culottes jetées.

Elle n'avait pas avancé d'un iota. Trois victimes. Trois personnes assassinées par le même meurtrier. Elle ne pouvait pas croire qu'elles avaient été choisies au hasard. Bien sûr, elles ne se ressemblaient pas, mais il devait exister un lien qui les unissait. Or, depuis Robert, l'enquête était restée au point mort. Pas de nouveau meurtre, pas d'aveux, rien. Et ça ne pouvait pas s'arrêter là, elle en était, hélas, convaincue. Le compte à rebours continuait inexorablement.

Mina fit tourner sa chaise pour examiner les photos d'Agnes, de Tuva et de Robert qu'elle avait épinglées sur le mur, ainsi que les armes des crimes et les boîtes à magie. Il y avait aussi une photo de Daniel et la coupure d'un journal concernant Jesper, le père d'Agnes. Il s'était dédouané de toute responsabilité dans le meurtre de Daniel. Deux suspects, identifiés par des témoins, étaient en détention provisoire. Comme ils étaient déjà connus des forces de l'ordre, on les avait arrêtés sans grande difficulté. Les deux hommes affirmaient avoir agi de leur propre chef. Elle ne connaîtrait certainement jamais la vérité sur l'implication éventuelle de Jesper Ceci. Il était de toute façon peu probable que Sveriges Framtid ait un quelconque rapport avec les autres meurtres. Certes, Tuva était juive, et Robert handicapé mental. Dans la société idéale de Sveriges Framtid, il n'y avait pas de place pour ces catégories de personnes. Mais il lui semblait impensable qu'un parti politique cherchant à entrer au Parlement se mette à organiser des meurtres. Daniel avait été victime de racistes dopés à la testostérone qui avaient agi de façon incontrôlée.

Grâce aux grands-parents de Tuva, il y avait aussi, sur le mur, une photo de son ex qui vivait à Londres. Ils ne l'avaient pas encore contacté, Mina était d'accord avec Julia que ça ne donnerait rien. Inutile de chercher midi à quatorze heures.

Vincent affirmait que le meurtrier était vraisemblablement venu plusieurs fois dans le café à Hornstull. Daniel l'avait vu. Le meurtrier choisissait donc ses victimes avec soin. Elles n'avaient pas été enlevées au hasard en pleine rue, comme Jonas Rask avait eu pour habitude de le faire. Rask, par ailleurs, était toujours dans la nature sans qu'on puisse le localiser.

Mina se leva, se planta devant le mur et examina les visages. Elle n'avait malheureusement pas le pouvoir de les faire parler. Pourquoi eux ? Qu'avaient-ils en commun ?

Elle retourna vers l'ordinateur et découpa à l'aide de ciseaux un tout petit trou dans le coton au bout de son index droit pour utiliser le pavé tactile. C'était un sacrifice, sinon elle ne pouvait pas travailler. Toujours ces compromis, ces exceptions, ces failles dans sa carapace par où toutes sortes d'impuretés pouvaient se glisser.

Mina inspira profondément et toucha le pavé tactile du bout dénudé de son index. Elle chercha toutes les informations disponibles dans les registres d'état civil, imprima aussi les rapports des entretiens avec les proches. Elle voulait tout reprendre depuis le début. Il devait y avoir un lien. Il fallait arriver à mettre le doigt dessus. Et vite. Le meurtrier n'avait pas achevé son travail.

Vincent savait quelque chose qu'il ne disait pas. Il avait posé des questions au sujet de la fille au dauphin, et ça avait l'air important. Elle n'aimait pas ne pas savoir, mais elle n'avait pas le choix, il fallait lui faire confiance et attendre qu'il se décide à lui en parler.

À tout moment, un innocent pourrait se retrouver captif dans l'une de ces constructions abominables que Vincent avait décrites. Il fallait tout faire pour l'éviter.

Vincent prit la passerelle menant au restaurant Gondolen. En entrant, il constata que la salle était quasi comble, un mélange de touristes et d'autochtones en vacances s'entassait autour des tables alors qu'il n'était que dix-neuf heures trente. Pas l'ombre d'Ulrika où que ce soit.

— Bonjour, vous avez réservé ? demanda un serveur qui l'avait vu arriver.

— Non, je ne mange pas ici. Je m'installe au bar.

Avec un peu de chance, la conversation avec Ulrika ne serait pas longue. Il avait prévu de ne parler que des problèmes de Rebecka et d'ignorer toutes les remarques ou allusions désobligeantes sur son mariage avec la sœur d'Ulrika. À Maria il avait dit qu'un restaurant était un terrain neutre pour ce rendez-vous, ce qui était vrai. Il espérait également qu'Ulrika se tiendrait à carreau dans ce resto très fréquenté. Il n'avait aucune envie qu'elle ait des gestes déplacés comme la dernière fois.

Il s'installa au bar et commanda un café. Ce n'était pas tout à fait ce dont il avait le plus besoin. La faim lui tenaillait le ventre, il n'avait rien avalé depuis midi, par manque de temps. Mais il n'avait pas l'intention de s'attarder plus que le strict nécessaire. Dès qu'Ulrika et lui en auraient terminé, il prendrait un kebab au coin de la rue.

Il avait bu la moitié de son café quand un verre à pied, rempli de vin rouge, atterrit devant lui. Debout, à côté de lui, Ulrika, un autre verre à la main. Il la regarda, interrogateur.

— Tu vas en avoir besoin, dit-elle en guise d'explication.

— Ah bon, c'est sérieux à ce point-là ? demanda-t-il en faisant tournoyer le verre de manière que le vin lèche les parois. À quelle heure arrivent tes amis ?

Il contempla le vin qui se stabilisait en tournant de plus en plus lentement. De fines gouttelettes se formaient et glissaient par gravité comme la pluie sur une vitre.

— Nous avons une heure, dit Ulrika.

Elle s'installa à côté de lui, montrant son verre d'un mouvement du menton.

— Tu testes le taux d'alcool ou quoi ?

Vincent soupira. Une heure. 60 minutes. 3 600 secondes. Le kebab, ce n'était donc pas pour tout de suite. Il but une bonne rasade de vin.

— Déterminer le taux d'alcool du vin d'un simple coup d'œil relève du mythe, dit-il. L'alcool s'évapore plus vite que l'eau, donc la tension superficielle augmente et des gouttelettes se créent à l'intérieur du verre. C'est ça qu'on voit. Un phénomène purement chimique. Mais cela ne révèle rien sur la qualité ni le goût du vin. C'est joli, rien de plus.

3 510 secondes.

— J'ignorais que tu étais devenu œnologue.

— Je n'y connais rien. Mais j'ai des connaissances en dynamique des fluides. Bon, je préfère ne pas être là quand tes amis arrivent, alors venons-en aux faits.

— On n'est pas pressés, dit-elle d'une voix douce. Comment ça va à la maison ? Tout se passe bien pour Rebecka et Benjamin quand ils sont chez toi ?

La question le prit au dépourvu. Ulrika n'avait pas pour habitude de s'intéresser à la vie quotidienne de ses enfants. Ce n'était probablement pas facile de mener une carrière professionnelle comme la sienne tout en ayant à se préoccuper de deux ados. Et elle ne faisait jamais la moindre allusion aux enfants quand ils étaient chez lui, sauf, bien entendu, si elle avait des reproches à faire. Être obligée de partager ses gosses avec sa sœur était, à n'en pas douter, une blessure dont elle ne se remettrait jamais.

Il scrutait son ex-femme, essayant de comprendre ce qu'elle avait derrière la tête, quel était son plan. Mais sa tête légèrement penchée ainsi que son regard plein d'attente ne trahissaient aucun ordre du jour caché. Elle donnait l'impression d'être simplement curieuse. Une attitude très éloignée de son agressivité d'avant l'été. Il se détendit un peu. Ils allaient peut-être enfin arriver à discuter de manière plus sereine.

— Depuis quelque temps, ils n'arrêtent pas de s'adresser à ta sœur en l'appelant "tatie", c'est leur nouveau truc.

Ulrika, qui venait de lever son verre pour boire, éclata de rire et le fit presque déborder. C'était un rire dur, empreint de jubilation malveillante, mais sa voix grave le rendait malgré tout séduisant. C'était ce qu'il y avait de plus insupportable chez Ulrika. Elle avait tout. Elle était belle, avait de l'argent et du succès. Un incroyable parcours de gagnante. Même quand elle riait méchamment, elle était brillante. Il n'y avait peut-être qu'une seule chose qui lui manquait, se dit-il, c'était la bienveillance.

— Désolée, mais c'est exactement ce qu'elle est. Leur tante, je veux dire.

Au cours des années, il s'était peu à peu rendu compte que son ex-femme souffrait d'un trouble de l'empathie. Au départ, il avait cru qu'elle était juste froide, distante. Qu'elle ne s'intéressait pas réellement aux autres. Mais il avait fini par comprendre que c'était plus profond que ça. Elle était probablement incapable de se mettre à la place de l'autre, d'imaginer ce que l'autre ressentait. Elle était par contre très douée pour la manipulation. Elle savait toujours exactement quoi dire pour mettre les gens de son côté quand elle en avait besoin. C'était sans doute pour ça qu'elle avait connu une telle réussite dans sa carrière d'avocate.

— Oui, mais je crois qu'elle préfère quand même qu'ils l'appellent Maria, dit-il. Par ailleurs, Benjamin n'a pas quitté sa chambre depuis deux semaines au moins. J'ai l'impression que des vilains trolls construisent leurs nids dans les piles de linges sales qui traînent. Rebecka a plein de copains et prétend que tout va super bien, elle est donc probablement au fond du trou. Et elle ne veut toujours pas montrer ses avant-bras…

— Elle se trouve peut-être juste trop grosse ?

Il se tut. La voilà, la raison pour laquelle il avait fini par ne plus supporter de vivre avec Ulrika. Qu'elle soit d'une exigence excessive, voire malsaine, envers elle-même était une chose. Elle était adulte, il n'avait pas à s'en mêler. Mais quand elle imposait ces mêmes critères à ses proches, ça devenait problématique. Et quand elle expliquait aux enfants combien d'argent ils devaient gagner et quelle apparence physique ils se devaient d'avoir pour réussir dans la vie, il sortait de ses gonds. Et les disputes commençaient.

— Si Rebecka est complexée, c'est évidemment ta faute, lança-t-il d'un ton dur. Mais ça va, hélas, plus loin. Je n'ai pas eu l'occasion d'aborder le sujet quand nous nous sommes vus la dernière fois, mais je crois que notre fille s'automutile. Elle s'entaille les bras avec un rasoir. Ou un couteau. Jusqu'au sang. Tu comprends ?

Il finit son verre. Ulrika ne riait plus. Elle vida le sien. Ensuite, elle fit signe au serveur et commanda deux gin tonics, forts. Elle semblait prendre l'info au sujet de Rebecka au sérieux. À sa façon.

— Elle ne fait pas ce genre de choses chez moi, dit-elle. Il doit y avoir un problème chez vous. Chez moi, elle est de bonne humeur, en général.

— Sérieusement, dit-il en fixant son ex-femme. Tu vis sur quelle planète ? Que sais-tu de ta propre fille ? C'était quand, la dernière fois que tu as vraiment parlé avec Rebecka ?

— N'importe quoi, on se parle, répliqua Ulrika en sirotant le gin tonic que l'on venait juste de poser devant elle sur le comptoir.

Il remua le sien avec la cuillère à cocktail, agacé. Vu la tournure que prenait leur conversation, il appréciait l'alcool.

— Alors, comment s'appelle sa meilleure amie ? demanda-t-il. Et ne me dis pas que c'est toi. Il n'y a rien de pire que ces mères qui veulent être *best friends forever* avec leur fille adolescente.

— Ben, c'est Emma, non ?

Vincent pivota sur son tabouret de bar pour se retrouver face à face avec Ulrika.

— Elle n'a pas de meilleure amie, dit-il, grave. Elle a plein de copains, mais pas de vrais amis. Le sourire que tu vois sur ses lèvres n'est pas un vrai sourire. Il n'atteint jamais ses yeux. Comment peux-tu ne pas le voir ? Ou peut-être que tu ne *veux pas* le voir parce que ça ne colle pas avec l'image d'une maman performante et heureuse avec des enfants admirables ?

Il avait presque fini son verre. La colère l'avait fait boire trop vite. Pas très prudent. Il avait oublié qu'il n'avait pas encore mangé.

— Arh, putain, Vincent, cracha-t-elle, tu exagères ! Mais je suis ravie de savoir que tu me considères comme performante et heureuse.

Vincent soupira. Elle avait réussi à retourner ses mots à son avantage, comme toujours.

— Tu veux dire que c'est ma faute si toi, tu ne vois pas ce qui se passe ? dit-il. La situation de Rebecka serait peut-être aussi ma faute, pendant qu'on y est ? Des fois, je me demande si tu existes réellement.

— Eh non, répondit-elle en agitant frénétiquement les glaçons dans son verre vide. Je suis le fruit de ton imagination. En réalité, tu es assis ici à boire et à te parler à toi-même. Les gens attablés derrière toi te regardent bizarrement, d'ailleurs.

Elle montra leurs verres au barman qui leur en prépara aussitôt de nouveaux.

— En fait, avez-vous des amandes ou d'autres amuse-gueules ? demanda Vincent.

Le barman s'absenta une minute et revint avec une coupe remplie d'amandes chaudes qu'il posa devant Vincent. C'était insuffisant comme dîner, mais ça ferait l'affaire pour le moment.

Vincent prit une poignée d'amandes qu'il porta à sa bouche. Elles calmèrent un peu les brûlures d'estomac que lui provoquait l'alcool.

Le téléphone d'Ulrika vibra.

— Ils sont en retard, dit-elle après avoir lu le message. Il va falloir que tu me tiennes compagnie encore un moment.

Il consulta discrètement l'heure. Dommage, il ne restait que 840 secondes avant la fin de l'heure initialement prévue.

— Allez, profite de cette occasion de passer une soirée sans enfants, entre adultes, poursuivit-elle. Ça ne doit pas t'arriver souvent. On fait la paix ?

Elle avait raison. Autant tirer le meilleur parti de la situation. Il se demanda pourtant s'ils réussiraient un jour à parler vraiment de Rebecka.

Le bar se remplissait, ils étaient de plus en plus à l'étroit. Ulrika commandait verre sur verre. Ils étaient maintenant tellement serrés que leurs épaules se touchaient. Il ne la voyait plus quand il s'adressait à elle. Mais s'il tournait la tête, son visage serait tout près du sien. Beaucoup trop près. Son espace personnel minimal, c'était cinquante centimètres. Aucune chance de respecter cette limite dans le bar à cette heure-ci.

Il attaqua son troisième ramequin d'amandes.

— Vincent, Vincent, dit Ulrika en prononçant la première lettre de son prénom avec une certaine difficulté.

Elle rigola quand le barman posa un verre de cava devant elle et un whisky devant Vincent. Ils avaient abandonné les gin tonics depuis un moment déjà.

— Qu'est-ce qui t'est arrivé, au fond ? continua-t-elle en appuyant son épaule contre la sienne.

— Ce qui m'est arrivé à *moi* ? demanda-t-il en soupirant. Je ne sais pas, Ulrika. Je me demande plutôt ce que tu es devenue, *toi* ? Tu es là, comme une espèce de poupée parfaite qui ne voit personne d'autre qu'elle-même. Je me demande si tu as toujours été comme ça ?

— Tu me trouves vraiment parfaite ?

Il jeta un coup d'œil de son côté et crut percevoir un sourire satisfait. Mais il n'était pas sûr, il était beaucoup trop près pour distinguer clairement son visage. En plus, il avait l'impression d'avoir autant de problèmes de vision qu'elle avait de problèmes d'élocution.

— Arrête, dit-il. Bien sûr que tu es belle, objectivement. Tu le sais. Ce n'est pas ça la question, c'est que…

Elle se tourna vers lui. Elle était si proche qu'il sentit la chaleur de son haleine sur son oreille.

— Tu as envie de m'embrasser, pas vrai ? dit-elle.

— Franchement ! dit-il avec lassitude en écartant les bras autant que possible dans cette cohue. C'est exactement ce que je veux dire : tu es impossible !

Il avala les dernières gouttes de son énième whisky et posa le verre vide à côté du sien. Elle avait fini son cava. Ils ne venaient pas tout juste de les commander ? De toute évidence, non. Lui qui voulait être raisonnable, c'était réussi.

— Maria et toi, vous avez baisé quand la dernière fois ? demanda-t-elle, toujours sa bouche tout près de son oreille. Il y a combien de mois ?

Pas question de mordre à l'hameçon. Il refusait de revenir encore une fois sur la vie sexuelle qu'ils avaient eue, eux, et combien elle avait été satisfaisante. Comme si faire l'amour très souvent signifiait que, tout le reste du temps, on baignait dans le bonheur.

— Et pour ta part, tu en es où ? répliqua-t-il. Il paraît que tu n'as personne dans ta vie actuellement. Tu te contentes de ce que tu peux ramasser dans les bars à l'heure de la fermeture, c'est ça ?

— La faute à qui ? dit-elle, avalant la moitié d'un verre qu'il n'avait même pas vu arriver.

Il n'y avait rien de sensé à répondre. Il regarda droit devant lui à travers les parois en verre du restaurant. Gondolen était situé en hauteur et bénéficiait d'une vue magnifique sur toute la ville. Il adorait contempler Stockholm la nuit, surtout d'un avion. Quand il revenait d'un spectacle, il essayait toujours de reconnaître les quartiers survolés en observant l'éclairage des bâtiments et des rues qui constituait une myriade de points lumineux.

Il savait que, de sa position dans le restaurant, c'étaient les îles de Skeppsholmen et de Djurgården qu'il voyait, mais son cerveau était brouillé. Toutes les lumières de la ville dansaient devant ses yeux. Il avait beaucoup trop bu. Il regarda son verre vide. N'avait-il pas été rempli de nouveau ? Et si c'était le cas, quelqu'un avait dû le vider pour lui car il n'avait aucun souvenir d'avoir encore bu tout un verre. Mais la danse des lumignons en contrebas lui racontait une tout autre histoire. Il aurait vraiment dû manger avant de commencer à boire.

— On fait quoi alors ? dit-il, ses yeux contemplant toujours la ville.

Il s'efforça d'articuler correctement, pour un résultat mitigé.

— Par rapport à Rebecka ? demanda-t-elle. Ou par rapport à nous ?

C'était évident qu'il voulait dire Rebecka. Quoique, plus rien n'était évident. Il ne prit pas le risque de répondre, par peur des mots qu'il ne contrôlait plus.

— Vincent, tu es pathétique. Tu crois vraiment que je veux encore de toi ?

— C'est réciproque, dit-il en levant son verre vide comme pour trinquer. Faut que j'aille pisser.

Il se leva, aussitôt le monde se mit à tourner autour de lui. Merde. Il était effectivement bourré comme un coing. Bon, trop tard pour refaire le film. Il payerait la facture demain. La seule chose qui comptait en ce moment précis, c'était d'arriver à atteindre les toilettes sans se faire remarquer. Pourvu que personne ne le reconnaisse. Ensuite, il prendrait congé d'Ulrika et rentrerait en taxi. Ils parleraient de Rebecka un autre jour. Pour le moment, il lui fallait à tout prix s'alimenter pour limiter la casse.

Il vacilla en entrant dans les toilettes, se posa devant un lavabo et ouvrit le robinet. Une fois l'eau devenue assez froide, il s'en aspergea le visage. Aucun effet, si ce n'était une chemise trempée. Quelqu'un entra derrière lui, quelqu'un qui ne marchait pas droit non plus.

— Va te faire foutre, entendit-il dire Ulrika.

Avant qu'il ait le temps de réagir, elle l'avait saisi par le col de sa chemise et tiré en arrière contre une porte de W-C en se frottant contre lui. Elle pressa ses lèvres contre les siennes. Il fit de même. Leurs langues se mélangèrent et ils s'embrassèrent comme des jeunes affamés.

Il attrapa ses cheveux des deux mains et tira sa tête en arrière, l'éloignant de lui. Elle gémit.

— Va te faire foutre, toi aussi, dit-il.

Il ouvrit la porte et entra à reculons. Elle verrouilla derrière eux, lui déboutonna le pantalon pendant qu'il bataillait avec son élégant chemisier. Elle chassa ses mains en tapant dessus.

— Assieds-toi, dit-elle.

Il se laissa tomber lourdement sur l'abattant, pantalon et caleçon descendus jusqu'aux genoux.

Elle releva sa jupe, écarta sa culotte et s'empala sur lui à califourchon. Il fut surpris de la dureté de son sexe quand il la pénétra. Il saisit ses hanches pour la retenir, mais aussi pour éviter qu'elle s'approche trop de lui. Elle le chevaucha avec la rage d'une femme frustrée, en colère depuis trop longtemps pour pouvoir faire autrement. Il n'y avait pas d'amour dans son geste, seulement de la hargne. Il ne savait pas si sa rage était dirigée contre lui ou contre quelqu'un d'autre. Et cela lui était égal. Il ne leva pas le regard, ne voulait pas voir son visage, voyait seulement ses hanches et comment il cognait en elle. Ils étaient en train de salir tout ce qu'il y avait eu entre eux, tout ce qu'il y avait eu de bien, de tout détruire, de façon irrémédiable, c'était impardonnable, et ils le savaient tous les deux.

Soudain, elle arrêta de bouger. Elle toussa vivement et se détacha de lui.

Elle ne le regarda pas, et lui non plus.

Ulrika releva sa culotte, remit sa jupe en place, boutonna son chemisier pendant que lui observait son membre qui commençait à se faner. Elle sortit et referma la porte.

Vincent resta immobile, le pantalon sur les chevilles.

C'était vraiment la merde.

Elle était sur le point d'aller se coucher quand le téléphone sonna. Elle était encore dans la salle de bains où elle venait de jeter la culotte en coton de la journée et d'en prendre une nouvelle pour la nuit. Elle aurait préféré se glisser dans ses draps propres le plus vite possible car si elle tardait trop, elle risquait d'avoir l'impression que la nouvelle culotte n'était plus si propre et il faudrait encore en changer.

Elle envisagea d'abord de ne pas répondre. Il était quand même minuit passé. Mais la sonnerie persistait. Mina se rendit dans la chambre où son portable était en train de charger et consulta l'écran. C'était Vincent. Cela ne lui ressemblait pas d'appeler si tard. Quelque chose avait dû se passer.

Elle mit ses écouteurs et répondit.

— Salut Vincent, ça va ?

— Salut Mina, dit-il d'une voix pâteuse.

Il parlait vite et fort, Mina comprit tout de suite qu'il était ivre. Des bruits se mêlaient à ses paroles, comme s'il était à l'extérieur. On aurait dit qu'il marchait dans la rue.

— Désolé, je voulais pas te réveiller, continua-t-il. Je ne savais pas qui appeler.

Son élocution était laborieuse, comme s'il avait un torchon dans la bouche. Il faisait un effort pour prononcer les consonnes correctement. Vincent devait être sacrément bourré. Elle espérait qu'il ne marchait pas trop près des voitures qu'elle entendait en fond.

— Il est arrivé quelque chose ? demanda-t-elle en fronçant les sourcils.

Ça ne lui ressemblait pas du tout. Vincent était du genre à toujours garder le contrôle.

— On peut le dire, oui, répondit-il. J'ai fait une grosse connerie. Une putain de grosse connerie.

Il se tut longuement.

Elle s'enveloppa dans sa robe de chambre et s'assit sur le bord du lit en attendant qu'il continue. Le bruit de fond s'estompa un peu. Il avait sans doute trouvé un meilleur endroit pour parler.

— J'ai trompé Maria, dit-il enfin. Avec sa sœur. Mon ex-femme.

— Ton ex-femme ? dit Mina, interloquée.

D'un coup, elle ne savait plus si elle avait envie de poursuivre cette conversation. C'était trop personnel, trop intime. Trop dégueulasse. Vincent et elle avaient une relation professionnelle. Ils prenaient soin de garder la distance adéquate. Elle l'appréciait, elle l'avait même laissé l'approcher plus que quiconque depuis très longtemps, mais il ne fallait pas que ça aille plus loin. Maintenant, il lui dévoilait une partie de sa vie, ce qu'elle ne lui avait jamais demandé. Sa vie privée avait l'air bien chaotique. Mais d'un autre côté, il l'avait appelée, elle. Parce qu'il lui faisait confiance. Il aurait pu appeler quelqu'un d'autre, n'importe qui d'autre, en fait. Mais il ne l'avait pas fait. Parmi tous les humains de cette planète, il l'avait choisie, elle, comme confidente. Ce n'était pas rien.

Mina, contrariée et troublée, se parlait à elle-même. Elle essaya de se convaincre qu'elle avait affaire à une conversation importante entre amis. Mais en réalité, elle savait où était la vérité. C'était la jalousie qui brûlait en elle.

— Vincent, dit-elle d'un ton tranchant. Tu me dis que tu as couché avec ton ex-femme ?

Elle essayait de maîtriser sa voix, mais constata à quel point sa main était crispée sur le téléphone.

— Suis pas sûr que le terme "coucher" corresponde, dit-il. Je dirais plutôt que nous nous sommes battus. C'était surtout… de la hargne, une colère incroyablement stupide. Je ne sais plus quoi faire.

Il bafouilla ces derniers mots à travers le bruit de la circulation et on aurait dit qu'il pleurait.

— Maria est au courant ?

— Non, non, elle m'aurait déjà égorgé. Je n'ose pas rentrer à la maison. J'ai tout gâché.

Elle regarda ses mains rêches et réfléchit à ses propres choix. Ces choix qui lui avaient fait perdre ses amis. Sa famille. Les choix qui faisaient d'elle une personne seule qui se rendait chaque semaine dans un groupe de parole des Alcooliques Anonymes, sans aucun proche à qui se confier. Et elle redoutait de connaître l'étendue de ce gâchis qui ne concernait peut-être pas seulement son cercle familial.

— Que ressens-tu pour ton ex-femme ? demanda-t-elle.

Neutre. Froide. Alors que les paumes de ses mains devenaient moites.

— Ressens ? répéta Vincent, sur un ton un peu moins décousu. À un moment, j'ai cru la haïr. Mais en réalité… rien. Il ne reste qu'un tas de cendres. Je crois que c'est réciproque. Ça a été compliqué, tu sais. Très compliqué. Pendant très longtemps. Et ça l'est encore. Mais ce n'était pas du tout au programme que je tombe amoureux de sa petite sœur, c'est… c'est juste arrivé… Ulrika et moi, ça n'allait plus du tout, on se parlait à peine, je ne comprends toujours pas ce que ça pouvait bien lui faire. D'accord, pas de chance, c'était sa petite sœur, mais…

La voix cotonneuse de Vincent s'estompa. Soudain, il devint plus réactif.

— Il a fallu dix ans, mais elle l'a eue, sa vengeance, elle l'a eue. Nom de Dieu… Je ne savais pas qu'on pouvait détester quelqu'un à ce point-là.

Mina s'allongea sur son lit et ferma les yeux. Les draps amidonnés crissaient sous sa robe de chambre. D'une certaine façon, elle le comprenait. Ses propres choix n'avaient pas toujours été conscients non plus. Parfois on ne décide pas, les choses arrivent, et c'est tout. C'était en tout cas ce qu'elle s'était dit après. Qui était-elle pour le juger ? Elle qui était allongée là, le ventre brûlant d'une souffrance due à l'inconséquence d'un être qui ne lui appartenait d'aucune manière. Il n'y avait aucune promesse entre eux deux. Il n'y avait rien du tout.

Si, il y avait quelque chose.

Elle s'éclaircit la gorge. Contracta ses yeux fermés.

— Rentre chez toi, Vincent. Vous avez fait une erreur. Ça arrive, personne n'est parfait. Le plus important, c'est que tu en aies conscience et que ça ne se reproduise plus jamais. Vous êtes des adultes, Maria et toi. De plus, tu n'es pas obligé de lui dire. Laisse passer le temps.

Si elle avait appris quelque chose pendant toutes ses années aux Alcooliques Anonymes, c'était que dans la vie, on trébuche. Deux pas en avant, un pas en arrière. Celui qui s'imagine autre chose n'a pas fini d'être déçu. L'erreur est humaine et ils étaient des êtres humains. Elle avait elle-même fait l'expérience de ce mantra-là bien plus qu'elle ne l'aurait souhaité.

— J'ai honte, dit-il tout bas. Je ne veux pas que tu me méprises. Je ne suis pas comme ça. Je… je t'apprécie tellement, Mina.

Elle rouvrit les yeux. Écouta les bruits de la ville dans le téléphone. Elle était au chaud, dans son lit douillet. Il était dehors, quelque part dans la nuit noire. Mais ils respiraient ensemble. Ils ne dirent plus rien pendant un moment.

— Merci, Mina, dit enfin Vincent en rompant le silence. Désolé de t'avoir appelée si tard.

Il raccrocha. Elle resta allongée, les yeux fermés, le téléphone à la main. Sa douleur au ventre avait disparu. Mais sa solitude lui sembla d'un coup insupportable. Elle se mit sur le côté et se recroquevilla en position fœtale.

Vincent se retrouva devant le bâtiment sur Kungsholmen. Après la soirée catastrophique au Gondolen, il avait attendu deux jours pour être sûr de ne plus exhaler une haleine de pochtron. Il avait la sensation que son corps entier avait barboté dans l'alcool. Sans aucun effet purificateur, bien au contraire. La honte de ce qui s'était passé au Gondolen lui pesait terriblement. Pas moyen de nier sa part de responsabilité. Mais chaque chose en son temps. Et en ce moment précis, il devait se concentrer sur la raison de sa venue ici.

L'immeuble ressemblait à tous les autres dans cette partie de la ville. Seule une affichette près de la sonnette indiquait que les Alcooliques Anonymes avaient un local au premier étage. Une grande enseigne lumineuse aurait de toute évidence été déplacée. La question, c'était comment procéder ? Rester devant la porte d'entrée en attendant que cette Anna aux tatouages d'animaux se manifeste ? Ou devait-il entrer ? Serait-il admis, sans avoir de problème d'addiction ? Il pourrait toujours faire semblant, bien sûr, mais ça ne lui semblait pas très correct.

Pendant qu'il réfléchissait, son cerveau jonglait avec les lettres de l'affichette. ALCOOLIQUES ANONYMES se transforma en quelques secondes en AYEE COQUIN MOLLASSON. Il était assez satisfait de lui-même. Sans pour autant avoir trouvé Anna. Il n'avait plus le choix, il fallait y aller.

Un thermos de café était à disposition sur une table dans le hall devant le local. Par la porte, il voyait exactement ce à quoi il s'était attendu : une salle spacieuse avec des chaises disposées en cercle. C'était rassurant de penser que certains clichés correspondaient à la réalité. Les chaises étaient vides. Il consulta sa montre. Il avait dix minutes d'avance. Une femme dans la cinquantaine entra dans la salle par une porte latérale. Quand elle vit Vincent, elle lui fit signer d'entrer.

— Nous n'avons pas encore commencé, dit-elle, mais sers-toi un café et viens t'asseoir. C'est ta première fois ?

Il était sur le point de dire qu'il n'était pas des leurs, mais se retint. Il se servit un café dans un gobelet en carton et pénétra dans la salle.

— Lena, dit la femme en lui serrant la main. Je ne sais pas de quelles infos tu disposes, mais sache que tu n'es pas obligé d'en dire plus que tu ne le souhaites. Même pas ton nom. Il y a bien sûr un certain risque que d'autres que moi te reconnaissent pour t'avoir vu à la télé, mais si tu es ici, c'est que tu as des préoccupations autres que ton métier.

— Hum, d'accord, merci, répondit-il, ne sachant pas quoi dire d'autre.

Il prit place sur une chaise en plastique tout en cherchant comment poursuivre la conversation. En vain. Et pourquoi pas : participer à une réunion n'était peut-être pas idiot. Il pourrait tranquillement observer les autres participants. Ça pourrait être tout à fait intéressant de voir comment se comportait cette Anna.

La salle se remplissait petit à petit de gens qui s'asseyaient dans le cercle. Mais il ne voyait aucune jeune femme avec un tatouage de dauphin sur le mollet. Quand la réunion démarra, elle n'était toujours pas arrivée.

Il écouta des récits d'espoirs perdus et retrouvés, de courage et de force, mais aussi de trahison de soi-même. Anna ne viendrait apparemment pas aujourd'hui.

— On fait une pause de quelques minutes, dit Lena au bout d'un moment. Il y a du café et des biscuits sur la table comme d'habitude.

Vincent se leva et sortit dans le hall. Il espérait vraiment que personne, parmi ceux qui l'avaient reconnu, ne travaillait pour un tabloïd. Certes, s'il avait des raisons de venir ici, être reconnu ou pas était probablement le cadet de ses soucis, comme l'avait suggéré Lena. Elle ne pouvait pas savoir qu'elle se trompait sur les raisons de sa présence.

— Du café ?

Un homme barbu s'était mis sur son chemin en faisant un geste de la main vers la table.

— Non, merci, il faut que j'y aille, dit Vincent en souriant.

— C'est une sage décision. Pas de partir, bien sûr, mais par rapport au café. J'apporte toujours mon propre thermos, histoire d'éviter les mauvaises surprises. Je m'appelle Kenneth.

L'homme tendit la main.

— Pardon, vieille habitude, s'excusa-t-il. Tu n'es pas obligé de dire ton prénom. J'imagine que c'est ta première réunion ? Moi aussi, je suis parti à la pause, la première fois. C'est toujours un peu impressionnant au début.

Vincent serra la main de Kenneth sans se présenter.

— Je cherche quelqu'un. Elle a un tatouage de dauphin.

— C'est Anna, dit l'homme en riant. Je crois que le dauphin en question a été rejoint par tout un bestiaire ces derniers temps.

Il alla au portemanteau chercher un sac plastique d'où il sortit un thermos.

— Elle ne vient pas toujours. Vous êtes amis ?

— Non, elle m'a procuré un travail, pour ainsi dire. Indirectement. Je voulais simplement la remercier.

Une dame âgée parée d'un châle violet s'approcha d'eux. Elle marchait avec la grâce d'une femme déambulant dans un appartement chic plutôt que dans une triste salle de réunion.

— Olga, demanda Kenneth à la vieille dame, sais-tu quand Anna vient ici habituellement ?

— *Da*. Les jeudis, répondit-elle avec un léger accent.

Vincent n'était pas convaincu qu'il soit naturel.

Kenneth acquiesça.

— Jeudi donc. Faudra revenir. Sûr que tu ne veux pas de café ?

Vincent sourit aussi poliment que possible. C'était évident qu'il perdait son temps.

— La prochaine fois, dit-il.

Il serait obligé de redemander de l'aide à Mina. Il aurait dû lui en parler tout de suite.

Sara Temeric se massait les tempes. Elle travaillait pour la police depuis bientôt dix ans. D'abord à Rikskriminalen, la brigade criminelle, puis à la section opérationnelle nationale, NOA, quand celle-ci avait remplacé Rikskriminalen. Chez NOA, elle enquêtait sur le financement du terrorisme, tout en faisant partie de la force spéciale d'intervention. Des postes à haute responsabilité pour une personne qui avait à peine trente ans, mais elle avait fait ses preuves. Si bien qu'on lui avait proposé un nouveau poste incluant son transfert temporaire à New York. Son intitulé serait "experte organisatrice", un titre pour le moins abscons.

Elle n'avait pas hésité une seconde. Cap sur les États-Unis où, bien sûr, elle avait rencontré l'homme de sa vie. Michael et elle avaient eu deux enfants, Leah et Zachary, la prunelle de ses yeux. Pour elle, il n'avait cependant pas été question que ses enfants grandissent aux États-Unis, mais en Suède, plan auquel Michael ne s'était pas opposé. Leur deal était donc qu'ils y resteraient tant que les enfants étaient tout petits. À New York, Michael s'était établi en tant que développeur de jeux vidéo. Il fallait désormais organiser leur rapatriement en Scandinavie. En ce moment précis, elle y était en éclaireuse. Tout en intégrant son nouveau poste de travail, elle devait leur trouver une maison, ainsi qu'un bureau pour Michael.

Elle aimait son travail et s'était lancée corps et âme dans la recherche de leur prochain cocon familial. Elle adorait être de retour en Suède. Mais sa famille lui manquait, elle avait hâte qu'ils soient à nouveau tous réunis.

Depuis son arrivée au milieu de l'été, elle avait participé au travail d'analyse des données. Cette activité était en deçà de ses compétences et de ce que son grade lui permettait d'espérer en termes de rémunération, mais elle appréciait ces tâches concrètes en attendant que les conditions de son poste soient clarifiées.

C'était pour cette raison qu'elle se trouvait, hélas, dans la situation pénible d'avoir à livrer les conclusions d'une analyse de vidéosurveillance à Ruben Höök. Elle ne l'avait rencontré qu'une fois auparavant, avant son départ pour les États-Unis. Et ça lui suffisait largement. À l'époque, Ruben l'avait toisée de haut en bas et avait balancé une remarque du genre "Heist aurait peut-être été la solution". Ce n'est que plus tard qu'elle avait compris que Heist était une marque de sous-vêtements pour femmes qui avaient besoin de resserrer et de rehausser certaines parties de leur corps.

Elle avait toujours été satisfaite de ses formes généreuses, mais le jour où elle avait croisé Ruben, elle s'était sentie humiliée. Son petit ami de l'époque avait passé la soirée à lui remonter le moral et à lui dire combien Ruben était un pauvre type obsédé par les gamines anorexiques.

Cette humiliation était dure à digérer. Avec ces quelques mots, Ruben Höök lui avait donné à comprendre que sa corpulence n'avait rien de séduisant. Elle ne lui avait jamais pardonné. Et maintenant, elle allait le revoir. Cette fois-ci, elle s'était préparée. Elle avait trouvé sur Google la marque de sous-vêtements masculin Addicted, qui vendait des caleçons rembourrés devant comme derrière. *Pour renforcer votre virilité*, clamait la pub. Si Ruben la ramenait, ne serait-ce qu'une seconde, elle lui en commanderait un pack de cinq.

À son arrivée dans la salle de réunion, Sara constata avec soulagement que Julia avait convoqué toute l'équipe afin que tous écoutent son rapport. Elle aimait bien Julia. Intelligente et déterminée. Il était évident qu'elle ne devait pas son poste à la position de son père, mais au fait qu'elle était aussi compétente que lui. Et Ruben était sous ses ordres.

Sara salua tout le monde à tour de rôle. Au moment de serrer la main de Ruben, elle déplaça son regard au dernier moment pour fixer Peder juste derrière lui. Ne pas accorder de regard à celui qu'on saluait, mais à quelqu'un d'autre, était un jeu de pouvoir méchant et méprisant. Mais il l'avait bien cherché. Il ne se souvenait sans doute même pas qu'ils s'étaient déjà rencontrés. En plus, Peder l'avait aidée à trier des données quand elle en avait eu besoin. Elle ne se souvenait pas que Ruben l'ait jamais aidée à quoi que ce soit.

Elle brancha son ordinateur à l'écran de la salle de réunion et lança son diaporama PowerPoint. Une grille avec des colonnes et des chiffres apparut sur le moniteur.

— Pour ceux qui ne me connaissent pas, je m'appelle donc Sara, dit-elle. J'ai donné un coup de main pour le traçage de l'appel qui vous intéresse. Les listes des opérateurs téléphoniques qui gèrent le trafic sont extrêmement vastes, un véritable capharnaüm. Mais vous avez la chance de posséder une sacrée pointure en la personne de Peder.

Peder sourit, heureux, malgré ses yeux cernés. Un clic de souris, et un carré se dessina autour d'une rubrique de données.

— Voici l'appel que vous avez reçu.

— Que *j'ai* reçu, précisa Ruben.

— Vraiment ? dit Mina. J'avais cru comprendre que tu t'étais absenté à ce moment-là. C'était du badminton ou du tennis ?

— Ne crois pas tout ce qu'on raconte, répondit Ruben en serrant les mâchoires. Mais pour ta gouverne, c'était du padel.

— L'appel en lui-même vous a-t-il été utile ? demanda Sara à Julia. Vous avez fait une recherche sur les bruits de fond, n'est-ce pas ?

— Oui, mais il n'y avait pas grand-chose à en tirer, répondit Julia. L'acoustique fait penser à une pièce de taille moyenne, sans trop de meubles. Un léger bruit de voitures, donc une zone urbanisée. Mais pas de bruit de fond spécifique. Nous avons également une analyse psychologique effectuée par un expert externe et concluant que l'appelant est très certainement le meurtrier.

— *Un* des meurtriers, précisa Ruben en faisant les gros yeux.

— Oui. On travaille actuellement sur l'hypothèse qu'il pourrait s'agir de deux meurtriers. Dont peut-être Jonas Rask, expliqua Julia.

— Je ne sais pas si ceci peut vous aider, dit Sara en faisant apparaître une carte sur l'écran. Mais le téléphone portable d'où provenait l'appel était connecté à un opérateur proche d'ici. À Kungsholmen, plus précisément. Dommage que l'analyse du son n'ait pu donner plus d'informations sur le lieu exact.

— Je suppose que vous avez vérifié qui est le propriétaire du numéro ? s'enquit Mina.

Peder buvait son café par petites gorgées dans un mug portant l'inscription *Le plus sympa des papas*, mais le mot *sympa* avait été rayé et remplacé par *épuisé*. On pouvait penser qu'il l'avait fait lui-même. Ou peut-être sa femme.

— L'appel a malheureusement été donné avec une carte prépayée. répondit Sara en revenant sur ses colonnes de chiffres. Mais je m'y attendais. Tant que le téléphone est allumé, on peut le suivre en vérifiant sur quels relais il se connecte. Nous avons donc contrôlé ses mouvements pendant les deux derniers mois. Les opérateurs ne stockent pas les données au-delà. Mais ce téléphone-ci n'a été déplacé ni avant ni après l'appel.

— Un téléphone jetable ? demanda Julia qui prenait des notes pendant que Sara parlait, même si elle allait recevoir un compte rendu par mail après la réunion.

Sara se dit que ce devait être sa façon à elle de rester concentrée et attentive.

— Peut-être, répondit Sara. Plus probable encore, celui qui a effectué l'appel a acheté un téléphone portable d'occase et une carte prépayée pour pouvoir vous appeler sans laisser aucun historique traçable.

— J'imagine que tu as dû demander une autorisation pour effectuer cette recherche, demanda Mina en montrant les chiffres.

— Nous avons effectivement obtenu le feu vert pour une mise sur écoute de ce numéro, répondit Sara. Une procédure compliquée, le procureur doit faire la demande auprès du tribunal. Mais nous n'avons pas eu à attendre trop longtemps. Sans doute compte tenu des circonstances.

— Est-ce que la surveillance peut rester active au cas où le numéro réapparaîtrait ? demanda Mina. Pour écouter la communication en temps réel ? On ne sait jamais.

— Je vais voir avec le procureur. Cela ne devrait pas poser de problème vu le caractère exceptionnel de l'enquête. Mais dis-toi bien que ce portable-là traîne sans doute dans une poubelle quelque part, hors d'usage.

Sara termina sa présentation et se prépara à quitter la salle. Elle ne respirerait pas librement tant qu'elle serait dans la même pièce que Ruben.

— Allons bon, dit Ruben sur un ton détaché, au moment même où elle pensait à lui. Le joli petit diaporama de Sara n'a donc rien donné du tout. On peut aussi bien avoir affaire à quelqu'un qui habite ou travaille à Kungsholmen qu'à une personne qui passait par là par hasard, mais qui habite en Norvège.

— Et puisque nous sommes justement à Kungsholmen, dit Christer, presque joyeusement, si ça se trouve, le coupable est de la maison, un collègue, quoi. Ce serait drôle, non ?

Mina entra dans la salle si familière. Tout la lassait, pas seulement le lieu, mais aussi tout ce qui allait avec. C'étaient les mêmes personnes chaque fois, qui racontaient leurs histoires de dépendance, qui étaient assises sur les mêmes chaises en plastique, toujours en cercle, et qui buvaient le même café fadasse sortant de thermos crades, en ingurgitant les mêmes gâteaux secs insipides.

En regardant dans la boîte, elle constata qu'aujourd'hui c'étaient des lunettes à la framboise. Pas trop mal. L'un des habitués avait dû se lancer dans la pâtisserie. Elle remarqua avec dégoût les miettes sur la nappe blanche en papier. Les sept personnes qui étaient arrivées avant elle avaient sûrement farfouillé dans la boîte et touché tous les gâteaux avant de se servir. Pas question qu'elle en mange, même s'ils étaient décapés à la sableuse.

Quelques nouveaux visages aujourd'hui. Mais la fille au dauphin que Vincent voulait rencontrer n'était pas là. Kenneth fit son entrée et la salua. Elle savait qu'elle ne couperait pas à la causette de rigueur, mais elle s'y était préparée.

— Comment va ta femme ? demanda-t-elle.

Elle montra le thermos et enchaîna :

— Tu veux un café ?

— Elle va mieux, merci. Quant au café, je passe mon tour, répondit Kenneth, l'air amusé. Tu es drôlement bavarde aujourd'hui.

Elle haussa les épaules en guise de réponse.

— En parlant de ma femme, continua Kenneth en sortant son

propre thermos, elle va rester à l'hôpital pendant plusieurs semaines encore et je n'ai pas le courage de m'occuper de tout à la maison. Je sais que c'est beaucoup demander, d'autant que tu as déjà gardé Bosse tout ce mois-ci, mais tu crois que tu pourrais le garder jusqu'à la fin de l'été ? Je te payerai.

Elle se figea et le fixa.

Il la suppliait du regard. En fait, l'expression de son visage était assez proche de celle que Bosse adoptait le plus souvent.

Elle avait la gorge prise dans en étau. Kenneth ignorait que Bosse avait trouvé chez Christer un foyer infiniment plus accueillant que ce qu'elle aurait jamais pu lui offrir. Ce n'était certainement pas le moment de le lui avouer. Et de toute façon, comment annoncer ce genre de choses ? Au fait, j'ai filé ton chien à quelqu'un d'autre !

— Oh, pardon, un coup de fil du boulot, dit-elle en s'éloignant, l'air désolé.

— Je payerai, donc, dit Kenneth alors qu'elle lui tournait le dos.

Elle se barricada dans les toilettes pour dames. Elle appela Christer, qui répondit au bout de trois sonneries.

— Salut, Mina, comment ça va ? Tu as oublié quelque chose dans ton bureau ? Je viens de passer devant, on est en route pour la cafèt, je peux y retourner si tu veux…

— C'est pas ça, dit-elle. C'est au sujet de Bosse.

— Il est à côté de moi, dit Christer, tout content. Il a faim, c'est pour ça que nous allons à la cafèt. Je crois qu'il t'envoie le bonjour. Mais Mina, pourquoi tu chuchotes ?

Elle prit alors conscience que non seulement elle chuchotait, mais qu'elle s'était aussi recroquevillée sur le carrelage à côté de la cuvette. Elle se redressa et poursuivit en parlant un peu plus fort, mais toujours assez bas pour ne pas être entendue à travers la porte, c'est du moins ce qu'elle espérait.

— Je ne sais pas comment te l'annoncer, dit-elle. Mais je viens juste de discuter avec le propriétaire de Bosse.

Silence à l'autre bout du fil.

— Oh non, dit Christer, dépité. Il veut le récupérer, c'est ça ? On avait pourtant prévu d'aller en ville aujourd'hui pour trouver des brosses pour son pelage. J'avais pensé aussi à quelques rubans de soie.

Mina ferma les yeux. Bosse était un grand golden retriever joueur. Les yeux batifoleurs, la langue pendante. L'associer à des brosses et à des rubans de soie n'avait rien d'évident pour elle. Mais ce n'était pas le moment d'en discuter. Si Christer s'était mis en tête que Bosse était une bête de concours canin, c'était son problème. Tant qu'il était content.

— Super, dit-elle. Parce que c'est exactement le contraire. Le propriétaire me demande de le garder jusqu'à la fin de l'été. Tu as sûrement des projets de vacances, mais peut-être nous pourrons partager…

— Génial !

Christer exultait, presque un cri d'allégresse, en tout cas une manifestation de joie qu'elle n'avait jamais observée chez ce policier habituellement si taciturne.

— Bosse et moi, on va passer un été extra ! Tu leur transmets mon bonjour et mes remerciements, d'accord ?

Quand elle revint des toilettes, Kenneth se tenait toujours près de la table à café. Il la regarda, amusé.

— Tes appels professionnels ont toujours lieu aux toilettes ?

— C'est confidentiel, dit-elle en s'efforçant de sourire, sans grand succès. Mais je le garde, bien sûr. Bosse, je veux dire. Pas de problème. Tu me diras quand tu voudras le récupérer. On se verra ici. Tu me sers un peu de vrai café ?

Kenneth n'en finissait pas de la remercier tout en lui servant, tout content, du café de son propre thermos dans un mug. Elle le saisit, sachant d'ores et déjà qu'elle n'y toucherait pas. C'était le geste qui comptait, une façon de rester en bons termes avec lui. Et de clore le débat.

Elle entra dans la salle de réunion, le mug à la main, et s'assit sur une chaise à proximité de la porte. Il était peut-être temps de changer la donne. Si elle était si fatiguée du déroulement sans surprise à chaque réunion, elle n'avait qu'à faire en sorte que ça change.

En réfléchissant à la question, elle faillit goûter le café, mais se rendit compte de son geste involontaire au dernier moment.

Elle posa discrètement le mug par terre sous sa chaise en espérant que Kenneth ne le remarquerait pas.

Aujourd'hui, tout avait commencé par une conversation amicale, ce serait peut-être aussi le jour où elle partagerait enfin la parole.

Quand tout le monde eut pris place, elle s'était décidée. Elle signala de la tête qu'elle souhaitait parler. Tous les autres la regardèrent. Curieux. Étonnés. Impatients. Elle commençait déjà à regretter. Mais c'était trop tard pour changer d'avis. Le train avait déjà quitté le quai et prenait de la vitesse.

Elle se leva, s'éclaircit la gorge.

Puis elle se rassit.

L'ensemble des passagers avait la main sur le signal d'alarme. Ce n'était pas possible.

Kenneth l'observait attentivement.

Mina détourna la tête. C'était son problème à elle. Et ça ne regardait personne.

Le parc de Tantolunden à Södermalm était constellé de pique-niques posés sur des couvertures, de jeunes jouant au volley, de familles profitant du soleil d'été. Ça sentait la saucisse et le hamburger depuis les kiosques qui s'égrenaient le long des berges. Il distinguait pas moins de cinq genres de musique provenant de différents endroits du parc et qui s'entremêlaient. Vincent adorait. Il se sentait comme un poisson dans l'eau quand il y avait autant de monde, alors que, logiquement, ça aurait plutôt dû le vider de ses forces. Mais avec une foule, il pouvait ressentir une forme d'appartenance. Qu'il était comme les autres, le roi du pique-nique, sa corbeille pleine de fraises et de champagne ou de biscuits et de limonade ou de bières, ou de tout ce que les gens pouvaient avoir l'idée d'apporter. En réalité, il n'en avait pas la moindre idée.

— On est nettement mieux ici pour travailler qu'à l'hôtel de police, nota Mina à côté de lui.

Ils traversaient le parc en direction du bord de l'eau. Vincent avait proposé une promenade le long de la plage de Hornstull, en direction de Skanstull. Il avait toujours trouvé ces rivages de toute splendeur, en plus d'être stimulants pour sa créativité. Et ce n'était pas l'eau qui manquait à Stockholm.

La beauté des lieux l'aidait aussi à détacher ses yeux de Mina, qui portait aujourd'hui un pantalon clair et un débardeur bleu. Il avait du mal à ne pas la regarder. Malgré sa tenue d'été, son apparence était toujours aussi maîtrisée. Son haut, visiblement flambant neuf, épousait son corps comme s'il avait été coulé sur sa peau. Le pantalon en lin n'avait pas un pli. Son allure était décontractée, certes, mais rien n'avait été laissé au hasard. C'était parfait.

— Bouger m'aide à mieux réfléchir, dit-il. La marche libère des endorphines et accélère le rythme cardiaque. Elle améliore nos capacités cognitives. Ce superbe paysage qui m'accompagne stimule la sérotonine et la dopamine dans les fentes synaptiques, ça donne de la fluidité à l'intellect. Plus le débit augmente, plus les problèmes se résolvent vite.

Ils arrivèrent sur la promenade longeant le bord de l'eau. Quelques bateaux à moteur naviguaient sur le canal, les rayons du soleil se reflétant sur leurs coques.

— Merci, dit Mina. Enfin, je crois. Mais bon, je trouve que tout ça fait un peu vieux jeu, Vincent.

— Quoi ?

Il avait visiblement loupé une étape. Mina avait dû parler de quelque chose qu'il n'avait pas capté. Il se remémora ce qu'il venait de dire, sans voir ce qu'il y avait de "vieux jeu" dans son speech sur les fentes synaptiques et la sérotonine. Elle avait peut-être mal compris.

— De dire que je suis un superbe paysage, dit-elle. Franchement, la femme-panorama, c'est vraiment comme ça qu'on voit les choses à quarante-sept ans ?

Il se sentit devenir écarlate et eut brusquement un irrépressible besoin de se soulager.

— Ce n'est pas du tout ce que je voulais dire…, bégaya-t-il. C'est l'eau, enfin le canal à nos côtés, que je… toi, tu n'es pas…

Il avait envie de disparaître. C'était terriblement embarrassant. Il ne se serait jamais exprimé…

— Vincent, dit-elle d'une voix légère.

Il cligna des yeux.

— Je plaisante, Vincent.

Il ne put s'empêcher de rire. Un rire court, un peu trop fort. Qui reflétait son soulagement.

Ils continuèrent de marcher le long de la promenade en prenant garde aux cyclistes qui allaient et venaient à toute vitesse.

— Et puis, je ne te regarderais jamais comme un paysage, dit-il. Mais plutôt comme la superbe figure de proue d'un navire.

— Tu es gonflé ! dit-elle en lui donnant un coup de coude. Je me demande comment tu as réussi à fonder une famille.

— Difficilement. Mais on peut en louer une en leasing.

— À propos de famille, comment ça va avec Maria et… Ulrika ?

Pas exactement un sujet qu'il mourait d'envie d'aborder. Mais compte tenu de son coup de fil à Mina au beau milieu de la nuit, il lui devait une explication.

— Je suppose que, pour Ulrika, ça n'a jamais eu lieu. Et Maria n'est pas au courant. Il suffit que j'aille chercher le courrier pour qu'elle soit dévorée par la jalousie. Elle ne comprendrait pas. Et encore désolée de t'avoir appelée si tard.

Mina acquiesça simplement. Il se retourna vers elle. Son visage était figé, avec une expression énigmatique, indéchiffrable, même pour lui.

— Comment ça va ? demanda-t-il au bout d'un moment, histoire de changer de sujet. Ici, dans la nature, je veux dire ?

— Tu me vois toucher à quoi que ce soit ? dit-elle en montrant sa main. Les arbres les plus proches sont à plusieurs mètres. Et tu sais bien que j'ai toujours un stock de gants sur moi, au cas où.

Ils passèrent devant une caravane bariolée qui avait été aménagée en café et durent faire du slalom entre les chaises longues qui jonchaient leur chemin. Des palmiers en plastique et des lampions de couleur décoraient les lieux. D'un haut-parleur fêlé jaillissaient des rythmiques de calypso, et un bref instant, il eut l'impression qu'ils n'étaient plus en Suède, mais quelque part à l'étranger, en vacances. Mina et lui.

— Alors, le grand mentaliste voulait me voir pour discuter de quel sujet, cette fois-ci ? demanda-t-elle.

Il resta silencieux quelques secondes, ne sachant pas comment aborder le sujet.

— Tu te souviens quand je t'ai demandé qui t'avait conseillé de me contacter ? dit-il. J'avais une bonne raison de te poser cette question. Et j'ai essayé de retrouver cette Anna en question, sans succès. J'aurais aimé parler avec elle, en tête à tête… Mais maintenant, le plus important, c'est qu'on arrive à la contacter. Il se trouve que quelqu'un m'a envoyé un message.

Un message qu'on ne peut comprendre qu'à condition de connaître les dates des meurtres. Et d'avoir un cerveau aussi tordu que le mien.

— Je n'ai en effet aucun mal à imaginer que tu dois avoir un paquet d'admirateurs un peu… excentriques, dit-elle. Ces dates ne sont pas difficiles à trouver, tout a été rendu public lors de la conférence de presse. Il suffit d'aller sur Flashback Forum pour obtenir ces infos.

— Je ne me suis pas exprimé clairement. Le message m'a été envoyé avant même que je commence à travailler avec vous sur l'enquête.

Elle se figea.

— Je ne comprends pas. Que… que veux-tu dire ?

— Tu as bien entendu. Avant Noël, un bon mois avant qu'on trouve Agnes sur le banc, quelqu'un a envoyé un message codé à mon agent en lui demandant de me le transmettre. C'était un cadeau de Noël. Mais il a oublié et me l'a remis beaucoup plus tard. Et ce n'est que tout récemment que j'ai pris connaissance de ce message.

— Mon Dieu ! dit Mina en mettant sa main devant la bouche.

Ils suivirent le sentier qui passait sur un pont enjambant un bras de mer. Il la voyait réfléchir intensément.

— Donc… celui qui te l'a envoyé se doutait que tu allais travailler avec nous, avant même que je te contacte ? Maintenant, je comprends pourquoi tu veux absolument retrouver Anna. Vincent, il faut qu'on informe le reste du groupe.

Il allait poser sa main sur son bras, mais se retint. Inutile qu'elle éprouve à nouveau le besoin de se désinfecter. Il s'accouda à la balustrade, contempla les vagues étincelantes.

— Je n'en suis pas sûr, dit-il. Je crains qu'ils veuillent me virer du groupe s'ils croient que je suis mêlé à l'affaire d'une quelconque façon.

— Ça va aller, dit-elle. Ils t'apprécient.

Pourtant, elle ne semblait pas totalement convaincue.

— Je préférerais rester, dit-il. Tu sais, l'hôtel de police de Kungsholmen a… un paysage que j'aime beaucoup.

— Arh, Vincent, t'es relou !

Mina tournait le dos à la salle alors que Vincent expliquait au groupe le lien entre les dates des meurtres et le message dans le livre. Si elle leur tournait le dos, c'était pour prendre des notes au tableau au fur et à mesure qu'il avançait dans son exposé. Mais aussi pour gagner du temps et tenter de mieux contrôler ses émotions. Sa main tremblait légèrement pendant qu'elle écrivait. Elle s'obligea à inspirer à fond plusieurs fois avant de se retourner vers les autres. Le livre se trouvait au milieu de la table, ouvert sur la page avec les lignes rouges et le message.

— Nous sommes d'accord, Vincent et moi, que la personne qui m'avait conseillé de le contacter pour notre enquête peut être la même que celle qui lui a envoyé le livre.

Elle s'assit à la table, mais évita le regard des autres. Elle constata que sa main était toujours prise d'un léger tremblement.

— C'est du délire, cette histoire, dit Ruben d'un ton sec. Là, on est à des années-lumière de Jonas Rask. Désolé, mais il va falloir atterrir. On n'est pas dans une série B, mais dans le monde réel. Dans la vraie vie, c'est pas très compliqué. Les gens agissent, sans faire de plan, et s'entretuent dans le feu de l'action. Ils ne passent pas leur vie à monter des trucs bizarres avec des codes qu'ils dissimulent dans des livres obscurs sur des léopards. Je n'y crois pas une seconde. Vous avez tous rejoint la même secte ou quoi ?

Ruben balança son stylo sur la table, exaspéré, se pencha en arrière et croisa les bras.

— Merci pour ces remarques pleines de bon sens, Ruben, dit Julia d'un ton mesuré.

Elle se tourna vers Mina.

— La personne qui t'a suggéré de contacter Vincent, c'était qui ?

Mina regarda sa main posée sur la table. Pria silencieusement pour que personne n'en remarque les tremblements. Elle leva les yeux. Naturellement, Vincent, lui, avait vu. Il savait à quel point elle était stressée. Elle l'ignora et s'adressa à Julia en s'efforçant de garder son calme.

— J'ai accompagné une amie, comme soutien… à ses… réunions chez les Alcooliques Anonymes ici à Kungsholmen. C'est là que j'ai croisé la personne en question. Elle s'appelle Anna.

— Depuis quand t'as des amis, toi ? lança Ruben avec un rire moqueur.

Peder lui lança un regard furibond et Mina constata, satisfaite, que les yeux de Vincent s'assombrissaient. Même Christer dévisagea Ruben avec un air désapprobateur.

— Continue, Mina, dit Julia.

Ruben se renfrogna.

— Anna était là, et puis… elle est venue me voir.

— Comment ça ? Comment elle savait qui tu étais ? demanda Peder en se penchant en avant, curieux.

Mina sentit ses mains devenir moites. Elle n'osait pas fixer Vincent, mais devinait ses yeux posés sur elle. Elle fit un geste des bras et haussa les épaules.

— Elle m'a certainement entendue parler au téléphone à propos de l'enquête. Ce n'est pas toujours évident de s'isoler lors d'un appel professionnel. D'autant qu'elle est souvent là.

— On peut donc raisonnablement penser que c'est Anna qui a envoyé le livre à Vincent, dit Julia, puisque, sans son intervention, Vincent n'aurait pas été impliqué dans l'affaire.

— Elle pourrait aussi juste connaître la personne qui m'a adressé le message, intervint Vincent.

— Dans tous les cas, nous devons la joindre au plus vite, conclut Julia.

Mina sentait la sueur lui couler dans le dos. Il était hors de question qu'elle se rende aux locaux des AA avec ses collègues.

Son château de cartes s'écroulerait. Soit on lui confiait la tâche à elle seule, sans accompagnement, ce qui était peu probable, soit quelqu'un d'autre…

— Peder, dit Julia en se tournant vers lui. Tu t'en occupes ? Mina te donnera un signalement détaillé. Rends visite aux locaux des AA et prends autant de renseignements que possible sur cette Anna. Essaye d'obtenir l'adresse de son domicile. Sois prudent. Si tu tombes sur elle, tu appelles du renfort avant de l'aborder. Si elle est mêlée à l'affaire, on ne peut pas savoir comment elle réagira face à la police.

— C'est pas mieux si Mina m'accompagne ? suggéra Peder. Elle connaît les lieux.

— Justement. La présence de Mina en service n'est pas souhaitable puisqu'elle fréquente les lieux en tant que personne soutien. Cela pourrait être embarrassant pour son amie.

— Merci, dit Mina, soulagée pour des raisons que Julia ignorait totalement. Merci !

Le tremblement de ses mains s'arrêta enfin, elle se pencha en arrière sur sa chaise pour se détendre. La sueur s'était accumulée dans son dos, sa chemise était trempée. Elle regarda Vincent. Il lui sourit.

— Vincent, je voudrais que nos gars du labo examinent le livre, dit Julia.

— Bien sûr, dit-il en regardant l'ouvrage. J'allais le proposer. Par contre, j'aimerais le récupérer dès que possible. Je ne pourrai pas décrypter le message si je ne l'ai pas. Je n'ai encore aucune idée de ce que tout cela peut bien signifier.

— Ce n'est pas la procédure habituelle, vu que le livre est sans doute un élément de preuve, dit Julia.

Puis elle soupira.

— Mais rien n'est habituel dans cette affaire. Et je n'ose pas penser au nombre d'infractions au règlement que nous avons déjà commises. Mais qu'importe, je vais en toucher un mot au service technique. Christer, pour que Vincent le récupère au plus vite, tu te munis d'une paire de gants, tu leur remets le livre maintenant en en prenant le plus grand soin. OK ?

— J'étais sur le point de partir à la pause, ça pourrait pas…

Les protestations murmurées de Christer furent promptement interrompues par Julia.

— Il faut le remettre immédiatement. Tu t'en charges. Cinq minutes de pause déjeuner en moins, ça ne te tuera pas. Et comme tu dépasses généralement d'au moins dix minutes le temps imparti, tu dois déjà aux contribuables, voyons…

Elle consulta sa montre pour souligner son propos.

— … un an, quatre mois, une semaine et trois jours. À quelques heures près.

Peder réprima un sourire.

Christer ronchonna et se leva.

— Pas la peine d'être désagréable, j'y vais. Regarde, suis déjà parti…

Il tendit sa main pour saisir le livre, mais Julia l'arrêta.

— Les gants, Christer !

— Oui, oui, oui.

Il fit demi-tour pour attraper une paire de gants.

— Je ne comprends pas, dit Vincent.

— Quoi encore ? dit Ruben. Une énigme de plus ?

— Non, mais si Christer a dépassé de dix minutes le temps réglementaire et ainsi accumulé un arriéré correspondant grosso modo à un an et quatre mois, ça implique à la louche un nombre de soixante-dix mille déjeuners. Une année compte environ deux cent cinquante jours de travail, alors il aurait fallu que Christer travaille pas loin de deux cent quatre-vingts ans pour en arriver là…

Vincent fixa Ruben, l'air innocent. Mina se mordit la lèvre pour ne pas rire. Elle ne pouvait pas affirmer que Vincent plaisantait. Mais elle le soupçonnait.

— Ça me paraît assez crédible, on parle de Christer, remarqua Peder.

Ruben se leva, le regard aussi noir que celui de Christer.

— Vous êtes complètement barjos, tous, s'énerva-t-il. Digne du *Da Vinci Code*, votre pitch. La solution la plus simple est toujours la bonne, ce n'est pas comme ça qu'on dit ?

— Si, c'est le rasoir d'Ockham, souffla Vincent.

Ruben le fixa, les yeux écarquillés.

— De qui ? demanda Peder au milieu d'un bâillement. Et quel rapport avec le rasage ?

— On se croirait dans une maison de dingos…

Ruben quitta la salle de mauvais poil. Mina ne ressentait plus aucune contrariété, elle flottait sur un petit nuage, soulagée d'avoir pu préserver son secret, au moins pour un temps.

Cette sensation de légèreté s'estompa pourtant dès qu'elle repensa à Anna. Anna avec ses tatouages. Anna qui semblait si inoffensive. Mais qui était peut-être plus dangereuse qu'elle ne l'avait imaginé.

AOÛT

C'était un soir d'été clair et chaud, sans le moindre vent. On se sentait comme enveloppé dans une couette. Le ciel au-dessus de Stockholm était teinté de mille nuances de rose. Elle avait entendu dire que c'étaient les gaz d'échappement qui coloraient le ciel en rose. Mais quelle qu'en soit la raison, le spectacle était magnifique.

À une certaine distance, non loin de Mina, la petite était assise sur le bord du quai, balançant ses jambes au-dessus de l'eau. Elle était si proche, et pourtant infiniment loin. Seule. Comme souvent. Des cygnes avec leurs petits passaient devant elle, l'allure lente et majestueuse. Les parents cygnes sifflèrent furieusement quand un kayak les dépassa d'un peu trop près. En arrière-plan, on apercevait le palais royal. Cet édifice de la vieille ville ressemblait à une prison et suscitait toujours la déception des touristes américains qui s'attendaient à admirer des tours et des créneaux.

Des pêcheurs alignés en rang d'oignons attrapaient des poissons qu'ils jetaient dans de vieux seaux en plastique. Mina s'approcha tout doucement. Elle avait suivi la petite depuis chez elle, à bonne distance. Mais maintenant, elle ne pouvait s'empêcher de l'approcher davantage.

Ses cheveux sombres étaient plus courts que la dernière fois. Elle avait dû les faire couper d'au moins dix centimètres, ils tombaient maintenant pile sur ses épaules. Épais, lisses, brillants. Une frange sur le front. Comme si la petite l'avait entendue, elle leva la main et ramena les mèches derrière l'oreille. Un pêcheur prit une belle perche et la balança dans son seau. Il remit aussitôt un appât et relança sa ligne. La famille cygne passa à sa hauteur, le gratifiant d'une bordée de vociférations rageuses.

Mina s'approcha encore de quelques pas. Elle fronça les sourcils et s'arrêta. Deux adolescents avaient rejoint la petite et s'assirent à côté d'elle. Ils étaient trop loin pour que Mina puisse entendre ce qu'ils se disaient, ça pouvait bien sûr être des copains qui la retrouvaient. Mais leur comportement donnait une tout autre impression. Mina hésita, puis avança encore de quelques pas. Elle voulait pouvoir entendre ce qu'ils se disaient.

Elle n'avait jamais été aussi près d'elle.

Même en étant derrière, elle voyait distinctement les épaules de la fille se figer. Une réaction de défense classique. L'un des garçons approchait la main de son sac à dos. Mina analysa rapidement la situation, se mit en mouvement et vint se placer face à eux.

— Tout se passe bien ici ? demanda-t-elle d'une voix autoritaire en montrant son insigne de police.

Les deux garçons levèrent tranquillement la tête, reluquèrent ses jambes, puis son insigne, avant de bondir et de détaler en direction de Kungsträdgården. La fille lui sourit, reconnaissante. Elle enleva son sac à dos et le serra dans ses bras.

— Ils voulaient me le piquer.

— Je m'en doutais, dit Mina tout en constatant la fébrilité qui avait envahi tout son corps.

— Merci.

La fille la regarda dans les yeux.

— C'est mon travail, dit Mina en s'apprêtant à repartir.

Mais sans même s'en rendre compte, elle s'entendit ajouter :

— Je peux t'offrir un soda ?

Elle vit la fille hésiter.

— Actuellement, la police déploie une campagne d'information. On nous incite à entrer en contact avec les jeunes afin d'établir de bonnes relations, et ce, le plus tôt possible. Pour éviter que les jeunes pensent que notre seul boulot, c'est de leur pourrir la vie. Qu'en dis-tu ? C'est l'État qui régale.

— Je ne bois pas de soda, répondit la fille en se levant. Mais je veux bien un cappuccino.

Mina sentit son cœur palpiter de nervosité et de mille autres choses indéfinissables. Elle n'aurait pas dû. Elle n'aurait pas dû l'inviter. Mais ce qui est fait est fait.

— Là-bas, le café est super bon, dit la fille en montrant Kungsträdgården.

Les garçons étaient partis dans cette direction. Ils étaient sûrement déjà loin. Mina jeta un coup d'œil à son téléphone. Aucune nouvelle ni de Peder ni de Julia. Elle avait un moment tranquille pour elle.

Elles se mirent à marcher vers le café. Il y avait beaucoup de monde, mais coup de chance, une petite table pour deux se libéra au moment où elles arrivaient. Pour une fois, Mina ne prêta aucune attention aux chaises qui n'avaient pas l'air d'avoir été nettoyées depuis belle lurette. Plus rien de tout ça n'avait la moindre importance.

Elle alla chercher deux cappuccinos au comptoir pendant que la fille s'asseyait. Par habitude, elle commanda des gobelets à emporter alors qu'elles allaient consommer sur place. Même les gobelets ne la dérangeaient plus.

— Merci, dit la fille, dont le visage s'était illuminé quand Mina était revenue avec les cafés.

Elle ferma les yeux en prenant sa première gorgée.

— Tu n'es pas un peu jeune pour boire du café ? demanda Mina.

— On habitait en Italie quand j'étais petite. En Italie, les enfants prennent l'habitude de boire du café très tôt. J'adore le cappuccino et je déteste le café qui est maintenu chaud pendant des heures. Je suppose que c'est ce que les policiers boivent à longueur de journée ?

Elle riait, mais pas méchamment.

— Je ne peux malheureusement que confirmer cet a priori, répondit Mina.

Une serveuse visiblement épuisée nettoya négligemment les tables des clients précédents.

— J'envisage de devenir policière moi aussi, dit la fille, toute contente.

Mina faillit s'étrangler avec son cappuccino brûlant.

Elle observa la petite.

— Pourquoi ?

La fille hésita.

— Parce que… ma mère a été tuée par un chauffard quand j'étais petite. Certainement un type en état d'ivresse, m'a dit mon père. On ne l'a jamais coincé. C'est pas juste. Moi, je veux me battre contre tout ça.

— Je suis désolée, dit Mina.

— Bien sûr, je n'ai pas besoin de décider tout de suite ce que je vais faire plus tard. Mais ça fait partie des métiers qui m'intéressent. Sinon, je voudrais devenir influenceuse. Je passe des heures à faire des photos quand les cerisiers fleurissent ici dans Kungsträdgården dans l'espoir d'en avoir une vraiment top.

La fille montra les arbres qui avaient perdu leurs belles fleurs roses depuis longtemps et n'avaient désormais rien de particulièrement photogénique, comparés à n'importe quel autre arbre. Elle sortit un téléphone portable de son sac à dos. Le consulta d'un coup d'œil rapide, poussa un gros soupir et le remit dans le sac.

— Quelqu'un s'inquiète ? demanda Mina.

— Bof, c'est juste mon père. Il est un peu… Il est hyper protecteur. Faudrait qu'il se calme un peu.

— Quand on fait mon métier, on comprend pourquoi les parents ont ce travers.

— Ouais, vous devez voir des choses pas cool du tout, dit la fille sur un ton neutre.

Elle but encore de son cappuccino.

Un peu de mousse était restée accrochée sur sa lèvre supérieure et Mina dut réprimer son envie de tendre la main pour l'essuyer.

Elle ne demanda pas son nom à la fille. Elle le connaissait déjà. Mais pour ne pas risquer de se trahir, elle ne pensait jamais à elle autrement que comme “la fille”.

— J'aimerais devenir genre enquêtrice, vous savez. J'ai pas spécialement envie de faire la chasse aux junkies. Mais il paraît qu'on doit d'abord faire ses preuves quelques années dans la rue, c'est vrai ça ? Franchement, je sais pas si je suis assez courageuse.

— Oui, ça fonctionne comme ça actuellement, dit Mina. Mais on envisage de revenir sur cette obligation. Justement pour cette raison. La police risque de passer à côté de personnes qui feraient d'excellents enquêteurs, mais qui ne peuvent endurer cette expérience de la rue.

— Vous, vous avez supporté ? demanda la fille en la dévisageant avec curiosité.

Mina se demanda comment répondre. Devait-elle expliquer, en toute sincérité, à quel point cela avait été difficile ? Pas à cause de la rue, de ses délinquants et de la petite criminalité, des horaires ou de la peur, tout ce que n'importe quelle jeune recrue avait à affronter, mais à cause de ses propres démons. La crasse, des lieux où elle ne pouvait rien maîtriser, son stress permanent à l'idée que ses collègues s'aperçoivent de ses manies et se mettent à la regarder bizarrement. Il était essentiel d'être bien intégrée. Un collègue pouvait faire la différence entre la vie et la mort quand il fallait prendre une décision en l'espace d'une fraction de seconde.

Ce serait beaucoup trop long et compliqué à expliquer. C'était plus simple de ne rien dire.

— Je m'en suis sortie, dit-elle simplement.

— Je voudrais vous offrir quelque chose, dit soudainement la fille en enlevant un des nombreux colliers qu'elle portait autour du cou. Pour vous remercier.

— Ce n'est pas nécessaire, je n'ai fait que mon travail, s'insurgea Mina.

La fille lui tendit le bijou avec son pendentif noir.

— Mais vous êtes vraiment gentille. Tout le monde n'est pas comme vous. C'est un pendentif magnétique.

— Magnétique ?

— Il paraît que c'est bon pour la santé. Une histoire de globules rouges. Ou un truc comme ça. J'aimerais vraiment que vous le preniez.

Mina mourait d'envie d'accepter, mais si elle n'avait pas déjà transgressé toutes les règles, elle le ferait définitivement en acceptant ce cadeau. Pourtant, impossible de refuser. Et ce pendentif n'avait pas l'air de valoir une fortune.

— Magnétique, donc, dit-elle en le prenant. Merci. Ça compte pour moi plus que tu ne peux l'imaginer.

Elle luttait contre ses larmes quand elle passa le pendentif autour du cou. C'était certainement une vue de l'esprit, mais elle avait la sensation que le pendentif lui chauffait déjà la poitrine comme un petit soleil. Elle le caressa inconsciemment.

— Bon courage avec ta formation, si tu te décides, ajouta-t-elle.

— On verra, dit la fille en finissant son cappuccino. J'ai encore du temps pour y penser.

Mina perçut un bruissement sur le côté. Un homme s'était approché de leur table. Il posa sa main sur le bras de la fille, fermement. Elle se leva sans protester et regarda Mina, résignée.

— Au revoir, alors, c'était chouette de vous rencontrer, dit la fille avant de la quitter et de partir avec l'homme.

Mina allait aussi se lever, mais une main lourde sur son épaule la fit se rasseoir. Un autre homme était derrière elle. Il fit le tour de la table et prit place, là où la fille avait été assise. Son apparence était quelconque. Short et tee-shirt, baskets avec le fameux logo Nike, une montre Daniel Wellington. Mais Mina ne se laissa pas abuser par son allure.

L'homme ne dit rien, il se contenta de sortir son iPhone et de le lui passer.

Mina savait qui était à l'autre bout du fil, quelle voix elle allait entendre pour la première fois depuis de nombreuses années. Elle savait ce qu'impliquait sa prise de contact. Ça lui était interdit. Mais elle n'avait pas eu le choix. Elle était de la police.

Elle écouta en silence.

Elle ne dit rien, ne répondit rien.

Quand elle rendit le portable, sa main tremblait. L'homme reprit le téléphone, toujours sans un mot, se leva et s'en alla. Mina resta assise. Elle avait peur de s'effondrer si elle se mettait debout.

Kvibille 1982

Il venait de descendre de l'étage et se rendait à la cuisine quand on frappa à la porte. Deux fois. Il s'arrêta net et ne bougea plus. D'abord il se demanda s'il avait bien entendu, parce que jamais personne ne frappait à la porte. Mais il voyait bien une ombre à travers le verre dépoli.

Ce n'était pas maman, ça, il le savait. Et Jane ne devait pas rentrer avant longtemps. Ça le perturbait. Il voulait que la personne, quelle qu'elle soit, s'en aille, il n'avait besoin de rien. S'il ne bougeait pas, cet individu renoncerait peut-être et s'en irait.

On frappa à nouveau. Troisième fois maintenant. Et puis, une voix d'homme :

— Y'a quelqu'un ?

L'homme avait dû entendre l'escalier craquer quand il était descendu. Il n'y avait rien à faire. Il prit garde de ne pas ouvrir plus que le strict minimum et cala son pied derrière la porte entrebâillée.

— Salut, dit Allan depuis le perron. Je me demandais si tu m'avais entendu.

Allan, le propriétaire de l'entrepôt de bois. Un copain à maman. À qui il avait téléphoné une heure plus tôt – pour ensuite oublier complètement. Ça aurait aussi bien pu être il y a deux semaines. Le temps n'était décidément plus comme avant.

Allan enleva sa casquette vert et jaune avec le logo BP et s'essuya le front. Il était en sueur. À côté de lui sur le perron trônaient deux sacs de la supérette remplis à ras bord de courses.

— Je crois qu'il y a tout ce que tu m'as demandé, dit Allan. Et c'est pas rien. Ta mère est vraiment malade, alors ?

— Ouais, elle arrive à peine à parler. C'est pour ça que c'est moi qui ai appelé. Tiens. C'est bon.

Il tendit deux billets de cent couronnes qu'Allan empocha.

— Mais qui s'occupe de toi, alors ? demanda ensuite Allan, la mine préoccupée. Vous avez appelé le docteur, il va venir ? Il vaut peut-être mieux que je la voie, que je voie avec elle si elle a besoin de quelque chose à la pharmacie à Halmstad.

Il bloqua la porte du pied quand Allan posa sa main sur la poignée.

— Elle dort, dit-il avant de tousser une fois ou deux. Et… imagine si c'est contagieux. Tu ne devrais même pas t'approcher de moi.

— T'as raison, dit Allan. Je suis seul à l'entrepôt cette semaine, avec plein de boulot. C'est pas le moment de tomber malade. Mais je peux au moins te rentrer les sacs ? Ils sont trop lourds pour toi.

— Merci, dit-il en se déplaçant pour le laisser passer. Tu peux les mettre là.

Il fit un signe de la main vers la cuisine. Allan souleva les sacs bien remplis en soufflant. Une pomme verte tomba par terre et roula sur le sol de l'entrée. Il fixa la pomme et plaqua ses mains sur son ventre dans l'espoir qu'Allan n'entendrait pas ses gargouillis. Il n'avait rien mangé depuis bien trop longtemps. Allan retourna dans l'entrée, ramassa la pomme et s'arrêta devant l'escalier.

— Tu es sûr qu'elle dort là-haut ?

Il hocha la tête, les mains toujours sur son ventre.

— OK, dit Allan en lui tendant la pomme. Dis-lui que je lui souhaite un prompt rétablissement. Et n'hésitez pas à m'appeler si vous avez besoin d'autre chose.

Il resta dans l'ouverture de la porte le temps qu'Allan s'en aille. Quand il fut sûr qu'il ne reviendrait pas sur ses pas, il mordit enfin dans la pomme. Rentra et verrouilla ensuite soigneusement la porte.

Parmi les courses qu'il avait demandées à Allan, il y avait du dentifrice et du fil dentaire. Il sortit les courses des sacs et les entreposa sur la table. Maman était à cheval sur le brossage des dents, il fallait les brosser pendant deux minutes. Il utilisait la montre qu'il avait eue à Noël pour s'en assurer.

Deux minutes. Il ne savait pas ce qu'il se passait si on se brossait les dents trop longtemps et il ne voulait pas le savoir. Le fil dentaire était plus compliqué. Il ne se souvenait plus s'il fallait l'utiliser avant ou après le brossage. Qu'avait dit maman ?

Avant semblait plus logique.

Ou après ?

Oh non ! Il mélangeait tout. Alors qu'il essayait d'être vigilant. Mais deux minutes égalent cent vingt secondes. 12 plus 0 font 12. S'il utilisait douze centimètres de fil dentaire avant d'aller se coucher, tout s'arrangerait sûrement.

Les routines de maman étaient importantes.

Nous sommes ce que nous avons l'habitude de faire, disait-elle.

Il fallait qu'il se souvienne de ce qu'elle avait l'habitude de faire.

Aston déboula comme une fusée, brandissant un téléphone mobile.

— Papa, ça me gâche mon jeu quand ça sonne ! hurla-t-il.

Vincent lâcha la cuillère en bois dans les macaronis en cours de cuisson et récupéra son téléphone des mains d'Aston avant que ce dernier ne le balance à travers la cuisine.

— Coupe la sonnerie ! cria Aston. Je suis en train de jouer à *Asphalt 9* !

— C'est pas le moment, dit Vincent en essayant, d'un geste de la main, de faire comprendre à son fils qu'il ferait mieux d'aller voir sa mère.

C'était Mina. Enfin. Il n'avait pas réussi à la joindre de tout le week-end. Elle n'avait répondu à aucun de ses messages. Il lui avait fallu se rappeler que lui aussi était soumis à cette loi psychologique du projecteur qui nous pousse à croire que nous sommes au centre de beaucoup plus d'événements qu'on ne l'est réellement. Mais il n'arrivait pas à se sortir de la tête que Mina avait fait exprès de l'éviter.

— Bonjour, Mina, dit-il en entendant au même moment les hurlements d'Aston se jetant sur Maria.

Mère et fils emmêlés sur le sol se livraient à une bataille de chatouilles. Aston avait l'air d'avoir le dessus.

Il revint à la cuisinière et se remit à touiller les macaronis. Les saucisses, dans la poêle, avaient commencé à cramer, il fallait les retourner de toute urgence. À l'autre bout du fil, rien que du silence.

— Mina, tu es là ?

Il l'entendait respirer, mais de façon saccadée. C'était presque comme si elle… pleurait ? Il baissa sa voix, qui fut presque recouverte par le bruit de la hotte.

— Il s'est passé quelque chose ? demanda-t-il doucement.

Maintenant, c'était évident qu'elle pleurait. Mais les sanglots venaient par intermittence, elle essayait de toute évidence de reprendre le contrôle de sa voix. Il attendit, la laissa se ressaisir. L'eau des macaronis monta sans qu'il réagisse.

— Je suis là, dit-il. Prends ton temps.

Ça le troublait d'entendre Mina pleurer. Il avait toujours eu du mal à faire face aux émotions des autres, ne sachant jamais comment se comporter. Mais là, c'était encore pire. D'habitude, Mina était dans la maîtrise, le contrôle, la concentration. L'entendre perdre pied était comme pénétrer dans une sphère bien trop intime. Avoir accès à ce qu'il n'aurait jamais dû voir. Qu'elle l'appelle lui donnait une idée de la gravité de la situation.

L'eau des macaronis déborda sur la plaque à induction. Le système mit automatiquement les plaques en veille. Heureusement, car les saucisses carbonisées dégageaient une odeur monstrueuse.

— Je ne vais pas bien, dit-elle enfin, les mots venant par à-coups comme les sanglots quelques minutes avant. Je n'ai pas réussi à manger ni à dormir de tout le week-end.

— Sérieusement ? Ou c'est une façon de parler ?

— Sérieusement. Je n'ai pas fermé l'œil depuis soixante-douze heures. Même plus. Je me sens si mal. Je ne sais plus quoi faire.

L'eau coulait maintenant de la plaque de cuisson jusqu'à tomber sur ses pieds. Lorsqu'il sentit l'eau bouillante lui brûler les orteils, il prit conscience du désastre : il avait complètement foiré le dîner. Il n'osait même pas regarder les saucisses. Mais ça n'avait plus aucune importance.

— J'arrive, dit-il. Tu es chez toi ? Je suis là dans une demi-heure. Ne fais rien, reste où tu es, ne bouge pas de là.

Il ne lui donna pas plus d'explications, mais il craignait sincèrement qu'elle fasse une bêtise avant qu'il n'arrive.

— D'accord, dit-elle d'une voix éteinte.

Elle n'avait même pas le courage de protester. Elle lui donna le code d'entrée.

Vincent jeta un regard sur le sol détrempé. Il fallait qu'il nettoie tout ça. Mais pas maintenant.

Rebecka sortit la tête de sa chambre.

— Bon sang, papa, qu'est-ce que tu fous ? dit-elle. Ça pue le cramé dans toute la maison.

— Ça va, Rebecka, dit-il en passant un torchon sur la plaque de cuisson. Il faut que tu prennes le relais, j'ai des affaires à régler.

— Quoi !? Ça va pas la tête !

Rebecka leva les bras dans un geste exaspéré, obtempéra et le rejoignit à la cuisine.

— Je vais acheter des pizzas, dit-elle après avoir constaté l'ampleur des dégâts. Tu m'envoies les sous ? T'es au courant qu'il y a de l'eau partout, au moins ?

Vincent prit son téléphone et fit un transfert sur le compte de Rebecka. Il alla ensuite récupérer son ordinateur portable.

— Qu'est-ce que tu fais ? demanda Maria.

Elle se releva, Aston agrippé à ses jambes.

— Qui a téléphoné ?

Il hésita. Inspira profondément. La suite n'avait aucune chance de bien se passer.

— C'était Mina. Ça ne va pas. Il faut que j'y aille, elle a besoin de moi.

Il alla sur Google et lança une recherche rapide.

— Tu plaisantes. Tu te fous de moi ? éructa Maria d'une voix stridente. Elle a besoin de toi ? Elle n'a personne d'autre ? Bon sang, on est dimanche soir, Vincent !

Il regarda l'écran de son ordinateur.

Maria n'avait pas entendu la voix de Mina et n'avait aucune idée de l'urgence de la situation.

— Là, c'est à moi qu'elle fait appel, c'est à moi d'y aller. C'est moi qui suis responsable.

Il regarda sa femme qui croisa les bras dans un geste théâtral. Elle avait pris son air buté.

— Maria, elle m'a vraiment fait peur. Si tu l'avais entendue…

— Dans ce cas, qu'est-ce que tu attends ? S'il faut absolument que ce soit toi qui t'y colles avec ton cheval blanc !

— Blanc ? La Toyota est rouge.

— Bon sang, il y a des fois où…, bredouilla Maria agacée.

— Ceci n'a rien d'héroïque, dit-il. Quelqu'un de mon entourage se trouve dans une situation potentiellement dangereuse, physiquement et psychiquement. Je suis apparemment la seule personne au courant et donc la seule à pouvoir lui porter secours. Il faut donc que j'y aille, c'est logique. Mais il faut que je m'assure de ne rien faire de travers.

Il tourna l'ordinateur pour qu'elle voie l'écran. Il avait ouvert une page intitulée *Tuto : Comment réconforter un ami.*

— Non mais, tu rigoles ! dit Maria, écœurée. Je te croyais pas autiste à ce point-là ! T'as besoin d'aller sur Google pour voir comment réconforter quelqu'un ! On *sait* d'instinct ce genre de choses. Tu dis : “Je suis là, je suis auprès de toi.” C'est le plus important. Tu es vraiment à ce point dépourvu d'empathie ?

Elle ne comprenait rien, comme d'habitude. Il n'avait pas cherché sur le net parce qu'il voulait faire semblant d'avoir de la compassion, mais justement *parce qu'il* en avait. Il n'était pas du tout persuadé que ce qu'on *sait d'instinct* soit toujours la meilleure chose à faire. Il y avait tant d'idées préconçues qui frôlaient la bêtise. Tout le monde *sait* que les enfants ne doivent pas aller se baigner pendant l'heure qui suit un repas, au risque d'avoir des crampes. Alors que c'est complètement faux, sans doute inventé par des parents qui se sont bâfrés et qui veulent faire la sieste. Et tout le monde *sait* que les aliments perdent de leurs valeurs nutritives en passant au four à micro-ondes. Faux aussi. Bien sûr, lui non plus n'était pas immunisé contre ce genre d'affirmations unanimement partagées. Et Mina était bien trop importante pour qu'il prenne le moindre risque. Mais comment expliquer ça à Maria ?

— Je n'ai pas l'habitude de réconforter des adultes, dit-il. Et je ne veux pas aggraver la situation. Alors, je voulais connaître les erreurs à éviter à tout prix. Comme celle-ci par exemple.

Vincent lut à haute voix :

Une erreur fréquente est la phrase : “Je suis là pour toi, dis-moi si tu as besoin de quelque chose.” C'est beaucoup trop général.

Celui ou celle que vous devez conforter se retrouve brusquement à devoir déterminer comment vous pouvez l'aider. Au lieu de ça, il faut être pragmatique. Expliquer à la personne comment on peut aider, lui proposer de faire le ménage, préparer à manger ou rester pour la nuit.

— Rester pour la nuit, dit Maria, bouche pincée. Eh ben voilà, il ne manquait plus que ça !

Il soupira. Comme d'habitude, elle avait tout compris de travers.

— Tu sais quoi ? dit Maria, amère. C'est pas la peine que tu reviennes ce soir.

Vincent fronça les sourcils. Elle ne voulait pas qu'il reste dormir là-bas. Mais elle ne voulait pas non plus qu'il revienne à la maison. Et merde. Il ne comprendrait jamais la logique féminine.

La porte d'entrée de l'appartement de Mina n'était pas verrouillée. À l'intérieur, le paillasson était juste assez grand pour qu'on puisse enlever ses chaussures sans marcher sur le sol. À condition d'être relativement souple et de ne pas souffrir de problèmes d'équilibre. Pour ne pas prendre de risques, Vincent ôta ses chaussures sur le palier pour ensuite les poser sur le paillasson, avec précaution. Afin de ne pas élever la voix en l'appelant, il entra silencieusement dans l'appartement.

Mina était assise dans le canapé du séjour, son portable toujours à la main. Vu sa tête, elle n'avait sans doute pas exagéré en lui disant n'avoir ni dormi ni mangé. Elle était d'une blancheur cadavérique, hormis le contour des yeux qui était noir. Elle avait l'allure d'un ballon de baudruche dégonflé. Toute l'énergie qui lui restait lui servait à pleurer. Ses sanglots étaient si forts que son corps en tremblait.

Il posa le sac en papier de courses achetées en route sur la table basse et alla à la cuisine chercher un verre. À son retour, il sortit une bouteille de jus de fruits et lui en versa quelques centilitres. Il se dit qu'elle n'avait pas besoin de paille pour boire dans ses propres verres.

— Jus de fruits, yaourts, tartines, dit-il en sortant le reste des courses. Et pas n'importe quelles tartines. Tartines d'avocat.

Il laissa inévitablement tomber quelques miettes sur la table, mais se dit que Mina avait autre chose à penser pour le moment. Elle se contenta de faire la moue.

— Je sais, tu n'as pas envie de manger. Tu n'es pas obligée. Quand tu auras faim, ce sera là. Pour l'instant, tout ce que je veux, c'est que tu boives. Mais rien ne presse.

Il posa le verre aussi près d'elle que possible, puis s'éloigna comme pour lui signifier à quel point il n'accordait aucune importance au fait de manger. Il espérait qu'elle ne comprendrait pas, au ton de sa voix, que c'était tout le contraire : il était urgent qu'elle se nourrisse, tant elle semblait prête à s'effondrer.

Il s'assit à côté d'elle dans le canapé et, après quelques secondes d'hésitation, il posa son bras sur ses épaules. Elle le laissa faire et se recroquevilla contre sa poitrine. Faisant fi de l'odeur de saucisses carbonisées et de macaronis trop cuits dont sa chemise était sans doute imprégnée.

Elle pleura en silence pendant qu'il lui caressait les cheveux. Sur l'un des dessins qui illustrait *Comment réconforter un ami*, il avait vu exactement comment s'y prendre. Mais il y aurait sans doute pensé par lui-même. Ça semblait être une évidence.

En attendant que le pic de la crise soit passé, il observa le lieu de vie de Mina. Il s'était imaginé son appartement tout blanc. Des murs blancs, des meubles blancs et des tableaux blancs. Afin que d'éventuelles saletés se repèrent immédiatement. Bien loin de cela, les murs étaient gris clair, et les meubles en bois naturel, au moins dans les pièces qu'il pouvait voir, à savoir le séjour et la cuisine. Il ne s'était pas attendu à ce que son appartement soit aménagé avant autant de goût. La disposition élégante des objets et l'impeccable propreté semblaient en harmonie avec l'ameublement minimaliste de l'ensemble. S'il n'avait pas connu Mina, il aurait pu se croire dans l'exposition d'un designer d'intérieur et non dans un lieu de vie aseptisé. Pas la moindre trace de présence d'autres personnes. Pas de photos de famille ou d'amis, pas de calendrier sur le frigo avec des dates de dîner ou autres événements en perspective.

Au bout de quelques minutes, sa respiration se calma un peu. Il saisit alors le verre et le lui présenta. Elle le prit de ses deux mains et but deux ou trois gorgées. Ensuite, elle fit une pause, comme si elle envisageait de le lui redonner, mais finalement elle le garda et but ce qu'il restait. Il fut soulagé. Elle avait au moins ingéré un peu de sucre et de vitamines. Il espérait que ce serait suffisant pour lui ouvrir l'appétit.

— Je peux te parler ? dit-il.

— S'il le faut, répondit-elle d'une voix éteinte.

— Il ne le faut pas. Je resterai ici aussi longtemps que tu en auras besoin. Je t'aiderai à manger et à dormir. Quand tu le voudras. Et nous ne sommes pas obligés de parler.

Cette dernière phrase, il l'avait trouvée de lui-même. Et c'était apparemment réussi, car Mina acquiesça en silence. Elle reposa sa tête contre sa poitrine. Les larmes coulaient toujours, mais moins qu'avant.

— Qu'a dit Maria quand tu es parti pour venir ici ? demanda-t-elle. Elle était jalouse ?

— Mina, as-tu déjà vu un zèbre changer de rayures ? Bien sûr qu'elle était jalouse. Mais elle s'est contentée de dire que j'étais vraiment à côté de la plaque, que j'étais dérangé et que je devais me faire soigner.

Mina sourit.

— Elle n'a pas tort, dit-elle. Tu sais que tu pues la saucisse ?

Il sourit à son tour. Puis ils se turent tous les deux. Mina était visiblement exténuée. Ce serait une bonne chose qu'il puisse la faire s'endormir. Il régla sa respiration sur la sienne afin qu'ils respirent au même rythme. Elle commença à se relaxer. Il continua, s'autorisant à aimer cette sensation physique, être en phase avec une autre personne. Ça ne lui était pas arrivé depuis très longtemps. Il ralentit alors sa respiration tout en vérifiant qu'elle l'imitait, inconsciemment. Il continua à respirer lentement, de plus en plus lentement, par paliers, pour que son corps doucement s'accorde. Au bout de cinq minutes, elle dormait profondément.

Il inspira à pleins poumons. Il n'avait jamais osé réconforter comme ça ni Maria ni Ulrika, elles l'auraient à coup sûr ridiculisé, s'il avait essayé. Mais avec Mina, ça s'était bien passé. Très bien même. Ça semblait naturel.

Il l'allongea délicatement sur le canapé, sans savoir où cela les menait. Il regarda autour de lui. Un lieu de vie révèle toujours des détails sur celui qui l'habite. Bien sûr, c'était moins évident maintenant que les collections de disques et les bibliothèques bien fournies se faisaient plus rares. Ce que les gens sauvegardaient sur Spotify ou Storytel n'avait pas le même impact. Il savait pourtant, par expérience, que les informations personnelles se trouvaient souvent là où l'attention n'était pas naturellement attirée. Un post-it rappelant un rendez-vous. Des agencements d'aimants formant des phrases sur le frigo, des objets oubliés sur l'espace de rangement, sous une table basse.

Il n'y avait rien de la sorte ni dans le séjour ni dans la cuisine de Mina. Les tableaux sur les murs ne lui révélaient rien non plus, tout au plus qu'elle devait les avoir achetés chez Ikea. Il se refusa à aller dans sa chambre. Il aurait eu le sentiment de violer son intimité. Sur le bureau dans le séjour trônait un Rubik's Cube. Probablement celui qu'elle avait dans sa poche lors de leur première rencontre.

Du pouce et du majeur, il saisit le cube par deux faces, de façon à pouvoir bouger les rangées avec l'index, l'annulaire et l'auriculaire. Les rangées bougeaient sans aucune résistance. Il avait raison. Il s'agissait effectivement d'un Speed Cube, tellement exempt de friction qu'on pouvait le résoudre d'une seule main. Il était surpris que Mina l'ait laissé non résolu. Pour sa part, il était de la vieille école. Il commençait toujours par une croix. Il savait que ce n'était pas la méthode la plus rapide, mais c'était inscrit dans ses schémas moteurs. Il continua à regarder autour de lui tout en manipulant le cube d'une main, distraitement.

Sur le bureau se trouvaient aussi des documents qu'il reconnaissait, des éléments de l'enquête. Au bout, une petite photo encadrée attira son attention. Il y avait un pendentif accroché au cadre. Vincent reconnut un bijou magnétique. Étonnant, parce que Mina ne lui semblait pas être du genre à croire à ces trucs New Age un peu fumeux. Mais bon. Ça ne regardait qu'elle.

Mina s'agita dans le canapé, murmurant des mots qu'il ne comprit pas. Dans le cadre, la photo d'une petite fille. Le cliché ne faisait que dix centimètres de haut, maximum, et lui rappela les portraits des enfants qu'on prenait à l'école et que les parents achetaient en trop grand nombre, espérant que les grands-parents et autres membres de la famille, voire les amis, seraient heureux de les recevoir, cette année-là aussi. Un bonheur sans doute largement surestimé.

— Natti, murmura Mina.

Cette fois-ci, il avait clairement entendu.

— Natti, Natti, dit-il doucement. Il faut que tu dormes.

— Natti, mon cœur, je suis là, dit-elle en plissant le front. Tu ne me vois pas ?

Natti, mon cœur ? Il se sentit rougir. Ils ne se connaissaient quand même pas si bien que ça. Mina avait toujours l'air de dormir, mais d'un sommeil plus agité qu'avant. Il regarda à nouveau la fille sur la photo. Puis il retourna délicatement le cadre. Au dos, il était écrit *Nathalie 10 ans.* Il rougit un peu plus. Mina ne pensait pas à lui. Natti était le nom d'une personne. Il reposa le cadre, s'appliquant à le replacer exactement comme avant, ainsi que le pendentif. Il trouva un stylo et retourna la première feuille du dossier sur Agnes.

Je ne te poserai jamais de questions. Mais si tu veux parler, je t'écouterai, écrivit-il sur la feuille.

À cet instant, il réalisa qu'il tenait encore le Rubik's Cube de Mina à la main. Il l'avait résolu, sans même s'en rendre compte.

P-S : pardon pour le cube, ajouta-t-il au message qu'il posa, avec le cube, à côté de la tartine sur la table basse.

Au bout du canapé, un plaid était plié à la perfection. Il le déplia et enveloppa Mina de cette couverture toute douce. Dans l'entrée, il ramassa ses chaussures, puis sortit de l'appartement sans faire de bruit.

Vincent n'arrivait pas à s'endormir. L'exercice d'autohypnose dont il se servait habituellement ne marchait pas. C'était la première fois que ça lui arrivait. Des pensées chaotiques l'assaillaient. Et la dernière lettre l'avait complètement pris au dépourvu. Il recevait souvent des courriers d'admirateurs, ou des mails de gens qui parfois voulaient qu'il les aide à refaire leur vie, ou simplement à formuler une lettre de motivation pour postuler en vue d'un travail. Il n'avait plus pensé à ces lettres de menaces reçues au printemps. Mais maintenant, la même personne lui avait écrit à nouveau.

Il se redressa et s'assit sur le bord du lit, alluma la lampe de son portable. Ce serait une très mauvaise idée de réveiller Maria. Il déplia la lettre pour la cinquième fois.

Ce sera toi et moi. Mais je comprends que tu ne puisses rien dire à ta femme. Je m'en occupe.

Chaque fois qu'il relisait cette lettre, c'était comme si un énorme glaçon glissait le long de son dos. L'heure tardive ne l'aidait en rien à avoir les idées claires. Il fallait qu'il reprenne le contrôle de ses émotions, son cerveau était de toute évidence parti en vrille. S'il arrivait à juguler son angoisse, il retrouverait son calme. La technique la plus simple était d'essayer de résoudre un problème abstrait. Ou de lire un texte un peu complexe. Mais tous ses livres se trouvaient en bas dans son bureau. Il n'avait pas le courage d'y aller. On était au beau milieu de la nuit.

Il contempla la silhouette sombre qui occupait l'autre moitié du lit. Sa femme avait tendance à s'enrouler dans la couette quand elle dormait. On aurait dit un rouleau de printemps. Du côté de Maria, quelques livres s'étalaient sur la table de nuit, des bouquins à couvertures flashy, comme des arcs-en-ciel pleins de promesses, mais le moment était peut-être venu de laisser tomber ses a priori, pour une fois. Quand il était petit, lui aussi avait voulu que la magie existe pour de vrai. Il avait même tout fait pour la trouver. En plus, la nuit est un temps spécial où les règles de ce monde sont différentes. S'il y avait un moment pour découvrir des choses intéressantes dans les livres de Maria, c'était bien maintenant.

Il fit le tour du lit, alluma la lampe de chevet. C'était une sorte de globe illuminé de l'intérieur représentant la lune. Sa femme gémit doucement et se retourna, comme pour fuir la lumière.

Il y avait quatre livres sur la table de chevet. On pouvait dire ce qu'on voulait, Maria prenait ses manuels de développement personnel très au sérieux. Théoriquement, en tout cas. Le livre au sommet de la pile s'appelait *L'Art de la niaque*. Il l'avait déjà lu, en réalité, et l'autrice, Angela Duckworth, était une femme intelligente qui avait les pieds sur terre. Il lui fallait quelque chose de plus percutant, des idées qui le fassent bouger.

Le livre suivant s'intitulait *Comment aimer sans réserve – La magie de la vie*. La couverture représentait une petite plante verte qui germait sur un soleil. La plante avait la forme d'un cœur avec un autre petit soleil dessiné en son centre. Aucun nom d'auteur n'était indiqué, juste la référence d'un site internet. Voilà qui était déjà plus intéressant. Mais peut-être trouverait-il encore plus intrigant.

Le troisième livre portait le titre *Apprendre à aimer ce que l'on a*, et le dernier *Il est idiot, mais il est ton idiot*. Il resta debout, les trois derniers livres dans les mains.

Apprendre à aimer.

Il est idiot.

Aimer sans réserve.

Soudain, il fut envahi par un mélange d'anxiété et de vertige. Il avait cru que ce qui passionnait Maria, c'était d'“apprendre à se connaître soi-même” ou de “trouver son moi spirituel”, ce genre de quête utopique. Il ne s'était pas privé d'ironiser sur le sujet. Mais il s'était complètement planté. Si elle lisait tous ces bouquins, c'était pour essayer de le comprendre, *lui*. Pour essayer de trouver sa place dans une famille où deux des enfants n'étaient pas les siens. Il avait tout compris de travers. Sa femme avait raison. Il était con. Un gros con. Elle partageait son existence avec un mari qui vivait sur une autre planète. Il alla jusqu'à se demander s'il méritait vraiment d'être aimé.

— Vincent, murmura Maria dans un demi-sommeil. Qu'est-ce que tu fais ?

Il reposa les livres et ajusta la pile. Il passa la main sur ses yeux, espérant que sa femme ne remarquerait pas ses larmes. Maria leva la tête, plissant les yeux dans sa direction.

— Qu'est-ce qui se passe ? dit-elle.

Il éteignit la lampe-lune pour qu'elle ne voie pas à quel point il avait honte.

— Tu te souviens quand nous sommes tombés amoureux ? dit-il trop doucement.

— Euhm, quoi ?

— Je t'avais prévenue que ce n'était pas facile de vivre avec moi. Mais je n'avais aucune idée de l'ampleur de ce qui t'attendait.

— C'est une expérience éprouvante, pas de doute, dit-elle dans un bâillement. Surtout en pleine nuit. Tu viens te coucher ?

— Mais est-ce que ça en vaut la peine pour toi ?

Maria ouvrit les yeux.

— De vivre avec toi, tu veux dire ?

Il acquiesça, silencieux, sans savoir si elle le voyait dans le noir.

— Je pense que ça dépend de toi, dit-elle. Et toi, tu veux que ça en vaille la peine ?

Il acquiesça de nouveau. Surtout pour lui-même.

— Je suis désolé. J'ai été idiot.

— Je sais bien, dit-elle avec un petit rire. Et parfois, j'ai envie de te noyer dans ma tasse de thé vert. Mais tu es mon idiot. Viens te coucher maintenant. Tu peux être la petite cuillère, si tu veux.

— Mais tu ne sais pas ce que j'ai…

— Je sais qu'il est deux heures et demie du matin, dit-elle en jetant un œil sur l'heure qui s'affichait sous la lampe-lune, et si tu ne veux pas que je te quitte, viens te coucher. Le réveil sonne dans quatre heures.

Maria reposa sa tête sur l'oreiller, se retourna dans le lit et remua quelques instants à la recherche de la position la plus confortable. Au bout d'un moment, sa respiration se fit plus lente et plus profonde.

Il resta debout, regardant la silhouette de sa femme. La mère de son plus jeune fils. Il n'avait pas seulement négligé leur relation, il avait aussi tout fait pour la gâcher. Mais elle, elle n'avait jamais perdu espoir. Elle avait fait bien plus d'efforts que lui pour y arriver. Dorénavant, il remédierait à ça. S'il restait encore quelque chose à sauver dans leur mariage, il ferait tout ce qui était en son pouvoir pour y arriver. Si elle voulait bien lui laisser encore une chance, bien qu'il ne la mérite pas.

Un léger bruit fit sursauter Mina. Elle n'avait pas remarqué que Julia était entrée dans son bureau. Elle ne l'aperçut qu'au moment où Julia tapa discrètement sur l'angle de la table.

— J'ai dit ton nom plusieurs fois, tu devais être drôlement absorbée, dit Julia. Peder a réussi à retrouver cette Anna des Alcooliques Anonymes ?

Mina fit un demi-tour sur sa chaise. Une chaise tout en acier chromé, sans aucun rembourrage recouvert de tissu, contrairement à celles de ses collègues. Le tissu est synonyme de colonies bactériennes. Surtout quand on est assis dessus une grande partie de la journée. L'acier est facile à désinfecter. Ou à nettoyer à grande eau, au besoin.

— Non, mais il a une adresse, dit Mina en se levant. Il vient de m'envoyer un mot.

Peder avait à nouveau été obligé de se mettre en congé pour les triplées. Mais avant de repartir pour le front des vomissements et autres joyeusetés de bébés, il lui avait envoyé un court message résumant les informations qu'il avait recueillies.

— J'étais sur le point de passer prendre Vincent pour y aller. Ce serait bien qu'il m'accompagne.

Elle avait besoin de Vincent à ses côtés, même si son secret risquait d'être mis au jour. En fait, elle se surprenait à ne plus le craindre tant que ça.

— Tu es sûre que c'est une bonne idée d'y aller avec Vincent ? demanda Julia. Depuis la découverte du message dans le livre, il est directement impliqué, ne l'oublie pas. Ce ne serait pas mieux d'y aller avec Christer ?

Mina fit non de la tête.

— Non, je veux y aller avec Vincent. C'est la moindre des choses vis-à-vis de lui. C'est grâce à lui que l'enquête a enfin avancé. Je suis largement capable de m'occuper d'Anna en cas de problème.

Julia sourit, amusée.

— Certes, mais tes collègues aussi ont fait leur part du boulot. Ne l'oublie pas avant de succomber totalement à son charme de star.

— Charme de star…

Mina renâcla en comprenant, mais se sentit en même temps rougir, ce qui la contraria.

— N'importe quoi ! Vu ses compétences, c'est évidemment Vincent qui doit y aller avec moi, ça n'a rien à voir avec…

— C'est ça, c'est ça, pas la peine de t'exciter, emmène Vincent si ça te chante. Mais soyez prudents.

Julia sourit d'un air entendu, tourna les talons et se dirigea vers la porte. Mina, hésitante, pensa la rappeler, lui expliquer, mais elle savait qu'elle ne ferait que s'enfoncer encore plus.

Elle renonça, sortit ses lingettes désinfectantes et essuya soigneusement le coin du bureau que Julia avait touché.

— Peder ne l'a donc pas vue ? demanda Vincent, intrigué, pendant que Mina se garait. Pourquoi n'était-elle pas à la réunion des AA ?

— Peder dit que personne n'avait la moindre idée de la raison de son absence.

— Et je suppose qu'ils ne se communiquent pas leurs adresses ? Puisque l'anonymat est l'un des principes des AA.

Mina acquiesça, tira le frein à main et coupa le moteur.

— On ne donne effectivement jamais d'adresse, mais un des autres habitués sait où elle habite. Ils sont apparemment presque voisins et se fréquentent occasionnellement.

Ils sortirent de la voiture et regardèrent autour d'eux. C'était une journée grise et la pluie n'était pas loin. Le GPS les avait conduits dans un quartier tristounet constitué de buildings anonymes. Un mélange de béton et d'acier sans aucun charme qui avait rempli son objectif à une certaine époque : mettre à disposition des appartements en un temps record dans une ville en pleine expansion.

— Quel étage ? demanda Vincent en regardant le haut de l'immeuble.

— Troisième, répondit Mina en tapotant sur l'interphone près de la porte jusqu'à arriver au nom d'Anna.

Au bout de quelques sonneries, la porte cliqua et ils purent entrer. Mina fronça le nez. Une odeur désagréable emplissait la cage d'escalier, un mélange de vieille pisse et d'une autre odeur âcre venant sans doute des parties dégradées du bâtiment.

— Tout à fait d'accord, on laisse tomber l'ascenseur, dit Vincent en se dirigeant vers l'escalier.

Les murs étaient recouverts d'une peinture vert clair absolument sinistre et qui s'écaillait. Mina ne comptait plus le nombre de cages d'escalier qu'elle s'était farcies en service. Toutes semblaient avoir la même couleur et la même odeur.

— C'est ici, dit Vincent quand ils furent arrivés au troisième, en montrant le nom d'Anna sur une plaque peinte de motifs kurbits selon l'ancienne tradition suédoise.

Devant la porte, un paillasson avec la mention *The Queen of Fucking Everything*.

— OK, allons-y, dit Mina d'un ton sec en faisant un signe de la tête.

Elle laissa Vincent sonner. Toujours une sonnette dégueulasse de moins à toucher. Elle était anxieuse et avait mal au ventre. Vincent aurait forcément connaissance de son secret, tôt ou tard. Mais advienne que pourra.

La porte s'ouvrit. La fille au dauphin les regarda fixement. Pendant quelques secondes, son expression resta neutre, puis ce fut comme si tout un monde d'émotions passait sur son visage. Culminant en un hurlement qui fit bondir Mina.

— VINCENT !

Anna sauta au cou de Vincent. Elle faillit le faire tomber. Mina resta bouche bée, et Vincent pétrifié. Une Anna hurlante agrippée à lui. Mina ne comprenait rien. Elle savait qu'Anna connaissait Vincent, certes, c'était la raison de leur venue. Mais elle ne s'était pas du tout attendue à un tel accueil. Vincent non plus, visiblement. Stupéfait, il semblait chercher une façon de réagir dans les tréfonds de sa mémoire.

— Euh, bonjour…, dit-il, embarrassé, tout en essayant de se libérer.

— On peut entrer ? demanda Mina. Nous avons besoin de vous poser quelques questions.

Elle s'entendit parler avec dureté, ne s'étant pas encore remise de cet accueil pour le moins surprenant et chargé d'émotion. C'était un comportement inattendu de la part d'une personne potentiellement mêlée à une affaire de meurtres.

— Oui, entrez, entrez ! Pardon, ah, zut, je ne suis vraiment pas présentable et je n'ai pas fait le ménage, si seulement j'avais su que tu allais venir *aujourd'hui*, Vincent, je me serais préparée, j'aurais tout arrangé agréablement.

Anna bredouillait nerveusement en reculant pour les laisser passer. Vincent restait perplexe et hésita à entrer dans l'appartement, avant de finir par la suivre.

— J'étais en train de faire griller de la viande hachée pour Ingo, alors désolée, faut juste que je vérifie que ça crame pas, il déteste quand la viande est brûlée, il l'aime à point, même crue, en réalité, mais on ne sait jamais ce que la viande peut contenir, alors je préfère la cuisiner…

Anna s'interrompit et regarda Mina, comme si elle réalisait à l'instant que Vincent n'était pas seul.

— Mina ? dit-elle. On se voit habituellement…

— À Kungsholmen, oui, la coupa Mina, soutenant le regard de la fille au dauphin. J'y suis allée plusieurs fois en tant qu'accompagnatrice.

Anna sembla capter le message, mais elle n'avait de toute façon d'yeux que pour Vincent. Elle opina et disparut dans l'appartement. Mina, dubitative, suivit Vincent.

Dans l'appartement, tout était ordonné, contrairement à ce qu'avait sous-entendu Anna. Mais côté déco, c'était intense. Des rubans brodés avec des proverbes, des citations, deux plaques émaillées, répliques de ses tatouages, portant l'inscription *Carpe diem* et *The Queen of Fucking Everything*, des miroirs, des fleurs artificielles et une avalanche de bibelots. Un adage d'une rare subtilité brodé au point de croix proclamait : *Dans un couple qui merde, une grosse teub est une maigre consolation.* Ils rejoignirent Anna qui monologuait toujours dans sa cuisine.

— Dès que j'ai nourri Ingo, je mets le café en route, je crois que j'ai des petits gâteaux qui traînent quelque part. Franchement, je ne réalise toujours pas que tu aies fini par venir, Vincent. C'est Lindsy qui sera surprise, elle m'a envoyé teeeellement d'énergie négative en disant que ça n'arriverait jamais, et que je me faisais des idées, et que je n'aurais jamais dû écrire ces lettres stupides, et que tout ça, c'était juste dans ma tête ! Ha ! C'est elle qui est à côté de la plaque, puisque tu es là, ici, maintenant, en chair et en os !

Anna brillait tel un petit soleil devant sa cuisinière où la fumée s'élevait en volutes au-dessus d'une poêle. C'est seulement à cet instant que Mina aperçut le gros chat ragdoll qui attendait patiemment aux pieds de sa maîtresse. Rien qu'à la vue du chat, Mina se frotta les yeux et fut saisie d'une gêne respiratoire. En réalité, elle ne souffrait pas d'allergie, c'était l'idée de ramener des poils de chat chez elle qui provoquait cette réaction. Ingo leur accorda une très brève attention, pour ensuite les ignorer totalement, le contenu de la poêle était son unique préoccupation.

— Voilà, mon bonhomme, c'est presque prêt, maman va t'aider à manger, ça va être tellement bon, mon petit minou.

Anna, complètement gâteuse avec son chat, tendit la main pour attraper une cuillère tout en posant la poêle sur un dessous-de-plat. Elle s'assit sur une chaise et le chat se tourna vers elle, sa queue balayant le sol usé. Mina n'osait pas regarder Vincent, était-il aussi effaré qu'elle ? La fille au dauphin nourrissait son chat à la cuillère. Elle n'en revenait pas. Elle voyait Anna tous les jeudis lors des réunions AA, avait échangé avec elle, le moins possible certes, mais elle l'écoutait quand elle prenait la parole. Elle avait toujours eu l'impression qu'Anna était une fille à peu près normale. Un peu déjantée, peut-être. Mais ça…

Abasourdie, elle secoua la tête et chercha un endroit où s'asseoir. Ils n'étaient probablement pas près de sortir de là. Au moins, l'appartement était propre et bien rangé. S'asseoir sur une chaise de cuisine était envisageable. Elle aurait préféré sortir ses lingettes pour essuyer chaise et table, bien sûr, mais elle fit un effort et contrôla ses pulsions.

Vincent s'assit sur la chaise à côté d'elle. Mina osa enfin le regarder. Il contemplait, fasciné, le chat qui mangeait à la cuillère. Toujours plongé dans une profonde réflexion, il tourna la tête, leurs yeux se croisèrent.

— Anna, dit-il. Nous avons quelques questions à vous poser. Vous avez parlé de moi à Mina, n'est-ce pas ?

— Mais bien sûr, Vincent ! Je parle de toi à tout le monde ! Tu le sais bien !

— Comment ça ?

Vincent s'éclaircit la gorge.

Ils s'étaient mis d'accord pour ne surtout pas mentionner le livre, en tout cas pas au début, au cas où Anna tenterait de fuir. Mais depuis leur arrivée, Mina était de plus en plus persuadée qu'Anna n'avait rien à voir ni avec le livre ni avec le message qu'il contenait. Pas besoin d'être un grand mentaliste pour le comprendre.

— Mais pourquoi moi ? Pourquoi avez-vous proposé à Mina de me contacter ?

Anna continuait à enfourner de la viande grillée dans la gueule de son chat tout en parlant.

— Ce n'est pas si compliqué. On était plusieurs à avoir entendu l'échange téléphonique de Mina et j'ai tout de suite compris qu'elle avait besoin d'aide. C'était une évidence. Il fallait lui proposer de faire appel à toi.

La fille au dauphin parlait comme si Mina n'était pas présente. L'apparition de Vincent était tellement miraculeuse qu'il n'y avait de place pour personne d'autre. Les yeux d'Anna étincelaient quand elle regardait Vincent, d'une manière un peu inquiétante. Anna racla la dernière cuillerée de viande.

— Pourquoi avez-vous pensé tout de suite à Vincent ? demanda Mina.

Anna se fendit d'un large sourire.

— Je pense toujours à Vincent.

Troublée, Mina se tourna vers Vincent. Toute cette conversation était surréaliste. Il se passait quelque chose qu'elle ne comprenait pas. Un élément allait pourtant dans son sens, Anna n'avait pas l'air de s'intéresser le moins du monde à elle ni aux circonstances par lesquelles elles se connaissaient.

— Viens, Vincent, il faut que je te montre quelque chose !

Anna bondit, posa la poêle sur la cuisinière, la petite cuillère dedans. D'un pas énergique, elle se dirigea vers une porte fermée de l'autre côté du salon, en faisant signe à Vincent de l'accompagner. Vincent et Mina se levèrent et la suivirent, non sans une certaine appréhension.

— Regarde ! C'est pas sympa, ça ?

Anna ouvrit grande la porte. Elle balaya la pièce d'un ample geste du bras en trépignant d'enthousiasme. Mina avança, curieuse, Vincent juste derrière elle. Elle s'arrêta net.

Tous les murs de la pièce étaient recouverts de photos de Vincent. Mais pas seulement de Vincent. Sur presque toutes, il était avec elle, Anna.

Certaines étaient des selfies pris dans des rencontres ou lors de signatures de livres, Anna rayonnant de bonheur au premier plan, tandis qu'on apercevait Vincent en arrière-plan. D'autres étaient des collages, visiblement des montages faits par Anna elle-même, à partir de photos d'elle ou d'autres de Vincent. Plusieurs d'entre elles étaient accompagnées d'extraits de presse, "Une passion s'épanouit", "Le mariage de l'été", ainsi que de cœurs dessinés à la main. Aucun centimètre carré de mur n'y avait échappé.

Mina avait les poils qui se hérissaient en regardant autour d'elle. Jusqu'à présent, elle avait trouvé Anna plutôt amusante, un peu fofolle tout au plus. Mais ce qu'elle voyait partout sur ces murs, c'était de la folie à l'état pur. Une sorte de délire inquiétant qui exigeait un traitement en urgence.

Au fond de la pièce, une table basse avec une photo encadrée de Vincent lors de son dernier spectacle. Devant la photo se trouvait une petite plaque métallique avec l'inscription "Télépathie interdite". Un coin de la plaque était plié, comme si elle avait été arrachée.

C'était un autel.

Mina regarda Vincent. Sa mâchoire pendait, lui donnant un air hébété.

— C'est vous, dit-il lentement. C'est vous qui montez sur scène après les spectacles…

— Bien sûr que c'est moi ! Tu le sais bien !

Anna rit joyeusement et tira Vincent plus en avant dans la pièce. Il tenta de résister, mais Anna tenait fermement son bras.

Mina, diplomate, résuma :

— Vous ne plaisantiez pas en disant que vous pensiez toujours à Vincent.

Du Vincent partout. Rien que du Vincent. Un déluge de photos…

— Anna, il faut que je sache, dit Vincent. M'avez-vous envoyé un livre ? Avec un jaguar en couverture ? Ou quelqu'un vous a-t-il demandé de me l'envoyer ?

Ce fut au tour d'Anna d'être surprise. Son air interloqué n'avait rien de feint, Mina n'avait pas de doute à ce sujet. Son intuition se confirmait.

— Quel livre ? Comment ça, un jaguar ? J'aime les félins, c'est sûr, mais je ne t'ai envoyé que des lettres, tu les as bien reçues, n'est-ce pas ?

— Oui, je les ai bien reçues, merci. Des lettres où vous me menaciez, ainsi que ma famille.

Anna n'avait rien à voir avec le livre, c'était évident. Mais Vincent était blême. Il fallait qu'ils s'en aillent au plus vite. Et de préférence avant que le chat ne devienne trop familier. Bosse avait épuisé la réserve de tolérance de Mina vis-à-vis des animaux domestiques pour un certain temps.

— Nous nous sommes plantés, Mina, dit-il.

— C'était sympa de vous rencontrer, Anna, dit Mina, aimable mais ferme. Si Vincent n'a pas d'autres questions, on se retire.

Anna la regarda, consternée. Puis elle se tourna vers Vincent.

— Comment ça, tu ne restes pas ? Maintenant que tu t'es enfin décidé, que tu es enfin là ! Que tu as lu mes lettres. Ta vie maintenant est ici, ici avec moi. Pas avec elle. Ta maison à Tyresö est très belle, c'est sûr. Mais elle est beaucoup trop grande pour nous deux.

— Comment vous savez où j'habite ?

Il écarquilla les yeux.

— La plaque publicitaire… elle vient de ma boîte aux lettres, c'est ça ?

Anna se tut, tripatouillant nerveusement la plaque. Elle acquiesça.

— J'aime te regarder. Mais quand celle-là est apparue dans ta vie, dit-elle en pointant du doigt Mina, j'ai été obligée de me cacher. Mais je vous ai vus. Vous êtes toujours ensemble.

— Vincent, dit Mina, exaspérée. De quoi elle parle ?

Vincent ne répondit pas. Il regardait les photos sur les murs. Surtout les selfies sur lesquels ils figuraient tous les deux, Anna et lui. Toutes ces situations où Anna avait été si près de lui sans qu'il s'en soit rendu compte. Tous ces moments où Anna aurait pu faire n'importe quoi.

Mina aussi les regardait et son regard s'arrêta sur une en particulier. Anna allongée sur le ventre sur une table, torse nu. Quelqu'un s'activait, penché sur son dos. Oh non ! La photo était floue, mais Mina connaissait assez bien la fille au dauphin pour savoir de quoi il retournait.

Anna capta son regard et poussa un cri de joie. Elle releva son tee-shirt pour qu'ils puissent contempler son dos. Au niveau de ses reins était tatoué un grand cœur rose. Au milieu du cœur, un portrait d'elle – et de Vincent. Ils avaient l'air de nager dans le bonheur.

— C'est nous deux, Vincent ! roucoula Anna.

Mina était hypnotisée par le tatouage. Vincent recula lentement, s'éloigna du dos d'Anna. Puis il se tourna et prit la fuite. Aussitôt hors de l'appartement, il dévala les escaliers.

La forêt était différente de ce à quoi il s'était attendu. Il n'avait jamais mis les pieds dans une forêt, alors comment aurait-il pu savoir que c'était si humide, mouillé même. Impossible de juste s'allonger pour s'envoyer en l'air.

— On va un peu plus loin, dit-il en se retournant vers elle.

Une branche fouetta son visage, il posa sa main sur sa joue égratignée.

Elle lui lança un regard empreint d'ennui, puis se résigna à le suivre.

— OK, mais pas trop, je viens d'acheter des Reebok et j'ai pas envie de les saloper.

Un sol gorgé d'eau et boueux, effectivement pas idéal pour une paire de pompes blanches flambant neuves.

— J'ai payé, dit-il, histoire de la motiver.

Il en avait rien à carrer de ses godasses. Tout ce qu'il voulait, c'était tirer son coup. Et que ce soit vite fait. Il regarda autour de lui. Il fallait trouver un endroit sec avant qu'elle ne change d'avis. Ses copains l'attendaient sur leurs mobylettes près du snack de Tallkrogen. Impossible de revenir sans l'avoir fait. Il était le seul à être encore puceau, les autres n'arrêtaient pas de le chambrer avec ça.

— On dirait qu'il y a une clairière là-bas, c'est sûrement un peu plus sec.

Il lui montra l'endroit du doigt et se remit à marcher.

Elle le suivit sans enthousiasme, soupirant ostensiblement.

— J'te rappelle que t'as payé pour une prestation tout ce qu'il y a de plus ordinaire, pas d'extra, une pipe t'oublies. Qu'on soit bien d'accord.

Le ton était blasé, comme si elle parlait du temps qu'il fait.

Il se demanda combien de mecs elle s'était farcis. L'idée le répugnait et l'excitait aussi. Étrange sensation contradictoire.

Il y avait une crise du logement dans son jean serré, il essaya d'arranger discrètement la situation.

Elle le suivait en titubant. Elle frissonna et serra sa veste en jean autour de son buste.

Il l'avait trouvée sur le net. Les potes l'avaient aidé à choisir. Ils avaient traîné chez Adde tout l'après-midi, cherchant une meuf à un prix abordable. Il n'avait que cinq cents balles, le cadeau de Noël de sa grand-mère. Tout juste assez pour tremper son biscuit avec Lizette et rien de plus. Sur le site, le prix annoncé était le double, mais Mehmet était doué pour le négoce. Il pourrait tirer sa crampe pour cinq cents.

— Tiens, regarde, s'écria-t-il d'une voix haut perchée qui trahissait son soulagement.

Il désigna une caravane délabrée en bordure de la clairière.

Les arbres étaient de plus en plus dispersés. Il constata que le sol était plus sec, comme il avait espéré.

Son sexe était dur à lui en faire mal. Sa respiration s'emballait. Il avait tant fantasmé ce moment. Il avait vu des milliers de films pornos et savait exactement comment ça se passait, jusqu'au moindre détail, et quel bruit ça faisait, mais la sensation de sa queue dans une chatte, ça, il n'en avait aucune idée. Bientôt, il saurait.

— Et si jamais y'a quelqu'un, dit-elle en râlant parce qu'elle venait de trébucher sur une branche.

— Tout a l'air tranquille, on va voir, répondit-il en espérant de toutes ses forces que la voie serait libre.

Il était si impatient.

Arrivé à proximité de la caravane, il huma l'air. Drôle d'odeur. De la moisissure, ou des canalisations éventrées. Mais rien à carrer. La braguette de son jean était au bord de la rupture, son sexe dur comme du bois. Ce n'étaient pas quelques mauvaises odeurs qui changeraient la donne. Dans deux secondes, la Lizette serait couchée sous lui.

Il ouvrit grande la porte et entra. Pour ressortir comme une bombe, et vomir. Du coin de l'œil, il vit Lizette partir en courant, criant quelque chose du genre “Police”. Ses Reebok neuves dansaient comme des points lumineux dans l’obscurité de la forêt. Et merde. Son affaire tombait à l’eau.

— La vache !

Christer cracha sur le sol. Un type de la scientifique le fusilla du regard. Il leva les deux mains en guise d'excuse.

— Tu l'as dit, bouffi. Ça sent pas la rose…, fit Ruben d'un ton lugubre.

— À mon avis, M. Rask ne s'est pas amusé à assassiner ni Robert ni qui que ce soit d'autre, ces derniers mois, nota Christer en ravalant un reflux acide.

La porte de la caravane était ouverte, et la petite clairière empestait la putréfaction.

— Pas de mystère, donc, si on n'arrivait pas à lui mettre la main dessus, dit Ruben. Mais…

Une lueur d'espoir passa dans ses yeux.

— Il a peut-être été tué par *notre* assassin !

— C'est pas toi qui nous les brisais avec des solutions forcément simples ou je sais pas quoi ? demanda Christer en reculant pour ne pas gêner les techniciens s'affairant dans leurs combinaisons qui crissaient.

Il mit les pieds dans une flaque boueuse et, contrarié, regarda ses chaussures. Un cadeau de sa mère, elles lui étaient très utiles, et ce, depuis plus de dix ans, sans avoir l'air trop éculées. Sa mère achetait toujours de la bonne qualité. Faite pour durer. Mais cette maudite forêt pourrait bien les achever.

— On verra bien de quoi il est mort, répondit Ruben sans se décourager.

Une nana de la police scientifique, une belle jeune femme aux cheveux d'un bleu vif, s'arrêta devant eux.

— On ne peut rien affirmer avant l'autopsie, annonça-t-elle. Mais Jonas Rask est très probablement mort d'une overdose au cours de l'hiver.

— C'est-à-dire avant le meurtre de Robert, marmonna Ruben en se raclant la gorge. Qu'est-ce qui vous fait dire ça ?

— L'aiguille restée dans son bras, dit la femme aux cheveux bleus.

— Jonas avait pris des mauvaises habitudes en prison, souffla Christer.

Il était toujours affligé par l'état de ses chaussures. Maintenant, l'humidité les avait imbibées, mouillant ses chaussettes. C'était sa sortie au grand air la plus radicale depuis des lustres, et il n'était pas près de recommencer. S'il avait le choix.

— Qui ne prendrait pas de mauvaises habitudes en taule ? Il y est quand même resté pendant vingt ans de sa vie, dit Ruben en grelottant.

La journée n'était pas particulièrement froide, mais l'humidité et l'absence de lumière dans la forêt faisaient baisser la température. La caravane avait passé l'été en plein cagnard, ce qui avait largement contribué à accélérer la décomposition et expliquait l'horreur de cette découverte.

Le corps fut placé dans un sac mortuaire noir. Un liquide suintait par la fermeture éclair et l'odeur les heurta comme un coup de massue. Christer se boucha le nez, luttant contre l'envie de vomir. Il constata avec satisfaction que le visage de Ruben avait pris une coloration olivâtre.

Il n'avait pas été possible de venir jusqu'ici avec un véhicule, il fallait donc transporter la housse mortuaire à l'aide d'un brancard. Milda avait un travail particulièrement peu ragoûtant en perspective. Et l'équipe de la scientifique, elle aussi, avait de quoi s'occuper à l'intérieur de la caravane.

— Bon, ben, voilà, dit Ruben qui se mit à marcher à grandes enjambées vers la voiture de police en bordure de route.

Bosse les attendait, une vitre entrouverte et une grande gamelle d'eau sur le tapis de sol. Lui, au moins, était heureux de les voir revenir. Christer soupira, faisant le bilan des dégâts. Des chaussures ruinées, des chaussettes détrempées – et cerise sur le gâteau, encore une piste qui se terminait en cul-de-sac.

Bon Dieu, qu'elle exécrait les vacances. Il y avait peu de mots dans la langue suédoise qu'elle détestait autant. Et tout aussi rares étaient les obligations qu'elle abhorrait avec autant d'énergie. Vacances.

— Vous avez besoin d'un peu de repos, comme tout le monde, avait dit la direction. C'est le mois d'août. Décrochez. D'autres enquêteurs de la maison peuvent bien tenir la barricade une semaine ou deux.

Mina ne partageait en aucun cas ce point de vue. Leur équipe avait été constituée à des fins bien précises. Prendre des vacances ne faisait pas partie du programme. Elle avait la fâcheuse impression que tout ce zèle pour la persuader était le premier pas que faisaient leurs supérieurs afin de restreindre progressivement leurs activités en vue de dissoudre définitivement leur groupe. Elle n'avait pas l'intention de se laisser faire.

Malgré tous leurs efforts, ils n'avaient pas réussi à mettre la main sur Jonas Rask. Cela n'avait pourtant rien de compliqué. Quelqu'un qui sort de cabane après deux décennies ne devrait pas être difficile à localiser. Se tenir sous le radar de la police demandait un minimum d'imagination et d'intelligence. L'humain est un animal routinier, ce qui tournait souvent à l'avantage de la police. Mais les anciennes planques de Rask n'avaient rien donné, et cette caravane, ils n'avaient même pas été foutus de la trouver par eux-mêmes. Il avait fallu attendre qu'un gamin de quinze ans en quête du septième ciel trébuche dessus.

La cata.

Il leur fallait être meilleurs et obtenir des résultats concrets. Mina recula d'un pas et contempla son travail. Le point positif de ces congés imposés, c'était la tranquillité dont elle disposait désormais pour reprendre tous les éléments de l'enquête depuis le début, sans être perturbée par les collègues. Mais elle regrettait de ne pas avoir Vincent à ses côtés. Ces deux dernières semaines, il faisait une tournée de conférences, dont la plupart n'avaient pas lieu en Suède. Depuis l'épisode de la fille au dauphin, Anna, il passait l'essentiel de son temps à l'étranger. Et c'était peut-être aussi bien. Il était peu probable qu'Anna le poursuive si loin, vu l'énormité de son budget tatouages. Et Mina ne se sentait pas prête à discuter avec lui de l'épisode de détresse qu'elle avait vécu. Un jour peut-être, mais pas tout de suite.

Un mur entier dans son salon était maintenant recouvert de photos et de notes épinglées. Elle s'était même octroyé la liberté d'écrire sur le mur avec des feutres. Une bonne couche de peinture réglerait le problème. Plus tard. Elle avait entendu dire que pour recouvrir du feutre, il fallait au moins trois couches. Mais de toute façon, elle repeignait systématiquement son appartement chaque automne, toujours dans la même couleur gris clair qui, au bout d'un an, prenait une nuance un peu plus sombre, et ce, malgré tous ses efforts de nettoyage. La crasse ne lâchait jamais l'affaire.

Qu'il n'y ait qu'elle pour la voir lui était égal. Et peut-être qu'en toute sincérité elle ne la voyait pas vraiment. Mais elle savait que c'était sale. En plus, elle trouvait que la peinture avait des vertus thérapeutiques. Car, bien évidemment, c'était elle qui peignait. Elle n'allait quand même pas laisser entrer chez elle un artisan avec ses vêtements de travail sales.

Tuva, Agnes, Robert.

Figés, ils semblaient regarder au loin d'une façon étrange. C'étaient les photos de l'hôtel de police qu'elle avait tout simplement décollées, photocopiées et remises à leur place. Chez elle, elle avait ajouté d'autres notes et clichés. Tiré des lignes, encerclé et souligné des mots qui lui semblaient particulièrement importants.

Dans un angle, elle avait listé tout ce qu'elle avait imaginé comme liens possibles entre les victimes. Une multitude de noms et de lieux notés directement sur le mur. Dentiste. École. Supermarché. Famille. Et une dizaine d'autres mots. Si les gens savaient comme il est aisé de cartographier leur quotidien. Facebook. Instagram. Parfois, elle y allait à l'intuition, confirmée ou non par un coup de fil ou deux. Si elle arrivait à trouver un lien entre les trois victimes, elle approcherait de la vérité, elle en était persuadée.

Mais jusqu'à présent, aucun résultat. Il n'y avait apparemment pas le moindre lien. Zéro.

Mina, contrariée, tripatouilla sa queue de cheval. Ce qu'elle regretta instantanément. Elle se jeta sur le flacon de gel, sans mégoter sur la quantité. Elle se frotta les mains avec énergie, puis recula afin d'avoir une vue d'ensemble du mur. Son regard glissa vers la droite, vers la colonne dédiée à Vincent.

Elle avait collecté tout ce qu'elle avait pu trouver sur lui. Surtout depuis que son implication personnelle était avérée. Au mois de mars, elle avait choisi de lui faire confiance, à lui ainsi qu'à ses appréciations dans cette enquête si particulière, alors qu'elle ne savait pas grand-chose d'autre sur lui que ce qu'elle avait pu trouver sur Wikipédia. Avec le recul, elle reconnaissait avoir manqué de discernement, mais ne regrettait rien. Ces dernières semaines, elle avait en partie comblé son ignorance concernant la vie de Vincent Walder. Il restait beaucoup de zones d'ombre, si on comparait aux autres personnes figurant sur son mur. D'un autre côté, il n'était ni victime ni suspect.

En tout cas, pas encore.

Elle regarda le portrait de Vincent, une photo promotionnelle pour l'un de ses spectacles. Six mois à peine qu'elle le connaissait, mais elle avait l'impression que ça faisait bien plus longtemps. C'était très rare qu'elle ressente une telle proximité avec quelqu'un. Cela n'était pas arrivé depuis…

Elle chassa cette idée et se concentra sur Vincent. Il la regardait droit dans les yeux. Par instants, elle avait l'impression que son regard la suivait quand elle se déplaçait dans la pièce.

Elle avait appliqué la même méthode à Vincent qu'à tous les autres. Combiné toutes les informations qu'elle avait sur lui, aussi méthodiquement que possible. Elle avait appris une foule de détails. Qui était son dentiste. Où il faisait ses courses. Où il avait grandi. Elle avait même réussi à dénicher une ancienne photo de classe du temps où il était à l'école primaire, grâce à une entreprise spécialisée dans la numérisation et la vente en ligne de ce type de clichés. Cette photo trônait sur son bureau. Il était si mignon, avec ce charmant écart entre les dents qui vous sautait aux yeux tant il souriait.

À titre personnel, elle avait toujours détesté les photos de classe. Comme elle avait détesté ses camarades. Tous sauf une : sa copine Pia. Pendant ses années de secondaire, les pires de toute sa scolarité, elle rayait froidement leurs visages et leurs noms inscrits en bas, dans l'ordre correspondant à leurs places. Il y avait toujours quelques absents. Vincent et elle ne venaient pas de la même région de Suède, et plus de dix ans les séparaient. Pourtant, ces photos de classe avaient comme un air de famille. Un court instant, elle se demanda ce que Pia était devenue. Leur amitié avait perduré jusqu'à l'âge d'adulte. Mais Pia n'avait pas compris les choix de Mina. Leurs chemins s'étaient séparés. Mina n'avait jamais eu de nouveaux amis. C'est envahissant, un ami. Exigeant. Un ami pose toujours trop de questions. On doit lui manifester de l'affection, s'intéresser à lui. Elle n'en avait jamais eu ni l'envie ni le courage. Pas avant sa rencontre avec Vincent. Et elle se demandait si elle désirait réellement lui accorder une place dans sa vie. Elle avait réussi à se créer une existence en solo. Une vie où elle parvenait à assembler tous les morceaux d'elle-même, à rester entière, à ne pas s'émietter. Vincent la bousculait, le Speed Cube résolu en était bien la preuve.

Mina tourna le dos au mur de travail et soupira. Elle était sur le point de quitter la pièce pour se chercher un café quand son téléphone mobile sonna. L'écran annonçait Christer.

— Salut ! On se disait avec Bosse qu'on allait prendre de tes nouvelles, te demander comment se passent tes… vacances, ajouta-t-il avec une intonation légèrement ironique sur ce dernier mot. Bosse est un peu raplapla aujourd'hui, alors on reste tranquilles à la maison.

Christer, n'était visiblement pas ravi non plus de ces congés forcés. Elle ne s'était pas encore habituée au nouveau Christer, nettement plus joyeux qu'avant. Son affection pour les animaux avait été une découverte inattendue. Elle le connaissait depuis son arrivée au sein de la police, mais ne l'avait jamais vu sourire au moindre poisson rouge.

— Ce chien ne te quitte donc jamais ? demanda-t-elle.

— C'est marrant, Ruben m'a posé la même question. Bosse a besoin de la sécurité et de la stabilité de ma présence, ça le perturbe d'être livré à lui-même. Mais ce n'est pas évident à comprendre pour quelqu'un qui est à peine capable de s'occuper d'un yucca.

— Quoi ?

— Je fais allusion à Ruben, dit-il aussitôt. Pas à toi.

Elle contempla son mur constellé de notes et de photos. C'était ça, ses vacances. Devait-elle mentir à Christer, raconter qu'elle se trouvait dans un domaine viticole en Toscane, qu'elle s'éclatait à faire du shopping à New York, ou bien qu'elle prenait des bains de soleil sur une plage de Las Palmas ?

— Quand je te demande des nouvelles de tes vacances, je parle de l'enquête, évidemment, continua Christer.

Mina eut l'impression d'avoir été prise en flagrant délit, les doigts dans le pot de confiture.

— Je suis prévisible à ce point-là ?

— Seulement pour qui sait regarder. Et pour tout dire, je ne suis pas moi-même en train de prendre mon pied sur un yacht dans l'archipel de Stockholm.

— Honnêtement, je n'avance pas, soupira-t-elle. J'en suis au stade où je vérifie les données des parents des victimes. Mais je ne trouve rien non plus. Ils habitent des régions différentes. Ont des métiers différents. Aucun lien entre les familles. J'ai tout passé au peigne fin, mais je n'ai strictement rien trouvé qui les relie. En ce moment précis, j'en viens à espérer que le meurtrier va laisser tomber.

Elle s'assit sur son bureau en déplaçant la photo de classe de Vincent pour ne pas la froisser.

— Et le lien avec le comté de Halland, rien non plus ? demanda Christer tandis que Bosse se mettait à aboyer. Pardon, faut que j'aille le nourrir.

Le boucan des croquettes tombant dans la gamelle obligea Mina à éloigner le portable de son oreille. Ce qui ne l'empêcha pas d'entendre la mastication enthousiaste du golden retriever. Connaissant la nature positive de Bosse, elle s'imaginait sans peine la joie qu'il devait éprouver à manger.

— Quel lien avec le Halland ? demanda-t-elle quand Bosse se fut un peu calmé.

— Lien, c'est peut-être beaucoup dire, effectivement, mais tu m'accorderas que c'est une drôle de coïncidence.

— Désolée, mais je n'ai pas la moindre idée de ce dont tu parles.

Christer soupira d'une façon très démonstrative à l'autre bout du fil.

— Oh là là, moi aussi, j'ai mis un moment, mais une fois qu'on l'a vu… Je suis sûr de te l'avoir mentionné, mais peut-être que…

— Christer, dit Mina, impatiente. Crache le morceau. De quoi tu parles ?

— Ben, le père d'Agnes est originaire du Halland, on l'entend tout de suite à son dialecte. Et les parents de Robert ont dit qu'ils étaient dans l'industrie du fromage. Qui ne pense pas tout de suite à Kvibille, dans le Halland ? Pour ce qui concerne Tuva… Son grand-père est ornithologue amateur, il y avait une grande affiche dans la cuisine avec un faucon pèlerin, l'oiseau emblématique du Halland. Tout est consigné dans mes rapports. Je croyais que le lien était tellement évident qu'on ne pouvait pas le louper.

Elle imaginait sans peine l'expression réjouie de Christer. Dommage qu'elle soit obligée de lui casser la baraque.

— Le grand-père de Tuva, il avait d'autres affiches d'oiseaux ?

— Oui, peut-être, admit Christer à contrecœur.

— Et combien de fromageries y a-t-il en Suède ? Je veux dire, il n'y a sûrement pas que Kvibille.

— Si tu veux. Bon, continue de me démolir, si ça t'amuse. C'est peut-être pas si évident que ça. Mais moi, je le sens. Le Halland a quelque chose à voir avec notre histoire. Après, faut voir si c'est important ou pas. Bon, faut que je te laisse, Bosse veut regarder la télé.

Elle ne pensa même pas à lui demander comment il pouvait savoir ça, ni ce qu'un chien pouvait éventuellement vouloir regarder à la télé. *Visite chez mon véto* ? *En pleine nature* ? Ou le film avec Richard Gere, *Hatchi* ? Elle avait un peu de mal à s'imaginer Christer dans le rôle de Richard Gere…

Qu'était-elle en train de faire au moment où Christer l'avait appelée ? Ah, oui, se chercher un café. Elle posa son portable éteint sur le bureau et s'apprêta à quitter la pièce. Elle s'arrêta net. Se tourna vers le mur tapissé des différents éléments de l'enquête. Regarda attentivement les dernières photos qu'elle avait ajoutées et que personne d'autre n'avait encore vues. Prit la photo sur son bureau, parcourut la liste des noms des élèves. Retourna la photo et lut ce qui était inscrit au dos.

Elle aurait pu embrasser Christer. Il avait raison concernant le Halland. Mais il avait commis l'erreur classique des hommes : il n'avait considéré que les hommes. La solution était ailleurs.

Elle avait trouvé le lien.

Du moins, elle avait compris quel était ce lien.

Le paillasson dans l'entrée de Mina n'avait pas grandi depuis la dernière venue de Vincent. Il avait enlevé une de ses chaussures, en équilibre sur un pied en essayant d'enlever l'autre. Il ne voulait surtout pas salir le carrelage. Il chancela et s'appuya de la paume contre la porte.

Mina regarda sa main, mais détourna les yeux quand elle vit qu'il s'en était rendu compte. Il savait que les taches de gras laissées par des doigts étaient sa hantise, et il se demanda combien de temps elle allait pouvoir se retenir avant de saisir son attirail afin de tout nettoyer. Il la devança en sortant de sa poche un paquet de lingettes et essuya la porte. Il examina alors le sachet et prit un air contrarié.

— Zut, ce sont les serviettes *usagées*. Elles ont déjà servi pour les rampes dans le métro.

Pendant une fraction de seconde, le visage de Mina se décomposa.

— Très drôle, dit-elle en lui tapant sur l'épaule, suffisamment fort pour qu'il comprenne à quel point elle se voulait sarcastique. Contente de te revoir sous ces latitudes. Et au fait, tu t'es remis du sketch d'Anna, la barjo ? J'ai bien remarqué que tu ne l'as pas hypnotisée pour qu'elle t'oublie. C'était peut-être flatteur pour ton ego, finalement ?

Vincent la regarda, consterné. Elle avait l'air de trouver toute cette histoire amusante, contrairement à lui. Il avait tout fait pour oublier le grand cœur rose tatoué, mais cette vision d'horreur lui revenait régulièrement, malgré tous ses efforts.

De dépit, il passa sa main sur son visage et suivit Mina dans le séjour. Il y régnait une propreté absolue, comme la dernière fois. Un des murs du salon, couvert de notes et de photos, perturbait pourtant l'ordre irréprochable. Et ça, c'était nouveau. Quelques cadres étaient empilés par terre, sans doute des tableaux qu'elle avait décrochés pour faire de la place. La totalité des éléments de l'enquête semblait s'y trouver. Il y en avait même qu'il voyait pour la première fois. Ils avaient tous été plastifiés.

— Ça m'est déjà arrivé, dit-il. Que des fans se mettent à me harceler. Mais jamais à ce point-là. En général, il s'agit de femmes au foyer désœuvrées, ou de jeunes hommes souffrant de troubles de la personnalité qui, pour une raison ou une autre, croient qu'avec moi tous leurs problèmes seraient résolus.

— Ils te prennent pour un gourou mâtiné de Casanova ! Tu es leur sauveur !

— Pas du tout. Si ça n'avait pas été sur moi, ils auraient projeté leurs affects sur quelqu'un d'autre ou quelque chose d'autre. Mais le cas d'Anna est différent. Contrairement à la plupart des autres, elle ne se contente pas de fantasmer, elle passe à l'acte. Je n'ai pas le choix, il faut à tout prix la tenir éloignée de moi. Avec l'aide de la police, si besoin.

— Tu me demandes de te protéger ? dit Mina en souriant.

— Tu le fais déjà.

— Ruben adorerait l'histoire d'Anna, remarqua Mina en plaisantant.

— Sans doute. C'est pourquoi je suggère que toute cette histoire reste entre nous, d'accord ?

Vincent se retourna vers le mur. Il n'avait jamais compris pourquoi, dans les séries policières, on affichait toujours tout sur un mur, à part pour épater la galerie. Mais devant l'œuvre de Mina, il comprit finalement le processus. C'était une sorte de méthode heuristique. Au lieu de partir d'une idée centrale pour créer des cheminements par association, elle avait affiché toutes les pistes et cherchait maintenant à découvrir ce qui les réunissait. Au centre, elle avait placé une photo. Il s'approcha et la désigna de la tête.

— C'est… ?

— … pour ça que je t'ai appelé, oui, répondit-elle.

Sa voix trahissait un certain manque d'assurance. Comme si elle craignait sa réaction. Il n'avait pas eu besoin de regarder la photo bien longtemps pour la reconnaître, il l'avait déjà vue tant de fois. Même si c'était il y a longtemps. Si longtemps. Il tendit la main pour la décrocher, mais se retint en sentant Mina se raidir. Il aurait dû y penser. Sur le bureau derrière eux se trouvait une boîte de gants jetables en coton. Il s'équipa et s'avança à nouveau pour prendre le cliché. Cette fois-ci, pas de réaction.

C'était une photo de classe. Il la retourna.

École de Kvibille, classe 1b. Il la retourna à nouveau. Les vêtements des enfants évoquaient le début des années 1980.

— C'est bien toi, là, au dernier rang, n'est-ce pas ? dit Mina en montrant un gamin à moitié caché derrière une institutrice corpulente.

Son large sourire de gosse révélait ses dents du bonheur.

Vincent acquiesça, la gorge nouée. C'était son unique photo de classe de Kvibille, après il avait déménagé et changé d'école. Mais il ne voyait aucune ressemblance entre l'enfant sur la photo et lui-même, aujourd'hui. Comment ce garçon-là avait pu devenir lui, tel qu'il était maintenant ? Ne pas se reconnaître, était-ce bien ou mal ? Peut-être qu'il refusait simplement de se reconnaître ?

— Je ne savais pas que tu t'appelais Boman, dit Mina.

Il lut alors son nom dans la liste sous la photo.

Vincent Adrian Boman.

Boman. Il n'avait plus entendu ce nom depuis très longtemps.

— Walder était le nom de ma famille d'accueil, dit-il. J'ai pris leur nom. Je m'appelais Boman avant. Mais comment as-tu trouvé cette vieille photo de classe ?

— Boulot classique de flic. Dénicher la famille Walder dans le registre d'état civil n'était pas très compliqué. Il y en avait plusieurs, mais une seule qui avait accueilli un orphelin portant le prénom Vincent. Les archives des services sociaux indiquaient que ton nom d'origine était Boman et que tu avais vécu à Kvibille. Le reste était facile. Mais ce n'est pas pour ça que je voulais que tu la voies.

Mina montra l'une de ses camarades de classe.

— Cette fille s'appelle Jessica Widergård. C'est la mère de Robert. Elle n'a pas beaucoup changé. Je l'ai tout de suite associée à la femme du reportage sur Bobban à la télé.

Vincent pâlit. Il contempla longuement la photo. Puis il montra deux autres filles, assises à côté de Jessica.

— Elles étaient trois. Jessica, Malin et Charlotte. Sickan, Malla et Lotta.

— Des copines proches ? demanda-t-elle en ouvrant grands ses yeux.

— C'est le moins que l'on puisse dire. Elles étaient inséparables. Comme des sœurs. Mais pourquoi tu poses cette question ?

— Parce que Malin Bengtsson et Charlotte Hamberg sont les mères de Tuva et d'Agnes.

Le silence se fit assourdissant.

— Tu les connaissais ? demanda enfin Mina.

— Sickan, Malla et Lotta ? dit-il d'une voix blanche. Absolument. On se voyait tout le temps cet été-là. Avant que je change d'école.

Les souvenirs qu'il avait refoulés depuis si longtemps le submergèrent comme un raz-de-marée. Son atelier de magie dans la grange. La caisse qu'il avait construite et décorée d'étoiles.

Ils allaient faire la surprise à Jane.

Maman était heureuse ce jour-là.

Sept enfants dans chaque rang, trois rangs au total. 7 + 3 égale 10. La photo datait du printemps 1982. 1 + 9 égale 10. 8 + 2 aussi égale 10. 10 + 10 + 10. Les trois côtés d'un triangle parfait. Exactement comme les toasts de maman. Très important qu'ils soient identiques. Plus moyen d'y échapper, ses pensées revenaient toujours à sa mère.

Une demi-minute, max.

Ils étaient partis à vélo, se baigner au lac.

— Je ne comprends pas. J'aurais réagi au quart de tour si ces noms avaient figuré dans les rapports, mais je n'ai rien vu nulle part. Comment ça se fait ?

— Parce que Malin et Charlotte ne figurent pas dans l'enquête. Charlotte est morte peu après la naissance d'Agnes.

Et Malin, la maman de Tuva, est partie vivre en France avec son mari quand Tuva avait seize ans. Elle n'est jamais revenue en Suède. Tu as bien vu le nom de Jessica, la mère de Bobban, mais tu n'as pas fait le lien puisqu'elle ne s'appelle plus Widergård. Comme les autres, elle a changé de nom de famille en se mariant. Comme toi, d'ailleurs. Je veux dire, tu as changé de nom de famille aussi.

Il regardait la photo. Ses vieilles copines. Les vacances, les baignades au lac. Les filles se baignaient, pas lui. Il restait sur la berge, contemplatif. Vincent sentait tous ses souvenirs enfouis remonter en lui. Venant des profondeurs, l'obscurité de cet été envahissait le présent au risque de l'engloutir.

— En tout état de cause, continua Mina, cette photo nous prouve que les mères des victimes se connaissaient. Et maintenant, tu m'apprends qu'elles te connaissaient, toi aussi. Que vous jouiez ensemble. Ça ne peut pas être un hasard.

Mina se plaça devant lui et, dans un moment rare, posa ses mains sur les siennes. Il ne l'avait jamais vue à ce point préoccupée.

— Vincent, est-ce que tu es mêlé à cette affaire ?

— Moi ? Mais… Pourquoi je serais forcément mêlé à cette affaire ? Je ne suis pas le seul à les avoir connues toutes les trois. Donne-moi dix minutes et je te démontre que Malin, Jessica et Charlotte achetaient leurs bonbons dans la même boutique. Ou tournaient autour du même garçon quand elles étaient ados. Ou travaillaient au même endroit à l'âge d'adulte. Tu comptes interroger toutes les personnes qui pourraient les avoir rencontrées toutes les trois ?

Mina retira ses mains et recula, comme effrayée. Il n'avait pas voulu être désagréable. Mais ce qu'elle avait dit le stupéfiait. Et il craignait d'entendre ce qu'elle n'avait pas encore dit.

— Désolé, dit-il.

Il lui tendit la main, mais elle ne la reprit pas.

— Tu as raison, souffla-t-il. Ça ne peut pas être le fruit du hasard. D'autant plus que je participe à l'enquête. Aucune autre de leurs connaissances communes n'est impliquée comme moi. Mais je ne veux pas que tu me soupçonnes de te cacher quelque chose, ou que tu me croies mêlé à ces crimes. Il y a aussi le message dans le livre. Je ne sais vraiment pas quelle est sa signification, tu dois me croire.

Il montra la photo de classe.

— Et si… si j'étais la quatrième victime ? Ou mon fils Benjamin ? Vous allez le découvrir dans une *Origami Box* avec le chiffre *un* inscrit sur le front ?

Il avait l'impression d'être à l'extérieur de lui-même, de se regarder jouant dans un film.

— Je crois que ton rôle est tout autre, dit Mina en se dirigeant vers le bureau.

Elle y prit une feuille plastifiée qu'elle lui tendit. C'était la photocopie d'un vieil article de la *Gazette du Halland.* Une double page avec un titre en exergue qui se terminait par un point d'exclamation. Une grande partie de l'espace était cependant occupée par une photo. Il ne l'avait vue qu'une fois, avant que ses parents d'accueil ne la jettent. Mais elle était pour toujours gravée dans les arcanes de sa mémoire. La photo montrait un petit garçon au milieu d'une cour de ferme. On ne voyait pas exactement de quelle ferme il s'agissait, mais à cet instant, Vincent le savait. Un plus grand journal aurait probablement choisi un autre cliché – ou choisi de ne pas mettre d'illustration. Mais la *Gazette du Halland* n'avait eu aucun scrupule à publier la photo d'un enfant. C'était une autre époque.

Derrière l'enfant, la rubalise de la police sécurisait une zone à proximité d'une grange. Devant la porte de celle-ci, on apercevait une caisse décorée d'étoiles.

Les yeux de l'enfant étaient braqués sur l'appareil photo. Son regard trahissait tout le malheur du monde. Vincent le reconnut instantanément. C'était toujours le même regard. Celui qu'il voyait tous les matins dans le miroir de sa salle de bains.

— Combien de tes collègues sont au courant ? chuchota-t-il.

— Aucun, pour l'instant, répondit Mina.

Elle fit une longue pause.

— Pourquoi tu n'as rien dit ? demanda-t-elle enfin. Tu m'as menti.

Elle pencha la tête en arrière et cligna des yeux, mais il perçut des sanglots dans sa voix.

— Je fais quoi maintenant, Vincent ? Je te faisais confiance.

— J'étais un enfant, Mina.

Les larmes coulaient sur son visage, elle s'essuya avec sa manche.

— Par principe, je ne fais jamais confiance à personne, dit-elle. J'ai fait une exception avec toi. Et j'ai convaincu tous les autres de faire de même. Je me suis trompée, et c'est ta faute. Tu m'as induite en erreur. Tu comprends, j'imagine, que tu seras notre principal suspect dès que les autres seront au courant ?

Vincent fixa le sol.

— Et toi, tu me suspectes ? Tu crois que je suis le meurtrier ?

Mina renifla et se ressaisit. Elle l'examina avec un regard de flic.

— Bonne question, dit-elle d'un ton neutre. Tu es le meurtrier ?

La nuit était plus sombre qu'habituellement en été. Des nuages étaient apparus pendant son trajet vers chez Mina et couvraient maintenant tout le ciel. Il pouvait se mettre à pleuvoir d'un instant à l'autre. Peu de circulation, heureusement, parce que Vincent avait du mal à se concentrer sur sa conduite. Beaucoup de vacanciers avaient repoussé le plus longtemps possible le moment de regagner la ville. Une chance pour eux, compte tenu de sa manière de conduire.

En même temps, il n'était vraiment pas pressé de rentrer chez lui. À la maison, il n'aurait aucune chance de trouver cette tranquillité d'esprit dont il avait besoin pour digérer tout ce que Mina venait de lui apprendre. Maria lui avait déjà fait savoir par SMS qu'Aston voulait construire un vaisseau spatial “trop énorme” en Lego et qu'elle se faisait un plaisir de déléguer la tâche à Vincent. Ou, comme elle écrivait : “à vous les garçons”. Maria disait souvent que l'égalité, c'était important, mais apparemment pas quand il s'agissait de jouer aux Lego avec son fils. Vincent n'avait rien contre. Elle ne savait pas ce qu'elle loupait.

Il décida pourtant de faire un grand détour avant de rentrer, histoire de rassembler ses idées. Il pourrait passer par le marché de gros d'Årsta où Robert avait été trouvé. Peut-être que ça l'aiderait à réfléchir. D'un autre côté, revenir sur l'une des scènes de crime, alors qu'il n'allait pas tarder à devenir le suspect numéro un, n'était sans doute pas une idée lumineuse. Mina avait probablement déjà appelé Julia pour tout lui dire. Qui enverrait-elle pour l'arrêter ? Christer ? Non, pas Christer.

Ruben. Bien sûr qu'elle enverrait Ruben. Une pluie légère se mit à tambouriner avec grâce sur la tôle de la voiture. Il mit en route les essuie-glaces.

Les informations de Mina étaient comme une valise qu'il lui fallait déballer dans le bon ordre. En commençant par le début. Les camarades de classe. Malin, Jessica et Charlotte. Ou Malla, Sickan et Lotta. Ses copines quand il était petit. Qui étaient ensuite devenues les mères de Tuva, de Robert et d'Agnes. Mais y avait-il automatiquement un rapport avec lui ?

La pluie s'intensifiait et il augmenta la vitesse des essuie-glaces. Le tambourinement sur le toit avait un effet légèrement hypnotique, ses pensées avaient tendance à s'éparpiller. Il peinait à y mettre bon ordre.

Et si les découvertes de Mina n'avaient rien à voir avec lui, qu'est-ce que ça signifiait ? Quelqu'un était-il en train de tuer tous les enfants de ses anciens camarades de classe ? Dans ce cas, pourquoi justement leurs enfants ?

Non, il ne s'agissait pas de tous les enfants. Le compte à rebours était clair. Il y aurait quatre meurtres. À zéro aurait lieu un événement particulier, il en était persuadé. Quelque chose qui liait justement Malin, Jessica et Charlotte. Avaient-elles eu un ennemi commun ? Si elles en avaient eu un, c'est elles qui auraient été assassinées et pas leurs enfants qui ne se connaissaient même pas.

Et qui était la quatrième personne, la victime numéro un, si ce n'était pas lui ? Malgré le message dans le livre, il n'était pas encore prêt à admettre que c'était lui, le dénominateur commun. Eux quatre avaient certes été inséparables pendant une courte période. Un été. Mais quand il avait quitté Kvibille pour être placé en famille d'accueil, elles avaient sûrement trouvé d'autres copains. Le quatrième *pouvait* être lui, mais rien n'était sûr. Ça pouvait tout aussi bien être un autre de leurs amis. Elles avaient passé peu de temps avec lui. En fait, elles avaient surtout passé l'essentiel de leur temps loin de lui. Il n'arrivait pas à y voir clair.

En plus, aujourd'hui, personne ne connaissait son passé. Après cet article dans le journal, ses parents d'accueil avaient tout fait pour enterrer ce drame. Ils avaient fait du bon boulot.

Il n'en revenait pas que Mina ait réussi à déterrer cette histoire. Vincent Walder n'existait pas à l'époque. À Kvibille, il était seulement Vincent Boman.

Boman.

Bo-man.

Attends.

Attends.

Attends.

Il écrasa l'accélérateur et prit un rond-point sur les chapeaux de roues. Les klaxons hurlèrent tout autour de lui. Au même instant, le ciel noir gorgé d'eau se déchira. Il se mit à tomber des cordes. Aucune importance. Plus rien n'était important. À part les dates. Il avait compris ce qu'elles signifiaient. Il avait craqué le code, mais il fallait le confirmer avec Benjamin. Il vit les chiffres danser devant lui, suspendus à quelques centimètres au-dessus du capot de la voiture, scintillant sous la pluie alors qu'ils se métamorphosaient en lettres. Et ce que les lettres révélaient le remplit de terreur.

Assise sur le plancher froid, elle contemplait son mur. La photo de Vincent la contemplait en retour. Elle avait épinglé l'article de la gazette au-dessus de la photo de classe, au centre de cette toile d'araignée qu'elle avait tissée. Elle passait d'une main à l'autre le Rubik's Cube que Vincent avait résolu. Elle avait terriblement envie de tenter à nouveau de le résoudre, mais se retint. Elle n'était pas sûre d'y arriver. Elle craignait qu'un simple changement de configuration du cube induise automatiquement une succession de tentatives pour retrouver le cube résolu. Ça ne ferait qu'ajouter au désordre. Comme dans sa vie.

Vincent Boman, sept ans, la regardait avec ses yeux lourds de chagrin.

Elle s'était confiée à lui. Bon sang, il était resté là pendant qu'elle *dormait*.

Le cube allait d'une main à l'autre à toute vitesse.

Elle l'avait laissé entrevoir ses plus profonds secrets. Et pendant tout ce temps, il lui avait menti.

D'une main à l'autre, la trajectoire du cube décrivait un arc.

Si seulement il lui en avait parlé. De ce qui était arrivé à sa mère. Il disait avoir tout refoulé. Qu'il ne se souvenait de rien. Elle avait envie de le croire. Mais en serait-elle à nouveau capable un jour ?

Pourquoi ne s'était-elle pas contentée de sa solitude ?

Elle scruta le cube. Puis le balança de toutes ses forces contre le mur. Le cube atteignit le jeune Vincent en plein front avant de se briser. Assise au milieu de la pièce, elle entoura ses jambes de ses bras et se mit à tanguer en pleurant silencieusement.

Vincent fonça dans la chambre de Benjamin sans même frapper. Son fils était comme d'habitude allongé sur son lit, écouteurs vissés aux oreilles et ordinateur portable sur la poitrine. Il sursauta quand Vincent fit irruption.

— Qu'est-ce qui t'arrive ? s'écria Benjamin en refermant son ordinateur. Fais gaffe à mes livres, t'es trempé !

Benjamin avait raison. De l'eau s'écoulait sur le plancher. Il ne s'était pas donné la peine d'ôter sa veste, il avait couru directement à la chambre de Benjamin. Mais la courte distance entre le garage et la porte d'entrée avait suffi à le tremper de la tête aux pieds, tant il pleuvait. Il sentait les gouttes d'eau tomber du bout de son nez. Il tendit la main pour saisir une serviette qui traînait sur le fauteuil du bureau, mais Benjamin l'arrêta.

— T'as vraiment pas envie de t'essuyer avec un truc aussi crade, crois-moi.

Vincent retira la main. Sans poser de questions.

— Les meurtres, dit-il en enlevant sa veste. Trouve-moi les dates.

— Et ça recommence, soupira Benjamin en se levant du lit, sans se presser, pour s'installer à son bureau devant l'ordinateur. T'es au courant que les cours viennent de reprendre ? J'ai un boulot de dingue, faut que je bosse.

— J'ai besoin de visualiser tous les éléments, dit Vincent sans prêter la moindre attention aux objections de son fils.

— Sèche-toi au moins, dit Benjamin, agacé, en déplaçant quelques figurines *Warhammer* pour les mettre en sécurité. Tu fous de la flotte partout.

Vincent alla chercher une serviette en vitesse dans la salle de bains pendant que Benjamin ouvrait le fichier Excel.

— Tu te souviens de ce qu'on avait fait en tout premier pour essayer de craquer le code ? demanda Vincent dès qu'il fut de retour.

— Tu veux dire quand nous avons traduit les dates en lettres ? 1 est A, 2 est B, et ainsi de suite. Le code le plus simple du monde. Ça n'avait rien donné.

— On recommence, dit Vincent en se frottant les cheveux. Par ordre numérique.

— D'accord, si ça peut te calmer. Mais je vois pas où tu veux en venir.

Benjamin ouvrit les photos d'Agnes, de Tuva et de Robert, sur lesquelles étaient inscrites les dates et les heures.

— Le premier meurtre, le prétendu suicide d'Agnes, a eu lieu le 13 janvier à 14 heures, dit Benjamin. 13-1-14. Ça donne M-A-N.

Il remplaça les chiffres sous la photo par des lettres, tout en parlant.

— Tuva a été assassinée dans la boîte à épées le 20 février à 15 heures. 20-2-15. Ça donne T-B-O. Et selon l'appel anonyme, Robert a été mis en pièces le 3 mai à 14 heures. C'est-à-dire 3-5-14. Soit C-E-N.

Il modifia les derniers chiffres, puis s'éloigna du bureau pour que Vincent puisse accéder à l'écran.

— M-A-N-T-B-O-C-E-N. Ça ne veut toujours rien dire. On le savait.

— Ça ne veut rien dire parce que c'est l'ordre chronologique dans lequel les meurtres ont été commis, dit Vincent en marchant sur la serviette pour ne pas trop mouiller le sol. Mais essayons l'ordre *numérique*. Agnes portait le chiffre quatre. Tuva trois. Robert deux. Donc deux-trois-quatre. Robert-Tuva-Agnes.

Benjamin échangea les emplacements de Robert et d'Agnes sur l'écran et regarda la nouvelle combinaison de lettres.

— C-E-N-T-B-O-M-A-N. Je ne comprends toujours pas, dit-il en fronçant les sourcils. Ça ne veut toujours rien dire.

— Détrompe-toi, dit Vincent. Ça nous dit exactement quand

aura lieu le prochain meurtre, c'est-à-dire le numéro un. Ce sera le 22 septembre à 14 heures. Dans un mois.

Benjamin le regarda, ébahi.

— Comment tu arrives à ça ?

— Parce que le 22 septembre à 14 heures correspond à 22-9-14, donc les lettres V-I-N. Et le meurtre numéro un doit figurer en premier. Tu vois ?

Impatient, Vincent se pencha par-dessus Benjamin pour atteindre le clavier. Il tapa les lettres V-I-N devant les autres. Le clavier s'en trouva aspergé d'eau, mais ça n'avait pas la moindre importance.

— Un, deux, trois, quatre. Quatre meurtres, dit-il.

V-I-N-C-E-N-T-B-O-M-A-N leur crachait l'écran.

— Vincent Boman est mon vrai nom. Depuis le début, les meurtres sont un message qui m'est adressé.

Quand est-ce que tous ces putains d'automobilistes du dimanche apprendraient à ne pas prendre l'autoroute d'Essingeleden ? Ruben rétrograda en seconde. On était jeudi, certes, mais quand même. Pourquoi ne restaient-ils pas à la maison, tout simplement ? Il repassa en troisième et accéléra à nouveau, espérant passer la quatrième. Mais c'était trop optimiste. Une Toyota Auris blanche changea de file, se glissant juste devant lui.

— C'est comme ça, Ellinor, dit-il à sa voiture. Va falloir s'armer de patience.

Il imaginait sa voiture rugissant de frustration. Contrairement à la précédente Ellinor, sa bagnole chérie ne le laisserait jamais tomber, jamais elle ne lui dirait qu'elle en avait ras le bol. Il fit glisser un doigt sur le tableau de bord et constata qu'il était temps de le dépoussiérer.

Il aurait dû se trouver sur l'autoroute vers le sud. Mais au lieu de ça, il était en chemin pour l'hôtel de police. L'enquête était au point mort depuis bien trop longtemps. Aucune des pistes n'avait abouti. D'autres enquêteurs mettaient apparemment leur nez dans le peu qu'ils avaient trouvé. Il ne savait même pas si leur prétendu groupe spécial existait encore. Les collègues rigolaient sans doute de leur incompétence. L'idée que l'on puisse l'associer à une affaire de meurtres en série non résolue, mais très médiatisée, l'exaspérait. Et ce qui venait de se produire, c'était la goutte d'eau qui faisait déborder le vase. Cette espèce de magicien de mes deux, Vincent Walder, les avait convoqués à une nouvelle réunion. Il n'avait rien d'un policier, c'était juste un tocard de première. Et il se permettait de convoquer toute l'équipe. En plein milieu des vacances, en plus.

Ruben tapotait avec agacement l'enveloppe marron posée sur le siège à côté de lui. Il l'avait trouvée dans sa boîte aux lettres. Le contenu lui en avait d'abord bouché un coin, puis l'avait fait éclater de rire. Mais maintenant, il fulminait de rage. Le mystérieux expéditeur savait de toute évidence que Vincent était mêlé à l'affaire.

Ce courrier montrait le mentaliste sous une tout autre lumière. Ruben savait désormais que Vincent les avait tous roulés dans la farine. Et comme cela ne lui suffisait visiblement pas, il allait en plus remuer le couteau dans la plaie. Ruben était persuadé que c'était ça, la raison de cette nouvelle réunion. Quel connard, ce Vincent Walder. Avant ça, Ruben avait commencé à se dire qu'il n'était pas si idiot que ça. Et qu'il pouvait peut-être l'aider. Il ne le lui pardonnerait jamais.

Il tripatouilla à nouveau l'enveloppe.

— Vincent Walder, mon coco, tu vas te ramasser. C'est la fin des haricots, dit-il, les mâchoires serrées.

Il appuya sur l'accélérateur. Cette Toyota à la con allait bien finir par dégager.

Ruben arriva le premier dans la salle de réunion. Il choisit une chaise au plus près du tableau blanc, là où il imaginait que Vincent allait faire son laïus. Ruben n'allait pas le lâcher des yeux pendant tout son speech.

Peder fit son entrée juste après lui, il arborait une barbe impressionnante. Il n'avait visiblement pas vu l'ombre d'un rasoir depuis le début des vacances. Plus surprenant encore, il était bronzé et avait l'air relativement en forme. Le regard surpris de Ruben ne lui échappant pas, il lui adressa un clin d'œil.

— On est chez mes parents depuis deux semaines, dit-il avec un large sourire. La vie est belle. C'est incroyable comment deux sexagénaires en pleine forme peuvent vous soulager. On revit, Anette et moi. Par contre, je ne suis pas sûr qu'on soit réinvités de sitôt. Papa avait l'air au bout du rouleau au dernier changement de couche. Quant à moi, j'ai même commencé à lire un livre. Enfin presque, je bataille pour en choisir un.

Peder prit place à côté de lui, tout à son aise, et au même instant, Christer et Mina firent leur entrée. Ils étaient en pleine discussion. Mina avait le pourtour des yeux rouges, comme si elle venait de pleurer. À moins qu'elle ne se soit barbouillé le visage de gel antibactérien, ce qui n'aurait rien eu d'étonnant.

— Non, je t'assure, dit Christer, c'est vraiment pas un problème. Je te l'ai déjà dit, je le garde volontiers. Je lui ai acheté une nouvelle laisse beaucoup plus chouette, avec des pierres incrustées. Pas des vrais diamants, bien sûr, mais elles scintillent joliment quand on se balade.

— Je te devrai au moins une année de salaire après cette histoire, dit Mina avec un soupir fatigué en s'asseyant à côté de Peder.

Christer rit et s'assit à côté d'elle.

— Joli pendentif que tu as là, Mina, dit soudain Peder. Je crois que j'en ai déjà vu à la télé. Une histoire de trucs magnétiques, c'est ça ?

— T'es drôlement perspicace, dis donc, dit Christer en riant à nouveau. T'as dormi ?

— Oui, il ne m'a fallu que quelques heures de coma pour retrouver toutes mes capacités de concentration habituelles.

— C'est un cadeau, fit Mina pour tout commentaire.

Ruben comprit que Mina n'avait pas spécialement envie de discuter. Peder, par contre, était tellement au top de sa forme retrouvée qu'il n'eut pas l'air de percuter.

— Vincent n'est pas arrivé avec toi ? demanda Ruben pour changer de sujet avant que Peder n'en remette une couche sur le pendentif de Mina.

— Non, pourquoi ? répondit Mina, toujours aussi laconique. On ne vit pas ensemble, je te signale.

— On se le demande parfois.

Mina le foudroya du regard. Vincent n'avait apparemment plus vraiment la cote. Tant mieux, c'était toujours ça. Il était sur le point de balancer quelques remarques bien choisies sur ce mage à la noix, quand Julia et Vincent apparurent.

— Parfait, tout le monde est là, dit Julia. On démarre tout de suite.

Elle portait une petite robe d'été qui s'arrêtait au-dessus des genoux. Peut-être pas la tenue la plus appropriée pour la responsable d'une enquête criminelle, mais Julia aussi avait été contrainte de se mettre en congé. Et ce n'était pas Ruben qui allait se plaindre. Il n'avait aucun mal à imaginer tout ce qu'il y avait au-delà de ses belles jambes musclées, les fesses et tout le reste. Il savait exactement comment ça se présentait là-dessous. Et il était prêt à parier qu'elle portait un string. Il n'en fallait pas plus pour alimenter ses fantasmes pendant toute la réunion. Or voilà que Vincent gâchait tout avec son air faussement nerveux. Quel enfoiré. Mais Ruben n'était pas pressé. Il attendrait son heure. L'échange qu'il y avait eu entre eux n'avait sûrement été qu'un piège, une façon de l'embobiner pour lui soutirer tout ce qu'il savait au sujet de l'enquête.

— On devrait pas convoquer les bras cassés qui ont été mis sur l'affaire ? dit Ruben. On n'est pas encore officiellement de retour de vacances, si ?

— Je voudrais d'abord vous parler à vous, répondit Vincent, l'air embarrassé. Je préférerais que ça ne sorte pas d'ici.

— C'est au sujet de la nana des Alcooliques Anonymes ? demanda Ruben.

— Ça n'a rien donné, rétorqua Julia. C'est une cinglée, une admiratrice déjantée de Vincent. Aucun rapport avec le message dans le livre.

— Ça alors.

— Bon, allons droit au but, dit Vincent en s'éclaircissant la voix. J'ai toujours insisté sur le fait qu'il devait y avoir un message caché dans la mise en scène des meurtres. Nous l'avons désormais décrypté. Il était juste devant nous, comme une évidence, depuis le début.

Il écrivit *Agnes-Tuva-Robert* sur le tableau.

— Voici l'ordre chronologique dans lequel les meurtres ont eu lieu, dit-il en désignant de l'index les noms. Mais si nous prenons en compte les chiffres qui avaient été tracés sur leurs corps, l'ordre sera celui-ci.

Il effaça les noms et écrivit *Robert-Tuva-Agnes*. Et ajouta un point d'interrogation avant *Robert*.

— Le point d'interrogation, c'est le meurtre numéro un. Le dernier. Mais le premier dans l'ordre numérique. En transposant le jour, le mois et l'heure de chaque meurtre en lettres selon le principe où 1 devient A, 2 devient B, etc., on obtient ceci.

Vincent écrivit CEN-TBO-MAN juste en dessous.

— Cela nous livre deux informations capitales, continua-t-il. D'une part – et c'est une bonne nouvelle – nous avons la date du prochain meurtre. D'autre part, en admettant que tout ceci est exact, cela signifie également que je suis impliqué d'une manière que je suis, hélas, incapable d'expliquer.

Vincent se racla la gorge, visiblement embarrassé. Quel acteur, se dit Ruben, laissons-le faire son petit numéro encore un moment.

— Une autre précision, dit Vincent. Je m'appelais Boman autrefois.

Il écrivit VIN- sous le chiffre 1, devant les autres lettres.

VIN-CEN-TBO-MAN. Ruben se marrait en douce. Il fallait l'admettre, il était drôlement impressionné. Il n'aurait pas cru Vincent capable de pousser le bouchon aussi loin. Pour ça, il fallait en avoir. Ou être un mégalo de première. Pour Ruben, il n'y avait pas de doute, Vincent appartenait à la seconde catégorie.

— Vincent Boman ! s'écria Christer avec un wagon de retard. C'est quoi ce bordel ?

— En admettant que j'aie raison, dit Vincent sans faire attention à Christer, le dernier meurtre aura donc lieu le 22 septembre à 14 heures. Puisque 22-9-14 correspondent aux lettres v-i-n.

— C'est l'anniversaire d'Anette ! s'exclama Peder avec la tête de celui qui émerge d'un long roupillon.

Sa forme olympique semblait prendre l'eau de toute part. Les autres le regardèrent sans piper mot.

— Vous avez parlé du 22 septembre, non ? Eh ben, c'est l'anniversaire de ma femme, dit Peder en rougissant.

— Et moi, j'ai rendez-vous chez le dentiste ce jour-là, nota Julia d'un ton sarcastique.

— Mais je ne comprends pas, continua Peder. Pourquoi les dates des meurtres correspondent à ton nom ? C'est quoi le but ?

— Mes chers collègues, je crois que nous sommes maintenant officiellement de retour de vacances, dit Julia. J'en informe la direction.

— Il y a une autre connexion avec Vincent, dit Mina sur un ton qu'elle s'efforça de garder neutre. Les mères de nos trois victimes étaient des copines d'enfance de Vincent.

Ruben buvait du petit-lait en voyant à la tête de Vincent qu'il ne savait plus où se mettre. Ce scoop-là ne faisait évidemment pas partie de son plan, quels que soient ses dons d'acteur, c'était tout simplement *trop* compromettant. Des copines d'enfance de Vincent, la vache ! Bien joué, Mina ! Enfoncé jusqu'au cou, le petit père Vincent. Et Ruben n'avait même pas encore pris la parole.

— Croyez-moi, souffla Vincent, le regard fuyant. Je n'ai pas la moindre idée de ce que tout cela peut bien signifier. D'une façon ou d'une autre, ces meurtres me concernent. Le message dans le livre, c'était juste l'introduction. J'ai essayé d'imaginer qui pourrait en avoir après moi à ce point, mais je ne trouve pas. J'ai tout au plus quelques confrères jaloux, mais je n'ai aucun *ennemi*. C'est dans les livres ou les films que les gens ont des ennemis. Pas dans la vraie vie.

— On dirait donc que quelqu'un veut te faire la peau, comme ça, sans raison, dit Ruben en faisant la moue. Pauvre Vincent.

Puis il sortit l'enveloppe de son sac et la posa sur la table.

— J'ai cependant une autre explication, dit-il. À savoir que notre meurtrier, c'est Vincent en personne. Et que son ego est à ce point surdimensionné qu'il a, par jeu, caché son nom dans les dates. Mais comme nous n'avons pas trouvé, il s'est impatienté et, devant notre incompétence, il s'est senti contraint de nous donner lui-même la solution.

— Ruben ! s'écria Christer, abasourdi. Qu'est-ce que tu nous racontes là ?

— Moi aussi, j'ai un peu potassé l'art de la magie, dit Ruben. Et j'ai appris que le meilleur tour de magie, c'est de cacher un objet là où tout le monde peut le voir. Vincent, raconteleur l'histoire d'Al Koran et de sa bague.

Ruben vit que Vincent comprenait où il voulait en venir. Ça y est, coincé, le bonhomme.

— Al Koran était un célèbre magicien, commença Vincent, lentement. Il était connu pour un tour où il liait entre elles des alliances empruntées. Parmi celles-ci se trouvait la sienne également. Selon la légende, il commençait son numéro en montrant une fausse alliance, dotée d'une ouverture secrète, tout en disant que c'était ainsi que l'on procédait habituellement pour tricher, mais que lui-même ne ferait bien évidemment jamais ça. Et pourtant, c'était exactement par cette méthode qu'il réalisait son numéro. Personne ne saisissait comment il s'y prenait malgré le fait qu'il venait de tout dévoiler, ou peut-être justement grâce à cela. Mais je ne vois vraiment pas en quoi cela concerne notre enquête.

— Bien sûr que tu comprends, dit Ruben en se tournant vers ses collègues. Je crois que Vincent vient juste de nous faire du Al Koran. Il a dévoilé le secret de son tour de magie et il est persuadé, pour cette raison, que nous n'allons pas croire que c'est lui le meurtrier. Alors que toutes les preuves démontrent que c'est lui, et lui seul.

— Ce sont des accusations très graves, dit Julia. De quelles preuves parles-tu ? J'espère que tu as un peu plus de biscuits que cette anecdote historique.

— Vous avez vraiment des mémoires de poissons rouges !

Il éleva la voix, agacé, et montra d'un index Vincent et de l'autre les lettres sur le tableau blanc.

— Ce cher Vincent Walder adore se servir de son propre nom pour manipuler ses spectateurs. "Un artiste signe toujours son œuvre", ça n'éclaire pas votre lanterne ? Le type qui, sous hypnose, a écrit le nom Vincent Walder cent fois sur un mur sans en avoir le moindre souvenir, juste pour flatter l'ego de M. Vincent ?

Vincent devint blême.

— C'était une expérience sur les mécanismes à l'œuvre dans le fanatisme, commença Vincent mollement, mais il se tut en voyant tous les regards braqués sur lui.

Ruben se délectait.

Et il n'avait pas fini.

Il avait gardé le meilleur pour la fin.

Il ouvrit l'enveloppe et posa son contenu sur la table afin que tout le monde en profite.

— J'ai reçu ceci par la poste, dit-il. D'une personne anonyme qui ne souhaite visiblement pas nous voir tomber dans le piège de Vincent. Pas la peine de me poser la question, oui, j'ai vérifié, l'article est authentique.

QUAND LA MAGIE DEVIENT TRAGÉDIE ! c'était le titre d'un ancien article de la *Gazette du Halland*. Christer, Peder et Julia, abasourdis, se penchèrent en avant pour le lire. Mina jeta un rapide coup d'œil sur Vincent, ce qui n'échappa pas à Ruben. De toute évidence, elle en avait déjà connaissance. C'était vraiment une pro, cette Mina.

"Dans une ferme près de Kvibille, un jeu de magie a mal tourné, la mort était au rendez-vous", lut Ruben à haute voix.

C'était le préambule de l'article.

Puis il regarda de nouveau Vincent.

— Pas de mystère si notre magicien en connaît un rayon sur l'art d'assassiner. Notre cher Vincent Boman a l'expérience d'une vie entière derrière lui, c'est le grand spécialiste de la boîte à magie qui tue.

Kvibille 1982

Il était descendu à la cuisine très tôt ce matin-là. Le petit-déjeuner de maman était compliqué, et il fallait encore plus de temps quand c'était lui qui devait le préparer. Il était indispensable de procéder avec le maximum d'exactitude. Un rituel, avait dit maman. Il mit deux tranches dans le grille-pain, vérifia qu'il était bien réglé à 3,5 et attendit. Dehors, le soleil brillait déjà. Mais il se levait douze minutes plus tard qu'il y avait quelques semaines. C'était presque la fin des vacances d'été. Et aujourd'hui Jane allait rentrer. Aujourd'hui, *tout* devait être parfait.

Quand le pain s'éjecta, il le sortit délicatement de l'appareil avec une pince en bois pour ne pas se brûler. Ensuite, il enleva soigneusement un premier bord en appuyant le couteau sur le pain, exactement comme maman lui avait montré. Puis un deuxième. Quand il voulut enlever le troisième bord, le pain se fissura. Il se figea, le couteau en l'air. La croûte n'avait pas résisté. Et la fente faisait plus d'un centimètre de long. Foutu. Il jeta le pain et recommença. Deux tranches dans le grille-pain, réglé à 3,5. Après quelques secondes de réflexion, il diminua à 3. Vu que le grille-pain était déjà chaud. Il ne fallait surtout pas cramer les nouvelles tranches.

Il lui fallut trois essais avant d'obtenir des triangles parfaits. Enfin. La première étape était franchie. Il jeta un des quatre triangles.

Trois tartines.

Trois côtés sur un triangle.

Le troisième bord qui avait craqué.

Trois plus trois plus trois égale 9.

Mais trois fois trois fois trois égale 27. Et 2 plus 7 égale aussi 9.

Dans tous les cas, 9 correspondait à un triangle.

Il posa la tête dans ses mains et appuya les doigts contre ses tempes. Il avait sept ans, neuf plus sept faisait seize, l'âge de Jane. La différence entre elle et lui était donc 9, un triangle. Lui, Jane, maman. Leur triangle à eux.

Un triangle dont un des côtés avait craqué.

Stop. Stop. Stop.

Il comprenait pourquoi les rituels de maman étaient si importants. Tant qu'on faisait les choses exactement à l'identique chaque fois, aucune pensée ne pouvait prendre le dessus. Et il avait oublié un truc ! C'était quoi encore…

Le café. Il avait oublié de mettre en route le café pour maman. Il remplit d'eau le récipient en verre et le posa sur la plaque chauffante, tout en se demandant ce qui était arrivé en premier à maman. Les rituels ou les pensées que les rituels étaient censés éloigner. Ou était-ce la même chose ?

Jane arriva à la ferme dans la soirée, nettement plus tard que prévu. Mais personne n'était venu la chercher. Ça en disait long sur sa maman : au fond, elle se préoccupait surtout d'elle-même. Avant le départ de Jane, maman s'était énervée en lui proférant toutes sortes de menaces. Ensuite, elle ne s'était même pas donné la peine de lui donner la moindre nouvelle.

Jane monta jusqu'à la porte d'entrée et posa la main sur la poignée. Verrouillée. Depuis quand fermait-on la porte à clef ici ? Elle écrasa la sonnette, furieuse. Il devait y avoir quelqu'un dans cette baraque. Sinon, elle serait folle de rage. Et repartirait le soir même.

On déverrouilla la porte de l'intérieur et son petit frère apparut, en pyjama.

— Pourquoi vous ne répondez pas au téléphone ? demanda-t-elle en lâchant son sac à dos sur le sol de l'entrée.

Son petit frère avait l'air perplexe.

— Le téléphone ? dit-il.

Elle posa les mains sur ses reins et s'étira en arrière. Elle avait fait la dernière partie du chemin à pied, elle était vannée. Son sac à dos était beaucoup trop lourd pour être porté sur une telle distance.

— J'ai appelé de la gare avant de monter dans le train, dit-elle. Et à nouveau en arrivant à Halmstad. Et puis encore une fois à l'arrêt du bus de Kvibille. Je pensais que vous alliez peut-être venir à ma rencontre. Et un coup de main pour porter mes affaires, ça n'aurait pas été de refus.

Son petit frère jeta un coup d'œil machinal vers la cuisine et elle suivit son regard. Le combiné du téléphone n'était plus sur son socle et traînait à côté.

— C'est quoi ce bordel ? demanda-t-elle.

— J'ai dû oublier de raccrocher, répondit-il, hésitant.

— Bon sang. Je vois que rien n'a changé ici.

Elle secoua la tête et entra dans la cuisine.

— Mais bon, suis enfin à la maison, dit-elle. Même si ce n'est que pour quelques jours. Je suppose que maman t'a dit ?

Elle ouvrit le frigo et sortit tout ce qu'elle trouvait. Le papa d'Ylva lui avait fait deux tartines pour le train. Elle n'avait rien mangé depuis. Une éternité.

— Dit quoi ?

Elle soupira et montra une chaise du doigt. Son petit frère s'assit. Elle en prit une autre, posa ce qu'elle avait trouvé dans le frigo sur la table et lui prit la main. Elle était froide, un peu humide.

— Je vais déménager, dit-elle. Je vais au lycée de Mora. Ce n'est pas Stockholm comme je voulais, mais au moins, ce n'est pas… ici. Tu te souviens de mes trois T ?

— Théâtre, Tivoli, Tumulte, dit son petit frère en fronçant les sourcils.

— À Mora il y a en deux des trois, dit-elle. Et si on n'est pas de Mora, on peut être interne au lycée. Le papa d'Ylva m'a aidée pour tous les aspects pratiques, maman n'a plus qu'à signer un papier.

Les larmes montèrent aux yeux de son frère. Maudite maman qui l'obligeait à faire ça. Elle avait espéré que maman aurait assez de cran pour lui dire avant qu'elle ne rentre à la maison.

Son petit frère vivait mal les changements, il lui fallait toujours beaucoup de temps pour s'y faire.

— Dans combien d'années tu déménages ? chuchota-t-il.

— Pas dans des années. Maintenant. Je reste seulement quatre jours à la maison. Ensuite, je m'en vais.

— Mais Jane, tu peux pas !

Il se jeta à son cou.

— Un triangle ne peut pas avoir qu'un seul côté, pleurait-il contre sa joue. Sinon, c'est juste un trait et il tombe. Je veux pas tomber, Jane. Sois gentille, sois gentille. Je veux pas tomber.

Elle le repoussa et le regarda dans les yeux.

— De quoi tu parles ?

— Le triangle, renifla-t-il. Toi. Moi. Maman. Ça ne peut pas être juste moi. Tu es plus grande, tu sais comment te débrouiller, mais moi… moi… j'ai promis de suivre les rituels exactement. *Exactement.* Je me suis tellement entraîné. Ne t'en va pas, s'il te plaît.

La boule qu'elle avait eue au ventre quand elle avait appelé deux semaines plus tôt revint en force. Elle avait eu peur que quelque chose n'aille pas à la maison. Puis elle s'était persuadée qu'il n'y avait rien à craindre. Mais quelque chose clochait. Pire, il y avait un gros problème. Son frère lui faisait peur.

— Où est maman ? demanda-t-elle en desserrant doucement les bras du garçon qui l'étreignaient.

Sans la regarder, il montra le plan de travail de la cuisine. Il était couvert de toasts triangulaires soigneusement découpés. Il y en avait des centaines. Parfaitement grillés.

— Ça, c'est les toasts de maman, dit-elle. Où est *maman* ?

Maintenant, elle avait vraiment peur. La sensation oppressante dans son ventre s'était transformée en un véritable trou noir.

— Là, sur la table, répondit-il. Tu te souviens pas ? Maman disait toujours : "Nous sommes ce que nous faisons." Et je l'ai fait plein, plein de fois. Avec *exactitude* chaque fois. Alors elle est là.

Elle sentit des fourmillements dans sa nuque. Elle se leva et recula, s'éloignant de son frère qui avait toujours le regard rivé au sol.

— Maman ? cria-t-elle vers l'entrée, sans obtenir de réponse.

Elle monta l'escalier en courant, ouvrit les portes de toutes les chambres. Personne.

Elle redescendit et courut pour sortir de la maison. Son petit frère était resté à l'intérieur, il pleurait. Elle aurait dû s'arrêter, le cajoler, lui dire que tout allait bien, mais elle n'en avait pas le temps. Et tout n'allait pas bien.

Il fallait qu'elle sache.

Dehors, la nuit tombait. Il n'y avait d'éclairage électrique que sur le perron et devant la grange. Les étoiles naissantes atténuaient l'obscurité, assez pour qu'elle distingue la grande pelouse se dessinant comme un espace plus sombre, mais désert. Pas de maman.

Plus loin, la forêt était d'une obscurité absolue, elle ne pourrait pas y pénétrer avant qu'il fasse jour.

— Maman !

Elle cria à nouveau. Maman pouvait, bien sûr, être chez Allan. Elle aimait bien aller chez lui. Elle avait peut-être oublié que c'était aujourd'hui que sa fille devait rentrer. Mais pourquoi son petit frère ne l'avait pas dit, alors ? Et pourquoi le combiné du téléphone avait-il été décroché ?

Qu'est-ce qui se passait ici ?

Au pire, maman avait eu une crise de panique et était couchée quelque part dans la nuit noire sans pouvoir revenir par ses propres moyens. Elle avait peut-être besoin d'aide. Bien sûr, si maman avait fait une crise, son frère avait pris peur. Il était en état de choc. Ce qui expliquait son comportement. Il était encore petit.

Elle courut jusqu'à la porte de la grange. Elle s'arrêta dans la lueur de la lampe du faîtage et inspira profondément. Il y régnait une odeur étrange. Douceâtre… écœurante. L'été dernier, son frère avait mangé son casse-croûte dans la grange en laissant traîner des restes qui lentement s'étaient décomposés à la chaleur. L'odeur était devenue épouvantable avant qu'ils n'en trouvent l'origine. C'était le même genre d'effluves maintenant, en pire.

Bien pire.

Elle ouvrit la porte de la grange et plaqua instantanément la main devant son nez et sa bouche. La puanteur lui fit monter les larmes aux yeux. Ça sentait la pisse, la sueur, la pourriture.

La mort. La lumière ne pénétrait qu'à peine, la majeure partie de la grange était plongée dans l'obscurité.

Elle cligna des yeux pour chasser les larmes et réalisa que l'obscurité bougeait.

Et faisait du bruit.

Ce qu'elle avait pris pour des ombres était en réalité une épaisse nuée de mouches. Des milliers de mouches bleues énervées qui bourdonnaient et se chevauchaient les unes les autres. La nuée était plus grande qu'elle. Une envie de vomir lui remplit la bouche. Il fallait qu'elle sorte. Elle se précipita dehors. À cet instant, une partie du nuage de mouches se déplaça, lui laissant entrevoir les contours de l'objet de leur excitation.

C'était une caisse.

Une caisse bleue décorée d'étoiles, avec un gros cadenas.

La grêle tapait contre la bâche au-dessus de sa tête. Elle avait proposé qu'ils se voient au TAK, le restaurant sur le toit du centre commercial Gallerian. Se trouver si haut au-dessus des rues lui faisait du bien. L'air lui semblait plus respirable. Comme si les salissures restaient confinées en contrebas.

Mais à peine leur avait-on servi leurs plats de nouilles, dans une boîte en carton, qu'une averse de grêle les surprit. Ils se réfugièrent sous la bâche abritant la partie cuisine et bar du restaurant, entassés avec tous les autres clients. Des grêlons blancs frappaient avec une violence rageuse. Elle frissonna et regarda ses bras nus. Le froid lui donnait la chair de poule. Elle avait presque envie que Vincent lui propose sa veste, mais savait qu'il ne le ferait pas. Surtout pas maintenant que tout était si tendu entre eux. Elle ne s'était pas clairement positionnée lors de la réunion à l'hôtel de police. Trop perturbée par ce qu'il venait de leur apprendre.

— Vincent, il faut que je sache, dit-elle.

Il était fasciné par la masse impressionnante de grêle qui tombait. Il détacha pourtant son regard et se tourna vers elle.

— Je ne te poserai la question qu'une seule fois, continua-t-elle, mais sois honnête avec moi. As-tu quelque chose à voir avec tout ça ? Tu n'as pas besoin de me dire comment, juste… y es-tu mêlé ?

Elle vit combien ses mots le blessaient. Il avait subitement perdu sa prestance habituelle, et l'éclat de ses yeux avait disparu. Mais il fallait qu'elle sache. Une fois pour toutes. Il se détourna d'elle et resta silencieux un long moment. Puis il fit un pas en avant, se mettant sous l'averse, s'éloignant d'elle.

— Si c'était le cas, dit-il, tu crois que j'aurais accepté de rejoindre votre équipe cet hiver ? Ne crois-tu pas que je me serais plutôt fait tout petit quand tu es venue me rencontrer ce soir-là à Gävle ? Évidemment que je n'ai rien à voir avec tout ça.

La grêle s'accrochait à ses cheveux blonds et à ses épaules, et fondait pour couler dans son dos.

— Pardon, dit-elle. Il fallait que je te pose la question.

Il se tourna et la regarda droit dans les yeux.

— Vraiment ? dit-il. Il le fallait vraiment ? Je croyais que nous étions plus proches que ça. Je croyais que nous… que nous…

D'un petit mouvement de tête, elle l'encouragea à poursuivre, mais le mentaliste se tut. Elle sortit et se plaça à ses côtés sous la grêle. Des gouttelettes d'eau cristallisées n'avaient jamais tué personne. Ils surplombaient les toits détrempés, l'un à côté de l'autre, regardant au loin. Sans même réfléchir à ce qu'elle faisait, elle glissa ses doigts entre les siens. Ce n'était pas prémédité. Mais tant pis. Elle retint son souffle, inquiète de sa réaction. Il ne retira pas sa main, mais serra la sienne.

— … que nous nous comprenions, dit-elle en terminant sa phrase.

Il acquiesça, en silence.

Puis il remarqua au loin, à travers l'averse, une silhouette qui l'intrigua. Il sursauta.

— C'est pas vrai ! dit-il. J'ai cru voir encore cette femme, Anna, là-bas.

Elle regarda dans la même direction, mais on n'y voyait pas grand-chose tant l'averse était intense.

— Non, ce n'était sûrement pas elle, reprit-il. Maintenant, j'en arrive à avoir des hallucinations, je vois des harceleuses partout. Ça va vraiment plus.

La grêle s'interrompit aussi brusquement qu'elle était survenue. Les clients se dispersaient tout doucement de dessous la bâche, et les mains de Mina et de Vincent se délièrent.

— Et maintenant ? dit-elle en jetant un coup d'œil affligé sur la boîte de nouilles victime du dégât des eaux. Tu vas prendre tes jambes à ton cou maintenant ?

Il jeta dans une poubelle ce qui aurait dû être leur déjeuner. Il sortit un flacon de gel mains de sa poche et le lui tendit. Le regard toujours blessé.

— Je vais là où tu veux que j'aille, dit-il. Je pensais que ça, tu le savais.

— Selon la théorie de Vincent, nous avons donc la date prévue du prochain meurtre. Comme les précédents ont tous eu lieu à Stockholm, on part du principe que ce sera également le cas cette fois-ci.

Julia se tut. Ruben la regarda, sceptique.

— Vincent, c'est ça, dit-il. Combien de fois faut-il que je répète qu'il ne nous reste qu'une seule chose à faire, l'arrêter ? L'écrouer en détention provisoire en tant que principal suspect. Le 22, c'est dans quelques semaines seulement. Il peut avoir des complices, vous avez creusé la question ? Vous lui avez demandé s'il connaissait Rask ? On n'en sait toujours rien. On en est toujours à chercher une aiguille dans une botte de foin. La seule personne qui pourrait nous éclairer, vous ne voulez pas l'interroger. Il n'y a vraiment que moi qui percute ici. Qu'est-ce qu'il vous faut d'autre pour piger ?

Mina le fixa, dépitée. L'attitude de Ruben ne faisait qu'aggraver son désarroi face à la situation.

Elle se sentait complètement dépassée. Quelque part dehors, une personne pleine de vie était à son train-train quotidien, ses amis, ses activités, persuadée que l'avenir lui appartenait. Ignorant que tout allait prendre brutalement fin d'ici peu de temps. S'ils n'arrivaient pas à mettre la main sur le meurtrier. Le pire, c'était que Ruben n'avait pas forcément tort.

Mais elle connaissait Vincent. C'était un homme brillant qui avait besoin de dix minutes pour lacer ses chaussures correctement. Il lui avait juré qu'il était innocent.

Vincent avait conscience de la gravité des soupçons qui pesaient sur lui. Il avait annulé tous ses spectacles et rendez-vous jusqu'à la fin du mois et avait promis de ne pas quitter la ville. Mais il ne faisait plus partie de l'équipe.

Julia reprit la parole, calmement.

C'était l'une des qualités que Mina appréciait vraiment chez elle. Elle gardait toujours son sang-froid. Même quand Ruben se comportait comme un crétin.

— J'ai eu l'inspecteur principal, il nous alloue un budget complémentaire pour le 22 septembre, dit Julia. Nous ne savons pas où ça va se passer, certes, mais jusqu'à présent les victimes ont été trouvées dans des lieux publics connus. Des lieux fréquentés, et non des ruelles choisies au hasard.

Peder leva la main, Julia hocha la tête dans sa direction.

— Vu que chaque fois un lieu nouveau a été choisi, dit-il, on pourrait peut-être prendre le risque de faire l'impasse sur ces endroits ? Et ne pas gaspiller notre énergie à surveiller Gröna Lund, le parc Berzelli, ainsi que le marché de gros d'Årsta.

— C'est bien vu. On peut se tromper, mais à mon avis, ça vaut le coup de prendre ce risque. Pas de patrouilles dans ces endroits-là. Mais alors, quels sont les lieux le plus fréquentés de Stockholm que nous devons privilégier ?

Elle prit son feutre pour inscrire leurs différentes propositions sur le tableau.

— Kaknästornet, Svampen, Humlegården, dit Mina.

L'écriture de Julia était comme à son habitude un gribouillage difficilement déchiffrable.

— Plattan, Le palais royal, dit Ruben sans grand enthousiasme.

— Junibacken, Djurgården, Vasamuseet, ajouta Peder tandis que Julia prenait note.

— Hornstull, dit Peder.

Ruben renâcla.

— Hornstull ? À Södermalm ?

Il prononça Södermalm comme si c'était un gros mot.

— Horns… tull, articula Julia en écrivant.

— Tu serais pour faire carrément l'impasse sur Söder ? demanda Peder.

— Söder, quel intérêt, franchement ! Et Hornstull, qu'est-ce qu'on a à foutre de Hornstull ?
— Allez, les enfants, calmez-vous, dit Julia d'une voix d'institutrice.
Mina leva les yeux au ciel. Ce qu'il pouvait être vaniteux, ce Ruben. Trop nul, d'autant plus qu'elle avait eu vent qu'il avait grandi à Rimbo et non à Vasastan, comme il le prétendait.
— Dramaten, dit Christer, pensif. J'y crois, à Dramaten. Si j'étais un assassin, je déposerais à coup sûr mon cadavre sur le perron du théâtre royal. La classe, non ?
— Nous ne savons pas si le meurtrier cherche à faire le buzz, ou si les lieux choisis le sont pour des raisons personnelles.
— Ou bien, si les lieux participent à un message codé, ajouta Mina.
Ruben soupira.
— Bon sang, ça suffit ! s'exclama-t-il. Vincent nous a décrypté un message. Qu'il avait codé lui-même. Mais dans la vie, il n'y a pas que des chiffres, des codes et des messages occultes. Il serait temps d'arrêter ces conneries et d'en revenir aux fondamentaux, au bon vieux travail solide de flics honnêtes. Laissons tomber tous ces trucs abracadabrants et autres délires d'ensorceleurs qui nous compliquent la vie.
— Dramaten, ajouta Julia sur le tableau, avant de faire un pas en arrière.
— N'oublions pas une chose, dit Mina. Les endroits où les victimes ont été trouvées ne sont pas les lieux où les crimes ont été commis. Ces meurtres ont été perpétrés ailleurs. Je suis d'accord avec l'idée que la surveillance que nous mettons en place augmentera nos chances d'arrêter les tueurs. Mais seulement une fois l'assassinat commis. Il nous reste avant tout à l'empêcher de tuer.
— Et on le fera avec tous les moyens en notre possession, dit Julia. Cela n'est qu'un préambule. Je m'occupe de la répartition des ressources et de la planification. Si vous pensez à d'autres lieux, n'hésitez pas à les ajouter à la liste. Je vais également demander à Sara Temeric du département d'analyse d'accentuer encore, si possible, la surveillance des réseaux mobile. On va renforcer aussi la présence policière sur le

terrain dès maintenant. D'ici là, toutes autres idées constructives sont les bienvenues.

— C'est exactement ce que je disais : une aiguille dans une botte de foin, bougonna Ruben. Merci, Vincent Walder.

Julia se tourna vers lui, furieuse.

— Ton attitude n'a rien de constructif ! Tu nous proposes quoi, toi, à part ta brillantissime idée d'envoyer Vincent derrière les barreaux ? C'est quoi, ton plan de génie ? Qu'on se tourne les pouces en attendant un appel téléphonique ? C'est comme ça que toi, t'aurais dirigé cette affaire ?

— On pourrait, par exemple, interroger ses instits et ses copains d'enfance, bafouilla Ruben. Cette Jessica, la mère de Robert, c'était une copine de classe. Pourquoi on ne l'interroge pas une nouvelle fois ?

— Parce que Vincent n'est pas notre suspect ! répliqua sèchement Julia. Rien de concret ne le relie aux meurtres. Y'a autre chose que tu n'arrives pas à comprendre ?

Ruben, décontenancé, évita son regard.

Mina buvait du petit-lait. Voir Ruben se faire remettre à sa place était incontestablement un divertissement des plus jouissifs.

— Ruben serait sûrement ravi de prendre en charge la surveillance de Södermalm ? suggéra Christer.

Peder réprima un gloussement.

— Très drôle ! maugréa Ruben.

Il quitta la salle avant tous les autres. Mina s'attarda un peu, scrutant encore le tableau et cette liste qui ne faisait que s'allonger. Ruben avait au moins raison sur une chose. Ils cherchaient effectivement une aiguille dans une botte de foin.

SEPTEMBRE

Pour la première fois depuis longtemps, aucun membre de la famille n'était à la maison. Aston était à l'école, Benjamin avait exceptionnellement un cours qui exigeait sa présence physique, Rebecka sortait avec une copine et Maria était au yoga. Tant mieux. Encore un peu de répit avant qu'ils ne découvrent la voiture de police stationnée de l'autre côté de la route pour surveiller la maison et l'allée du jardin. Ruben avait si lourdement insisté que Vincent avait fini par accepter sa mise sous surveillance, même s'il n'était accusé de rien. En tout cas, pas officiellement. Aujourd'hui, c'était le jour où le dernier meurtre aurait lieu, selon lui. Le 22 septembre. La présence de la police aurait au moins le mérite de prouver son innocence quand, à la fin de la journée, il s'avérerait qu'il n'avait tué personne. Ruben en serait dépité, sans aucun doute.

Ruben aurait pu prendre une voiture banalisée. Vincent croyait que c'était le plus courant pour des missions de surveillance. Mais non, Ruben voulait que tout le monde sache et, cerise sur le gâteau, le véhicule blanc, avec ses marques bleues et jaunes, brillait comme s'il sortait du lavage. En constatant que Vincent n'avait pas de voisins, Ruben avait dû être drôlement déçu. Vincent lui fit un signe de la main à travers la fenêtre de la cuisine. Ruben se détourna et Vincent transforma son geste en un doigt d'honneur.

Il avait donc toute la maison pour lui. Il pourrait surfer sur un max de sites pornos dans la chambre de Benjamin, terminer les constructions en Lego d'Aston, faire des gâteaux pour Rebecka ou danser tout nu dans le séjour sans que personne y trouve à redire. Mais non. En tout cas, pas danser tout nu. C'était plutôt le truc de Maria. Pas pour de vrai, évidemment, mais elle en rêvait très certainement.

Il prit l'album *Telekon* de Gary Numan et posa le vinyle sur la platine dans le séjour. Quand il était gosse, la première fois qu'il avait écouté de la musique des grands, c'était justement des morceaux de Gary Numan, de Kim Wilde et autres artistes de la scène New Wave anglaise. On commençait tout juste à les passer à la radio suédoise à cette époque. Il n'avait que cinq ans quand il avait écouté la chanson *I Die: You Die* pour la première fois, et il en avait fait des cauchemars toute la nuit. Les sons provenaient d'instruments dont il ignorait l'existence. C'étaient des mélodies qui n'avaient rien de rassurant. D'abord, ça l'avait effrayé. Ensuite, ça l'avait fasciné. Ce qu'il savait du haut de ses cinq ans s'était révélé complètement erroné. Et si la musique lui avait joué de tels tours, qu'en était-il de tout le reste ? Le monde n'était pas ce qu'il s'était imaginé. Tout était possible. Et il n'y avait aucun filet de sécurité.

Encore aujourd'hui, il retrouvait les mêmes émotions en écoutant cette musique. Et en ce moment précis, c'était exactement ce dont il avait besoin pour être créatif et penser différemment. Il allait certes décevoir Ruben en ne tuant personne aujourd'hui. Une autre personne allait s'en charger. *Deux* autres personnes, se corrigea-t-il. Il n'avait jamais cru un instant que Rask avait été l'un des meurtriers. Et Anna n'était très certainement pas mêlée à cette affaire non plus.

Il s'accroupit devant l'aquarium, mais les poissons-chiens restèrent dans leur coin. Comme s'ils comprenaient que quelque chose ne tournait pas rond.

Il augmenta le son et se rendit dans son bureau. Même avec toute la maison à son entière disposition, il préférait encore son bureau. Ici, c'était sans surprise, il savait exactement où se trouvait chaque objet et à quoi il servait. Et avant tout, c'était son lieu à lui. Personne ne râlait parce que les livres étaient rangés par couleurs et non par ordre alphabétique. Ou parce qu'une caricature de lui en zombie, peinte et offerte par un dessinateur de BD très connu, fan de ses shows, se trouvait sur une étagère parmi de prestigieux prix et récompenses reçus au fil des années.

Vincent s'allongea de tout son long sur l'épais tapis vert pour réfléchir. Dans la salle de séjour, Gary Numan chantait son intention de vous mettre en garde avant votre chute. Vincent avait refait mille fois le tour de tous les morceaux du puzzle pour essayer de comprendre où pouvait bien être sa place à lui. En vain. Sa tête était une vraie cocotte-minute, il n'arrivait plus à contrôler le flot de ses pensées. Une telle agitation régnait dans son cerveau qu'il craignait de tomber, alors qu'il était déjà allongé par terre. Il étendit les bras de chaque côté de son corps dans l'espoir de calmer son vertige. Il sentit les fils du tapis sous ses paumes et se concentra sur sa respiration. L'étourdissement s'atténua. Toutes les pièces du puzzle étaient identifiées. Mais il ne comprenait toujours rien.

Il n'en voulait pas à Ruben. À sa place, il aurait sans doute réagi de la même façon. C'était une chance que les autres policiers ne soient pas aussi convaincus de sa culpabilité. Au moins, il gagnait un peu de temps. Tôt ou tard, les médias mettraient leur nez dans tout ça. À cet instant, Mina et les autres ne seraient plus en mesure de le protéger, innocent ou pas.

Il se concentra sur la lueur jaune du plafonnier. Il avait baissé son intensité avant de s'allonger. On aurait dit un globe doré suspendu au-dessus de lui.

Les médias l'assassineraient. *Le boucher Houdini, alias le mentaliste Vincent Walder*. On finirait par le reconnaître coupable. Coupable de trois meurtres. Même quatre, à la fin de cette journée. C'était couru d'avance. Ce n'était qu'une question de temps. Il n'en avait plus beaucoup devant lui. Quelles solutions lui restait-il ? Il se repassa le film pour la énième fois, à la recherche d'un élément qui lui aurait échappé.

Vincent ferma les yeux et ouvrit trois tiroirs dans les tréfonds de sa mémoire. Il y avait dans chacun d'eux des couches superposées de raisonnements, d'éventuels mobiles et toutes sortes d'hypothèses et de conclusions possibles. Dans un premier temps, il se contenta de lire les étiquettes.

Tiroir un : *Les mères des victimes : ses copines d'enfance*. Autrement dit, les tueurs savaient où il avait grandi et avec qui.

Tiroir deux : *Les victimes sont mortes dans des accessoires de magie défectueux : comme sa mère.*

Tiroir trois : *Les dates des meurtres correspondent à son nom quand il était enfant.* Voir tiroir un.

Il rouvrit les yeux et fixa le globe doré.

Tout désignait son enfance.

La conclusion évidente, c'était que les meurtriers le connaissaient, qu'ils avaient peut-être même grandi à proximité de lui. Mais ça pouvait être un piège psychologique. On a toujours tendance à se penser comme le centre du monde, à croire qu'on est la source d'où tout rayonne. C'est inévitable puisque chaque être humain est au cœur de son propre univers, et chacun raisonne plus ou moins comme ça. Mais ça ne voulait pas dire que ça se jouait réellement ainsi.

Beaucoup d'informations sur son enfance étaient consultables sur le net. Ce n'était même pas difficile à trouver, à condition de savoir comment chercher. Les tueurs n'avaient pas nécessairement un lien personnel avec lui, ils n'avaient besoin de rien d'autre que d'un réseau internet efficace.

Mais si les tueurs ne le connaissaient pas, alors qu'en était-il du mobile ? Pourquoi un inconnu ferait-il tout ça ? Pour le flatter ? Le défier ? Son ego n'était pas des plus modestes, mais de là à croire sérieusement à ce genre d'explication, non. Le délire du harceleur n'allait en général pas plus loin que là où se trouvait Anna. Certes, Moriarty avait inventé des meurtres mystérieux uniquement pour voir si Sherlock Holmes serait capable de les résoudre. Mais c'était de la littérature. Dans ce qui était arrivé à Agnes, à Tuva et à Robert, il n'y avait pas la moindre brume romanesque.

Le globe doré émit un grésillement et sa luminosité augmenta brusquement. Le mécanisme avait sans doute besoin d'être remplacé. Il s'assit sur le tapis, les jambes tendues droit devant lui. Il se força à raisonner différemment, jouant avec l'idée que les tueurs le connaissaient effectivement. Non pas que quiconque dans son entourage puisse commettre de tels actes, mais il fallait tout de même envisager le pire. Gary Numan semblait se joindre à lui depuis le salon où il reprenait le refrain, assez tordu compte tenu du contexte. *"And I die: You die."*

Et s'il connaissait les assassins ? Il ne discernait pas le moindre motif pour autant. Et le quatrième meurtre aurait lieu aujourd'hui.

Un quatrième tiroir lui apparut soudain. Il ne se souvenait pas de l'avoir créé. Mais il était là, bien aligné à côté des trois autres. Il ferma les yeux et se mit à en sonder l'intérieur. Il était vide. Son inconscient voulait de toute évidence lui signifier quelque chose. Quatre tiroirs, quatre catégories d'informations, dont une était vide.

Ça alors.

Le puzzle n'était donc pas complet. Il avait raté une chose capitale. La dernière pièce du puzzle qui expliquerait tout.

Le trente-trois tours prit fin dans le séjour. Il entendit le saphir crisser contre le bord de l'étiquette. Il laissa faire.

La dernière pièce du puzzle n'était pas le dernier meurtre, comme ils l'avaient cru. Il savait exactement ce que c'était. Et ça se trouvait ici, chez lui.

Mina venait de se changer et de remettre le pendentif de Nathalie quand la sonnette retentit. Elle sursauta. Ça ne sonnait jamais chez elle. Elle ne recevait jamais de visite. Ou bien ? Vincent ? Avaient-ils évolué, sans s'en rendre compte, vers une phase de leur relation où il pensait pouvoir passer chez elle à l'improviste ? Non. Surtout pas aujourd'hui, avec en plus Ruben aux talons. Ça ne pouvait pas être Vincent. Un vendeur ? Un gamin qui voulait lui faire acheter des chaussettes de foot ou des tulipes ?

Ou des Témoins de Jéhova. Deux jeunes gens bien peignés, en chemise blanche et cravate noire, la lumière de Dieu dans les yeux. Le regard absent, comme des automates inquiétants aux cerveaux lessivés.

Elle ouvrit. Kenneth.

— Bonjour ! dit-elle, surprise. C'est toi ?

— Bonjour à toi ! Eh oui, je me disais qu'il était temps de récupérer Bosse. Désolé de te l'avoir laissé pendant tout ce temps. J'ai eu de la chance de trouver ton adresse sur internet. Et un voisin sympathique m'a laissé entrer.

Son soulagement se mêla de culpabilité. Soulagement d'entrer enfin en contact avec le maître de Bosse. Culpabilité parce que Kenneth était persuadé qu'elle avait toujours son chien.

— Je commençais à me demander si tu n'avais pas disparu de la surface de la terre, dit-elle pour gagner du temps. Je ne t'ai pas vu aux réunions AA depuis l'été.

— On a dû y aller à des moments différents, dit-il. Tout s'est bien passé avec Bosse ?

Kenneth la regarda plein de confiance, tout en cherchant le chien des yeux. Mina vit son visage se crisper quand elle répondit.

— Mouais, c'est-à-dire, Bosse va très bien. Mais il n'est pas là…

— Il est où ?

Kenneth semblait déçu. Mina haussa les épaules en guise d'excuses.

— Je n'arrivais pas à m'occuper de lui avec les horaires que j'ai. Pourtant, j'étais motivée. Mais c'était impossible, hélas. J'ai un collègue génial qui m'a proposé de l'aide. Bosse est donc chez Christer.

— Ah bon, chez Christer, dit Kenneth, l'air toujours aussi perdu.

— Comment va ta femme ? se dépêcha-t-elle de demander.

— C'est gentil à toi. On a eu une très mauvaise passe, c'était en fait un petit AVC. Ils l'ont vite stabilisée, elle a pu rentrer à la maison. Elle a passé l'été et le début de l'automne à se reposer. Maintenant, elle est suffisamment d'attaque pour que je puisse à nouveau m'occuper de Bosse.

— Quelle bonne nouvelle, dit Mina.

Et elle était sincère.

La tendresse évidente entre Kenneth et sa femme l'avait toujours touchée, et au cours des derniers mois, elle s'était souvent demandé ce qu'ils étaient devenus.

— Et où est-ce que je trouve… Christer ? demanda Kenneth, levant un sourcil interrogateur.

Mina prit son téléphone et consulta ses contacts.

— Il habite près de Skurusundet. Si tu prends la direction de Värmdövägen, tu aperçois le bras de mer au bout d'une dizaine de kilomètres. Juste après le rond-point, tu tournes à droite et tu fais environ cinq cents mètres avant de voir une petite maison marron sur le côté droit, on dirait une sorte de maison d'été.

Elle le savait uniquement parce que, prise d'une subite mauvaise conscience, elle était allée récemment chez Christer pour déposer un énorme sac d'aliment pour chien devant sa porte.

— Tiens, voici son numéro, tu peux l'appeler pour avoir son adresse exacte et…

— Ça fait beaucoup d'un coup. Tu veux pas venir avec moi ?

Sa voix était suppliante, et les yeux de Kenneth lui faisaient penser à ceux de Bosse. Mina regarda par la fenêtre, dans la rue. Un fourgon antédiluvien était garé devant son immeuble. Elle se doutait sans peine de l'hygiène déplorable qui devait régner là-dedans.

— J'apprécierais vraiment que tu viennes. C'est auprès de toi que nous avons laissé Bosse, et tu nous avais promis de prendre bien soin de lui…

Mina était mal à l'aise. Et aujourd'hui, ça ne pouvait pas tomber plus mal. D'un autre côté, Christer pourrait ensuite l'emmener à l'hôtel de police. Kenneth pressait pile sur sa mauvaise conscience, et elle ne voyait pas comment lui refuser ce dernier service. Alors que tout en elle n'était que répugnance à l'idée de monter dans ce fourgon immonde, elle saisit sa veste en jean.

— D'accord, je te montre le chemin.

Elle ferma la porte à clef, passa devant lui, dévala les escaliers et se dirigea vers le fourgon, vite, histoire de ne pas avoir le temps de changer d'avis. Kenneth trottina derrière elle, passa côté conducteur et déverrouilla. Mina ouvrit la portière côté passager et inspira profondément. C'était ce qu'elle avait redouté. Elle inspira encore une fois. Et monta.

Vincent se releva du tapis et alla chercher le livre. Le grand livre qu'un expéditeur inconnu lui avait envoyé chez Umberto de ShowLife Productions avant Noël. Celui avec un jaguar en couverture. La police le lui avait rendu au bout d'une semaine. Ils auraient préféré le garder plus longtemps, mais des investigations biochimiques plus poussées n'auraient probablement pas servi à grand-chose. On ne trouverait sûrement rien d'autre que les empreintes digitales d'Umberto et de lui-même. C'était plutôt dans le message qu'il fallait trouver la solution.

Il n'avait pas pris suffisamment en compte cet avertissement des meurtriers. Peut-être parce que ça ne collait pas avec les autres pièces du puzzle. Il l'avait interprété comme un simple pied de nez de la part des tueurs. Il lui fallait l'examiner de plus près. Il ouvrit le livre à la page 873. Il n'avait toujours pas compris ce que le 8 juillet, à trois heures, pouvait bien signifier. Et même si signification il y avait. Quelque chose l'intriguait. Il avait comme un léger pressentiment, mais ça pouvait aussi bien être son imagination qui lui jouait des tours. Parfois, le sens est absent, même quand on est persuadé qu'il existe.

Le message était là, devant lui, tout aussi obscur que la première fois.

SALUT VINCENT,

MA DÉCEPTION SERA GRANDE SI TU T'IMAGINES QUE LE 8 JUILLET EST LA DATE D'UN PROCHAIN MEURTRE. TU NE TE SOUVIENS VRAIMENT PAS ? IL TE FAUDRA ÊTRE PLUS ATTENTIF SI TU VEUX ME TROUVER.

“Être plus attentif”. Drôle de manière de s’exprimer. Pourquoi pas “Il faudra que tu fasses du meilleur boulot” ou “Il faudra que tu cherches plus méthodiquement” ? Il laissa tomber le message et porta son attention sur ce qu’il avait devant lui. Le surlignage rouge, agressif, et les taches comme du sang. Ces dernières étaient en réalité un peu plus structurées que des éclaboussures carmin, se dit-il. Les bords avaient été dessinés, mais les formes étaient étranges. Tout doucement, le tumulte dans sa tête s’estompa. Un souvenir lointain, occulté et recouvert par tout ce qui s’était passé un peu plus tard au cours de cet été-là. Le souvenir d’une couverture sur une pelouse.

L’anniversaire de maman.

Quand il s’appelait encore Vincent Boman.

La robe préférée de maman.

Une carte d’anniversaire.

Il regarda à nouveau les lignes sur la page. Certaines n’étaient pas d’un trait, mais en pointillé. Ce n’était pas possible… Non, ça ne pouvait pas être ça. Ça ne *devait* pas être ça. Ses mains tremblaient tellement quand il détacha la page qu’il faillit la déchirer.

Il faut la plier comme un avion en papier.

Il lutta contre ce qui prenait forme dans sa mémoire. S’ébroua pour y échapper, mais il n’y avait pas d’échappatoire. Il fallait qu’il sache.

La robe préférée de maman était en tissu léopard.

Et en couverture du livre, un jaguar dont le pelage rappelle celui du léopard.

Il avait un jeu de cartes dans la main.

Il plia les lignes en pointillé vers l’intérieur, celles composées d’un trait vers l’extérieur. Pli après pli, les formes rouges s’assemblaient.

Gardez à l’esprit ce moment mémorable du 8 juillet, à trois heures de l’après-midi. Vous en reparlerez à vos petits-enfants.

C’est lui qui l’avait dit. À trois heures de l’après-midi, le 8 juillet. 873. L’anniversaire de sa mère. Il n’avait plus fêté ce jour-là depuis quarante ans.

Quand il eut terminé le pliage, il regarda le résultat, tétanisé. La même lettre épaisse, rouge sang, répétée trois fois.

TTT

Il poussa un cri, écrasa le papier dans sa main. Il saisit le livre et le jeta de toutes ses forces dans les rayonnages. Tous ses trophées chutèrent avec fracas, le portrait de lui en zombie explosa. T T T. Il avait entendu ces trois lettres tellement souvent dans son enfance qu'il ne pouvait pas ne pas comprendre.

Les lieux où avaient été trouvés Agnes, Tuva et Robert prenaient brusquement tout leur sens. Agnes dans le parc Berzelii devant le Chinateatern. Tuva à l'entrée du Tivoli de Gröna Lund. Robert sur un parking.

Théâtre, Tivoli, Tumulte.

Jane.

C'était Jane, sa sœur aînée. C'était insensé, mais c'était aussi la seule conclusion possible. Il fallait qu'il voie Mina. Tout de suite.

— Pardon, je… j'aurais dû te le dire. Bosse…

Mina avait du mal à trouver les mots. S'excuser n'était vraiment pas son fort. Les formulations détonnaient bizarrement dans sa bouche. Mais Kenneth vint à son secours.

— Pas de problème, dit-il. On s'est occupé de lui, c'est l'essentiel.

— Merci, dit Mina, plus sèchement qu'elle n'aurait voulu.

Pour se rattraper, elle se lança dans le bavardage, autre domaine où elle n'avait aucun talent particulier. Elle détestait au plus haut point cette obligation de tailler la bavette pour un oui ou pour un non. Mais en ce moment précis, c'était plutôt un moindre mal. Bien sûr, elle savait que la crasse de la camionnette s'infiltrait en elle, et même si ce n'était qu'une vue de l'esprit, elle avait quand même la sensation que des particules invisibles grouillaient sur sa peau. Meubler le silence aurait peut-être le mérite de l'aider à tenir à distance cette panique qui commençait à l'envahir.

— Et comment… comment vous vous êtes rencontrés, ta femme et toi ? Désolée, je me rends compte que je ne connais pas son prénom.

— Jane. Elle s'appelle Jane.

— Jane. Un beau prénom. Alors, comment vous vous êtes rencontrés ?

Mina savait bien à quel point elle était maladroite dans l'art de parler de la pluie et du beau temps. La plupart des gens pratiquaient pourtant ce sport tout naturellement. Elle s'en pensait capable, c'était juste qu'elle manquait terriblement d'entraînement.

— On s'est rencontrés au fond.

— Au fond ?

Mina le regarda. Elle ne s'attendait pas à ce genre de réponse. Réponse qui avait l'avantage d'aiguiser son intérêt pour la suite de la conversation. Kenneth avait les yeux rivés sur la route quand il répondit.

— Je l'ai trouvée dans la rue. Battue à mort. Elle avait… des problèmes. Elle n'a pas eu une vie facile. Moi non plus. Moi aussi, j'avais mes problèmes. Mais ce fut comme deux négatifs qui se transforment en positif. Il s'est passé quelque chose en moi quand je l'ai trouvée, étendue. Sa mâchoire était brisée. Une paupière à ce point enflée qu'on ne voyait plus l'œil. Elle avait trois côtes, une jambe et le bras droit fracturés. Et quelqu'un lui avait asséné un coup de pied d'une telle violence dans le dos que sa colonne vertébrale était endommagée.

Mina écouta, attentive.

— Elle n'est pas atteinte de scoliose, donc ?

Kenneth confirma.

— On tourne bientôt à droite, dit Mina.

Kenneth mit son clignotant.

— La vérité est trop dérangeante à entendre, les gens préfèrent ne pas savoir. Alors on ment, c'est plus simple, dit-il.

— Je comprends, dit Mina en regardant par la fenêtre.

Elle faisait pareil. Elle mentait. À tout le monde. Ça avait toujours été le plus simple.

— Ce jour-là, j'ai appelé une ambulance et je l'ai accompagnée à l'hôpital. Depuis, c'est nous deux.

— Et vous avez rejoint un groupe AA. Ça vous aide ? Avec vos… problèmes ?

— Oui, ça nous aide. En plus de ce que nous essayons de faire par nous-mêmes. Il faut essayer d'aller de l'avant, d'être constructif. On ne peut pas juste s'asseoir et attendre que les choses s'arrangent d'elles-mêmes. Qu'elles changent. Parfois, il faut prendre son destin en main.

— Je vois ce que tu veux dire, dit Mina, sincère. Vous êtes d'ici, de Stockholm ?

— Oui. Et non.

Il ne dit rien de plus. Elle n'insista pas.

— Il te reste encore combien de temps ? demanda-t-elle à brûle-pourpoint.

Kenneth ne réagit même pas. Elle regretta la question au moment même où elle la posait. Encore ce fameux filtre entre le cerveau et la bouche qu'avaient les autres, mais qui lui faisait défaut. Raison de plus pour éviter les conversations. Invariablement, les gens finissaient par lui en vouloir.

— Comment t'as deviné ? demanda-t-il, le regard toujours fixé sur la route.

— Je n'étais pas sûre, mais tu viens de confirmer le sentiment que j'avais. Tes yeux et ta peau sont jaunâtres. Comme mon grand-père qui est mort d'un cancer du foie. Et il y a un emballage vide de Nexavar par terre. Mon grand-père en prenait aussi.

Mina toucha du bout de son pied l'emballage vide qui traînait devant elle.

— Quelques mois, avec un peu de chance, répondit-il. J'ai trop de métastases. Je ne prends même plus de Nexavar.

— Je suis désolée, dit-elle.

Ils restèrent silencieux un moment.

— Je voudrais faire tout ce que je peux pour Jane, dit-il enfin. C'est tout ce que je peux lui offrir. Tout ce que je peux faire.

— C'est bien, dit-elle.

Elle se tortilla sur son siège, s'y appuya de la main. La situation devenait trop personnelle, trop intime. Elle sentit quelque chose coller à sa main. Un papier de bonbon. Elle tenta de s'en débarrasser, dégoûtée, mais il restait collé. Elle sentait la nausée l'envahir, mais parvint enfin à le détacher. Elle leva le regard.

— Tu aurais dû tourner là, dit-elle en levant son pouce vers la droite.

Mais au lieu de ralentir, il accéléra.

— Tu as loupé la sortie, dit Mina en se tournant vers lui, contrariée.

Kenneth ne répondit pas. Il ne fit qu'appuyer encore davantage sur l'accélérateur, le compteur indiquait déjà cent cinquante.

— Qu'est-ce que tu fais ? cria Mina en le regardant fixement.

Après quelques instants, il tourna lentement la tête vers elle et dit doucement :

— On rentre à la maison.

Puis il se concentra à nouveau sur la route. Mina resta figée pendant quelques secondes, avant de sortir son portable de sa poche. Elle n'eut pas le temps de réagir. Kenneth le lui arracha de la main et le balança par la vitre entrouverte. C'est à ce moment-là que Mina comprit qu'elle avait commis une erreur.

Une erreur fatale.

Kvibille 1982

Son petit frère était assis dans le canapé du salon, les genoux remontés sous son menton. Ses bras enlaçaient ses jambes. Il pleurait. Les larmes mouillaient son tee-shirt et le coussin sur lequel il était assis. Elle arrivait à peine à entendre ce qu'il disait.

— Elle s'est installée dans la caisse, sanglota-t-il. J'ai verrouillé le cadenas. Il ne me manquait plus que ma cape. Celle que tu m'as fabriquée. J'ai couru à la maison. Là, j'ai eu faim. J'ai mangé trois tartines avec une tranche de fromage et une tranche de jambon sur chacune. Et j'ai bu…

— Je me fous de ce que tu as mangé ou bu, c'est pas important ! cria-t-elle sans pouvoir se contrôler.

— Si, c'est important ! cria-t-il en retour. Et la radio était allumée. Il y avait une émission sur la maniaco… la dépri… ce qu'a maman parfois. Alors j'ai écouté. Puis Malla, Sickan et Lotta sont arrivées. Elles avaient apporté un pique-nique. On a pris les vélos jusqu'au lac et on s'est baignés. Après, on a dîné chez Sickan.

Elle eut l'impression qu'elle allait à nouveau vomir.

Cette cape stupide. Si elle ne lui avait pas fait cette cape, il serait resté dans la grange. Rien ne se serait passé. Tout était sa faute. Quoique non. C'était la Jane d'avant qui pensait comme ça. Mais pas cette fois-ci. Plus maintenant.

— Tes copines n'ont pas demandé où était maman ?

— Si, elles ont demandé et je me suis rappelé qu'elle était dans la grange, mais elles voulaient qu'on s'en aille avant qu'elle nous voie. Comme une blague qu'on lui faisait.

Comme une blague ! Jane aurait pu assassiner ces gamines.

— Et quand est-ce que tu t'es rappelé que tu l'avais laissée dans la grange ? demanda-t-elle en s'efforçant de garder son calme.

Elle s'assit à côté de lui dans le canapé. Il appuya son front contre ses genoux.

— Le soir, dit-il tout bas. Quand je suis allé me coucher.

— *Le soir !* Mais comment tu avais pu oublier une chose pareille ? *Toi ?* Tu aurais dû être le dernier à oublier maman.

— Mais je ne l'ai pas oubliée. Il faisait nuit dehors. J'avais trop peur.

Soudain il leva les yeux et la regarda, comme par défi.

— En plus, elle n'avait qu'à sortir ! Il y avait un… en vrai, faut pas que je le dise, un magicien ne dévoile jamais ses secrets, mais…

— Je vais t'en coller une !

— Il y avait un passage secret. C'est une illusion, et l'assistante peut sortir par l'arrière. Je croyais qu'elle était partie aussitôt qu'elle avait compris que je ne revenais pas et qu'elle était allée voir quelqu'un, ou un truc comme ça. Ou qu'elle arrachait des mauvaises herbes. Je sais pas, moi.

Elle déglutit profondément. Il n'avait que sept ans. En plus, il n'était même pas comme la plupart des gamins de sept ans. Fallait pas oublier ça. Mais quand même. Il y avait des limites.

— Pourquoi tu n'es pas allé voir ? dit-elle. Puisqu'elle ne revenait pas.

— J'avais peur. Elle était peut-être en colère. Elle avait peut-être mal parce qu'elle avait attendu longtemps dans la caisse. Je ne voulais pas qu'elle me gronde. Mais Jane, je ne comprends pas pourquoi elle est restée dans la caisse ?

— Parce que ta putain de sortie secrète ne fonctionne pas !

Son petit frère sursauta. Le visage contrarié.

— Ne fonctionne pas ? répéta-t-il. Je ne me suis pourtant pas trompé dans mes calculs, je crois… Mais dans ce cas, elle aurait frappé ?

Parfois il était juste débile. Qu'il ne se soit pas étranglé à la porte de la grange en s'y accrochant avec sa cape tenait du miracle.

— Comment tu peux savoir qu'elle n'a pas frappé ? demanda-t-elle. T'étais pas là ! Et ensuite, tu n'y es pas retourné ! Tu as évité la grange pendant presque deux semaines. Pour ne pas être grondé. Mais qu'est-ce que t'as dans la *tronche* ? Elle a peut-être frappé pendant des heures. Ou des jours !

Au fond d'elle, elle n'en était pas si sûre. Peut-être que tout n'était pas si simple. Était-ce vraiment si évident que tout était sa faute à lui ? L'image de maman sur la pelouse lui revint en mémoire, comme si c'était hier. Elle entendait ses mots comme si elle venait de les prononcer :

— Si tu t'en vas, je me tue.

Mais personne ne met fin à ses jours en se laissant mourir de faim, sans parler de se laisser *cuire* jusqu'à la mort dans une caisse en pleine chaleur ? Non. En tout cas, pas exprès. Maman n'avait sûrement pas sciemment saboté la trappe de sortie. Mais quand elle avait compris qu'elle était coincée, est-ce que quelque chose en elle avait capitulé ? Une voix lui avait-elle chuchoté que c'était aussi bien ? Que ses enfants s'en sortiraient mieux sans elle. Et alors, elle avait juste… attendu ?

Jane secoua la tête à s'en faire mal. L'idée était insupportable. Ce n'était pas possible. Ça ne pouvait pas être ça. N'est-ce pas ? Elle regarda de nouveau le garçon dans le canapé à côté d'elle et prit une décision. Tout était entièrement sa faute, à lui. Ce petit frère dérangé qui n'avait même pas pris la peine d'aller voir. S'il n'avait pas été à ce point… anormal, tout aurait été différent. C'était ainsi et pas autrement.

Soudain, la sonnette retentit.

— C'est qui ? renifla-t-il.

Elle regarda au plafond, luttant contre les larmes. Il avait tout gâché. Elle n'irait jamais au lycée à Mora. Sans parents, elle finirait en famille d'accueil. Elle savait d'avance comment ça se passerait. Si toutes ces années à Kvibille lui avaient appris quelque chose, c'était qu'elle n'était pas comme les autres. Les profs levaient les yeux au ciel quand elle achevait les exercices en classe bien avant les autres, ou posait des questions auxquelles ils ne savaient pas répondre. Aucun garçon dans la classe ne cherchait à l'approcher, personne ne voulait sortir avec une fille si compliquée. Même les filles de la classe se taisaient quand elle arrivait, comme si elles ne savaient pas comment lui parler. Ce n'était pas sa faute à elle si elles étaient à ce point médiocres.

À Mora, tout aurait pu être différent. Il y avait des jeunes comme elle. Aussi intelligents qu'elle. Ylva le lui avait dit. Là, elle aurait pu vivre normalement. Sans faire semblant, sans se retenir. Au contraire, elle se serait épanouie.

Une autre vie.

Elle se leva du canapé et ouvrit la porte aux policiers. Elle les avait appelés une heure auparavant. Sa nouvelle vie était terminée avant même d'avoir commencé. Elle haïssait son petit frère. Tellement, tellement, par-dessus tout. Ainsi que ses maudites copines.

Kenneth gara la camionnette sur un espace gravillonné devant un grand bâtiment gris. Elle en reconnut la structure grâce aux photos qu'elle avait visionnées en faisant des recherches sur la kétamine. Ils avaient eu raison. C'était une ferme d'élevage de visons. Kenneth coupa le moteur et se tourna vers elle.

Sans prévenir, il lui asséna une violente claque. Une tactique d'intimidation efficace. Quand la victime de violence physique ne peut pas prévoir le prochain coup, elle devient plus docile, plus facile à gérer. Elle le savait parfaitement bien. Mais ça ne voulait pas dire que ça ne fonctionnait pas. Elle fut impressionnée par la force du vieil homme. Le cortisol et l'adrénaline explosèrent dans son corps et la mirent dans un état de terreur absolu.

— Bouge pas, dit-il, en sortant de son côté.

Submergée par l'adrénaline, elle luttait contre cette peur qui l'empêchait de garder la tête froide. Il fallait se fier à son instinct. Espérer que toutes ses années d'entraînement professionnel l'avaient dotée de réflexes qui l'aideraient à s'en sortir.

Quand Kenneth passa par l'avant du véhicule, elle envisagea de se jeter dehors côté conducteur, mais il aurait probablement le temps de revenir avant même qu'elle soit dehors. Au lieu de ça, elle détacha sa ceinture de sécurité et releva ses jambes. Au moment où Kenneth actionna la poignée de sa portière, elle donna un coup de ses deux pieds, de toutes ses forces. La porte s'ouvrit violemment, touchant la tête et le thorax de Kenneth. Il hurla et tomba lourdement en arrière sur le gravier. Elle espérait l'avoir neutralisé.

Kenneth était à moitié assommé. Elle se jeta hors de la camionnette et s'éloigna en courant. Une épouvantable odeur la frappa. Elle s'était attendue à des miasmes d'animaux, mais c'était… plus que ça. Une odeur macabre. Elle écrasa sa main sur sa bouche.

Il ne semblait y avoir qu'une seule issue, la route par laquelle ils étaient arrivés. Elle se mit à courir dans cette direction, mais n'avait fait que quelques mètres quand un coup de feu retentit entre les arbres. Elle fit volte-face. Devant le bâtiment gris, Jane dans son fauteuil roulant, un pistolet au poing braqué sur elle. Mina maudissait sa stupidité. Comment avait-elle pu oublier Jane ?

— Ne fais pas de bêtises, dit Mina en levant les mains.

Jane tenait l'arme avec maîtrise, ce n'était de toute évidence pas la première fois. Elle était peut-être vieille et clouée à son fauteuil, mais elle visait bien. Et sans la moindre hésitation.

— Toi de même, dit Jane d'un ton grave. Tu sais déjà ce dont je suis capable avec une arme.

— Agnes ?

Jane acquiesça, satisfaite.

— Exact, madame la fliquette. Droit dans la bouche. T'aurais vu sa surprise.

Il fallait que Mina la désarme au plus vite. Jane était visiblement une tireuse expérimentée. Mais si viser une cible immobile était une chose, toucher une cible en mouvement était une autre paire de manches. Surtout si elle se dirigeait vers le tireur. La seule chance de Mina était de foncer en zigzag sur Jane en espérant que Jane n'arriverait pas à la suivre. Une balle dans le bras ne l'enchantait guère, mais elle supporterait. Si c'était le prix à payer pour désarmer Jane.

Elle baissa lentement les bras, tout en gardant le contact visuel avec elle. Elle ne devait révéler aucune intention, pas le moindre mouvement ni des jambes ni du corps, aucun déplacement de son centre de gravité, rien qui pourrait laisser deviner qu'elle se préparait à courir. À l'instant où elle bondirait, l'assaut serait déjà presque terminé.

Un coup violent dans le dos la projeta en avant. Ses genoux puis son visage heurtèrent le sol. Dans sa chute, l'air quitta ses poumons, et quand elle essaya d'inspirer, elle suffoqua. Elle entendit des pas avant de voir une paire de chaussures apparaître devant ses yeux. Pas moyen de relever la tête pour voir à qui elles appartenaient. Elle essayait de reprendre son souffle. Et de toute façon, elle n'avait pas besoin de voir. Elle savait. Elle avait foiré.

— On dirait que celle-ci est un peu plus frétillante que les autres, ironisa Kenneth au-dessus d'elle.

Le cinquième appel donna exactement le même résultat que les quatre premiers. Une voix avenante lui expliqua que le destinataire n'était pas disponible. Le téléphone de Mina était éteint.

Mina était certes une personne extrêmement réservée, mais la seule fois où il l'avait vue éteindre son téléphone, c'était un jour où elle s'apprêtait à aller à l'une de ces réunions qu'elle croyait fréquenter sans que personnes le sache. Et même en ces occasions, elle oubliait apparemment souvent de l'éteindre. En général, elle était prête à répondre de jour comme de nuit, dévouée à son travail d'une façon presque obsessionnelle. Elle pouvait bien sûr être occupée par une de ces réunions et l'avoir éteint. Mais pas aujourd'hui, le jour où un meurtre bestial était censé être perpétré s'ils n'arrivaient pas à intervenir à temps. Et pourtant, elle ne répondait pas.

Vincent n'avait aucune explication rationnelle à cette intuition angoissante d'une inéluctable catastrophe qui le submergeait. Difficile de l'ignorer, son système limbique prenait le pas sur ses lobes frontaux, la rationalité s'évanouissait, la peur s'incrustait.

Il fallait qu'il prévienne un membre de l'équipe. Le problème étant qu'il n'avait que les numéros de Ruben et de Julia. Ruben, qui se trouvait dans sa voiture juste devant chez lui et qui ne le croirait jamais. Il penserait que Vincent lui tendait un piège pour lui échapper.

Il appela Julia, mais tomba sur son répondeur. Il raccrocha sans laisser de message. Regarda la voiture de Ruben par la fenêtre. Il s'agissait de Mina. S'il lui arrivait quelque chose, il ne se le pardonnerait jamais. Il était déterminé à lui éviter le moindre problème. Il n'avait pas le choix, il fallait que Ruben le croie.

Avant qu'il ait eu le temps d'ouvrir la porte d'entrée, son téléphone, toujours dans sa main, se mit à sonner. Un numéro qu'il ne connaissait pas. Qui de surcroît demandait un appel en visio. Dans son entourage, seul Aston s'amuserait à lui demander ça, mais son fils n'avait pas de portable. Il hésita, puis répondit.

— Oui, allô ?

L'image qui s'afficha lui coupa le souffle. C'était Mina. Elle était assise dans un fauteuil roulant, les bras entravés. Ses cheveux, habituellement attachés à la perfection, étaient tout ébouriffés et elle avait le visage sale. Elle portait le pendentif qu'il avait aperçu sur son bureau. Son col roulé blanc était souillé, une manche déchirée. Elle s'était battue. Violemment, de toute évidence. Et elle avait perdu.

Un homme âgé se tenait près d'elle. Dès que Mina comprit que la vidéo était en marche, elle se mit à parler très vite.

— Vincent, dit-elle, je ne sais pas où je suis, mais ça pue épouvan…

Une gifle brutale la fit se taire. Vincent se rendit compte qu'il avait déjà vu l'homme. C'était celui de la réunion des AA. Kenneth.

— Tu sais qu'il faut être un énorme abruti pour frapper un flic ? hurla Mina en tirant sur ses liens. Je te ferai prendre perpète !

Kenneth ricanait. Il tira de toutes ses forces sur une corde qui faisait le tour de Mina et du fauteuil. Mina gémit de douleur et se tut. La personne qui tenait le téléphone déplaça l'objectif et, l'instant d'après, une vieille femme le regardait droit dans les yeux. Elle avait un air maladif, son visage semblait étrangement rabougri. Sa peau était fissurée, craquelée, comme si elle avait vécu au grand air la majeure partie de sa vie. Une vie qui ne l'avait visiblement pas épargnée.

Puis il vit son regard – et le reconnut. Il était toujours aussi intense. Il écarquilla les yeux en comprenant qui il était en train de regarder. Comment sa sœur avait-elle pu vieillir à ce point-là ?

— Bonjour, petit frère, dit-elle. Comment ça va ces temps-ci ?

— Qu'est-ce que tu as fait à Mina ? hurla-t-il.

— Ta, ta, ta ! C'est quoi ces manières ! ironisa Jane. Tu pourrais me saluer poliment, depuis le temps. Mais tu n'as pas l'air surpris de me voir, je suppose donc que tu as résolu le petit casse-tête du livre. Avoue que tu as adoré ce jeu !

Sa sœur rit, contente d'elle.

— Il paraît d'ailleurs que tu as embêté ta groupie, Anna, continua-t-elle. Ce n'est pas très gentil. Elle parlait tout le temps de cet "incroyable Vincent Walder". C'est fou ce que certaines personnes sont faciles à manipuler. Il a suffi de lui suggérer que Mina avait peut-être besoin d'un coup de main pour qu'elle nous devance et te propose. On avait échafaudé tout un plan pour t'impliquer. Complètement superflu. Ce n'était presque pas amusant, tellement c'est passé comme une lettre à la poste.

— Lâche Mina ! siffla-t-il entre ses dents.

Le visage de sa sœur remplissait toujours tout l'écran. Il voulait voir Mina, voir si elle était OK.

— Je comprends, dit Jane. Tu veux commencer le spectacle tout de suite. Ça ne me dérange pas. On pourra toujours bavarder plus tard. Mais d'abord, on va t'expliquer les règles du jeu…

— De quoi tu parles ? Qu'est-ce que…

— On ne coupe pas la parole quand les adultes parlent, vociféra Jane. Tu n'as pas changé. Tu veux toujours être le centre du monde. Je me doute que tu as plein de questions à poser à Mina. Où elle est, comment elle va, et patati et patata. Mais je te le jure. Une seule question, et elle crève direct. Et Mina, pour toi, même règle. Dis encore un mot, et tout ceci sera terminé avant même d'avoir commencé.

Vincent se tut. Elle n'avait pas l'air de plaisanter. Qu'était-il arrivé à sa sœur ? Elle qui était si brillante autrefois. Était-elle devenue psychotique ? Folle ? Il avait du mal à croire que la femme qu'il avait au bout du fil était celle qu'il amusait autrefois avec un tour de cartes.

Jane retourna le portable pour qu'il voie l'homme saisir fermement la mâchoire de Mina. Elle luttait en balançant la tête d'un côté et de l'autre, mais rien à faire. L'homme écrasait ses joues de sa main.

— Compris ? demanda Jane.

Sans relâcher son emprise, l'homme leva et baissa sa main pour faire acquiescer Mina. La panique dans ses yeux était évidente. Mais c'était aussi la preuve qu'elle n'avait pas renoncé.

— Ça va aller, Mina, dit-il, essayant par sa seule force mentale d'entrer en contact avec elle : *Je te vois, je vois que tu as mal, mais ils ne savent pas ce que nous partageons, à quel point nous sommes liés*. On fait comme ils disent.

Les yeux de Mina s'accrochaient à son regard.

On va s'en sortir, je te fais confiance. Je nous fais confiance.

— Mais je brûle les étapes, comme c'est impoli, dit Jane. Et moi qui t'accuse de manquer de manières. Tu as déjà rencontré Kenneth. Mon mari et partenaire.

L'homme qui tenait toujours fermement le visage de Mina s'inclina en souriant face à l'objectif. Jane recula et dézooma l'image. Mina apparut, assise derrière un plan de travail. Dessus se trouvait une épée que Vincent identifia immédiatement, c'était une Condor Grosse Messer. Celle-là même qui avait tué Tuva. Sa garde était fixée par un serre-joint à un marteau-piqueur, plus petit mais du même type que ceux utilisés pour enlever l'asphalte sur les routes. Cela expliquait les marques qu'il avait constatées en examinant les épées chez la légiste. Quel cauchemar. Ils avaient assassiné Tuva avec ce monstrueux instrument de torture. Le martyre qu'elle avait subi était indicible.

Mais ce n'était ni l'épée ni le marteau-piqueur qui attirèrent le plus son attention.

Devant Mina, il y avait cinq sacs en papier posés à l'envers. Assez grands pour qu'un énorme clou de huit pouces puisse se dresser sous chaque sachet. Vincent sentit son sang se glacer.

— Je ne manque pas de cœur, dit sa sœur. Je sais à quel point Mina compte pour toi. Ne sois pas si surpris. Anna m'a raconté qu'elle vous aperçoit souvent dans de multiples lieux en ville. Vous vous retrouvez en amoureux un peu partout.

Dans le parc de Rålambshov, à Fjällgatan, dans ce restaurant sur le toit d'un centre commercial. Même chez elle. Ne fais pas l'innocent. Je suis persuadée que personne ne compte plus pour toi qu'elle en ce moment. Et tu sais quoi ? Je vais te donner une chance de la sauver.

Kenneth ricana.

— Ou de la tuer, dit-il dans un rire glacial.

— L'assistante se fait toujours malmener, n'est-ce pas ? C'est vraiment une drôle de vérité, dit Jane en se penchant sur l'écran pour regarder Vincent dans les yeux. C'est le lot de la gentille assistante que de se retrouver enfermée et torturée dans des espaces exigus. Tu es bien placé, petit frère, pour le savoir. Sais-tu, d'ailleurs, où nous avons rencontré Mina ? Tu es au courant de son petit… problème ?

Jane tourna son regard vers Mina qui garda les yeux baissés.

— Elle est lâche. Tu le savais ? Tu sais à quel point Mina est lâche ?

La question était rhétorique, Jane n'attendait pas de réponse.

— Semaine après semaine, elle est venue aux réunions, continua-t-elle. Elle a entendu tous les autres partager la parole. Entendu leurs récits pleins de luttes et de souffrances. Mais elle. Elle n'a jamais partagé la moindre miette. Maintenant, c'est enfin ton tour, Mina. Qu'as-tu à nous raconter ? Que veux-tu partager avec nous ? Nous sommes ton public. C'est peut-être ta dernière chance. Qui sait ? Alors, ne la gâche pas.

Mina ne bougea pas d'un cheveu.

— J'enlève un des sacs. Un qui n'a pas de clou. Si tu ne partages pas la parole…

La voix de Jane était calme. Totalement dépourvue d'émotion. La main de Kenneth approcha les sachets sur la table.

— Mina, fais ce qu'elle te demande, dit Vincent en s'efforçant de garder son calme.

Cinq sacs signifiaient un risque de 20 % de prendre le clou. Un de moins augmentait le risque à 25 %. Il fallait qu'il garde un maximum de chances de leur côté.

Mina leva la tête tout doucement. Regarda Vincent droit dans les yeux et inspira profondément. Si elle craignait sa réaction, son anxiété était superflue. Il savait déjà ce qu'elle allait dire.

— Je… je m'appelle Mina. Je suis… toxicomane. Je suis accro aux médicaments.

— Eh bien voilà. Ce n'était pas si difficile, non ?

Jane souriait. Un sourire étonnamment ouvert, chaleureux.

— C'est super, n'est-ce pas Vincent ? Pourquoi se compliquer la vie ? Finalement, elle n'est pas si extraordinaire que ça. En tout cas, pas meilleure que nous autres. Qu'est-ce que tu en penses, Vincent ? Rien d'autre qu'une toxico tout ce qu'il y a de plus ordinaire. Pas la peine d'en faire tout un fromage.

— Je le savais déjà, dit Vincent en coupant sa sœur.

La joie maligne de Jane fit place à une mine boudeuse. Mina le regarda, surprise. Jane avait l'air de vouloir poursuivre, mais Vincent ne l'écoutait plus. Il avait les yeux rivés sur les sacs en papier et sentait une sueur froide couler le long de son corps. Il regarda Mina. Puis Jane. Son esprit brûlait, bouillonnait dans sa tête, ça partait dans tous les sens. Jane, Mina et lui étaient les trois côtés d'un triangle, un triangle parfait sans aucune brèche dans la croûte, sinon maman serait obligée de le jeter, mais aussi cinq sacs, et trois plus cinq donnait huit, et c'était n'importe quoi.

arrête

Mais huit plus Kenneth (pourquoi le compagnon de sa sœur s'appelait-il Kenneth ? Personne ne porte ce genre de prénom), ça faisait neuf, et neuf centimètres, c'était 3,5 pouces.

ARRÊTE

— J'avais sept ans, Jane, dit-il. C'était un accident.

Le regard de sa sœur se durcit.

— Tu crois que tout ça ne concerne que maman ? siffla-t-elle. Tu es resté le gamin égoïste que tu as toujours été, petit frère. Assez parlé. Il est temps.

Elle disparut de l'image, et à nouveau il vit Mina et les sacs en papier.

— Vous ne faites qu'aggraver votre cas, dit Mina en se contorsionnant pour se libérer.

On l'ignora. Kenneth, par-derrière, lui bloqua la tête.

— Tu connais les règles, petit frère, dit Jane. C'était quand même ton tour de magie préféré. Choisis un chiffre.

Vincent déglutit avec difficulté. Il fallait qu'il retrouve le contrôle de ses pensées. Il était obligé de leur obéir. Et il n'avait pas droit à l'erreur. S'il ne suivait pas leurs instructions, ils la tueraient effectivement, il en était convaincu. En même temps, comment choisir ?

— Je peux être sûr que tu n'as pas posé un clou sous chaque sac ? demanda-t-il.

— Choisis un chiffre, dit Jane, menaçante. Sinon, c'est moi qui choisis.

Il se concentra.

Cinq sacs. Cinq positions. Quand on demandait aux gens de choisir parmi cinq objets alignés, ils choisissaient le plus souvent l'objet qui était en quatrième position, suivi de près par la deuxième position. Les explications psychologiques à ce sujet étaient nombreuses, mais tout le monde était d'accord sur la véracité du phénomène. Si Jane n'en avait jamais entendu parler et avait placé le clou au hasard, il y avait donc de bonnes chances pour qu'il se trouve en position deux ou quatre.

Mais si elle était au courant du phénomène en question, elle l'avait probablement posé sous l'un des trois autres, augmentant les risques de voir Vincent choisir le clou.

Sauf si elle avait prévu que Vincent démasquerait sa feinte et opterait pour que le clou ne soit pas sous le deux ou le quatre. Dans ce cas, elle aurait fait exprès de le placer justement sous le deux ou le quatre, pensant qu'il choisirait l'une de ces positions, puisque le clou se trouverait alors sous un des trois autres sacs.

À condition qu'il n'y ait pas plusieurs clous, bien entendu.

L'enfer sur terre.

Il n'avait pas vu sa sœur depuis qu'il était petit. Mais elle avait toujours été futée. En toute chose. Par contre, elle ne l'avait jamais considéré comme particulièrement malin, lui. C'est pour ça qu'elle avait toujours été surprise et épatée par les tours qu'il lui faisait. Même si chaque fois elle prétendait avoir compris l'astuce. Elle ne le croyait pas capable de la duper. Maintenant non plus, probablement.

— Je choisis le sac numéro deux, dit Vincent en retenant son souffle.

— Ce qui va se passer maintenant est entièrement ta faute, dit Jane. Sache-le.

Kenneth projeta violemment la tête de Mina contre la table sur le sac numéro deux, qui s'écrasa sous son front.

Mina poussa un cri de douleur.

Kenneth releva sa tête en tirant sur ses cheveux. Grosse ecchymose rouge au milieu du front. Mais pas de clou. Vincent respira.

— La chance du débutant, déclara sa grande sœur. On continue.

Il prit le risque d'une question.

— Mina, ça va ?

Elle secoua la tête. Les larmes coulaient sur ses joues. Son visage était décomposé. Il ne restait plus grand-chose de la résistance qu'il y avait vue au début.

— Je te préviens, Vincent, dit Jane. Si tu veux éviter que Kenneth se serve plutôt de l'épée, ne pose plus de question. Choisis. Allez, magne-toi.

— D'accord, attends, je choisis… numéro un, dit Vincent.

Il n'avait pas la moindre idée, aucun moyen de savoir. Juste que les statistiques étaient toujours en sa faveur. Avec quatre sacs, il avait 75 % de chances de tomber sur un sac vide. Mais Mina avait encore 25 % de risque de mourir.

Mina poussa un hurlement quand sa tête fut à nouveau écrasée sur le plan de travail. Le bruit mat de son front sur le bois résonna dans le téléphone. Kenneth la releva aussitôt. Tout son corps était parcouru de spasmes. Elle pleurait de façon incontrôlable, et son regard ne rencontrait plus celui de Vincent. La contusion sur son front était rouge violacé. Mais toujours pas de clou.

— On s'amuse bien, n'est-ce pas Vincent ? rit Jane. Maintenant, ça devient vraiment excitant ! Plus que trois. Le public retient son souffle ! Choisis.

— Arrêtons, dit-il doucement. Ça suffit. Vous lui fracassez le crâne. Je ferai ce que tu veux. Mais arrêtons ceci, s'il te plaît. Je n'en peux plus.

Il cligna des yeux et sentit des larmes couler sur ses joues.

— Choisis ! éructa sa sœur.

— Non ! hurla Vincent en retour.

— Comme tu veux.

Jane fit un signe à Kenneth qui, sans attendre, frappa la tête de Mina sur le sac numéro cinq. Mina n'était plus que gémissement. Sa tête brutalement relevée, elle retrouva sa position assise. Une flaque de sang maculait la table. Elle semblait être sur le point de s'évanouir. Elle ne pleurait plus, ses épaules étaient complètement relâchées. Son regard était vide. Était-elle partie là où personne ne pouvait l'atteindre ? Rien ne l'indiquait. L'impact sur son front saignait, des gouttes de sang s'écoulaient sur ses beaux yeux sombres. Mais c'était encore seulement une marque. Aucun clou ne lui traversait la tête.

Vincent fixa les deux sachets restants. Numéros trois et quatre. 50 %. Mina était aussi morte que vivante.

Il pensa involontairement à Schrödinger. Tout était incertain, jusqu'au moment où il choisirait, lui sauvant la vie ou la condamnant à mort. Lui, Vincent, ne voulait pas de cette expérience-là, il ne pouvait pas avoir le sort de Mina entre ses mains, c'était insupportable.

Il la regarda, cette policière qu'il avait appris à connaître mieux que quiconque. Mieux que lui-même. Ses cheveux sombres, son beau visage, son nez droit et fin. Ses lèvres pulpeuses et ses mains rêches. Les yeux de Mina se perdaient toujours droit devant elle, inexpressifs. Les yeux les plus intelligents qu'il ait jamais vus.

Elle lui avait mis une paille dans sa bière.

Elle lui avait pris la main.

Elle avait pleuré contre son épaule.

Elle lui avait fait confiance.

Et maintenant, il risquait de la trahir.

Il avait besoin d'elle, elle était le point d'ancrage qui l'aidait à rester dans la réalité. Dans la vraie réalité. Depuis que Mina était entrée dans sa vie, tout avait changé, plus qu'elle ne s'en doutait, plus qu'il ne saurait jamais l'expliquer. Quand elle était là, cette ombre profonde, ce noyau d'obscurité en lui perdait de sa force. Sans elle, il était… Il n'arriva pas à aller jusqu'au bout de cette pensée.

Deux sacs. Un choix.

Elle était vivante.

Ou elle était morte.

Non, pas comme ça. Il fallait qu'il sache, qu'il trouve un moyen de comprendre où était le clou.

— Et maintenant, bruit de tambour, dit Jane, théâtrale. Le prestigieux mentaliste fera son ultime choix dans les cinq secondes à venir.

Mina cligna des yeux, sembla reprendre ses esprits. Elle fixa les deux sacs posés devant elle et eut un mouvement de répulsion quand elle prit conscience de la situation. Son regard croisa celui de Vincent. Il avait l'air aussi paniqué qu'elle, sinon plus.

— Non, murmura-t-elle, encore et encore. Non, non, non.

De sa vie, sa pensée n'avait été plus effrénée. Le prestigieux mentaliste, avait dit Jane. Mais un mentaliste était aussi un illusionniste. Et un illusionniste avait toujours plus d'un tour dans son sac. Des fils invisibles. Des doublons. Des miroirs. Et… oui. *Oui !* Il se mordit la joue pour ne pas trahir son excitation. Ça marcherait peut-être. C'était tout ce qu'il lui restait.

— Est-ce qu'elle a le droit de s'approcher un peu plus des sacs ? demanda-t-il, aussi neutre que possible.

— Un peu plus de drame, oui, pourquoi pas ! s'exclama Jane dans un rire. De la cervelle en gros plan, allons-y !

— Vincent, souffla Mina, embrouillée, pourquoi je devrais… ?

Puis elle se tut.

Nous sommes ensemble. Nous devons nous faire confiance. Nous allons nous en sortir.

— Approche-toi un peu plus du sachet numéro trois.

Elle fit ce qu'il lui demandait.

— Bien, et maintenant du quatre.

Mina se pencha à nouveau légèrement en avant. *Voilà.* Vincent s'efforça de ne montrer aucune émotion. La position de Mina ne lui permettait pas d'observer ce qui s'était passé. Jane et Kenneth n'avaient pas non plus l'air de comprendre, mais Vincent, lui, avait vu : le pendentif magnétique de Mina s'était très légèrement déplacé quand elle s'était approchée du sachet quatre.

Comme si le pendentif réagissait à la présence d'un objet métallique.

Par exemple, un clou de vingt centimètres.

— Trois, cria Vincent. Je prends le trois !

— N'oublie pas que c'est ton choix, petit frère, dit sa sœur. *Ciao*, Mina !

Mina inspira profondément en fermant ses yeux de toutes ses forces. Elle tenta de résister, mais Kenneth était bien trop puissant pour elle. Il abaissa son visage de manière à positionner son front juste au-dessus du troisième sac. Puis il poussa, lentement mais fermement. Le sachet se froissa progressivement au fur et à mesure que sa tête s'approchait du plan de travail. Kenneth posa ses deux mains derrière sa tête comme s'il lui fallait toutes ses forces pour que le clou la transperce jusqu'à l'arrière de son crâne. Un gargouillis accompagna la salive qui coulait de la bouche de Mina et son corps fut secoué de spasmes. Kenneth finit par lâcher prise, Mina resta immobile, le front contre la table. On aurait dit que sa tête y était collée. Mina ne bougeait plus. Plus aucun mouvement.

Elle courait à travers les couloirs de l'hôtel de police. Enfin, il se passait quelque chose. Michael et les enfants étaient arrivés de New York début août. Ils avaient passé leurs trois semaines de vacances ensemble en *road trip* à travers la Suède, puis les enfants avaient fait leur rentrée scolaire. Sara avait pensé qu'ils allaient très vite s'adapter à leur nouvelle vie à Stockholm. Erreur.

Elle dévala le grand escalier deux marches à la fois, traversa la cour et poursuivit sa course. L'information qu'elle avait à transmettre à Julia était d'une telle importance qu'elle devait le faire en personne.

À son retour à Stockholm, elle avait trouvé la ville très tranquille, presque ennuyeuse, surtout en comparaison du tumulte de New York. Leurs copains américains manquaient aux enfants, et Michael parlait déjà de repartir pour s'installer pour la Californie où se trouvait le siège de la société de jeux qui l'employait. L'idée était séduisante. Mais avant de démissionner de son poste au sein de la police, elle voulait résoudre cette dernière affaire.

Sara était trop pressée pour attendre l'ascenseur. Elle prit donc l'escalier menant au troisième étage, où se trouvait le bureau de Julia.

Elle avait patiemment attendu de savoir quel serait son nouveau poste ici. La décision tardait à venir. Quand, au printemps, Julia lui avait demandé de l'assister en attendant, elle avait donc accepté de bonne grâce. Ainsi, elle avait au moins eu de quoi s'occuper. Et quand Julia lui avait proposé de prolonger, elle avait à nouveau accepté. Cette fois, le travail s'était révélé plus intense. Ces dernières semaines, elle avait passé des journées entières à surveiller le trafic sur les réseaux mobile en temps réel. Au début, Peder l'avait aidée. Rien n'échappait à son regard affûté. À condition qu'il soit réveillé, bien entendu. Et comme il s'était endormi à deux reprises au cours d'une séance de surveillance, ils étaient convenus qu'il valait mieux que Sara prenne le relais. Bien sûr, l'activité sur les réseaux était beaucoup trop massive pour qu'elle seule puisse tout traiter correctement. Mais elle disposait d'un logiciel particulièrement performant, capable de repérer ce qu'elle recherchait. Elle n'avait pas cru, pour autant, qu'elle obtiendrait un résultat. D'après son expérience, un téléphone ne servait qu'une seule fois dans ce cas de figure. Ensuite, l'appareil était jeté pour qu'on ne puisse pas le pister. Elle commettait peu d'erreurs dans son travail. Elle était très méticuleuse, et pourtant, cette fois-ci, elle s'était trompée. Et c'était tant mieux.

Après des mois de silence, le meurtrier venait de réutiliser son téléphone.

Vincent fixait sur son écran l'image de Mina, inerte. Il ne voyait pas distinctement, car sa main tremblait trop. Il avait espéré que le pendentif magnétique réagirait au clou. Peut-être avait-il effectivement réagi. Le phénomène avait été si infime qu'il aurait aussi bien pu provenir d'un mouvement imperceptible de Mina. Le clou n'était peut-être même pas magnétique. La plupart des clous ne le sont pas.

Que pouvait-il faire de plus ? Une chance sur deux. Il aurait aussi bien pu choisir au hasard et tomber sur le bon sac. Au lieu du mauvais. C'était un choix impossible. Il avait pourtant fait tout ce qui était en son pouvoir pour réussir.

La tête de Mina se dessinait sur le bois clair du plan de travail. Se dessinait sur *le bois clair* parce que… parce qu'il n'y avait pas de sang.

Pas de sang du tout.

Son cœur tressauta dans sa poitrine.

Mina leva la tête lentement. Son regard perdu ne rencontra pas le sien sur l'écran.

Ils avaient gagné. Mais c'était tout sauf une victoire. Loin de là.

— Ça alors, s'écria Jane. Sauver tes assistantes, ça ne te ressemble pas, Vincent.

— Tu es cinglée, dit-il. C'est monstrueux, ce que tu fais. Il n'y a pas de clou du tout, c'est ça ?

Kenneth souleva le dernier sac. Le numéro quatre. Celui qui était le plus souvent choisi. Le clou pointait droit depuis son socle en bois, le bout tellement acéré qu'il luisait. En le voyant, Mina vomit sur la table.

Jane balaya l'espace avec son portable et Vincent aperçut maintenant le reste de l'atelier. Au milieu de la pièce se dressait une sorte d'aquarium géant, posé à la verticale.

— Nous avions réservé ceci pour toi, dit-elle. Pour aujourd'hui. Je ne croyais sincèrement pas que Mina allait s'en sortir. Elle pourra donc en profiter, elle aussi.

— Attends, j'ai fait tout ce que tu voulais ! cria-t-il. Laisse-la partir.

— D'accord. À condition que tu viennes prendre sa place. Je t'envoie l'adresse par SMS. Normalement, il te faut une heure et demie pour venir jusqu'ici, si tu arrives au ferry à temps. Nous installons ta petite amie dans la cuve maintenant. Dans quatre-vingt-quinze minutes, on ouvre l'eau. Il faut cinq minutes pour la remplir complètement. Je te conseille de ne pas louper le ferry.

Kenneth entreprit de pousser le fauteuil avec Mina jusqu'au réservoir. Mina se débattait pour se libérer. C'était peine perdue.

— Et, Vincent, ajouta sa grande sœur en le regardant droit dans les yeux, si nous avons le moindre soupçon qu'une autre personne que toi se dirige vers ici, ou que tu n'arrives pas seul, je la tue d'une balle dans la tête.

Il cria le nom de Mina aussi fort qu'il put, mais Jane avait déjà raccroché. Vincent regarda par la fenêtre de sa cuisine. Ruben était toujours dans sa voiture, garée au bord de la route au bout de la pelouse. Celle de Vincent se trouvait dans l'allée menant à la maison. Il ne pouvait pas l'atteindre sans que Ruben s'en aperçoive. Comment faire ? Ruben ne devait se rendre compte de rien. Ce serait une catastrophe si la police le suivait. Si seulement il avait été capable de se volatiliser dans un nuage de fumée, mais c'était davantage du domaine de Tom Presto. S'il avait été habile de ses mains, il aurait pu fabriquer un double de lui-même qu'il aurait installé à la fenêtre de la cuisine. Une idée grotesque qui le fit rire rageusement. Encore un de ces tours de magie débiles qu'on ne voit qu'à la télé.

Mais un double de lui-même…

Il en avait un !

Il courut à son bureau. Cette copie cartonnée de lui-même, grandeur nature, n'était pas difficile à trouver, elle était appuyée contre le mur derrière quelques boîtes de rangement. Le carton avait été un peu abîmé lors d'une tournée des bars de l'équipe de tournage à laquelle il n'avait pas pu participer. Des plaisantins avaient emmené la copie à sa place. Mais cet engouement faisait maintenant son affaire. *Verliebtheit*, comme il l'avait si bien dit.

Ça marcherait au moins quelques secondes, mais Ruben se rendrait vite compte qu'il restait immobile.

Il fallait perfectionner l'illusion. Il jeta un rapide coup d'œil sur sa montre. Deux minutes s'étaient déjà écoulées depuis que Jane avait raccroché. Dans trois minutes maximum, il fallait qu'il soit au volant de sa voiture. Il mit trente secondes pour s'habiller comme l'était la figure en carton. Ensuite, il courut hors de la maison, traversa la pelouse et se posta à la portière de Ruben, qui baissa la vitre en le voyant.

— Salut, Ruben, dit Vincent en levant son index assez haut pour que Ruben, par réflexe, le suive du regard.

Il espérait que Ruben faisait partie de ces gens qui, malgré eux et sans l'ombre d'une hésitation, suivaient à la lettre les instructions reçues. Apparemment, c'était le cas. Les yeux de Ruben étaient hypnotisés par son doigt.

— Voilà ce que tu vas faire maintenant, dit Vincent, abaissant son index au moment où il prononça le mot "maintenant" une octave plus bas.

Le regard de Ruben suivait le doigt qui descendait lentement et ses yeux finirent par se fermer. Vincent posa une main derrière sa nuque afin que sa tête reste légèrement penchée en avant. Ruben ne le lui pardonnerait jamais.

— Détends-toi, respire profondément, dit Vincent. À chaque inspiration, tu te sens plus détendu. De plus en plus lourd.

Il attendit quelques secondes, jusqu'à entendre sa respiration profonde et régulière.

— Dans un tout petit instant, tu me verras derrière la fenêtre de la cuisine, continua-t-il. On va jouer au jeu du regard. Tu comprends ?

— Oui, jeu du regard, murmura Ruben sur le ton monotone d'une personne en hypnose légère.

— On sera totalement immobiles et on se regardera, dit Vincent. Celui qui cligne des yeux en premier aura perdu. Tu n'as jamais vu quelqu'un capable d'une telle immobilité. Mais plus je reste figé, plus tu veux gagner le jeu. Tu comprends ?

— Tu restes figé, murmura Ruben, mais je veux gagner.

Vincent retira sa main et releva la tête de Ruben. Ses yeux étaient toujours fermés. Il aurait pu claquer des doigts pour le réveiller, mais il n'avait jamais apprécié cette méthode, il trouvait qu'elle manquait de… d'élégance.

— Ruben, regarde-moi, dit-il sur un ton autoritaire.

Ruben cligna des yeux, désorienté.

— OK, on est d'accord, dit Vincent. C'était sympa de discuter, je vais réfléchir à ce que tu m'as dit. Je vais passer la soirée tranquille.

Tout de suite après la mise en place d'une suggestion, il était primordial de continuer à parler pour que le cerveau de l'autre ne s'y soustraie pas.

— Hum, oui, dit Ruben en essayant de se reprendre. J'ai l'œil sur toi, Vincent. C'est pas la peine de tenter quoi que ce soit.

Vincent remonta à la maison en courant tout en consultant sa montre. Ça lui avait pris une minute et demie. Il lui restait une minute. De retour à la cuisine, il posa la figure derrière la fenêtre et la tourna vers la voiture de police. Il vit Ruben se redresser légèrement.

Il fila par la baie vitrée à l'arrière de la maison, envoyant un SMS à Benjamin pour lui demander d'aller chercher son petit frère à l'école cet après-midi.

Vincent fit le tour de la maison et s'approcha de sa voiture garée devant le garage, dans le champ de vision de Ruben. Il s'accroupit derrière le véhicule au cas où Ruben regarderait dans cette direction. Ruben allait probablement rester concentré sur la fenêtre de la cuisine un bon moment, mais autant prendre ses précautions.

Vincent déverrouilla la portière côté passager, se glissa délicatement dedans jusqu'au siège du conducteur. Ensuite, il sortit en marche arrière, aussi silencieusement que possible, jusqu'à la route. Il était à quelques mètres à peine de Ruben. Le gravier crissait sous les pneus, mais Ruben ne réagit pas. Vincent, n'osant pas traverser son champ de vision, partit à l'opposé. Dès le premier virage, hors de la vue de Ruben, il appuya sur l'accélérateur. Il chercherait l'itinéraire sur le GPS sans s'arrêter. Ne pas se disperser. Concentration. Une seule chose à la fois. Rien qu'une.

Mina.

Jane.

Ne pas penser à l'étroit réservoir d'eau. Ne pas penser qu'il transgressait toutes les limitations de vitesse pour que sa sœur l'enferme dans une cuve remplie d'eau. Ne pas penser que Jane allait le regarder se noyer, ne pas penser qu'il se précipitait vers sa propre mort, pied au plancher. Des voitures klaxonnaient quand il les doublait. Il les frôlait de si près qu'il aurait pu en rayer la peinture. Il accéléra encore.

Mina.

Jane.

Sara attendit quelques secondes devant la porte de Julia, le temps de reprendre son souffle. Puis elle frappa et ouvrit la porte. La pièce était vide. Ce n'était pas ce à quoi elle s'était attendue. Elle était persuadée que tout le monde était à son poste un jour d'alerte exceptionnelle comme aujourd'hui. Elle savait que le bureau de Christer se trouvait un peu plus loin dans le même couloir et alla voir. La porte était grande ouverte, mais ici non plus, pas un chat. Que se passait-il ? Ils étaient peut-être tous partis pour une intervention. Si c'était le cas, ils avaient encore plus besoin de l'information qu'elle avait à leur transmettre.

Elle entendit des rires et de la musique. C'était le rythme si reconnaissable du reggae de Bob Marley. Nom de… C'est du grand n'importe quoi ! Elle s'avança, guidée par le son, s'arrêtant net sur le seuil de la porte devant un spectacle pour le moins surprenant.

Peder dansait au rythme de *No Woman, No Cry*, incliné vers l'arrière, en levant les genoux. Un nourrisson gazouillait, ravi, dans un porte-bébé sur son ventre. Par terre, deux autres bébés sur une épaisse couverture. Un golden retriever survolté tentait de noyer de bave les bébés qui babillaient d'un mélange de terreur et d'excitation. Christer tenait le chien en laisse, faisant de son mieux pour qu'il ne les avale pas tout crus. Quand il vit Sara, Peder se figea au milieu d'un levé de genou particulièrement périlleux. La honte !

— C'est l'anniversaire de ma femme aujourd'hui…, hésita-t-il, au comble de la confusion.

Sara ne dit rien. Elle essayait de décrypter la scène qui se déroulait sous ses yeux.

— Son cadeau, continua Peder en réponse à la question qu'elle n'avait pas posée. Je veux dire, c'est plutôt son exigence, oui, je crois que le mot est plus exact, ce qu'elle souhaitait, c'était de sortir déjeuner. Seule. Puis aller chez la coiffeuse. Seule. Ensuite s'installer confortablement dans un café quelque part et s'assoupir. C'était prévu depuis longtemps. Alors, fallait bien…

Il désigna de la tête les bébés comme si ça suffisait à tout expliquer.

— Julia m'avait fait comprendre qu'aujourd'hui était un jour exceptionnel, dit Sara. Alerte maximale. Je ne crois pas qu'elle faisait allusion à l'anniversaire de ta femme…

Peder se racla la gorge, encore plus embarrassé, et coupa le sifflet à Bob Marley. Christer éloigna le chien des bébés toujours aussi survoltés. Le chien prit son air de martyr.

— C'est exact, nous sommes aujourd'hui en alerte maximale, dit Christer. On est dans les starting-blocks, prêts à décoller. Selon Vinc… Je veux dire, on nous a prévenus qu'un nouveau meurtre pourrait avoir lieu aujourd'hui. Toutes les patrouilles sont en ville. Peder et moi sommes en première ligne, au cas où nous devrions intervenir quelque part. Nous tenons ici notre position.

— Alors, vous allez apprécier ceci. Vous vous souvenez de l'appel que nous avions localisé au printemps ? Venant de Kungsholmen ? En provenance de votre meurtrier, selon vous ?

Peder et Christer acquiescèrent vivement. Le chien et les triplées eurent l'air de saisir la gravité de la situation, en tout cas, tout le monde se tut.

— Julia m'a demandé de surveiller le numéro cette semaine, au cas où il se réactiverait. Et c'est exactement ce qui vient de se passer. Le téléphone a été allumé il y a dix minutes et un appel a été lancé. Mais cette fois-ci, en provenance de l'archipel de Norrtälje.

Le bébé dans le kangourou de Peder se mit à geindre. Il enveloppa délicatement les petites mains potelées dans les siennes.

— Norrtälje ? dit-il. L'appel était à quel sujet ?

— Je ne sais pas. Nous n'avons pas le droit d'écouter, il faut une autre autorisation pour ça. Julia ne m'a pas demandé de m'en procurer une.

Sara eut le désagréable sentiment d'avoir fait une bévue. Elle aurait dû demander à Julia de lui lister leurs besoins. Obtenir des autorisations prenait du temps et exigeait de l'anticipation. Mais ce n'était pas évident de connaître les procédures dans un domaine où on ne travaillait pas habituellement. Évidemment qu'elle aurait dû y penser. Trois mois seulement dans ce nouveau job, elle était encore une débutante.

— C'est pas ta faute, dit Christer comme s'il lisait dans ses pensées. Julia aurait dû te prévenir, mais c'est vrai qu'elle est débordée. On sait quoi d'autre sur cet appel ?

— Beaucoup. Nous savons à qui l'appel était destiné, répondit Sara, soulagée. Un Victor… pardon, Vincent Walder.

Peder et Christer se regardèrent, perplexes. Sara ne comprenait plus rien, pourquoi faisaient-ils cette tête ? Ça lui donnait l'impression qu'il y avait beaucoup d'autres choses que Julia ne lui avait pas dites.

— Nom de Dieu ! dit Peder doucement en se tournant vers elle. On le connaît.

— J'appelle l'unité d'intervention et je leur demande d'envoyer une équipe, dit Christer. Bosse, en route, on a du boulot.

— Ruben est déjà à son poste devant chez Vincent, dit Peder. Je l'appelle, ensuite je contacte Julia. Merci, Sara. Bon boulot.

Elle ne put s'empêcher de sourire en voyant Peder et Christer s'activer avec précipitation face à toutes ces tâches à accomplir. Elle vivait pour ces moments-là. Elle avait besoin de se savoir utile. Quand enfin toutes ces mortelles heures de surveillance et d'analyses méticuleuses de statistiques donnaient un petit résultat tangible. Ils pourraient peut-être retarder un peu leur déménagement pour la Californie, Michael et elle.

Elle regarda le sac sur le lit, résignée. Elle lui avait rappelé, plusieurs fois, qu'ils n'avaient pas besoin de faire des bagages comme s'ils partaient pour l'autre bout du monde. Uppsala n'était qu'à une heure de route. Et ils ne resteraient pas longtemps, juste le temps nécessaire. Mais Torkel était un homme prévoyant. Limite "survivaliste" comme elle en avait vu dans des documentaires sur Netflix. Pas besoin d'ouvrir le sac pour savoir qu'il contenait ce qu'il fallait pour traverser une zone de guerre ou deux, au minimum. Ici, à la maison, ils pourraient vivre en autonomie pendant plusieurs années. Ils avaient un stock de papier hygiénique suffisant pour toute une commune pendant un an. Il fallait être idiot pour dévaliser les rayons de papier-toilette dans les magasins. Mais Torkel était son idiot à elle.

Et d'un autre côté, que pouvait-il faire d'autre ? Ce n'était pas dans son corps à lui qu'on allait introduire une espèce de tuyau d'aspirateur, c'étaient ses ovules à elle qu'on allait extraire en grand nombre pour voir s'il y en avait encore deux ou trois dans le lot qui feraient l'affaire.

La seule chose qui était en son pouvoir, c'était de lui préparer son sac. Elle n'allait pas lui reprocher de le faire à sa façon.

En ce moment précis, pourtant, elle était plutôt contrariée par son attitude. Elle n'était pas seulement sa femme et la maman de leurs éventuels futurs enfants. Il avait l'air de refuser de prendre en compte qu'elle avait aussi un travail.

— Ils se démerderont sans toi, dit-il devant la porte d'entrée. Allez, on y va.

Elle l'entendit prendre les clefs suspendues à côté de la porte.

— Je ne sais vraiment pas comment te le dire plus clairement. Je ne fais pas seulement partie d'un groupe d'enquêteurs. Il se trouve que je dirige le groupe en question. Une équipe d'investigation dans laquelle je suis impliquée à tous les niveaux. Et aujourd'hui, précisément, nous essayons de déjouer un nouveau meurtre. Tu ne comprends pas de quoi ça aura l'air si je n'y suis pas ?

Elle était au bord des larmes. Comment pouvait-il être à ce point borné ? En plus, elle s'était enquillé tellement d'injections et de spray dans le nez qu'elle n'en pouvait plus. Torkel entra dans la chambre. Il fit un effort pour ne pas montrer son exaspération, en vain.

— Tu l'as dit toi-même. Tu n'es pas seule sur cette affaire. Les autres se débrouilleront. Ce sont des pros, ils savent ce qu'ils ont à faire. C'est tout de même pas toi, en personne, qui pourra empêcher ce meurtre ?

— Merci pour le compliment, dit-elle tout en reculant pour s'éloigner de lui.

Torkel soupira et s'assit sur le lit. Elle savait que tous ces œstrogènes la rendaient irritable, mais quand même, des fois il était vraiment exaspérant.

— Ce que tu *peux* faire, dit-il, c'est nous donner une chance. Ça n'a pas marché la dernière fois. Je sais que ça tombe mal. Mais aujourd'hui est depuis longtemps marqué en rouge sur le calendrier. Si on ne va pas à l'hôpital d'Uppsala aujourd'hui, tu seras obligée de recommencer tout ce tralala et son cirque d'injections. Pour te retrouver où nous sommes maintenant. Tu t'en rends compte ?

Elle s'assit à côté de lui en s'essuyant les yeux de sa manche. Elle baissa les épaules avec résignation.

— Oui, je m'en rends compte, dit-elle. Mais tu me demandes de choisir entre essayer de créer une vie, sans aucune certitude qu'on y arrive, ou essayer d'empêcher qu'une vie s'achève, une vie qui, elle, existe bel et bien. Tu me mets dans une situation impossible.

Une vibration se fit entendre sous ses fesses. Elle s'était assise sur son téléphone. Elle se mit debout, prit l'appareil et lut le SMS de Peder qui s'affichait. Deux mots. Deux simples mots qui la firent se décider.

— Il faut que j'y aille, dit-elle. Passe-moi les clefs de la voiture.

Torkel lui donna les clefs sans protester.

— Bisous, ma chérie, on en reparlera plus tard, dit-il pendant qu'elle enfilait sa veste.

Elle relut le message en se dirigeant vers la voiture.

C'est Vincent.

Une sonnerie insistante fraya son chemin dans sa conscience. Comme un son lointain, remontant à plusieurs jours. Ruben s'ébroua.

On ne devait pas le déranger. S'il était distrait ne serait-ce qu'un instant, Vincent gagnerait.

Vincent ne bougeait pas d'un poil. Ruben fit un effort surhumain pour ne pas répondre.

Comment était-il possible de rester figé comme ce mentaliste à la noix derrière la fenêtre de sa cuisine ? Il ne comprenait pas.

Mais Ruben ne voulait pas perdre.

Il soutint le regard de Vincent, plus décidé que jamais.

Le bruit revint, plus présent cette fois-ci. Bizarre. Au début, c'était comme s'il avait entendu le bruit à travers du coton, alors que maintenant, il était tranchant, comme un couteau dans l'oreille.

Il ne lâcha pas Vincent.

Mais quelque chose avait changé.

Un truc qui ne collait pas.

Ça sonnait pour la troisième fois. Ruben s'étira, comme s'il se réveillait d'un profond sommeil. De ces sommeils dont il fallait s'extraire en luttant.

Pourtant, il savait qu'il n'avait pas dormi. Pas une seconde.

Il avait gardé Vincent à l'œil pendant tout ce temps, sans interruption.

Mais quelque chose dans les ombres du visage de Vincent, là-bas derrière sa fenêtre, l'intriguait.

Comment était-ce possible ?

À la quatrième sonnerie, il fut bien obligé de lâcher Vincent du regard pour attraper son portable sur le siège passager. Il appuya sur haut-parleur en répondant.

— Ruben Höök. C'est à quel sujet ? grogna-t-il, agacé.

— C'est Peder. Le meurtrier vient d'appeler Vincent. Je sais que tu le considères comme coupable, ça apporte de l'eau à ton moulin. Mais il peut aussi être en difficulté. Christer a réclamé une équipe d'intervention rapide, reste où tu es, ne bouge pas avant l'arrivée des gars.

Ruben raccrocha. Réfléchit. Regarda vers la maison. Puis il sortit de sa voiture. Au bout de quelques secondes d'hésitation, il traversa la pelouse jusqu'à la fenêtre de la cuisine. Le modèle en carton de Vincent le regardait calmement. Ruben aurait parié qu'il se foutait de sa gueule.

Il arriva sur le terre-plein gravillonné devant la ferme de visons. Kenneth l'attendait. Cette incarnation du diable lui fit même un signe de la main. Vincent le haïssait. Il se gara et sortit de la voiture. La puanteur de matières en décomposition était épouvantable. On aurait dit que ça venait du bâtiment principal. Il s'était passé quelque chose ici, pas de doute. Pourtant, à cet instant précis, il n'en avait rien à faire. Il avait juste envie de tuer Kenneth, de l'éliminer de la surface de la terre pour ce qu'il avait fait à Mina. Mais il savait bien que ce n'était pas un bon plan de s'en prendre à ce vieux barbu. Il risquait de ne plus jamais revoir Mina.

— Elle est où ? demanda-t-il.

Kenneth, lui tournant le dos, commença à s'éloigner. Vincent n'eut d'autre choix que de le suivre. Kenneth entra par une petite porte à l'autre bout de la bâtisse. Vincent s'arrêta sur le seuil, la main sur la bouche. Le soleil plongeait à l'intérieur. Par contraste, il y régnait une obscurité qui pouvait dissimuler n'importe quoi. C'était peut-être un piège. Mais Mina était là.

La pièce se révéla être un atelier, celui qu'avait vu Vincent au cours de leur contact téléphonique. La cuve se trouvait au milieu. Mina assise au fond. Il courut jusqu'à elle et tapa sur la paroi. S'accroupit pour mieux la voir. Le sang sur son front avait commencé à sécher. Elle s'en sortirait avec une énorme bosse. À part ça, elle semblait intacte, d'après ce qu'il pouvait voir. Mais elle ne bougeait pas.

— Mina, cria-t-il, la bouche plaquée contre la paroi de verre.

— On l'a calmée, expliqua l'homme en fermant la porte vers l'extérieur. Elle était ingérable.

Le soleil de l'automne si rassurant disparut, remplacé par la lumière froide des néons. Un générateur bourdonnait quelque part.

— Mais elle se réveillera sûrement quand on commencera le remplissage, dit Kenneth.

Il tendit sa main vers Vincent.

— Ton téléphone. Donne.

Vincent se redressa. Il n'avait pas été complètement sûr en la voyant sur l'écran du portable, mais maintenant, il n'avait plus le moindre doute. Il s'agissait bien d'une copie conforme de la *Water Torture Cell* d'Houdini, construite pour pouvoir contenir tout juste un être humain. Non seulement elle était très étroite, mais en plus, Houdini était suspendu la tête en bas, les pieds attachés. Bientôt, ce serait à son tour de se trouver dans cette position. Il ne le supporterait pas. Mais il n'avait pas le choix.

Il luttait pour garder le contrôle de sa respiration. Il ne fallait pas leur montrer à quel point il était terrorisé. Il donna son téléphone à Kenneth, qui partit vers un conteneur dans un coin.

— Vous n'avez plus besoin de le remplir, cria Vincent dans son dos. Je suis là maintenant. Comme vous le vouliez. Sors-la de là.

La cuve était nettement mieux construite que les caisses en bois dans lesquelles ils avaient trouvé les victimes. On aurait dit qu'elle était authentique.

— C'est la seule que nous n'avons pas eu à construire nous-mêmes, dit sa sœur.

Elle sortit de l'ombre, avança son fauteuil jusqu'à la cuve et tapa sur le verre.

— On l'a gardée pour la fin, dit-elle. On t'a réservé le meilleur morceau.

— Mais comment… ?

— Les autres, on les tient de toi, poursuivit-elle en balançant un objet à ses pieds.

C'était un livre, pas très épais, qu'il n'avait pas revu depuis l'âge de sept ans. Un livre intitulé *Tes hobbys*, volume 12 : *Construis ton propre spectacle de magie !*

— Les plans, c'est n'importe quoi, dit Jane en éclatant d'un rire féroce. On n'avait pas besoin que les plans fonctionnent, mais quand même. La cuve, par contre, on l'a achetée à cet illusionniste, comment il s'appelle déjà, Tomas Pesto ? Presto ?

Une grosse boule dure se formait dans son ventre. "Aucune idée où cet aquarium ramasse la poussière aujourd'hui", avait dit Umberto au sujet de la cuve de Presto. Et Vincent ne lui avait pas demandé de vérifier. Erreur fatale. S'il l'avait recherchée, Mina n'y serait pas enfermée maintenant.

— Mais ne t'inquiète pas, poursuivit sa sœur. Presto nous a expliqué comment ça fonctionne. La porte avec sa serrure, et l'ensemble des boulons, tout ce qui sert à verrouiller se soulève d'un seul tenant, permettant ainsi de sortir de là. Incroyablement ingénieux. Kenneth a donc tout soudé. Je peux te garantir qu'il n'y a aucun moyen d'en sortir.

Il regarda sa sœur. Elle avait l'air si fragile, si vieille et si frêle, là, dans son fauteuil. La peau jaunâtre, un léger tremblement quand elle se mouvait. Difficile de croire qu'elle n'avait que neuf ans de plus que lui.

— Mais Jane, pourquoi ? demanda-t-il.

Elle le regarda avec ses yeux brûlants, comme elle le faisait parfois quand ils étaient enfants.

— Tu m'as pris ma vie, répondit-elle. L'été où tu as tué maman. C'était mon dernier été. Tu sais combien de fois j'ai été placée ? Dans combien de familles différentes ? Tu veux que je te raconte celle où le père me battait avec l'antenne de la radio, avec sa femme qui regardait ? Ou celle où nous, les enfants, on s'enfermait dans les W-C pour échapper au père saoul comme une barrique ? Ou l'histoire de mon premier petit copain ? Qui m'a emmenée à une fête où ses potes m'ont violée ? Les drogues, les seringues ? Depuis cet été-là, c'est un enfer que j'ai vécu. Tandis que toi, toi qui es responsable de tout ça, toi qui as tué maman, tu as pu continuer à vivre, une vie heureuse. Tu as fait *carrière*. Elle est où la justice ?

Le cerveau de Vincent tournait à plein régime. Il n'arrivait pas à intégrer tout ce qu'elle disait, sa conscience était restée bloquée sur ce qu'elle avait dit avant : "Les plans, c'est n'importe quoi."

Il ramassa le livre par terre. La dernière fois que Vincent avait rendu visite à Sains, celui-ci lui avait dit quelque chose à ce sujet. C'était quoi encore… Ah oui, ça lui revenait. “Beaucoup de dessins originaux comportent des erreurs volontaires. Tout d'abord, il faut comprendre comment rectifier le plan pour que l'ensemble fonctionne. Sinon, la trappe ne s'ouvre pas.”

Ainsi, il ne s'était pas trompé, malgré tout. Quand il avait sept ans. Il avait seulement suivi les plans du livre. Il avait eu peur de la colère de sa mère. Mais c'était trop loin. Beaucoup trop loin. La flamme de Jane se nourrissait de haine depuis tellement d'années que la vérité ne pouvait plus l'éteindre. En plus, elle avait raison. S'il n'avait pas eu cette passion pour la construction de boîtes à magie, rien ne serait arrivé.

— À l'époque, je me suis juré, poursuivit-elle, que je te priverais de tout ce dont tu m'avais privée, même si c'était le dernier acte de ma vie. Mais je n'ai pas été assez forte pour y arriver toute seule. Jusqu'au moment où Kenneth est entré dans mon existence. Il est le premier à m'avoir comprise.

Kenneth tendit sa main à Jane, qui la prit tendrement. Du coin de d'œil, Vincent vit Mina bouger. S'il arrivait à gagner assez de temps pour qu'elle revienne à elle, ils trouveraient peut-être, ensemble, un moyen de s'en sortir.

— Mais pourquoi tous les autres ? demanda-t-il. Pourquoi as-tu, vous, je veux dire, tué Agnes, Tuva et Robert ? Si c'était moi que tu voulais atteindre ?

Il essaya de regarder discrètement autour de lui, à la recherche d'une arme. Quelque chose qui pourrait servir à stopper Jane et Kenneth. Contre le mur du fond, il aperçut le plan de travail où ils avaient brutalisé Mina. Mais il était vide. Pas d'épée à l'horizon. Ils avaient pris leurs précautions.

— Tu sais qui étaient leurs mères ? dit Kenneth. Jane m'a parlé de tes copines. Elles aussi sont responsables de la mort de votre mère. C'est votre faute, à vous quatre. Mais surtout à toi. Elles ont contribué à faire de Jane une orpheline. Maintenant, nous leur enlevons leurs enfants. C'est le karma.

— En plus, dit Jane en ricanant, si nous nous en étions seulement pris à ces dames auxquelles personne ne s'intéressait, il n'y aurait pas eu tout ce ramdam. Mais leurs enfants, Vincent, deux belles jeunes femmes et un jeune homme handicapé ? Les médias adorent. En t'attaquant à la jeunesse et aux innocents, ton crime devenait des plus monstrueux.

Il se raidit. Il avait du mal entendre.

— Moi ? dit-il en secouant la tête.

— Je t'ai bien dit que j'allais te faire ce que tu m'as fait. Tu m'as privée de la vie que j'aurais pu avoir. Moi, je vais pulvériser la tienne. Quand on te trouvera noyé dans la cuve, on tombera également sur une lettre. Écrite par toi. Dans laquelle tu expliques comment tu as rendu ce monde meilleur en supprimant quelques êtres insignifiants et indignes de vivre.

Il ne comprenait toujours pas. Jane devait délirer.

— Allez, toujours aussi lent à la détente, hein, siffla Jane, irritée. Agnes s'adonnait au mélange des races. Tuva était juive. Et Robert handicapé mental. Toutes choses que tu abhorres. D'après ta lettre, en tout cas. Cet aveu ainsi que ton nom, codé par la date des meurtres, sont largement suffisants non seulement pour te détruire, mais aussi pour nourrir la haine envers toi à tout jamais. Plus personne ne voudra prononcer ton nom, tu seras rayé des livres d'histoire comme on efface une tache honteuse. Ce sera comme si tu n'avais jamais existé.

— La police n'a pas su décrypter mon nom dans le message, dit-il. C'est moi qui ai attiré leur attention là-dessus.

Jane éclata d'un nouveau rire haineux.

— Ah, petit frère ! Merci de faire le boulot à ma place. Et quand tu as clamé ton innocence, ils t'ont cru, bien sûr.

— Pas vraiment…

Les yeux de Jane étincelaient d'une joie démoniaque. Vincent détourna le regard. Comment avait-il pu être si bête ?

— Et c'est donc pour ça que tu as envoyé l'article de journal à Ruben, dit-il. Pour aider la police à craquer le code ?

— Quel article de journal ? dit Jane, étonnée. Je ne sais pas de quoi tu parles. Mais tu as raison, parfois on n'a pas le choix, il faut donner un coup de main aux forces de l'ordre. En incitant, par exemple, une admiratrice exaltée à attirer l'attention de la police sur tes compétences.

— La fille au dauphin.

Jane gloussa, satisfaite d'elle-même.

— Oui, c'était un coup de chance que Kenneth et elle aient entendu la conversation de Mina avec son chef. On a tout de suite saisi cette opportunité inespérée. Mon Dieu. Des fois, on a l'impression que tout est déjà écrit.

Mina.

Vincent jeta un nouveau coup d'œil dans sa direction. Elle ne bougeait plus. Elle avait besoin de plus de temps.

— Et si vous aviez tué Mina avec le clou, tu l'aurais expliqué comment ?

— Selon ta lettre, ton "œuvre" prend fin avec ton suicide, dit Kenneth. Mais quand Anna nous a raconté combien Mina comptait pour toi, c'était trop tentant. En plus, avec son nom – Mina Dabiri –, elle s'intègre pile-poil dans le récit. Tu détestes aussi les musulmans, souviens-toi.

Imperceptiblement, l'ambiance changeait. Il sentait que la discussion s'épuisait.

— Je sais ce que tu penses, dit Jane. Tu te dis que mon appel a été intercepté et que la police est en route. C'est vrai. Je veux que tout le monde sache. Je rappellerai, s'il le faut, pour m'assurer qu'on va effectivement venir jusqu'ici. J'espère que ton dernier public sera nombreux et que ton message à la postérité ne passera pas inaperçu. Ils seront là dès que tu auras poussé ton dernier souffle.

Dernière chance.

— Mina, réveille-toi ! cria-t-il en tapant aussi fort qu'il le put sur le verre.

Ses paupières s'agitèrent et Vincent eut l'impression qu'elle essayait de parler. Puis elle s'immobilisa à nouveau.

Kenneth tira Vincent par les épaules pour l'éloigner de la cuve.

— Laisse tomber, dit-il.

— Assez parlé, dit Jane en déplaçant son fauteuil jusqu'à une échelle posée contre une des parois. Il est temps, frérot.

Il regarda l'échelle et la cuve en verre. Fabriquée pour ne contenir qu'une seule personne.

— Faut d'abord faire sortir Mina, dit-il.

— Tu vas m'aider, dit Kenneth. Tu y vas, tu la soulèves par en bas, moi, je la tire par le haut.

Il n'avait pas le choix. Son heure avait sonné. La police n'allait pas arriver à temps pour les sauver. Il grimpa sur l'échelle. La cage de verre menaçait de lui faire perdre la raison. Elle était trop étroite. Tellement trop étroite. Et ce ne serait que le début de la fin. Maria lirait la lettre. Benjamin, Rebecka et Aston le haïraient jusqu'à la fin de leurs jours. Ils seraient obligés de changer de nom. La presse ne ferait aucun cas de Mina clamant son innocence. Les preuves étaient bien trop accablantes. Sa famille, elle, l'écouterait peut-être. C'était le seul espoir qu'il lui restait. Que sa famille entende Mina.

Il se concentra sur Rebecka, Benjamin, Aston et Maria en montant les derniers barreaux précédant sa descente. Ils ne le haïraient peut-être pas. Pas forcément. Arrivé au fond, il s'accroupit, écarta du bout de ses doigts des mèches de cheveux du visage de Mina. Tant bien que mal, compte tenu du peu d'espace. Pour la toucher, il n'avait pas d'autre choix que de fléchir les genoux en gardant le corps droit.

— Mina, dit-il avec tendresse en lui caressant la joue. Il faut que tu te réveilles. Il faut que tu m'aides à te sortir de là.

Mina murmura à nouveau, somnolente. Que lui avaient-ils administré ? Il espérait que ce n'était pas de la kétamine.

— Réveille-toi, Mina.

Un grincement se fit entendre au-dessus d'eux. Kenneth tirait le couvercle sur la cuve. Il entendit les cliquetis d'une chaîne. Bien sûr. Jane tapa sur le verre pour attirer son attention.

— Tu comprends bien qu'on ne peut pas la laisser vivre, petit frère ? Elle ruinerait tout notre plan.

Jane sortit un stylo et une feuille pliée.

— Il faut que j'ajoute une dernière ligne à la lettre, dit-elle. La raison pour laquelle tu choisis de mourir avec elle. Que tu veux t'assurer qu'Allah refusera de l'accueillir au paradis, ou un truc de ce genre. Le plus drôle dans l'histoire, c'est qu'elle m'a sauvé la vie. Si elle n'avait pas appelé une ambulance immédiatement le jour où j'ai fait un malaise à une réunion des AA, je ne serais pas là aujourd'hui. Tu la remercieras de ma part.

Elle déplia la feuille, ajouta quelques phrases, la replia et la glissa dans une enveloppe.

— Jane, cria-t-il en frappant de toutes ses forces contre le verre. Tu es ma sœur ! Nous avions un accord ! Mina devait vivre !

— Ta sœur ? reprit-elle en le fixant de son regard tranchant de froideur. Cette Jane-là est morte il y a plus de trente ans. Et son petit frère meurt aujourd'hui.

Il frappa le couvercle de sa tête, mais c'était peine perdue. Kenneth redescendit de l'échelle et se dirigea vers un robinet. Un tuyau y était raccordé, l'autre bout rejoignait la cuve. Un sifflement se fit entendre dans le tuyau quand Kenneth l'ouvrit. Quelques secondes plus tard, l'eau commença à couler autour des pieds de Vincent. Il leva instinctivement un pied avant de réaliser qu'il n'avait aucun moyen d'y échapper. Par où rentrait-elle ? Avec un peu de chance, il pourrait peut-être boucher l'orifice. Il tâta fébrilement le fond du bout de ses pieds, sans rien trouver. L'arrivée était sans doute protégée par une grille. La conception de la cuve était irréprochable.

— On est enfin quittes, Vincent, dit Jane de l'extérieur. En tout cas, ça ne va plus tarder. On rappelle la police maintenant. Il leur faut une demi-heure pour venir jusqu'ici de Norrtälje avec le ferry. Quand ils trouveront vos corps, ainsi que ta pittoresque confession, tout sera enfin terminé. Tu nous pardonneras de ne pas vous accompagner jusque-là.

Elle rit doucement en collant la lettre sur la paroi en verre, à hauteur de son visage pour qu'il puisse la voir. Puis elle émit un profond soupir, comme soulagée d'un énorme poids. Kenneth poussa son fauteuil hors de l'atelier. Dans un film, elle aurait prononcé une phrase pleine de panache en guise d'adieu et, à la toute dernière seconde, Vincent aurait trouvé une idée de génie pour sortir de la cuve, ou alors quelqu'un, passant par là, aurait brisé le verre à l'instant où tout espoir semblait perdu.

Mais rien de tout ça ne se produisit.

La seule chose qu'il entendait, c'était le bruit de l'eau qui lentement remplissait la cuve, tandis que quelqu'un prononçait le nom de sa sœur et qu'un vieil homme conduisait une femme en fauteuil roulant vers le soleil.

Le Vincent en carton était plié en deux, seul moyen de le faire rentrer dans la voiture. Quand Christer lui avait demandé pourquoi il voulait l'emmener, Ruben s'était contenté de marmonner une histoire d'éléments de preuve, tout en continuant à pousser pour le faire tenir coûte que coûte sur le siège arrière.

En vérité, Ruben ne savait pas exactement pourquoi il voulait l'emmener. Il lui suffisait de jeter un coup d'œil sur cette tête de con de Vincent en carton pour fulminer à nouveau. Un moyen efficace de maintenir son taux d'adrénaline au taquet. Car ce que lui avait fait Vincent était impardonnable. Vincent aurait aussi bien pu lui nouer ses lacets de chaussures et baisser son froc.

Aucun des collègues n'osa rigoler, en tant cas pas en sa présence, mais il le voyait bien dans leurs yeux. Le grand Ruben Höök. Roulé dans la farine par ce petit mentaliste de rien du tout. Il regarda autour de lui, vérifiant que personne ne prêtait attention, et fila un magistral coup de poing à la figure en carton. Saloperie de pub. Puis il claqua la portière. Enfoiré de Vincent.

Il s'approcha de Christer près du véhicule d'intervention un peu plus haut sur la route.

— T'avais vraiment besoin de te faire accompagner par toute l'équipe d'intervention rapide ? demanda-t-il, en rogne, à Christer. Demain, toute la police de Stockholm sera au courant.

— On n'avait aucune idée de ce qui nous attendait ici, dit Christer. Avec cette nouvelle information dont nous disposions, Vincent pouvait aussi bien être sur le point de devenir la victime numéro quatre.

— Vous ne comprenez pas qu'il nous mène par le bout du nez ? Depuis le début, je vous dis qu'il faut le coffrer. Si vous m'aviez écouté, rien de tout ça ne serait arrivé. Pensez-y quand vous trouverez sa dernière victime.

Peder et cette femme du service des écoutes téléphoniques, Sara-quelque-chose, descendirent d'une voiture banalisée. Peder avait dû reconfier les triplées plus vite que prévu à sa femme. Fin de la récréation.

La dernière fois que Ruben avait croisé cette Sara, elle s'était comportée comme s'il n'existait pas. Il n'avait aucune idée du pourquoi, il ne se souvenait pas de l'avoir déjà vue. Elle devait être gouine. Ça ne l'étonnerait pas, en tout cas.

— Avons-nous la moindre idée d'où Vincent peut se trouver en ce moment précis ? demanda-t-il à Peder.

— Pas précisément, répondit Sara. L'appel d'un mobile passe par l'antenne la plus proche. Vincent a reçu un appel qui nous a permis de localiser l'antenne de Gräddö dans l'archipel de Norrtälje. Nous supposons qu'il s'y trouve actuellement. Le problème, c'est que, dans l'archipel, les antennes couvrent des zones beaucoup plus grandes qu'en ville. En ville, nous aurions su dans quelle rue le trouver. Ici, le choix est multiple. Tjockö, Edsgarn, Lidön…

— Lidön ? la coupa Ruben. Ça ne peut être le fait du hasard. Je suis allé visiter un élevage de visons sur Lidön.

Il les regarda dans les yeux, l'un après l'autre.

— Je sais exactement où il est.

L'eau lui arrive jusqu'au-dessus des lacets, ses chaussettes sont trempées, et ses chaussures gorgées d'eau. Ne pas y penser. Ne pas penser aux cinq minutes qui suffiront à remplir la cuve. Cette cellule à quatre côtés, six en comptant le sol et le plafond, est déjà trop étroite pour lui, alors avec Mina en plus, c'est l'horreur.

Il faut qu'il s'occupe d'elle.

Quatre et six font dix soit un et zéro, homme et femme, lui et Mina. Ils sont à eux seuls la formule mathématique de la cuve, il doit pouvoir les libérer. Cinq minutes pour le remplissage. La cinquième roue. Cinq doigts à chaque main. Entre deux corps célestes en mouvement orbital, l'un autour de l'autre, il y a cinq points où un objet se tient parfaitement en équilibre. En accompagnant simultanément le mouvement orbital des deux corps, il se tient alors immobile. Mina et lui. En parfait équilibre. Tant qu'il n'y a qu'eux deux.

Mina étant toujours assise, son pantalon, ses jambes et ses fesses sont dans l'eau. Son front se plisse, un murmure lui échappe, mais elle n'ouvre pas les yeux.

— Mina, réveille-toi !

Il plie les genoux, le corps toujours engoncé dans l'étroitesse de l'espace, tente de mettre un des bras de Mina autour de ses épaules pour la relever, mais n'y parvient pas. La cuve est trop étroite pour qu'ils puissent y tenir tous les deux, même collés l'un contre l'autre. L'un d'eux doit rester en dessous.

L'un d'eux sera sous l'eau avant l'autre.

L'un d'eux mourra avant l'autre.

Soudain, Mina réagit et ouvre les yeux. Une expression de terreur envahit son visage.

— Vincent ! On est où que se passe-t-il pourquoi…

Elle plie la nuque pour regarder vers le haut, cogne l'arrière de la tête contre la paroi.

— Aïe, crie-t-elle en inspirant instinctivement.

— Quatre parois en verre, dit-il, sans pouvoir s'en empêcher. Un espace clos. La lettre numéro quatre, c'est D. La dernière lettre de l'alphabet, c'est Ö. *Dö.* Mourir.

Son cerveau part en vrille. Ses pensées agitées percutent les parois et ricochent, aussi enfermées que lui-même. Il n'avait fait que suivre les instructions, il avait suivi les instructions à la lettre, ce n'était pas sa faute, il n'avait que sept ans…

— Vincent ! hurle Mina en le frappant sur la cuisse. Sors-nous de là !

— Pardon, dit-il. Pardon pour tout.

*

Jane contemple la mer entre les îles pendant que Kenneth la pousse sur le chemin à l'arrière de la ferme. Tout est tellement beau. Surtout aujourd'hui.

Elle lui est reconnaissante. On ne peut pas dire que sa vie ait été une réussite. Mais, bien tardivement certes, Kenneth l'a au moins aidée à y trouver un sens. Il n'était pas obligé de s'occuper d'elle. Mais il l'a comprise. Peut-être parce qu'il était lui-même si proche de sa fin au moment où ils se sont rencontrés. Il l'a aidée à obtenir réparation, c'est la plus grande preuve d'amour qu'elle ait jamais reçue.

Ils atteignent le ponton et Kenneth s'arrête. Clapotis paisible de l'eau contre les piliers en bois soutenant le ponton, cri d'une mouette à ses compagnons de fortune dans le lointain. Il pose sa main sur son épaule, elle la caresse tendrement, sans se retourner.

— C'est bientôt terminé, dit-il.

— Je sais, répond-elle. Merci. Sans toi, il n'y aurait jamais eu de fin.

Ils n'ont plus besoin de parler. Il n'a pas besoin de lui demander si elle est toujours déterminée. Il n'a plus posé cette question depuis longtemps. Ce stade est dépassé depuis belle lurette. Et de toute façon, les dés sont jetés.

Il sort un rouleau de ruban adhésif et entreprend d'entourer sa main gauche qui tient la poignée du fauteuil. Tour après tour. Il est essentiel que sa main soit solidement attachée. Elle l'aide à scotcher sa main droite. C'est seulement quand elle a fini qu'elle lève les yeux pour le regarder. Mais son regard ne rencontre pas le sien, il est déjà perdu dans le lointain, peut-être en compagnie de la mouette quelque part au-dessus de la mer.

Il pousse le fauteuil sur le ponton. Doucement d'abord. Les planches gémissent sous les roues. Plus il s'approche de l'ultime frontière, plus il pousse vite. Elle s'accroche au siège pour ne pas tomber. À l'extrémité du ponton, rien ne l'arrête, au contraire, il prend son élan et projette le fauteuil aussi loin que possible.

Kvibille 1982

— Vincent, on dirait que ça ne marche pas comme il faut.

Elle pousse sur la trappe secrète comme son fils lui a montré, mais rien ne bouge. Pas d'un iota. Ou peut-être qu'elle se trompe, elle pousse peut-être sous un mauvais angle, ce n'est pas évident quand on est complètement recroquevillée sur soi-même. Pour être l'assistante d'un magicien, mieux vaut, de toute évidence, être maigre comme un clou et souple comme un ver.

— Vincent, où es-tu passé ? crie-t-elle à nouveau.

Elle essaye de pousser vers le haut, en vain. Normal, c'est là qu'il a verrouillé avec un cadenas. Vincent a dit qu'il allait chercher quelque chose. Peut-être lui réserve-t-il une surprise. Oui, c'est ça. Il sait qu'elle ne peut pas sortir. C'est sa façon de plaisanter. D'un instant à l'autre, il va arriver, ouvrir et lui montrer le costume d'assistante qu'il lui a confectionné, avec des paillettes de toutes les couleurs de l'arc-en-ciel. Ou n'importe quoi d'autre. Il faut qu'elle pense à ne pas trop le gronder.

Mais il ne revient pas. Et le temps s'écoule, et s'étire. Sa position est extrêmement inconfortable. Elle change d'avis. Elle va lui faire passer un très mauvais quart d'heure. Ce numéro n'est certainement pas l'un de ses meilleurs.

Enfin, elle entend du bruit. Des voix. Pas dans la grange, pas encore. Mais dehors. Elle entend Vincent, oui, c'est bien lui. Et il n'est pas seul. Il y a d'autres voix. Des voix de filles. Elles rigolent. Vincent aussi. Puis ils font "chut", comme s'ils préparaient une blague.

Quelqu'un crie :

— Allez, Vincent, fais pas ta chochotte ! Viens !

Et les voix s'évanouissent.

— Vincent ! hurle-t-elle en frappant la paroi devant elle.

Avec bien plus de force cette fois-ci.

— Vincent, t'es revenu ?

*

Mina le regarde avec insistance. Il se contente d'un petit signe de la tête, il a trop honte pour lui parler. Elle essaye de se relever et n'a pas d'autre choix que de se glisser contre lui. Elle y parvient tant bien que mal. L'eau leur arrive jusqu'aux cuisses maintenant. Leurs deux corps sont pressés l'un contre l'autre, ils peinent à respirer. Il ne peut pas la regarder tant elle est près. Mais il la sent. Il la sent physiquement, mais sent aussi son âme, elle… existe. Quatre et six font dix, un et zéro font lui et Mina. Deux corps en orbite. Une intimité en parfait équilibre entre eux, mais fragile. Mais ce n'est pas ça qu'il faut dire. Il n'est pas idiot.

— On ne peut pas bouger dans cette position, dit-il péniblement. On ne peut pas sortir d'ici.

— Dis-moi que tu sais comment sortir d'ici, souffle-t-elle avec autant de difficulté.

— Je sais comment sortir d'ici.

— C'est vrai ?

— Non, je n'en ai pas la moindre idée. Mais je sais que nous n'avons pas assez de force pour casser le verre de l'intérieur. Ça ne marche qu'à la télé. Il faut trouver autre chose.

— Il y a vraiment beaucoup d'eau, Vincent.

— Oui. Pardon.

— Arrête de dire pardon, réfléchis plutôt. Tu es doué pour ça. La plupart du temps.

L'eau continue à monter. Il ne leur reste que deux minutes au maximum. Mais elle a raison. Il maîtrise enfin à nouveau ses pensées. Il peut faire abstraction de l'eau, de la cuve, et se concentrer.

Il regarde en arrière.

La cuve en verre. Contrairement à Agnes, à Tuva et à Robert, ils ne se trouvent pas dans une caisse bricolée. Ils sont piégés dans une illusion créée pour un usage professionnel. Qui recèle toujours ses secrets. Presto n'a peut-être pas tout expliqué à Jane. Il y a des astuces pour sortir de là, et il y a aussi des astuces pour… respirer.

Des tubas.

Une illusion utilisant l'eau a toujours des tuyaux dissimulés qui communiquent avec l'extérieur et permettent au magicien de respirer. De rage, il se frappe le front contre le verre.

— Vincent, dit Mina dont l'angoisse est de plus en plus perceptible.

Il s'en veut terriblement. Il aurait dû y penser depuis le début. Il n'arrive pas à raisonner efficacement, il n'y a pas assez d'espace. Dans une minute, l'air leur manquera, il faut trouver ces tuyaux maintenant.

Pourvu que Jane et Kenneth ne les aient pas détruits.

*

Pendant un court instant, elle a l'impression de voler. Comme en apesanteur, ou comme en suspension dans un entrelacs de bas et de hauts. Puis le fauteuil s'abat lourdement sur la surface de l'eau, dans un bruit sourd. Le froid lui coupe le souffle. Elle se doutait que l'eau serait froide, mais elle n'avait pas imaginé à quel point. Elle s'agrippe toujours fermement à son siège quand ils commencent à couler.

La lumière du jour disparaît presque instantanément. L'eau de la mer est sombre, elle ne voit plus rien devant elle. Elle ne voulait pas que ce soit ainsi. Elle relâche ses mains, se retourne, cherchant les bras de Kenneth dans l'obscurité. Ses mains à lui sont toujours scotchées au fauteuil coulant, il ne peut pas la toucher en retour. Elle agrippe un de ses bras, se hisse hors du fauteuil pour l'enlacer. Il se serre contre elle dans une étreinte entravée.

Ils devaient mourir ensemble.

Couler, enlacés, dans les profondeurs bleues.

Calmes, dignes.

Mais tout est noir, glacial et douloureux.

Tellement douloureux.

Elle ferme les yeux et lutte, tire sur les bras de Kenneth, tente de le remonter, de le sortir de l'obscurité. Elle le sent essayer, désespérément, de se libérer les mains, mais elles sont trop bien scotchées.

Un tour, deux tours, trois tours.

Le fauteuil les tire irrésistiblement vers le bas. C'est l'impression qu'elle a. La panique l'envahit, elle réalise qu'elle ne sait plus dans quelle direction ils vont, elle ne sait même pas s'ils bougent encore. Ils sont engloutis dans l'obscurité de l'eau. Il n'existe plus rien pour différencier le bas du haut.

Kvibille 1982

— Vincent, Vincent, Vincent, chuchote-t-elle, ses lèvres contre le bois.

Au début, elle a hurlé jusqu'à en perdre le souffle, en espérant leur retour. Mais tout est silencieux. Et maintenant, elle n'arrive plus à respirer que dans un sifflement. Alors elle chuchote son nom, jusqu'à ne plus pouvoir.

La chaleur est insoutenable, la sueur a mouillé ses cheveux et les gouttes ruissellent et tombent du bout de son nez. Son dos est trempé, elle ne peut pas le toucher de ses mains, mais elle le sent.

Si la caisse avait été fabriquée en isorel fin, elle aurait peut-être pu la casser de l'intérieur avec les mains ou à coups de pied. Mais Vincent n'est pas du genre à faire les choses à moitié, et Allan a dû lui donner de bons matériaux. Les assemblages sont cloués et collés.

Les crampes déchirent ses muscles. Il faut qu'elle puisse déplier les jambes, sinon elle va perdre la raison pour de bon. C'est une torture de rester pliée ainsi, pendant des heures. Elle ne sait même plus si c'est encore une question d'heures. Ou de jours. D'années.

— À l'aide, il y a quelqu'un ? chuchote-t-elle.

Elle pense le crier aussi. Bientôt. Dès qu'elle aura rassemblé plus de forces.

*

Vincent inspire profondément, plie les genoux pour atteindre le fond. Il glisse ses mains le long des parois. Il cherche. Rien. L'ongle de son petit doigt accroche tout à coup quelque chose dans un angle, à un centimètre de hauteur. Le voilà. *Le voilà.* Jane ne l'avait donc pas trouvé.

Il tire doucement sur le tuyau. Le tuba se trouve au fond, bien sûr. Quand le magicien est suspendu, à l'envers, sa tête est tout près du sol. Vincent reprend sa position initiale, crache. L'eau atteint maintenant la bouche de Mina.

— Tu es sûr qu'on ne peut pas casser le verre ? dit-elle vite en essayant de ne pas avaler.

Sa voix est résignée, proche du désespoir. Il secoue la tête et voit la lettre de Jane, collée à l'extérieur. Son dernier mot à ses proches, son testament. Il ferait tout pour briser le verre et déchirer cette lettre en mille morceaux. Il ne veut pas être haï par sa famille pour toute l'éternité.

— Il y a un tuba au fond, dit-il. Tu vas t'en servir.

— Ne joue pas les preux chevaliers, c'est moi le flic, dit-elle en recrachant de l'eau.

— Tu es plus frêle que moi. J'ai encore une demi-minute environ pour trouver une solution. Ensuite je plonge, et ce sera le plus fort qui gagne.

— Très drôle !

Mina s'exécute et plonge à l'instant où l'eau atteint son nez. Son mouvement fait bouger l'eau. Il ferme la bouche et les yeux. Il n'a jamais aimé s'entraîner à retenir son souffle. Ils pourraient bien sûr se servir du tuba à tour de rôle, mais les manœuvres nécessaires prendraient trop de temps. Il tente de contrôler sa respiration.

L'eau lui effleure la bouche. Il serre les lèvres. Respire par le nez, par à-coups. Il a déjà l'impression de manquer d'air. Il n'y a presque plus d'oxygène. Il frappe fort sur le couvercle juste au-dessus de sa tête. *Laisse-nous sortir, s'il te plaît, laisse-nous sortir. Ça suffit, maintenant.* Le bruit sourd de son poing contre la plaque résonne dans la pièce, le reste est silence. Il n'en peut plus. C'est fini. Comme enterrés vivants. Quand l'eau dépasse sa lèvre supérieure, il se met à cogner contre la paroi, pris de panique. Il ne doit pas céder, s'il le fait, tout est perdu, mais c'est plus fort que lui.

La panique.

Il veut lui dire quoi, ce mot ?

L'eau lui arrive jusqu'aux narines, il se hisse vers le haut pour prendre une dernière bouffée d'air. Il ne lui reste plus que ce sursis, ensuite ses poumons le lâcheront. Mina tire le bas de son pantalon. Il regarde et la voit lui montrer le tube, mais il secoue la tête. Plus le temps. Son corps est au bord de l'explosion. Il aurait vraiment dû s'entraîner à retenir son souffle. Toute son énergie se concentre, ne pas ouvrir la bouche. Tout se mélange et devient confus, il cligne des yeux, s'il se relâche maintenant, c'est terminé. Son corps brûle, il brûle, son cerveau rend les armes…

Panique

Panique…

… levier.

Umberto. Qu'a dit Umberto ? Sa vision se brouille. Une histoire de levier. Tous les sons s'assourdissent quand l'eau entre dans ses oreilles. Un levier qui n'existe pas. Un levier de panique. Il est isolé dans l'eau. Totalement cerné. De l'autre côté de la paroi, l'espace. L'air. La vie. Le levier n'existe pas. Tom Presto aimait jouer avec la mort, c'était une tête brûlée. Il pousse cette frontière de la main. La vie se trouve de l'autre côté. De son côté, il n'y a que la mort. Mais le Tom Presto qu'a rencontré Vincent n'était pas comme ça. Il n'aurait jamais vraiment joué avec la mort. Au contraire. Il n'aurait jamais mis sa vie entre les mains de quelqu'un d'autre. Il n'arrive plus à penser. Son cerveau se déconnecte, il s'enfonce doucement dans le néant. Son corps s'agite toujours dans l'eau, mais ses mouvements sont las, impuissants. Il desserre les mâchoires et, instinctivement, inspire de l'eau. Le collectionneur français d'Umberto avait tout faux. Tom avait évidemment un levier de panique. Et pas à l'extérieur. Il était bien sûr… *à l'intérieur de la cuve.*

L'équilibre parfait qui peut exister entre deux corps en orbite l'un de l'autre se rompt si l'un des deux corps se brise.

Ça ne prend pas beaucoup de temps.

Ce n'est qu'une seule seconde de vertige.

La suite, c'est exactement comme s'endormir.

*

Le corps auquel Jane se cramponne est secoué de spasmes violents. Elle a changé d'avis. Elle veut vivre. Ce n'est pas du tout comme elle l'avait imaginé.

Elle lâche Kenneth et tente de remonter. Le laissant poursuivre sa descente et son destin au fond de la mer. Elle sait qu'elle se trouve déjà bien trop loin de la surface et que ses jambes ne lui sont d'aucune utilité. Elle n'a que les bras pour remonter.

Le temps lui manque. Elle ne sait même pas si elle nage dans la bonne direction. Elle est peut-être en train de s'enfoncer encore. Mais elle ne veut plus.

Au bout de trois brassées, ses poumons explosent.

Ce n'était pas comme ça.

C'était comme ça.

Kvibille 1982

Elle ne sait plus qui elle est. Elle sait seulement qu'elle a mal depuis trop longtemps. Ses articulations hurlent. La chaleur.

La soif. Elle suce ses doigts ensanglantés pour absorber un peu d'humidité. Elle a tant gratté le bois qui l'emprisonne que ses ongles ont cassé. Elle a l'impression que ça fait une éternité. Elle maudit le monde, puis demande pardon.

— Vincent, Jane. C'est pas plus mal. Je ne vous crierai plus après. Vous vous débrouillerez mieux sans moi. Je le sais. Je l'ai toujours su.

Elle ne sait plus ce qu'elle dit, est-ce à haute voix, est-ce dans sa tête ?

Bientôt elle ne dit plus rien.

Kvibille 1982

— C'est toi qui as construit cette caisse ?

Une femme inconnue se tenait devant lui, calepin et stylo à la main. Elle parlait sur un ton pressé, presque avide. Il ne répondait pas. Elle avait de toute façon l'air de déjà connaître la réponse. En plus, il ne la connaissait pas. Il regarda à nouveau les mains de la dame. Ce stylo était un trait. Une dimension. Le calepin était un carré. Deux dimensions. La caisse qu'il avait construite était un cube. Trois dimensions. La quatrième dimension, c'était le temps. Mais en ce moment précis, il se trouvait hors du temps. Il était resté debout au milieu de la cour une éternité. Ou une simple seconde. Quelqu'un lui avait parlé. Ou peut-être pas.

Un policier qu'il pensait avoir peut-être déjà rencontré, peut-être celui qui avait aidé maman quand sa voiture était tombée en panne devant la supérette, prit la femme par le bras et l'éloigna de lui.

— Laissez-le tranquille, dit le policier. Il ne devrait même plus être là. Mais l'assistante sociale est en retard.

L'entrée de la grange était condamnée par une rubalise de sécurité et la caisse décorée d'étoiles avait été sortie dans la cour. Heureusement qu'il l'avait équipée de roulettes, sinon ils n'auraient pas pu la sortir aussi facilement. Mais il ne voyait pas comment il allait pouvoir retourner dans la grange maintenant, pourtant à l'intérieur il y avait tous ses secrets. Il ne fallait pas qu'ils se mettent à fouiller dedans. Il en serait mortifié.

— Je suis de la *Gazette du Halland*, dit sèchement la femme en s'arrachant à l'emprise du policier. Nos lecteurs ont le droit de connaître la vérité.

Il contempla son ombre sur le gravier. Elle devenait de plus en plus étroite et longue. Il n'était plus que son ombre. Il était le noyau de son ombre, là où la lumière ne pénétrerait plus jamais. Et il était une seule dimension. De côté, on ne le voyait plus. La femme se pencha vers lui.

— Ça te fait quoi de ne plus avoir de maman ? demanda-t-elle en posant le stylo sur son calepin.

Il ne comprit pas comment elle pouvait le voir, puisqu'il n'avait plus de côté. Et qu'est-ce qu'elle voulait dire, plus de maman ? Maman était là, dans la cuisine. Maman était dans la façon dont il se brossait les dents. Nous sommes ce que nous faisons, disait-elle toujours. Il pouvait la faire surgir exactement quand il voulait.

— Ça suffit, bon sang ! dit le policier avec colère. Si vous ne quittez pas les lieux, je vous fais arrêter pour obstruction au travail de la police.

La femme sortit son appareil photo en vitesse et prit un cliché avant que le policier ait eu le temps de réagir. Le flash le fit sursauter.

— Tu as oublié de sourire, dit-elle. Mais ça ira. Les enfants tristes sont photogéniques. Tu n'avais pas une sœur aussi ? Elle sera peut-être un peu plus bavarde.

La femme traversa la cour. Le policier se posta devant lui, posa ses mains sur ses épaules. Il lui cachait le soleil.

— C'était un accident, dit-il. Tu le sais, n'est-ce pas ? Personne ne t'accuse. Tout va s'arranger. Ta sœur et toi, vous aurez de nouveaux foyers, mais c'est important que tu comprennes que ce n'est pas ta faute, ce qui est arrivé.

— On sera ensemble ? demanda-t-il, inquiet. Moi et Jane ?

— Je ne sais pas, Vincent. Ça dépend si une famille est prête à vous prendre tous les deux. Ce ne sera peut-être pas le cas. Mais vous n'habiterez sans doute pas loin l'un de l'autre. Je suis sûr que vous pourrez vous voir souvent. Tout ça n'est que temporaire. Je comprends que tout te semble bizarre en ce moment. Mais vous êtes des enfants dégourdis et éveillés.

Vous allez vous en sortir, vous allez pouvoir laisser tout ça derrière vous. Vous vous avez l'un l'autre. Vous êtes votre famille. Tout sera pardonné.

Assise au fond de la *Water Torture Cell* d'Houdini, Mina essayait de rassembler ses pensées. Soudain, l'eau s'était mise à jaillir hors de la cuve. Comme si le fond avait disparu. L'eau continuait à arriver par le tuyau, mais s'écoulait maintenant à la même vitesse par le fond.

Vincent se dressait au-dessus d'elle, inanimé. Il s'était affaissé, le front et les genoux plaqués contre le verre, mais l'étroitesse de l'espace le maintenait en position verticale. Elle l'avait senti gesticuler furieusement quand l'air était venu à lui manquer. Il avait failli l'assommer avec ses pieds. C'est quand il se débattait de toutes ses forces qu'il avait dû toucher quelque chose et déclencher la vidange.

Mais encore fallait-il sortir de cette maudite cuve. Elle ne savait pas si Vincent était déjà mort, mais il mourrait, c'était sûr, si elle n'effectuait pas immédiatement bouche-à-bouche et massage cardiaque. Il avait dit que jamais le verre ne casserait. Mais il ne faut jamais dire jamais. Elle arracha une de ses chaussures et se mit à cogner la paroi avec le talon. Exactement au même endroit chaque fois. Il ne fallut que quinze coups violents. Il avait raison, sous l'eau ça aurait été impossible. Au moment où tout explosa, elle se protégea instinctivement le visage de ses bras. Vincent tomba en avant, mais son corps à elle freina sa chute et l'empêcha de basculer droit devant, évitant à son visage de s'écraser dans les débris de verre.

Elle se dégagea de la cuve, tira sur Vincent pour l'éloigner et l'allonger à l'écart des morceaux de verre. Il était plus léger qu'elle n'aurait pensé. Ou bien, c'était elle qui avait plus de forces qu'elle n'aurait imaginé.

Elle le regarda. Le mentaliste. C'était elle qui l'avait embarqué dans cette affaire. Parce que Kenneth avait fait en sorte qu'Anna le lui propose. Elle avait sauté dans le piège à pieds joints. Ensuite, la sœur de Vincent avait voulu la tuer, et maintenant Vincent était peut-être mort. Elle n'avait pas l'intention de le laisser crever. L'eau l'avait sans doute purifié de toute saleté. Elle lui souleva la nuque pour libérer les voies respiratoires et posa sa bouche sur la sienne.

Vincent était encore trop épuisé pour l'aider. Il était couché sur le dos, haletant. Il fallait compenser l'air qui lui avait fait défaut dans la cuve. Mina n'avait pas la moindre idée d'où Jane et Kenneth pouvaient bien être allés, ni quand ils allaient revenir. Elle ne comprenait pas pourquoi ils n'étaient pas restés pour les voir mourir, Vincent et elle, peut-être n'en ressentaient-ils plus le besoin. Leur plan avait fonctionné, et cela leur suffisait. La question, c'était de savoir s'ils avaient fui ou s'ils étaient encore dans les parages.

Elle essaya de se concentrer.

Son cerveau tournait en mode "évacuation d'urgence" et elle fit un effort immense pour ne pas prendre ses jambes à son cou. Elle ne pouvait pas abandonner Vincent. Elle venait de lui sauver la vie. Elle avait dans l'idée que, selon une ancienne philosophie chinoise, elle était, de ce fait, responsable de lui désormais. De plus, si elle déguerpissait de ce lieu maintenant, elle pourrait très bien se retrouver face à Jane et Kenneth.

Elle regarda autour d'elle. Luttant contre la nausée et cette puanteur doucereuse qui saturait toujours l'atmosphère. Elle devait appeler à l'aide. Il lui fallait donc un téléphone. Kenneth avait balancé le sien par la vitre de la camionnette, à des dizaines de kilomètres de là. Il se trouvait quelque part dans la nature, en mille morceaux. Ils avaient sûrement pris le portable de Vincent aussi, et s'ils ne l'avaient pas emporté avec eux, il devrait être là, quelque part. Elle chercha autour et sur le plan de travail qui était à peu près le seul meuble dans la pièce, mais ne trouva rien.

— Vincent, dit-elle en revenant vers lui.

Il était toujours couché sur le dos, les yeux révulsés, la respiration saccadée. Il luttait visiblement pour reprendre connaissance.

— Vincent, dit-elle plus fermement. Tu as vu ce qu'ils ont fait de ton téléphone ? Il n'est pas sur la table, je ne le vois nulle part. Tu crois qu'ils l'ont embarqué ?

Le découragement la gagnait. Évidemment qu'ils l'avaient emporté.

Vincent leva péniblement son bras droit et montra, au fond de la pièce, un conteneur à ordures. Le type de benne qu'on remplit de déchets pour ensuite la faire enlever. Elle ne l'avait même pas remarqué. Son inconscient avait dû occulter la présence de ce monstre répugnant. Mais Vincent insista.

Elle s'approcha de la benne à contrecœur. L'odeur de putréfaction s'accentua. L'acidité de son estomac remontait par spasmes le long de son œsophage, brûlait sa bouche, puis refluait. La panique la tenait dans un étau qui se resserrait à chacun de ses pas vers la benne. Elle ne voulait pas savoir ce qu'il y avait dedans. Elle ne voulait rien savoir du tout. Elle ne voulait même pas se trouver dans la même pièce que ce conteneur cauchemardesque.

Elle se retourna, implorant Vincent du regard. Il tenta de parler, mais n'en avait pas la force. Il se contenta de lever à nouveau le bras en direction de la benne. Mais pour elle, ce n'était pas possible. IM-POS-SIBLE.

Elle eut l'impression d'entendre un bruit dehors. Elle s'arrêta net pour écouter, mais plus rien. Personne ne leur viendrait en aide. Tout dépendait d'elle.

La benne était haute, beaucoup trop haute. Elle n'arriverait jamais à se hisser dedans par ses propres moyens. Elle regarda autour d'elle. L'échelle contre la cuve était tombée quand la paroi avait explosé. Elle était mouillée, glissante et couverte de débris de verre. Inutilisable. Elle aperçut une autre échelle contre le mur du fond, nettement plus vieille, comme si elle n'avait pas servi depuis des années, mais elle ferait l'affaire. Elle courut vers elle tout en jetant un regard à la porte.

L'échelle était recouverte de toiles d'araignées. Et il n'y avait pas que les toiles, constata-t-elle avec horreur. C'était infesté de petites araignées. Les barreaux et cet amoncellement de toiles superposées formaient une masse compacte et grouillante. L'horreur absolue. Elle choisit un endroit où cette matière blanche, collante, semblait moins dense et y posa ses mains en luttant contre sa répugnance. En tirant l'échelle de son emplacement, elle comprit l'origine de ces milliers d'arachnides. Elle surprit une volumineuse maman araignée velue qui, dans sa tentative de fuite, courut droit sur sa main.

Mina poussa un hurlement. Impossible de se contrôler. Le cri résonna entre les murs et elle sentit son cœur cogner de terreur alors qu'elle guettait toujours la porte. On pouvait l'avoir entendue. Et si Jane et Kenneth revenaient et découvraient qu'ils n'étaient finalement pas morts dans la cuve ?

Mais rien.

Personne.

Le silence.

Son cœur tambourina à en faire exploser sa poitrine quand elle prit l'échelle et la porta jusqu'à la benne. Tout son corps n'était que démangeaisons, de la racine de ses cheveux jusqu'à ses orteils. Elle imaginait des hordes d'araignées naines parcourant son corps, se glissant sous sa peau, pondant des œufs par milliers, et autres horreurs de ce genre.

Elle repensa à une vidéo sur YouTube que Ruben, sûrement par pur sadisme, lui avait montrée, histoire de s'amuser. C'était au sujet d'une mouche d'Amérique latine dénommée *botfly* qui déposait ses œufs sous la peau, où les larves ensuite naissaient. Sur la vidéo, on voyait l'extraction d'une grosse larve gigotant sous le cuir chevelu d'un homme.

Elle n'avait pas été loin de vomir, mais il était hors de question de donner ce plaisir à Ruben. Elle s'était retenue. Exactement comme maintenant, avec toute cette force qu'elle arrivait à mobiliser par sa seule volonté.

Elle déposa précautionneusement l'échelle contre la benne métallique, essayant de faire le moins de bruit possible quand le bois toucha le rebord. Des milliers de petites araignées restées accrochées à l'échelle bougeaient dans tous les sens, affolées par la mise en charpie de leurs toiles.

Mais Mina n'y accordait plus aucune attention. Si près de la benne, l'odeur était épouvantable. Ses yeux larmoyaient et son nez picotait. Sans encore en connaître l'origine, elle savait que ces effluves saturaient l'air de bactéries, de micro-organismes et autres émanations malsaines qui l'enveloppaient, elle. Qui la *pénétraient*.

Elle s'obligea à ne penser qu'au but de la manœuvre. En jetant un œil sur Vincent, elle constata qu'il s'était redressé en position assise, la tête entre les genoux. Il sanglotait en régurgitant le reste de l'eau qu'il avait avalée.

Elle sentit sa bouche se remplir à nouveau de bile. Elle déglutit, plusieurs fois de suite. Il ne fallait pas vomir encore une fois, pas maintenant. Si elle vomissait, elle n'arriverait pas à faire ce qu'elle avait à faire. Vomir était le pire qu'elle pouvait s'imaginer. Encore pire que le *botfly*. L'idée de sentir cette matière répugnante qu'elle avait en elle, et qu'elle refoulait de toute son énergie, la mettait toujours dans un état de panique totale. Une fois suffisait largement. Lors des épidémies de grippe, elle se désinfectait les mains beaucoup plus fréquemment et avalait dix grains de poivre blanc par jour. L'astuce des grains de poivre n'était fondée sur aucune étude scientifique, mais sa mère avait toujours fait comme ça, et Mina avait échappé à tous ces virus intestinaux depuis au moins dix ans.

Elle monta de trois barreaux. Le haut de sa tête à hauteur du bord de la benne. Elle ne voyait pas encore ce qu'il y avait dedans. Mais l'odeur s'était encore amplifiée, si possible, et était devenue plus âcre. Elle remonta le col de son pull sur le nez en guise de maigre protection. Quelques petites araignées coururent sur sa main, mais en comparaison de la lourde odeur de putréfaction, ce n'était pas grand-chose et elle parvint à les ignorer.

Encore un dernier barreau – et elle put voir par-dessus le rebord.

La benne était remplie de cadavres.

Des cadavres de visons.

Des milliers de visons morts la regardaient, à des stades de décomposition variés. Ils remuaient. Elle savait pourquoi. Ils étaient remplis de gaz et recouverts d'asticots et de mouches bleuâtres. Toutes ces chairs mortes étaient en mouvement. Plus moyen de se contrôler. Elle se pencha sur le côté pour vomir les dernières céréales de son petit-déjeuner sur le sol en béton.

Les larmes coulaient sur ses joues. Son cœur battait la chamade et elle sentit ses paumes devenir moites. La panique menaçait de la submerger complètement, mais elle savait que si elle se laissait aller ne serait-ce qu'une seule seconde, elle s'effondrerait.

Elle regarda vers Vincent. Il avait l'air de récupérer un peu. Il la regardait, assis, les joues un peu moins blafardes. Arriverait-il à marcher ? Peut-être devraient-ils se tirer d'ici, tout simplement, en espérant que Kenneth et Jane avaient fui et qu'ils ne risquaient pas de tomber sur eux.

Mais elle savait que ce n'était pas raisonnable. Il faudrait encore un bon moment avant que Vincent récupère sa mobilité et puisse se défendre en cas de besoin.

Il leur fallait du secours.

Ils avaient besoin de ce téléphone, absolument. C'était impératif.

Elle posa un pied sur le bord de la benne. Essayant d'ignorer les cadavres en décomposition, emplis de gaz. Ne pas penser aux milliers de mouches, à tous ces œufs, à tous ces asticots. Elle s'accrochait désespérément à des images d'arc-en-ciel et de licornes, de prairies en été et de mignons petits chatons.

Elle sauta.

À son arrivée, la police de Norrtälje trouva Mina et Vincent assis par terre dans l'atelier. Mina avait essayé de se nettoyer au jet d'eau avec le tuyau qui avait servi à remplir la cuve. Mais des caillots de sang et autres restes de cadavres en décomposition collaient encore à ses cheveux. Dès qu'elle aurait un outil tranchant sous la main, elle se raserait la tête.

Ses vêtements traînaient dans un coin, irrécupérables. Elle les avait arrachés en hurlant. Mais elle avait pu récupérer le téléphone de Vincent. Il était maculé de sang, mais en état de marche. Elle avait surmonté son dégoût, avait passé le coup de fil, puis l'avait jeté par terre et aspergé d'eau.

Vincent n'avait rien dit. Il lui avait juste donné ses propres vêtements. Ils étaient beaucoup trop grands et surtout détrempés, mais dépourvus d'araignées, d'asticots et de résidus de charognes. Vincent n'avait gardé que son caleçon. Un Björn Borg à motif hawaïen, nota-t-elle malgré les circonstances.

Norrtälje avait envoyé deux policiers, deux femmes. Dès que la première les vit, elle se retourna sur le seuil.

— Des couvertures, cria-t-elle vers l'extérieur. Vite !

— On a reçu un appel d'ici, dit l'autre. Et tout de suite après, un appel de la police de Stockholm.

Elle s'agenouilla à côté de Mina, l'air préoccupé.

— C'est moi qui ai appelé d'ici, dit Mina en reniflant. Vous avez fait vite.

— C'était vous ? dit la policière, surprise. La voix me semblait provenir d'une personne nettement plus âgée. L'agent qui a appelé de Stockholm était confus, mais selon l'appel qu'on a reçu d'ici, on aurait dû trouver deux cadavres. Il était question d'un meurtre haineux et d'un suicide, d'après ce que j'ai compris. Et d'une lettre aussi. Ça vous parle ?

Mina ne savait pas quoi dire. Elle regarda Vincent.

— Jane et Kenneth ont appelé la police avant de partir, dit-il. Désolé, j'ai oublié de te le dire.

Julia et Torkel dépassèrent la sortie pour l'aéroport d'Arlanda et continuèrent vers le nord. Après Arlanda, il y avait toujours moins de circulation, et maintenant ils étaient pratiquement seuls sur l'autoroute. Mais elle savait qu'en approchant d'Uppsala, il y aurait à nouveau davantage de voitures.

Elle était en route pour l'hôtel de police quand Christer l'avait appelée pour lui dire que Vincent était recherché. Il avait ajouté que la police de Norrtälje était maintenant en charge de l'affaire. Ce n'était plus de leur ressort. Elle n'avait pas besoin de venir.

Christer avait mis les pieds dans le plat en ajoutant qu'il n'avait bien sûr pas la moindre idée de la raison pour laquelle elle n'était pas à son poste, qu'elle avait sans doute quelque chose de très important à faire justement aujourd'hui. Elle avait appelé Torkel tout de suite et avait fait demi-tour, pleine de gratitude envers ses collègues, décidément d'incorrigibles pipelettes.

Elle posa sa main sur celle de Torkel, sur le volant. Il la prit sans quitter la route des yeux.

— Merci de me supporter, dit-elle. C'est la faute de ces fichues hormones.

— Hé, c'est toi la superflic, dit-il en riant. C'est vrai, le choix que je t'ai obligée à faire aujourd'hui, c'était dur, et j'en suis désolé. Mais il faut que tu saches une chose.

Il détourna son attention de la route une seconde pour la regarder dans les yeux.

— Je t'aime. Et tu as fait le bon choix. On aurait eu d'autres occasions de faire ce bébé. Mais moi, j'aurais été quel genre de père si je t'avais empêchée de faire ton travail, de protéger un être humain déjà là, parmi nous, l'enfant de quelqu'un ? Je me suis vraiment comporté comme un con.

— C'est bon, dit-elle en posant la main sur sa cuisse. Je t'ai pas choisi pour tes capacités conceptuelles, tu sais.

Torkel éclata de rire, et elle rit également. Le rire, c'était comme un barrage qui cédait. Toutes ces tensions accumulées depuis qu'elle avait recommencé le traitement hormonal se déversaient hors de son corps. Torkel avait l'air d'éprouver la même chose. Ils étaient en route pour une autre vie. Ensemble. Elle baissa la vitre et laissa entrer la fraîcheur de septembre. Le vent s'engouffrait par la fenêtre, tourbillonnant autour de son visage et de ses cheveux qui voltigeaient dans tous les sens. C'était comme une bouffée de joie. Elle sourit et ferma les yeux. Le vent était empli de vie.

OCTOBRE

Vincent n'était pas venu à la conférence de presse. Mina le comprenait. Les médias s'étaient jetés sur la nouvelle de son lien avec les meurtres avec la même férocité que des piranhas sur une vache morte. Se tenir éloigné était plus raisonnable, incontestablement.

Julia monta sur l'estrade. Une bonne partie des informations avait déjà fuité, les médias avaient fait un joyeux cocktail de bribes de vérités et de remplissage de trous selon l'inspiration de chacun. Ils avaient inventé quantité de "scénarios possibles", comme les journalistes le disaient eux-mêmes pour qualifier ce type de papiers.

Le brouhaha s'estompa et tous les regards impatients se posèrent sur Julia. Mina se tenait sur le côté de la scène, à moitié dissimulée derrière un rideau. Elle aussi avait subi l'assaut des médias. Elle se demandait où ils avaient bien pu dénicher les photos d'elle qui avaient été publiées. Elle s'était toujours tenue à l'écart de la vie publique et elle n'aimait pas qu'on la photographie, même en privé. Ils avaient réussi à dégoter un ancien cliché en noir et blanc où elle avait une tête de malade. Certainement pris lors d'un départ en ambulance alors qu'elle n'avait même pas eu conscience qu'un photographe avait immortalisé l'événement.

— Nous n'avons pas encore localisé les meurtriers, mais ils ont été identifiés. Jane Boman et Kenneth Bengtsson. Et – vous l'avez déjà publié dans la presse – Jane est la sœur du mentaliste Vincent Walder.

— Depuis quand Walder connaissait l'implication de sa sœur ?

La question venait d'un des plus venimeux journalistes d'*Expressen.*

— S'il vous plaît, pouvez-vous demander la parole avant de parler, dit sèchement Julia. Sinon, on ne s'en sortira pas.

Mina s'aperçut, maintenant seulement, que, du fond de la salle, le grand patron de la police de Stockholm observait sa fille sur l'estrade. Il avait l'air rempli de fierté. Mina savait à quel point c'était compliqué pour lui d'avoir sa propre fille à la tête de cette équipe spéciale. Quant à Julia, cette parenté proche l'obligeait à travailler encore plus dur que qui que ce soit. La fierté du père réjouissait Mina. Julia la méritait amplement.

— Mais pour répondre à votre question, dit Julia, Walder n'avait pas connaissance de l'implication de sa sœur avant que lui et notre collègue Mina Dabiri soient retenus prisonniers.

— Pourquoi ? Quel est le mobile ?

Toujours le même reporter, et toujours sans lever la main. La patience de Julia était mise à rude épreuve.

— *S'il vous plaît*, demandez d'abord la parole. C'est exact que le mobile est lié à l'affaire que vous avez déterrée, et dans laquelle vous vous vautrez en ce moment. Je fais allusion à l'accident qui s'est produit dans l'enfance de Jane Boman et de Vincent Walder. Leur mère, Gabriella Boman, est morte dans des circonstances tragiques, et pour diverses raisons, Jane tenait son frère Vincent pour responsable de l'accident et de la tournure qu'avait prise sa vie à elle par la suite.

Un autre journaliste agita la main.

— Pourquoi ce thème des illusions de magie ? Un peu tiré par les cheveux, non ?

— Que voulez-vous que je vous dise ? D'après mon expérience, un meurtrier n'agit pas forcément de façon rationnelle. Mais comme déjà mentionné, la mort de Gabriella Boman est liée tant au mobile des meurtres qu'à la manière dont ils ont été perpétrés.

— L'assassinat de Daniel Bargabriel est-il en rapport avec l'affaire ?

— Le seul lien de Bargabriel à cette affaire tient au fait qu'il connaissait deux des victimes, Agnes et Tuva. Par contre, je peux vous informer que nous venons d'arrêter toutes les personnes impliquées dans le meurtre de Daniel Bargabriel et que nous avons ce qu'il faut, au dire même du procureur, pour les inculper.

Mina ressentit un profond regret en pensant à ce jeune homme. Sa mort était un dommage collatéral, la conséquence de la soif de vengeance de Jane, même si ce n'était pas Jane qui l'avait assassiné. Quel gâchis. Mais avec un peu de chance, le scandale pulvériserait Sveriges Framtid et ferait couler le parti comme un vulgaire caillou dans l'océan.

Une avalanche de questions s'abattait toujours sur Julia. Mina se retira discrètement, abandonnant sa collègue à la meute médiatique.

Les croquettes tintinnabulaient en tombant dans la gamelle métallique. Bosse déboula en courant, se jeta dessus et se mit à ingurgiter son repas avec la délicatesse d'un tremblement de terre.

— C'est bien, mon bonhomme, dit Christer.

Il prit appui sur le bord de la table pour s'asseoir par terre. Pas facile, mais il progressait. Les promenades quotidiennes avec Bosse amélioraient incontestablement sa condition physique. Il appuya son dos contre le placard de la cuisine et caressa le chien. Son héros Harry Bosch n'avait pas idée de ce qu'il ratait.

— Tes maîtres ont l'air d'avoir disparu de la surface de la terre, dit Christer. On ne les a trouvés nulle part. Personne n'a vu de bateau quitter l'île. Ils n'ont pas pris le ferry, c'est certain. C'est un vrai mystère. La police de Norrtälje recherche les corps dans la mer, mais ils ne trouveront probablement rien. Ces eaux-là sont très profondes.

Bosse avait vidé sa gamelle et leva un regard interrogateur vers Christer. Il avait dû comprendre à son ton que quelque chose avait changé.

— Je comprends ta tristesse, dit Christer en grattant l'oreille de Bosse. Je me suis dit que nous pourrions faire une longue balade quand tu auras fini de manger, on pourrait aller acheter une de ces balles couineuses que tu adores réduire en miettes. Une de celles constellées de paillettes. Je crois qu'ils ne reviendront pas, tu comprends. Je pense que ce sera nous deux à partir de maintenant.

Bosse émit un bref jappement, puis lécha le visage de Christer, du menton jusqu'au front. L'haleine saturée d'un parfum de croquettes.

Un compagnon au long cours ne lui ferait pas de mal. Pour la énième fois, ses pensées s'évadèrent vers sa jeunesse. Il repensa à Lasse. Ahurissant qu'il ne sache même pas ce qu'il était devenu. Une personne dont il avait été si proche et qui ensuite avait vécu toute une vie pleine d'expériences et d'événements dont Christer ignorait tout. Ce qu'il ressentait était proche de la jalousie. Sans savoir de qui. Mais pourquoi ne pas essayer de rattraper le temps perdu ? Il était policier, quand même. Et avec les réseaux sociaux dont on disposait maintenant, ça ne devrait pas être bien sorcier de retrouver sa trace.

Assis par terre, là, dans sa cuisine, la main enfouie dans la fourrure de Bosse, Christer sentit quelque chose se passer au fond de lui. Un frémissement ténu, il n'était même pas sûr de sa réalité, mais qui petit à petit prenait de la consistance. Un sentiment tout nouveau, jamais éprouvé auparavant. Il n'était pas sûr, mais se dit que c'était peut-être le bonheur.

Milda était toujours assise à table. Vera et Conrad avaient dîné en un temps record, comme d'habitude. La dernière bouchée engloutie, Vera était partie jouer à la Playstation, et Conrad était allé chercher ses devoirs. Maintenant, installé en face d'elle, plongé dans un manuel d'éducation à la citoyenneté, il prenait assidûment des notes sur son ordinateur portable.

Son petit Conrad. Il avait passé un été difficile. Mais le centre de désintoxication avait eu un effet presque miraculeux sur lui. Depuis son retour, il s'était non seulement tenu éloigné de ses anciens démons, mais son état d'esprit concernant l'école et la vie de manière générale avait changé du tout au tout. Même Vera avait déclaré qu'elle le trouvait beaucoup plus joyeux cet automne. Et le voilà en train de faire ses devoirs, de sa propre initiative.

Milda, pleine d'espoir, savait bien qu'elle ne devait pas trop s'emballer. Il était déjà arrivé qu'elle le croie sorti d'affaire. Pour le voir revenir à la case départ au bout de quelques mois. Mais cette fois-ci, elle avait l'impression que c'était différent. Elle n'osait presque pas y croire, savait qu'elle ne devrait pas, mais cette fois-ci était peut-être la bonne. Ils le méritaient tous.

Surtout maintenant.

Elle n'avait pas besoin de ressortir la lettre d'Adi pour se souvenir de ce qu'il lui avait écrit. Cette lettre, en réalité, n'avait pas été envoyée par son frère lui-même, mais par son "avocat". Elle soupira. Il s'agissait plus probablement d'un de ses comparses, associés à ses affaires louches, ou peut-être même d'un codétenu en prison. Avocat, mon œil. Contrairement à Conrad, Adi n'avait pas changé d'un iota. Il était toujours dans la même course au fric, il n'y avait que ça qui comptait.

Et c'était justement ça, le problème. L'argent. Adi et elle étaient héritiers en commun de la maison dans laquelle elle vivait. Dans un élan de générosité totalement inhabituel, Adi avait accepté qu'elle y reste avec Vera et Conrad parce que leur prétendu abruti de père n'était pas à la hauteur de ses responsabilités. Mais elle savait que son altruisme n'avait rien de désintéressé. Adi visait la maison de grand-père Mykolas à Enskede, elle était à la fois plus grande et mieux située. Quand grand-père viendrait à disparaître, il revendiquerait son droit exclusif à sa maison puisqu'il avait laissé l'autre à Milda.

Sa générosité feinte avait trouvé ses limites. Elle n'y pouvait rien, c'était son droit. Mais c'était arrivé si brusquement. Elle avait cru qu'ils allaient pouvoir en discuter. Mais Adi lui avait annoncé, par l'intermédiaire de l'"avocat", que si elle voulait continuer à vivre dans la maison, il fallait qu'elle lui rachète sa part. Sinon, la seule solution serait sa mise en vente. Il lui avait fixé un délai très court.

Vendre n'arrangerait en rien sa situation. Même avec sa part, elle n'aurait jamais assez pour se reloger correctement, et elle ne pouvait pas faire ça à ses enfants. Compte tenu de sa situation financière actuelle, elle n'obtiendrait jamais un emprunt bancaire suffisant pour pouvoir racheter la part d'Adi. L'établissement qui avait accueilli Conrad était privé – et très cher.

Elle ne voyait pas comment se procurer l'argent nécessaire, sauf à commettre un hold-up. Elle regarda, attendrie, la tête de Conrad, penchée au-dessus de son manuel scolaire. Sa famille et elle avaient besoin d'un miracle.

Ruben hésita. Il était tellement loin de sa zone de confort qu'il n'aurait pas été étonné qu'on lui demande passeport et carnet de vaccination. Un court instant, il envisagea de laisser tomber. Sa vie n'était pas si mal.

Non ?

Si, pas mal du tout, selon lui. Un boulot qui ne lui prenait pas plus que ce qu'il était prêt à fournir. Surtout maintenant que leur groupe avait prouvé son utilité et serait certainement maintenu. Faisant partie de l'équipe, il continuerait à travailler sans avoir à se plier à tout un tas de contraintes qu'il avait, dans le passé, souvent trouvées pénibles. En tant que célibataire, il avait la liberté de faire ce qui lui chantait. Pas de gamins à aller chercher à la crèche après le déjeuner, aucun risque de devoir se mettre en disponibilité en hiver quand les enfants choppaient rhume sur rhume. Il frémit en y pensant. Se mettre en "disponibilité" ! Quelle trouvaille ! Peder serait obligé de démissionner dès que les triplées arriveraient en âge de marcher.

Il avait tout. Une ville remplie de femmes qui ne pensaient qu'à ça, et il n'avait que l'embarras du choix. Pour lui, c'était *open bar*. Et personne pour l'emmerder en voulant rester dormir après.

Pas de dispute au sujet de la vaisselle ou du ménage, pas d'exigences pour la Saint-Valentin.

Personne avec qui partager un repas devant la télé, ou avec qui s'endormir l'un contre l'autre. Aucun parfum de chevelure blonde, aucune peau se couvrant de minuscules taches de rousseur chaque été.

Personne comme…
Personne comme Ellinor.

Ruben reprit vite fait le bout de papier sur lequel il avait noté le numéro et se dépêcha d'appeler avant de changer d'avis. Il inspira profondément.

— Bonjour. Je m'appelle Ruben Höök, je voudrais prendre un rendez-vous.

Anette le regarda d'un air qu'il ne lui avait pas vu depuis longtemps. Il pensa d'abord qu'elle plaisantait. C'est quand elle se mit à déboutonner sa chemise qu'il se rendit compte qu'elle était sérieuse.

— Tu réalises, elles dorment ? dit-elle doucement. Toutes les trois, en même temps.

Peder tendit la main pour attraper la télécommande, éteignit la télé, se rallongea dans le canapé. Anette glissa sa main à l'intérieur de sa chemise et commença à le caresser.

— Tu as raison, dit-il en écoutant le silence. En effet, elles dorment toutes les trois, on devrait aller acheter un ticket de Loto.

— Ou passer le temps à autre chose, chuchota-t-elle dans son oreille.

Elle se leva et lui tendit la main. Il l'attrapa et la laissa le guider vers leur chambre à coucher.

— Tu es sûre ? demanda-t-il tandis qu'elle continuait à le déshabiller.

D'abord, elle ne répondit pas. Quand il n'eut plus que son caleçon, elle se glissa sous la couette. Se tortilla un petit moment et lança ses vêtements sur lui. Puis elle tapota sur son oreiller.

— Complètement sûre, dit-elle. Si on se dépêche, on a peut-être le temps de dormir une petite demi-heure avant qu'elles se réveillent.

Peder regarda son oreiller et sa femme. Il ne voyait plus à quel point elle était pâle, ni ses cernes sous les yeux. Il voyait seulement combien il l'aimait. Sa tête n'avait même pas touché l'oreiller qu'il dormait déjà.

La petite photo de Nathalie sur l'écran de son portable avançait lentement, indiquant l'itinéraire. Mina avait photographié le portrait encadré qu'elle avait sur son bureau pour l'utiliser comme icône. La fille était très différente aujourd'hui, mais c'était la seule photo dont elle disposait. Elle avait souvent été tentée d'en prendre une nouvelle à distance, mais chaque fois la prudence l'en avait empêchée. Elle ne savait que trop bien ce qui arriverait si on la prenait en flagrant délit.

Elle ne savait pas qu'elle avait l'intention de glisser un émetteur GPS dans le sac à dos de Nathalie avant que ce ne soit fait. Quand elles avaient pris un café ensemble dans le parc de Kungsträdgården, c'était la première fois depuis de nombreuses années qu'elle se trouvait si près d'elle, et elle n'avait aucune idée de quand cela se reproduirait, ni même si cela se reproduirait.

D'abord, elle avait pensé avoir été repérée par l'homme qui surveillait Nathalie. Quand ils étaient arrivés pour la récupérer, elle avait cru qu'elle allait se faire pipi dessus. Mais s'ils avaient découvert l'émetteur dans le sac, la menace téléphonique aurait été suivie d'une sanction plus sévère. Ç'aurait été la dernière fois qu'elle voyait Nathalie, sans aucun doute.

Par contre, Mina n'osait plus, depuis un certain temps, l'approcher comme avant. Pas question de la regarder à l'entrée du lycée depuis la station de Blåsut. Plus question non plus de l'attendre devant chez elle à Östermalm ou de la suivre quand elle allait en ville. Il fallait qu'elle patiente encore un bon moment avant de se risquer à la revoir en vrai.

Mais ce n'était pas grave.

Elle l'avait devant elle, dans sa main.

Grâce à l'application, elle voyait exactement où Nathalie se trouvait, elle pouvait donc imaginer ce qu'elle faisait, avec qui elle était. L'icône était immobile à cet instant et la carte indiquait qu'elle se trouvait à Östermalm, ce qui voulait sans doute dire qu'elle était rentrée chez elle. Si elle zoomait, elle pourrait même voir l'adresse, mais elle la connaissait déjà.

Bien sûr, elle ne voulait pas l'espionner. Natti avait le droit d'avoir une vie privée. Et Mina n'avait l'intention de la suivre que de temps à autre.

Vérifier que tout allait bien. Que l'homme aux lunettes de soleil s'occupait d'elle comme il faut.

— À bientôt, ma chérie, dit-elle en caressant l'écran du bout de son doigt. Je veille sur toi.

Vincent prit la *Chatte astrale* dans le placard, remplit la boule à thé de feuilles en vrac, puis versa dessus de l'eau bouillante. Il posa le mug fumant sur la table devant sa femme.

— Tiens, chérie, dit-il. On dirait que tu en as besoin.

— C'est du thé vert ?

Il hésita une seconde.

— Non, admit-il. C'est du chai.

— Dieu merci, répondit-elle en soufflant sur son mug, dispersant les volutes de vapeur. Ras le bol de ce jus de chaussette. Ça me file des crampes d'estomac.

Un peu plus tard, le dîner était prêt : de la saucisse Stroganoff au chorizo, sauce à la crème pimentée, accompagnée de riz complet, salade et chips de chou frisé. Le chou frisé n'était pas tout à fait idéal comme accompagnement pour ce plat, mais il avait envie de faire plaisir à Benjamin qui adorait ça. En posant la poêle sur la table, il fit semblant de faire tomber de la sauce sur le portable de Rebecka.

— *Très* drôle, dit-elle en déplaçant le téléphone de quelques centimètres.

Puis elle releva son regard de l'écran et rit.

— Heureusement qu'on n'a pas de voisins à proximité. Si mes copains t'avaient vu rentrer, escorté par les flics, totalement détrempé en plus, j'aurais été morte ! Des fois, je te comprends vraiment pas du tout, papa.

Vincent rit.

— J'avoue, c'était effectivement très maladroit. La prochaine fois, je ne m'approcherai pas du bord du quai.

Maria le scruta par-dessus le bord de sa *Chatte astrale*. Il n'avait pas dit grand-chose à la maison au sujet de l'enquête, mais personne dans la famille n'avait loupé les gros titres des journaux. Au lieu de faire des commentaires, elle posa son mug pour se servir.

— J'ai une idée, chérie, dit-il. Si on invitait tes parents la semaine prochaine ? J'ai un cadeau d'anniversaire en attente pour ton père.

Maria se mit à tousser et s'appliqua une serviette devant la bouche, histoire d'éviter un reflux de Stroganoff.

— Qu'est-ce qui t'arrive ? demanda-t-elle entre deux quintes de toux.

Mais son sourire derrière la serviette ne lui échappa pas.

Il fit le tour de la table du regard, s'imprégnant des visages de toute sa petite tribu. Rebecka mangeait d'une seule main, l'autre étant occupée à écrire des textos. Il fallait bien voir le bon côté des choses, elle était multitâche à un point impressionnant. Aston comptait comme d'habitude les bouchées dans son assiette, bouchées découpées par Maria, contre tout bon sens. Vincent savait très bien d'où Aston tenait cette manie, il était mal placé pour la lui reprocher. Benjamin mangeait, le regard ailleurs. Il avait l'âge où tout tournait autour des filles – ou éventuellement des garçons. Mais Vincent savait que Benjamin était plus probablement en train de réfléchir à un problème de maths. Peut-être une série d'équations trouvées sur YouTube. En espérant que c'était un peu moins morbide cette fois-ci.

— Maman, je t'aime, dit soudain Aston.

— Maman t'aime aussi, mon cœur, répondit Maria en souriant.

— Mais toi aussi, je t'aime, papa, poursuivit Aston en le regardant d'un air grave.

— Alors, comme ça, tu vas devenir une sorte de détective privé ? demanda Benjamin, revenant soudain à la réalité.

— Ne crois pas tout ce qu'*Aftonbladet* publie sur le net, se dépêcha de répondre Vincent.

— Mais cette femme, c'était vraiment ta sœur ? demanda Rebecka. Je ne savais même pas que j'avais une tante de ton côté.

Il secoua la tête et s'essuya la bouche avec sa serviette.

— Ces meurtres n'étaient pas directement en rapport avec moi, dit-il. Ils concernaient des gens qui ne sont plus là depuis longtemps.

— On est là pour combien de temps ? demanda Aston, soudain inquiet.

Vincent ne put s'empêcher d'ébouriffer les cheveux de son fils, même s'il savait qu'il n'aimait pas ça.

— Notre famille existe aussi longtemps que nous le voulons, répondit-il. Pour le meilleur et pour le pire.

Julia rassembla les feuilles sur son bureau et les rangea dans une chemise transparente. Quand elle se leva, Mina et Vincent firent de même.

— Merci d'être venu aujourd'hui encore, dit Julia à l'intention de Vincent en lui serrant la main. C'est bien de pouvoir boucler cette affaire un peu plus formellement, sans la présence des médias. Mais je te promets qu'on te laissera tranquille désormais.

Vincent sourit. Pas tout à fait aussi joyeusement que ça, se dit Mina. Julia tendit sa main.

— Tu peux me rendre ton laissez-passer.

— Ah oui, bien sûr. Merci. Ça n'a pas été… de tout repos, répondit Vincent en lui passant son badge.

— Je le raccompagne, dit Mina. Pour qu'il puisse franchir le contrôle.

Ils quittèrent le bureau de Julia, marchèrent côte à côte dans le couloir, silencieux. Mina n'avait pas l'intention de parler en premier. Elle n'avait aucune idée de comment se comporter dans ce genre de situation. En plus, elle craignait que sa voix révèle son trouble.

— Eh ben, voilà, c'est terminé, dit enfin Vincent.

— Oui, voilà, dit-elle.

Elle hésita.

— Jane avait raison, dit-elle. Je suis lâche.

— N'importe quoi !

— Mais… comment tu as su ? demanda-t-elle en regardant Vincent du coin de l'œil. C'est mon langage corporel, ou un truc comme ça, qui t'a renseigné à mon sujet ?

Vincent se frotta le nez.

— Tu traînes un peu le pied droit en marchant, et au même moment tu relèves légèrement l'épaule gauche. En plus, tu clignes des yeux deux fois plus vite que la normale. Ce sont des signes évidents de dommages neurologiques dus à l'abus de médicaments.

Mina s'arrêta net.

— Quoi ! C'est vrai ?

Elle regarda machinalement son pied droit. Vincent éclata de rire.

— Je plaisante. J'ai juste vu un flyer des AA quand j'étais chez toi. Je n'avais bien sûr pas la certitude que tu te sevrais d'une addiction aux médicaments, mais l'alcool n'a pas l'air d'être ton truc, à mon avis. Vu ton penchant pour le Coca Light. Sauf, évidemment, si on prend en compte le gel mains, il paraît que son taux d'alcool est de 85 %. C'est ça, tu sniffes ?

— Arrête !

Mina lui donna un coup de coude dans les côtes. Ils continuèrent en silence, prirent les escaliers jusqu'au rez-de-chaussée. Elle se servit de son badge pour passer la barrière. La sortie de l'hôtel de police était devant eux, juste à l'autre bout de la réception. Quelques mètres, et ce serait terminé. Vincent s'arrêta et se tourna vers elle.

— Je suis désolé, dit-il. Désolé pour ce que ma sœur t'a fait. Je n'en dors plus, je te revois enfermée dans cette cuve chaque fois que je ferme les yeux. Tout ça, c'est ma faute. J'ai essayé de trouver une façon de réparer, mais rien n'est à la hauteur.

Il esquissa un sourire.

— Mais les cheveux courts te vont bien, ajouta-t-il.

Elle passa sa main sur sa tête, avant de se ressaisir et de se frotter les doigts sur son jean comme s'ils étaient contaminés. Malgré tous les shampoings qu'avaient subis ses cheveux depuis son séjour dans le conteneur, ils étaient encore, pour elle, synonymes de zone sinistrée.

— Ça m'aurait effectivement épargné cette coupe radicale ainsi que pas mal de stress si tu m'avais informée de ce petit détail que la police était déjà en route…

Elle le regarda sans arriver à mettre de véritable colère dans ses yeux. Il sourit, embarrassé, et fit un geste des mains, cherchant des excuses.

— J'étais à peine conscient à ce moment-là. Et je n'aurais jamais cru que tu sauterais dans cette benne immonde. Pardon. Mais encore une fois, cette coupe te va vraiment bien.

Mina lui envoya un dernier regard, avant de laisser tomber le sujet. Ce qui est fait est fait. Et pour être tout à fait sincère, sa nouvelle coiffure lui convenait assez bien. Mina repensa à ce qu'avait dit Vincent au sujet de sa sœur et secoua la tête.

— Nous sommes ici maintenant, dit-elle. Nous avons survécu. Ce qui n'est probablement pas leur cas. Ils ne tueront plus d'innocents.

Il acquiesça en silence. Regarda vers la sortie.

— Tu as raison. Et comme disait Julia, vous n'avez plus besoin de moi.

Il lui tendit la main. Elle n'avait pas envie de ça. Tout ce qu'ils avaient traversé ne pouvait pas se terminer par une banale poignée de main. Elle avait donné à Vincent une partie d'ellemême. Il était probablement la seule personne qui la connaisse vraiment. On n'en était plus à se serrer simplement la main dans ce cas. On était liés pour la vie.

Et pourtant.

Ce n'était pas un drame romantique qu'ils étaient en train de vivre, et elle n'avait plus quinze ans depuis longtemps. Ils se trouvaient à la réception de l'hôtel de police de Kungsholmen, un mercredi d'octobre tout ce qu'il y avait de plus ordinaire, et elle était en service. Quand Vincent serait parti, elle s'installerait dans son bureau pour se consacrer enfin à sa messagerie qui débordait de mails.

Elle n'était liée à personne.

— Oui, c'est ça, comme disait Julia, dit-elle en lui prenant la main.

Aucune idée du temps que ça dura. Dix minutes, un an, une demi-seconde. Puis il retira sa main et se tourna vers la sortie.

Elle se dirigea vers la barrière.

— Attends, Mina ! s'écria-t-il alors.

Il revint vers elle en courant tout en fouillant au fond de la poche intérieure de sa veste.

— Tiens !

Il lui tendit un paquet neuf de pailles jetables. Il sourit en luttant contre les larmes. Ce fut à son tour à elle de fouiller au fond de sa poche.

— Et voici pour toi, dit-elle en lui tendant son Rubik's Cube. Mais fait gaffe, il faut le manipuler délicatement, il est un peu desserré.

Vincent sourit en retour, leurs regards entrecroisés.

Puis il se retourna à nouveau et gagna la sortie, le petit objet multicolore à la main.

Elle ressentit une brève envie de se désinfecter les mains. Mais peu importe.

REMERCIEMENTS

On n'écrit pas seul un tel livre. Même deux personnes n'y suffirent pas. Nous avons eu la chance de pouvoir nous entourer de personnes extrêmement compétentes qui nous ont aidés à ne pas faire de trop grosses erreurs factuelles. Certaines d'entre elles méritent tout particulièrement notre gratitude.

Kelda Stagg, technicienne de la police scientifique, nous a débarrassés de nos préjugés sur la médecine légale et la façon dont sont traités les corps dans une enquête. Nous avons appris beaucoup de choses intéressantes, comme qui assiste à une autopsie ou à quoi peut servir un prélèvement dans le corps vitré de l'œil.

Nous avons également bénéficié de l'aide inestimable de Teresa Maric, experte des opérations de l'unité d'enquête Noa, qui nous a expliqué comment fonctionnaient le suivi des écoutes téléphoniques et l'analyse des informations recueillies, tellement en détail que nous aurions pu écrire un livre entier rien qu'à ce sujet. Toutes les descriptions correctes dans ces domaines sont à mettre au compte de Kelda et de Teresa, toutes les inexactitudes seraient de notre fait.

En ce qui concerne l'histoire de la magie et la façon de construire des illusions, nous nous inclinons humblement devant l'expertise de l'inventeur et constructeur de magie Andreas Sebring, qui a généreusement partagé ses connaissances avec nous. Sains Bergander est Andreas dans la vie réelle, au point que l'atelier du roman est une description de celui d'Andreas.

Que ce magicien et roi de l'évasion reçoive aussi nos remerciements pour une conversation particulière sur cette épineuse question : comment sortir d'un objet dont on ne peut pas sortir ?

Même si nous avons essayé de coller aussi près que possible à la réalité, nous avons aussi pris quelques libertés pour la fluidité du récit. Nous avons, par exemple, déplacé l'élevage de visons de Lidön, chronologiquement et géographiquement. L'élevage est abandonné depuis longtemps et la ferme ne se trouve pas à proximité de la mer. Les balcons du théâtre de Gävle ne sont pas au nombre de huit, mais de six. À d'autres moments, nous avons pris quelques libertés quant à la réalité. Si nous nous en étions tenus à la vraie vie, ce roman aurait été beaucoup plus long qu'il ne l'est déjà – et beaucoup plus ennuyeux.

Le plus somptueux bouquet de fleurs virtuelles ira à notre fantastique équipe des éditions Forum : à notre éditrice Ebba Östaberg, au coach de manuscrit John Häggblom et à la rédactrice Kerstin Ödeen. Nous avons ri ensemble, et aussi pleuré ensemble de frustration, mais ils n'ont jamais renoncé, même pas quand nous deux étions près de jeter l'éponge. Sans le dévouement de toute l'équipe de Forum, ce livre n'aurait pas été la moitié de ce qu'il est aujourd'hui.

Nous nous répandons également en remerciements sincères envers Joakim Hansson, Anna Frankl, Signe Lundgren et toute l'équipe de Nordin Agency, ainsi que Lili Assefa et son équipe d'Assefa Communication, qui très tôt ont cru en cette série et qui ont réussi, de façon presque magique, à convaincre le reste de monde. Nous ne savons pas vraiment comment. Mais nous sommes béats d'émerveillement. Une épée de ninja, aurait-elle joué un rôle ?

Remerciements personnels de Camilla

En tant qu'auteur, il est impossible d'écrire des livres sans un solide entourage familial. Mon mari Simon est le meilleur compagnon de vie en général, et le meilleur compagnon d'écrivaine en particulier, que l'on puisse imaginer. Je reçois aussi toujours un soutien infaillible de mes enfants, de mes amis et de tout le reste de ma famille. Merci de toujours m'accompagner de vos encouragements jusqu'au point final.

Remerciements personnels de Henrik

Merci à ma femme bien-aimée Linda, pour son feed-back inestimable sur le manuscrit au moment le plus critique, pour m'avoir écouté parler et reparler de Vincent et de Mina pendant environ deux ans sans m'égorger, mais surtout pour ne jamais avoir cessé de croire en moi, même quand je ne le méritais pas. Merci aussi à mes fils Sebastian, Nemo et Milo. Sans eux, rien de ce que je fais n'aurait de sens.

Enfin, nous souhaitons remercier tous les lecteurs qui ont donné sa chance à cette série. Nous vous aimons. Nous espérons qu'après avoir lu cette première partie vous aurez autant envie que nous de retrouver Vincent et Mina.

RETROUVEZ LES DERNIERS TITRES PARUS
DANS LA COLLECTION “ACTES NOIRS”

ÉTAT DE TERREUR

roman traduit de l'anglais
par Lori Saint-Martin et Paul Gagné

Au terme d'une période politique particulièrement mouvementée aux États-Unis, marquée par un repli nationaliste, une nouvelle administration vient d'être assermentée. À la surprise générale, le président nomme Ellen Adams au poste clé de secrétaire d'État, muselant ainsi l'une de ses plus ferventes opposantes. Lorsqu'une série d'attentats met à mal l'ordre mondial, Adams se retrouve en première ligne pour essayer de déjouer ce qui s'avère être le début d'une partie d'échecs géopolitique impliquant le Pakistan, l'Afghanistan et l'Iran, la mafia russe, la course aux armements nucléaires au Moyen-Orient… et une organisation terroriste redoutable en pleine expansion. Constituant une équipe exceptionnelle, incluant sa propre fille, une jeune agente passionnée du Service extérieur, ainsi que sa plus fidèle amie et conseillère, elle se lance dans une investigation sans répit pour tenter d'empêcher l'impensable – loin de se douter que son ennemi le plus dangereux est bien plus proche qu'elle ne l'imagine.

Coécrit par deux femmes hors du commun, *État de terreur* est un thriller de haut vol sur fond d'intrigue internationale : on y assiste, depuis les coulisses, au déroulement d'une situation terrifiante nourrie de détails que seule une initiée peut connaître.

LA SECTE

roman traduit du danois
par Frédéric Fourreau

Ravn, ancien flic, ne s'est jamais remis du meurtre non élucidé de sa compagne, qu'il se reproche de n'avoir su empêcher. Il vivote sur son voilier amarré dans le port de plaisance de Copenhague, très occupé à s'autosaboter en ingérant un maximum d'alcool et en refusant toutes les missions de détective qui se présentent.

Lorsqu'un grand patron le sollicite pour retrouver son fils – sans préciser ses motivations –, seule la rémunération avantageuse incite Ravn à rompre avec sa léthargique routine. Le disparu, Jakob, un temps jeune cadre prometteur au sein de l'entreprise de son père, est sorti des radars depuis une dizaine d'années. La seule chose que l'on sait de lui aujourd'hui, c'est qu'il a fondé une secte, les Élus de Dieu. Remontant la piste, Ravn prend avec effroi la mesure de la sordide emprise exercée par le "Maître", aussi fragile que dangereux, sur ses disciples.

Dans ce troisième tome, qui brosse un tableau particulièrement sombre de la société danoise, l'auteur semble faire miroiter une forme de rédemption à son héros amoché, et à ses lecteurs, au cœur bien accroché.

LE TROU

roman traduit de l'islandais
par Catherine Mercy et Véronique Mercy

Un homme est retrouvé pendu entre deux rochers au champ de lave de Gálgahraun, lieu d'exécution historique du passé colonialiste islandais. Dépêchée sur le site, l'équipe de la criminelle découvre très vite qu'il ne s'agit pas d'un suicide. Un bout de papier, partiellement emporté par le vent, est en effet cloué sur la poitrine du cadavre.

De son côté, alertée par des voisins, la psychologue pour enfants, Freyja, se rend dans un appartement luxueux de Reykjavík. C'est un petit garçon de quatre ans qui lui ouvre la porte. Ses parents semblent s'être volatilisés et lui-même est incapable d'expliquer ce qu'il fait là. S'il parle peu, ses dessins, eux, montrent qu'il a été témoin de terribles choses. Lorsque l'on découvre que le propriétaire de l'appartement n'est autre que la victime, l'affaire prend une nouvelle tournure… Quels liens existe-t-il entre l'enfant et l'assassinat du riche homme d'affaires ? Et où peuvent bien être les parents du petit Siggi ?

La mise en scène brutale, morbide et théâtrale du meurtre plonge l'officier Huldar et toute la criminelle dans une enquête ardue et sinueuse, à l'image des paysages islandais.

Après *Absolution*, Yrsa Sigurðardóttir et ses deux héros reviennent pour un quatrième polar tout en tension, en forme de course contre la montre.

LA VOIX DU LAC

roman traduit de l'anglais (États-Unis)
par Hélène Frappat

Dans un quartier juif huppé de Baltimore, un soir de 1965, la très glamour Maddie, épouse et mère parfaite, reçoit par hasard un ancien flirt de lycée. Et se souvient alors combien, à l'adolescence, elle aspirait à devenir une femme libre et accomplie. Soudain, il n'y a plus que ce désir ardent.

Quittant d'un pas impudemment léger la demeure familiale, Maddie s'invente une vie rien qu'à elle – un appartement (minable), une liaison (torride) et surtout un poste d'assistante dans un journal local. Décidée à prendre du galon, elle s'empare d'une affaire traitée avec indifférence, tant par les médias que par la police : le meurtre d'une jeune Noire, dont le corps a été retrouvé dans un lac de la ville. Qui était la belle et mystérieuse Cléo Sherwood, avec qui a-t-elle osé frayer pour devoir disparaître ainsi ?

Écrivant en miroir l'émancipation de Maddie, déterminée à conquérir le monde, et le destin tragique de Cléo, victime de jeux de pouvoir éminemment masculins, Laura Lippman livre un formidable roman à suspense dans lequel s'incarnent racisme, sexisme et rapports de classes propres à l'Amérique des années 1960.

LE POLONAIS FOU

roman traduit du danois
par Frédéric Fourreau

Un jour d'été ensoleillé, dans la baie de Copenhague, un bateau-mouche heurte un ferry en provenance d'Oslo. Parmi les corps repêchés après cet événement tragique, certains révèlent que tous les passagers ne sont pas morts noyés. Quatre d'entre eux ont en effet été assassinés.

L'enquête est confiée à Konrad Simonsen et à son équipe, rapidement déstabilisés par une découverte inattendue : ces meurtres semblent liés à la mort d'une femme quelques années plus tôt. Au fil de l'investigation, un lien plus troublant encore se dessine avec une mission secrète menée en Bosnie en 1995 et impliquant des soldats danois de l'ONU. Des forces puissantes semblent prêtes à tout pour empêcher que la lumière soit faite sur cette part sombre de l'histoire…

Sur fond de trahison, manipulation et cynisme politique, *Le Polonais fou* est un polar redoutablement efficace dont les ramifications entraînent le lecteur dans les abysses de l'âme humaine.

JE VIS LA BÊTE SURGIR DE LA MER

roman traduit de l'allemand
par Carole Fly

1978. Un professeur de musique apparemment sans histoire est assassiné à Ratisbonne, en Bavière. L'enquête menée par le légendaire commissaire Kolnik et son jeune assistant Alwin Heller pointe l'organisation terroriste d'extrême gauche Fraction armée rouge : le maître de musique était un ancien nazi.

Cette découverte ravive chez le jeune policier maintes interrogations concernant le passé honteux de son pays : comme bon nombre de gens de sa génération, Heller avait lui-même un père membre du Parti national-socialiste. Une blessure indélébile pour ce garçon épris de justice. Face à cet antimodèle paternel, Kolnik, un chef aux méthodes et à l'instinct si peu conventionnels, fait en revanche figure de héros : après la guerre, ce résistant qui avait connu l'enfer des camps s'était acharné à démasquer les anciens criminels nazis afin de les traduire en justice. Pourtant, ce professionnel à l'opiniâtreté légendaire semble ici se satisfaire de conclusions hâtives. Et, peu de temps après, il annonce prendre quelques jours de vacances pour aller à Prague assister au match de football qui doit opposer l'équipe nationale à celle de la RFA. Lui qui n'a pas posé une journée de congé depuis des années et qui déteste le sport ! Il confie le service à son assistant, qu'il considère comme son successeur désigné, avec cette sentence sibylline : "Vous serez comme Dieu, connaissant le bien et le mal… !" Mais quelle peut bien être la vraie raison de ce voyage ? Et que signifie cette promesse énigmatique ?

Mi-roman policier mi-roman d'espionnage, *Je vis la Bête surgir de la mer* éclaire d'un jour passionnant un aspect paradoxal et méconnu de l'histoire de l'immédiat après-guerre : celui d'anciens criminels nazis recrutés par les services secrets communistes afin d'espionner en République fédérale d'Allemagne pour le compte de la Sécurité d'État tchèque.

VALLÉE FURIEUSE

roman traduit de l'anglais (États-Unis)
par Laure Manceau

Dane Kirby, agent du Georgia Bureau of Investigation, s'offre une partie de pêche. Il a reçu des résultats médicaux pour le moins inquiétants et se trouve en pleine conversation avec sa femme – morte vingt ans plus tôt – lorsqu'il reçoit un appel du shérif. Ned Lemon, le meilleur ami de Dane, perdu de vue depuis des années, est soupçonné de meurtre.

Mais l'agent Kirby n'aura pas le temps d'aider son vieux compagnon d'armes : il est convoqué par le FBI sur une scène de crime à Jacksonville, en Floride. Dans sa chambre de motel, un homme a été réduit en charpie à l'aide d'un bâton de Kali – une tige de bambou aiguisée. Il s'avère que la victime est originaire de Géorgie et que les fédéraux comptent sur Kirby pour leur servir de guide chez ces dégénérés géorgiens, connus pour leurs labos de méth, leur passion pour les combats de coqs, leur addiction à l'alcool et aux drogues de tout acabit. S'ils sont à la poursuite du tueur, ils cherchent surtout à retrouver celui qui est au cœur de la tourmente sans même le savoir : un jeune garçon, un enfant différent, qui tient la promesse faite à son grand frère : il se cache…

Sur les pas de Dane Kirby, héros cabossé, nous pénétrons, le souffle court, dans le territoire sinistré de la Géorgie profonde, que Brian Panowich révèle en clair-obscur, à travers des personnages ravagés, plus attachés à leur terre qu'à leur vie.

LE DERNIER COUPLE QUI SORT

roman traduit du suédois
par Rémi Cassaigne

Sur une île du Pacifique, un couple vit caché. Si tout ne semble que luxe, calme et volupté, V et W sont en état d'hyper-vigilance, prêts à disparaître à la première alerte.

À Stockholm, le jeune Gustaf Horn, qui passe l'été à s'ennuyer dans une entreprise de biotechnologie, s'aperçoit presque par hasard que son employeur a été victime de cyber-espionnage.

À Madrid, les *Indignados* envahissent les rues, mais leurs rangs sont infiltrés par les hommes d'une mystérieuse société de sécurité qui teste de nouvelles drogues de synthèse sur les manifestants. La toute-puissante mafia se voit menacée par cet adversaire tentaculaire qui sort de l'ombre.

Dans les coulisses de ces tensions internationales et jeux de pouvoir explosifs, l'unité Opcop, meurtrie par de récentes missions, mobilise ses forces pour déjouer le mal. Envoyés aux quatre coins du globe, les membres de cette équipe de choc usent de leurs talents d'agents doubles, d'analystes, d'enquêteurs, pour empêcher l'impensable : l'ultime transgression, la manipulation de l'ADN.

Révélant avec brio rouages géopolitiques et crise éthique, Arne Dahl nous expose au vertige d'un monde en perdition.

SANS PASSER PAR LA CASE DÉPART

roman traduit du suédois
par Susanne Juul

Skurusundet, détroit huppé dans l'archipel de Stockholm, réveillon de la Saint-Sylvestre. Quatre jeunes sont réunis pour fêter la nouvelle année. Leurs parents, quant à eux, sont tous rassemblés dans la maison voisine. Pour une raison ignorée des autres, chacun des quatre amis observe d'un œil mauvais les adultes depuis la fenêtre. Leur état d'ébriété est déjà bien avancé. Pour braver l'ennui, ils décident finalement de jouer au Monopoly. Mais ils ne sont plus des enfants : il faut pimenter les règles et les enjeux. La partie d'action ou vérité dans laquelle ils se lancent les entraîne vers des révélations de plus en plus fracassantes et des mises en situation de plus en plus dangereuses, jusqu'au point de non-retour.

Camilla Läckberg frappe fort dans ce nouveau *page-turner*, un huis clos d'une tension redoutable.

OUVRAGE RÉALISÉ
PAR L'ATELIER GRAPHIQUE ACTES SUD
ACHEVÉ D'IMPRIMER
SUR ROTO-PAGE
EN MAI 2022
PAR L'IMPRIMERIE FLOCH
À MAYENNE
POUR LE COMPTE DES ÉDITIONS
ACTES SUD
LE MÉJAN
PLACE NINA-BERBEROVA
13200 ARLES

DÉPÔT LÉGAL
1re ÉDITION : JUIN 2022
N° impr. : 100293
(Imprimé en France)